CHRISTINE BRAND

Der Bruder

Die Autorin

Christine Brand, geboren und aufgewachsen im Schweizer Emmental, arbeitete als Redakteurin bei der »Neuen Zürcher Zeitung«, als Reporterin beim Schweizer Fernsehen und als Gerichtsreporterin. Im Gerichtssaal und durch Recherchen und Reportagen über die Polizeiarbeit erhielt sie Einblick in die Welt der Justiz und der Kriminologie. »Wahre Verbrechen« ist ihr erster True-Crime-Titel bei Blanvalet über Kriminalfälle, die sie als Gerichtsreporterin begleitete. Nach »Blind«, »Die Patientin« und »Der Bruder«, mit dem sie Platz 1 der Schweizer Bestsellerliste erreichte, erscheint mit »Der Unbekannte« der vierte Fall für das Ermittlerduo Milla Nova und Sandro Bandini. Christine Brand lebt in Zürich, reist aber die meiste Zeit des Jahres um die Welt.

Die unabhängig voneinander lesbaren Krimis um Milla Nova und Sandro Bandini bei Blanvalet:

1. Blind
2. Die Patientin
3. Der Bruder
4. Der Unbekannte

Weitere Bände in Vorbereitung

Die unabhängig voneinander lesbaren Krimis um Malou Löwenberg bei Blanvalet:

1. Vermisst - Der Fall Anna

Weitere Bände in Vorbereitung

Reale True-Crime Fälle von Gerichtsreporterin und Bestsellerautorin Christine Brand:

1. Wahre Verbrechen – Die dramatischsten Fälle einer Gerichtsreporterin
2. Wahre Verbrechen – Die erschütterndsten Fälle einer Gerichtsreporterin

Christine Brand

Der Bruder

Kriminalroman

blanvalet

MIX
Papier | Fördert gute Waldnutzung
FSC® C014496

Penguin Random House Verlagsgruppe FSC® N001967

2. Auflage 2024

in der Penguin Random House Verlagsgruppe GmbH,
Neumarkter Straße 28, 81673 München
Redaktion: René Stein
Umschlaggestaltung: www.buerosued.de
Umschlagmotiv: Edward George / Alamy Stock Foto;
www.buerosued.de
JA · Herstellung: DiMo
Satz, Druck und Bindung: GGP Media GmbH, Pößneck
Printed in Germany
ISBN 978-3-7341-1186-0

www.blanvalet.de

Gegen das Vergessen

Claudia S., 10 Jahre alt, getötet am 15. April 1981, Täter unbekannt
Annika H., 18 Jahre alt, entführt am 11. Juli 1981, bis heute vermisst
Peter P., 14 Jahre alt, entführt am 22. September 1981, bis heute vermisst
Rebecca B., 8 Jahre alt, entführt am 20. März 1982, tot aufgefunden am 15. August 1982, Täter unbekannt
Karin G., 15 Jahre alt, getötet am 31. Juli 1982, Täter unbekannt
Brigitte M., 17 Jahre alt, getötet am 31. Juli 1982, Täter unbekannt
Karen S., 16 Jahre alt, verschwunden am 16. August 1982, bis heute vermisst
Loredana M., 6 Jahre alt, getötet am 14. April 1983, Täter unbekannt
Peter R., 7 Jahre alt, entführt am 12. Mai 1984, bis heute vermisst
Sylvie B., 12 Jahre alt, verschwunden am 23. Mai 1985, bis heute vermisst
Sarah O., 5 Jahre alt, entführt am 28. September 1985, bis heute vermisst
Edith T., 7 Jahre alt, entführt am 3. Mai 1986, bis heute vermisst

Prolog

»Bist du so weit?«

»Ich bin so weit.«

Die beiden Männer schauen sich in die Augen, ihre Blicke bleiben ein paar Sekunden zu lange aneinander haften. Ein Räuspern, sie reißen sich los und steigen aus dem Wagen. Der Schrei eines Kauzes zerschneidet die Stille der Nacht. Der Mond ist halbvoll, der Wind treibt die Wolken vor sich her und spielt mit ihm Verstecken. Die Schatten der Bäume kommen und gehen, ihre Äste ragen in den Himmel wie die knochigen Finger längst verstorbener Seelen. Schon bald werden sie wieder Blätter tragen.

Die Männer treten hinter das Auto. Schwarze Gestalten ohne Gesicht. Nur schemenhaft heben sie sich vom Dunkel ab. Sobald eine Wolke den Mond verdeckt, verschmelzen sie mit der Nacht.

»Ich werde es alleine tun«, sagt der eine, während er den Kofferraum öffnet. Ein Flüstern nur. Er beugt sich hinab, hebt das Kind behutsam hoch.

Wie leicht es ist.

»Bist du sicher?«

»Ganz sicher.«

»Findest du die Stelle?«

Der Mann nickt. Dann geht er, das Kind auf den Armen, in den Wald hinein. Er kennt den Weg, kennt fast jeden Baum hier, weiß auch, wo der Wald am einsamsten liegt, wo nie jemand hinkommt. Dort will er hin.

Nach fünfzehn Minuten erkennt er den Spaten, der wie eine Art makabres Grabkreuz aus dem Boden ragt. Ein richtiges wird es für dieses Kind nie geben. Daneben die Grube, die er zuvor ausgehoben hat. Er legt das Kind behutsam darin ab, bettet den Kopf auf feuchtes Laub, streicht ihm mit der rauen Hand über die Stirn. Ein letztes Mal. Der Mann richtet sich auf, ein Schluchzer drängt seine Kehle hoch. Er schluckt seinen Schrei hinunter. Keine Tränen mehr.

Der Brief.

Er zieht ihn aus seiner Jackentasche. Klaubt die Zündhölzer hervor, weiß, was zu tun ist. Doch er zögert.

Es geht nicht.

Langsam steckt er die Zündhölzer wieder weg, tastet seine Taschen nach etwas Nützlichem ab und stößt auf die metallene Box mit den Hustenpastillen. Öffnet sie, schüttet die Pastillen auf den Boden, faltet den Brief so oft, bis er in die Metalldose passt, und legt sie dem Kind in die Hand. Dann beginnt er, mit dem Spaten die Grube zuzuschaufeln. Die Erde, die auf den toten Körper fällt, verursacht ein unangenehmes Geräusch.

Eine halbe Stunde später macht er sich auf den Rückweg. Schon von Weitem sieht er die Zigarette glimmen. Ein kleiner roter Punkt, wenn der Rauch in die Lunge gezogen wird. Zurück beim Wagen, schweigen sie beide, denn für das Geschehene lassen sich keine Worte finden. Dann steigen die Männer ins Auto und fahren zurück ins Dorf.

Keiner der beiden wird diese Nacht je wieder erwähnen.

1

Die beiden Leichen liegen nackt auf den zwei Obduktionstischen, exakt gleich ausgerichtet. Mann und Frau, im Tod vereint. Wie einst Romeo und Julia. Doch mit Romantik ist es in dieser Geschichte nicht weit her. Vorsichtig setzt Irena Jundt die Nadel an und vernäht die Hautlappen, um den Torso des Mannes zu schließen. Zuvor hat sie ihn aufgeschnitten, den Brustkorb aufgesägt, die Organe herausgenommen, gewogen, untersucht, hat von ihnen Proben entnommen, um sie danach wieder zurück in den Körper zu legen, wo sie ihre Funktion ein Leben lang erfüllt haben. Bis eine Pistolenkugel alles zum Stillstand brachte.

Irena Jundt summt leise die Melodie mit, die im Hintergrund aus den Boxen klingt. Ein Chor besingt die beiden Toten mit dem *Dies irae* aus Mozarts Requiem. An der Decke sirrt eine der Neonröhren, die den Saal in kaltweißes Licht tunken. In unregelmäßigen Abständen flackert sie kurz. Das tut sie seit Jahren schon.

Die Toten hüten kein kompliziertes Rätsel, das Irena entschlüsseln muss. Nicht dieses Mal. Nach dem letzten Stich kappt sie den Faden und tritt einen Schritt zurück. Blickt auf den Mann, der seine Frau hat retten wollen, um einen zu hohen Preis, und sie am Schluss getötet hat. Irena ist zufrieden, die Naht sieht gut aus, das ist ihr wichtig, auch wenn niemand ihre Arbeit begutachten wird. Sie wendet sich ab, holt den Hubwagen mit der darauf liegenden Leichenschale und stellt ihn längs neben den Obduktionstisch. Mit einem Pedal pumpt sie ihn hoch, bis die Schale nur wenig tiefer liegt als der Tisch. Mit einem Schwamm befeuchtet sie die beiden Chromstahlflächen und zieht dann den toten Mann an einem Arm und an einem Bein vom Obduktionstisch auf die Leichenschale. Noch immer vor sich hin summend – *Lacrimosa* jetzt –, fährt sie den Hubwagen vor die Kühlzellen, bringt die Schale auf die richtige Höhe, und schiebt sie und mit ihr den Toten auf den quer verlaufenden Metallrollen in das Fach. Sie wiederholt das Prozedere, bei der Frau fällt es ihr leichter, sie wiegt nur etwa halb so viel wie ihr Mann. Mit dem wohlvertrauten Klacksen schließt Irena die Tür der Kühlzellen und damit auch den Fall. Es wird kein Gerichtsverfahren geben. Nicht nur das Opfer, auch der Täter ist tot.

Im Ankleideraum streift Irena Einweghandschuhe sowie Schutzkittel ab und steckt alles in den Entsorgungsbehälter. Sie löst die Haube, öffnet die Haarklammer und schüttelt den Kopf, sodass ihr das pechfarbene Haar über die Schultern fällt. Am Becken spült sie sich lange mit lauwarmem Wasser die Hände, seift sie vorsichtig ein und reinigt sie anschließend mit Desinfektionsmittel. Jede Bewegung, jeder Griff, Hunderte Male getan. Ein Ritual, als würde sie dadurch von der einen in die andere Haut schlüpfen. Irena wechselt von ihren Arbeits- zu ihren Alltagsschuhen und begibt sich in ihr Büro, ihre nicht einmal fünf Quadratmeter große *Tiny-Box* wie sie es nennt. Doch das kümmert Irena nicht. Sie braucht nicht mehr als einen Stuhl, einen Tisch, einen Laptop. Und Musik. Sie stoppt das Requiem und tippt auf der

Playlist das neueste Album der Band *Muse* an. Mozart eignet sich als Hintergrundmusik, um Menschen zu obduzieren, nicht um Berichte zu schreiben. Auch wenn in diesem Fall der Abschlussbericht nicht viel Arbeit macht. Sieben Songs, nach *Thought Contagion* ist die Pflicht erledigt. Doch der Schlusspunkt bringt keine Erleichterung, im Gegenteil.

Irena schließt die Augen, fährt sich mit Daumen und Zeigefinger über die Nasenwurzel und spürt, dass sich alles in ihr zusammenzieht, eng wird, der Brustkorb, der Hals, sie saugt Luft in ihre Lunge, als drohe sie zu ersticken, weil es jetzt kein Hinauszögern mehr gibt. Sie öffnet ihr Mailprogramm und tippt den Namen des Kripochefs Sandro Bandini ins Adressfeld.

Lieber Sandro, anbei die beiden Obduktionsberichte. Ich melde mich damit ab. Familiäre Gründe … – Irena hält inne, löscht den angefangenen Satz und beginnt neu – *Aus privaten Gründen nehme ich ein paar Tage frei. Ich werde spätestens ab Donnerstag wieder im Dienst sein. Bis dahin übernimmt Peter Lang die Leitung des Rechtsmedizinischen Instituts.*

Herzlich, Irena.

Senden.

Sie klappt den Laptop zu und schaltet die Musik aus. *Muse* verstummt. Irena bleibt sitzen. Sie müsste nach Hause fahren, ihren Koffer packen, die letzten Vorbereitungen treffen, sich wappnen für das, was auf sie zukommt. Doch alles in ihr sträubt sich dagegen. Sie will nicht, noch nicht jetzt.

Irena steckt das Handy in die Tasche, räumt den Schreibtisch auf, indem sie die drei Stifte auf die rechte Seite schiebt und sie parallel zur Tischkante ausrichtet, die Maus auf die Mitte des Mauspads legt und den Stapel mit den Klarsichtmäppchen richtet, indem sie ihn in die Hände nimmt, ihn erst längsseitig, dann hochkant je zweimal auf die Tischfläche klopft und ihn dann exakt auf dem linken Eck drapiert. Sie wirft sich die Tasche über die Schulter und löscht das Licht ihrer Tiny-Box. Die Absätze klacksen, als sie über den Plattenboden Richtung Ausgang geht.

Draußen lässt ein kalter Wind sie zusammenfahren. Warum nur erscheint es ihr, dass der Winter jedes Jahr länger dauert und die Warterei auf den Frühling unerträglich wird? Irena geht nicht in Richtung Bushaltestelle, sondern macht sich über die Lorrainebrücke auf den Weg in die Altstadt. Sie hält kurz inne und blickt hinab auf den Fluss. Die Aare schmiegt sich wie eine Schlange um die Berner Altstadt und strahlt eine tiefe Ruhe aus. Schwarz das Wasser, das unbeeindruckt Richtung Meer fließt, ganz egal was auf der Welt gerade passiert, welche Viren wüten und welche Despoten wo auch immer in den Regierungen sitzen und ihre kranken Ideen ausbrüten. Hier herrscht ein beständiges Fließen, ohne Anfang, ohne Ende, während Menschenleben kommen und gehen.

Er war immerhin dein Vater.

Irena schiebt den Gedanken weg. Sie braucht einen Drink, oder auch zwei, vielleicht gar einen Mann. Für eine Nacht. Nur kurz bei jemandem in den Armen liegen. Mit schnellen Schritten geht sie weiter, *Kreissaal* oder Lounge-Bar im Schweizerhof? Sie entscheidet sich für ihre Lieblingsbar, den *Kreissaal,* auch wenn die Chance auf einen raschen, schmerzfreien Flirt in der Hotelbar weit größer wäre; ein verheirateter Mann auf Geschäftsreise, keine Komplikationen. Nicht heute.

Als sie den *Kreissaal* betritt und über die Treppe zur Bar im Untergeschoss hinabsteigt, scannt sie mit geübtem Blick die Menschen, die an der Theke sitzen. Sie erkennt auf Anhieb, dass sie später allein nach Hause gehen wird.

»Das Übliche?«, fragt Theneyan, als sie sich an die Bar setzt. An seinem Eckzahn blitzt ein aufgeklebter Schmuckstein, an seinen Fingern trägt er drei goldene Ringe. Theneyan kommt aus dem Oman, er versteht es, jederzeit gute Laune zu verbreiten – oder aber ein guter Zuhörer zu sein, wenn es nötig ist.

Manchmal denkt Irena, dass Theneyan ihr einziger wirklicher Freund ist – keiner kennt sie besser als ihr Lieblingsbarkeeper. Ein Umstand, den manch einer wohl als trist bezeichnen würde – sie empfindet es als beruhigend. Mehr Nähe braucht sie nicht. Irena nickt. »Mit Pfeffer und Gurke.«

»Ein übler Fall?«

Irena studiert Theneyans Hände, die in einer eleganten Choreografie ihren Gin Tonic zubereiten.

»Ja.« *Eine Lüge.* »Die Welt da draußen ist böse.« *Nichts als die Wahrheit.*

Irena blickt auf, schaut Theneyan in die Augen. Er stellt das Glas vor ihr ab. Kurz überlegt sie, ob sie ihm ihre Geschichte erzählen soll, die sie noch nie jemandem erzählt hat. Doch sie verwirft den Gedanken. Über Privates spricht sie nicht, das hat sie sich zum Prinzip gemacht. Seit sie vor über zwanzig Jahren den unglückseligen Ort verlassen hat, an den sie morgen zurückkehren muss. Sie greift zu ihrem Gin Tonic, nimmt einen großen Schluck und spürt, wie der Alkohol sich langsam in ihrem Magen ausbreitet. Dann schließt sie die Augen.

Irena wünschte sich, sie wäre an einem anderen Ort in einem anderen Leben in einem anderen Körper. Auf einmal sieht sie das Mädchen vor sich, das sie mal gewesen ist. Nein, sie will nicht in diese Vergangenheit zurück. Sie leert das Glas in einem Zug.

»Dasselbe noch einmal«, sagt sie zu Theneyan, der ihr ernst zunickt und zur Gin-Flasche greift. *Bombay Sapphire.*

2

Im Saal Nummer 7 des Basler Strafgerichts stehen ein Bus, eine Tram, ein Lieferwagen und mehrere Personenwagen – alle im Spielzeugformat – sorgfältig drapiert und der Größe nach sortiert auf einem Regal. Davor sitzt Richter Sven Rabenburg, der, anders als sein Name vermuten ließe, äußerlich nicht das Geringste mit dem schwarzgefiederten Vogel gemein hat. Von seinem Haar ist nur ein halbrunder Kranz übriggeblieben, der einmal dunkel gewesen sein mag, aber längst ergraut ist. Sein Gesicht ist rund und voll, seine blauen Augen blicken schlau und wissend. Gerade wirkt er ein bisschen wie ein nachsichtiger Dorfpolizist, der einen Schüler dabei ertappt hat, wie er auf dem Gehsteig Fahrrad gefahren ist.

»Aber Sie wussten schon, dass man das nicht tut?«, fragt er die Frau vor ihm, die die ganze Zeit schon den linken Zeigefinger in eine ihrer dunklen Locken einwickelt und wieder auswickelt und wieder einwickelt und wieder auswickelt. Sie sitzt sehr aufrecht, als habe eine Physiotherapeutin sie in der für den Rücken schonendsten Haltung auf dem Stuhl platziert. »Dass das verboten ist?«

Erst jetzt blickt sie Rabenburg direkt an, nachdem ihre auffallend grünen Augen zuvor immer wieder nach rechts schweiften, als säße ein Zwerg auf seiner Schulter, der ihre Aufmerksamkeit auf sich zieht, was Rabenburg nachhaltig irritiert.

Milla Nova ist tatsächlich abgelenkt. Sie fragt sich die ganze Zeit schon, was zum Teufel es mit den Matchboxautos auf sich hat, die hinter dem Richter auf dem Regal stehen. Vermutlich hat er einen Sammeltick. Oder ein unverarbeitetes Kindheitstrauma. Milla räuspert sich, überlegt kurz, was sie antworten soll, und entscheidet sich für die Wahrheit, weil Ausreden hier nichts bringen.

»Herr Rabenburg, glauben Sie mir, ich kenne das Gesetz, aber meine Arbeit zwingt mich manchmal, es großzügig auszulegen, um Fakten ans Licht zu bringen und versteckte Wahrheiten aufzuspüren. In dem Fall ging es sogar darum, ein Verbrechen aufzudecken. Menschenleben standen auf dem Spiel! Daher ist es völlig unverhältnismäßig, aus der kleinen Lappalie eine so große Geschichte zu machen.«

»Kleine Lappalie – das sagen Sie … Denken Sie wirklich, es ist Sache der Journalisten zu entscheiden, wie ein Paragraf auszulegen ist? Ist das nicht eher Aufgabe der Justiz?«

Wieder zwirbelt Milla an ihrer Locke herum. Zum ersten Mal an diesem Morgen fragt sie sich, ob sie nicht besser auf ihren Chef Wolfgang und auf den Hausjuristen des Schweizer Fernsehens gehört hätte: Strafbefehl akzeptieren und die Geldstrafe bezahlen, haben sie ihr geraten. Sie hätte nicht einmal selbst dafür aufkommen müssen, Wolfgang hätte ihr den Betrag über die Spesenrechnung abgeglichen. So hätte sie sich den Auftritt hier sparen können. Doch ihr Stolz ist ihr in die Quere gekommen. Sie wollte wenigstens angehört werden in dieser mühseligen Angelegenheit, bevor sie mit einem

Eintrag ins Strafregister mit dem Makel leben muss, zukünftig als vorbestraft zu gelten. Denn sie ist nicht kriminell, im Gegenteil. Viel eher ist sie eine ausgezeichnete Journalistin, die sich bei investigativen Recherchen nicht gleich in die Hose macht, wenn es brenzlig wird. Die auch mal was riskiert, wenn es darum geht, eine Ungerechtigkeit aus der Welt zu schaffen oder einen Skandal aufzudecken. So sieht Milla das. Schon klar, dass ihr Freund Sandro diese Aussage nicht widerspruchslos stehen lassen würde, dafür ist er zu sehr Polizist. Er ist von ihren Aktionen – inklusive ihrer letzten Kellerinspektion mit dramatischem Ausgang – meist alles andere als begeistert.

»Natürlich ist es die Aufgabe der Justiz.« Milla zwirbelt ihren Zeigefinger in eine Locke, nicht ohne ihren Blick von Rabenburg abzuwenden. »Aber es ist auch Aufgabe der Richter, jeden einzelnen Fall sorgfältig abzuwägen und zu prüfen, unter welchen Umständen eine Handlung begangen wurde – und ob es sich unter diesen Umständen tatsächlich um eine Straftat handelte und nicht viel eher um eine Notwendigkeit, um Zivilcourage!« Milla nickt zufrieden, sie hat sich diesen Satz zu Hause zurechtgelegt und ist froh, dass sie ihn nun auch hat einbringen können. Nur scheint er nicht die erhoffte Wirkung zu zeigen.

»Sie wollen also behaupten, es war im Rahmen Ihrer Recherche unabdingbar, unerlaubterweise in einen fremden Keller zu klettern und bei der Aktion das Fenster zu beschädigen, obwohl Ihnen das Ganze für Ihre Reportage rein gar nichts gebracht hat? Und dass Sie das sogar wieder tun würden?«, fragt Rabenburg. Der freundliche Tonfall ist verschwunden.

»Ich werde das Gleiche nicht wieder tun«, sagt Milla, was nicht einmal gelogen ist: Sie wird sich hüten, ein zweites Mal durch ein Fenster in einen Keller zu steigen, aus dem sie alleine nicht mehr hinauskommt. »Aber das Fenster ist ganz von allein zugefallen und hat sich verkeilt, dafür trage ich keine Schuld.« Sie hört sich an wie ein trotziges Kind.

Das Plädoyer ihres Anwalts dauert nur etwa zehn Minuten. Während er über die »eindeutige Pflicht der Medien über Themen von allgemeinem Interesse zu informieren« referiert und darüber, dass »Frau Novas Recherche unter dem Aspekt der Wahrung berechtigter Interessen nicht als unrechtmäßige Handlung« klassifiziert werden darf, weil es sich dabei um einen von der Justiz anerkannten übergesetzlichen Rechtfertigungsgrund handelt, wandern Millas Augen erneut zu den kleinen Matchboxautos. Auf einmal ist ihr klar, warum sie dort stehen: Um Unfälle oder Verkehrssituationen nachzustellen, wenn der in einer Anklageschrift beschriebene Sachverhalt mehr verwirrt als zur Klärung beiträgt. Am liebsten würde sie die Hand hochhalten und den Richter fragen, ob sie mit ihrer Vermutung richtigliegt. In dem Moment erteilt Rabenburg Milla das letzte Wort.

Sie widersteht der Versuchung, die Spielzeugautos anzusprechen, und sagt stattdessen mit ernster Miene: »Ich bitte Sie, im Sinne der Medien- und Pressefreiheit zu urteilen und von einem Schuldspruch abzusehen.«

Rabenburg sieht Milla mit seinen schlauen Augen an, ein Blick, den sie nicht deuten kann, und teilt mit, dass sich das Gericht für zehn Minuten zurückzieht.

Zehn Minuten!

Milla ist klar, dass sich der Richter sein Urteil längst gemacht hat und die Pause nicht zum gewissenhaften Nachdenken, sondern zum Kaffeetrinken nutzen wird. Oder um eine Zigarette zu rauchen.

Als Milla eine halbe Stunde später das Gerichtsgebäude verlässt, ist sie wegen Hausfriedensbruch schuldig gesprochen und zu einer Geldstrafe auf Bewährung verurteilt. Auch den Eintrag ins Strafregister konnte sie nicht vermeiden, was Milla besonders ärgert. Aber sie hat nicht groß Zeit, darüber nachzudenken. Sie ist knapp dran, zum Glück hat Sandro versprochen, sie abzuholen – obwohl sie ihm verboten hat, den Gerichtsprozess mitzuverfolgen. Sein Beisein hätte sich wie eine doppelte Schmach angefühlt.

Als sie nach draußen tritt, sieht sie den rosaroten Fiat 500 schon von Weitem auf dem Parkplatz stehen. Sandro ist es stets peinlich, den Wagen seiner Mutter auszuleihen, der aussieht wie Barbies »Glamcar« persönlich. Doch er selbst besitzt einzig ein Fahrrad, und sich für private Zwecke am Fuhrpark der Kantonspolizei Bern zu bedienen kommt für ihn nicht infrage. Also quetscht sich Milla in den Kleinwagen, lässt sich auf den Sitz fallen und schmettert die Tür mit einem Knall hinter sich zu.

»Es ist nicht gut gelaufen«, stellt Sandro fest.

»Müssen wir darüber sprechen?«, fragt Milla.

Sandro lehnt sich zu ihr hinüber und küsst sie kurz auf den Mund. »Nein, müssen wir nicht. Aber wir können, wenn du möchtest.«

»Liebst du mich noch, auch wenn ich eine verurteilte Kleinkriminelle bin?«

»Ich liebe dich wie die Lasagne meiner Großmutter, und sogar noch ein bisschen mehr.«

»Dann ist ja gut.« Milla grinst. »Lass uns losfahren. Heute ist ein großer Tag, wir dürfen auf keinen Fall zu spät kommen.«

3

Das Gesicht, das Irena Jundt an diesem verspäteten Morgen aus dem Spiegel entgegenblickt, ist noch blasser als sonst und kommt ihr seltsam fremd vor. Ihr schwarzes Haar fällt offen über ihre Schultern und bildet einen so starken Kontrast zu ihrem Teint, dass ihr Spiegelbild aussieht wie eine überbelichtete Schwarz-Weiß-Fotografie. Irena weiß um den Spitznamen, den man ihr auf dem Polizeipräsidium bereits in ihrer ersten Woche als Rechtsmedizinerin verpasst hat: Morticia, nach der Mutter aus der Serie *The Addams Family*, dieser makabergrotesken Chaotentruppe. Wegen ihres Aussehens, aber wohl auch, weil Irena deren Faszination für die Toten teilt.

Es ist spät geworden gestern. Irena ist bis zur Sperrstunde geblieben. Sie hat zu viel getrunken und zu wenig geschlafen, doch das konnte ihr noch nie etwas anhaben. Dass sie sich heute miserabel fühlt, hat andere Gründe. Der Koffer ist gepackt, sie hat alles erledigt, was vor der Abreise erledigt sein musste, doch sie selbst ist nicht bereit. Sie wird es nie sein. Irena geht in die Küche, öffnet den Kühlschrank, ohne die Bilder wahrzunehmen, die mit Magneten an dessen Tür befestigt sind: ihre ganz persönliche Leichengalerie. Es sind Aufnahmen der spektakulärsten und schwierigsten Fälle, die in den letzten zehn Jahren auf ihrem Obduktionstisch gelandet sind. Zum Beispiel das Bild jenes Mannes, der kopfüber aufgehängt wurde und daran verstarb – eine echte Herausforderung, die Todesursache zu ergründen. Auch das Foto einer erhängten Katze klebt an ihrem Kühlschrank. Millas Katze. Die Bilder sind für jeden Besucher ein Härtetest, vor allem für ihre männlichen Kurzbekanntschaften. Kaum einer bleibt über Nacht, nachdem er die morbide Galerie gesehen hat. Irena ist dies meistens gerade recht.

Sie räumt den Brokkoli, zwei Joghurts und einen Salatkopf aus dem Kühlschrank und steckt alles in eine Einkaufstasche, die sie ihrer Nachbarin vor die Tür stellen wird, damit die Lebensmittel während ihrer Abwesenheit nicht verderben. Obwohl es keinen Grund zur Annahme gibt, dass die ganze Sache mehr als drei Tage beanspruchen wird, hat sie doch das ungute Gefühl, dass sie länger weg sein wird als geplant. Ein letzter Blick in die Küche, alle Herdplatten sind ausgeschaltet, die Kabel von Toaster, Mixer und Wasserkocher ausgesteckt. Es gibt keinen Grund mehr, die Abreise länger hinauszuzögern.

Wenig später fährt Irena mit ihrem pflaumenfarbigen Peugeot 404 aus der Tiefgarage ihrer Wohnsiedlung. Das alte Cabriolet ist kein wintertaugliches Auto, und der Wind stiehlt sich durch alle Ritzen und pfeift ihr um die Ohren. In weiser Voraussicht hat sich Irena für die Fahrt Mütze und Handschuhe angezogen. Sie wird etwa neunzig Minuten unterwegs sein, um in das Dorf zu gelangen, und sie will nicht steifgefroren ankommen. Die Kälte, die sie dort empfangen wird, wird auch so kaum erträglich sein.

Das Dorf.

Der Ort, an den sie niemals zurückkehren wollte. In den sie nicht hat zurückkehren *können,* seit sie mit fünfzehn weggegangen ist. Weil das Dorf zu sehr mit den Erinnerungen verbunden ist.

Beni.

Wie er wohl aussehen würde, heute? Fast zweiundvierzig wäre er jetzt. Was wohl aus ihm geworden wäre?

Was wohl aus mir geworden wäre, wenn es ihn noch gäbe? Zweifelsohne wäre sie ein anderer Mensch, wenn er noch lebte.

»Beni.« Irena zuckt zusammen, als sie den Namen laut ausspricht. »Beni«, sagt sie noch einmal, mit fester Stimme jetzt. Dann stellt sie die Musik an, dreht die Lautstärke auf, als ob sie damit ihre Gedanken übertönen könnte. Sie wählt ein Album von *Portishead* an, entscheidet sich dann aber anders, *Queens of the Stone Age* soll es sein. *Make It Wit Chu,* sie summt den Song mit.

Doch Erinnerungen lassen sich nicht wegsingen. Sie halten sich an keine Regeln und überfluten einen ohne Vorwarnung und ohne Rücksicht, selbst wenn man nichts von ihnen wissen will. Die Autofahrt. Im Sommer 1989. Zum ersten Mal das Meer sehen. Irena erinnert sich, wie die Eltern im alten Kombi zwei Campingmatratzen ausgelegt hatten, damit sie, die Kinder, während der Fahrt schlafen konnten. Dabei waren sie überhaupt nicht müde. Was für eine Aufregung: um zwei Uhr in der Früh geweckt zu werden und mitten in der Nacht loszufahren, auf leeren Straßen durch schlafende Dörfer der Welt entgegen. Sie hatten zwischen den Matratzen Kissen aufgeschichtet, einen Grenzwall gebaut, um ihre Territorien zu markieren. Deins und Meins. Meins und

Deins. *Reni-Beni,* so nannten sie es, wenn etwas ihnen beiden gehörte. Beni war aufgeregt gewesen, hatte ohne Unterlass geplappert. Irena, grün im Gesicht, hatte sich an das Plastikbecken auf ihrem Schoß geklammert, höchst konzentriert, um sich nicht übergeben zu müssen.

Die Erinnerung ist mehr als ein Gedanke. Irena spürt sie körperlich. Die Übelkeit breitet sich in ihrem Magen aus wie damals. Sie lehnt sich nach vorn, nicht kotzen jetzt, und klammert sich an das Lenkrad wie ein Rudergänger im Sturm. Ein lautes Hupen lässt sie zusammenfahren und das Steuer herumreißen. Ihr Puls rast. Sie schnappt nach Luft.

Irgendwann, sie hatten gefühlt den ganzen Planeten umfahren, stoppte Vater den Wagen. Und da lag sie vor ihnen, die blaue Masse Wasser, die sich am Horizont auflöste im Nichts, weil die Grenze zwischen Himmel und Erde verschwunden war. Das Meer war mehr, als Irena fassen konnte, und sie spürte zum ersten Mal tief in sich ein Gefühl, an dem sie sich später ein Leben lang festklammern sollte: frei sein. Es war schon hell, obwohl die Sonne sich noch hinter dem Horizont versteckt hielt. »Na los«, hat ihre Mutter gerufen. »Ab ins Wasser mit euch!«

Mutter.

Sie haben die Türen aufgerissen und sind losgerannt, hineingerannt in die Unendlichkeit, ins kühle Nass, trotz ihrer Kleidung. Sie haben das Wasser aufspritzen und sich von den Wellen umwerfen lassen. Beni hat sie umarmt, laut gelacht, hat sie hochgehoben und hineingeworfen in das Meer, das wie eine versalzene, kalt gewordene Suppe schmeckte.

Wie seltsam, dass sie sich so genau daran erinnert, obwohl sie erst sieben Jahre alt war, während sie nicht mal mit Gewissheit sagen könnte, was sie vor drei Tagen zu Abend gegessen hat. Die Mauer beginnt zu bröckeln, die sie so sorgsam aufgebaut hat, um das Früher wegzuschließen und für immer zu vergessen. Je näher Irena dem Dorf kommt, desto mehr Erinnerungen stürzen auf sie ein.

Später haben sie auf dem Campingplatz das Zelt aufgebaut, auf zwei staubigen Flecken mit wenig Schatten: einen für ihr Zelt, einen für jenes der Familie ihres Onkels, die am nächsten Tag folgen sollte. Irena hat den Geruch in der Nase, als wäre sie wieder dort, eine Mischung aus aufgeheizter Luft, Sand, Kiefernnadeln, dem grünen Plastikteppich und dem grobgenähten Stoff des Zeltes. Ein oranges Familienzelt. Sie erinnert sich genau, wie sich der Reißverschluss anhörte, wenn die Eltern nachts hereinschlichen, weil sie meinten, die Kinder schliefen schon. Dabei hat Irena mit Beni unter dem Schlafsack gesteckt, sie leuchtete mit der Taschenlampe, während er flüsternd aus einem Buch vorlas. *Die Kinder auf der Insel,* von Lisa Tetzner. Irena hat sich vorgestellt, dass auch Beni und sie auf einer einsamen Insel verschollen wären. Sie hatte keine Angst. Sie wusste, dass Beni sie beschützen würde. Für immer.

Danach war nichts mehr wie zuvor.

Der Gedanke trifft Irena unvermittelt. Er ist noch niemals da gewesen. Doch jetzt, all die Jahre später, erkennt sie es auf einmal in einer unangenehmen Deutlichkeit: Die Leichtigkeit war weg nach diesen ersten Ferien am Meer. Die Vertrautheit zwischen ihr und Beni, die keine Worte brauchte – plötzlich war sie nicht mehr da. Als hätten sie auf dem staubigen Campingplatz im Süden Frankreichs die Unschuld ihrer Kindheit verloren. Und irgendwie auch das Glück.

4

»Sitzt auch alles richtig?«

»Ja-haaaa!«, sagt Silas, ohne von seinem Dominik-Dachs-Büchlein aufzublicken. Nathaniel hat die Frage bestimmt schon sechs Mal gestellt. Zwei Mal hat Silas gewissenhaft geprüft, ob Nathaniels Hemd korrekt zugeknöpft ist, ob es überall und regelmäßig in der Hose steckt, ob deren Reißverschluss ganz zu ist. Doch beim dritten Mal hat Silas beschlossen, dass man sich entscheiden muss im Leben, weil man nicht zwei Dinge gleichzeitig tun kann. Er hat sich für Dominik Dachs entschieden. Nathaniels immergleiche Frage ist langweilig. Nicht nur Nathaniel führt sich heute eigenartig auf, auch Alisha streift in der Wohnung herum, als würde sie ein gut verstecktes Wursträdchen suchen, und die Mama hat sich seit etwa einer Stunde im Badezimmer eingeschlossen. Erwachsene sind komisch. Und Hunde ebenso.

»Du musst nicht nervös sein«, sagt Nathaniel zu Silas.

»Mmh.«

»Es ist eigentlich keine große Angelegenheit.«

»Mmh.«

»In fünfzehn Minuten wird alles vorbei sein.«

Enttäuscht klappt Silas das Büchlein zu. Dominik Dachs muss warten, Nathaniel will reden.

»Ich bin nicht nervös«, sagt Silas. »Was macht Mama so lange?«

»Sie macht sich schön.«

»Ist Mama nervös?«

»Ich glaube schon.«

»Bist du nervös?«

»Vielleicht ein bisschen.« Schon wieder tastet Nathaniel seinen Hemdkragen ab, um sicherzugehen, dass er gerade sitzt.

»Warum bist du nervös, wenn es in fünfzehn Minuten vorbei ist?«

Ja, warum eigentlich?, fragt sich Nathaniel selbst. Zumal es reine Formsache ist, dass er sich heute trauen lässt. Mit einer Frau, die der beste Mensch ist, der ihm jemals begegnet ist, die er aber nicht liebt, weil er sie nicht lieben darf, weil er weiß, dass sie ihn niemals lieben wird. Es ist kompliziert, wie so oft im Leben, vor allem wenn es um die Liebe geht. Aber wäre das Leben wirklich besser, wenn es weniger kompliziert wäre? Nathaniel glaubt nicht, dass er die Welt mögen würde, in der alles einfach wäre, in der sich keine neuen Herausforderungen stellten und alles immer beim Alten bliebe. Der Mensch ist geschaffen dafür, sich mit Schwierigkeiten auseinandersetzen zu müssen – und wenn es gerade mal keine gibt, schafft er sie sich selbst.

Es ist, wie es ist, denkt Nathaniel. Und manche Dinge lassen sich nicht ändern. Wie zum Beispiel die sexuelle Ausrichtung eines Menschen. Carole steht nun mal nicht auf Männer, auch wenn sich Nathaniel wünschte, dass es anders wäre. Gleichzeitig ist er sich sicher, dass – wenn sie auf Männer stehen würde – Carole sich kaum für einen Mann wie ihn entschieden hätte. Einen Blinden.

Die Umstände machen es erforderlich, dass er sie trotzdem heiratet. Weil Carole als alleinstehende, arbeitende Frau, noch dazu Lesbe, sonst nahezu keine Chance gehabt hätte, das Sorgerecht für ihren Sohn Silas zurückzuerhalten. Die Pflegeeltern des Kleinen, bei denen er seine ersten vier Lebensjahre verbracht hat, haben mit allen Mitteln darum gekämpft, den Jungen behalten zu können, obwohl Silas sich für seine leibliche Mutter entschieden hat. Nur werden Kinder in diesem Alter noch nicht nach ihrer Meinung gefragt. Wenn es um das angebliche Wohl eines Kindes geht, sprechen die Behörden eine eigene Sprache, beeinflusst durch ein starres Paragrafenwerk und gut bezahlte Advokaten.

Darum müssen Carole und Silas und Nathaniel auch auf dem Papier eine richtige Familie werden, obwohl sie genau das in gewisser Weise längst sind. Vor Kurzem sind sie in eine gemeinsame Wohnung gezogen, weil alle drei davon profitieren. Wenn Carole in ihrem Grafikatelier arbeitet, ist es Nathaniel, der auf sein Patenkind Silas aufpasst, den fünfjährigen kleinen Knopf, der immer so direkte Fragen stellt.

»Ich bin nervös, weil man das wahrscheinlich nur einmal im Leben macht«, antwortet Nathaniel und tastet nach seinem Blindenstock.

»Was macht man nur einmal im Leben?«

»Heiraten.«

»Wenn du Mama heiratest, bist du danach mein Papa. Weil Mamas immer mit Papas verheiratet sind.«

»Ich werde immer dein Papa sein. Auch wenn ich nicht dein leiblicher Papa bin.«

»Was ist ein leiblicher Papa?«

Nathaniel schluckt. Er streckt die Hand aus, um durch Silas' Haare zu wuscheln, doch er greift ins Leere.

»Nicht meine Frisur kaputt machen!«

In dem Moment hört Nathaniel, wie sich die Badezimmertür öffnet. Danke, Carole, perfektes Timing. Er hofft, dass Silas die Frage von vorhin schon vergessen hat.

»Na, wie sieht Mama aus?«, fragt Nathaniel.

»Wie die Prinzessin aus dem Märchen mit den sieben Zwergen. Nur ihre Nase ist größer«, erklärt Silas mit ernsthafter Stimme.

Ein Lächeln umspielt Nathaniels Lippen, das halb belustigt, halb traurig ist. Weil er Carole, seine Braut, noch nie gesehen hat und auch niemals sehen wird.

»Und Nathaniel sieht aus wie der tapfere Ritter, der mit der Prinzessin in den unsicheren Hafen der Scheinehe reiten wird«, sagt Carole lachend.

»Nathaniel ist kein Ritter. Ritter tragen Kleider aus Blech«, stellt Silas fest.

Nathaniel tippt auf seine Uhr. »Es ist dreizehn Uhr dreiunddreißig«, sagt eine Frauenstimme.

»Himmel, wir werden noch zu spät zu unserer Hochzeit kommen!«, ruft Carole laut.

Auf einmal bricht Hektik aus. Nathaniel lässt Alisha in ihr Blindenhund-Geschirr schlüpfen, Carole steckt Silas in die wärmste Winterjacke und stülpt ihm eine Mütze über. Als sie kurz darauf die Tür öffnen, erinnert das ungewöhnliche Vierergespann an aufgeschreckte Rennpferde, die aus der Startmaschine stürmen. Allen voran Alisha, die an ihrem Geschirr zerrt, als gelte es, als Erste über die Ziellinie zu kommen.

Es scheint ein ungeschriebenes, aber unumstößliches Gesetz zu sein, dass man immer die Rückansicht eines wegfahrenden Busses zu sehen bekommt, wenn man sowieso schon knapp dran ist. Ganz selten jedoch erweist sich das vermeintliche Pech im Nachhinein als wahres Glück. Caroles Schimpftirade über den verpassten Bus ist noch nicht verklungen, als Silas plötzlich zu winken beginnt. Caroles Blick folgt jenem ihres Sohnes und wandert auf die andere Straßenseite, wo eine betagte Dame heftig mit den Händen wedelt. Veronika.

»Was macht Veronika dort drüben?«, fragt Carole Nathaniel, obwohl er nicht einmal erahnen kann, dass Veronika in der Nähe ist.

»Veronika? Wo ist sie, was macht sie hier, sie wollte doch zum Standesamt kommen?«

»Sie will, dass wir hinübergehen«, sagt Silas.

Schlagartig dämmert es Carole, dass sie an der Haltestelle für den Bus in die entgegengesetzte Richtung stehen und um ein Haar den falschen genommen hätten. Sie blickt nach rechts und sieht, dass sich der andere Bus schon nähert, ruft laut »Avanti!«, und nicht nur Alisha gehorcht ihr aufs Wort, sondern auch der kleine und der große Mann, die mit ihr über die Straße eilen.

»Carole, dein Orientierungssinn ist so schlecht, dass sogar ein Blinder eher ans Ziel findet«, sagt Nathaniel, als er sich kurze Zeit darauf auf den Sitz im Bus sinken lässt. »Zum Glück haben wir Veronika!«

Exakt zwei Minuten und fünfundvierzig Sekunden bevor die Trauungszeremonie beginnt, trifft das Brautpaar mit seiner Entourage auf dem Standesamt ein. Milla atmet erleichtert aus. Sie hat in den letzten drei Minuten etwa alle zehn Sekunden auf die Uhr geschaut. Sie ist nervöser, als würde sie selbst vor den Altar treten.

»Wir haben schon befürchtet, ihr hättet es euch anders überlegt!«, ruft sie laut, als sie die Hündin Alisha die Treppe des Standesamts hochtraben sieht, dicht gefolgt von Nathaniel, Silas und Carole, und etwas später auch von Veronika, die mit dem Tempo der jüngeren Generationen nicht ganz mithalten kann. Milla und Veronika werden die Trauzeuginnen sein, Sandro, Silas und Alisha bilden die übrigen Hochzeitsgäste. Und obwohl alle wissen, dass diese Trauung nur stattfindet, damit den Behörden ein amtliches Papier vorgelegt werden kann, das ihnen vorgaukelt, Nathaniel und Carole seien ein Paar, sind sie doch alle aufgeregt, als würde hier eine große Liebe besiegelt. Tatsächlich geht es in dieser Geschichte um Liebe, allerdings um die Liebe zu diesem kleinen Jungen, für den die Anwesenden nur das Beste wollen.

Kaum haben sich alle begrüßt, öffnet sich die Tür zum Trauungszimmer. Der Mann, der sein Gesicht hinausstreckt, zieht die Nase kraus, als er die seltsam zusammengewürfelte Truppe im Warteraum erblickt. Dann tritt er zur Seite und bittet sie einzutreten.

Müsste man für eine TV-Komödie die Rolle eines überzeichneten Standesbeamten besetzen – dann wäre Beat Zwicker dafür gesetzt. Er sieht aus wie die menschgewordene Verkörperung seines Berufstandes. Zwicker ist etwas zu klein geraten, seine Nase ist spitz, das gelbliche Haar sorgfältig von rechts nach links über die Glatze gekämmt, und sein Teint sieht aus, als habe er die Sonne vor zehn Jahren das letzte Mal gesehen. Er wirkt überaus korrekt, ordentlich und langweilig.

Das Trauungszimmer hingegen sieht ganz anders aus, als man es erwarten würde. Der an sich schöne Raum mit

Parkett, Wandtäfelung und Stuckverzierungen an der Decke ist verunstaltet mit einem runden Teppich mit Blumenmuster in einer nicht mehr definierbaren Farbe, die an abgestandenes Spülwasser erinnert. Darauf steht ein Tisch mit drei abgerundeten Ecken, der an Hässlichkeit kaum zu überbieten ist. Die Lampen, die darüber hängen, sehen aus wie zwei unterschiedlich große fliegende Untertassen. Und die Chromstahlstühle mit knallroten Polstern, die der Form einer Lippe nachempfunden sind, erinnern an das Filmset eines Pornostudios aus den Achtzigerjahren. Milla schaudert kurz, als sie den Raum betritt: Allein die Einrichtung wäre für sie ein Grund, ein Leben lang darauf zu verzichten, das Jawort zu geben.

Carole führt Nathaniels Hand an die Stuhllehne, er lässt sich ahnungslos auf das Lippenpolster sinken. Beat Zwicker weist Milla und Veronika an, rechts von ihm Platz zu nehmen.

Carole und Nathaniel haben die kürzere Version der Trauung gewählt, fünfzehn statt fünfundzwanzig Minuten, zum Glück. Der Standesbeamte wirkt zwar bemüht, seine wohl schon tausend Mal erzählte Geschichte über Rechte und Pflichten, die das Eheleben so mit sich bringt, auf unterhaltsame Weise von sich zu geben. Allerdings ist er der Einzige, der über die eingestreuten Witzchen lacht. Als er seine Rede beendet hat, richtet er das Wort zuerst an Nathaniel.

»Wollen Sie, Herr Nathaniel Brenner, mit der hier anwesenden Carole Marie-Claire Stein die Ehe eingehen, dann antworten Sie bitte mit Ja.«

Nathaniel schnappt zuerst nach Luft, wie ein Langstreckentaucher, der zu lange unter Wasser war, dann bringt er ein »Ja, ich möchte« zustande.

»Wollen Sie, Frau Carole Marie-Claire Stein, mit dem hier anwesenden Nathaniel Brenner die Ehe eingehen, dann antworten Sie mit Ja.«

Caroles »Ja, ich will« wird von einem schrillen Läuten übertönt. Sandros Handy. Milla schnellt herum, um ihm einen missbilligenden Blick zuzuwerfen, und sieht, wie er hastig versucht, den Ton auszuschalten.

»Ja, ich will«, wiederholt Carole, als wieder Stille herrscht.

»Und dieser Moment«, sagt Bruno Zwicker in verschwörerischem Tonfall, »gehört nun ganz allein ... Ihnen beiden.« Dann dreht er sich diskret um, sodass er gar nicht mitbekommt, wie Carole und Nathaniel auf den Kuss verzichten.

Nachdem die Unterschriften an der richtigen Stelle unter die Papiere gesetzt sind, ist die Ehe zwischen der lesbischen Frau und dem blinden Mann besiegelt. Ein Raunen der Erleichterung geht durch die versammelte Runde, dass es vollbracht ist. Als Milla aufsteht, spürt sie Sandros Hand auf ihrer Schulter.

»Es tut mir leid, ich muss los.«

Milla kann nicht mehr zählen, wie oft sie diesen Satz schon gehört hat. »Was ist passiert?«

»Ein Kind ist verschwunden.«

5

Je näher Irena dem Dorf Innertkirchen kommt, desto hügeliger wird die Gegend und desto höher liegt der Schnee. Wie lieblich die Landschaft ist, denkt sie.

Wie trügerisch.

Die Hügel liegen wie erstarrte Wellen unter dem Blau des Himmels. Doch bald zieht sich die Landschaft zusammen, und die Hänge werden steiler. Die Häuser sind weiß-braune Würfel mit Ziegeldächern, unten Beton, oben dunkelgegerbtes Holz. Sogar die Bauernhöfe sehen aus wie Ferienchalets. Bilderbuchschweiz. Die Zeit scheint stehen geblieben zu sein.

Meine Zeit läuft rückwärts.

Für Irena fühlt sich die Fahrt an wie eine Reise in die Vergangenheit. Obwohl sie seit über zwanzig Jahren nicht mehr hier war, findet sie den Weg sofort. Viel hat sich nicht verändert. Die Bank ist keine Bank mehr, die Post nicht mehr die Post, beides wurde vor Jahren geschlossen. Das Restaurant *Zum Goldenen Falken,* einst ein stolzer Gasthof, ist jetzt eine Unterkunft für Asylsuchende. Doch die Häuser, die Straßen … So wie immer, als wäre Irena nur kurz weg gewesen, rasch in die Stadt gefahren, um Einkäufe zu erledigen. Doch zwischen dem Damals und dem Jetzt liegt ein halbes Leben. Es fühlt sich an, als sei es mehr als nur eine Ewigkeit.

Bevor Irena zu ihrem Elternhaus im Ortsteil Gadmen

fährt, stoppt sie vor der Gemeindeverwaltung. Sie hat schon lange keinen Schlüssel mehr zum Haus, in dem sie aufgewachsen ist. Den hat sie in einer einsamen Nacht durch den Schlitz eines Abwasserschachts fallen lassen. Ein kaum vernehmbares Platschen weit unten. So hört sich Freiheit an, hat sie gedacht. Fünfzehn ist sie damals gewesen.

Noch ein Kind. Und doch schon zu erwachsen.

Der Wohnungsschlüssel ist bei der Gemeindeverwaltung deponiert, hat es in dem Schreiben geheißen, das sie vor wenigen Tagen erhalten hat und in dem sie aufgefordert wird, sich um das leerstehende Haus ihres verstorbenen Vaters zu kümmern. Der Tonfall ist nicht gerade freundlich gehalten und lässt durchblicken, dass es nicht unbemerkt blieb, wie sie selbst bei seiner Beerdigung gefehlt hat. Man macht sich in diesem Dorf keine Freunde, wenn man als einzige Tochter dem letzten Geleit fernbleibt. Ihr Cousin hat das Begräbnis schließlich organisiert und ihr die Rechnung zugestellt. Welch ein Schlusspunkt.

Und jetzt steht sie hier. Zunächst hatte sie beabsichtigt, eine Firma mit der Räumung und dem Verkauf des Hauses zu beauftragen. Doch dann … Sie weiß selbst nicht warum, aber auf einmal spürte sie, dass sie noch einmal in das Haus zurückmuss. Ein letztes Mal. Sie hat damals nicht viel mitgenommen, als sie fluchtartig ihr Heim verließ. Ein einziges Foto von Beni, das mittlerweile so abgegriffen ist, dass er darauf kaum mehr zu erkennen ist. Sie hat es als Jugendliche immer mit sich herumgetragen.

Obwohl sie im Augenblick, als sie ging, schon ahnte, dass eine Rückkehr ausgeschlossen sein würde, hat sie nicht mehr mitgenommen als diese eine Fotografie, dazu ein paar Klamotten, ihren Walkman, ihre liebsten Musikkassetten und drei Bücher. Irena weiß, dass sie auch dieses Mal nicht viel mitnehmen wird, ein Foto vielleicht oder zwei. Vielleicht eine kleine Erinnerung an sich selbst, an sich, als sie ein Kind war, aus der Zeit, als sie eine normale Familie waren. Falls noch etwas da ist. Gut möglich, dass ihr Vater alles weggeschmissen hat. Wahrscheinlich, denkt Irena, muss man sich der Vergangenheit stellen, um wirklich mit ihr abzuschließen.

Hoffentlich mache ich keinen Fehler.

Irena hat sich nicht angemeldet. Auf dem Schild neben dem Eingang liest sie, dass die Verwaltung nur noch vormittags geöffnet ist und in zehn Minuten schließt. Das Treppenhaus riecht nach altem Schulhaus, die Tür zum Büro des Gemeindeschreibers ist nur angelehnt, hier kann jeder ein und aus gehen, weil jeder jeden kennt.

Auch Irena kennt Gemeindeschreiber Müller, sie ist mit ihm auf dieselbe Schule gegangen. Manche gehen weg, manche bleiben für immer, doch kaum einer, der dem Dorf einmal den Rücken gekehrt hat, findet den Weg wieder zurück. Irena schaudert, als sie Simon Müller hinter dem Tresen an einem Schreibtisch sitzen sieht. Sein vorderer Schädel ist kahl, dafür hat er ein Doppelkinn, und auch um den Bauch herum hat er das Doppelte an Gewicht zugelegt. Irena betrachtet den gealterten Mann vor sich und überlegt, ob es ihm wohl genauso ergeht und er in ihr eine alte Frau sieht.

»Guten Tag, kann ich Ihnen helfen?«, fragt er förmlich, sichtlich überrascht, ein fremdes Gesicht zu sehen.

»Simon, ich bin's, Irena. Irena Jundt. Schildknecht, früher.«

»Meine Güte, die Rena! Entschuldige, dass ich dich nicht gleich erkannt habe.« Er erhebt sich von seinem Stuhl und starrt sie an, als würde er zum ersten Mal im Leben eine Frau sehen.

Krieg dich wieder ein, denkt Irena, spricht es aber nicht laut aus. Sie setzt ein Lächeln auf. »Ich bin hier, um den Schlüssel zu meinem Elternhaus abzuholen.«

»Natürlich, natürlich. Willkommen zu Hause. Wir haben nicht damit gerechnet, dass du wirklich herkommst. Ist lange her. Lange her.« Noch immer steht er da wie ein Ölgötze und blickt sie an. »Sieh an, die Rena. Die Rena. Sieh an, sieh an.« Simon Müller streift sich die Hände an der Hose trocken und streckt ihr die Rechte hin.

»Kannst du mir den Schlüssel geben?«

Ein Ruck durchfährt Simon Müller, als habe ihn jemand aus einem Traum geschüttelt. »Natürlich, der Schlüssel.« Er geht hinüber zu einer Kommode, die aus Napoleons Zeit stammen muss, wühlt kurz in einer der Schubladen, dann streckt er ihr einen Schlüsselbund hin. Irena erstarrt.

Der Anhänger.

Der Schlüsselanhänger ist eine grellbunte Blume aus gebrannter Knetmasse. Sie selbst hat ihn gemacht und ihrer Mutter zum Muttertag geschenkt, zu ihrem letzten, den sie erlebt hat.

Energisch greift Irena nach dem Schlüssel und wendet sich ab.

»Rena!«, ruft Simon Müller, als sie schon in der Tür ist.

Irena hält inne und blickt sich noch einmal um.

»Melde dich, falls du Hilfe brauchst.«

Dankend nickt sie ihm zu. Dann ist sie draußen, nimmt zwei Stufen auf einmal. Sie will nicht, dass jemand ihre Tränen sieht.

Irena bleibt lange im Wagen sitzen. Er steht auf dem Parkplatz vor dem Haus, da, wo der alte Volvo Kombi des Vaters immer gestanden hat. Aus den Boxen dröhnt *Iron Maiden*. Als müsse sie sich mit hartem Sound aufputschen, bevor sie in den Ring steigt.

Benis Musik.

Sie hat Heavy Metal nie gemocht. Hat Iron Maiden erst angefangen zu hören, als Beni weg war. Nachdem die letzten Töne von *Only The Good Die Young* ausgeklungen sind, öffnet Irena die Autotür und steigt aus.

Das Geklimper des Schlüssels im Schloss ist trotz allem ein vertrautes Geräusch. Als sie in den Flur tritt, stellt sie fest, dass es anders riecht als früher. Ein fremder Geruch, der nichts mit ihr und ihren Erinnerungen zu tun hat. Doch alles andere ist genauso, wie sie es im Gedächtnis abgespeichert hat. Die Garderobe. Der Spiegel. Der Schirm im Schirmständer, es ist immer noch der gleiche. Vaters Jacke, die da hängt, als würde er nebenan in der Stube auf dem Sofa sitzen. Irena ringt auf einmal um das Gleichgewicht, sie muss sich setzen, in der Küche, ein Stuhl. Sie greift danach und lässt sich darauf fallen. Ein Druck auf ihrem Herzen, als hätte eine Faust es umschlossen. Ihr ist schlecht. Am liebsten würde sie hinausrennen, die Tür hinter sich zuschlagen und nie mehr zurückkehren. Doch das geht nicht.

Der alte Küchentisch. Irena fährt mit der Hand über die Kante, fühlt die Kerbe, die sie mit dem Messer hineingeschnitzt hat. Der Vater hat ihr auf die Finger gehauen und gedroht, sie müsse fortan mit den Händen essen, wenn sie das noch einmal mache. Dieselben ausgeblichenen Kissen auf den Stühlen. An den gelben Platten an der Wand kleben Blumensticker, die es gratis zu jeder Spülmittelflasche gegeben hat. Irena erinnert sich, dass Beni und sie sich darüber gestritten haben, wer sie ankleben darf.

Sie steht auf, nimmt ein Glas aus dem Schrank, füllt es mit Wasser und trinkt es in einem Zug leer. Unsicheren Schrittes geht sie hinüber ins Wohnzimmer. Das alte Sofa, auf dem sie bereits als Kind gesessen hat. Ein riesiger, neuer Fernseher. Der orange Teppich ist verschwunden und durch einen beigen ersetzt worden, der bereits ausgetreten ist. Dieselben Vorhänge. In der hinteren Ecke der alte Sekretär, ein Erbstück der Großmutter. Die aufgestellten Bilderrahmen sind noch da. Irena kennt jede Fotografie, auch wenn die Aufnahmen verblasst sind. Beni als kleiner Bub im Planschbecken, das der Vater im Garten aufgestellt hatte. Beni an seinem ersten Schultag. Das Hochzeitsfoto ihrer Eltern. Beni auf seinem neuen Fahrrad, kurz bevor er verschwand.

Kein Bild von mir.

Das Fahrrad hat man später gefunden, in einem Graben neben der Straße, die Richtung Stadt führt.

Aber von Beni fehlt bis heute jede Spur.

6

»Ein Junge ist verschwunden.« Florence Chatelat hält ihrem Chef Sandro Bandini die Tür auf, sie sind genau gleichzeitig im Polizeipräsidium eingetroffen. »Er ist erst sechs.«

»Wie lange ist er schon weg?«

»Seit heut Morgen um halb acht.«

Automatisch blickt Sandro auf die Uhr. Es ist kurz vor drei. Das kann alles bedeuten: dass der Bub gleich wieder auftaucht oder dass er schon tot ist.

»Ist mittags nicht nach Hause gekommen, und als die Mutter den Kindergarten anrief, erfuhr sie, dass er gar nicht dort war«, fährt Florence fort.

Sechsjährige laufen manchmal weg, packen das Stofftier ein oder das Spielzeugauto und steigen in den erstbesten Zug, weil sie sich über die Mutter geärgert haben, vielleicht weil sie verlangt hat, dass das Zimmer aufgeräumt wird. Und dann finden sie nicht wieder nach Hause zurück. Oder sie verunfallen bei einem kleinen Abenteuer, das auf einmal zu einem ganz großen wird. Und manchmal, denkt Sandro, werden sechsjährige Buben entführt, sexuell missbraucht und ermordet. Gilt ein Kind als vermisst, tritt für ihn immer der Ernstfall ein, und zwar ab dem ersten Augenblick.

»Wissen wir schon was über die Familie?«, fragt er Florence, als er neben ihr die Stufen hoch eilt.

»Wir fahren gleich zu ihr«, antwortet Felix Winter an ihrer Stelle, der ihnen im Treppenhaus entgegenkommt. Florence und Sandro machen kehrt, wenig später sitzen sie zu dritt im Polizeiwagen.

»Der Junge heißt Fabio Della Fortuna, seine Eltern haben italienische Wurzeln, sind aber beide hier zur Welt gekommen. Nichts bekannt über häusliche Gewalt oder Streitereien in der Familie, keine polizeilichen Vorkommnisse.« Felix Winter bringt seinen Chef und seine Kollegin auf den aktuellen Stand, während er das Auto durch den Verkehr steuert. Er ist der Älteste im Team der Abteilung Leib und Leben der Kantonspolizei Bern, und er hat alles gesehen, was man in einer langen Karriere als Ermittler zu Gesicht bekommen kann. Oder zu Gesicht bekommen muss. Doch wenn es um Kinder geht, ist es vorbei mit seiner Abgeklärtheit. Kinder als Opfer erschüttern ihn noch immer wie am ersten Tag. Und verschwundene Kinder rufen ungute Erinnerungen wach.

»Ist er schon einmal weggelaufen?«, fragt Sandro.

»Nicht dass ich wüsste, aber ich hatte den Vater nur kurz am Telefon, er war völlig aufgelöst. Ich habe ihm versprochen, dass wir gleich vorbeikommen.«

»Was denkst du?« Sandro ist zwar der Chef des Teams, doch Felix ist derjenige mit dem schärfsten Instinkt. Man mag es Erfahrung nennen oder Bauchgefühl – seine Intuition hat ihn noch selten getäuscht.

»Ich weiß es nicht.« Felix zögert. »Was mich beunruhigt: Der Junge ist ausnehmend hübsch.«

Augenblicklich hat Sandro ein anderes Bild im Kopf – ein Bild aus seiner eigenen Kinderzeit. Die Fotografie eines Jungen: wilde schwarze Locken, dunkle Augen, strahlendes Lachen. *Ausnehmend hübsch*. Die Vermisstenmeldung hing in jedem Schaufenster, im Supermarkt an der Kasse, beim Metzger am Tresen, als Sandro selbst gerade erst um die zehn Jahre alt war. Er weiß noch, wie er die Fotografie immer wieder angeschaut hat, dem etwa gleichaltrigen Jungen in die Augen geblickt hat, und sich nicht hat vorstellen können, dass er einfach verschwunden und womöglich tot war. Und daneben hingen weitere Kinderbilder. Innerhalb weniger Jahre waren damals in der Schweiz mehrere Mädchen und Jungen entführt worden. Sandro erinnert sich noch heute an jedes einzelne Gesicht, an jeden Namen. Einige der Kinder wurden Tage oder Wochen später ermordet aufgefunden, andere gelten bis heute als vermisst. Seit dreißig Jahren fehlt von ihnen jede Spur.

Die schrecklichen Verbrechen in den Neunzigerjahren haben eine ganze Generation geprägt. Sandros Eltern reagierten schon panisch, wenn er mal eine Viertelstunde zu spät vom Spielen nach Hause kam. Sie hatten ihm eingebläut, dass er laut losbrüllen und weglaufen müsse, falls er von einem Fremden angesprochen würde. Jeder hatte Angst, auch Sandro. Doch gleichzeitig spürte er eine unheimliche Faszination darüber, dass etwas so Unfassbares passieren konnte: dass ein Kind, wie er eines war, plötzlich weg war – und nie mehr gefunden wurde.

Gut möglich, dass es mit ein Grund war, warum er heute das ist, was er ist: Ein Polizist, für den der Beruf viel mehr bedeutet als bloß bezahlte Arbeit. Und der gerade jetzt unterwegs ist zu einer Familie, deren Kind verschwunden ist. Sandro wird alles daran setzen, den Kleinen zu finden.

Die Familie Della Fortuna wohnt im zweiten Stock eines Mehrfamilienhauses in Toffen, einem Dorf, das etwa zwanzig Kilometer vor Bern liegt. Als Sandro auf die Klingel drückt, hofft er, dass der Name ein gutes Omen ist; dass den Della Fortunas das Glück nicht abhandengekommen ist.

Die Augen des Mannes, der ihnen die Tür öffnet, sind gerötet. Er bemüht sich, Haltung zu wahren.

»Haben Sie schon etwas gehört?« fragt er, ohne eine Begrüßung abzuwarten.

»Herr Della Fortuna? Mein Name ist Sandro Bandini, ich bin der Leiter der Abteilung Leib und Leben der Kantonspolizei Bern. Wir sind hier, weil wir Informationen brauchen, um sofort mit der Suche zu beginnen.«

»Leib und Leben? Das ist doch die Mordkommission? Sie denken, dass unser Fabio schon tot ist?« Luigi Della Fortuna wird von einem tiefen Schluchzen geschüttelt. Noch bevor Sandro antworten kann, tritt er einen Schritt zurück und lässt sie hinein. Im Wohnzimmer kommt ihnen eine Frau entgegen, die wesentlich gefasster wirkt als ihr Mann. Ein kleines Mädchen klammert sich an ihrem Bein fest und versucht, sich dahinter zu verstecken.

»Wir werden Ihnen alle Informationen geben, die Sie brauchen. Fragen Sie!«, fordert sie die Polizisten auf.

»Wir glauben nicht, dass Fabio schon tot ist«, sagt Sandro. »Und wir werden alle Hebel in Bewegung setzen, ihn lebend zu finden. Wir haben Fabio sofort polizeilich ausgeschrieben und das Bild, das Sie uns geschickt haben, an alle Streifen ausgegeben.« Sandro spricht bewusst langsam und ruhig, er weiß, dass sich die Eltern in einem absoluten Ausnahmezustand befinden. »Damit wir gezielt suchen können, müssen wir Ihren Sohn ein wenig kennenlernen.«

»Ich würde mich gerne in Fabios Zimmer umsehen, während Sie mit meinen Kollegen sprechen, darf ich?«, fragt Felix Winter.

»Natürlich. Es ist die zweite Tür links.« Angela Della Fortuna weist in den hinteren Teil der Wohnung, bevor sie Sandro und Florence bittet, am Tisch Platz zu nehmen.

»Ist Fabio schon einmal zu lange weggeblieben oder nicht in den Kindergarten gegangen?« Sandro hat sein altmodisches schwarzes Notizbuch und den silberfarbenen Kugelschreiber aus der Tasche gezogen. Vor Florence liegt ein Tablet.

»Nein, er ist ein lieber Junge, er hat uns nie Sorgen bereitet. Fabio würde nicht freiwillig den Kindergarten schwänzen. Er ist im letzten Jahr und geht seit sechs Monaten alleine hin, er ist noch nie zu spät gekommen.« Es ist die Mutter, die das Reden übernommen hat. Der Vater hat das Gesicht in seine Hände gelegt. Sein Schluchzen ist in ein lautloses Weinen übergegangen.

»Um wie viel Uhr hat er das Haus verlassen?«

»Um halb acht, wie jeden Morgen.«

»Hat ihn jemand beim Kindergarten gesehen?«

»Ich glaube nicht.«

»Wir brauchen die Telefonnummern seiner Erzieherin, der Eltern der anderen Kinder und von allen anderen Freunden, mit denen er manchmal spielte. Und ich möchte, dass Sie mir den Weg zeigen, den Fabio normalerweise nimmt. Hatten Sie in den letzten Tagen oder heute Morgen Streit mit Fabio? Hat ihn etwas geärgert?«

»Nein. Er war wie immer.«

Sandro versucht, sich nicht anmerken zu lassen, dass seine Sorgen mit jedem Satz, den die Mutter spricht, größer werden. Er wirft Florence einen Blick zu und nickt kaum wahrnehmbar in Richtung Fabios Vater, der zusammengesunken auf dem Stuhl sitzt, nur noch ein Schatten seiner selbst. Florence versteht den Wink und greift zum Telefon, um den psychiatrischen Dienst zu verständigen.

»Hatte Fabio ein Handy dabei?«

»Nein, er hat kein Handy. Wir dachten, er sei noch zu jung.«

Angela Della Fortuna senkt den Blick, als ob sie sich schuldig fühlte. Weil sie denkt, dass das alles nicht passiert wäre, wenn sie ihm ein Handy gekauft hätte.

»Spielt Fabio Computer?«

»Nein. Er macht sich nicht viel aus solchen Dingen. Er spielt lieber Fußball. Er träumt davon, Profifußballer zu werden. Ich weiß, davon träumt wohl jeder Junge. Aber er ist wirklich begabt.«

»Ist er zu Fuß zum Kindergarten gegangen? Allein oder mit einem Freund?«

»Er hat ein Skateboard, und er ist immer alleine gegangen.«

Wieder schaut sie beschämt zu Boden. Sandro ahnt, was ihr durch den Kopf geht. Und das ist erst der Anfang. Die Selbstvorwürfe, so unberechtigt sie auch sein mögen – sie wird sie nie mehr loswerden, wenn Fabio nicht unversehrt wieder auftaucht.

»Können Sie uns so genau wie möglich beschreiben, welche Kleidung Fabio heute trägt?«, führt Sandro die Befragung fort.

»Blaue Jeans, einen weißen Pullover mit Snoopy drauf. Seine Winterjacke ist rot, und er trägt eine bunte Strickmütze mit einem großen Bommel dran, die Nonnina hat sie ihm gestrickt. Regenbogenfarben.«

Sandro schreibt alles in sein kleines schwarzes Buch. Dank seiner italienischen Wurzeln weiß er, dass Nonnina das italienische Kosewort für Großmutter ist. »Und die Schuhe?«

»Hohe schwarze Moonboots. Steht sogar drauf, Moonboots, in weißer Schrift. Mit Schnürsenkel rund um den Stiefel.«

Nur eine Mutter, die sich wirklich um ihr Kind kümmert, kann so genau beschreiben, was es trägt, wenn es am Morgen das Haus verlässt, denkt Sandro. Beim Blick auf die Wohnung drängt sich ihm ein zweiter Gedanke auf: Hier ist kein Geld zu holen. Der Entführer – wenn es einen gibt – ist kein Erpresser, der reich werden will. Sein einziges Interesse gilt dem Kind. In dem Moment tritt Felix Winter ins Wohnzimmer und wechselt mit Sandro einen Blick.

Sandro wendet sich wieder Angela Della Fortuna zu. »Wir werden die Kollegen vom kriminaltechnischen Dienst vorbeischicken, um Fingerabdrücke und DNA von Fabio sicherzustellen. Und können Sie mir die Adresse seines Arztes und seines Zahnarztes geben?«

»Sie denken, Fabio ist tot.«

»Nein. Wir gehen davon aus, dass er lebt. Aber wir müssen alle Maßnahmen treffen. Wir werden jetzt gleich mehrere Teams losschicken, um die nähere Umgebung abzusuchen, auch die Nachbarhäuser, die Keller, vielleicht ist er irgendwo reingeklettert und kommt nicht mehr heraus. Und wir werden mit allen Erziehern sowie

Kindern aus dem Kindergarten sprechen und den Weg absuchen sowie die Anwohner befragen.«

»Sie müssen ihn finden.« Die Stimme des Vaters droht zu versagen. Seine Augen sind nass und geschwollen.

»Wir werden alles tun, was möglich ist.« Sandro macht in seinem Job keine Versprechungen mehr. Er hat früh gelernt, dass er sie nicht immer halten kann. Auch wenn er sich nichts mehr wünschte als das.

7

Die Tage sind zu kurz im Februar. Die letzten Sonnenstrahlen haben das Tal bereits verlassen, und die Dunkelheit bettet sich träge auf die Hügel. Eiskristalle nehmen die Fensterscheiben in Beschlag. Irena schaut hinaus auf das Dorf, das ihr so vertraut und doch so fremd geworden ist. Sie zieht die Vorhänge zu. Mitten in der Bewegung hält sie inne, sie meint, im Garten etwas wahrgenommen zu haben, oder jemanden, einen Schatten, auf jeden Fall eine Bewegung. Sie kneift die Augen zusammen. Da ist nichts. Vielleicht war da auch nichts. Doch es bleibt ein ungutes Gefühl. Sie fühlt sich nicht wohl in diesem Haus.

Im Haus des Todes.

Irena erschrickt ob ihres Gedankens und wischt ihn weg. Sie macht das Licht an und steigt die Treppe hoch in den ersten Stock. Drei Zimmer. Das Elternschlafzimmer, die beiden Kinderzimmer. Das Bett ihres Vaters, das einst das Ehebett war, ist gemacht. Sie klopft mit der Hand auf die Tagesdecke, Staub wirbelt auf. Die letzten vier Monate seines Lebens hat ihr Vater im Altersheim verbracht, seither hat niemand mehr das Haus betreten. Auf dem Nachttisch steht eingerahmt eine alte Fotografie ihrer Mutter, eine junge Frau, wohl etwas über zwanzig, also etwa halb so alt wie Irena heute.

Sie setzt sich auf das Bett, nimmt das Bild in die Hand.

Wie schön sie war.

Vielleicht hat Vater Mutter tatsächlich geliebt. Auf jeden Fall hat er ihr Bild nie weggestellt.

Sie hat es nicht verkraftet. Nach Beni ist auch Irenas Mutter langsam verschwunden. Die Trauer hat sie aufgefressen. Als sie die Hoffnung verlor, dass Beni noch leben könnte, hat sie sich mehr und mehr zurückgezogen. Sie war nicht mehr präsent, nahm Irena nicht mehr wahr, fast so, als wäre ihre Tochter für sie unsichtbar geworden. Für sie gab es nur noch Beni, den es nicht mehr gab. Zuletzt kam ihre Mutter nicht einmal mehr zum Essen aus dem Zimmer, sodass Irena ihr die Teller ans Bett bringen musste. Doch irgendwann hörte sie auch auf zu essen. Und eines Morgens war sie tot. Tabletten, hat der Arzt gesagt. Niemand weiß, wann und wo sie sich die Medikamente besorgt hat.

Sie sei zu Beni gegangen, haben die Leute an der Beerdigung zu Irena gesagt.

Sie hat mich alleine zurückgelassen, hat Irena gedacht.

Irena hat sich lange die Schuld am Tod ihrer Mutter gegeben. Das schlechte Gewissen plagte sie, weil Beni und nicht sie selbst verschwunden war. Weil sie noch da war – auch wenn niemand sie mehr beachtete. Und ihr Vater? Er hörte auf, mit ihr zu sprechen. Da waren keine Worte mehr. Mit der Trauer und dem Leid hatte sich das Schweigen zwischen sie geschoben. Doch Irena konnte spüren, dass auch er ihr die Schuld gab. Er hätte den Sohn der Tochter vorgezogen.

Irena stellt das Bild ihrer jungen Mutter zurück, steht auf und geht hinüber in ihr früheres Kinderzimmer. Es ist nichts von ihr übriggeblieben. Ihr Vater hat ihr Zimmer leergeräumt und es zu einem Büro umfunktioniert.

Auf dem Schreibtisch stapeln sich Papiere, es herrscht ein ziemliches Durcheinander. Sie wird das alles sichten müssen, später. Sie öffnet die obere Schublade und hält überrascht in der Bewegung inne, als sie den Inhalt sieht: Kinderfotos, die lose darin liegen. Bilder von ihr und Beni. Sie wühlt mit der Hand in den Aufnahmen, Beni, Beni, Beni. Sie selbst ist nur auf den Fotografien zu sehen, auf denen sie gemeinsam mit Beni posiert. Rasch schiebt sie die Schublade wieder zu. In der unteren Schublade findet sie Papiere, die mit Vaters Finanzen zu tun haben. Zuunterst liegt ein altes gelbes Postbüchlein, mit dem ihr Vater auf dem Postamt die Einzahlungen tätigte. Irena blättert das sogenannte Empfangsscheinbuch durch. Es enthält nicht viele Einträge. Nur einer wiederholt sich jeden Monat. Eigenartig, denkt Irena, als sie im Feld links außen die Adresse liest: Ihr Vater hat ihrem Onkel Oskar Monat für Monat zweihundertfünfzig Franken überwiesen. Damals ein halbes Vermögen. Eine Begründung steht da nicht, nur Adresse, Konto, eine Unterschrift, ein Stempel. Irena blättert zurück, die erste Zahlung an ihren Onkel findet sie auf der ersten Seite, im Jahr 1987. Irena wühlt noch einmal in den Papieren, sucht nach einem zweiten, älteren Postbüchlein, aber da ist keines. Sie blättert die dicken hellbraungelben Seiten wieder vorwärts, bis sie bei den hintersten Eintragungen anlangt. Die letzte Zahlung an ihren Onkel erfolgte Ende März 1991 – exakt in jenem Monat, als Beni verschwand. Irena kann sich nicht erklären, warum ihr Vater dem Onkel Geld überwiesen hat. Es muss sich um eine alte Schuld handeln, die er begleichen wollte. Sie legt das Büchlein zurück, schließt die Schublade, verlässt das Zimmer.

Die gegenüberliegende Tür ist zu. Irena drückt auf die Klinke – abgeschlossen. Sie weiß, wo der Schlüssel sein muss. Menschen ändern ihre Gewohnheiten nicht. Sie steigt hinab in die Küche, öffnet den Putzschrank, an der Innenseite der Tür hängt das Schlüsselbrett. Sie greift nach dem einzigen Bartschlüssel und geht wieder hinauf. Und tatsächlich, er passt.

Irena öffnet die Tür und hält den Atem an.

8

Noch ist es nur eine Vermisstenanzeige. Doch als Angela Della Fortuna die Tür hinter ihnen schließt, ist Sandro, Florence und Felix klar, dass sie es mit größter Wahrscheinlichkeit mit einem Verbrechen zu tun haben. Und dass die Chance, den Jungen lebend zu finden, mit jeder weiteren Minute kleiner wird.

»Wir müssen sofort Suchteams aufbieten«, sagt Felix.

»Wir brauchen einen Arbeitsraum«, erklärt Florence.

»Ich stelle die SoKo zusammen«, informiert Sandro.

Eine gut geölte Maschine wird in Gang gesetzt. Jeder weiß, was zu tun ist, und jeder funktioniert hochprofessionell – was ihnen dabei hilft, die eigenen Gefühle klein zu halten und das Geschehen nicht zu nahe an sich heranzulassen. Denn das persönliche Befinden muss hintangestellt werden. Im Moment geht es nur um eines: um das Leben des sechsjährigen Fabio Della Fortuna.

Fünfzig Minuten später trifft sich die neu gebildete SoKo Fortuna in der provisorisch eingerichteten Einsatzzentrale im Gemeindehaus des Dorfes, das derzeit kaum einer kennt, in etwa einer Stunde aber der ganzen Schweiz ein Begriff sein wird. Der Medienverantwortliche sitzt mit am Tisch in dem Zimmer, in dem normalerweise der Gemeinderat über das politische Tagesgeschäft debattiert – Umbau des Spielplatzes, neue Teerdecke im

Fuchsienweg, solche Dinge –, und das eigentümlich nach Staub und ungewaschenen Socken riecht. Nach der Besprechung wird er die Vermisstmeldung an die Zeitungen, die Radio- und die Fernsehstationen weitergeben, gerade noch rechtzeitig, damit sie vor Beginn der Hauptausgabe der Tagesschau mit Bild ausgestrahlt werden kann. Viel wichtiger aber sind heute die Online-Medien und Social-Media-Kanäle. Sie werden innerhalb von Sekunden verbreiten, dass ein Kind als vermisst gilt. Sandro zweifelt nicht daran, dass keine halbe Stunde später die ersten Journalisten vor dem Haus der Familie Della Fortuna Stellung beziehen werden. Und mitten drin, denkt Sandro bitter, wird er wahrscheinlich einen dunklen Lockenkopf erkennen. Millas Lockenkopf. Unweigerlich spürt er Ärger in sich hochkommen, immer noch und immer wieder, obwohl er sich längst hätte daran gewöhnen müssen, dass er sich mit seiner Freundin in diesem Punkt nie einig werden wird. Er kann Journalisten nun mal nicht ausstehen, die sich auf das Leid von anderen stürzen wie Fliegen auf frische Pferdeäpfel. Dass Milla in ihrem Job manchmal Ähnliches tut, hat schon manche Beziehungskrise ausgelöst. Sandro verdrängt den Gedanken. Er muss sich fokussieren jetzt.

Der Geräuschpegel sinkt, die Stühle sind zurechtgerückt, als Sandro aufblickt, sieht er in sechs angespannte Gesichter; vor ihm sitzt sein angestammtes Team – Felix Winter, Florence Chatelat, Bettina Flückiger und Ramon Fink –, ergänzt durch Emilio Livingstone vom Mediendienst und Marcel Hugentobler, Einsatzleiter der Suchmannschaften, der jetzt lieber draußen bei seinen Leuten wäre. Sandro erteilt ihm nach einer kurzen Einführung als Erstem das Wort, damit er gleich wieder loskann.

»Die Gruppen sind aufgestellt, die Sektoren zugeteilt. Ich habe fünfzig Leute aus dem Polizeikorps zur Verfügung, ebenso viele Soldaten sind aufgeboten und unterwegs, dazu dreißig Feuerwehrleute und mehrere Hundeführer mit Fährten- und Leichenspürhunden. Eine Gruppe von zehn Mann konzentriert sich auf die Nachbarschaft, auf Keller, Treppenhäuser, den Schulweg. Die anderen sind schon draußen auf dem Feld. Das Dorf ist von riesigen Wäldern umgeben. Wir konzentrieren uns aber vorerst auf die Zufahrtsstraßen und die zugänglichen Gebiete.« Hugentobler schweigt einen Moment, als wäge er ab, ob er seinen Gedanken aussprechen soll. »Das kann eine lange Suche werden. Und es wird schon dunkel. Heute Nacht fallen die Temperaturen erneut unter den Gefrierpunkt.«

Jeder im Raum weiß, was das bedeutet.

»Helikopter?«, fragt Sandro.

»Unterwegs.«

Als müsste die Aussage bestätigt werden, hören sie in diesem Moment das knatternde Rotorgeräusch eines Hubschraubers, der über das Haus fliegt.

»Die Wärmebildkamera ist an Bord«, fährt Hugentobler fort. »Sollen wir den Entführungsalarm aktivieren?«

Die Frage richtet sich an Sandro. Der Alarm wurde nach einem tragischen Entführungsfall vor ein paar Jahren eingeführt, um die Bevölkerung über Push-Nachrichten und SMS möglichst schnell dazu aufzurufen, nach einer vermissten Person Ausschau zu halten. Bis zum heutigen Tag wurde er noch kein einziges Mal ausgelöst. Es ist nur sehr schwer abzuschätzen, wie ein Täter im Falle einer Entführung auf eine öffentliche Alarmierung reagieren würde. Möglich, dass er sofort aufgibt – möglich, dass er sein Opfer sofort umbringt.

»Ja, löse den Entführungsalarm aus«, sagt Sandro knapp. Einmal ist immer das erste Mal.

Hugentobler ist schon aufgestanden, bevor Sandro fertig gesprochen hat. »Falls noch etwas ist: Ihr findet mich draußen beim Einsatzwagen.«

Sandro nickt und wendet sich an Emilio Livingstone. »Wir haben drei Bilder des Jungen, ich hab sie dir geschickt.«

»Schon erhalten. Die Meldung ist bereits verfasst und kann rausgehen.«

»Brauchst du noch etwas?«

»Ich habe Bilder, Beschreibung zur Person und Kleidung, Informationen, wann Fabio wo zum letzten Mal gesehen wurde. Ich weiß aber nicht, wie er unterwegs war. Fahrrad?«

»Skateboard.«

»Wie sah es aus?«

Sandro und Felix wechseln einen Blick. Beide haben vergessen, danach zu fragen.

»Das liefern wir nach. Gib die Meldung raus, und zwar auf allen Kanälen.«

»In drei Minuten ist es erledigt«, sagt Livingstone, während er sich erhebt und hinauseilt.

Als die Tür hinter ihm zufällt, bleibt es im Zimmer einen Augenblick lang ganz still.

»Ich gehe von einer Entführung aus«, sagt Sandro schließlich. »Das heißt, dass wir ab sofort nicht nur nach Fabio suchen, sondern auch nach einem mutmaßlichen Täter. Denn nur wenn wir den erwischen, haben wir überhaupt eine Chance, den Jungen zu finden.«

Noch während Sandro den Satz ausspricht, weiß er, dass er damit auch völlig falschliegen kann. Nicht immer ist ein Fall gelöst, wenn man den Täter gefasst hat. Doch er spricht den Gedanken nicht laut aus.

»Felix, ich möchte, dass du noch einmal zu den Eltern fährst«, sagt Sandro.

»Denkst du, dass die Familie etwas mit dem Verschwinden zu tun hat?«

»Wir können es nicht ausschließen. Das Verhalten des Vaters … Ich will auch mehr wissen über das weitere Umfeld, Onkel, Großvater, ob es irgendwelche Vorkommnisse gab. Und sag einem Kollegen, er soll die Pressemeute vom Haus fernhalten.«

Felix Winter ist nicht nur Sandros Mann mit der größten Erfahrung, sondern auch jener mit dem größten Einfühlungsvermögen. Er findet immer den passenden Moment und die richtige Art, auf die Menschen einzugehen. Schon allein seine äußere Erscheinung strahlt Ruhe aus, und seine tiefe Stimme hat einen väterlichen Klang, der manch einen dazu bringt, mehr zu erzählen, als er will.

»Der Vater stand nahe an einem Zusammenbruch, als wir vorhin da waren«, sagt Felix, an Bettina Flückiger und an Ramon Fink gewandt, die beim Besuch der Eltern nicht dabei waren. »Es schüttelte ihn, er brachte keinen Ton heraus. Schon klar und nachvollziehbar, dass jemand so reagieren kann, wenn plötzlich sein Kind nicht mehr nach Hause kommt. Es könnte aber auch bedeuten, dass ihn die eigene Schuld derart aus der Fassung bringt.«

»Hast du im Kinderzimmer etwas gefunden?«, fragt Florence Felix.

»Auf den ersten Blick ein ganz normales Zimmer eines

ganz normalen Buben. Ferrari-Poster an der Wand. Disney-Figuren im Regal. Comic-Hefte in der Nachttischschublade. Auffallend ist einzig die Ordnung: Es war fast schon zu gut aufgeräumt.«

»Hatte er ein Tablet, einen Computer?« Florence Chatelat ist die IT-Spürnase im Team. Es gibt kaum ein Passwort, das sie nicht knackt, kein Geheimnis, das ihr verborgen bleibt, sobald sie über ein elektronisches Gerät eines Opfers oder eines Täters verfügt. Hätte sie sich gegen den Job bei der Polizei und für eine Karriere als Hackerin entschieden, sie wäre heute eine reiche Frau. Oder hätte wegen ihres Talents möglicherweise auch mit der Polizei zu tun, allerdings als Gegner.

»Ich habe nichts dergleichen gefunden, aber ich werde mich noch einmal umsehen«, verspricht Felix. »Allerdings war der Bub erst sechs. Da wird er sich wohl kaum im Internet rumgetrieben haben.«

»Nimm trotzdem auch den Computer der Eltern mit, wenn sie einen haben. Außerdem die Handys. Man kann nie wissen«, sagt Sandro. »Florence, scannst du mal das Umfeld der Familie? Und die Nachbarschaft? Ob es Personen gibt mit polizeilicher Vorgeschichte? Und du, Ramon, kannst du zuerst die Spitäler abklappern und anschließend prüfen, ob es pädophile Täter gibt, die vor Kurzem aus der Haft entlassen worden sind? Oder die Hafturlaub haben …«

Ramon Fink nickt. Er ist kein Freund der vielen Worte. Doch oft sind es seine unkonventionellen Ideen, die das Team erst auf die richtige Fährte bringen.

Zuletzt wendet sich Sandro Bettina Flückiger zu, die von ihrem Team gleich zwei Spitznamen verpasst bekommen hat: *the brain*, oder auch *Festplatte*, weil sie die

Mensch gewordene Wikipedia-Enzyklopädie ist, die auf alles eine Antwort weiß. Sie spricht den breiten Dialekt der Berner Oberländer und hat den Körperbau einer burschikosen Skirennfahrerin mit Spezialdisziplin Abfahrt. Dicke Augenbrauen, rote Äderchen auf den vollen Wangen und kugelige Augen. Sie ist hart im Nehmen und stärker als viele ihrer männlichen Kollegen.

»Und wir beide ziehen zu zweit los. Sprechen mit allen und jedem. Mit Lehrern, Schulkollegen, Nachbarn. Es ist ein kleines Dorf, in dem jeder jeden kennt. Wer fertig ist, meldet sich bei mir, wir können Unterstützung gebrauchen. Sind noch Fragen?«

Das Schweigen bedeutet ein kollektives Nein.

»Noch kann er am Leben sein, es zählt jede …« Der Klingelton seines Handys unterbricht Sandro mitten im Satz. Er schaut auf das Display, geht ran. Hört zu, schweigt, nickt.

»Verstanden.«

Sandro steckt das Telefon weg.

»Was ist?«, fragt Bettina.

»Sie haben ein Skateboard gefunden.«

9

Als Millas Handy in der Tasche vibriert, weiß sie, wer dran ist, noch bevor sie auf das Display blickt. Es ist keine Stunde vergangen, seit ihr Freund Sandro wegen eines vermissten Kindes ausrücken musste – es kann also niemand anders sein als ihr Chef Wolfgang, der sie mit Sicherheit überreden will, trotz ihres freien Tages sofort zur Arbeit zu erscheinen, ungeachtet der Tatsache, dass sie gerade mit dem Brautpaar Nathaniel und Carole auf die frisch geschlossene Scheinehe anstößt. Sie nimmt sich vor, sich nicht rumkriegen zu lassen, nicht heute und nicht dieses Mal.

»Wolfgang«, sagt sie anstelle einer Begrüßung.

»Milla, du musst sofort los, ein Kind ist verschwunden.«

»Ich hab davon gehört.«

»Woher … ach ja, natürlich hast du davon gehört. Bist du schon dort?«

»Wolfgang, es ist mein freier Nachmittag, ich bin auf einer Hochzeit.«

»Wo?«

»In Bern.«

»Ausgezeichnet. Das Kind wird in Toffen vermisst, das ist nicht weit von dir.«

»Wolfgang!« In der Regel muss man Milla nicht zweimal bitten, wenn es darum geht, eine spannende Reportage zu drehen oder einen Coup aufzudecken. Doch ein verschwundenes Kind und eine Geschichte, die auf allen Kanälen vor- und rückwärtslaufen wird und bei der ihr Freund der Chefermittler ist – darauf kann sie verzichten.

»Milla, bitte. Du weißt, dass du die Beste bist für den Job.« Dieser Satz funktioniert fast immer.

»Nein.«

»Du kriegst einen Extratag frei.«

»Nein.«

»Die nächste superheiße Geschichte, die der Redaktion gesteckt wird, gehört ganz alleine dir.«

Milla braucht ein paar Sekunden zu lange für eine Antwort. Gerade genug Zeit für Wolfang, den letzten allenfalls noch vorhandenen Rest Widerstand zu brechen. »Ivan, dein Kameramann, ist schon unterwegs.«

»In Ordnung. Überredet.«

So viel zum Thema, dass sie sich nicht hat rumkriegen lassen wollen.

»Ruf Ivan an, ihr werdet wohl etwa gleichzeitig dort sein.«

Noch bevor Milla etwas erwidern kann, hat Wolfgang aufgelegt. Sie ist unentschlossen, ob sie sich mehr über sich ärgert, weil sie sich hat überreden lassen – oder darüber, dass Wolfgang schon im Voraus wusste, dass er sie wird überreden können. Sandros Begeisterung, dass sie über seinen Fall berichtet, wird sich in Grenzen halten; doch über die drohenden Streitereien wird sich Milla später Gedanken machen. Wer weiß, vielleicht taucht das Kind bei einem Schulkollegen auf, noch bevor Ivan die Kamera überhaupt eingeschaltet hat. Hoffentlich, denkt Milla. Doch ihr Gespür sagt ihr etwas anderes. Ihr

Gespür sagt ihr, dass die Geschichte kein gutes Ende nehmen wird. Und dass sie sie länger beschäftigen wird, als ihr lieb ist.

Milla leert ihr Sektglas in einem Zug.

»Nathaniel, es tut mir schrecklich leid, aber ich muss auch los.« Milla fasst Nathaniel am Ellenbogen, als sie ihn anspricht.

»Ach nein! Die Arbeit?«

»Die Arbeit.«

»Der Einsatz, zu dem Sandro gerufen worden ist?«

»Du kennst uns zu gut. Es ist ein Kind verschwunden, mein Chef will die Story in den *Wochenthemen* bringen.«

»Klar, da musst du los. Ich verstehe das. Finde das Kind!«

Milla verabschiedet sich von Nathaniel und von Veronika, vom kleinen Silas und von Carole, die heute so glücklich aussieht, als wäre sie eine richtige Braut. Es tut ihr leid, dass sie diese kleine, frohe Gesellschaft verlassen muss. Von der Sonne direkt hinein in den Schatten, von der Fröhlichkeit in die Verzweiflung.

Finde das Kind!

Nathaniels Satz hallt in Millas Kopf nach. Wenn es bloß so einfach wäre. Das Kind zu finden ist zwar Sandros Job, doch es wäre nicht das erste Mal, dass Milla bei ihren Recherchen Sandro und der Polizei eine Nasenlänge voraus ist. Wenn sie sich nicht wie all die anderen Journalisten auf das Drama der Familie des Kindes konzentriert, sondern darauf, herauszufinden, wo das Kind abgeblieben ist – wer weiß … Das wäre was, wenn ihr das gelingen würde! Selbst für Milla hört sich der Gedanke überheblich an. Doch sie hat gelernt, dass man sich die Ziele nicht zu hoch setzen kann. *Träume groß,* hat ihre Oma immer gesagt. Milla hat sich den Rat stets zu Herzen genommen – und kein einziges Mal bereut.

Als sie das Restaurant verlässt, fällt ihr ein, dass sie gar kein Auto hat, weil Sandro damit zum Einsatz gefahren ist. Ein Blick in ihre Bahn-App zeigt, dass in elf Minuten ein Zug Richtung Toffen fährt. Noch bevor sie das Handy weggesteckt hat, rennt sie los und wünscht sich, dass sie nicht auf Ausdauer trainieren würde, sondern ihre Sprintfähigkeiten. Oder noch besser: Hindernislauf, denn ihr flotter Galopp durch Berns Gassen voller bummelnder Menschen fühlt sich an wie ein Geländeparcours. Im stets überfüllten unterirdischen Bahnhof kommt sich Milla schließlich vor wie eine Slalomfahrerin. Es grenzt an ein Wunder, dass sie niemanden umrennt und zu Fall bringt.

Doch ihre sportliche Höchstleistung wird belohnt. In der letzten Sekunde gelingt es Milla, sich zwischen den sich schließenden Türen in den Zug zu zwängen. Erschöpft plumpst sie auf einen Sitz und ringt nach Luft. Als sie es sich gerade gemütlich machen und online die ersten Meldungen über das vermisste Kind lesen will, öffnet sich am Ende des Wagons die Durchgangstür: der Schaffner. Bei seinem Anblick fällt Milla ein, dass sie gar kein Ticket hat. Hastig öffnet sie im Handy die Bahn-App, löst ein Ticket und streckt dem Schaffner den QR-Code hin. Gerade noch rechtzeitig, denkt sie. Ein Irrtum.

»Sie haben das Ticket eine Minute nach Abfahrt des Zuges gelöst«, sagt der Mann.

»Das ist korrekt.«

»Es ist somit ungültig.«

»Bitte was?«

»Wenn Sie jetzt gleich bezahlen, macht das hundertzwanzig Franken.«

»Weil ich das Ticket eine Minute zu spät gelöst habe?«

»Ja. Gesetz ist Gesetz.«

Milla erstarrt. Sie spürt, wie ihr das Blut in den Kopf schießt. Die schweizerische Genauigkeit raubt ihr manchmal den letzten Nerv. Trotzdem zwingt sie sich, ruhig zu bleiben.

»Finden Sie nicht, Sie könnten eine Ausnahme machen und über diese kleine Minute hinwegsehen?«, fragt sie im freundlichsten Ton, den sie zustande bringt.

»Nein. Gesetz ist Gesetz.«

»Ich verspreche, dass es kein zweites Mal passieren wird.«

»Das sagen sie alle. Zahlen Sie jetzt?«

»Ich habe nicht so viel Geld dabei.«

»Dann zeigen Sie mir bitte Ihren Ausweis, und Sie werden eine Rechnung über zweihundert Franken erhalten.«

»Zweihundert Franken!«

»Inklusive Bearbeitungsgebühr.«

Wüsste Milla nicht, dass sie Wolfgang dazu bringen wird, das Bußgeld über die Spesenrechnung zu begleichen, würde sie sich jetzt wortgewaltig über Gnade vor Recht und das schweizerische Bünzlitum auslassen. Stattdessen reicht sie dem Schaffner ihren Ausweis und wünscht ihm insgeheim, dass ihn sein schlechtes Karma unglücklich machen wird.

Als er aus ihrem Sichtfeld verschwunden ist, liest sich Milla durch die ersten Online-Artikel, die über das vermisst gemeldete Kind erschienen sind. Sofort schämt sie sich dafür, dass sie sich über ein Bußgeld und über einen

Schaffner aufregen kann. Über eine solche Nichtigkeit in Anbetracht dessen, was die Familie jetzt gerade durchmacht, zu deren Wohnort sie unterwegs ist. Sie fragt sich, ob ihr Kameramann schon dort ist. In dem Moment vibriert ihr Handy.

Wo bist du?, schreibt Ivan Ivanovic, der eigentlich gar nicht Ivan heißt, den aber alle Ivan nennen.

Noch im Zug. Komme in zehn Minuten in Toffen an, antwortet Milla.

Ich hole dich am Bahnhof ab. Mach dich auf was gefasst.

10

Irena ahnt es, bevor sie die Tür aufstößt. Trotzdem empfindet sie es wie einen Tritt in die Magengrube, als sie in Benis Kinderzimmer blickt. Es ist noch immer unberührt. Nichts ist verändert worden, seit er es an jenem Nachmittag verließ, um auf das Dorffest zu gehen, das jedes Jahr den Frühling einläutet. Zum zweiten Mal an diesem Tag ringt Irena um Fassung, sie glaubt, zu wenig Luft zu kriegen. In dem Raum hat die Zeit aufgehört zu existieren. Als hätten die letzten dreißig Jahre nie stattgefunden. Als würde Beni jeden Augenblick zur Tür reinkommen, laut reklamierend, was sie in seinem Zimmer zu suchen habe.

Irena sinkt auf das Bett. Der Staub der Jahre hat Benis Geruch begraben. Sie bildet sich trotzdem ein, ihn noch immer riechen zu können. Sie legt sich auf den Rücken, und auf einmal sind da Tränen. Sie rinnen über ihre Schläfen, eine fällt in ihr Ohr, es werden immer mehr, sie lässt ihnen zum ersten Mal seit vielen Jahren freien Lauf und kann nicht mehr damit aufhören. Bis sie irgendwann eingeschlafen ist.

Im ersten Moment weiß sie nicht, wo sie sich befindet. Sie spürt, dass sie nicht in ihrem Bett liegt. Irena öffnet die Augen. Auf einen Schlag ist alles wieder da.
Benis Zimmer.

Ihr Kopf fühlt sich dumpf an, ihre Augenlider sind vom Weinen geschwollen. Ungelenk tastet sie nach ihrer Tasche, die neben dem Bett am Boden liegen muss, findet sie, sucht das Handy. 17 Uhr. Draußen dämmert der Tag schon weg.

Sie steht auf, tappt vorsichtig zur Tür, schaltet das Licht ein. Blickt auf Benis unberührtes Zimmer.

So viel Tod in diesem Haus.

Sie sollte seine Sachen durchsehen und aussortieren, was sie behalten möchte. Doch es geht nicht. Sie schafft es nicht, jetzt, wo sie endlich dürfte. Als sie noch Kind war und ihre Mutter noch lebte, war es ihr nach Benis Verschwinden streng verboten gewesen, in seinem Zimmer etwas anzufassen. Nachdem ihre Mutter sie ebenfalls verlassen hatte, legte sich Irena manchmal auf Benis Bett, starrte an die Decke und stellte sich vor, dass ihr Blick ein Loch in das Dach brennen und sie bis in den Himmel sehen könnte. Sie bildete sich ein, dass sie, wenn sie nur lange genug suchte, Beni finden und zu ihm hochklettern würde. Doch im Himmel hat sie Beni nicht gefunden. Und auch sonst nirgendwo. Er war von einer Sekunde auf die nächste einfach weg und kehrte niemals zurück.

Bevor sie das Zimmer verlässt, greift Irena nach dem Spielzeugauto, das neben der Nachttischlampe steht. Sein roter Ferrari Mondial 8. Sie steckt es in die Tasche und schließt die Tür hinter sich.

Den hölzernen Stab mit dem Ziehhaken findet sie dort, wo er wohl seit jenem Tag steht, als ihre Eltern in das Haus eingezogen sind: im Badezimmer hinter dem Spülkasten. Sie öffnet damit die Estrichluke an der Decke im Flur und lässt die Leiter heruntergleiten. Der vertraute

Geruch nach abgestandener Luft, altem Karton und verstaubten Erinnerungen schlägt ihr entgegen.

Sie findet ihre Kindheit zuhinterst im Dachboden im äußersten Winkel unter der Dachschräge. Der Vater hat sie in drei Bananenkisten gepackt. Irena muss kriechen, um an sie heranzukommen und sie hervorzuziehen. Als sie aufsteht, ist ihre Jeans grau vom Staub, sie klopft sie ab und muss husten. *Rena* steht auf den Kartondeckeln geschrieben. Die Handschrift ihres Vaters. Sie streicht mit der Hand darüber.

Was er sich wohl gedacht hat, als er meine Sachen wegpackte?

Irena hält einen Moment inne, dann öffnet sie die erste Kiste. Das Schulmaterial. Hefte, eingefasst in Papier mit Comicfiguren darauf, Mickymaus und Goofy, der rosarote Panther, mehrere Zeichnungsmappen, Zeugnisse. Ihr rotes Kunstleder-Etui. Wie vertraut es sich anfühlt, selbst nach all den Jahren, gleichzeitig ist es ein Relikt aus einer anderen Epoche. Sie öffnet den Reißverschluss, es ist leer, keine Schreibstifte. Stattdessen sieht sie das hineingemalte Herz. Die zwei Buchstaben D. und W. darin sind noch immer zu erkennen, obwohl sie sie später mit den Initialen F. und C. übermalt hat. Irena legt das Etui weg und greift nach einer der Kartonmappen, in denen sie am Ende des Schuljahres alle Zeichnungen ablegten. Auf einer Mappe steht die Ziffer 3, allerdings verkehrt herum aufgemalt. Drittes Schuljahr – das Jahr, das alles veränderte. Sie blättert durch die Kinderzeichnungen, die sie selbst gemalt hat und die sie doch nicht wiedererkennt. Erst sind sie bunt und fröhlich. Dann nur noch schwarz und grau, als wären mit ihrem Bruder auch die Farben in ihrem Leben verlorengegangen. Nur an ein Bild erinnert sie sich. Sie hat es gemalt, kurz bevor Beni verschwand. »Zeichnet eure Familie als Tiere«, hatte die Lehrerin gesagt. Irena entnimmt das Blatt der Mappe. Der Vater ein Bär, die Mutter ein Reh, sie selbst eine Raubkatze, deren Art nicht zweifelsfrei erkennbar ist, doch sie weiß, dass es eine Löwin ist. Und Beni hat sie als Raubvogel gezeichnet, hoch über den drei anderen. Als hätte sie geahnt, dass er ihnen bald entfliegen würde.

Irena legt die Zeichnung zurück in die Mappe, greift sich ein paar Hefte. Mathematik. Geografie. Ihre Schulaufsätze. Sie schlägt das Heft auf. *Mein allergrößtes Abenteuer* steht da in wackliger Kinderschrift als Titel. Zwei Seiten weiter: *So haben wir Weihnachten gefeiert.* Und dann: *Warum mein Bruder der beste Bruder der Welt ist.* Irena klappt das Heft zu, legt es zurück und schiebt die Kiste von sich weg.

Im gleichen Augenblick zuckt sie erschrocken zusammen, weil es über ihr im Gebälk laut knarrt. Es ist ein altes Haus. *Das Holz arbeitet,* hat ihr Vater immer gesagt. Trotzdem schlägt ihr Herz schneller. Sie verharrt regungslos und lauscht. Plötzlich meint sie auch andere Geräusche zu hören, unten, in der Wohnung. Irena hält den Atem an.

Ist da jemand?

Sie horcht. Noch einmal ein Knarren. Weit weg hört sie ein leises elektrisches Summen.

Nein, da ist nichts.

Energisch öffnet Irena die nächste Kiste. Kleidung. Shirts, Shorts, Pullover. Nichts davon wird sie behalten. Die dritte Kiste ist deutlich schwerer. Es scheint, als habe ihr Vater ihre restlichen Habseligkeiten sorglos hineingeschmissen, es herrscht ein großes Durcheinander. Ein paar Bücher, Schreibstifte, die Goldmünzen, die sie von der Oma geerbt hat, Ohrringe, ihr erster Lippenstift, Sammelbilder für ein Klebealbum. Irena wühlt in der Kiste. Und plötzlich sieht sie es. In dem Moment, in dem sie es erblickt, realisiert sie, dass sie danach gesucht hat – ohne sich dessen bewusst gewesen zu sein.

Ihr Tagebuch.

11

Scheiße, denkt Sandro. Er ist nicht der Einzige im Raum, der innerlich flucht, während er äußerlich ruhig bleibt. Jeder weiß, was das bedeutet: Kein Junge von sechs Jahren lässt sein Skateboard freiwillig zurück.

»Es wurde auf einem Feld gefunden, wenige Meter neben der Hauptstraße, die aus dem Dorf hinausführt«, informiert Sandro sein Team. »Etwa einen halben Kilometer von der Wohnung der Della Fortunas entfernt.«

»Er wurde mit einem Auto entführt. Er kann überall sein.« Bettina spricht aus, was ihr gerade durch den Kopf geht. Sie ist als laute Denkerin bekannt. Nicht selten stößt sie damit im Team ein regelrechtes Brainstorming an, bei dem eine Überlegung zur nächsten führt.

»Ist es sicher, dass es sich um Fabios Skateboard handelt?«, fragt Felix.

»Hugentobler hat der Mutter ein Bild geschickt. Positiv.«

Plötzlich ist es vorbei mit Struktur und Ordnung. Auf einmal reden alle durcheinander.

»Wir müssen nach Überwachungskameras und nach Autofahrern suchen, die in der Gegend unterwegs waren und die im Wagen eine Dashcam eingebaut haben«, sagt Bettina.

»Ist eine Geldforderung eingegangen?«, fragt Ramon.

»Ich nehm mir gleich die digitalen Geräte im Haushalt vor«, erklärt Florence.

»Das Skateboard muss sofort auf Spuren untersucht werden«, wirft Winter ein.

»Hoffentlich ist es nicht der Auftakt einer Serie«, meint Bettina.

Auf einen Schlag sind alle still.

Jeder hat augenblicklich einen Namen im Kopf – August Klostermann – und die Gesichter von mehreren Kindern, die von ihm in den Neunzigerjahren getötet worden sind. Die schrecklichste Mordserie, die es in der Schweiz je gegeben hat und die als negatives Fallbeispiel in allen Lehrbüchern für Kriminalisten Einzug gefunden hat. Es dauerte über vier Jahre, bis Klostermann gefasst werden konnte, was aber letztlich an einem Fehler seinerseits lag und nicht an der Arbeit der Polizei. Die Ermittlungen waren eine Ansammlung von teils peinlichen Pannen. So stand der vorbestrafte Klostermann schon früh auf der Liste der Verdächtigen und wurde von der Polizei sogar aufgesucht – weil er aber in dem Moment nicht zu Hause war, geriet sein Name einfach in Vergessenheit. Selbst wenn man berücksichtigt, dass damals andere Zeiten herrschten, in denen nicht an jeder Ecke eine Überwachungskamera hing, und erst wenige ahnten, wie sehr die drei Buchstaben DNA die Kriminalistik bald revolutionieren würden – Klostermann hätte dennoch schon viel früher als Täter überführt werden können. Bessere Ermittlungsarbeit hätte einigen der Kinder das Leben gerettet.

»Das hoffen wir alle nicht. Und wenn, dann müssen wir den Täter kriegen, bevor er ein zweites Mal zuschlägt«, erklärt Sandro. »Ramon, kannst du dich zusätzlich darum kümmern, dass die Kriminaltechnik bei der Untersuchung des Skateboards Gas gibt, es ist im Moment der einzige Anhaltspunkt, den wir haben. Florence und Felix, ihr macht euren Job bei den Della Fortunas, Bettina und ich klopfen alle ab, die etwas wissen oder gesehen haben könnten. Finden wir den Jungen!«

Sandro versucht motivierend-optimistisch zu klingen. Doch in ihm drin sieht es anders aus. Da breitet sich etwas aus, das er selten fühlt in seinem Job: Die Angst, dass sie zu spät kommen werden. Hoffentlich liegt Bettina falsch, denkt er. Hoffentlich haben sie es mit einer einzelnen Tat zu tun und nicht mit einem Serientäter, der gerade erst begonnen hat.

Zwei Stunden später weiß die SoKo Fortuna nicht viel mehr als zuvor. Florence hat im Computer sowie in den Handys der Familie nichts Verdächtiges gefunden. Die Nachbarn und die Verwandten beschrieben alle dasselbe Bild: dass es bei den Della Fortunas keine Probleme gegeben habe, dass Fabio ein gewissenhafter, lustiger Junge sei, undenkbar, dass er einfach so davonlaufen würde. Und gemäß Ramon ist in den letzten zwei Jahren kein pädophiler Gewalttäter aus der Haft entlassen oder Hafturlaub bewilligt worden.

Sandro sitzt gerade im Kindergarten, um mit der Erzieherin zu besprechen, wie sie die anderen Kinder aus Fabios Gruppe befragen können, als ihm Bettina eine Nachricht schickt.

Ich hab was, schreibt sie. *Ruf mich an, so schnell du kannst.*

Sandro entschuldigt sich und wählt sofort Bettinas Nummer.

»Schieß los.«

»Ich bin die Einwohnermeldeliste des Dorfes durchgegangen. Ein Mann hat vor neun Jahren seinen Namen ändern lassen. Er hat den Nachnamen seines Vaters angenommen, der nie mit seiner Mutter verheiratet war. Seinen früheren Namen wollte er loswerden, weil er Hug hieß. Bruno Hug.«

Sandro vermutet, dass es bei ihm klingeln müsste. Tut es aber nicht.

»Hilf mir.«

»Bruno Hug hat vor fünfzehn Jahren einen kleinen Jungen sexuell missbraucht. Und seine Freiheitsstrafe von fünf Jahren abgesessen. Seit zehn Jahren lebt er in Toffen.« Bettina legt eine Spannungspause ein. »Drei Straßen von den Della Fortunas entfernt.«

Die Nachricht löst einen Adrenalinschub aus. Aber Sandro hat gelernt, sich nicht zu früh zu freuen. Sich bloß nicht zu schnell auf eine einzige Spur zu konzentrieren. Weil man dann Gefahr läuft, die anderen Möglichkeiten aus den Augen zu verlieren. Und doch: Auf einen solchen Hinweis hat er gewartet.

»Wo bist du?«

»In der Gemeindeverwaltung.«

»Wir fahren sofort zu Hug. Ich bin in zehn Minuten bei dir.«

Sandro hat sein Telefon noch nicht aus der Hand gelegt, als es schon wieder klingelt. Er blickt auf das Display. Niemand aus seinem Team, es ist die Einsatzzentrale. Kein gutes Zeichen.

»Kaltenbach hier, wir haben gerade eine Meldung reingekriegt«, sagt die vertraute Stimme am Telefon. »Wir haben eine Leiche.«

12

Milla sieht den Pulk schon von Weitem. An der Hauptstraße, die durch das Dorf Toffen führt, versperren abgestellte Personen- und Kastenwagen den Gehsteig, manche haben Satellitenschüsseln auf dem Dach, an den Türen prangen Logos von TV- und Radiostationen oder Zeitungen und Online-Magazinen. Es ist Ende Februar, es herrscht Nachrichtenflaute, das verschwundene Kind kommt den Medien gerade recht, um leere Seiten und Sendungen zu füllen und die Einschaltquoten hochzutreiben. Milla ist sich bewusst, ebenfalls Teil dieser Truppe zu sein, die ihr selbst manchmal höchst unsympathisch ist.

»Siehst du, hier ist die Hölle los, ich werde nicht einmal einen Platz finden, um den Wagen abzustellen, geschweige denn etwas anderes drehen können als die fünfzehn Kameramänner, die bereits die erste Reihe besetzen«, sagt Ivan, der im Schneckentempo an der Menschentraube vorbeifährt, die sich um ein einfaches Mehrfamilienhaus herum gebildet hat. Einzig die Absperrbänder und die zwei Polizisten dahinter verhindern, dass die Journalisten die Wohnung der Della Fortunas stürmen.

»Musst du auch nicht. Wir fahren weiter, zum Gasthof«, erwidert Milla.

»Echt jetzt? Bist du am Verhungern? Hast du keine Angst, hier was zu verpassen?«

»Nein, habe ich nicht. Und ja, wir werden uns ein fettes Schnitzel bestellen.«

Ivan weiß nicht genau, was Milla vorhat, aber er zweifelt keine Sekunde daran, dass sie einen Plan hat – und wenn der Plan die Aufnahme von fester Nahrung beinhaltet, ist er der Letzte, der etwas dagegen einzuwenden hat.

Als die beiden den Gasthof Adler betreten, der gleichzeitig Restaurant, Dorfkneipe und Frühstückspension ist, verstummen die sieben Personen, die in der Gaststube sitzen. Sieben Köpfe drehen sich in ihre Richtung. Sieben Augenpaare schauen sie an, als kämen sie von einem anderen Planeten – und irgendwie tun sie das auch, die zwei Menschen aus der Stadt, die eindringen in das Leben der Menschen vom Land. Und die sich erdreisten, am Stammtisch Platz zu nehmen.

»Ist es gestattet?«, fragt Milla mit dem bezauberndsten Lächeln, das sie in ihrem Repertoire führt. Die Antwort ist ein mehrstimmiges Grummeln, aber Milla hat sich längst auf die Eckbank zu den drei Männern gesetzt. Ivan zieht zögernd einen Stuhl heran und nimmt ebenfalls Platz. Niemand sagt ein Wort. Es ist die Kellnerin, die das Schweigen bricht. Die kugelrunde Seniorin trägt einen schwarzen Rock mitsamt weißer Schürze und sieht aus, als wäre sie einem Film aus den Sechzigerjahren entstiegen. Ihr Blick ist skeptisch, aber Milla erkennt in ihren Augen Gutmütigkeit.

»Was darf es denn sein?«

»Haben Sie Schnitzel mit Pommes?«, fragt Ivan sofort, um zu verhindern, dass Milla es sich anders überlegt.

»Haben wir. Sonst noch?«

»Cola«, sagt Ivan.

»Cola Zero«, sagt Milla, »und ebenfalls ein Schnitzel, aber, falls möglich, mit Salat.«

»Bei uns ist fast alles möglich«, sagt die Kellnerin.

Obwohl sich die Frau auf ihren Gasthof und nicht auf das Dorf Toffen bezieht, ist Milla die Zweideutigkeit des Satzes sofort bewusst. Auch die Kellnerin erschrickt über ihre Worte.

»Eine furchtbare Geschichte«, sagt Milla, um den Moment nicht ungenutzt verstreichen zu lassen. »Haben Sie Fabio gekannt?«

»Sind Sie etwa von der Boulevardzeitung?« Nun hat auch einer der drei Männer am Tisch die Sprache wiedergefunden. »Dann gibt es hier für Sie nämlich keine Informationen. Vor allem nicht gratis.«

Milla lässt den Nachsatz unkommentiert stehen. Noch nie hat sie jemanden für Informationen bezahlt. Das gehört zu ihrem Ehrenkodex. »Nein, wir arbeiten für das Schweizer Fernsehen.«

»Für das Schweizer Fernsehen?« Die Frage klingt schon freundlicher.

»Genau, für die Sendung *Wochenthemen*.«

Erneut grummeln die Männer im Gleichklang, was Milla zwar nicht gerade als Zustimmung, aber doch zumindest als Zeichen der Akzeptanz deutet.

Zwei Schnitzel und etliche Gläser Bier später scheinen die drei Männer – Samuel, Franz und Michael – und die Kellnerin Babette vergessen zu haben, dass sie mit Journalisten am Tisch sitzen. Babette erzählt, dass Fabios Mutter ihr die Haare mache, sie sei die Friseurin im Dorf.

»Der Bub war immer mal wieder in ihrem Salon. Ein lieber Junge. Ich kann gar nicht glauben, dass er entführt worden sein soll.«

»Wir wissen noch gar nicht, ob er entführt worden ist.« Samuel leert sein Glas und hält es Babette hin. »Vielleicht ist er einfach abgehauen, weil er sich über die Mama geärgert hat.«

»Nicht der Fabio.« Babette erhebt sich schwerfällig und macht sich auf den Weg zum Tresen. »Der läuft doch nicht einfach so weg, der Bub. Nicht Fabio.«

Als Babette ein Bier zapft und die Männer weiter darüber streiten, ob ein Junge, von dem niemand glaubt, dass er davonlaufen würde, nicht doch einfach davongelaufen sein könnte, stürmt ein Mann in die Gaststube, der aussieht wie eine jüngere Kopie von Babette, allerdings in männlich. Die gleichen Gesichtszüge, die gleichen Haare, die gleichen kleinen, aber schlauen Augen. Alle im Raum verstummen wie auf Kommando.

»Sie haben sein Skateboard gefunden!«, ruft er laut aus.

Babette schlägt die Hände vors Gesicht. »Mein Gott, der Junge ist tot!«

Auf einmal reden alle gleichzeitig los.

»Vielleicht lebt er noch!«

»Er sitzt entführt in einem Keller!«

»Aber bei den Della Fortunas ist doch kein Lösegeld zu holen!«

»Der Junge ist tot, darauf kannst du wetten!«

»Sag nicht so was, du beschwörst es ja geradezu herauf!«

»Wir müssen was tun. Etwas muss man doch tun können!«

»Ruhe!«, ruft der Mann, der Babettes Sohn sein muss. »Samuel hat recht, wir können nicht hier sitzen, während der Junge vielleicht gerade ums Überleben kämpft. Wir stellen einen Suchtrupp zusammen.«

»Ich glaube nicht, dass wir lang suchen müssen.« Der Tonfall in Michaels Stimme lässt alle innehalten. »Es war absehbar, dass das mal passieren würde.«

Die Stille, die sich nach diesem Satz auf die kleine Gemeinschaft im Landgasthof Adler legt, lastet schwer. Das Unausgesprochene ist greifbar und bedrohlich, sodass sich keiner daran herantasten mag. Bis Samuel die Stille bricht.

»Du meinst Hug.«

Alle Köpfe wenden sich Samuel zu, der den Namen ausgesprochen hat, und drehen sich gleich wieder zurück zu Michael, der bedächtig nickt.

Milla hat keine Ahnung, wer Hug ist, sie möchte fragen, doch Ivan legt seine Hand auf ihren Arm, und sie hält sich zurück. Jetzt ist nicht der richtige Moment für Fragen.

»Wir sollten ihm einen Besuch abstatten«, sagt Samuel.

»Vielleicht solltet ihr zuerst mit der Polizei darüber reden«, meint Babette.

Doch Samuel schüttelt energisch den Kopf. »Wir regeln das unter uns.«

Milla nickt Ivan zu. Er versteht. Während sie die Rechnung begleicht, eilt er nach draußen, um die Kamera aus dem Wagen zu holen, er entscheidet sich für die unauffälligere Handkamera. Milla fragt nicht um Erlaubnis. Als wäre es selbstverständlich, folgen sie und Ivan den Männern, die sich zu Fuß zu diesem Hug aufmachen.

»Läuft?«, flüstert Milla.

»Läuft«, sagt Ivan.

»Samuel, wer ist der Mann, zu dem wir gehen?«, fragt Milla beiläufig.

»Er ist vorbestraft.«

»Weshalb?«

»Er ist ein Kinderschänder. Er hat es schon mal getan.«

»Was genau getan?«

Doch Samuel antwortet nicht mehr und starrt wütend geradeaus. Milla wirft Ivan einen besorgten Blick zu. Das hier fühlt sich nicht gut an. Die Wut in den Augen der Männer lässt sie schaudern.

13

Liebes Tagebuch,

Beni ist heute nicht nach Hause gekommen. Ich habe ganz fest Angst. Bitte mach, dass er wiederkommt. Ich verspreche, dass ich nie mehr frech zu ihm sein werde. Ich wünsche mir so sehr, dass er wiederkommt. Bitte mach, dass nichts Schlimmes passiert ist.

Irena klappt das Buch zu. Ihr Herz hämmert. Sie kann das nicht. Behutsam legt sie das in Stoff eingefasste Tagebuch zur Seite und beginnt erneut, in der Kiste zu wühlen, in der ein schreckliches Durcheinander herrscht. Ein Chaos aus zusammenhangslosen Erinnerungsfetzen. Sie findet einzelne Passfotos, quadratisch, schwarz-weiß, aus dem Automaten, ein begehrtes Sammelobjekt in jenen Jahren. Irena und Beni, die sich gemeinsam in die Box gequetscht haben und sich so sehr schubsten, dass immer das eine oder das andere Gesicht zur Hälfte weggeschnitten ist. Irena mit zwei Schulfreundinnen. Irena allein. Pascal, ihr erster Freund. Oder eher: Pascal, der ihr erster Freund hatte werden wollen. Doch als er ihr nahegekommen ist, hat sie ihn zurückgewiesen, aus Angst, dass auch er eines Tages einfach verschwinden würde wie Beni. Vierzehn war sie gewesen. Bis heute hat sich daran nichts geändert: Sie verliebt sich nicht. Und falls sich doch einmal Schmetterlinge bemerkbar machen in ihrem Bauch, dann tötet sie sie, bevor sie sich zu einem Schwarm vermehren. Irena wirft Pascals Bild zurück in den Karton und zieht eine blaue Klarsichtmappe heraus. Sie ist vollgepackt mit vergilbten Zeitungsartikeln.

Klostermann.

Irena blickt auf die Fotografie in der Zeitung, die sie so gut kennt wie keine andere. Vier Jahre nach Benis Verschwinden war Klostermann verhaftet worden. Fünf Jahre nach Benis Verschwinden war ihm der Prozess gemacht worden: schuldig des Mordes an vier Mädchen und an drei Jungen. Obwohl die Leichen der Buben nie gefunden worden sind. Die Mädchenmorde hat Klostermann zugegeben, die Geständnisse für die Bubenmorde hat er später zurückgezogen, doch für das Gericht reichte die Indizienlage aus.

In den Zeitungen war damals die immergleiche Fotografie des Täters erschienen, es gab nur diese eine: Klostermann, wie er aus dem Gefangenentransporter steigt, um ins Gerichtsgebäude geführt zu werden. Der Mund leicht verzerrt, die Augen ausdruckslos. Irena kennt jede Linie seines Gesichts. Sie kann nicht zählen, wie viele Stunden sie das Bild angestarrt hat; das Gesicht des Mörders ihres Bruders.

Sie blättert durch die Zeitungsartikel. *Kindermörder vor Gericht,* steht in fetten Buchstaben über dem Bild. *Klostermann zieht überraschend Geständnisse zurück,* titelt die Zeitung am nächsten Tag. *So wie ich mich kenne, habe ich die Buben nicht getötet,* wird August Klostermann zitiert. Und schließlich: *Lebenslang! Klostermann: »Das werdet ihr büßen.«*

Irena erinnert sich an ihre Wut; die Wut darüber, dass

der Mörder ihres Bruders nicht bereut hat, und auch darüber, dass in der Schweiz die Todesstrafe abgeschafft worden ist. Sie wünschte sich damals nichts sehnlicher als seinen Tod. Irena hatte zuvor gedacht, dass ihre Traurigkeit nach dem Schuldspruch verschwinden würde, dass alles vorbei sein werde, sobald der Mörder ihres Bruders hinter Gittern sitzt. Dass das Leben endlich wieder normal werden würde. Doch sie täuschte sich. Das Leben sollte nie mehr werden, wie es vorher war.

Irena legt die Artikel zurück ins Klarsichtmäppchen, klemmt es unter den Arm, greift nach ihrem Tagebuch und klettert die Dachbodenleiter hinab in die Wohnung. Sie geht in Benis Zimmer, legt sich auf sein Bett, schaltet die Nachttischlampe ein und beginnt erneut in ihrem Tagebuch zu lesen. Ihre Einträge beginnen drei Monate, bevor alles endete.

Liebes Tagebuch. Heute habe ich dich zu meinem neunten Geburtstag geschenkt bekommen. Ich werde jetzt jeden Tag etwas schreiben.

Irena muss schmunzeln, als sie die erste Seite liest. Sie war nie eine große Schreiberin. Wahrscheinlich hatte die Lehrerin den Eltern gesagt, sie sollten ihr ein Tagebuch schenken, damit sie Freude am Schreiben gewinne. Doch die Bemühungen haben nicht den erhofften Erfolg gebracht. Von wegen jeden Tag etwas festhalten – der zweite Eintrag erfolgte erst zwei Wochen später und fiel noch kürzer aus.

Beni ist der beste Bruder der Welt. Wenn ich groß bin, werde ich ihn heiraten.

Tränen, schon wieder, Irena wischt sie mit dem Handrücken weg. Beni war ihr Held gewesen, sie hatte ihn bedingungslos geliebt. Sie blättert weiter. Der nächste Eintrag ist auf einen Monat später datiert.

Beni ist gemein. Er hat mit den großen Jungs gespielt, und als ich mitgehen wollte, hat er mich heimgeschickt. Ich bin noch zu klein. Er ist richtig böse geworden und hat gesagt, es wird etwas Schlimmes geschehen, wenn ich nicht sofort nach Hause laufe. Ich mag Beni nicht mehr.

Irena spürt, wie ihr Hals eng wird. Sie erinnert sich vage daran, dass sie diese Zeilen geschrieben hat, erinnert sich an ihre Enttäuschung in jenem Moment. Beni, der sie immer und überall mitgenommen hatte, bis er sie auf einmal nicht mehr dabeihaben wollte. Was ganz normal ist für einen elfjährigen Jungen, denkt sie heute. Doch damals hatte sie das als die größte Ungerechtigkeit auf dem Planeten empfunden. Und Ungerechtigkeit erträgt Irena schlecht, das war schon immer so, schon seit sie denken kann.

Zwei Wochen später der nächste Eintrag:

Beni ist komisch. Er ist immer so ernst und überhaupt nicht mehr lustig. Mama sagt, Beni sei so, weil er erwachsen wird. Ich will aber nicht, dass Beni erwachsen wird, ich will aber den lustigen Beni, nicht den traurigen Beni.

Die Worte sind Irena völlig fremd, als hätte ein anderer Mensch sie geschrieben, nicht sie selbst. Was war mit Beni passiert? Hatte die Mutter recht, war er einfach älter geworden? Irena liest den Eintrag noch einmal durch.

Da ist keine Erinnerung. 11. Februar. Drei Wochen bevor Beni verschwand. Hatte er etwas geahnt? »Unsinn«, sagt Irena laut. Sie ist zu rational veranlagt, um zu glauben, dass ein elfjähriges Kind seinen Tod vorausahnen kann. Oder war er seinem Mörder zu diesem Zeitpunkt schon begegnet? Hatte sich Klostermann schon früher an ihn herangemacht?

… es wird etwas Schlimmes geschehen …

Warum hat Beni damit gedroht? Warum hat er sich plötzlich verändert? Die Worte, die Irena als kleines Mädchen in ihr Tagebuch geschrieben hat, lösen in ihr heute ein ungutes Gefühl aus. Sie lesen sich seltsam nach dieser langen Zeit, nach allem, was passiert ist.

Sie blättert weiter. Findet einen Eintrag über einen Zeichenwettbewerb, den sie gewinnen konnte. Dann, zwei Wochen vor dem großen Frühlingsfest, derselbe Satz.

Beni sagt, es wird etwas Schlimmes passieren, wenn ich ihn nicht in Ruhe lasse. Dabei wollte ich nur mit ihm und den anderen spielen.

Irena spürt, wie sich die Härchen auf ihren Armen aufrichten, ein Schaudern durchfährt ihren Körper.

Nein, er konnte es unmöglich wissen.

14

Sandro fragt sich, warum: Jedes Mal, wenn ein Schwerverbrechen begangen wird, passiert gleich noch ein zweites. Als wäre das in einem geheimen Plan so vorgesehen. Zuerst geschieht wochenlang nichts, dann alles gleichzeitig – es ist zum Verzweifeln. Wenigstens ist die Leiche, die gefunden wurde, kein Kind, nicht der vermisste Fabio. Sandro biegt mit dem Fiat seiner Mutter von der Landstraße auf einen Waldweg, nimmt den ersten, noch schmaleren Weg, der rechts abzweigt, und fährt dann links auf einen holprigen Pfad, auf dem die Rumpelkiste von einem Auto gehörig durchgeschüttelt wird. Sandro hofft, dass der Wagen den Offroad-Trip unbeschadet übersteht. Er hat seiner Mutter versprochen, den Fiat am frühen Abend zurückzubringen. Doch da ahnte er noch nicht, dass ihm ein entführtes Kind und eine Leiche im Wald dazwischenkommen würden.

Sandro erkennt die aufgestellten Scheinwerfer zwischen den Bäumen schon von Weitem. Einen irritierenden Moment lang meint er, es sei die untergehende Sonne, ihre letzten Strahlen, die sich in den Ästen brechen. Dabei schien die Sonne heute gar nicht, sie hat es nicht durch die Wolkendecke geschafft. Er steigt aus, öffnet den Kofferraum, zieht die Gummistiefel an, streift sich Haarschutz und Handschuhe über, bevor er sich zum Leichenfundort begibt.

Die weißbekittelte Person, die sich über den toten Menschen beugt, ist eindeutig nicht Irena Jundt. Sie ist zu klein. Erst jetzt fällt Sandro Irenas Notiz ein, wonach sie für ein paar Tage freigenommen hat. Ihr Stellvertreter Peter Lang ist solange verantwortlich.

»Peter«, sagt Sandro, als er zum Rechtsmediziner tritt, der neben dem Toten am Boden kniet, »wie schaut's aus?«

Sandro hätte sich die Frage sparen können. Es ist offensichtlich: Dem Mann, der vor ihm liegt, wurde in den Kopf geschossen. Sandro blickt sich suchend um, kann aber nirgends eine Waffe entdecken.

»Ein Kopfschuss«, stellt er fest, als müsse er sich selbst bestätigen. »Erfolgte der Einschuss am Hinterkopf oder vorne?«

»Am Hinterkopf. Also kein Suizid, falls du darauf anspielst.«

Sandro tritt ein paar Schritte zurück, um sich einen Überblick über die Szene zu verschaffen. Oder um den Tatort zu spüren, wie er zu sagen pflegt. Der Mann liegt etwa zwei Meter neben dem Pfad auf dem Bauch am Boden, sein Kopf ist zur Seite gedreht. Er wurde also von hinten erschossen. Vielleicht hat er es gar nicht mitgekriegt. Ein feiger Mord aus dem Hinterhalt. Eine Abrechnung?

»Wie lange liegt er schon da? Ich brauch nur eine Größenordnung – seit letzter Nacht oder erst seit heute?«

Peter Lang richtet sich auf, streift seine Handschuhe ab und weist einen Mitarbeiter an, dass die Leiche ins Institut überführt werden kann. »Der ist noch nicht lange tot. Wenige Stunden. Aufgrund der Abrinnspuren aus den Wunden und der damit korrespondierenden Blutdurchtränkung des Waldbodens wurde er genau hier umgebracht – und einfach liegen gelassen. Der Täter hat nicht mal versucht, ihn zu verstecken oder seine Spuren zu verwischen.«

Oder die Täterin, denkt Sandro, ohne es laut auszusprechen. *Ihre Spuren.*

»Ausweis? Andere Dokumente, die auf seine Identität hinweisen?«

»Nein. Nichts. Nicht mal ein Portemonnaie.«

Ein Raubmord in einem Wald? Unwahrscheinlich, denkt Sandro. Viel eher will jemand, dass sie nicht wissen, wer der Tote ist – oder dass sie es nicht allzu schnell herausfinden. Sandro nickt Peter Lang zu.

»Ich hab sie!«, ruft in dem Moment eine Kriminaltechnikerin, die Tatortspuren sichert. Sie kennzeichnet den Ort, an dem sie die Patronenhülse auf dem Waldboden gefunden hat, lässt sie in ein durchsichtiges Plastiksäckchen fallen und schwenkt es Richtung Sandro wie eine Trophäe. Auf jeden Fall ist es ein weiterer Beweis, dass die Tat hier erfolgt sein muss – und der sie zur Waffe des Täters führen kann.

Sandro schaut zu, wie Peter Lang und sein Mitarbeiter den Toten auf die Trage hieven. Zurück bleibt ein großer dunkler Fleck auf dem Waldboden, den er lieber nicht allzu genau inspiziert.

»Wer erschießt am helllichten Tag einen Mann in einem Wald?«, fragt eine Stimme hinter ihm. Sandro dreht sich um. Florence Chatelat tritt neben ihn und streift sich die Schutzhandschuhe über.

»Jemand, der keine Skrupel hat«, meint Sandro.

»Oder jemand, der sich sehr sicher fühlt. Ein Profi.«

»Wir werden hoffentlich mehr wissen, sobald das Opfer einen Namen hat.«

»Keine Ausweispapiere?«

»Er hatte nichts dabei.«

»Das kann dauern, bis ein erwachsener Mensch als vermisst gemeldet wird. Wie alt ist das Opfer?«

»Ich kann's nicht abschätzen. Das Gesicht war nicht mehr im besten Zustand.«

Einen Moment lang schauen Florence und Sandro stumm den Kollegen der Spurensicherung zu, die kreisförmig um den Tatort jeden Quadratmeter nach allem absuchen, das nicht in einen Wald gehört: Zigarettenstummel, Kaugummipapierchen oder eben Patronenhülsen und Fragmente von menschlichem Schädelknochen.

»Glaubst du, dass es Zufall ist?«, fragt Florence plötzlich.

Sandro schaut sie fragend an. Er versteht nicht, worauf sie hinauswill.

»Dass wir am gleichen Tag, an dem ein Kind verschwindet, eine Leiche finden – nur etwa fünfundzwanzig Kilometer vom Wohnort des Buben entfernt?«

Sein Team weiß, dass Sandro gegen Zufälle ist. Aber zwischen den beiden Fällen dieses schwarzen Freitags einen Zusammenhang zu konstruieren findet er nun doch zu weit hergeholt.

»Ich kann keinen Zusammenhang erkennen«, sagt er deshalb. »Warum sollte der Mord hier etwas mit der Entführung zu tun haben?«

Mitten im Satz klingelt Sandros Telefon. »Bettina«, sagt er zu Florence, während er den Anruf entgegennimmt.

»Sandro am Apparat.«

Sandros Gesicht ist anzusehen, dass Bettina keine guten Nachrichten hat.

»Was sagst du da?«, fragt er, bevor er erneut ihren Worten lauscht. »Warum wissen die …? Schick sofort Patrouillen los, wir müssen den Mann schützen«, befiehlt er dann mit energischer Stimme. »Ich bin in zwanzig Minuten da.«

»Was ist los?«, fragt Florence, als Sandro den Anruf beendet hat.

»Bettina wollte dem vorbestraften Bruno Hug einen Besuch abstatten«, sagt Sandro. »Doch jemand ist ihr zuvorgekommen.«

15

Nicht gut, denkt Milla. Gar nicht gut. Je näher sie dem Haus von Bruno Hug kommen, desto mehr heizt sich die Stimmung der Männer auf. Auf einmal scheint keiner mehr daran zu zweifeln, dass Hug etwas mit dem Verschwinden des Kindes zu tun hat, mehr noch, dass er den Jungen längst getötet hat. Milla befürchtet, dass sie genau dasselbe mit dem Mann tun werden: ihn töten. Sie zerrt an Ivans Ärmel, was er mit einem unwirschen Geräusch quittiert, weil sein Bild verwackelt.

»Was sollen wir tun?«, fragt sie.

»Wie, was sollen wir tun?«

»Wir müssen sie aufhalten. Die werden ihn lynchen.«

»Wir können sie nicht aufhalten. Unsere Aufgabe ist zu berichten, nicht ins Geschehen einzugreifen.«

»Spinnst du? Wenn die ihm was antun, hängen wir mit drin. Nicht einzugreifen ist strafbar.«

Ivan will Milla entgegenhalten, dass sie sich bisher noch nie groß um das Gesetz geschert hat. Doch er spricht es nicht aus.

»Sie werden ihm schon nichts tun«, sagt er stattdessen, ein kläglicher Versuch, Milla zu beruhigen. Sogar Ivan, der selbst in den brenzligsten Situationen nicht aus der Ruhe zu bringen ist, klingt auf einmal unsicher. Fast gleichzeitig lässt ein klirrendes Krachen die beiden zusammenfahren. Ein Stein ist zielsicher im Küchenfenster des unscheinbaren Häuschens gelandet. Kurz darauf zerbricht ein zweites und ein drittes Mal Glas.

»Mein Gott!«, entfährt es Milla. Ivan hingegen reagiert professionell, schnellt herum und richtet die Kamera auf das zerschlagene Fenster. Im Hintergrund johlen die Männer.

»Das fühlt sich an wie Krieg. Hoffentlich ist er nicht zu Hause.« Millas Stimme geht ungehört im Tumult um sie herum unter. Sie kann nicht länger tatenlos zusehen, andere Journalisten könnten das vielleicht, die würden für eine geile Geschichte sogar über Leichen gehen, aber Milla kennt die Grenzen, die sie nie im Leben überschreiten will. Genau an einer solchen ist sie angelangt. Sie greift zum Handy und will Sandro anrufen, sie wird nicht zulassen, dass hier vor ihren Augen ein Mann angegriffen wird, ganz egal ob er schuldig ist oder nicht. Doch sie schafft es nicht auf Anhieb, ihre Finger zittern zu sehr. »Verflucht, verflucht, verflucht!« Sie brüllt jetzt laut, hysterisch fast. Doch auf einmal klappt es, das Gerät baut eine Verbindung auf. »Geh ran, geh ran, geh ran«, flüstert Milla. Doch Sandros Anschluss scheint besetzt zu sein, denn sofort springt die Mailbox an. Milla klickt sie weg und will gerade die Notrufnummer wählen, als sie die schrille Stimme einer Frau vernimmt, die in ihr Handy brüllt und auf die Gruppe zurennt. Milla kennt sie, es ist Bettina Flückiger, eine Mitarbeiterin von Sandro. Sie schreit auf die Männer ein, doch die stürmen unbeeindruckt an der Beamtin in Zivil vorbei. Kurz darauf wird ihre Stimme von einem lauten Krachen übertönt: Die Männer haben die Tür eingetreten und stürmen in das Haus. Ivan zerrt Milla am Arm, er will den Männern folgen. Noch bevor sie an der Tür sind, sieht Milla hinter den Fenstern Flammen – jemand hat die Vorhänge in einem Zimmer in Brand gesteckt. Hoffentlich ist er nicht zu Hause, denkt sie erneut. Dann gibt sie sich einen Ruck und rennt Ivan hinterher, wohlwissend, dass sie damit zum zweiten Mal innerhalb weniger Monate wegen Hausfriedensbruch belangt werden könnte, aber darum wird sie sich später kümmern. Als sie das Wohnzimmer betritt, schlägt ihr Rauch entgegen. Sie erkennt, wie das Feuer gerade auf die Polstergruppe übergreift, erkennt, dass Ivan die Szenerie einfängt, dann auf Franz schwenkt, der in der Dorfkneipe doch noch sympathisch gewirkt hat, jetzt aber wie ein Irrer mit einem Kaminhaken auf den Fernseher einschlägt.

»Warum tun Sie das, das alles?«, brüllt Milla ihn an.

»Weil das Schwein den Fabio umgebracht hat!«, ruft Franz zurück.

»Das wissen Sie doch gar nicht! Vielleicht ist er unschuldig!« Milla klingt verzweifelt, ihre Stimme überschlägt sich fast. Alles ist außer Kontrolle. In dem Moment hört sie in der Ferne Sirenen, die rasch lauter werden. Franz hält inne, er schaut Milla an und lässt den Metallhaken sinken. Er sieht auf einmal aus, als hätte ihn jemand während des Schlafwandelns wachgeschüttelt und er habe keine Ahnung, wo er sich befinde und was er gerade tue. Erschrocken lässt er den Haken fallen und fährt sich mit der Hand durch das schweißnasse Haar. Seine Augen sind geweitet, er wirkt gleichzeitig verloren und wie von Sinnen – und als erleide er in den nächsten Minuten einen Herzinfarkt. Kaum hat Milla daran gedacht, greift er sich tatsächlich an die Brust. Er atmet heftig.

»Er … er … er kann doch gar nicht unschuldig sein«,

stottert Franz. »Er ist doch nicht unschuldig?« Der Mann krümmt sich und beginnt zu röcheln.

»Scheiße, er hat tatsächlich einen Herzinfarkt!«

Bevor Milla reagieren kann, stürmen Polizisten ins Haus. Einer packt Millas Arm und drückt ihn ihr auf den Rücken, sie kennt das schon, sie lässt es geschehen, versucht ruhig zu bleiben und dem Polizisten klarzumachen, dass der Mann am Boden Hilfe braucht. Doch der merkt das selbst, er lässt von Milla ab, stürzt auf Franz und beginnt mit der Herzdruckmassage.

Milla dreht sich um. Ivan filmt noch immer, Ivan, der Unerschütterliche, und als sie sich gerade überlegt, ob es ihr gelingen könnte, in diesem Chaos unbemerkt wegzuschleichen, spürt sie erneut einen stählernen Griff am Arm. Sie wird unsanft aus dem Haus geschubst, während Ivan verschont bleibt. Seine Kamera mit dem Logo des Schweizer Fernsehens ist wohl Beweis genug, dass er Journalist und nicht Krawallmacher ist.

»Ich gehöre zu ihm, ich gehöre zu ihm!«, ruft Milla und zeigt auf Ivan, bedauernd, dass sie kein Mikrofon in der Hand hält, weil alles zu schnell gegangen ist und nicht genug Zeit für das Handmikro blieb.

»Sie gehört tatsächlich zu ihm – was aber die Frage nicht beantwortet, was die beiden in diesem Haus zu suchen haben«, sagt eine allzu vertraute Stimme hinter dem Polizisten.

Sandro.

Schlimmer, denkt Milla, kann's nicht mehr kommen. Sie spürt, wie ihr das Blut in den Kopf schießt.

»Du wirst rot«, sagt Sandro, weil er es nicht lassen kann und weil er genau weiß, dass sie jetzt noch röter werden wird.

»Sandro, es ist nun mal mein …«

»Nicht jetzt«, fällt er ihr ins Wort. »Verschwindet und lasst uns unsere Arbeit tun.« Sandro nickt seinen Kollegen zu, Ivan und Milla gehen zu lassen.

»Danke«, sagt Ivan zu Sandro. Milla hingegen schnaubt nur. Auch sie hat schließlich bloß ihre Arbeit getan. Bevor sie etwas erwidern kann, packt Ivan sie am Unterarm und zieht sie von Sandro und den anderen Polizisten weg. Milla ist sicher, dass diese Sache noch nicht ausgestanden ist. Eine ebenso endlose wie ergebnislose Diskussion wird folgen. Sandro wird seinen Standpunkt vertreten, Milla ihren. Es wird keinen Sieger geben.

Erneut schrillen Sirenen auf, ein Löschfahrzeug der Feuerwehr braust heran.

»Filmst du?«, fragt Milla Ivan, schon sind die Gedanken an Sandro verdrängt. Sie sieht, dass das rote Licht der Kamera leuchtet. Alles gut. Alles im Kasten. Was für eine Geschichte – während all die anderen Journalisten immer noch das Haus der armen Eltern von Fabio belagern und darauf hoffen, dass sich wenigstens einmal der Vorhang bewegt.

In ihrem Kopf malt sich Milla bereits aus, wie sie die Geschichte erzählen wird. *Mob geht auf Kinderschänder los!* Oder vielleicht eher: *Mob attackiert unschuldigen Mann.*

»Er war nicht da, der Mann?«, fragt sie Ivan. »Oder hast du Hug gesehen?«

»Nein, der hat Glück gehabt, dass er nicht zu Hause war.« Ivan lässt die Kamera sinken. »Oder er ist rechtzeitig geflohen.«

»Die hätten ihm was angetan.«

»Die hätten ihm ziemlich sicher was angetan.«

»Dabei ist er vielleicht völlig unschuldig.«

Aber auch das Gegenteil ist möglich; dass er wirklich ein vorbestrafter Kinderschänder ist, der rückfällig geworden ist, oder gar noch mehr? Sie muss herausfinden, was Samuel genau mit seiner Behauptung meinte, Hug habe es schon einmal getan. Milla wird weiter recherchieren, Quellen ausfindig machen, Zeugen. Dass sie von Sandro auch nur ein einziges Wort über den Fall erfahren wird, kann sie vergessen.

Ivan schaltet die Kamera wieder ein, weil erneut Sirenen ertönen. Dieses Mal ist es der Rettungswagen. Er kommt nicht, weil es dem Mob gelungen ist, Bruno Hug zu verprügeln oder zu lynchen – sondern weil einer der Eindringlinge einen Herzinfarkt erlitten hat. Welch Ironie, denkt Milla.

Ein Polizist drängt Ivan zurück, als er die Trage filmen will, auf der Franz aus dem Haus getragen wird. Milla erkennt, dass er bei Bewusstsein ist; ein gutes Zeichen. Er wird überleben. Und er wird für diese Attacke zur Rechenschaft gezogen werden.

»Haben wir genug Material von diesem Debakel hier?«

Ivan nickt. »Mehr als genug.«

»Dann gehen wir zurück in den Adler.«

Milla will in ihrem Beitrag dort aufhören, wo alles begonnen hat – doch dafür muss sie Babette überzeugen, vor der Kamera zu erzählen, was sich in ihrer Gaststube abgespielt hat. Zu schade, dass Ivan da noch nicht gefilmt hat.

Zu Millas Überraschung willigt Babette sofort ein, ihr ein Interview zu geben, als sie ihr erzählt, was im Haus von Bruno Hug passiert ist. Ivan installiert eine Lampe, stellt ein Stativ auf und montiert die Kamera darauf. Während er Babette ein kleines Funkmikrofon an den Schürzenkragen heftet, erklärt Milla ihr, wie das Interview ablaufen wird.

»Wir werden ganz normal miteinander sprechen, du kannst dabei mich anschauen, bitte nicht in die Kamera blicken, tu einfach so, als ob sie nicht da wäre.« Milla sieht, dass sich Babette die Hände an der Schürze trockenreibt. Sie wirkt nervös. Wenn das mal gut geht.

»Das ist das erste Interview in meinem Leben.«

»Es ist einfacher, als du denkst. Nicht überrascht sein, ich werde dich siezen während des Interviews.«

Babette nickt heftig. Ihre Nervosität überträgt sich auf Milla, die sich dabei ertappt, dass sie sich ebenfalls die Hände abwischt. Sie räuspert sich.

»Heute Abend hat ein Mob von Bürgern das Haus von Bruno H. überfallen. Zuvor haben sich die Leute in Ihrer Gaststube getroffen. Können Sie erzählen, was hier passiert ist?«

»Also, ich weiß jetzt gar nicht, wo ich anfangen soll. Die Männer waren hier, so wie immer.«

»Ihre Stammgäste?«

»Ja, die Stammtischler, die jeden Abend hier sind, sie haben Bier getrunken. Es war eigentlich ganz friedlich. Erst als Sie gekommen sind, haben sie das Thema gewechselt und über den Fabio geredet.«

»Was ist dann geschehen?«

»Jemand hat gesagt, es sei der … darf ich den Namen sagen?«

Milla schüttelt energisch den Kopf.

»Jemand hat einen Namen gesagt. Einen Mann genannt, der den Fabio vielleicht entführt hat.«

»Und dann haben die Männer beschlossen loszuziehen.«

»Ja. Jemand sagte, dass er das bestimmt gewesen war. Ich weiß nicht mehr, wer das behauptete. Aber es klang so, als ob es wahr sei. Das hat sich dann irgendwie hochgeschaukelt. Die Männer sind wütend geworden.«

»Warum fiel der Name von H. als Verdächtigem?«

Unbewusst lehnt sich Babette nach vorn, sie senkt ihre Stimme und flüstert so leise, dass Milla am Schnittplatz die Tonspur wird hochfahren müssen: »Weil er es schon mal getan hat. Er hat sich schon mal an einem Buben vergangen.«

»Und ihn getötet?«

»Nein, das ist nur ein Gerücht.«

»Aber die Männer scheinen genau das zu glauben.«

»Wissen Sie, Gerüchte breiten sich schneller aus als Ratten, und je länger sie die Runde machen, desto mehr glaubt man an sie. Und manchmal ist es einfacher, sich an der angeblichen Wahrheit festzuklammern, als sich etwas nicht erklären zu können.«

»Selbst wenn man sich irrt?«

Babette blickt Milla lange an, bevor sie antwortet.

»Ganz ehrlich? Ich bin mir sicher, H. hat das getan. Und ich verstehe, dass die Männer losgezogen sind. Wäre ich ein Kerl, hätte ich es ihnen gleichgetan. So funktioniert das in unserem Dorf: Wir schauen selbst nach dem Rechten, bis heute sind wir so gut durchs Leben gekommen.«

»Was glauben Sie, wäre passiert, wenn Herr H. zu Hause gewesen wäre?«

»Ich glaube, die hätten ihn getötet.«

»Würden Sie das den Männern von Ihrem Stammtisch wirklich zutrauen?«

»Ich kann nicht in Menschen hineinsehen. Wir kennen niemanden genau, selbst jene nicht, die uns am nächsten stehen.«

Schnitt, denkt Milla. Sie gibt Ivan ein Zeichen, dass er die Kamera ausschalten kann. »Das war's schon, du hast das sehr gut gemacht.«

Millas Kompliment lässt Babette erstrahlen. Auch Milla ist zufrieden, sie hat viel gutes Material zusammen, um eine tragische Geschichte hinter der Geschichte um den verschwundenen Jungen zu erzählen; nämlich darüber, wie die friedlichen Bürger von Toffen auf einmal meinen, das Gesetz selbst in die Hand nehmen zu dürfen und womöglich so weit gehen würden, jemanden zu lynchen. Zu schade nur, dass Milla nicht weiß, wo sich Bruno Hug aufhält, sie würde ihn gerne fragen, wie es ihm geht und wie er sich schützen will. Sie würde ihm Anonymität zusichern und ihn vor der Kamera unkenntlich machen, auch seine Stimme verfälschen. Aber mittlerweile ist die Nacht hereingebrochen. Sie wird morgen nach ihm suchen, denkt Milla, morgen ist auch noch ein Tag.

Sie ahnt nicht, dass diese Tatsache nicht für alle gleichermaßen zutrifft.

16

Ein schrilles Klingeln dröhnt durchs Haus. Irena fährt erschrocken zusammen. Die Klarsichtmappe entgleitet ihr, die Zeitungsartikel verteilen sich über den ganzen Boden.

Wer kann das sein?

Sie erwartet niemanden. Generell nicht und schon gar nicht so spät am Abend. Irena blickt auf die Uhr: kurz nach neun. Kaum einer weiß, dass sie hier ist. Sie tritt ans Fenster von Benis Zimmer und erkennt den Mann sofort, der unten vor der Haustür steht und zu ihr hochblickt. Ein Gesicht aus einem anderen Leben. Die Jahre haben ihm die Vertrautheit nicht genommen. Einen Moment lang schauen sie sich durch das Glas stumm an. Dann gibt sich Irena einen Ruck, steigt die Treppe hinunter und öffnet die Tür.

»Marius.«

»Rena. Ich habe Licht gesehen.« Er scheint unentschlossen, ob er sie umarmen soll, und begrüßt sie schließlich mit drei Wangenküssen. Er fasst sie dabei mit der einen Hand an den Oberarm und drückt ihn. »Du bist lange weg gewesen.«

»Ich bin nicht zurückgekehrt. Ich muss nur ein paar Sachen erledigen, dann bin ich wieder weg.«

»Darf ich reinkommen?«

»Natürlich.«

Irena will ihrem Cousin Marius Schildknecht etwas anbieten, realisiert aber in der gleichen Sekunde, dass sie nichts im Haus hat. Es sei denn … »Weißt du, ob es hier irgendwo etwas zum Trinken gibt?«

Marius verkneift sich ein Lächeln, geht zielsicher auf den alten Sekretär zu, der in der Ecke des Wohnzimmers steht. »Dein Vater hat sich hier eine kleine Bar zugelegt.«

Er klappt den Deckel auf und nimmt eine Flasche Cognac heraus. Irena holt in der Küche zwei Gläser. Sie setzen sich nebeneinander auf das Sofa, das schon an dieser Stelle stand, als sie beide noch gar nicht geboren waren. Überrascht stellt Irena fest, dass es überhaupt nicht seltsam ist, mit Marius hier zu sitzen. Vielleicht ist es tatsächlich so, dass das gleiche Blut in den Adern verbindet, egal welche Ereignisse und Zeiten und Distanzen dazwischenliegen.

»Wie geht es dir?«, fragt Marius.

»Danke, es geht.«

»Ich dachte, ich schau mal vorbei, als ich hörte, dass du im Dorf bist. Vielleicht kannst du Hilfe gebrauchen.«

»Danke, das ist lieb.«

»Es war übrigens eine schöne Beerdigung. Es sind viele Leute gekommen.«

Irena ist sich nicht sicher, ob sie Marius' Bemerkung als Kritik auffassen muss, weil er darauf anspielt, dass viele Trauergäste anwesend waren – außer sie. Doch sie beschließt, den Satz so stehen zu lassen, wie er ist: Es sind viele Leute zur Beerdigung ihres Vaters gekommen. Punkt.

»Schön«, sagt sie. »Danke, dass du alles organisiert hast.«

»Wirst du das Haus verkaufen?«

»Ja, wenn es sich denn verkaufen lässt. Ich bin hier, weil ich die Sachen sichten will. Danach lasse ich das Haus durch eine Firma räumen und von einem Makler ausschreiben.«

»Du kannst das sonst auch mir überlassen. Ich hab Beziehungen.«

»Du bist jetzt Gemeinderatspräsident?«

»Es war kaum zu vermeiden. Wenn man sich engagiert in einem so kleinen Dorf, kommt man irgendwann nicht mehr um den Posten herum. Du hast bei der Polizei Karriere gemacht?«

»Nein, nicht bei der Polizei. Ich leite das Institut für Rechtsmedizin.«

»Ich weiß. Ich habe mich immer gefragt, ob du wegen Beni diesen Weg eingeschlagen hast.«

Beni.

Wie seltsam, wenn jemand anders seinen Namen ausspricht. Irena hat mit niemandem über Beni gesprochen, seit sie von Zuhause weg ist. Als sie den Mädchennamen ihrer Mutter annahm und ihren Ausweis entsprechend umschreiben ließ, hat sie mit ihrer Vergangenheit abgeschlossen. Das hat sie bis heute zumindest gedacht. Jetzt ist sie sich nicht mehr ganz sicher.

»Ich weiß es nicht. Wahrscheinlich. Oder vielleicht auch nicht. Wer weiß, wie es gekommen wäre, wenn Beni nicht verschwunden wäre.« Irena nimmt einen großen Schluck. Sie spürt die Hitze in ihrer Kehle.

»Ich hab Beni immer vermisst. Es war schwer, darüber hinwegzukommen.« Marius bewegt sein Glas langsam hin und her, schaut der Wellenbewegung der goldenen Flüssigkeit zu. »Danach war nichts mehr wie zuvor.«

Irena will nicht darüber reden. Kann nicht darüber reden, noch immer nicht.

»Danke, dass du mir mit dem Haus helfen willst, aber es wird kaum nötig sein. Ich werde nicht vieles behalten. Vielleicht ein, zwei Andenken. Aber was will ich mit dem alten Zeugs? Es wird nur auf meinem Dachboden landen und irgendwann von einer anderen Räumungsfirma entsorgt werden.«

»Du warst schon als kleines Mädchen ziemlich radikal.« Marius sagt es mit einem Lächeln. Auch Irena muss schmunzeln. Das war sie wohl, ein kleines, aufmüpfiges Persönchen, das früh schon wusste, was es wollte. Bis der Schnitt kam, der ihr Leben in ein Davor und in ein Danach teilte. Viele Erinnerungen hat sie nicht an ihre Kindheit, sie hat sie so gut wie möglich weggepackt, verstaut im hintersten Winkel ihres Bewusstseins, und nie wieder hervorgekramt. Manchmal fühlt sie sich, als wäre sie nie ein Kind gewesen.

»Erzähl, wie lebst du so? Hast du Mann und Kinder?«, will Marius wissen.

»Nein, das war nie eine Option.«

»Ich hätte das Projekt Familie auch besser bleiben lassen, es hat nicht funktioniert.« Jetzt ist es Marius, der einen großen Schluck nimmt.

»Das tut mir leid.«

»Halb so schlimm. Wir sind wohl beide eher dafür gemacht, uns alleine durchzuschlagen.«

»Aber es geht dir gut?«

»Ja, alles im grünen Bereich, danke. Ich beklage mich nicht.«

Einen Moment lang schweigen sich die beiden an. Unausgesprochenes hängt zwischen ihnen und will nicht angetastet werden. Trotzdem unternimmt Marius noch einen Versuch.

»Ist Benis Zimmer noch immer unberührt?«

Irena nickt.

»Darf ich es sehen?«

»Du willst Benis Zimmer sehen?«

»Ein letztes Mal. Wegen der Erinnerungen.«

Wortlos erhebt sich Irena vom Sofa, Marius folgt ihr, als sie in den ersten Stock hochsteigt. Sie führt ihn ins Kinderzimmer und sieht, dass sein Blick auf die Zeitungsartikel fällt, die noch immer verstreut auf dem Boden liegen. Er geht in die Knie und sammelt sie auf.

»Klostermann. Er hat dafür gebüßt. Es bringt nichts, wenn du dich jetzt wieder damit quälst.« Nachdenklich betrachtet er die Fotografie, auf dem der Mörder seines jüngeren Cousins abgebildet ist, dann reicht er Irena die Artikel. »Schmeiß das Zeugs weg. Es ist besser, die Geschichte ruhen zu lassen.«

17

Als Sandro erwacht, dröhnt sein Schädel, und jeder Knochen in seinem Körper schmerzt. Das Sofa, das in der Toffener Gemeindeverwaltung im Treppenhaus steht, ist eher als Ziermöbel denn als Schlafstätte gedacht, wofür es überdies viel zu kurz ist. Trotzdem hat sich Sandro morgens um fünf kurz hingelegt, um mindestens eine Mütze Schlaf zu nehmen. Er fragt sich, ob er langsam zu alt wird für diesen Job.

Sandro ist fast die ganze Nacht auf den Beinen gewesen, wie sollte er auch anders; ein vermisster Junge, ein Mob von mordlustigen Bürgern, ein geflohener, pädophiler Ex-Häftling und ein unbekannter Erschossener im Wald … was für ein Chaos! Und in zwei Minuten muss er sein Team durch die Sitzung führen. Meine Nerven, denkt Sandro. Auf dem Männerklo hält er den Kopf unter das eiskalte Wasser, damit er wach wird. Einen Moment lang bleibt er so stehen, mit triefendem Haar, beide Arme auf den Spülstein gestützt, den Kopf gesenkt, um sich nicht im Spiegel ins Gesicht blicken zu müssen. Sein Atem ist faulig, die Bartstoppeln kratzen, er kann sich vorstellen, wie er aussehen muss: beschissen. Sandro gibt sich einen Ruck, wuschelt sich mit der einen Hand durch die Haare und begibt sich ins Sitzungszimmer, wo die anderen Mitglieder der SoKo Fortuna schon auf ihn warten.

Nach einer kurzen Begrüßung versucht Sandro als Erstes, sich und den anderen eine Übersicht zu verschaffen.

»Von dem Jungen fehlt leider noch immer jede Spur«, informiert er. »Ich gehe davon aus, dass er nicht freiwillig verschwunden ist. Überdies hätte er die Nacht draußen kaum überlebt. Seit Mitternacht haben wir bei der Suche Verstärkung durch die Armee. Wir werden jedes Laubblatt in der Umgebung umdrehen, bis wir ihn gefunden haben. Genau so intensiv suchen wir nach Bruno Hug.«

Sandro heftet ein Bild des Verdächtigen an die Magnetwand. Er überlässt es Bettina zu schildern, was sich am Abend im Haus von Bruno Hug abgespielt hat.

»Wir haben die Lage schließlich unter Kontrolle gebracht und sieben Männer aus dem Dorf vorübergehend festgenommen«, schließt sie ihren Bericht. »Ein Mann liegt im Spital, weil er während des Angriffs einen Herzinfarkt erlitten hat.«

Ein Murmeln geht durch die Runde.

»Gibt es Hinweise, dass Hug etwas mit Fabios Verschwinden zu tun hat?«, fragt Sandro.

»Negativ. Die Hausdurchsuchung hat nichts ergeben. Tatsache aber ist: Bruno Hug ist im Moment trotzdem unser einziger Verdächtiger, er ist wegen eines sexuellen Übergriffs auf einen Buben vorbestraft, er wohnt in Fabios Nachbarschaft – und er ist im Moment nicht auffindbar.«

Alle blicken erwartungsvoll zu Sandro, der mit sich ringt. Er weiß, wie gefährlich es ist, sich zu früh auf eine Spur einzuschießen. Gefährlich, weil man dabei riskiert, andere Fährten zu übersehen.

»Ramon, hat die Auswertung der Kameras etwas ergeben?«

»Leider nein. Ein paar Autofahrer haben uns Aufnahmen von ihren Dashcams geschickt, doch wir haben nichts darauf gefunden, das uns weiterhelfen würde. Gleichzeitig scheint Toffen das Dorf der Schweiz zu sein, das am schlechtesten kontrolliert wird: Es gibt gerade einmal fünf Überwachungskameras. Auch auf deren Aufnahmen: nichts Verdächtiges.«

»Mist.« Sandro wendet sich der Magnettafel zu, die deprimierend leer aussieht. Einzig die Fotos des vermissten Fabios und jene von Bruno Hug hängen dort, daneben ein Bild des Skateboards, das neben der Straße gefunden worden ist. »Gibt es neben Hug andere pädophile Sexualstraftäter, die wieder draußen sind oder Hafturlaub hatten?« Er richtet die Frage wiederum an Ramon.

»Negativ.«

»Mit anderen Worten: Wir haben nichts.« Sandro gibt sich innerlich einen Ruck. »Okay. Wir konzentrieren uns auf Hug. Ramon, sprich du mit der Hundetruppe, sie sollen Fährtenhunde auf Hug ansetzen. Bettina und Felix, ihr befragt jeden und jede im Dorf. Wir müssen wissen, wann er zum letzten Mal gesehen worden ist, was seine Gewohnheiten sind und ob er Bekannte hat. Rekonstruiert jede Minute seiner letzten Woche. Florence, kannst du dich um seine digitalen Spuren kümmern? Wir brauchen alles, was du aufstöbern kannst: Wann er Geld abgehoben hat, wann er mit wem telefoniert oder gechattet hat, was er sich im Internet angeschaut hat. Alles.«

»Mach ich. Aber ich habe da noch was zu unserer Leiche …«

Der andere Fall. Der Tote im Wald. Sandro hätte ihn beinah vergessen. »Schieß los.«

»Der Tote heißt Bernhard Schmitz. Sein Chef hat sich auf

die Zeitungsnotiz hin gemeldet. Schmitz ist Deutscher, er arbeitet seit vielen Jahren in einem Restaurant in der Nähe des Fundortes. Offenbar hat er regelmäßig nachmittags in seiner Pause einen Spaziergang im Wald Dickenhölzli gemacht. Sein Chef beschreibt ihn als loyalen, korrekten Mitarbeiter, er kann sich nicht vorstellen, dass er Feinde gehabt haben oder in zwielichtige Geschäfte verwickelt gewesen sein könnte. Es ist ihm unerklärlich, dass jemand Schmitz im Wald aufgelauert haben soll, um ihn zu erschießen. Offenbar hat das Opfer keine Familie hier.«

»Wir müssen sein Umfeld befragen und uns seine Wohnung vornehmen.« Sandro blickt in die Runde. Er hat zu wenig Leute. In beiden Fällen herrscht höchste Dringlichkeit. Denn die Polizei arbeitet immer gegen die Zeit. Die ersten Stunden und Tage nach einem Delikt sind entscheidend. Doch zwischen den beiden Fällen gibt es einen Unterschied: Ein Opfer ist schon tot – das andere ist vielleicht noch am Leben.

»Florence, du nimmst dich trotzdem der digitalen Spuren von Bruno Hug an, instruiere den Kriminaltechnischen Dienst und delegiere so viel als möglich. Felix, kannst du dich um Bernhard Schmitz kümmern? Hol dir von einer anderen Abteilung Hilfe, je mehr, desto besser, wir brauchen dich eigentlich in der SoKo Fortuna. Ist allen alles klar? Dann legen wir los.«

Stühle rücken, jeder weiß, was er zu tun hat, und vor allem, dass er viel zu tun hat. In dem Moment klingelt Sandros Handy, er geht sofort ran. Als die anderen den Tonfall seiner Stimme hören, halten sie inne.

»Kannst du das wiederholen?«, fragt er. Dann spricht er die Worte laut nach, die er am anderen Ende der Leitung hört: »Eine Leiche – in einem Lieferwagen – im Wald.«

18

»Fernsehstudio«, sagt die Frauenstimme aus dem Lautsprecher in der Tram Nummer elf. Die Türen öffnen sich, und ein Rudel dick eingepackter Menschen strömt über die Straße Richtung Studio. Milla ist mittendrin und lässt sich mittreiben, die Mütze tief ins Gesicht gezogen, den Kragen hochgestellt. Scheißkälte, denkt sie. Sie ist einfach kein Wintermensch. Milla fühlt sich jeden Morgen wie ein gut dressiertes Herdentier, wenn sie sich zusammen mit zahllosen Kollegen ins Studio im Zürcher Leutschenbach begibt, von denen sie zwar die meisten vom Sehen her, aber die wenigsten mit Namen kennt. Willkommen beim Schweizer Fernsehen, dem multimedialen Großbetrieb, der im Sekundentakt Neuigkeiten produziert – selbst dann, wenn die Welt draußen schockgefriert.

Erst als Milla das Gebäude betritt, entspannt sich ihr Körper, sie greift zum Badge, öffnet damit die Sicherheitsschleuse und betritt gleich dahinter den Fahrstuhl, der sie in den elften Stock befördert. Dort ist die Redaktion des Magazins *Wochenthemen* einquartiert; für Milla ist die Redaktion eher ein zweites Zuhause als ein Arbeitsort, sie zählt die Stunden nicht, die sie hier an ihrem Schreibtisch, in der Visionierungskabine, am Schnittplatz oder im Tonstudio verbringt. Bereits seit dem ersten Tag als Journalistin ist ihr Job mehr als nur ein Job, er ist ihre Art, ihr Leben zu führen, und das seit fast zwanzig Jahren schon. Ihre Leidenschaft für den Beruf ist nicht kleiner geworden – und sie lässt sich diese auch nicht durch Sandro schmälern, der immer nur die Schattenseiten des Journalismus sieht und kaum je ein gutes Wort für ihre Berufsgattung übrig hat.

Die Fahrstuhltür öffnet sich mit einem schlurfenden Geräusch, alles hier ist in die Jahre gekommen.

»Guten Morgen, meine Lieblingsreporterin!«, ruft Millas Chef Wolfgang Schnell, als sie an seinem Büro vorbeigeht. Sie hält inne, blickt zu ihm hinein und schenkt ihm ein Lächeln. Er versteht es noch immer, ihre Laune zu heben, die vor der Sitzung nie die beste ist – weil Sitzungen Millas Meinung nach immer langweilig und krass überbewertet sind.

»Guten Morgen, mein Lieblingschef«, gibt sie galant zurück, worauf auch Wolfgang lächelt.

»Wie schön, dass wir so gut gelaunt sind. Das liegt sicher daran, dass du tolles Filmmaterial über einen entführten Jungen im Gepäck hast.«

»Worauf du wetten kannst!«

»Milla, ich liebe dich!«

»Halte dich im Zaum!«

Jetzt müssen beide laut lachen. Wolfgang blickt auf die Uhr. »Die Sitzung beginnt gleich, dann kannst du berichten.«

Die Zeit reicht gerade noch, um die Tasche hinzuschmeißen, den Computer hochzufahren, sich kurz einen Überblick über die Nachrichten zu verschaffen und den einen Telefonanruf zu erledigen, den sie noch jemandem schuldig ist.

Als Nathaniel am anderen Ende rangeht, klingt er, als habe sie ihn aus einem Traum gezerrt.

»Milla. Du hast mich geweckt!«, ruft er überrascht, als wäre es eine außerordentliche Leistung, ihn aus dem Schlaf zu holen.

»Das tut mir leid. Das wollte ich nicht. Aber das heißt bestimmt, dass ihr gestern schön gefeiert habt. Ich möchte mich noch einmal entschuldigen, dass Sandro und ich so unvermittelt verschwinden mussten, aber der Job …«

»Milla, kein Problem, wirklich nicht. Viel fieser ist, dass ich jetzt nicht mehr schlafen kann!«

Milla hört aus seiner Stimme heraus, dass Nathaniel nicht wirklich sauer auf sie ist. »Also, an der anstrengenden Hochzeitsnacht kann es ja wohl nicht liegen … wie fühlst du dich denn, als verheirateter Mann?«

»Im Moment fühle ich mich vor allem alt. Und verkatert.«

»Das sind gemeinhin die Nebenwirkungen von Hochzeiten. Ich wünsch dir gute Erholung – und sobald sich dein Kater verzogen hat, stoßen wir nachträglich nochmals auf dein künftiges Eheleben an.«

Milla kriegt Nathaniels Antwort nicht mehr mit, weil im gleichen Augenblick ein Schrei durch den Flur schrillt. »Siiiiiiitzung!«, ruft die Redaktionsassistentin Heidi, zu deren Hobbys das Jodeln zählt, und die ihre gut trainierten Stimmbänder im Berufsleben immer mal wieder geschickt einzusetzen versteht.

»Ich muss«, sagt Milla zu Nathaniel und verabschiedet sich von ihm.

Als sie ins Sitzungszimmer tritt, sind die begehrten drei Plätze auf dem Sofa bereits vergeben. Also setzt sich Milla neben Wolfgang an den Tisch. Zwei Tage noch bis zur Sendung. Die Anspannung in der Redaktion steigt, als hätte eine unhörbare Stimme begonnen, einen Countdown abzuzählen.

»Das Programm für die nächste Sendung steht bereits in groben Zügen«, eröffnet Wolfgang die Sitzung. »Die Aufmacher-Geschichte wird der vermisste Fabio sein.«

»Sofern der Junge nicht einfach ausgerissen ist und morgen reuig wieder auf der Schwelle steht«, wirft Jonas ein, der zwar ein ausgezeichneter Moderator und hartnäckiger Interviewer ist, der in Sachen Feinfühligkeit aber nicht mal mit einer Hyäne mithalten kann.

»Ich gehe zu fünfundneunzig Prozent davon aus, dass der Junge entführt wurde, und zu achtzig Prozent, dass er nicht mehr am Leben ist – also spar dir deine Sprüche«, kontert Milla. Meist ist sie gut darin, Jonas zu ignorieren. Heute aber gelingt es ihr nicht.

»Auf jeden Fall habe ich Milla darauf angesetzt ...«

»... da sie über ausgezeichnete Kontakte zur Berner Polizei verfügt«, unterbricht Jonas.

»Was sie aber nicht ausnutzt, weil sie im Gegensatz zu anderen hier am Tisch ihre journalistischen Grundsätze wahrt«, giftet Milla zurück.

»Gut jetzt!«, ruft Wolfgang, um die zwei Streitlustigen zu stoppen. »Erzähl uns erst mal, was du für Material beisammenhast.«

Milla atmet tief durch. Es ärgert sie, dass sie sich von Jonas hat provozieren lassen. Als sich ihr Puls beruhigt hat, erzählt sie ihrem Team, was sich am Abend zuvor in Toffen ereignet hat, wie sie Zeugin wurde, als sich normale, an sich freundliche Bürger in eine Meute von rachsüchtigen Pöblern verwandelt haben, die nicht davor zurückgeschreckt hätten, Bruno Hug zu töten, wenn er zu Hause gewesen wäre.

»Die hätten ihn doch kaum getötet!«, sagt Katrin, die Skeptikerin im Team.

»Du hättest die Männer sehen sollen, die Wut in ihren Augen – ich glaube, die wären zu allem fähig gewesen. Schließlich haben sie fast sein Haus abgefackelt.«

»Das hast du alles auf Band?«, fragt Wolfgang.

»Ja, von dem Moment an, als sie vom Gasthof Adler losgezogen sind.«

»Ihr habt sie begleitet?«

»Ja, wir waren mittendrin, bis zum Schluss, als der Mann mit dem Herzinfarkt im Rettungswagen abtransportiert wurde.«

»Wie geil ist das denn!«, platzt es aus Katrin heraus.

»Milla, wart ihr im Haus mit drin?«, fragt Wolfgang vorsichtig.

Milla schweigt betreten. Sie spürt, wie ihr das Blut in den Kopf schießt. Sie hasst es, wenn sie rot wird.

»Ich habe es befürchtet, Milla, nicht schon wieder, du kannst wegen Hausfriedensbruch belangt werden!« Wolfgang klatscht entnervt die Hände zusammen. »Hat es sich wenigstens gelohnt?«, schiebt er nach.

»Wir haben das Feuer auf Band, wir können zeigen, dass das halbe Wohnzimmer brannte, wir haben sogar gefilmt, wie der Mann mit dem Herzinfarkt zusammenbricht. Und die Polizei hat uns abziehen lassen, sie hat nicht mal den Film beschlagnahmt.«

»Ich sag ja, dass Milla beste Beziehungen zur Polizei pflegt«, stichelt Jonas, doch keiner beachtet ihn. Und Milla schweigt sich tunlichst darüber aus, dass es tatsächlich Sandro war, der sie hat gehen lassen.

»Wo war denn der Mann, der Pädophile, hat er sich versteckt?«, will Katrin wissen.

»Das weiß ich nicht. Vielleicht war er zufällig nicht zu Hause, vielleicht hat er rechtzeitig fliehen können.«

»Denkst du, dass er der Täter ist?«

»Keine Ahnung. Aber macht es wirklich einen Unterschied, ob er es gewesen ist oder nicht?«

Nein, macht es nicht, darin sind sich alle einig. Es ist nicht Sache des Volkes, über Schuld und Unschuld eines Menschen zu urteilen und Selbstjustiz zu üben. Wolfgang bestimmt, dass Milla die Story genau so bringen soll – nicht die Tränendrüsengeschichte über den vermissten Jungen, sondern die Reportage über die Wutbürger, die sich selbst zum Richter machen und außer Kontrolle geraten.

»Hast du schon alles beisammen oder brauchst du noch Hilfe?«, fragt Wolfgang Milla, obwohl er die Antwort schon kennt: Milla akzeptiert nur im äußersten Notfall, dass ihr jemand hilft. Sie ist zu ehrgeizig und will ihren Namen allein unter einer Story stehen sehen, statt sich den Platz auf der Autorenzeile mit jemandem teilen zu müssen. Lieber arbeitet sie Tag und Nacht bis zum Umfallen, als dass sie sich bei ihrer Geschichte von einem Co-Autor reinreden lässt.

»Nein, ich schaff das. Ich fahre heute noch einmal nach Toffen, morgen werde ich den Beitrag schneiden. Es wäre einfach zu schön, wenn ich Bruno Hug finden und zu den Ereignissen befragen könnte.«

»Vergiss nicht zu fragen, ob er den Jungen umgebracht hat, wenn du ihn findest.« Wieder Jonas. Milla wirft ihm nur einen müden Blick zu.

Zurück an ihrem Arbeitsplatz, taucht sie ins Internet ein, um mehr über Bruno Hug zu erfahren. Sie findet mehr, als sie zu hoffen wagte. Drei Anrufe später hat sie eine Vermutung, wo sie Bruno Hug finden könnte.

19

Die Melodie dringt nur träge in ihr Bewusstsein vor. Verzögert wird ihr klar, dass das Lied nicht Teil ihres Traumes ist, sondern ihr Handywecker, der sie aus dem Schlaf holen soll. Irena öffnet die Augen. Benis Zimmer. Sie konnte sich nicht überwinden, im Bett ihres Vaters zu schlafen, das weiß sie noch, obwohl die Erinnerungen an den alkoholgeschwängerten Abend trübe sind. Dafür ist das kalte Gefühl in ihrem Herzen sofort wieder präsent, das Gefühl, dass etwas nicht gut ist, gar nicht gut ist.

Sie hat viel zu viel Cognac getrunken gestern. Obwohl sie sich in gewisser Weise gefreut hat, ihren Cousin wiederzusehen, hat nicht nur der viele Alkohol, sondern auch das Gespräch mit ihm einen bitteren Nachgeschmack hinterlassen. Die Geschichte besser ruhen lassen, hatte er gemeint. Sich nicht selber damit quälen ... einfacher gesagt als getan.

Das Tagebuch.

Ihre eigenen Worte, die heute so ganz anders klingen, wenn sie sie liest. Der Wunsch, die Wahrheit zu erfahren, ist drängender als je zuvor. Die Ungewissheit, was genau mit Beni passiert ist, warum man ihn nie gefunden hat, ist für Irena nicht länger akzeptierbar.

Klostermann.

Was ihr Leben lang undenkbar schien, ist auf einmal ihr drängendstes Bedürfnis: Sie will ihn sehen. Sie will es ihn sagen hören: Was geschehen ist, die Wahrheit. Zumindest die ist er ihr schuldig. Noch heute wird sie ihn besuchen, sie wird ihre Beziehungen spielen lassen. Obwohl ihr allein beim Gedanken an die Begegnung schlecht wird, weiß sie mit unverrückbarer Gewissheit, dass es sein muss. Dass sie es nicht *nicht* machen kann.

Irena schaltet den Alarm aus, checkt ihre Nachrichten, nichts erscheint ihr wichtig, dann öffnet sie die App der Zeitung *Der Bund.* Gänsehaut überzieht ihre Arme, ihre Schultern, ihren Nacken, sie erschauert am ganzen Körper. *Sechsjähriger Junge vermisst,* lautet der Titel des ersten Artikels. Ein Foto zeigt einen ausnehmend hübschen Buben, der mit einer breiten Zahnlücke in die Kamera lacht. *Wer hat diesen Jungen gesehen?,* lautet die Bildlegende. Und weiter: *Der Fall des verschwundenen Fabios weckt Erinnerungen an die vermissten Kinder aus den Neunzigerjahren.*

Das Leben schreibt bizarre Geschichten, denkt Irena. Warum gerade jetzt? Warum ausgerechnet in diesem Moment? Warum muss sie in einer Welt leben, in der Kinder für immer verschwinden? Irena wischt den Artikel weg, sie will das nicht lesen, ihr Kopf ist schon sonst viel zu voll mit schlimmen Dingen. Trotzdem – oder gerade deswegen – fällt ihr Blick sofort auf eine Kurznotiz. *Männliche Leiche im Wald gefunden – Identität unbekannt.* Ihr Assistent Peter Lang hat also Arbeit bekommen. Hoffentlich nicht bald auch noch ein totes Kind.

Bevor sich Irena im Bad unter die Dusche stellt, erledigt sie den einen Telefonanruf, der nötig ist. Mehr braucht es nicht, um einen Besuchstermin in der Justizvollzugsanstalt Thorberg zu erhalten. Sie kennt den Direktor dort. Es gab da mal eine gemeinsame Nacht …

Als sie sich wenig später zu heißes Wasser über den Kopf laufen lässt, die Augen geschlossen, das Gesicht zur Brause gerichtet, fragt sie sich, was sie eigentlich antreibt. Was sie ihn fragen wird, den Insassen, der noch nichts von seiner Besucherin ahnt. Ob sie ruhig bleiben kann – oder ob sie ihm die Augen auskratzen wird. Ob sie das alles überhaupt erträgt.

Der Gefängnisdirektor Markus Freysinger hat Irena einen Besuchstermin am späteren Nachmittag zugesichert. Die Zeit scheint langsamer voranzuschreiten als üblich. Weil sie das Warten nicht länger erträgt, macht sie sich viel zu früh auf den Weg und wählt mit Absicht eine längere Route durchs Emmental, um nach Krauchthal zu gelangen, eine über zweistündige Fahrt übers Land – zwei Stunden also, um sich mental auf den bevorstehenden Besuch vorzubereiten. Auch heute zieht der Fahrtwind durch jede Ritze ihres in die Jahre gekommenen Cabriolets, das für die französische Côte d'Azur, nicht aber für den schweizerischen Winter gebaut ist. Irena steckt in Mütze und Handschuhen, trotzdem klappern ihre Zähne unrhythmisch zu einem Song von Noir Désir.

Guten Tag, ich bin Irena Jundt, geborene Schildknecht. Sie haben meinen Bruder getötet.

Sie wird ihn nicht siezen können. Sie wird nicht höflich bleiben können. Aber sie wird es müssen, falls sie etwas aus August Klostermann herauskriegen will.

Guten Tag, ich bin Irena Jundt, Rechtsmedizinerin. Ich würde gerne mit Ihnen über einen Ihrer Fälle reden.

Soll sie Klostermann offenbaren, dass sie Benis Schwester ist – oder rein berufliches Interesse am Fall vortäuschen? Egal welche Anrede sich Irena während der Fahrt laut vorspricht – alles hört sich seltsam an. Wie begegnet man dem Mörder seines Bruders, wenn man von ihm etwas erfahren will, das niemand anders wissen kann? Sie war noch nie eine gute Schauspielerin. Aber heute wird sie eine gute mimen müssen.

»Du kannst das«, sagt Irena laut. »Du musst. Für Beni.«

Aus dem Nebel lösen sich feine Schneeflocken, Irena schaltet die Scheibenwischer ein.

»Du kannst das. Du kannst das.« Wie ein Mantra sagt sie die Worte vor sich her, um sich Mut zu machen. Als sie in Krauchthal ankommt und den Hügel hochfährt, auf dem die Justizvollzugsanstalt wie ein Schloss über dem langgezogenen Tal thront, hat sich Irena entschieden, dass sie August Klostermann ihre Identität zunächst nicht verraten wird. Je nach Verlauf des Gesprächs und ihrem eigenen psychischen Zustand kann sie immer noch mit der Wahrheit herausrücken.

Sie stellt den Wagen auf dem Parkplatz ab und meldet sich beim Empfang an.

»August Klostermann wollen Sie besuchen?« Der Mann hinter der Panzerglasscheibe schaut sie erst ungläubig, dann skeptisch an.

»Ich bin angemeldet.« Irena schiebt ihm ihren Ausweis unter der Scheibe durch.

Er prüft ihn eingehend, blickt wieder in seinen Computer und scheint schließlich zu finden, was er suchte. »Ah, darum, ich dachte schon … Klostermann erhält niemals Besuch. Gibt's denn einen Grund für Ihr plötzliches Interesse?«

»Darüber kann ich nicht sprechen«, sagt Irena ernst.

Der Beamte nickt unbeeindruckt und stellt ihr einen Besucherausweis aus.

»Ich informiere den Direktor, er will Sie selber zu ihm führen. Sie können schon mal durch die Schleuse durch, geben Sie dem Kollegen bitte Handy und Metallgegenstände ab, Sie dürfen nichts mit reinnehmen.«

Irena hält sich nicht oft in Gefängnissen auf. Das ist nicht Teil ihres Jobs. Ihre Klienten sind schon tot, wenn sie sich mit ihnen befasst, und um diejenigen, die sie getötet haben, kümmern sich ihre Kollegen von der Polizei. Doch sie denkt, was sie bisher bei all ihren Besuchen gedacht hat: Kaum schließt sich die Sicherheitstür hinter ihr, fühlt sie sich selbst wie eine Gefangene, die beim Eingang mit ihrem Ausweis auch ihre Identität abgegeben hat. Sie spürt die damit einhergehende Beklommenheit und die kleine Angst, die sich in ihrem Unterbewusstsein versteckt: Die Furcht, dass sie vielleicht nicht mehr herauskommt, wegen eines Missverständnisses, einem IT-Fehler oder warum auch immer, dass sie aus irgendeinem Grund plötzlich im Gefängnis festsitzt.

»Irena!«

Die Stimme von Markus Freysinger holt sie aus ihren Gedanken.

»Markus«, sagt sie, während sie ihm drei Wangenküsse gibt. Sie haben gemeinsam mehrere Forensik-Fachtagungen besucht, nach einem Dinner sind sie sich nähergekommen, nur für eine Nacht, sie haben es beide nicht bereut, aber auch nicht wiederholt, weil einmal gerade richtig war. Es ist schon eine Weile her. Irena stellt fest, dass er sich über all die Jahre gut gehalten hat.

»Schön, dich mal wiederzusehen«, sagt er. »Darf man

den Grund erfahren, warum du dich für Klostermann interessierst? Hat es etwas mit dem verschwundenen Buben zu tun?«

»Nein, es ist ...« Irena zögert, weil sie Markus nicht anlügen will, »... persönlich«.

Markus Freysinger stellt keine weitere Frage, weil Irenas Tonfall ihn erkennen lässt, dass es persönlich bleiben soll.

»Ich führe dich gleich zu ihm, ich habe ihn informiert. Er war sehr erstaunt, besucht zu werden. Aber er scheint sich über die Abwechslung zu freuen. Zuerst möchte ich dir aber zwei, drei Dinge über ihn sagen.«

»Gerne.«

»Er ist umgänglich. Es sollte also keine Probleme geben. Allerdings ...« Jetzt ist es Freysinger, der kurz innehält. »Manchmal wechselt seine Stimmung schlagartig, als würde er in eine andere Person schlüpfen. Er nennt sich dann auch nicht mehr August, sondern Anton.«

»Eine bipolare Störung?«

»Dazu gibt es unterschiedliche Auffassungen.«

Markus Freysinger verdreht vielsagend die Augen, und Irena versteht, worauf er hinauswill. Gerade über Menschen, die sich schon lange im Vollzug befinden, werden im Lauf ihrer Verbrecherkarriere mehrere psychiatrische Gutachten erstellt – und nicht selten kommen sie zu unterschiedlichen, wenn nicht gar gegenteiligen Schlüssen.

»Nur damit du nicht erschrickst«, sagt Freysinger, bevor er sie durch zwei weitere Schleusen zu Klostermanns Zelle führt. »Wie gesagt, er ist ungefährlich. Es steht die ganze Zeit ein Aufseher vor der Tür. Klopfe einfach, wenn du rauswillst.«

»In Ordnung.« Irena versucht, sich nicht anmerken zu lassen, wie aufgewühlt sie ist. Am liebsten würde sie eine Wendung um 180 Grad machen und die Anstalt sofort wieder verlassen. Sie ist nicht bereit. Sie kann das nicht. Sie will das nicht.

Aber sie muss.

Die Tür öffnet sich. Irena macht einen Schritt nach vorn und blickt in das Gesicht des Mannes, der ihren Bruder getötet hat.

20

»Ist es der Junge?«, fragt Bettina, kaum hat Sandro den Anruf beendet. »Ist er tot?«

»Nein, kein Kind. Ein toter Mann.« Obwohl Sandros Nachricht nicht gut ist, atmen alle auf: Es handelt sich nicht um Fabio. Noch gibt es Hoffnung, dass er lebt. »Der Mann wurde in einem Lieferwagen gefunden, in einem Wald.«

»Wo genau?«

»Keine hundert Meter vom anderen Toten entfernt. Wie hieß er noch mal?«

»Bernhard Schmitz«, hilft Florence aus.

»Das ist kaum ein Zufall, die Fälle müssen was miteinander zu tun haben.« Bettina spricht aus, was alle denken.

»Felix, wir beide fahren hin – ihr anderen konzentriert euch wie besprochen auf die Suche nach Fabio und auf die Fahndung nach Bruno Hug.«

»Okay.«

»In Ordnung.«

»Geht klar.«

Wenig später sitzen Sandro und Felix im Zivilfahrzeug. Sandro kennt den Weg bereits. Innerhalb von weniger als vierundzwanzig Stunden fährt er zum zweiten Mal in den Wald mit dem eigenartigen Namen Dickenhölzli, um einen Leichnam zu begutachten.

Die Spurensicherung ist schon vor Ort, als die beiden eintreffen. Sie hat den Fundort mit rot-weißem Polizeiband abgesperrt. Ein Zelt haben die Kollegen nicht aufgestellt – denn anders als beim ersten Mal liegt die Leiche nicht draußen, sondern im Innern eines Lieferwagens, der auf einem kleinen Parkplatz neben dem Waldweg steht: ein weißer Mercedes Vito, keine Fenster, der Laderaum ist nicht einsehbar. Die hintere Doppeltür steht offen, Sandro geht darauf zu – und wendet sich gleich wieder ab, kaum hat er einen Blick hineingeworfen. Zu viel Blut. Er muss sich überwinden, erneut hinzuschauen. Die Wände und die Decke sind mit Blut bespritzt, fast so, als habe hier ein makabrer Künstler gewirkt. Auf dem Boden liegt ein leicht übergewichtiger Mann, dessen Gesicht zur Hälfte fehlt. Sandro kann ausmachen, dass sein Haar grau-weiß gewesen sein muss, bevor es den blutrotbraunen Farbton erhielt, und dass da ein Bart im Gesicht war. Er vermutet, dass sich der Mann von unten durch das Kinn in den Kopf geschossen und das Gesicht weggesprengt hat. Kein schöner Anblick. Er wird sich nie daran gewöhnen.

»Kein schöner Anblick«, sagt auch der Kollege, der sich neben Sandro stellt. »Daran gewöhnt man sich wohl nie.«

Sandro schüttelt dem Kollegen die Hand, der sich als Robert Käser vorstellt.

»Warum habt ihr ihn gefunden?«

»Der Bauer, dem der Wald gehört, hat sich geärgert, dass der Wagen hier über Nacht stehen gelassen wurde. Er vermutete illegale Camper und hat mal angeklopft. Als sich nichts regte, hat er versucht, die Tür zu öffnen. Sie war nicht abgeschlossen.«

»Wissen wir schon, wer es ist?«

»Mutmaßlich Rolf Kramer. Es ist sein Wagen. Wir haben Fahrzeugausweis und Führerschein im Handschuhfach gefunden. Siebenundsechzig, Rentner. Natürlich muss das die Rechtsmedizin noch bestätigen. Du siehst ja selber.« Käser deutet mit einer Hand auf den Rest des Schädels.

»Die Waffe?«

»Lag neben ihm, wohl seine Waffe der Schweizer Armee. Pistole 75, Sig Sauer 220 vom Kaliber 9 Millimeter.«

Sandro blickt zu Felix Winter, der nickt und zum Telefon greift.

»Irgendwelche besonderen Hinweise? Im Wagen?«, fragt Sandro Robert Käser.

»Nein.«

»Abschiedsbrief?«

»Nein.«

»Angehörige?«

»Eine Ex-Frau, aber sie sind schon lange getrennt.«

Sandro schnappt ein paar Fetzen des Telefongesprächs auf, das Felix neben ihm führt, registriert, wie er den Anruf beendet.

»Und?«

»Treffer.«

»Bernhard Schmitz und Rolf Kramer sind durch die gleiche Waffe gestorben?«

»Zumindest derselbe Waffentyp. Ob es die gleiche Waffe war, werden uns die Ballistikexperten in ein paar Stunden sagen können.«

»Ein Rentner fährt in den Wald und erschießt einen deutschen Kellner, der sich während der Nachmittagspause die Füße vertritt, dann steigt er in den Wagen und richtet sich selbst?« Sandro kratzt sich am Kopf, ohne sich dessen bewusst zu sein. »Wir müssen herausfinden, ob die beiden sich kannten.« Er sagt es mehr zu sich selbst, dann richtet er sich an die Kollegen der Spurensicherung: »Untersucht das Fahrzeug auf Spuren von Dritten. Ich will wissen, ob sie gemeinsam hierher gefahren sind. Wenn sich Schmitz im Wagen aufgehalten hat, werden wir Spuren von ihm finden.«

Während die Leiche im Transporter ins Rechtsmedizinische Institut überführt wird, machen sich Sandro und Felix auf den Weg in die nächstgelegene Gemeinde. Dort, im Landgasthof Hirschen, hat Bernhard Schmitz seit über fünfzehn Jahren als Kellner gearbeitet und, der Adresse nach, auch gelebt. Der Wirt, der sie in der Gaststube empfängt und ihnen einen Kaffee anbietet, sieht aus, als wäre er einem Comicband entsprungen: Sein Körper hat die Form einer Tonne, ein gezwirbelter, schwarzer Schnurrbart ziert sein Gesicht, und stecknadelkleine Augen leuchten unter buschigen Brauen, über denen eine überdimensionierte Kochmütze thront.

»Ich kann nicht glauben, dass Schmitz tot sein soll. Der Schmitz, der keiner Mücke einen Flügel krümmen konnte«, sagt der Wirt mit einer brummenden Bassstimme und wischt sich eine Träne aus den Augen.

»Wann haben Sie ihn denn zum letzten Mal gesehen?«

»Gestern, nach seiner Schicht am Mittag. Er ist jeden Tag in der Nachtmittagspause in den Wald spazieren gegangen, das war sein heiliges Ritual.«

»Warum?«

»Warum, warum … weil er den Wald wohl mochte, ich habe ihn nie danach gefragt.«

Seine Stimme droht zu brechen, er wirkt mitgenommen, als hätte er seinen besten Freund verloren.

»Hat sich Bernhard Schmitz in den letzten Tagen oder Wochen verändert, sich anders verhalten als üblich?«, fragt Sandro.

»Nein, er war wie immer.«

»Wie war er denn so?«, will Felix wissen.

»Sehr zuverlässig, eher ruhig, aber im Reinen mit sich selbst. Er brauchte nicht viel, um zufrieden zu sein. Es gab in all den Jahren keinen Grund zur Klage. Einen besseren Mitarbeiter kann man sich nicht wünschen.«

»Hatte er Feinde oder auch Freunde, auf die er in letzter Zeit nicht gut zu sprechen war?«

»Er hatte nicht viele Bekannte in der Schweiz. Ich glaube, er hat den Anschluss gar nie gesucht. Wie gesagt, er war zufrieden mit sich selbst.«

»Bernhard Schmitz hat auch hier gewohnt?«

»Ja, in einem unserer Zimmer, er war ein sehr bescheidener Mensch.«

»Können wir uns das Zimmer mal ansehen?«

»Selbstverständlich.«

Der Wirt führt Sandro und Felix durch einen dunklen Flur und über eine Treppe in die erste Etage hoch. Es riecht diffus nach Mottenkugeln, altem Staub und billigem Putzmittel. Alles wirkt abgegriffen, klebrig. Kein Ort, an dem man glücklich und zufrieden ist, denkt Sandro.

Als der Wirt den Schlüssel dreht und die Tür aufstößt, meint Sandro im ersten Augenblick, dass er sich im Zimmer geirrt haben muss. So wirkt kein Raum, in dem jemand lebt. Das Bett ist gemacht, kein Kleidungsstück, kein persönlicher Gegenstand liegt oder steht herum.

Das Zimmer sieht aus, als würde es gleich von einem neuen Gast bezogen werden.

»Hier hat er gelebt?«, fragt Felix ungläubig.

»Ja, das war sein Zuhause. Viel hat er nicht besessen.«

Felix öffnet den Schrank. Es ist offensichtlich, dass der Mann Kellner war: Vier weiße Hemden, zwei schwarze Hosen, eine schwarze Fliege hängen da. Daneben: schwarze T-Shirts, schwarze Socken, schwarze Unterwäsche, schwarze Pullover.

Der Wirt errät Felix' Gedanken. »Er hat immer gesagt: Je weniger Farben, desto weniger Kleidung ist nötig – denn Schwarz passt zu Schwarz passt zu Schwarz.« Der Wirt muss auf einmal lächeln bei dieser Erinnerung. Doch gleichzeitig treten wieder Tränen in seine Augen. Sandro fragt sich, ob die beiden Männer etwas miteinander laufen hatten. Er begibt sich ins Badezimmer: eine Zahnbürste, Zahnpasta, Zahnseide, ein Kamm. Er zückt ein Plastiksäckchen, greift nach der Zahnbürste und nach dem Kamm, packt beides ein. Zurück im Zimmer, holt Sandro sein Handy hervor und zeigt dem Wirt das Ausweisbild von Rolf Kramer, das er aus dessen Führerschein abfotografiert hat. »Kennen Sie diesen Mann?«

Der Wirt studiert die Aufnahme eingehend. Dann schüttelt er langsam den Kopf. »Nein, diesen Mann habe ich noch nie in meinem Leben gesehen.«

21

Die hügelige Landschaft des Emmentals strahlt eine liebliche Anmut aus, bevor die Hänge schroff werden und in die Voralpen übergehen. Das Sträßchen windet sich kurvenreich in die Höhe, ein schmales Band in Schlangenform. Milla fürchtet mehrmals, dass sie es mit dem gemieteten Smart nicht bis ans Ziel schaffen wird, doch sein Motor ist zäher als gedacht. Der Bauernhof liegt etwas außerhalb von Grosshöchstetten auf einem Hügel, der zu rund und zu regelmäßig ist, um natürlich zu wirken, obwohl er natürlich natürlich ist. Auf der Stirnseite des Hauses reicht das Dach bis zur Mitte der Fassade hinunter, wie eine Schirmmütze, die zu tief ins Gesicht gezogen ist. Neben dem Hof ragen zwei runde Silos in die Höhe, zwei strammstehende Zwillinge. Fünfundzwanzig Minuten hat die Fahrt von Toffen zu dem Emmentaler Gehöft gedauert, auf dem Hug aufgewachsen ist. Es ist überraschend einfach gewesen herauszufinden, wo Bruno Hug herkommt. Milla ist auf einen Artikel über Therapien für Pädophile gestoßen, für den sich ein gewisser Bruno H. hatte interviewen lassen. Offenbar befand er sich während mehrerer Jahre in Behandlung; ein Punkt mehr, der für seine Unschuld spricht. In dem Interview hatte er gesagt, dass er sich nur an einem Ort sicher fühle, und zwar zu Hause, für ihn gleichbedeutend mit dem Ort, an dem er aufgewachsen sei. Eine Kollegin von Milla hat den Artikel verfasst. Sie hat ihr auch bestätigt, dass es sich dabei tatsächlich um Bruno Hug handelte. Nach einigem Zögern hat sie Milla die damaligen Kontaktdaten von Hug weitergegeben: die Festnetznummer seiner Mutter. Statt anzurufen, hat Milla im Online-Telefonbuch nachgeschlagen, zu welcher Adresse die Nummer passt; manchmal ist es besser, unangemeldet und persönlich an die Tür zu klopfen, damit man sich in die Augen schauen kann. Und damit die andere Person nicht einfach den Hörer auflegen kann. Milla ist auch ganz bewusst ohne Kamera hierher gefahren. Es geht dar um, zuerst Vertrauen zu schaffen. Gleichzeitig will sie verhindern, dass Bruno Hug erneut flieht; sie ist nämlich ziemlich sicher, dass er sich auf dem elterlichen Bauernhof versteckt hält. Ein Anruf hätte ihn nur aufgeschreckt. Darum steht sie jetzt hier: Auf dem Parkplatz eines stattlichen Emmentaler Gehöfts, das irgendwie gespenstisch wirkt. Als Milla aus dem Wagen steigt, realisiert sie auch den Grund: Es ist zu still. Keine Kühe, die muhen, kein Hund, der anschlägt. Da ist niemand. Der Hof wirkt, als wäre er schon vor langer Zeit verlassen worden.

Milla begibt sich zur Tür, deren Rahmen gerade hoch genug ist, dass sie ohne sich zu ducken durchpassen würde. Klingel gibt es keine, dafür einen metallenen Türklopfer. Sie hämmert damit energisch gegen das Holz.

Und wartet. Nichts regt sich. Milla will sich gerade abwenden, als sie hinter dem Fenster neben der Tür eine Bewegung wahrnimmt. Der Vorhang wird zurückgeschoben. Hinter dem Glas erscheint ein schrumpeliges Gesicht, das in Milla unwillkürlich den Fluchtinstinkt weckt: Die Frau sieht aus wie eine alte Hexe.

Als sich die Tür öffnet, erkennt Milla sofort, dass ihr

Gefühl unbegründet war: Die Bäuerin strahlt Herzlichkeit aus, als sie Milla mit freundlichen Augen und einem Lächeln zunickt.

»Was haben Sie denn hier verloren, haben Sie sich verirrt?« Die Alte kichert leise über ihren eigenen Scherz. »Sie müssen wissen, hier kommt nicht so schnell jemand einfach mal so vorbei.«

Milla hat sich die Sätze im Kopf zurechtgelegt, mit denen sie Bruno Hugs Mutter überzeugen will, dass sie eine von den Guten und nicht eine von den Bösen ist.

»Sie sind Frau Hug?«, fragt sie vorsichtshalber.

»Die steht leibhaftig vor Ihnen, und wer sind Sie, wenn ich fragen darf?«

»Mein Name ist Milla Nova. Ich bin hier wegen Ihres Sohnes. Doch bevor Sie mir jetzt gleich die Tür vor der Nase zuschlagen, lassen Sie mich sagen: Ich glaube, dass Ihr Sohn unschuldig ist, ich will ihm helfen. Es ist furchtbar, was letzte Nacht in seinem Haus geschehen ist.«

»Sie sind eine Journalistin, die mich überzeugen will, dass sie eine der Guten und nicht eine der Bösen ist«, sagt die alte Frau trocken.

Milla fühlt sich durchschaut und spürt, wie ihr das Blut in den Kopf schießt.

»Dann kommen Sie mal rein«, sagt die Alte und öffnet die Tür, damit Milla eintreten kann. Sie weist mit der Hand auf einen Platz auf der Eckbank hinter dem Küchentisch. »Warum glauben Sie, dass mein Sohn unschuldig ist?«

»Er hat jahrelang eine Therapie gemacht, warum sollte er auf einmal rückfällig werden?«

»Die Bewohner seines Dorfes sind da anderer Meinung.«

»Wenn etwas Unfassbares passiert, ist es einfacher, den erstbesten als Sündenbock abzustempeln, als sich der Wahrheit zu stellen, dass nicht alles begreif- und erklärbar ist. Einen Schuldigen zu benennen scheint die bedrohte eigene kleine Welt wieder ins Gleichgewicht zu bringen – selbst dann, wenn es der falsche ist.«

»Und wenn jemand einmal den Stempel *Pädophiler* trägt, ist er nicht der erstbeste, sondern überhaupt der allerbeste Sündenbock. Sie wollen mich nun sicher fragen, ob Bruno hier ist.«

»Ist er denn hier?«

»Warum sollte ich Ihnen darauf eine Antwort geben?«

Milla hat die alte Bäuerin unterschätzt. Sie beginnt sie zu mögen und bedauert beinah, dass sie ihr nicht unter erfreulicheren Umständen begegnet ist.

»Weil ich Ihrem Sohn die Möglichkeit geben möchte, Stellung zu beziehen und seine Sicht der Dinge darzulegen.«

»Denken Sie wirklich, dass das etwas bringt? Dass ihm jemand glaubt? Dass ihm überhaupt zugehört wird, einem pädophilen Ex-Häftling, der hinter Gittern war, weil er ein Kind missbraucht hat? Meinen Sie, dass auch nur einer Ihrer Leser in ihm nicht den bösen Kinderschänder sieht, sondern den feinfühligen Mann, der ein Leben lang versucht hat, seine Veranlagung unter Kontrolle zu halten und keinem weiteren Kind Schaden zuzufügen? Nachdem er sich in seiner Jugend ein einziges Mal nicht im Griff hatte? Denken Sie, dass sich auch nur eine einzige Person die Mühe machen wird, hinter dem Etikett *Pädophiler* den Menschen zu erkennen, der mein Sohn in Wirklichkeit ist?«

Milla zögert, weil die Bäuerin recht hat und sie ihr nichts entgegenhalten kann.

Die alte Frau stöhnt auf, es ist ein Klang, der tief aus ihrem Inneren kommt. »Nun gut, ich werde ihn fragen, ob er mit Ihnen reden mag. Von welcher Zeitung sind Sie, sagten Sie?«

»Von keiner Zeitung. Ich arbeite für die Sendung *Wochenthemen* beim Schweizer Fernsehen.«

»Du meine Güte.« Die Bäuerin schlägt die Hände über dem Kopf zusammen. »Jetzt habe ich tatsächlich das Fernsehen im Haus.«

»Sagen Sie Ihrem Sohn bitte, dass ich, wenn er das möchte, alles anonym aufnehmen kann, mit verfälschter Stimme, man wird ihn nicht erkennen. Das gilt auch für Sie, falls Sie bereit wären, mit mir zu reden.«

»Ich werde es ihm ausrichten. Warten Sie hier.«

Milla wartet. Sie studiert die gelben Papierstreifen, es sind Fliegenfallen, die über dem Küchentisch hängen. Mehrere der Insekten, die daran kleben geblieben sind, bewegen sich noch; gefangen in einem stummen Überlebenskampf, den sie nur verlieren können. Milla hört Stufen über sich knarren. Eine Tür, die knarzt. Und dann: Ein Schrei, der ihren Körper durchdringt und den sie ihr Leben lang nicht mehr vergessen wird.

Milla weiß nicht, wie lange es dauert, bis sie sich in Bewegung setzt. Eine Sekunde, fünf, fünfzehn oder dreißig? Als sie sich aus ihrer Erstarrung lösen kann, rennt sie in die Richtung, aus der der Schrei kam, hinein in die Wohnstube, durch ein kleines Nebenzimmer, dann die Treppe hoch. Da sieht sie die alte Bäuerin; sie kauert auf der Türschwelle, das Gesicht in ihre Hände gelegt, ein bebendes Zittern erschüttert ihren Körper und will nicht mehr aufhören. Milla blickt über sie hinweg ins Zimmer, und obwohl sie bereits ahnt, was sie gleich zu sehen bekommt, entfährt auch ihr ein Schrei.

Es dauert nur Sekunden, bis sie sich wieder fasst und so reagiert, wie man glaubt, in solchen Situationen reagieren zu müssen. Sie rennt zu dem Männerkörper, der in der Mitte des Zimmers von einem Balken baumelt, und versucht, ihn hochzuheben. Das Unterfangen misslingt, weil er viel zu schwer ist. Also tastet sie am Handgelenk nach seinem Puls und schreit gleichzeitig Hugs Mutter an, dass sie ein Messer holen solle. Erst da sieht sie den umgekippten Stuhl auf dem Boden.

»Ein Messer, das Brotmesser, holen Sie irgendetwas!«, brüllt Milla erneut, als sie nach dem Stuhl greift, ihn aufrichtet und sich daraufstellt. Sie schaut die alte Frau auffordernd an. Doch die schüttelt nur den Kopf.

»Es ist zu spät, Kindchen. Schauen Sie doch. Er ist schon ganz blau.«

22

Alles, was sie sich zuvor sorgfältig in Gedanken zurechtgelegt hat, ist weg. Irenas Kopf ist leer. Zu unwirklich erscheint ihr die Situation, als dass sie sie erfassen könnte: Sie steht hier – in seiner Zelle. Nach all den Jahren. Nach diesem Leben, das so ganz anders aussehen würde, wenn es ihn nicht gegeben hätte. Es gibt in diesem Augenblick nur das Hier und Jetzt, nur sie und ihn, den Mörder ihres Bruders.

Irena hat befürchtet, dass sie über ihn herfallen könnte. Oder dass sie zusammenbrechen würde. Dass irgendetwas passieren würde in diesem Moment. Aber da ist nichts. Sie hat keine Empfindung gegenüber dem alten Mann, der am einzigen Tisch auf dem einzigen Stuhl in der etwa zwölf Quadratmeter großen Zelle sitzt. Keinen Hass, keine Wut, nur Leere.

An der Wand der Zelle hängen Blumenbilder, dutzende Zeichnungen, eine neben der anderen, es gibt kaum eine freie Stelle. Irena starrt die Zeichnungen fassungslos an. Wie kommt er dazu, Blumen zu malen, ausgerechnet er? Ein Mann, der mehrere Kinder getötet hat. Irena begreift es nicht.

»Guten Tag, Frau Jundt?«

August Klostermann erhebt sich und bietet Irena per Handzeichen seinen Stuhl an, während er sich auf das schmale Bett setzt, das eher an eine Krankenliege erinnert.

»Guten Tag, Herr … Herr Klostermann.«

Reiß dich zusammen.

»Danke, dass Sie bereit sind, mit mir über die alten Fälle zu sprechen.«

Du tust es für Beni.

»Ich hatte keine Wahl, der Direktor hat mir geradezu befohlen, mit Ihnen zu sprechen, und wissen Sie, es ist nicht gut, wenn man sich einem Wunsch des Direktors widersetzt. Die Wahlmöglichkeiten in dieser Institution sind leider beschränkt. Es wird einem nicht einmal die Entscheidung überlassen, wann man duschen will. Ich entschuldige mich daher, dass ich mich nicht extra frisch machen konnte für Sie.«

Er klingt nicht wie ein Kindermörder, er klingt irritierend nett, denkt Irena, zu nett.

»Es geht um den Fall von … Beni Schildknecht.«

Klostermann fixiert Irena mit seinen Augen. »Ich muss Ihnen leider mitteilen, dass ich zum Fall Beni Schildknecht keine Angaben machen kann.«

»Warum nicht?« Irena fasst sich langsam wieder. Das kleine Mädchen in ihr, das sich vor diesem Besuch so sehr gefürchtet hat, macht der professionellen Forensikerin Platz, die auf der Suche nach der Wahrheit ist.

»Weil ich Beni nichts getan habe.«

»Was wissen Sie über Beni?«

»Nichts. Ich bin ihm nie begegnet.«

»Wollen Sie damit sagen, dass Sie zu Unrecht wegen Mordes an Beni Schildknecht verurteilt worden sind?«

»Genau das will ich damit sagen. Kann ich Ihnen sonst irgendwie weiterhelfen?«

Irena hat damit gerechnet, dass Klostermann den Mord bestreiten wird, so wie er die Geständnisse auch vor Gericht widerrufen hat. Trotzdem klingt es ganz anders, als sie es persönlich von ihm hört. Doch so schnell wird sie sich von ihm nicht abwimmeln lassen.

»Warum haben Sie zunächst gestanden, Beni getötet zu haben?«

August Klostermann zögert mit der Antwort. Sein Blick ist so intensiv, dass Irena unwohl auf dem Stuhl hin und her rutscht. Als er erneut zu sprechen beginnt, klingt seine Stimme auf einmal anders. Höher. Kälter.

»Können Sie sich vorstellen, wie das ist? Wenn man kleine Mädchen töten muss, obwohl man sie liebt? Weil sie nicht aufhören zu weinen? Weil sie einfach nicht still sein wollen? Und dann rückt die Polizei an, und man weiß, das Leben ist vorbei, und die Polizisten behaupten, dass man nicht nur die Mädchen, sondern auch die Buben umgebracht hat. Dass man es besser zugeben würde, weil sonst etwas ganz Schlimmes passieren wird? Sie sagen einem, dass man jeden Tag leiden werde im Gefängnis, dass man sich jede Minute wünschte, lieber tot zu sein als am Leben, wenn man nicht sofort alle Morde gestehe. Dass jeder Sie hassen wird und jeder Sie im Knast nur ficken will und dass keiner Sie davor schützen wird, wenn Sie die Morde weiterhin leugnen. Können Sie sich vorstellen, wie das ist, wenn man nichts mehr zu verlieren hat und man einzig die Wahl hat zwischen dem Schlimmen und dem ganz Schrecklichen? Was würden Sie tun? Würden Sie nicht auch gestehen, was Sie nicht getan haben, um das ganz Schreckliche zu vermeiden? Ich wollte meine Ruhe haben.«

Klostermann ist laut geworden. Irena weicht mit dem Stuhl unweigerlich ein paar Zentimeter zurück. Noch immer starrt er sie an.

»Warum interessieren Sie sich für Beni?«

»Professionelles Interesse«, sagt Irena knapp.

»Hat es etwas mit dem Buben zu tun, der vor Kurzem verschwunden ist?«

Irena wundert sich, dass Klostermann bereits darüber Bescheid weiß. Aber klar, Zeitung lesen ist im Knast nicht verboten.

»Nein, nicht direkt«, meint sie vorsichtig.

Ein paar Sekunden lang sagt niemand ein Wort, bis Klostermann das unangenehme Schweigen beendet. »Sie kannten ihn. Sie kannten Beni!«

Irena antwortet nicht. Sie ist hin- und hergerissen. Zuvor war da nur Leere, doch auf einmal stürzen alle Gefühle gleichzeitig auf sie ein. Ihr ist eiskalt, und trotzdem tritt ihr der Schweiß auf die Stirn. Nur mit Mühe kann sie verhindern, dass sie zu zittern beginnt.

»Sie kannten ihn sogar gut.«

»Er war mein Bruder.«

»Das tut mir leid.« Klostermanns alte Stimme ist wieder da. Tiefer, wärmer, freundlicher. Als säße da ein anderer Mensch. »Es muss schlimm sein, wenn man seinen Bruder verliert und nicht weiß, was mit ihm passiert ist.«

»Darum bin ich hier. Ich will endlich die Wahrheit kennen. Ich bitte Sie: Sagen Sie mir, was Sie Beni angetan haben. Und wo er sich befindet. Ich bitte Sie von ganzem Herzen. Ich wünsche mir nichts mehr, als meinen eigenen Bruder beerdigen zu können. Bitte.«

Irena hat sich geschworen, dass sie nicht betteln würde. Doch sie kann nicht anders. Sie will endlich diese lähmende, ja zerstörerische Ungewissheit loswerden. Klostermann ist der einzige Mensch auf dieser Welt, der ihr die Antwort geben kann, nach der sie seit dreißig Jahren sucht. »Sagen Sie mir bitte, wo Beni ist.« Sie kann die Tränen nicht zurückhalten. Aber es ist ihr egal. Es spielt keine Rolle mehr. Nichts ist mehr wichtig außer der Wahrheit. »Bitte helfen Sie mir. Bitte.«

August Klostermann schaut Irena mit einem Blick an, den sie nicht deuten kann. Sie ahnt nicht, dass in diesem Moment in seinem Kopf ein Kampf stattfindet, dass er auf einmal Anton ist, der es hasst, wenn jemand weint wie ein kleines Kind, und dass Antons schrille Stimme ihm befiehlt, dafür zu sorgen, dass das Weinen aufhört. Irena weiß nicht, dass August in der nächsten Sekunde wieder August selbst ist, der sich nichts mehr von Anton sagen lassen darf, weil er das in der Therapie gelernt hat. Und dass August zu dem Schluss kommt, dass Irena vielleicht zu weinen aufhört, wenn er ihr hilft.

»Ich weiß nicht, wo Beni ist.« August Klostermann zögert. »Aber es könnte sein, dass ich Ihnen trotzdem weiterhelfen kann.«

23

Milla ruft an. Sandro blickt auf das Display und lässt das Handy klingeln. Er hat genug andere Sorgen, als sich jetzt auch noch mit seiner Freundin darüber zu streiten, dass sie ins Haus eines Verdächtigen eingedrungen ist und Teil einer pöbelnden Meute war. Vermutlich ruft sie nicht einmal an, um sich für ihr Verhalten zu entschuldigen – sondern weil sie ihm Informationen entlocken will, da sie bei ihren Recherchen nicht weiterkommt. Ha, Sandro muss beinahe laut lachen; als ob er Informationen hätte! Er steht selbst vor einer Mauer, die unüberwindbar scheint. Zu viel Chaos, zu wenig Spuren, nirgendwo Klarheit.

Trotzdem ist es untypisch, dass Milla freiwillig anruft – nachdem er sie letzte Nacht mit tadelndem Blick hat laufen lassen. Er hat nicht damit gerechnet, dass sie sich meldet, bevor ihr Beitrag ausgestrahlt sein wird. Vielleicht ist es dringend.

»Milla«, sagt er, als er schließlich doch auf den grünen Hörer auf dem Display tippt. »Wehe, wenn es nicht wichtig ist.«

»Ich habe Bruno Hug gefunden.«

Es ist wichtig, denkt Sandro.

»Er hat sich erhängt.«

»Scheiße«, sagt Sandro laut.

Eine Dreiviertelstunde später kurven Sandro Bandini und Felix Winter die schmale Straße hoch, dicht gefolgt vom Kastenwagen des Rechtsmedizinischen Instituts. Sandro blickt in den Rückspiegel und stellt mit leiser Enttäuschung fest, dass nicht Irena, sondern ein sehr kleiner Mensch am Steuer sitzt: ihr Assistent und Stellvertreter Peter Lang. Überrascht merkt Sandro, dass er sie vermisst. Dass da noch immer eine kleine Sehnsucht in seinem Herzen innewohnt, obwohl es schon sehr lange her ist, dass er in sie verliebt gewesen ist.

»Wann ist Irena eigentlich zurück? Sie wollte doch bloß für ein paar Tage wegfahren. Kaum ist sie mal aus dem Haus, sterben die Leute hier wie die Fliegen.«

»Wenn das so weitergeht, müssen wir sie aufbieten«, meint Felix.

Beide Männer denken in dem Moment an Fabio; sie hoffen, dass er nicht die nächste Leiche ist.

Als Sandro auf dem Vorplatz des Bauernhofes den roten Smart der Car-Sharing-Firma *Mobility* stehen sieht, weiß er, dass sie hier richtig sind. Er parkt den Wagen vor dem stattlichen Haus, das einst ein wohlhabendes Gut gewesen sein muss, jetzt aber seltsam grau und leblos wirkt. Die Haustür, die direkt in die Küche führt, ist nur angelehnt. Sandro klopft, schiebt sie auf und sieht Milla am Tisch sitzen, neben ihr eine alte Bäuerin, die sich nicht regt, als er den Kopf einzieht und eintritt.

»Sandro!« Milla ist die Erleichterung anzuhören.

Jetzt erst blickt die alte Frau auf, ihr Gesicht gleicht einer zerfurchten Landschaft, sie könnte ohne Schminke eine uralte Hexe spielen. Allerdings eine traurige Hexe:

In ihren Augen liest Sandro nichts als Schmerz und Verzweiflung. Er reicht der Mutter, die gerade ihren Sohn verloren hat, die Hand.

»Bandini, Kriminalpolizei. Es tut mir sehr leid. Können Sie mir sagen, wo wir Ihren Sohn finden?«

»Danke. Er ist oben.«

»Ich zeig dir den Weg.« Milla erhebt sich.

Sandro, Felix und die beiden Männer der Rechtsmedizin folgen ihr zur Schlafkammer einen Stock höher. Als Sandro oben an der Treppe die Tür zum Zimmer öffnet, blendet ihn die Sonne durchs Fenster. Ihre Strahlen brechen sich am Körper, der noch immer am Balken hängt. Der Staub führt im dunkelgelben Schein einen melancholischen Tanz auf. Der Anblick ist von einer irritierenden morbiden Ästhetik.

Als würde ein Ruck durch die kleine Schicksalsgemeinschaft in dem alten Bauernhaus gehen, beginnt jeder mit seiner Arbeit: Peter Lang fotografiert den Toten aus jedem erdenklichen Winkel, bevor er gemeinsam mit seinem Kollegen vorsichtig das Seil durchtrennt und den Mann herunterholt. Sandro und Felix haben Plastikhandschuhe angezogen und durchsuchen das Zimmer, in dem es nicht viel zu durchsuchen gibt, weil es noch leerer ist als jenes von dem Kellner Bernhard Schmitz. Doch es gibt einen Unterschied: Hier findet Sandro etwas. Der handgeschriebene Abschiedsbrief liegt mitten auf dem Schreibtisch, der am Fenster steht. Bruno Hug hat ihn mit einer Schneekugel beschwert, die sich, wenn man sie schüttelt, in eine bezaubernde Winterlandschaft inklusive Weihnachtsbaum und Nikolaus verwandelt.

Liebe Mama,
verzeih mir. Verzeih mir, dass ich zu schwach bin und es nicht mehr aushalte, das Leben, es ist zu schwer. Die Menschen hassen mich, weil ich bin, wie ich bin, und weil sie etwas in mir sehen, das ich nicht bin. Es wird sich immer wiederholen: Wenn ein Kind umkommt, werden sie stets in mir den Täter sehen. Ich habe keine Kraft mehr, um das länger zu ertragen. Verzeih. Und sei nicht traurig. Du warst die beste Mutter auf der Welt.

Dein Bruno

Sandro geht den Brief dreimal durch. Ein Schuldbekenntnis liest sich anders. Gleichzeitig steht darin nirgends explizit geschrieben, dass er unschuldig ist.

»War er unschuldig?«, fragt Milla, die noch immer in der Tür steht.

Sandro zuckt mit den Schultern. »Es wäre besser, wenn du runtergehst. Kümmere dich bitte um seine Mutter.«

Sandro glaubt, die Andeutung eines Schmollmunds in Millas Gesicht zu erkennen. Aber selbst wenn sie die Leiche gefunden hat – das hier ist nicht mehr ihre Aufgabe, und darum hat sie hier nichts mehr zu suchen.

Sandro reicht den Brief an Felix weiter, der ihn eingehend studiert.

»Ich glaube nicht, dass er es war«, sagt er schließlich. »Dann hätte er einen anderen Brief geschrieben.«

Sandros Telefon klingelt.

»Bettina«, sagt Sandro Richtung Felix, als er den Anruf entgegennimmt. »Ich bin mit Felix unterwegs, ich schalte dich auf Lautsprecher.«

»Bruno Hug war es nicht«, sagt Bettina. »Der Betreiber eines Pinball-Clubs hat uns angerufen – Hug hat leidenschaftlich gern geflippert und am Vormittag, an dem Fabio verschwunden ist, im Club gespielt.«

»Ist der Mann glaubwürdig?«, fragt Sandro.

»Der Club ist videoüberwacht. Er hat Hug auf Band. Unsere Spezialisten sagen, die Aufnahme sei echt, sie wurde nicht manipuliert. Überdies hat der Betreiber keine Konzession; er würde kaum riskieren, dass sein Club auffliegt, nur um jemandem ein falsches Alibi zu geben. Hug selbst allerdings haben wir noch nicht gefunden.«

»Wir aber«, sagt Sandro. »Leider sind wir zu spät gekommen.«

»Was ist passiert?«

»Er hat sich erhängt.«

Die Worte brauchen einen Moment, um anzukommen. Ein leises Piepen drängt sich in das Schweigen in der Leitung und zeigt Sandro an, dass ein weiterer Anruf eingeht. Er blickt auf das Display und erkennt eine Nummer aus der Abteilung der Spurensicherung.

»Entschuldige, ein Anruf kommt rein, wir reden später«, sagt er zu Bettina und meldet sich mit »Bandini«. Er hört eine Weile zu, um dann das Gegenüber zu unterbrechen. »Was sagst du da?«

Felix sieht seinem Chef die Überraschung an.

»Bist du ganz sicher? Eine Kontaminierung ist ausgeschlossen?«, fragt Sandro ins Telefon. »Oder ist bei euch im Labor etwas verwechselt worden?«

Er schüttelt ungläubig den Kopf, während er weiter zuhört.

»Danke für die Information.« Sandro steckt das Handy weg.

24

Im selben Moment und im gleichen Haus brüht Milla eine Etage tiefer Tee auf. Etwas anderes ist ihr nicht eingefallen. Sie würde der alten Bäuerin gerne Trost spenden. Doch deren Trauer um den toten Sohn und die Müdigkeit über das Leben sind zu mächtig, zu raumfüllend, sie lassen keinen Platz für Worte. Milla gießt zwei Tassen voll und setzt sich zu der Frau an den Tisch. Das Schweigen zwischen ihnen hat etwas Beruhigendes. Die Bäuerin greift nach Millas Hand und hält sie fest. Milla kann nicht sagen, wie viel Zeit vergeht. Es scheint nur noch diesen einen Moment, diese kleine Küche, diese Berührung zu geben. Das Knarren der Schritte über ihnen und die Ahnung von Stimmen scheinen fern wie eine fremde Galaxie.

»Er war ein guter Mensch.« Die Bäuerin beginnt auf einmal zu erzählen. »Ich weiß, dass viele das anders sehen, aber glauben Sie mir: Er war ein guter Mensch. Er wollte das nicht, er wollte sich nicht in Buben verlieben, er wünschte sich nichts mehr, als normal zu sein. Ich kenne keinen lieberen und fürsorglicheren Menschen als Bruno. Nur dieses eine Mal ist etwas passiert. Er hat es damals sogar selbst der Polizei gemeldet und seine Strafe abgesessen. Er ist in Therapie gegangen. Doch die Menschen können nicht verzeihen. Die Menschen versuchen nicht einmal zu verstehen. Sie haben ihre unverrückbaren Bilder im Kopf und urteilen nach ihren Vorurteilen.« Die Frau greift mit der freien Hand zur Tasse, nimmt einen großen Schluck und verursacht dabei ein schlürfendes Geräusch. »Vielleicht kann er jetzt endlich seinen Frieden finden, der ihm ein Leben lang verwehrt blieb.«

Milla drückt die Hand der alten Frau. »Gibt es jemanden, den ich für Sie anrufen kann?«, fragt sie. »Jemanden, der herkommen könnte?«

»Nein. Es ist gut. Danke. Sie werden darüber berichten, oder?«

»Wir werden über den Mob berichten, der das Haus Ihres Sohnes angezündet hat. Wir werden auch berichten, dass er sich das Leben genommen hat.«

»Und alle werden glauben, dass er den Jungen entführt und ihm etwas angetan hat.«

»Nein. Wir werden klarstellen, dass man so etwas derzeit noch nicht sagen kann.«

»Die Leute werden es trotzdem glauben. Aber er war es nicht. Ich kenne ihn. Er hätte mich nie angelogen.«

»Die Polizei wird den Jungen finden. Und den Täter«, sagt Milla, obwohl sie nicht weiß, ob das stimmt, ob sie nicht zu viel verspricht.

In dem Moment sind Tritte auf den knarrenden Holzstufen zu hören. Wenig später duckt sich Sandro unter der Küchentür, er ist zu groß für dieses Haus.

»Frau Hug? Wir werden Ihren Sohn ins Rechtsmedizinische Institut bringen, das ist üblich bei einem unnatürlichen Todesfall. Es tut mir sehr leid, dass es so weit kommen musste. Im Moment deutet alles darauf hin, dass Ihr Sohn nichts mit dem Verschwinden von Fabio Della Fortuna zu tun hat.«

»Ich weiß.« Die Bäuerin klingt müde.

»Er hat ein Alibi, und wir verfolgen bereits eine andere Spur«, fährt Sandro fort, während er Milla einen Blick zuwirft, der einfach zu deuten ist: Dass sie gefälligst nicht gehört hat, was er eben gesagt hat, weil es nicht für die Ohren einer Journalistin bestimmt war.

Für Milla ist es an der Zeit zu gehen. Sie verabschiedet sich von der alten Bäuerin, dann umarmt sie Sandro kurz, sie werden später reden. Milla hat den Wagen bereits zurückgesetzt und will gerade wegfahren, als sie noch einmal aussteigt. Sie greift nach ihrem Handy und macht zwei kurze Videos: eine statische Aufnahme des Bauernhofes, gefolgt von einem Schwenk über das Areal. Für alle Fälle. Als sie über die kurvenreiche Straße zurück ins Tal hinabfährt, wirbeln die Gedanken wild durch ihren Kopf, es herrscht ein Durcheinander der Eindrücke der letzten zwei Tage. Die Meldung des verschwundenen Kindes. Die Diskussion am Stammtisch des Gasthofs Adler. Der fatale falsche Verdacht und der Mob, der losgezogen ist, um Selbstjustiz zu üben. Das Haus, das in Brand gesteckt wurde. Der Mann, der einen Herzinfarkt erlitt. Und schließlich Bruno Hug, wie er in der Kammer am Holzbalken hing. So viel Schicksal in so kurzer Zeit. Milla fragt sich, wie sie diese Geschichte in einen TV-Beitrag von zehn bis fünfzehn Minuten packen soll.

Sie will gerade auf die Hauptstraße einbiegen, als aus ihrer Tasche die Titelmelodie des Films *Kill Bill* erklingt. Sie fährt rechts ran und sucht nach dem Handy. Als sie es endlich findet, klingelt es nicht mehr. Sie sieht, dass ihr Chef Wolfgang versucht hat, sie anzurufen. Da leuchtet auch schon eine Nachricht auf: *Ruf mich so schnell wie möglich zurück.* Das hat nichts Gutes zu bedeuten.

»Ich soll dich anrufen«, sagt Milla anstelle einer Begrüßung, sobald sie Wolfgang in der Leitung hat.

»Was ist eigentlich los im Kanton Bern? Habt ihr da alle Mörder auf einen Schlag losgelassen?«

Milla hat keine Ahnung, wovon Wolfgang spricht. »Könntest du bitte sagen, worum es geht?« Sie klingt genervter als beabsichtigt. Milla realisiert, dass die Ereignisse sie mehr belasten, als sie gedacht hat.

»Wann hast du zum letzten Mal einen Blick auf den News-Ticker geworfen?«, fragt Wolfgang zurück.

»Wolfgang, ich habe gerade einen Erhängten gefunden und hatte keine Zeit, im Internet rumzusurfen.« Sie ist ziemlich verärgert. Wolfgang hat gut reden, er, der seinen Hintern kaum mehr aus dem Büro bewegt.

»Du hast was?«

Milla erzählt Wolfgang von der unerwarteten Wendung der Geschichte um Bruno Hug, der fälschlicherweise verdächtigt wurde.

»Hast du das auf Band?«, fragt Wolfgang, als sie von Hugs Suizid erzählt.

»Wolfgang! Nein, ich habe das nicht auf Band. Nicht mal für dich gehe ich über Leichen! Alles hat seine Grenzen.«

»Gut, gut«, meint Wolfgang beschwichtigend. »Aber kannst du noch abklären, was es mit diesen anderen Leichen auf sich hat? Vielleicht gibt es da einen Zusammenhang.«

»Welche anderen Leichen?«

»Na, das sag ich doch, du solltest die Online-Medien checken!«

Milla verdreht die Augen. Zum Glück sitzt sie Wolfgang nicht gegenüber, sie würde ihn am liebsten gegen das Schienbein treten. Manchmal kann er ein richtiges Ekel sein.

»Mach ich«, sagt sie stattdessen knapp und kappt die Verbindung.

Sie muss nicht lange nach der Meldung suchen, die Wolfgang angesprochen hat. *Zwei Leichen im Wald,* lautet die Schlagzeile. Und weiter: *Im Kanton Bern wurden innerhalb von vierundzwanzig Stunden zwei tote Männer in einem Wald gefunden. Ein Opfer lag neben einem Waldweg, der zweite Mann in einem Lieferwagen. Beide wiesen Schussverletzungen auf, wie die Kantonspolizei Bern mitteilt. »Über die Tatumstände wird die Polizei zu einem späteren Zeitpunkt informieren«, sagt Mediensprecher Emilio Livingstone auf Nachfrage.*

Mehr steht da nicht. Wahrscheinlich eine Abrechnung zwischen Drogendealern, denkt Milla, nichts, worum sie sich zu kümmern braucht. Sie startet den Motor und fährt zurück ins Fernsehstudio nach Zürich. Milla wird eine Spätschicht einlegen, um den Rohschnitt ihres Beitrages zu machen, der morgen schon über den Sender gehen muss.

25

»Was wissen Sie?« Irenas Stimme klingt, als gehöre sie jemand anderem. Zu schrill. »Was haben Sie mit Beni gemacht?«

Klostermann sitzt reglos auf der Kante seines Bettes und schaut Irena stumm an. Mustert sie. Bis das Schweigen unerträglich wird.

»Reden Sie schon!« Irena schreit jetzt fast.

»Ich mag es nicht, wenn Sie in diesem Tonfall mit mir sprechen.«

Irena zählt in Gedanken rückwärts von zehn bis eins, blickt Klostermann dabei aber die ganze Zeit an. Sie atmet ruhiger jetzt. Auch ihre eigene Stimme hat sie wieder.

»Ich weiß, dass Sie nicht mit mir reden müssen. Ich weiß aber auch, dass Sie nicht das Ungeheuer sind, zu dem die Medien Sie gemacht haben. Darum bitte ich Sie, mir zu helfen, damit ich zur Ruhe kommen und dieses traurige Kapitel meines Lebens abschließen kann. Ich bitte Sie, mir zu sagen, was mit Beni passiert ist.«

Keine Antwort. Klostermann verfällt erneut in ein Schweigen, doch er starrt nicht mehr Irena an, sein Blick verliert sich irgendwo. Er beginnt, mit seinem Oberkörper leicht vor und zurück zu wippen, es sind kurze, schnelle Bewegungen. Vor und zurück, vor und zurück. Er scheint abwesend zu sein und wirkt gleichzeitig hochkonzentriert. Auf einmal dringt ein seltsames Geräusch durch seine Lippen, ein summendes, fast melodiöses Wimmern.

»Herr Klostermann?«, fragt Irena.

Keine Reaktion.

»August?«

Keine Reaktion.

»Anton?«

Klostermann schnellt herum. Unwillkürlich rutscht Irena auf ihrem Stuhl ein Stück zurück. Doch ebenso schnell verfällt Klostermann wieder in seine vorherige Position und in sein Wippen. Auf einmal hält er inne, er presst seine Handflächen an seine Schläfen, er senkt den Kopf bis fast auf die Knie, hält sich schließlich die Ohren zu, so fest, als wolle er seinen Schädel zwischen seinen Händen zermalmen.

»Aaaaaaaaargh!« Ein animalisches Geräusch dringt aus seinem Innersten. Irena springt vom Stuhl hoch, fast zeitgleich öffnet sich die Tür.

»Alles in Ordnung?«, fragt der Vollzugsbeamte. Er schaut an Irena vorbei auf Klostermann, der sich in derselben Sekunde aufrichtet und dasitzt, als ob nichts gewesen wäre.

»Ja, alles gut, ich unterhalte mich sehr angeregt mit meiner Besucherin«, sagt er mit ruhiger Stimme. Mit Augusts Stimme.

Der Beamte blickt zu Irena, zu Klostermann, wieder zu Irena.

»Frau Jundt?«

»Danke, es ist alles in Ordnung«, pflichtet sie Klostermann bei, obwohl es eine Lüge ist, nichts ist in Ordnung.

Mit einem Brummen zieht sich der Wachmann zurück, die Tür fällt mit einem metallenen Klacksen zu.

Stille. Als wären im Gefängnis nicht nur Menschen ein-, sondern auch alle Geräusche ausgesperrt.

»Wissen Sie, Anton will nicht, dass ich mit Ihnen rede«, sagt August Klostermann. Er spricht über sich selbst, respektive über sein anderes Selbst, über die zweite Person, die irgendwie in ihm steckt, obwohl das so schwierig zu verstehen ist. »Aber ich habe in der Therapie gelernt, dass ich nicht immer auf Anton hören muss.«

»Und August mag mit mir reden?«, fragt Irena vorsichtig.

»August will nicht, dass Sie traurig sind. Sie dürfen nicht mehr weinen.«

»Ich werde nicht mehr weinen.«

»Dann ist es gut.«

Wieder drängt sich die Stille zwischen Irena und den Mann, von dem sie ihr Leben lang dachte, dass er der Mörder ihres Bruders sei. Bis heute. Doch auf einmal ist sie sich der Wahrheit, an die sie die ganzen Jahre geglaubt hat, nicht mehr sicher.

»Können Sie mir sagen, was mit meinem Bruder Beni Schildknecht passiert ist?« Sie tötet das Schweigen mit der Frage, die sie jede Stunde, jede Minute, jede Sekunde in sich trägt, seit Beni vor fast dreißig Jahren verschwunden ist.

»Ich weiß nicht, was mit ihm passiert ist. Ich bin Beni nie begegnet.«

»Warum sagten Sie dann, dass Sie mir helfen könnten?«

»Weil ich einen Brief erhalten habe.«

»Einen Brief?«

»Von demjenigen, der Beni etwas angetan hat.«

»Woher wollen Sie das wissen?«

»Weil er es mir geschrieben hat.«

Irena fröstelt. Eine Gänsehaut zieht sich über ihre Arme und ihren Nacken.

»Was schrieb er?«

»Ich habe den Brief nicht auswendig gelernt.«

»Wo ist der Brief?«

»Ich habe ihn nicht mehr. Ist lange her.«

Irena starrt Klostermann an. Sie kann nicht fassen, was er ihr gerade erzählt hat. Ob er die Wahrheit sagt? Sein Blick ist klar. Lügt er, um sie zu quälen?

»Warum glauben Sie, hat der Täter Ihnen geschrieben?«

»Weil er ein schlechtes Gewissen hatte. Ich glaube, er dachte, dass ich ihn verstehen würde. Doch er hat sich getäuscht. Ich kann nicht verstehen, warum jemand ein Kind tötet. Ich wollte die Mädchen nie töten. Ich wollte nur, dass sie endlich aufhören zu weinen.«

»Sie haben die Buben wirklich nicht getötet.«

Irena glaubt ihm. Auf einmal ist sie sicher, dass Klostermann diese Geschichte mit dem Brief nicht einfach so erfinden würde. Es muss diesen Brief gegeben haben. Das heißt, dass er zu Unrecht wegen der Morde an den Knaben verurteilt worden ist. Sie schaudert. Denn das bedeutet auch, dass der Mörder der Jungen bis heute ungestraft davongekommen ist. Der Mörder ihres Bruders. Und all der anderen Kinder, die nie gefunden werden konnten.

»Was haben Sie mit dem Brief gemacht?«

»Ich habe ihn dem Wachpersonal gegeben.«

»Warum?«

»Weil ich dachte, es sei wichtig. Weil es der Brief eines

Mörders war. Aber ich fürchte, sie haben mir nicht geglaubt und ihn einfach weggeschmissen. Weil sie überzeugt sind, dass ich die Buben getötet habe. Aber das habe ich nicht. Ich habe mich immer in Mädchen verliebt.«

Irena muss hier raus. Die Zelle erscheint ihr enger als noch vor wenigen Minuten, die Wände scheinen näher zu rücken. Sie glaubt, nicht mehr genug Luft zu kriegen. Die scheinbare Wahrheit, an der sie sich festgeklammert hat, zerbricht wie eine getrocknete Rosenblüte, die man in der Faust zerdrückt.

»Ich muss los.«

»Sie wollen schon gehen?«

»Danke, dass Sie mit mir geredet haben.«

»Ich hatte nicht die Wahl.«

»Danke, dass Sie mir vom Brief erzählt haben.«

Irena steht auf.

»Sie haben nicht gefragt, ob der Brief unterschrieben war.«

Mitten in der Bewegung hält sie inne. »War der Brief denn unterschrieben?«

»Bleiben Sie noch etwas länger bei mir, wenn ich es Ihnen sage?«

»Sie sagen es mir, wenn ich bleibe?«

»Wenn wir noch eine Weile reden.«

»War er unterschrieben?«

»Bleiben Sie?«

Irena würde gerne Ja sagen. Doch sie durchschaut Klostermann, es ist ein gefährliches Spiel; sie darf sich nicht von ihm erpressen lassen. Irena tritt neben die Zellentür und klopft drei Mal energisch. Sie wird in derselben Sekunde geöffnet.

»Auf Wiedersehen«, sagt sie, dann dreht sie sich weg.

»Hoffentlich! Frau Jundt?«

Sie will nicht stehen bleiben, sie will nicht innehalten, sie will nur eines: weg hier, raus hier. Und trotzdem wendet sie sich noch einmal um.

»Der Brief. Anonymer Absender, ein Name stand nicht darunter.«

26

Seit fünf Tagen ist er verheiratet, und nichts hat sich verändert. Obwohl Nathaniel wusste, dass es so sein würde, dass es bei der Hochzeit einzig und allein um ein Stück Papier ging, das nötig war, damit Silas bei seiner Mutter bleiben konnte, ist er ein wenig enttäuscht. Irgendwie hat er erwartet, dass sich das Leben anders anfühlen würde, sobald er sich Ehemann nennen darf, selbst dann, wenn es nur um eine Scheinehe geht. Aber nein, alles wie gehabt. Es ist Mittwoch, kurz vor sechs, und er macht das, was er jeden Mittwoch kurz vor sechs macht: Er holt Silas vom Kinderhort ab.

»Alisha, avanti!«

Seine Hündin lässt sich das nicht zweimal sagen. Sobald sie unten zur Tür raus sind, verfällt sie in den für sie typischen Laufschritt, der manch einem zufälligen Beobachter ein Kopfschütteln entlockt. In der Tat bieten Nathaniel und Alisha als Blinder-Blindenhund-Gespann ein ungewohntes Bild: Sie zerrt an ihrem Geschirr, während er in leichter Rückenlage hinter ihr hereilt. So war es schon immer, seit ihrer ersten Begegnung. Alisha hat sich ihr hohes Tempo nie austreiben lassen, und Nathaniel kann damit leben, wenigstens kommt er so stets zügig ans Ziel. Schließlich muss Blindsein nicht bedeuten, dass man auch langsam ist – obwohl er das in vielen Bereichen natürlich trotzdem ist. Alisha verfügt noch über eine zweite Eigenart, die im Fähigkeitstest zur Blindenhündin übersehen worden sein muss: Sie hat einen miserablen Orientierungssinn – womit sie die Zeit, die sie mit ihrem Tempo herausholt, meistens sogleich wieder einbüßt. Wenn Nathaniel die Extrakilometer zusammenzählen würde, die er wegen einer Unaufmerksamkeit seiner Hündin zusätzlich zurückgelegt hat – er hätte bestimmt schon die halbe Welt umrundet.

Heute ist es allerdings nicht Alishas Fehler, der Nathaniels Zeitmanagement aus dem Takt bringt. Die beiden sitzen pünktlich in der Tram, als plötzlich jemand hinter ihnen laut kreischt. Nur den Bruchteil einer Sekunde später erfolgt ein Knall, der mächtiger ist als alles, das Nathaniel je gehört hat, er kommt nicht nur von außen, er findet auch im Inneren seines Körpers statt und scheint ihn zu zerfetzen. Er wird vom Sitz gegen das Fenster der Straßenbahn geschleudert und knallt mit seiner Schläfe hart gegen das Glas. Ein Terroranschlag, denkt Nathaniel, eine Bombe, die den Tramwagen zerreißt, er meint, das Bewusstsein zu verlieren, nein, das Leben, denkt er, das war's, es ist vorbei.

Plötzlich steht alles still.

Erst Alishas hysterisches Bellen macht Nathaniel klar, dass er noch nicht gestorben ist. Stöhnend richtet er sich auf, um seine Hündin zu beruhigen. Ihr Bellen geht in ein Winseln über, sie presst sich gegen seine Beine, er spürt ihr rasendes Herz.

»Alles gut, Alisha, alles gut«, flüstert er in ihr Ohr, obwohl er keine Ahnung hat, ob nicht gleich alles aus ist. Er greift sich an den Kopf, er spürt Blut an der Stirn, sein Schädel dröhnt, der Schmerz zieht sich bis in den

Nacken hinab. Um sich herum hört er Menschen jammern, stöhnen, fluchen, aufstehen. Die Gefahr scheint vorbei zu sein, Panik würde anders klingen.

»Was ist passiert?«, ruft er laut, er klingt wie Alisha hysterisch, und als keiner antwortet, schiebt er nach: »Ich bin blind, kann mir jemand sagen, was passiert ist?«

»Ein Lastwagen ist in die Tram geknallt«, kommt es von einer jungen Frau hinter ihm. »Ein Streusalzfahrzeug, um genau zu sein. Wohl wegen des Glatteises. Man müsste fast lachen, wenn's nicht zum Weinen wäre.«

»Ist es schlimm?«, fragt Nathaniel.

»Lastwagen und Tram sind hin. Aber die Passagiere scheinen noch alle am Leben zu sein.«

Nathaniel hört Sirenen, die schnell lauter werden. Mehrere Einsatzkräfte nähern sich in hohem Tempo. Auf einmal scheint sich alles gleichzeitig in Bewegung zu setzen. Die Türen werden aufgestemmt, den Passagieren wird hinausgeholfen. Auch um Nathaniel und Alisha kümmert sich jemand, eine Frau.

»Sie haben eine Kopfverletzung, die müssen wir verarzten. Ist Ihnen schwindlig?«

»Nein, ich bin okay«, sagt Nathaniel. »Ist mein Hund in Ordnung?«

»Ihr Hund sieht unverletzt aus. Um Ihren Kopf werde ich mich gleich kümmern.«

Nathaniel greift zur Uhr an seinem Handgelenk und klappt das Glas auf, um nach den Zeigern und den Punkten zu tasten. Ein Geschenk von Carole, weil ihr die automatische Frauenstimme, die ihm jeweils die Zeit ansagte, schon nach der ersten Woche in der gemeinsamen Wohnung auf die Nerven gegangen ist. Es ist schon fast halb sechs, der Kinderhort von Silas schließt gleich. Er kann nicht länger warten.

Nathaniel tastet nach Alishas Geschirr. »Avanti!« Sie müssen es zur nächsten Haltestelle schaffen und hoffen, dass dort eine Tram fährt, die sie in die richtige Richtung bringt.

»He, Sie, warten Sie, so können Sie doch nicht gehen!«, hört er die Frau hinter sich rufen, doch er beachtet sie nicht, sondern treibt Alisha weiter an. Als die Hündin ihm anzeigt, dass sie bei einer Haltestelle angekommen sind, dröhnt gerade eine Durchsage aus dem Lautsprecher des Ticketautomaten, dass die Linie aufgrund einer Kollision derzeit nicht verkehre.

»Mist, verfluchter!«, schimpft Nathaniel. Er wird vom Klingeln seines Handys unterbrochen.

»Guten Tag, Herr Brenner, Camenzind hier, vom Kinderhort *Himmelblau*. Silas wartet, er sollte schon längst abgeholt worden sein.«

Hektisch erklärt Nathaniel Frau Camenzind, dass er auf dem Weg sei, dass ein Unfall passiert sei, dass er wohl zu Fuß kommen müsse und dass sie um Himmels willen auf ihn warten solle.

»Ich kann den Jungen ja nicht alleine lassen. Aber wenn das alle Eltern so machen würden, könnte ich nie mehr Feierabend machen. Bitte beeilen Sie sich.« Sie klingt genervt. Als ob ich Schuld am Unfall hätte, denkt Nathaniel verärgert. Alles scheint schiefzulaufen an diesem Tag.

Er öffnet per Sprachbefehl die Navigations-App seines Handys und diktiert die Adresse des Kinderhorts in sein Smartphone – ein Fußmarsch von fünfundzwanzig Minuten. »Avanti, avanti, avanti«, herrscht Nathaniel

Alisha an, die ohne zu murren in ihren Laufschritt verfällt.

Er schafft es in neunzehn Minuten. Obwohl die Temperatur um den Gefrierpunkt liegen muss, spürt er, wie unter Jacke, Pullover und T-Shirt einzelne Schweißtropfen der Wirbelsäule entlang den Weg nach unten suchen. Er schnauft, als wäre er einen Halbmarathon in einer persönlichen Bestzeit gerannt. Einzig Alisha scheint ihre Freude am rasanten Spaziergang zu haben. Von hier an kennt sie den Weg. Nathaniel hält sich mit der einen Hand am Geschirr fest, mit der anderen tastet er nach dem Zaun, der den Kinderhort umschließt. Die Eisenstäbe sind so kalt, dass er fürchtet, mit seinen Fingern festzufrieren. Gleich sind sie da. Nathaniel spürt einen Druck auf dem Herzen, weil er den Kleinen so lange hat warten lassen. Bestimmt hat er sich Sorgen gemacht, dass sie ihn vergessen haben könnten und ihn nie wieder jemand abholen komme. Wobei, nein, wohl doch eher nicht. So wie Nathaniel Silas kennt, hat er sich in ein Spiel vertieft und völlig vergessen, dass alle anderen Kinder schon weg sind und Nathaniel noch nicht da ist.

Er findet die Klinke des schmiedeeisernen Tors, das sich mit dem wohlbekannten Quietschen öffnet. Nathaniel macht sich darauf gefasst, dass ihm Silas spätestens nach diesem Geräusch entgegenrennen und ihn beinahe umwerfen wird, weil er manchmal vergisst, dass er nicht mehr der Kleinste ist. Doch Silas kommt nicht.

Nathaniel begibt sich zum Eingang, die Tür ist geschlossen. Er klopft. Kurz darauf vernimmt er drinnen Schritte.

»Herr Brenner, endlich«, sagt Frau Camenzind, und Nathaniel bildet sich ein zu hören, wie sie die Augen verdreht. So wie das seine kleine Schwester jeweils tat, wenn sie sich über ihn geärgert hatte. Damals, als seine Augen noch etwas taugten.

»Wie sehen Sie denn aus!« Die Stimme der Frau hat sich verändert, der vorwurfsvolle Ton ist der Sorge gewichen. »Sind Sie in Ordnung?«

»Es hat einen Unfall gegeben, aber es geht mir gut. Wo ist Silas?«

»Er wartet im Gemeinschaftsraum.« Die Erzieherin geht vor, sie ruft Silas' Namen. Keine Reaktion.

»Silas?«, ruft jetzt auch Nathaniel. »Wo ist er?«

»Ich weiß nicht, gerade eben war er noch da.«

Nathaniel hört, wie Frau Camenzind mit großen Schritten durchs Zimmer geht, wie sie einige Gegenstände verschiebt, als vermutete sie, dass sich Silas dahinter verstecken könnte. Dreimal ruft sie seinen Namen, doch Nathaniel weiß, dass das nichts bringt. Silas ist nicht hier. Er würde es spüren, wenn sich das Kind im Raum befinden würde.

»Wo ist Silas?«, fragt Nathaniel erneut und merkt, dass sich sein Puls beschleunigt.

»Es tut mir leid«, sagt Frau Camenzind. »Er ist verschwunden.«

27

Die Kirche schlägt zur vollen Stunde. Sechs Uhr. Neonröhren tauchen das Gemeinderatszimmer von Toffen in ein unangenehm grelles Licht. Draußen kündigt sich bereits die Nacht an, sie kommt zu früh in diesen Winterwochen und dauert zu lange. Den bleichen Gesichtern rund um den Sitzungstisch ist anzusehen, dass sie trotzdem alle zu wenig Schlaf gekriegt haben, daran wird sich auch in der kommenden Nacht nichts ändern. Es läuft Stunde sechsunddreißig nach Fabio Della Fortunas Verschwinden, doch seit vierzig Minuten gibt es eine Spur.

Sandro hat sein gesamtes Team zusammengetrommelt. Er reibt sich die Hände, seine Miene ist angespannt, er wirkt hochkonzentriert. Die nächste Stunde kann die Erlösung bringen – oder den Tod. Oder aber alles geht zurück auf Start. Es sind Momente wie diese, die Sandro fast nicht aushält, weil das Adrenalin ihn flutet, die Aufregung ihn aufpeitscht, ihn hellwach macht, und die Ungewissheit ihn innerlich zerreißt – jene Momente, die er zu seiner eigenen Überraschung vermisst, wenn sie für eine Weile ausbleiben. Felix hat seinen Stuhl noch nicht an den Tisch herangerückt, da beginnt Sandro schon zu berichten. Er beschränkt sich dabei auf die wesentlichen Punkte.

»Wir haben neue Erkenntnisse. Wir haben eine DNA-

Spur des vermissten Fabio gefunden.« Sandro erzählt seinem Team von der zweiten Leiche im Wald, respektive jener im Lieferwagen, der im Wald abgestellt war: Rolf Kramer, der Rentner, der sich mit der gleichen Waffe ins Gesicht geschossen hat, mit welcher Bernhard Schmitz, der Kellner, getötet worden ist. »Die Spurensicherung ist im Innern des Lieferwagens auf DNA-Spuren des vermissten Fabio gestoßen.«

»Was?«, ruft Bettina laut aus. Jeder am Tisch ist überrascht. In allen Köpfen überschlagen sich die Gedanken.

»Und der Junge selbst?«, fragt Florence.

»Negativ«, sagt Sandro. »Aber es besteht noch immer die Hoffnung, dass er lebt. Ich habe die Hälfte der Suchtruppen in Toffen abgezogen und sie in den Wald geschickt, wo wir die beiden Toten gefunden haben. Bettina, Ramon, Felix – wir fahren zusammen zu Kramers Adresse und nehmen sein Haus auseinander. Florence, du fährst zum Gasthof, in dem Schmitz gearbeitet und gewohnt hat. Vielleicht haben wir etwas übersehen. Ein Handy, einen Laptop, irgendetwas muss er doch besessen haben. Vielleicht findest du eine Spur, die ihn mit Kramer verbindet, vielleicht haben sie gemeinsam den Jungen entführt und über den Plan kommuniziert. Wir haben keine Zeit zu verlieren.«

»Brauchen wir das Sondereinsatzkommando?«, fragt Felix.

»Nein. Kramer lebte allein. Eine Streife ist schon unterwegs, auch die Spurensicherung habe ich bereits informiert. Ebenso eine Ambulanz, falls wir den Jungen dort lebend finden sollten. Man kann nie wissen.«

Sandro hofft, dass er nicht stattdessen die Rechtsmedizin hinbestellen muss. Kurz nur streift ihn der Gedanke, wo eigentlich Irena steckt. Sie sollte doch längst wieder zurück sein.

»Wo wohnte Kramer?«, will Felix wissen.

»In einem abgelegenen Haus am Rande von Krauchthal.«

Sie alle wissen, wo Krauchthal liegt, ein unscheinbares Dorf etwa zwanzig Kilometer von Bern. Dort lebte ihre frühere Chefin, bevor sie sich umgebracht hat. Und weil dort auf einem Hügel die hochgesicherte Justizvollzugsanstalt Thorberg thront, wo all jene Gewaltverbrecher einsitzen, die sie in den letzten Jahren überführen konnten.

»Also los«, sagt Bettina, und alle setzen sich in Bewegung.

Auf der Fahrt durch das verschneite, langgezogene Tal spricht niemand ein Wort. Sogar Lautdenkerin Bettina schweigt, sie alle sind zu angespannt, gleichzeitig ist das Vorgehen klar, es braucht keine weiteren Erklärungen oder Anweisungen. Sandro steuert das Zivilfahrzeug auf einen schmalen, asphaltierten Weg, der von der Hauptstraße nach links abzweigt und leicht zu übersehen ist. Nach fünfhundert Metern verwandelt er sich in eine Schotterpiste, am Rand ist ein Schild aufgestellt: *Privatweg. Zufahrt verboten.* Sandro bremst abrupt, als ihnen ein Streifenwagen entgegenkommt. Der Weg ist zu schmal, er weicht auf das Feld aus und lässt die Scheibe herunter. Sein uniformierter Kollege tut es ihm gleich.

»Bandini, Leib und Leben, ich habe Sie hergeschickt. Warum fahren Sie wieder zurück?«

»Es war keiner da, der Hof ist verlassen.«

»Sie sind nicht reingegangen?«

»Wir haben geklingelt, da war niemand. Und natürlich sind wir nicht reingegangen, wir haben keinen Durchsuchungsbefehl.«

Sandro hört Bettina auf dem Rücksitz ächzen, er blickt den jungen Polizisten an, der kaum Mitte zwanzig ist. Er möchte ihn fragen, ob er schon mal was von *Gefahr in Verzug* gehört hat, davon, dass sich die Polizei in dem Fall auch ohne Durchsuchungsbeschluss Zutritt zu einem Haus verschaffen kann, zum Beispiel wenn es darum geht, das Leben eines entführten Kindes zu retten. Doch all das sagt Sandro nicht, er will nicht noch mehr Zeit verlieren. Also nickt er dem unbedarften Beamten nur kurz zu und drückt etwas zu stark aufs Gaspedal, sodass hinter dem Wagen Erde hochstiebt.

»Hat der die Polizeischule schon hinter sich?«, fragt Bettina zynisch, doch von den drei Männern im Wagen kommt keine Antwort. Das Auto rumpelt über die zahlreichen Schlaglöcher des schmalen Weges. Es fühlt sich an, als würden sie ans Ende der Welt fahren. Oder mitten in die Hölle.

Nach einer Kurve taucht vor ihnen ein eingeschossiges Häuschen auf, das am Fuß eines gewaltigen Sandsteinfelsens klebt. Es ist von Bäumen umgeben, ein Schattenloch, in dem die Sonne ein seltener Gast ist. Die nächsten Häuser liegen Hunderte Meter entfernt. Die Liegenschaft wirkt verwittert, die Fensterscheiben sind blind, sie blicken wie glanzlose Augen auf die Besucherschar. Es sieht aus, als hätte hier seit Jahren niemand mehr gewohnt.

»Ein optimales Versteck für einen entführten Jungen«, flüstert Bettina. Sie bleiben einen Moment im Wagen sitzen. Nichts rührt sich. Als sie aussteigen, greifen sie alle zur Waffe. Trotz der eisigen Kälte ist in den nackten Baumkronen Vogelgezwitscher zu hören. Doch der Gesang der Vögel vermag der Szenerie nichts Friedliches zu vermitteln. Zu bedrückend erscheint dieser Ort.

Ramon und Bettina gehen voraus, Felix und Sandro folgen ihnen, sie wenden den Blick nicht vom Haus ab. Noch bevor sie an der Tür angekommen sind, lässt ein Scheppern Bettina zusammenfahren. Sie schnellt herum und reißt die Waffe hoch. Mit einem Maunzen sucht eine Katze das Weite. Bettina lässt die Pistole sinken.

»Lass mich vorgehen«, flüstert Ramon, er schiebt sich an Bettina vorbei, stellt sich links an die Tür, während sich Bettina rechts hinstellt. Ramon drückt auf die Klinke.

Er zieht die rechte Augenbraue hoch und blickt Bettina an, als sich die Tür öffnet. Nicht abgeschlossen. Er schiebt sie langsam auf, hebt die Waffe, blickt vorsichtig hinein. In dem Moment, als er auf die Schwelle tritt, hagelt eine Kugelsalve auf ihn ein. Ramon wird zurückgeworfen, er fliegt durch die Luft, knallt mit dem Rücken auf und bleibt reglos liegen. Bettina schreit. Felix und Sandro lassen sich fallen und robben in Deckung.

Die Schüsse hören auf.

Die Stille verschlingt jedes Geräusch. Selbst die Vögel schweigen.

28

Irena hält mitten im Gehen inne.

Waren das Schüsse?

Der Wachmann, der einen halben Meter vor ihr hergeht, hält ebenfalls an und blickt sich nach ihr um. »Alles in Ordnung?«

»Waren das Schüsse? Unten im Tal?«, fragt Irena nun laut.

»Werden wohl Jäger unterwegs sein.« Er setzt seinen Gang über den Innenhof der Strafanstalt Thorberg fort, um sie ins Büro von Direktor Freysinger zu führen.

Jäger im Februar? Die ganze Salven abfeuern?

»Das hörte sich eher nach einem Sturmgewehr an.«

»Wird wohl eine Übung sein. Die Armee ballert doch ständig irgendwo rum.«

Irena streift ihr ungutes Gefühl ab. Erst später wird sie sich fragen, ob sie womöglich gespürt hat, dass die Schüsse ihren Kollegen von der Polizei gegolten haben.

Per Zahlencode und Iris-Scan öffnet der Vollzugsbeamte am Ende des Hofs eine Türschleuse. Sie betreten einen Gebäudeteil, der ganz anders wirkt als der Zellentrakt nebenan im Neubau. Hier müssen einst die Oberen der Kartause residiert haben, damals, als das Schloss Thorberg in Krauchthal noch ein Ort des Glaubens war und nicht ein Hochsicherheitsgefängnis für Verbrecher. Über eine Steintreppe gelangen sie in die erste Etage, dort klopft der Aufseher an eine mit Schnitzereien verzierte Holztür.

»Herein«, hört Irena Markus Freysinger sagen. Der Wachmann hält ihr die Tür auf und verabschiedet sich mit einem Nicken.

»Wie geht es unserem berühmtesten Insassen?«, fragt Freysinger, als Irena eintritt. Sein Büro ist bescheidener, als sie es sich vorgestellt hat: ein Schreibtisch, ein Stuhl, daneben zwei Sessel mit einem kleinen Beistelltisch. An der Wand ein prall gefülltes Bücherregal. Ein kurzer Blick darauf entlockt Irena ein Lächeln: Der Direktor der Strafanstalt Thorberg zählt offenbar Krimis und Thriller zu seiner Fachliteratur.

Freysinger erhebt sich, weist auf einen der beiden Sessel und setzt sich selbst in den anderen. Als er an ihr vorbeigeht, registriert Irena, dass er noch immer das gleiche Rasierwasser trägt wie damals in jener stürmischen Nacht. Einen Moment lang überlegt sie, ob er es wohl extra wegen ihres Besuches ausgewählt hat. Unsinn, sie schiebt den Gedanken amüsiert weg.

»Er war anders, als ich ihn mir vorgestellt habe.«

»Hast du nur August oder auch Anton kennengelernt?«

»Ich glaube, wir waren zu dritt in der Zelle. Er scheint tatsächlich an einer gespaltenen Persönlichkeit zu leiden. Er spricht sogar mit zwei verschiedenen Stimmen.«

»Oder er ist ein guter Schauspieler … Und, hat er dir Antworten geben können?«

Ich weiß jetzt, dass ich den Mörder meines Bruders doch nicht kenne.

»Zum Teil«, antwortet Irena unverbindlich. »Aber ich muss dich mit einer weiteren Bitte belästigen.«

»Du belästigst mich nicht. Worum geht es?«

»Er hat vor vielen Jahren einen Brief erhalten. Er sagt, er habe ihn dem Wachpersonal gegeben. Gibt es eine Chance, dass der noch irgendwo vorhanden ist?«

»Ein Brief?« Markus Freysinger schaut Irena skeptisch an. »An Klostermann?«

»Ja. Er sagt, er habe ihn abgegeben, weil er vom Täter stammte, der die Jungen getötet haben soll.«

»Klostermann hat die Buben getötet.«

»Er behauptet etwas anderes.«

»Irena …«

»Egal, ich interessiere mich nur für diesen Brief. Besteht die Möglichkeit, dass der aufbewahrt wurde?«

»Ich werde das abklären«, sagt Freysinger. »Weil du es bist.« Ein Lächeln streift seine Lippen. Irena weiß, woran er gerade denkt.

»Danke. Kann ich hier warten?«

»Du willst, dass ich das jetzt gleich erledige?«

»Wenn es dir nicht zu viele Umstände macht …«

Freysinger blickt auf die Uhr, es ist schon spät. Doch er zuckt ergeben mit den Schultern und greift zum Telefon. Zwei Anrufe später hellt sich seine Miene auf. Er reckt den Daumen in die Höhe und nickt Irena zu.

Sie spürt, wie sie augenblicklich nervös wird.

Der Mann, der die persönlichen Gegenstände der Inhaftierten verwaltet, musste nicht lange suchen. Er hat den Brief in der Kiste gefunden, in der August Klostermanns spärliches Hab und Gut verwahrt wird. Der Wachmann von damals muss ihn dort hineingelegt haben. Jetzt liegt der Brief in einer Klarsichtmappe zwischen Irena und Markus Freysinger auf dem Beistelltisch. Es ist auf den ersten Blick zu erkennen, dass das Schreiben vor langer Zeit versendet wurde: Die kleine Briefmarke sieht aus, als sei sie längst ein begehrtes Sammlerstück, und das Porto von 70 Rappen macht deutlich, dass der Brief in den Neunzigern abgeschickt worden sein muss. Tatsächlich lassen sich Ort und Datum des Poststempels noch schwach entziffern: *Bern, 8 – 3 – 98*.

Der Brief wurde sieben Jahre nach Benis Verschwinden verfasst.

Irena fragt sich, ob sich nach der langen Zeit noch DNA unter der Briefmarke sicherstellen lässt. Es ist nicht davon auszugehen, dass der Absender damals die drei Buchstaben DNA schon einmal gehört hat und entsprechend Vorsicht walten ließ. Als Freysinger plötzlich nach dem Klarsichtmäppchen greift und den Briefumschlag herausnehmen will, kreischt Irena beinahe laut auf.

»Halt!« ruft sie. »Nicht ohne Handschuhe!«

Er schaut sie verwundert an. »Hast du eine Ahnung, durch wie viele Hände der Brief schon gegangen sein muss?«

Freysinger hat natürlich recht. Die Chance, eine verwertbare Spur auf dem Brief zu finden, ist minimal. Aber sie ist nicht gleich null.

»Dann wollen wir doch verhindern, dass noch das Genmaterial von zwei weiteren Händen dazukommt«, sagt Irena mit dem bezauberndsten Lächeln, das sie unter den gegebenen Umständen zustande bringt. Sie versucht, sich ihre Nervosität nicht anmerken zu lassen. Dabei friert und schwitzt sie zugleich, sie spürt, dass nicht nur ihre Hände, sondern auch ihre Schläfen feucht sind. »Ich muss den Brief mitnehmen«, erklärt sie in einem Tonfall, von dem sie glaubt, dass er keine Widerrede duldet.

»Und ihn im Labor auf Spuren untersuchen lassen. Wenn die Untersuchungen abgeschlossen sind, kriegst du ihn wieder zurück.« *Oder auch nicht.* »In Ordnung?«

»In Ordnung. Du willst mir wirklich nicht sagen, worum es hier geht? Werden die Bubenmorde neu aufgerollt? Hat es doch etwas mit dem verschwundenen Jungen zu tun?«

»Bitte versteh, dass ich dir diese Fragen zum jetzigen Zeitpunkt nicht beantworten kann.« Irena findet, sie klingt wie eine Polizistin.

»Du klingst wie eine Polizistin.« Freysinger erhebt sich. »Es wäre schön, wenn wir uns mal unter anderen Umständen wiedersehen könnten.«

»Ja, das wäre schön.« Irena fragt sich, ob sie jetzt gerade gelogen hat.

Auf der Fahrt in ihrem Durchzugscabrio zurück nach Bern liegt der Brief neben Irena auf dem Beifahrersitz. Hin und wieder wirft sie einen Blick hinüber, er scheint ihre Augen magisch anzuziehen. Gleichzeitig fürchtet sie sich davor zu erfahren, was darin steht.

Sie wird ihn erst öffnen, wenn sie im Büro ist, vorsichtig, mit Handschuhen und Pinzette. Sie wird ihn abfotografieren und Umschlag und Papier ins kriminaltechnische Labor schicken, wo sie auf DNA-Spuren und Fingerabdrücke untersucht werden sollen.

Was, wenn der Brief wirklich von Benis Mörder ist?

Irena weiß nicht mehr, was sie denken soll. Das Gespräch mit August Klostermann heute hat ihre eigene Wahrheit, an der sie sich ihr Leben lang festgehalten hat, fundamental erschüttert. Sie glaubt nicht mehr, dass er es war, der Beni etwas angetan hat.

Was, wenn sich Spuren des wahren Mörders auf dem Brief finden lassen?

Der Fall, denkt Irena, muss neu aufgerollt werden. Und damit alle Tötungsdelikte an den Jungen aus jener Zeit, für die Klostermann womöglich zu Unrecht verurteilt worden ist, sowie diejenigen, die nie aufgeklärt werden konnten und die man Klostermann so gerne angehängt hätte, um sie endlich ad acta legen zu können. Nur: Die Zeit wird knapp. Hierzulande verjährt Mord nach dreißig Jahren. Und der Tag, an dem Beni verschwand, jährt sich in wenigen Tagen just zum dreißigsten Mal. Wenn er an diesem Tag getötet wurde, wird der Täter danach nicht mehr belangt werden können.

Und was, wenn Beni noch lebt?

»Nein. Nein, nein, nein!«, sagt Irena laut. Sie will das nicht denken, sie ist darüber hinweg, hat den letzten Funken Hoffnung längst erstickt, will den Gedanken, dass Beni gar nicht tot sein könnte, nicht mehr zulassen. Nie mehr. Weil es zu schmerzhaft ist. Weil es unmöglich ist.

Sie schaltet die Musik ein, wählt *Iron Maiden* aus, schraubt die Lautstärke hoch. Sie denkt sich nichts dabei, als sie auf der Hauptstraße von einem Rettungswagen überholt wird, der in hohem Tempo Richtung Bern rast.

29

Die Sirene dröhnt in ihren Ohren, die Szenerie wird in Intervallen in blaues Licht getaucht, dann schwenkt die Kamera auf ein schmerzverzerrtes Gesicht. Milla ist hochkonzentriert, in ihren Pupillen spiegelt sich, was sie auf dem Bildschirm sieht. Sie stellt die Lautstärke leiser – der Krach in den Kopfhörern ist kaum auszuhalten – und spult erst etwas zurück, dann wieder etwas vor, setzt einen Markierungspunkt, hier kann sie bei der Szene einsetzen. Sie will den Mann, der während der Erstürmung von Bruno Hugs Haus einen Herzinfarkt erlitten hat, unbedingt in ihrem Beitrag drin haben, aber sie muss die Szene so schneiden, dass man ihn unter keinen Umständen erkennen kann. Ansonsten ist es nicht die Frage ob, sondern wie viele Beschwerden beim Ombudsmann nach der Ausstrahlung eingehen werden.

Der Schein, der aus der Visionierungskabine dringt, ist das einzige Licht im elften Stock des Hochhauses im zürcherischen Leutschenbach, wo das Schweizer Fernsehen seinen Sitz hat. Sie ist die Letzte, die noch blieb, alle Kollegen haben bereits Feierabend gemacht. Doch Milla will heute noch die Bilder sichten und einen Rohschnitt machen, sie wird mit den krassesten Bildern beginnen, die sie eingefangen haben: Die Aufnahmen, die Ivan gemacht hat, als er hinter dem Mob das Haus betrat, als er die Vorhänge filmte, die in Brand gesetzt worden sind, und dann ebenjenen Mann, der beinahe an seinem Hass und an seiner Wut auf einen Unschuldigen starb, weil sein Herz versagte. Ein harter Cut – und Milla geht mit ihrer Erzählung zurück an den Anfang: Zum kleinen Fabio, der verschwunden ist und von dem bis heute jede Spur fehlt. Dann wird sie die Kellnerin Babette in ihrer Gaststube zeigen, die erzählt, was sich dort zugetragen hat – und wie es so weit kommen konnte, dass ein wütender Mob zum Haus von Bruno Hug loszog. Sie wird den Angriff auf das Haus zeigen, die ersten Steine, die flogen, das Feuer, das Einschreiten der Polizei. Abschließen will sie den Beitrag mit der Aufnahme des elterlichen Bauernhofes der Familie Hug, die sie vor ihrer Abfahrt mit dem Handy gemacht hat: Vor dem Haus der Kastenwagen der Rechtsmedizin, um den erhängten Bruno Hug abzuholen.

Gerne hätte Milla ein Interview mit dessen Mutter in den Beitrag hineingeschnitten. Aber das Auffinden der Leiche, den Tee, den sie schweigend miteinander getrunken haben, ihr Versuch, Trost zu spenden, wo es keinen Trost geben konnte … Milla und die Bäuerin waren sich in dem Moment zu nahe gewesen, es gab für sie kein Zurück in die Rolle der Journalistin, die nach einem Interview fragt. Milla wird auch ohne die Worte der Mutter einen Weg finden, das traurige Ende Hugs in ihren Bericht einzubringen.

Ihr Ziel ist es, dass der Cutter morgen nur noch Feinarbeit leisten muss. Milla will vermeiden, dass sie den ganzen Tag nicht aus dem Schneideraum kann – sie wird das Gefühl nicht los, dass sie nochmals rausmuss, noch einmal filmen gehen muss, weil sich die Geschichte weiterentwickeln wird. Im besten Fall, weil der vermisste

Fabio doch noch lebend gefunden wird. Im schlimmsten Fall …

Als Milla alles beisammenhat, checkt sie noch einmal die Nachrichten, die sie im Verlauf des Tages erhalten hat und die sie nicht alle hat lesen können. Wenn sie für eine Reportage unterwegs ist, lebt sie jeweils in einer Art Tunnel, sie ist ausschließlich in ihrer Geschichte drin und verpasst mitunter, was sonst um sie herum passiert. Beim Sichten des Posteingangs stößt Milla auf eine Mail ihres Chefs. Wolfgang hat ihr die Polizeimeldung weitergeleitet, von der er am Telefon gesprochen hatte. Jene über die zwei Männer, die beide tot im Wald gefunden worden sind – einer abseits eines Weges, der andere in einem Lieferwagen. Ein seltsamer Fall, denkt sie, als sie die Nachricht erneut liest und im Internet nach den ersten Online-Artikeln sucht. Sie stößt auf einige kurze Beiträge, Neues erfährt sie trotzdem nicht: Ihre Kollegen haben bloß die Medienmitteilung der Kantonspolizei wiedergegeben. Keine Zusatzrecherchen. Kurz streift Milla der Gedanke, Sandro anzurufen und ihn danach zu fragen. Aber sie weiß, dass das keine gute Idee ist – grundsätzlich nicht und zu diesem Zeitpunkt erst recht nicht, weil er mit dem vermissten Jungen voll beschäftigt ist. Etwas länger grübelt sie darüber, ob sie Irena anrufen soll. Die Gerichtsmedizinerin ist ihr längst zu einer Freundin geworden. Doch Milla weiß, dass sie manche Freundschaften nicht überstrapazieren darf, indem sie das Private und das Berufliche zu wenig voneinander trennt. Also beschließt sie, die zwei Toten im Wald als zwei Tote im Wald ruhen zu lassen und nach Hause zu gehen, morgen steht schließlich erneut viel Arbeit an.

Sie schaltet die Geräte aus, fährt den Computer herunter, packt ihre Tasche und macht sich auf, das Gebäude zu verlassen. Just als sich die Aufzugstür vor ihr öffnet, klingelt ihr Handy. Im ungünstigsten Moment – im Fahrstuhl kann sie nämlich nicht telefonieren; ein Funkloch. Sie überlegt, es einfach klingeln zu lassen, weil sie sonst Gefahr läuft, die Tram zu verpassen.

Aber es könnte wichtig sein.

Die Lifttür schließt sich wieder, bevor sie eingestiegen ist. Milla stellt ihre Umhängetasche auf den Boden, geht in die Knie, sucht im unendlichen Schlund ihrer Tasche ewig nach dem klingelnden Handy – und sieht, dass es Nathaniel ist. Sie stöhnt leise auf, so wichtig kann es nicht sein, hoffentlich ist die Tram noch nicht weg, sie drückt erneut auf den Liftknopf, während sie den Anruf entgegennimmt, um Nathaniel zu sagen, dass sie jetzt gerade keine Zeit zum Telefonieren hat.

Doch so weit kommt es nicht. Nathaniel redet los, bevor sie ein Wort sagen kann.

»Milla, ich brauche deine Hilfe!«

Sie kennt den Satz aus seinem Mund. Sie hat ihn schon mehrmals gehört. Es hat jedes Mal fast in einer Katastrophe geendet.

»Silas ist verschwunden!«

30

»Die Ambulanz nimmt keine Toten mit, richtig? Die Ambulanz nimmt keine Toten mit! Er wird es schaffen, oder?« Bettinas Worte werden von ihrem Schluchzen erstickt. Ihr Gesicht ist tränennass, die Jacke voller Blut, sie sieht aus, als wäre *sie* getroffen und schwer verletzt worden.

Doch es ist Ramons Blut.

Ungeachtet der Gefahr rannte Bettina los, sobald die Schüsse verklungen waren, sie schleifte den regungslosen Ramon mit sich weg vom Haus in Deckung. Sie hat versucht, ihn zu retten, hat versucht, die Blutung zu stoppen, hat versucht, sein Herz wieder zum Schlagen zu bringen, hat alles gemacht, was sie hat machen können, und dennoch hat sie gespürt, dass er ihr wegstirbt, dass in dem Körper, den sie so verzweifelt versuchte wiederzubeleben, schon nicht mehr wirklich Ramon steckte. Er war schon nicht mehr da. Dann standen plötzlich die Rettungssanitäter vor ihr, was für ein Glück, dass Sandro den Rettungswagen vorsorglich bestellt hatte. Weil er darauf spekuliert hat, einen lebenden, womöglich verletzten Jungen im Haus zu finden, und nicht, dass einer seiner Leute ihn brauchen würde.

Der Rettungsdienst verweigert den Transport von Leichen, das weiß Bettina. Also muss Ramon noch gelebt haben.

»Die fahren nicht mit Blaulicht weg, wenn jemand schon tot ist. Oder?«

Felix Winter drückt Bettina an sich und hält sie fest, er spürt ihr Zittern.

»Lass mich vorgehen, hat er gesagt, nur weil ich mich von der blöden Katze habe erschrecken lassen. Lass mich vorgehen. Und jetzt ist er vielleicht tot.«

»Wenn einer das schafft, dann Ramon.« Winter wünschte sich, er könnte seinen eigenen Worten glauben, aber es hat nicht gut ausgesehen. Wieder wird Bettina von einem Schluchzen erschüttert. Es ist das Schlimmste, seinen Partner zu verlieren, Felix weiß das, auch er hat es erlebt. Das Gefühl, schuldig zu sein, wird fortan Bettinas Begleiter sein, obwohl sie keine Schuld trifft. Sie wird den Gedanken nie mehr rauskriegen aus ihrem Kopf: Warum hat es ihn und nicht sie erwischt? Es wird ihr nicht helfen, dass es auf diese Frage eine Antwort gibt: Weil es in diesem Beruf manchmal Zufall ist, wer stirbt und wer überlebt. Zufall oder Bestimmung, je nach dem, an was man glauben mag. Doch die Antwort zu kennen und sie zu akzeptieren, das sind zwei unterschiedliche Dinge. Nicht alle schaffen es, damit umzugehen, sie zerbrechen daran, überlebt zu haben.

»Das Haus ist sauber!«, ruft in dem Moment Christian Tschabold, der Chef der Spezialeinheit Enzian der Berner Kantonspolizei. Nachdem Ramon geborgen war, hat Sandro die Sondereinsatzkräfte verständigt, während sie in Deckung ausharrten. Doch im Haus war es nach den Schüssen still geblieben, sodass Sandro schon ahnt, was Tschabold ihm gleich sagen wird.

»Eine Selbstschussanlage. Sie war nicht mit der Türklinke, sondern mit der Türschwelle gekoppelt. Ramon muss den Faden übersehen haben, der den Schussmechanismus auslöste.«

»Verflucht«, sagt Sandro laut. »Was für eine verfluchte Scheiße. Und sonst nichts?«

Tschabold schüttelt den Kopf. »Kein Kind. Aber den Keller solltest du dir genauer ansehen.«

Es stinkt. Das ist das Erste, was Sandro denkt, als er Rolf Kramers Haus betritt. Nach Rattenkot, Mottenkugeln und fauligem Fleisch.

Der Teppichboden ist grau und fleckig. Die Tapete an der Wand blättert an einigen Stellen ab und sieht aus, als würde man daran kleben bleiben, wenn man sie aus Versehen berührt. Die Wohnung selbst ist einfach eingerichtet. Sandro fühlt sich, als hätte jemand am Rad der Zeit gedreht und ihn in den Achtzigerjahren abgesetzt: Für das Sofa und den Sessel – schwarze Lederlehnen, rotgerafftes Strickpolster – müsste man heute in einem Vintage-Laden ein kleines Vermögen hinblättern. Auch die Lampen und die Vorhänge mit den großen orange-braunen Kreisen passen perfekt in die längst vergangene Epoche und gelten heute wieder als topmodern. Mit dem Unterschied, dass hier alles verschlissen und verstaubt ist.

»Hat der Kerl hier wirklich gewohnt?« Felix stellt die Frage, die allen durch den Kopf geht.

»Ich denke schon«, sagt Tschabold. »Im Kühlschrank stehen frische Lebensmittel. Hier geht es lang.«

Tschabold führt sie in ein Zimmer, das hinter dem Wohnzimmer liegt. Der Teppich ist zur Seite gerollt. Mitten im Raum steht eine hölzerne Falltür offen.

»Gute Arbeit«, sagt Sandro, als er den versteckten Zugang erblickt.

»Wir haben den Boden abgeklopft. Auch hier hat er eine Art Zündvorrichtung eingebaut. Er wollte wohl, dass alles auseinanderfliegt, bevor jemand seine geheime Kammer entdeckt. Dass alle Spuren vernichtet werden. Wir waren wegen der Schüsse vorgewarnt und konnten den Zünder deaktivieren.«

Tschabold steigt als Erster die steile, ausklappbare Holztreppe hinunter. Obwohl oder vielleicht auch gerade weil Sandro nicht weiß, was ihn unten erwartet, stellen sich ihm die Nackenhaare auf, als er hinter ihm herklettert.

Unten an der Treppe stehen sie vor einer Tür, wie man sie von Zivilschutzkellern aus den Zeiten des Kalten Krieges kennt und noch heute in vielen Schweizer Häusern antrifft: Eine mit Beton ausgegossene Stahltür, allerdings so klein, dass man gebeugt hindurchgehen muss.

»Sie ist nur von außen zu öffnen«, sagt Tschabold, als er Sandros Blick sieht, der auf den Verriegelungsmechanismus fällt.

»Ein Verlies«, kommentiert Felix. »Oder was zum Teufel ist das?«

Hinter der Tür liegen zwei Räume mit niedriger Decke, Sandro kann kaum aufrecht stehen. Es riecht modrig und nach Schimmel. Doch im Unterschied zum Chaos oben in der Wohnung herrscht hier unten eine kühle Ordnung. Im ersten Zimmer steht ein Bett, das an ein Krankenbett erinnert. Metallgestell, weiße, verstaubte Bettwäsche. Über dem Kopfteil hängt ein Plastikschalter an einem Kabel, wahrscheinlich eine Klingel. Der zweite Raum gleicht einem Kinderzimmer, allerdings ist es spärlich ausgestattet. Ein Sofa und ein Kindertisch, ein paar Bilderbücher im Regal, ein Puzzlespiel und *Vier gewinnt*. Auf dem Sofa sitzt ein Teddybär, dem ein Auge fehlt.

»Ein Krankenbett und ein Spielzimmer«, stellt Sandro fest. An jedem anderen Ort hätte die Szenerie nichts Gespenstisches an sich – aber hier in diesem Keller, hinter einer Tür, die sich von innen nicht öffnen lässt, im Haus eines Mannes, der womöglich den kleinen Fabio entführt hat … Sandro wird auf einmal übel. Sein Magen fühlt sich an, als habe ihn jemand mit Brennspiritus ausgewaschen.

»Es scheint nicht so, als ob hier in letzter Zeit jemand war.« Felix zeigt auf die Staubschicht auf dem Bett, dem Tisch, dem Regal. »Hätte er Fabio hier festgehalten, sähe es bewohnter aus.«

»Aber wen denn dann?« Sandro blickt Felix ratlos an.

31

Irena hat den Geruch schon fast vermisst. Als sie den Obduktionssaal betritt, riecht sie diese eigenwillige Mischung aus Desinfektionsmittel, kaltem Metall – und Tod. Die weißen Kacheln an Wänden und Boden verleihen dem Saal nichts als Kälte, auch die Neonröhren an der Decke vermögen mit ihrem grellen Licht keine Wärme zu erzeugen, im Gegenteil. Die eine flackert leise vor sich hin. Trotzdem fühlt sich Irena hier seltsam geborgen. An keinem anderen Ort verbringt sie so viele Stunden.

Mitten im Saal stehen zwei Obduktionstische, die an überdimensionierte Kuchenbleche erinnern. Beide sind belegt. Erwachsenenkörper, denkt Irena, das ist unschwer zu erkennen, obwohl die Leichen zugedeckt sind. Eher männlich, der Größe nach zu urteilen.

Gott sei Dank kein Kind.

Seltsam, dass Peter Lang nicht da ist, Arbeit scheint er ja genug zu haben. Das gesamte Rechtsmedizinische Institut wirkt wie ausgestorben. Kein Geräusch ist zu vernehmen, das ist selbst für einen Ort wie diesen ungewöhnlich. Irena ist es gerade recht, dass keiner da ist. Sie kennt sich; sie würde sich im Nu zur Mitarbeit überreden lassen, obwohl sie keine Zeit hat. Sie geht hinüber ins Labor, wo ihre Mitarbeiterinnen und Mitarbeiter die Asservate, die sie von der Polizei erhalten, auf DNA-Spuren untersuchen. Auch das Labor ist verwaist.

Irena zieht Schutzhandschuhe und Mund-Nasen-Schutz über und klaubt den Umschlag aus der Klarsichtmappe. Sie zieht den Brief mit einer Pinzette heraus, faltet ihn auf und legt ihn vor sich auf die Tischfläche. Eigentlich wollte sie ihn nur fotografieren und ihn später in Ruhe lesen. Doch warten geht nicht.

Sehr geehrter Herr Klostermann,
wir teilen uns eine Schuld, was niemand weiß, nicht einmal Sie. Sie tragen meine Schuld auf Ihren Schultern. Aber ich trage sie in meinem Herzen. Ich habe den Buben geliebt. Seinen schwarzen Wuschelkopf. Seine blauen Augen. Den Duft seiner sanften Haut. Eine Liebe, die nicht sein durfte. Aber ich konnte nicht anders. Es war nicht meine Absicht, ihn zu töten. Hätte er sich nicht so sehr gewehrt, dann wäre nichts passiert. Ich wünschte, es hätte dieses Fest nie gegeben. Und dann spielte die Blaskapelle Freudenberg *dieses traurige Lied. Nie werde ich es vergessen. Wir sind nicht die Schuldigen, wir sind die eigentlichen Opfer. Man kann die Natur nicht steuern, und wenn man es doch versucht, wird etwas Schlimmes passieren. Das zeigen unsere Geschichten. Ich möchte Ihnen mit diesen paar Zeilen ein wenig Trost spenden. Sie sind nicht allein.*
X.Y.

»X Y«, sagt Irena bitter. Sie erschrickt ob ihrer eigenen Stimme. Ihr Hals fühlt sich rau an, wie Schleifpapier. Ihre Hände sind eiskalt.

Schwarzer Wuschelkopf, blaue Augen.

Zu keinem anderen verschwundenen oder getöteten Kind passt die Beschreibung, einzig zu Beni. Die Blaskapelle. Das Fest. Alles stimmt. Sie liest den Brief noch einmal und noch einmal, kann nicht anders, als wieder und wieder von vorn zu beginnen, kaum ist sie am Ende angekommen. Nicht selten schreiben irgendwelche Spinner nach schweren Delikten den Hinterbliebenen, der Polizei oder auch den Journalisten wirre Briefe oder Mails, um sich wichtig zu machen, oder weil sie psychisch krank sind und sich einbilden, wirklich etwas mit dem Fall zu tun zu haben.

Aber dieser Brief ist anders.

Obwohl Irena keine forensische Psychiaterin ist, glaubt sie, in dem Brief die Worte des wahren Mörders vor sich zu haben. Würde er nur so tun, als sei er der Mörder, würde er die Tat beschreiben, nicht rechtfertigen und sich als Opfer hinstellen. Die Vorstellung, dass sie ein Papier vor sich hat, das der Täter in der Hand gehalten, das er beschrieben hat, mit denselben Händen, die ihrem Bruder das Leben genommen haben, versetzt sie in einen Zustand, in dem sie sich kaum mehr rühren kann. Sie muss sich vom Brief losreißen.

Irena dreht sich vom Tisch weg, atmet einige Male hörbar ein und wieder aus. Sie greift zum Handy, macht ein Foto des Schreibens, dann versorgt sie Brief und Umschlag vorsichtig in sterilen Plastiksäckchen und steckt diese wiederum in einen großen Briefumschlag. Sie schreibt *Miranda* darauf, kritzelt ihrer Kollegin eine Notiz und legt sie mit hinein. Nur um den Zettel noch einmal aus dem Umschlag zu ziehen und mit einem *Es ist sehr dringend!!!* zu versehen.

Irena begegnet niemandem, als sie das Institut verlässt. Auf dem Weg über den schlecht beleuchteten Parkplatz zu ihrem Wagen fragt sie sich, wo Peter Lang wohl steckt. Hätte er bereits Feierabend gemacht, hätte er die zwei Toten nicht auf den Obduktionstischen liegen gelassen. Wahrscheinlich wurde er schon wieder an einen Tatort gerufen.

Das vermisste Kind.

Der Gedanke an den verschwundenen Jungen verblasst so schnell, wie er aufgetaucht ist. Stattdessen denkt Irena erneut über die Worte in dem seltsamen Brief nach, sie lassen sie nicht mehr los. *Dieses Fest,* schrieb der Unbekannte. Beni war mit ein paar anderen Jungs zum Frühlingsfest in der Mehrzweckanlage gefahren, bei dem meist alle Bewohner des Dorfes zusammenkommen. Dass Beni während dieses Festes verschwunden ist, ist bekannt. Das stand in allen Zeitungen, das stand auch in der Vermisstenanzeige, die in allen Geschäften, in allen Schaufenstern, an jeder Pinnwand hing. Jeder könnte das geschrieben haben. Nicht aber den folgenden Satz: *Und dann spielte die* Blaskapelle Freudenberg *dieses traurige Lied.* So etwas erfindet man nicht. Derjenige, der das schrieb, muss dort gewesen sein.

Vielleicht war es jemand aus dem Dorf.

Irena spürt, wie sich die Härchen auf ihren Armen und auf ihrem Nacken aufrichten. Sie weiß, dass damals auch in diese Richtung ermittelt worden ist. Die Polizei hat alle Nachbarn befragt, jeden Lehrer, den Hausmeister der Schule, den Metzger wie den Schreiner und den Malermeister. Doch es fand sich keine Spur. Im Dorf war man sich schnell einig, dass es ein Auswärtiger gewesen sein muss. Das Böse kommt immer aus der Fremde. Es ist nie »einer von uns«, undenkbar.

Und wenn doch?

Eigentlich möchte Irena zurück in ihre Wohnung fahren, in ihre Welt, wo sie zu Hause ist, wo sie die Vergangenheit ausgeschlossen und sich ihr Leben bequem eingerichtet hat. Aber es geht nicht. Sie muss zurück ins Dorf, in jene Welt, die vor langer Zeit die ihre war und in die sie nie hat zurückkehren wollen. Es ist kein bewusster Entscheid, als sie den Weg Richtung Autobahn einschlägt, es ist vielmehr so, als gäbe es gar keine andere Option. Als sie den Wagen beschleunigt, verursacht der Wind, der durch die Ritzen ihres betagten Peugeot dringt, ein pfeifendes Geräusch. Sie greift nach der Mütze auf dem Beifahrersitz, streift sie über, schaltet die Musik an und dreht die Lautstärke auf. *Muse.* Obwohl Irena versucht, sich auf die Musik zu konzentrieren, drehen sich ihre Gedanken noch immer um den Inhalt des Briefes. *… wenn man es doch versucht, wird etwas Schlimmes passieren …* Der Satz poltert durch ihren Kopf.

Es wird etwas Schlimmes passieren.

Sie hat genau diesen Satz gerade erst irgendwo gelesen. Es dauert ein paar Minuten, bis sich Irena erinnert, wo er stand.

In meinem Tagebuch.

32

»Um Himmels willen! Du musst sofort die Polizei anrufen!«

Unwillkürlich hält Nathaniel sein Handy etwas weiter vom Ohr weg, Milla schreit ihn beinahe an. Dabei hatte er gehofft, sie würde ihn beruhigen. Sie würde etwas sagen wie: Silas taucht bestimmt gleich wieder auf. Stattdessen klingt sie höchst alarmiert.

»Hast du Carole informiert?«

»Nein, sie hatte heute eine wichtige Präsentation, ich konnte sie nicht stören. Und ich will sie auch nicht unnötig beunruhigen.«

»Unnötig beunruhigen? Du musst sie anrufen. Und du musst die Polizei alarmieren! Verflucht, Nathaniel, es ist gerade erst ein Kind verschwunden. Schaffst du das, oder soll ich es tun?«

»Ich schaff das schon, aber was ist, wenn Silas gleich wieder auftaucht? Und wir die Polizei vergebens aufgeschreckt haben?« Nathaniels Stimme zittert.

»Nathaniel, das spielt keine Rolle. Lieber einmal zu viel als zu spät anrufen. Bitte, Nathaniel!«

Nathaniel mag nicht daran denken, was passiert, wenn Carole erfährt, dass Silas verloren gegangen ist. Oder schlimmer, wenn ihm etwas zugestoßen ist! Wie konnte die Erzieherin nur so nachlässig sein?

»Man verliert doch nicht einfach ein Kind! Ich werde

den Hort verklagen!« Nathaniel ist verärgert und verzweifelt zugleich.

»Das ist jetzt nicht wichtig. Silas ist jetzt wichtig.«

»Okay. Wir machen Schluss, ich alarmiere die Polizei.«

»Bitte, mach das. Und halt mich auf dem Laufenden. Ich kann sofort kommen, wenn du willst.«

»Nein, schon gut, danke, ich rufe jetzt die Polizei.«

Nathaniel klickt den Anruf weg. Die Polizei anrufen. Er muss die Polizei anrufen. Weil Silas vermisst wird. Ein Zittern durchfährt seinen Körper. Das kann doch gar nicht wahr sein. Nichts an dieser Situation ist real. Das hier ist ein übler Traum, er wird gleich aufwachen, alles wird gleich wieder gut sein. »Silas, wo bist du?«, sagt Nathaniel halblaut.

Die Polizei anrufen. Los jetzt.

Die Erinnerung trifft ihn wie ein Tritt in die Eingeweide, sie schleudert ihn um Jahre zurück, und auf einmal ist er nicht mehr sicher, ob er sich wieder im Damals oder noch im Heute befindet. Damals, als er schon mal den Notruf gewählt hat. Weil er am Telefon mitangehört hatte, dass einer Frau etwas zugestoßen sein musste. Carole, die mit Silas schwanger war, die tagelang vermisst wurde. Und jetzt ist womöglich Silas etwas zugestoßen. Nathaniel muss würgen. Sein Magen fühlt sich an, als habe ihn jemand von innen nach außen gestülpt. Er schmeckt Galle in seinem Rachen. Nur mit Mühe kann er verhindern, dass er sich über die Eingangstreppe des Kinderhorts erbricht.

»Ich muss mich beruhigen«, sagt Nathaniel laut zu sich selbst. Er darf diesen Anruf nicht vermasseln, nicht so wie damals, als ihm keiner geglaubt hat. »Mich beruhigen.«

Per Sprachbefehl stellt er die Notrufnummer ein. Sofort klickt es in der Leitung.

»Polizeinotruf Schertenleib, kann ich Ihnen helfen?«

Nathaniel weiß sofort, dass er mit dem gleichen Beamten verbunden ist wie beim letzten Mal, als er diese Nummer eingestellt hat. Das Leben spielt ihm gerade einen üblen Streich.

»Mein Name ist Nathaniel Brenner. Ich wollte meinen Sohn Silas vom Kinderhort *Himmelblau* an der Viktoriastrasse in Bern abholen. Aber er war nicht mehr da.« Nathaniel ist überrascht, wie ruhig und gefasst er sich anhört. Als spräche da ein anderer Mensch über ein anderes Kind.

»Wie meinen Sie: Er war nicht mehr da? Hat ihn schon jemand anders abgeholt?«

»Nein, er ist verschwunden! Hören Sie mich, er ist verschwunden, Sie müssen sofort kommen und Ihre Suchtrupps losschicken. Wahrscheinlich ist er entführt worden! Vielleicht wurde er ermordet! Sie müssen was tun!« Jetzt wirkt Nathaniel nicht mehr ruhig und gefasst. Jetzt klingt er panisch, als stünde er kurz davor durchzudrehen. Und genauso fühlt er sich auch.

»Herr Brenner, beruhigen Sie sich. Können Sie mir genau erzählen, was passiert ist?«

»Ein Streufahrzeug ist in meine Tram geknallt, darum bin ich zu spät gekommen, und die anderen Kinder waren alle schon weg, und die Erzieherin sagte, Silas warte im Gemeinschaftsraum, aber da war kein Silas, sie sagte, er sei eben gerade noch da gewesen, aber er war nicht mehr da, er war verschwunden!«

»Kann ich mit der Erzieherin sprechen?«

»Frau Camenzind, Frau Camenzind!«, ruft Nathaniel

in den Raum hinein. Keine Antwort. Er hört ihre Stimme leise, weit weg, sie scheint ebenfalls zu telefonieren, womöglich informiert sie gerade die Hortleiterin.

»Nein, sie ist am Telefon, sie hört mich nicht.«

»Wie alt ist Silas?«

»Er ist fünf«

»Kennt er den Heimweg? Ist es möglich, dass er sich alleine auf den Nachhauseweg gemacht hat? Oder hat er Freunde, die in der Nähe wohnen, wo er hingegangen sein könnte?«

»Ich glaube nicht, dass er den Heimweg finden würde. Ich glaube auch nicht, dass er sich im Dunkeln alleine auf den Weg machen würde. Ich glaube, dass ihm etwas zugestoßen ist. Bitte kommen Sie schnell.«

»Herr Brenner, rühren Sie sich nicht von der Stelle, warten Sie beim Hort auf unsere Kollegen, sie werden gleich da sein.«

Dann ist die Verbindung tot, und Nathaniel fühlt sich so allein wie nie zuvor in seinem Leben.

Er hält es nicht aus, sich nicht von der Stelle zu rühren. Die Unruhe treibt ihn um. Nathaniel hört Frau Camenzind, die immer noch hinten im Büro auf jemanden einredet. Die sollte sich lieber mal auf die Suche nach Silas machen, denkt er wütend und spürt, dass er die Frau zu hassen beginnt. Er kann doch nicht einfach nichts tun. Also sucht Nathaniel die Tür, findet sie beim dritten Anlauf und tritt aus dem Haus. »Silas!«, brüllt er in eine unbestimmte Richtung. »Silas!«

Mit einem Japsen macht sich Alisha bemerkbar. Alisha! Vielleicht kann sie die Spur von Silas aufnehmen. Vielleicht kann sie ihn finden. »Ricerca!«, sagt Nathaniel zu Alisha. »Ricerca Silas! Silas!«

Ohne zu zögern, setzt sich die Blindenhündin in Bewegung, sie zieht Nathaniel zielstrebig weg vom Kinderhort – nicht dorthin, wo die Tramhaltestelle liegt, sondern in die entgegengesetzte Richtung, sagt Nathaniels Orientierungssinn. Aber sie scheint genau zu wissen, wo sie hinwill. Nathaniel ist sicher, dass Alisha ihn richtig verstanden und die Spur von Silas aufgenommen hat. Er folgt ihr eiligen Schrittes, darum bemüht, sie in der Richtungswahl nicht zu beeinflussen.

Nur wenige Minuten später hat er allerdings die Orientierung völlig verloren. Alisha zeigt ihm an, dass sie sich vor einem Tor befinden und kläfft einmal leise. Nathaniel tastet nach einer Klinke. Mit einem schnarrenden Geräusch öffnet sich ein Gartentor.

»Alisha, bist du sicher?«, flüstert Nathaniel. Womöglich hat sie ihn komplett missverstanden und ihn bloß zum nächstbesten Ort geführt, wo ihre Nase einen Hauch von Wurstaroma aufgeschnappt hat oder wo sie sich erleichtern kann. Bei Alisha kann man nie wissen. Trotzdem folgt er ihr, als sie ihn weiterzieht. Nathaniel fragt sich, wo sie sich befinden. Er fühlt einen Kiesweg unter den Füßen, und er glaubt, vor einem größeren Gebäude zu stehen. Zweifelsohne ist er gerade dabei, unbefugt ein Grundstück zu betreten. Gut, dass er als Blinder nie um eine Ausrede verlegen ist – bis jetzt hat man ihm noch jedes Mal geglaubt, dass er sich in der Adresse getäuscht und nicht absichtlich fremden Grund und Boden betreten hat.

»Du glaubst, dass Silas hier ist?«, fragt Nathaniel Alisha, als könnte sie ihm eine Antwort geben.

Nun gut. Er wird einfach mal klingeln. Keiner wird es ihm übelnehmen, wenn er als Wildfremder an der Tür steht, weil er nach einem vermissten Kind sucht. Ein vermisstes Kind – wie schrecklich das klingt. Auf einen Schlag wird Nathaniel die Absurdität seines Unterfanges bewusst: Ein Blinder, der ein vermisstes Kind sucht … Bevor Nathaniel die Haustür mit der Klingel findet, zieht ihn Alisha nach rechts, weg von der Stelle, wo er den Eingang des Hauses vermutet. Sie führt ihn an einer Hausfassade entlang. Langsam beginnt Nathaniel daran zu zweifeln, dass seine Hündin weiß, was sie tut. Warum nur hat er nicht beim Kinderhort auf die Polizei gewartet? Er muss noch einmal anrufen. Und Carole, er müsste Carole informieren. Aber er schafft es nicht. Wieder wird Nathaniel übel und schwindlig auch, am liebsten würde er sich hinsetzen und weinen, aber das geht nicht, er muss Silas suchen, nein, er muss Silas finden.

»Silas?«, ruft Nathaniel zuerst leise, dann lauter »Silas? Silas!« Er horcht. Nichts. Kein Geräusch ist zu vernehmen. Es ist geradezu unnatürlich still, fast so, als würde die ganze Welt auf ein Zeichen von Silas lauschen. »Silas?«, ruft Nathaniel erneut. Nichts. Doch, da ist was, auf einmal hört er etwas. Ein Knirschen von Kies hinter ihm. Als würde jemand auf dem Weg gehen und versuchen, keinen Laut zu verursachen. Jemand schleicht auf ihn zu! Auf einmal packt Nathaniel die Angst. Instinktiv beginnt er zu rennen, obwohl Weglaufen als Fluchtvariante für einen Blinden selten eine gute Wahl ist. Auch Alisha verfällt sofort in Galopp, Nathaniel versucht, auf dem schmalen Pfad zu bleiben. Doch er kommt nicht weit. Mitten in der Bewegung trifft ihn aus dem Nichts ein Schlag am Kopf. Er taumelt, stolpert rückwärts und stürzt. Dass sein Körper mit einem schweren Rumsen auf dem Boden aufschlägt, spürt er schon nicht mehr.

33

Zur gleichen Zeit, circa sieben Kilometer weiter westlich, sitzt Bettina auf einem unbequemen Stuhl vor der Intensivstation des Berner Inselspitals und wartet. Männer und Frauen in weißen und grünen Kitteln gehen an ihr vorbei. Zielstrebige Schritte, Gummisohlen auf Linoleum. Jedes Mal blickt sie auf, jedes Mal hofft sie, in ein Gesicht zu schauen, das ihr freudig zunickt. Doch sie wird nicht beachtet. Sie leert den Pappbecher, der Kaffee schmeckt noch grässlicher als jener auf dem Polizeirevier, erhebt sich, geht auf und ab und hin und her. Und setzt sich wieder. Neue Schritte. Sie blickt nicht mehr auf.

»Sind Sie von der Polizei?«, fragt die Stimme, die zu den Schritten gehört, die vor ihr innegehalten haben.

»Bettina Flückiger.« Automatisch zeigt sie ihren Dienstausweis.

»Es tut mir leid«, sagt der Mann, der wohl ein Arzt ist.

Bettina will es nicht hören.

»Ramon Fink hat es leider nicht geschafft.«

»Nein!« Sandros Gesicht verliert jede Farbe. Felix sieht ihm an, was passiert ist, noch bevor Sandro dessen Blick sucht und langsam den Kopf schüttelt, während er das Handy an sein Ohr drückt.

»Bist du okay?«, fragt Sandro Bettina, die am anderen

Ende der Leitung ist. Er schweigt, nickt. »Ich werde zu seiner Freundin fahren, um es ihr mitzuteilen.« Wieder ist er still und hört zu. »Bist du ganz sicher? Du musst das nicht. Ich kann das wirklich machen.« Schweigen. »Okay.«

Sandro klickt den Anruf weg.

»Ramon?«, fragt Felix, obwohl er die Antwort bereits kennt.

»Er hat es nicht geschafft.«

»Scheiße.«

»Bettina will selbst zu seiner Freundin fahren und die Familie informieren. Sie sagt, sie kenne sie, sie müsse das tun.«

»Sie schafft das.«

»Was für eine verfluchte Scheiße.« Sandro spürt Tränen in den Augen und wischt sie energisch weg. Felix klopft ihm auf die Schulter, drückt sie kurz. Sandro räuspert sich. »Wir müssen uns auf Fabio konzentrieren. Vielleicht lebt er noch. Wir werden später Zeit zum Trauern haben. Zuerst nehmen wir hier die Wohnung auseinander.«

Während Felix und die Kollegen der Spurensicherung sich das eigenartige Verlies im Keller des Hauses vornehmen, setzt sich Sandro in Kramers schmuddeligem Büro an den Schreibtisch und widmet sich als Erstes dem Inhalt der Schubladen. Hier herrscht ein heilloses Durcheinander. Sandro blättert sich durch lose Papiere, Rechnungen, Versicherungsbelege, Krankenkassen-Abrechnungen; er legt sie vorerst auf einen Stapel, die wird er später im Detail anschauen. In der untersten Schublade stößt er auf einen Heftordner, der ihm sofort auffällt, weil er als einziger Ordnung verspricht. Sandro schlägt ihn auf.

»Na, guten Tag!« Er weiß sofort, was er hier in den Händen hält, auch wenn die Dokumente älter sind als er selbst: Eine Anklageschrift gegen *KRAMER, Rolf, geboren 1953*, ein psychiatrisches Gutachten, das schriftliche Gerichtsurteil, dahinter sorgsam nach Datum sortiert eingeheftet; mehrere vergilbte Zeitungsartikel. Demnach wurde Kramer vor über fünfundvierzig Jahren zu einer Gefängnisstrafe von fünfzehn Monaten verurteilt. Er war damals erst dreiundzwanzig. Knapp bei Kasse, versuchte *das Muttersöhnchen*, wie eine Zeitung ihn beschrieb, einen Industriellen aus Küsnacht bei Zürich zu erpressen. In einem Brief forderte Kramer 10.000 Franken Lösegeld und drohte, den vierjährigen Sohn des Unternehmers zu entführen, falls er das Geld nicht erhalte. *Wie schrecklich wäre der Tag, an dem der kleine Martin nicht vom Kindergarten heimkehren würde*, schrieb er in seinem Erpresserbrief. Unterzeichnet hat er ihn mit *Weltorganisation gegen den internationalen Kommunismus*. Der Unternehmer hätte das Geld beim Landesmuseum Zürich übergeben sollen – doch die erpresste Familie schaltete die Polizei ein. Kramer erschien tatsächlich selbst am vereinbarten Treffpunkt, die Polizei fotografierte ihn, während er zur Überraschung aller Beteiligten seinem Opfer gar eine Quittung für das Geld ausstellte. Doch dann ging alles schief: Als die Polizisten die Verfolgung aufnahmen, konnte Kramer sie im dichten Mittagsverkehr abhängen – die Polizei war mit dem Auto hinter ihm her, er selbst war aber auf dem Fahrrad schneller und wendiger und entkam durch eine schmale Seitengasse.

Sandro schüttelt kaum wahrnehmbar den Kopf, als er das liest. Rolf Kramer merkte schnell, dass er keine Tasche voller Geld, sondern eine Tasche voller Papierschnitzel erhalten hatte. Später sagte er aus, er sei zutiefst beleidigt gewesen, weil der Vater des Kindes seine Drohung nicht ernst genommen habe. Auf jeden Fall konnte die Polizei Kramer dann doch noch überführen. Sie publizierte die Fotos, die sie bei der Übergabe geschossen hatte, in den Zeitungen und fragte: *Wer kennt diesen Mann?* Ausgerechnet Kramers Mutter meldete sich bei der Polizei und verriet ihren Sohn; sie wollte vermeiden, dass er noch stärker auf die schiefe Bahn geriet. Der Psychiater, der vor Gericht sein Gutachten erläutert hatte, beschrieb den jungen Rolf Kramer als mangelhaft entwickelten, infantilen Psychopathen.

Das passt, denkt Sandro. Untypisch hingegen ist, dass auf dieses Delikt keine weiteren folgten. Über vierzig Jahre lang scheint Rolf Kramer ein angepasstes Leben geführt zu haben, auf jeden Fall ist er strafrechtlich nie mehr aufgefallen. Bis heute. 1980 hat er geheiratet, zwanzig Jahre später ließ er sich scheiden. Keine Kinder. Sandro entdeckt einen Handelsregisterauszug, ein Firmeneintrag, der kurz nach seiner Entlassung aus dem Gefängnis erfolgt sein muss: Rolf Kramer machte sich mit einem Vertrieb von Kugelschreibern selbständig. Später war er offensichtlich als Vertreter für Berufskleidung unterwegs und bereiste in dieser Funktion die ganze Schweiz. Das war in den Neunzigerjahren.

Sandros Handy klingelt, es ist Florence. Noch bevor sie etwas sagen kann, teilt er ihr mit, dass er schlechte Nachrichten habe. Er berichtet ihr, was beim Haus von Rolf Kramer passiert ist, erzählt von der Selbstschussanlage, von Ramon, der getroffen und dabei getötet wurde. Als er fertig ist, bleibt es am anderen Ende der Leitung still. Er hört Florence schwer atmen.

»Auch ich habe eine schlechte Nachricht«, sagt sie schließlich.

Fabio, denkt Sandro. Seine Leiche wurde gefunden. Aber warum weiß Florence das als Erste?

»Es ist wieder ein Kind verschwunden«, unterbricht sie seine Gedanken. »Es geht um Silas. Carole Steins Sohn. Ich denke, du kennst ihn.«

Wüsste Sandro es nicht besser, wähnte er sich in einem miserablen Traum. Doch leider weiß er nur zu gut, dass er wach ist. Und dass dieser Tag der schwärzeste seiner Polizistenkarriere ist. Ein getöteter Freund und Kollege, zwei vermisste Jungen, zwei Leichen im Wald und oben drauf noch ein Suizid.

Florence gibt Sandro die Informationen weiter, die sie von der Einsatzzentrale erhalten hat: Nathaniel Brenner wollte den Jungen vom Kinderhort abholen, er kam zu spät, und Silas war nicht mehr auffindbar. Während Sandro Florence zuhört, sieht er, dass eine WhatsApp-Nachricht von Milla reinkommt. *Silas ist verschwunden. Bist du informiert?*, liest er. Zeit zum Antworten hat er nicht. Er bittet Florence, Marcel Hugentobler zu alarmieren, den Einsatzleiter der Suchtruppen, er solle mindestens ein Team zum Kinderhort schicken. »Und du, kannst du zu uns kommen? Wir müssen Kramers Wohnung bis zum letzten Staubkorn untersuchen. Vielleicht findest du etwas in seinem Computer.« Er gibt ihr die Adresse durch. Als sich Sandro von Florence verabschiedet, taucht Felix in der Küche auf.

»Wir haben was.«

Sandro liebt diese drei Wörter. Ohne eine weitere Erklärung abzuwarten, folgt er Felix erneut hinab in den Keller. Ein Mann von der Spurensicherung reicht ihm frische Handschuhe. Er betritt den Raum, in dem das seltsame Krankenbett steht.

»Das haben wir unter der Matratze gefunden.« Felix schiebt Sandro einen vergilbten Briefumschlag zu. Er ist nicht zugeklebt.

Sandro blickt hinein und leert den Inhalt auf dem Bett aus. Fotografien, die offensichtlich achtlos hineingesteckt worden sind, er blättert sie vorsichtig durch. Die Farben sind verblasst. Sie zeigen kleine Jungen, fünf, sechs, sieben Jahre alt vielleicht, sie sind alle aus der Distanz aufgenommen, unscharf zum Teil oder verwackelt, Kinder auf dem Schulweg, auf dem Spielplatz.

»So sehen Fotos aus, die heimlich aufgenommen wurden.« Felix blickt Sandro über die Schulter.

»Sozusagen Paparazzi-Bilder. Er hat die Jungen ausspioniert?«

»Sieht ganz danach aus.«

Sandro hält bei einer Aufnahme inne, sie ist anders als die anderen. Ein Junge in einem Nachthemd, der in einem Bett sitzt. Sandro blickt auf, es ist exakt dasselbe Bett. Das Bild des Buben wurde hier unten aufgenommen. Er lächelt schüchtern in die Kamera, doch seine Augen sind traurig.

Sandro kennt ihn. Er hat das Gesicht schon einmal gesehen, und zwar, als er selbst noch ein Kind war: Er ist dem Jungen im Supermarkt, am Postschalter, beim Polizeiposten begegnet, wo er ihm vor rund dreißig Jahren von den Vermisstenanzeigen entgegengeblickt hat, wie auch von all den Plakaten, mit denen die halbe Stadt tapeziert war. Die schwarzen Haare. Die übergroßen Augen, die auf den Plakaten lachend strahlten und die auf dem vergilbten Foto traurig blicken. Es ist dasselbe Kind.

34

Milla rennt. Die hundert Meter von der Tramhaltestelle *Bahnhofquai* nimmt sie wie im Flug, sie rast die Rolltreppe hinunter, darum bemüht, die alte Frau nicht anzurempeln, die auf der falschen Seite steht, auf der linken, auf der man geht oder läuft, aber doch nicht einfach so dasteht. Sie hetzt weiter, nimmt die Kurve, spurtet an den Gleisaufgängen 17 bis 4 vorbei, lässt erst den Bretzel-, dann den Müesli-Stand hinter sich, biegt scharf rechts ab, noch zwei Rolltreppen bis zu den unterirdischen Geleisen, die Durchsage läuft bereits – »Ohne Halt bis Bern, bitte einsteigen!« –, sie springt zur Tür rein, die sich mit einem saugenden Geräusch hinter ihr schließt. Geschafft. Durchatmen.

Milla lässt sich auf einen Sitz fallen und greift zum Handy, um Nathaniel zu sagen, dass sie unterwegs ist. Sie lässt es ewig lange klingeln, doch er geht nicht ran. Wahrscheinlich ist er gerade mit der Polizei unterwegs und kann nicht telefonieren, denkt Milla, kein gutes Zeichen. Wenn sie Silas gefunden hätten, würde er rangehen. Und bestimmt hätte er sie informiert.

Erst jetzt realisiert Milla, dass sie keine Ahnung hat, wo sie ihn suchen soll: Sie weiß nicht, wo Silas' Kinderhort ist. Milla sucht in ihren Kontakten nach Caroles Nummer. Sie zögert kurz. *Ist es möglich, dass Nathaniel ihr nichts von Silas' Verschwinden gesagt hat?* Nein, das kann nicht sein, sie verwirft den Gedanken und ruft Carole an – um gleich vom Gegenteil überzeugt zu werden. Denn kaum sind sie miteinander verbunden, sprudelt Carole los: »Milla, hast du was von Nathaniel gehört? Er und Silas sollten längst hier sein, und ich kann ihn nicht erreichen.«

Milla muss schlucken. Sie hasst es, schlechte Nachrichten zu überbringen.

»Carole, Nathaniel hat mich vor etwa einer Stunde angerufen, weil Silas verschwunden sei.«

»Was sagst du da? Silas kann nicht verschwunden sein. Nathaniel holt ihn vom Kinderhort ab.«

»Ich weiß nicht genau, was passiert ist. Er sagte mir nur, Silas sei weg. Und ich hab ihm geraten, sofort die Polizei zu rufen.«

»Um Himmels willen! Warum hat er mir nichts gesagt? Und warum nimmt er meine Anrufe nicht entgegen?«

Milla wünschte, sie könnte Carole eine Antwort auf ihre Fragen geben.

»Ich komme in einer knappen Stunde in Bern an. Und ich werde versuchen, Sandro zu erreichen, vielleicht weiß er mehr. Warte auf mich. Wahrscheinlich machen wir uns zu viele Sorgen.«

Ich bin eine miserable Lügnerin, denkt Milla und beißt sich auf die Lippen. Sie würde viel dafür geben, wenn sie Carole umgehend mitteilen könnte, die Polizei habe Silas bereits gefunden und er sei wohlauf. Carole hat weiß Gott genug durchlitten in ihrem Leben. Sie darf jetzt nicht auch noch ihr Kind verlieren. Milla verspricht ihr, sich gleich wieder zu melden, und wählt Sandros Nummer, obwohl er kaum Zeit zum Telefonieren haben wird. Sie erschrickt beinahe, als am anderen Ende der Leitung ein Klicken ankündigt, dass Sandro rangeht.

Während Milla irgendwo zwischen Zürich und Bern im Zug durch die Dunkelheit braust und Sandro in Toffen ihren Anruf entgegennimmt, bringt der Song *Panic Station* von *Muse* Irenas alten Peugeot zum Beben. Die Scheinwerfer fressen zwei helle Schneisen durch die Dunkelheit und setzen links und rechts der Landstraße die Schatten in Bewegung. Der Raureif hat sich über den Asphalt gelegt und lässt die Straße silbrig schimmern. Im Augenblick ist Irena ganz entspannt, es scheint nichts anderes zu geben als sie in ihrem Auto, umgeben von der Musik. Eine kleine, heile Blase in der großen, unheilen Welt, in der Kinder entführt, missbraucht und umgebracht werden.

Als Irena das Ortsschild passiert, dreht sie den Ton leiser und ärgert sich im gleichen Moment darüber, dass sie noch immer so angepasst ist, so rücksichtsvoll, zu sehr darauf bedacht, niemanden zu belästigen. So, wie alle hier in dem Dorf. Ja nicht auffallen, ja nichts machen, das die anderen stören könnte, bloß nicht aufmüpfig sein und um keinen Preis riskieren, dass die anderen etwas Schlechtes über einen denken. Das scheint in den Genen der Einwohner festgeschrieben zu sein. So ist Irena aufgewachsen, so wurde sie erzogen, und offenbar hat sie dieses unterwürfige Angepasstsein bis heute nicht ablegen können, zumindest nicht hier, in ihrem Heimatort, wo die Vergangenheit gegenwärtiger ist als die Gegenwart. Kurz entschlossen dreht Irena die Musik wieder auf, und zwar lauter als zuvor.

Erst als sie vor ihrem Elternhaus auf den Vorplatz

fährt, stellt sie die Musik aus. Sie bleibt eine Weile sitzen, die Hände am Lenkrad, den Kopf daran gelehnt. Es ist zu dunkel hier. Schwarz und tot liegt das Haus vor ihr.

Kein guter Ort.

Sie wünschte, sie müsste es nie mehr betreten. Doch sie kann nicht anders. Irena gibt sich einen Ruck, löst den Sicherheitsgurt, greift nach ihrer Tasche und steigt aus dem Wagen. In der Dunkelheit tappt sie zur Haustür. Sie muss eine Weile in ihrer Tasche wühlen, bis sie den Schlüssel findet. Sie steckt ihn ins Schloss und verharrt mitten in der Bewegung: Es ist nicht abgeschlossen.

»Es ist nicht abgeschlossen!«, ruft eine Frauenstimme, kurz nachdem Bettina die Klingel gedrückt hat. An der Wohnungstür hängt ein blau glasiertes Keramikherz. Zwei Namen stehen darin: Ramon und Mareike. Sie sind umschlungen von den Ästen eines aufgemalten Baumes. Auf einem sitzt ein kleiner Engel. Unter allen anderen Umständen würde Bettina das Herz kitschig-bieder finden. Nicht heute.

Sie muss sich überwinden, die Klinke zu drücken und die Wohnung zu betreten. Ein Felsbrocken liegt auf ihrer Brust und macht ihr das Atmen schwer. Sie wird in der nächsten Sekunde das Leben einer Frau verändern und ihre Welt in ein Tränental verwandeln. Mareike kommt aus der Küche, sie reibt sich die Hände an der Schürze trocken, offensichtlich ist sie nicht überrascht, dass abends jemand an der Tür klingelt, womöglich hat sie mit einer Freundin gerechnet.

Aber auf keinen Fall mit Bettina, der Kollegin ihres Freundes. Nicht Bettina ohne Ramon. Denn das geht nicht, die beiden sind ein Team, die treten nicht allein auf. Und schon gar nicht in Ramons Wohnung, in diesem Flur.

Mareike erstarrt, als sie Bettina erblickt. Es ist in ihrem Gesicht nachzulesen, welchen Weg ihre Gedanken gehen: *Was macht Bettina hier? Wo ist Ramon? Es muss etwas passiert sein! Ramon ist tot.* Ihre Gesichtszüge entgleisen, ihre Körperspannung ist weg. Bettina macht drei Schritte auf Mareike zu und kann sie gerade noch auffangen, bevor sie in ihren Armen kraftlos zu Boden gleitet.

»Mareike«, beginnt Bettina, sie hat sich die Worte, die sie sagen will, vorher gut überlegt, doch jetzt wollen sie nicht mehr aus ihr raus, sie droht an ihnen zu ersticken. Aber sie sind auch gar nicht mehr nötig.

»Ramon ist tot«, sagt Mareike, und Bettina nickt und drückt Mareike an sich, wie sie da gemeinsam auf dem Boden kauern. Die Tränen genügen nicht für diese Trauer. Zu groß der Schmerz.

Keine der beiden könnte sagen, wie lange sie so ausharren. Mareike erhebt sich als Erste, wischt sich mit der Schürze das Gesicht sauber. Die schwarze Schminke hat kleine Rinnsale auf ihre Wangen gemalt.

»Trinken wir was.« Es ist keine Frage. »Ich will wissen, was passiert ist.«

»Es ist etwas passiert«, sagt Sandro im gleichen Moment, etwa zwanzig Kilometer weiter südöstlich, in sein Telefon. Seiner Stimme ist anzuhören, dass etwas nicht gut ist.

»Was ist geschehen?«, fragt Milla.

»Ich habe einen meiner Männer verloren. Stell dir vor: Ramon ist tot. Ramon!« Auf einmal sprudeln die Worte nur so aus Sandro heraus. Er, der sonst immer vorsichtig abwägt, wie viel er Milla erzählen will. Doch jetzt kann er nicht mehr an sich halten. Er erzählt ihr vom schrecklichsten Tag seiner Karriere, erleichtert, dass sie da ist, dass sie zuhört, dass alles aus ihm rauskann und dass er in diesem Moment nicht der coole, stets souveräne Polizeichef sein muss, sondern einfach Sandro Bandini sein darf, dem das alles über den Kopf wächst; der seit Tagen zu wenig geschlafen hat und sich total überfordert fühlt. »Es ist eine Katastrophe.«

»Das tut mir alles schrecklich leid.« Milla weiß nicht, was sie sonst sagen soll. Sie möchte Sandro umarmen, ganz fest. »Ich bin auf dem Weg nach Bern. Um Nathaniel beizustehen.«

»Du rufst wegen Silas an«, stellt Sandro fest. »Ich kann es nicht glauben, dass er vermisst wird.«

»Denkst du, dass wir uns sehen können?«

»Ich weiß nicht. Ich werde wohl nicht nach Hause kommen heut Nacht. Nicht solange wir nicht wissen, wo Fabio ist.« Er zögert. »Und Silas. Hoffentlich ist nichts passiert. Hoffentlich hat er sich nur verirrt.«

»Ich kann Nathaniel nicht mehr erreichen. Und Carole wusste von nichts.«

»Nathaniel sagte meinen Kollegen, er habe Silas beim Kinderhort abholen wollen, aber er war zu spät dran, und Silas war nicht mehr dort. Wir haben einen Suchtrupp losgeschickt.«

»Und du hast noch nichts gehört?«

»Leider nein.«

»Verdammt«, sagt Milla. Sie wünschte sich, ihr Zug würde fliegen statt fahren.

»In welchen Kinderhort geht Silas? Ich werde sofort mit Carole dorthin fahren.«

»Kinderhort *Himmelblau,* an der Viktoriastrasse. Aber lass mich zuerst mit den Kollegen sprechen. Vielleicht wissen sie schon was. Ich schreibe dir sofort, wenn ich etwas höre.«

»Danke.«

Sandro stellt die Nummer seines Kollegen Marcel Hugentobler ein. Es wird ein kurzes Gespräch, weil es nicht viel zu sagen gibt: Die Einheit ist beim Kinderhort angekommen. Dort haben sie einzig eine schockierte und ratlose Erzieherin angetroffen. Sowohl von dem Jungen wie auch von Nathaniel Brenner, der die Polizei verständigt hat, fehlt jede Spur.

Irritiert tippt Sandro Milla eine Nachricht.

Nicht nur Silas, auch Nathaniel scheint unauffindbar zu sein.

Senden.

35

Ist es möglich, dass sie vergessen hat abzuschließen? Irena denkt sich zurück in den Moment, als sie das Haus verlassen hat, um Klostermann im Gefängnis zu besuchen.

Wahrscheinlich war sie mit ihren Gedanken bereits beim anstehenden Gespräch. Trotzdem … es ist nicht ihre Art, eine Tür unverschlossen zu lassen. Es lagen zu viele Leichen auf ihrem Obduktionstisch, als dass sie der Menschheit vertrauen würde. Schritt für Schritt versucht sie, den Ablauf zu rekonstruieren: Bevor sie das Haus verließ, ist sie noch einmal in Benis Zimmer hochgegangen, um ihre Tasche zu holen, dann ist sie die Treppe hinuntergestiegen. Noch auf den Stufen hat sie den Schlüssel aus der Tasche geklaubt. Sie hatte ihn in der Hand. Sie erinnert sich an das klimpernde Geräusch. Niemals würde sie eine Tür unabgeschlossen lassen, wenn sie den Schlüssel bereits in der Hand hält. Das ergibt keinen Sinn.

Es muss jemand hier gewesen sein.

Bestimmt hat jemand einen Zweitschlüssel. Irena war zu lange weg, um die Leute zu kennen, mit denen ihr Vater verkehrte. Eine Putzfrau, sicher, sie muss einen Schlüssel haben. Mögliche Verwandte oder Bekannte. Ihr Cousin? Aber der war ja gerade hier. Oder ein Einbrecher, der sich mit einem Dietrich Zugang verschafft hat? Kein Kunststück bei dem alten Schloss.

Vielleicht ist er noch immer im Haus.

Irenas Härchen auf den Armen richten sich auf. Es gibt Momente in ihrem Leben, da wünschte sie sich, wie ihre Kollegen bei der Polizei eine Waffe zu tragen. Aber sie hat nicht mehr als den Schlüsselbund zur Hand. Irena umschließt ihn mit der Faust und lässt die zwei Schlüssel, deren Enden möglichst spitz zulaufen, zwischen ihrem Zeige- und dem Ringfinger vorstehen. Wenn sie dem Eindringling mit ihrem improvisierten Schlagring eine verpasst, wird es seine Wirkung nicht verfehlen. Vorsichtig drückt sie die Klinke hinunter. Obwohl sie die Tür im Zeitlupentempo aufschiebt, verursacht sie ein quietschendes Geräusch. Verflucht. Spätestens jetzt weiß jeder ungebetene Gast im Haus, dass er nicht mehr allein ist.

Irena lauscht. Es ist nichts anderes zu vernehmen als das Knarren des alten Hauses, das ihr schon fast wieder vertraut ist: Das ruhelose Holz, das ächzt und stöhnt wie eine betagte Frau, die eine zu schwere Last trägt. Irena glaubt zu spüren, dass niemand im Gebäude ist. Vielleicht hat sie doch bloß vergessen, die Tür zu verriegeln. Wer sollte in ein Haus einbrechen, in dem es nichts als vergilbte und schlechte Erinnerungen zu finden gibt?

Entschlossen schaltet Irena das Licht an. Der Flur sieht genauso aus, wie sie ihn verlassen hat. Da war mit Sicherheit keiner.

Ich sehe schon Gespenster.

Erschöpft lässt sich Irena auf einen Küchenstuhl sinken. Sie ist müde. Es ist schon spät. Dabei hätte sie heute gerne noch die persönlichen Sachen ihrer Mutter durchsucht, die ihr Vater aufgehoben hat. Vielleicht findet sie dort etwas, das ihr weiterhelfen könnte. Morgen. Sie wird das morgen früh tun. Der Tag war schon anstrengend genug. Erneut schaut Irena das Foto an, das sie vom anonymen Brief an Klostermann gemacht hat. Sie liest ihn bestimmt schon zum dreißigsten Mal. Kurz entschlossen tippt sie ihrem Cousin Marius eine Nachricht. Sie überlegt, ob sie ihm von dem Schreiben erzählen soll, entscheidet sich aber dagegen. Es reicht, wenn er ihre drängendste Frage beantworten kann. Wer, wenn nicht er als Gemeindepräsident, wird sie ihr beantworten können?

Lieber Marius. Ich habe nur eine kurze Frage: Beim Frühlingsfest in unserem Dorf haben doch jeweils verschiedene Musikgruppen aufgespielt. Lässt sich in einem Jahresbericht oder in einem Verzeichnis nachlesen, ob damals eine Blaskapelle Freudenberg *gespielt hat? Am Abend, als Beni verschwand?*

Sie sieht im WhatsApp-Chat, dass Marius online ist, und die zwei blauen Häkchen verraten ihr, dass er die Nachricht gelesen hat. Sie wartet einige Minuten, doch es kommt keine Antwort. Er muss sich wohl selbst erst schlaumachen. Oder er hat gerade keine Zeit für die sonderbaren Fragen der ihm fremd gewordenen Cousine. Als sie das Handy weglegen will, kommt doch noch eine Nachricht rein.

Ich schaue nach, ich melde mich, Marius.

Irena steigt die Treppe hoch, schmeißt die Tasche im Flur auf den Boden und begibt sich direkt ins Badezimmer. Sie greift zu ihrer elektrischen Zahnbürste – sie hat drei davon, sie kann ohne sie nicht sein –, putzt sich die

Zähne und nimmt vorsichtig die Kontaktlinsen heraus. Als sie zur Brille greifen will, realisiert sie, dass sie sie nicht eingepackt hat. Die liegt in ihrer Wohnung in Bern. Egal. Sie will nichts als schlafen jetzt.

Halb blind, wie sie es nennt, oder mit eingeschränkter Sehkraft, wie es ihr Optiker bezeichnen würde, tritt sie in Benis Zimmer. Obwohl sie wegen ihrer Kurzsichtigkeit alles verschwommen sieht, erkennt sie sofort, dass doch jemand hier gewesen sein muss. Ihr Tagebuch – es liegt mitten auf dem Bett. Sie ist sicher, es auf den Nachttisch gelegt zu haben. Auch der Stapel mit den Zeitungsartikeln über Klostermann sieht anders aus, als sie ihn zurückgelassen hat, irgendwie ordentlicher. Sie greift nach dem Tagebuch, klappt es auf, blättert es durch, hält inne.

Das kann nicht sein.

An einer Stelle sind mehrere Seiten herausgerissen. Fünf Seiten. Irena fährt mit dem Finger an den Risskanten entlang und wünscht sich, sie könnte ertasten, wie lange es her ist, dass die Seiten entfernt worden sind. Vor dreißig Jahren oder vor wenigen Stunden? Ist es möglich, dass sie die fehlenden Seiten beim ersten Durchblättern übersehen hat? Dass sie sie einst selbst herausgerissen hat, als Kind, weil ihr ihr eigenes Geschreibsel nicht mehr gefiel? Oder ist doch jemand ins Haus eingedrungen, um die fünf Seiten aus dem Tagebuch zu entfernen? Wie absurd!

Jemand will verhindern, dass du etwas findest.

Irena schaut sich die Daten der Tagebucheinträge vor und jener nach den fehlenden Seiten an. Die herausgerissenen Zeilen muss sie etwa fünf Monate nach Benis Verschwinden geschrieben haben. Was könnte das gewesen sein? Hatte sie damals, ohne es zu wissen, etwas über die Hintergründe herausgefunden? Doch wie sollte jemand überhaupt erahnen, dass sie das in ihr Tagebuch geschrieben hat? All das ergibt überhaupt keinen Sinn. Einen Moment lang fragt sie sich, ob ihr Verstand ihr einen Streich spielt und sie langsam durchzudrehen beginnt, weil ihr die Konfrontation mit der eigenen Vergangenheit nicht guttut.

Sie überlegt so sehr, was sie in ihr Tagebuch geschrieben haben könnte, dass sich über ihrem Nacken und den Schläfen Kopfschmerzen ankündigen. Wie sollte sie sich daran erinnern? Es ist viel zu lange her. Ihre gesamte Kindheit scheint unter einem grauen Schleier des Vergessens begraben zu liegen, unerreichbar weit weg, nichts ist greifbar.

Das bringt doch alles nichts.

Sie legt das Tagebuch auf den Nachttisch. Ein leichtes Schaudern durchfährt sie, als sie daran denkt, dass ein Fremder es in der Hand gehalten und darin gelesen hat. Dann knipst sie die Nachttischlampe aus.

Die ersten Traumfetzen sind schon da, da holt ein leises Klingeln sie in den Wachzustand zurück. Sie tappt mit der Hand im Dunkeln nach dem Smartphone. Marius hat geschrieben.

Liebe Rena. Die Blaskappelle Freudenberg *ist eine Gruppe aus unserem Dorf. Mit an Sicherheit grenzender Wahrscheinlichkeit haben sie auch 1991 beim Frühlingsfest gespielt. Sie spielen nämlich, soweit ich mich erinnern kann, jedes Jahr. Ich hoffe, dass Dir diese Antwort weiterhilft. Warum fragst Du?*

Irena legt das Handy wieder weg. Sie mag nicht antworten, nicht jetzt, zumal sie die Antwort selbst nicht wirklich kennt.

In dem Moment, als sie sich im Bett der Wand zudreht, lässt ein Krachen sie zusammenfahren. Es folgt ein Klirren, dann ein Knall. Schließlich: Stille.

36

»Milla, Gott sei Dank bist du da!«

Carole fällt Milla in die Arme, als sie beim Kinderhort *Himmelblau* eintrifft. Milla hält sie fest, flüstert ihr ins Ohr, dass alles gut werden wird, und schickt ein Stoßgebet gen Himmel, dass sie damit recht behält. »Es gibt noch keine Neuigkeiten?«

Carole schüttelt verzweifelt den Kopf. »Ich bin auch gerade erst angekommen. Ich konnte noch nicht mit der Erzieherin reden, sie spricht gerade mit der Polizei.«

Hinter der offenen Tür sieht Milla eine Frau, die mit wilden Gesten auf einen Polizisten einredet. »Ich habe keine Ahnung, was passiert ist«, schnappt Milla auf. »Im einen Moment war er noch da, im nächsten war er verschwunden.« Die Frau ist eine Wuchtbrumme, fast doppelt so breit und eineinhalb Mal so groß wie Milla, ihre Stimme kann es mit jedem professionellen Bass-Solisten aufnehmen, und ihre Arme und Hände gleichen Bärenpranken. Das muss die Erzieherin sein, denkt Milla, obwohl sie eher aussieht wie eine Kugelstoßerin.

Als die Frau Carole erblickt, schubst sie den Polizisten vor sich weg und geht mit ausgestrecktem Arm auf sie zu.

»Frau Stein, wie schrecklich, das tut mir alles furchtbar leid. Der Mann hier stellt mir tausend Fragen, er sollte sich lieber auf die Suche konzentrieren.«

»Das machen wir, das machen wir!«, gibt der Polizist etwas unwirsch zurück, bevor er sich an Carole wendet, sie fragt, ob sie die Mutter sei, und ihr dann dieselben Fragen stellt, auf die er schon vorher keine Antworten erhalten hat.

Milla sieht einen Kombi vorfahren. Sie kennt den Mann, der aussteigt: Benno Bundi, Chef der Polizeihundetruppe des Kantons Bern, sie hat mit ihm mal eine Reportage über Leichenspürhunde gedreht. Kein gutes Zeichen. Sie geht auf ihn zu und reicht ihm die Hand.

»Leichenspürhunde?«, fragt sie.

»Nein. Personensuchhunde. Wir brauchen ein Kleidungsstück des Jungen.«

Nach einer kurzen Diskussion mit Carole und der Erzieherin überreichen die zwei Frauen Benno Bundi einen Pullover und einen Rucksack, mit dessen Hilfe die Hunde die Fährte aufnehmen sollen. Und das tun sie sofort. Im Nu ist Bundi mit den Hunden außer Sichtweite.

»Such, Shiva, such!«, befiehlt Benno Bundi. Er kennt seine Hündin. Ihr Schwanz wedelt nicht, er saust eher wie ein Propeller durch die Luft, das heißt, sie hat eine Spur. Sie zieht ihn einmal nach rechts, einmal nach links, dann hinein in einen Garten, um ein Haus herum. Sie japst begeistert, als sie sich vor einem Kellerfenster hinsetzt. Dann bellt sie ihren Chef dreimal an, mit aufforderndem Blick, der sagt: Ich habe gefunden, was du suchst, ich kriege jetzt eine Belohnung, und dieser Job war mindestens fünf Leckerli wert. Eines wirft Bundi ihr schon mal zu, sie fängt es mit ihrer Schnauze in der Luft.

Noch bevor sich Benno Bundi zu dem offenstehenden

Kellerfenster hinunterlehnen kann, hört er von dort unten eine dünne Stimme.

»Alisha? Bist du das? Alisha?«

»Silas! Bist du das?«, ruft Benno Bundi zurück.

Doch er kriegt keine Antwort.

»Silas, ich bin hier, um dich da rauszuholen«, schiebt er deshalb nach. Bundi überlegt, durch das Fenster zu steigen, aber er fürchtet, dass er stecken bleibt. Zu eng der Schacht. »Silas, bist du in Ordnung?«

»Wer sind Sie?«, fragt eine Jungenstimme schüchtern.

»Ich bin Benno Bundi von der Polizei, ich bin hier, um dich zu finden.«

»Sind Sie ein Freund von Sandro? Denn wenn Sie ein Freund von Sandro sind, dann ist es gut. Wenn Sie kein Freund von Sandro sind, dann ist es nicht gut. Denn dann sind Sie ein Fremder, und mit fremden Männern darf ich nicht reden.«

Das, denkt Bundi, ergibt total Sinn, und obwohl er im ersten Moment nicht sicher ist, von welchem Sandro der Junge spricht, und ob er seinen Kollegen Sandro Bandini meinen könnte, sagt er sofort: »Ich bin sogar ein guter Freund von Sandro. Du meinst doch den Polizisten?«

»Ja, Sandro, der Polizist.«

»Wir sind Kollegen. Und ich hole dich da raus. Hast du dir weh getan?«

»Nein. Aber es ist ganz furchtbar schrecklich kalt.«

Sechs Minuten später schließt die Hauswartin des Mehrfamilienhauses den Kellerraum auf und lässt Benno Bundi hinein. Er hat in der Zwischenzeit per Funk Entwarnung gegeben und Carole gebeten, zu dem Haus zu kommen, das nur wenige hundert Meter vom Kinderhort entfernt ist. Als Bundi das Licht einschaltet, sieht er Silas auf dem nackten Boden sitzen.

»Psssst«, sagt der Junge mit dem Zeigefinger an den Lippen. Mit der anderen Hand streichelt er ein junges Kätzchen. »Sie ist einfach durch das Kellerfenster gesprungen«, flüstert er. »Ich konnte sie nicht alleine lassen.«

»Nein, das konntest du nicht«, sagt Benno Bundi. »Das verstehe ich. Aber jetzt komm ins Warme. Deine Mutter ist gleich hier.«

»Gut. Mir ist nämlich kalt.« Silas' blauen Lippen zittern.

»Wo ist er, wo ist er?«, hören die beiden Carole im Treppenhaus rufen. Fast im gleichen Augenblick drängt sie sich neben Bundi durch die Tür und rennt auf Silas zu, der versucht, das Kätzchen vor der stürmischen Umarmung seiner Mutter zu schützen. Carole kann die Tränen nicht zurückhalten, als sie ihn in die Arme nimmt, das kleine kalte Bündel, das sich an die Katze klammert.

»Kann ich sie mit nach Hause nehmen?«, fragt Silas, und seine Mutter nickt, wie könnte sie ihm den Wunsch abschlagen, aber reden kann sie nicht, zu überwältigt ist sie von ihren Gefühlen.

»Warum weinst du so?«, will Silas wissen, und da findet sie die Worte wieder.

»Weil ich so glücklich bin, dass ich dich nicht verloren habe.«

»Wieso verloren? Ich habe nur das Kätzchen gerettet.«

Carole streicht ihrem Jungen die Haare aus der Stirn und küsst ihn und rubbelt ihn warm und kann nicht fassen, dass er da ist, dass er gesund ist, dass er am Leben ist. Nichts anderes ist mehr wichtig.

»Wir sollten ihn trotzdem ins Spital bringen«, sagt Benno Bundi. »Er hat eine ganze Weile in diesem kalten Keller gesessen.«

Auch jetzt nickt Carole, sie wird mit ihm zum Arzt fahren, er wird sich Silas ansehen, und dann wird alles wieder gut sein.

»Und Nathaniel?«, fragt Milla, die sich im Hintergrund gehalten hat.

»Wer ist Nathaniel?«

»Der … Vater«, sagt Milla, um es nicht kompliziert zu machen.

»Nathaniel ist nicht mein Vater. Er ist mein Patenonkel und fast mein Vater, weil er meine Mutter geheiratet hat«, sagt Silas mit großer Ernsthaftigkeit.

»Genau«, bestätigt Milla. »Er sollte Silas vom Kinderhort abholen, doch Silas war nicht mehr da, und jetzt ist Nathaniel verschwunden.«

»Warum ist Nathaniel verschwunden?«, hört Milla Silas fragen, der gerade von Carole die Treppe hochgetragen wird. Milla sieht, dass die Mutter ihrem Sohn etwas ins Ohr flüstert.

Mit leiser Stimme wendet sich Milla wieder an Bundi: »Sie müssen wissen: Nathaniel ist blind. Ich kann ihn telefonisch nicht mehr erreichen. Ich fürchte, er hat sich alleine auf die Suche nach Silas gemacht. Ihm muss etwas zugestoßen sein. Wir müssen ihn suchen.«

»Hmm«, brummelt Bundi. »Gibt es eine Vermisstenanzeige?«

Milla verdreht die Augen ob so viel Beamtentums. »Die reiche ich hiermit sofort ein.«

»Sie wissen schon, dass wir bei Erwachsenen eine Frist von vierundzwanzig Stunden verstreichen lassen …«

»Himmel, der Mann ist blind, und es ist nur etwa fünf Grad da draußen.«

»… aber bei einem Behinderten machen wir natürlich eine Ausnahme.«

Wenn Nathaniel das hören würde, denkt Milla, er hasst es, wenn man ihn als Behinderten bezeichnet.

»Haben Sie einen Gegenstand, den wir der Hündin zur Fährtenaufnahme geben könnten?«

Nein, hat sie nicht. »Aber er hat stets seine Blindenhündin Alisha dabei!«

Bundi sieht sie überrascht an. »Dann suchen wir also nach einem Blinden und nach einem Hund.«

37

Es ist kurz vor elf Uhr abends, als Sandro sich im Kastenwagen, der temporär als mobile Einsatzzentrale dient, mit dem kümmerlichen Rest seiner Sonderkommission zur Lagebesprechung trifft. Er muss neue Leute aufbieten. Morgen. Jetzt ist es an der Zeit, sich einen Überblick über das Chaos zu verschaffen, das Sandro über den Kopf zu wachsen droht. Zu viel ist passiert an diesem einen Tag.

Felix Winter und Florence Chatelat quetschen sich hinter den kleinen Tisch, Sandro klebt drei leere Papierbögen an die Innenwand des Wagens. Während andere es schaffen, alles mit ihren Tablets zu organisieren, ist und bleibt er ein analoger Mensch, der am liebsten mit Papier und dickem Filzstift arbeitet. Er schreibt gerade Rolf Kramers Namen in die Mitte eines Blattes, da klingelt sein Telefon. Auch jetzt wieder löst das Klingeln bei Sandro einen Adrenalinschub aus. Denn die Nachrichten, die auf den Klingelton folgen, sind selten gut und zu oft schrecklich.

»Bandini?« Zwei Augenpaare fokussieren Sandros Gesicht und erkennen, dass es dieses Mal anders ist: Erleichterung zeichnet sich in seinen Zügen ab.

»Gute Arbeit. Danke!« Sandro klickt das Gespräch weg. »Silas Stein wurde gefunden. Er ist wohlauf. Der Kleine ist einer Katze in einen Keller nachgeklettert und schaffte es nicht mehr raus.«

»Wenigstens *eine* gute Nachricht.« Felix reibt sich müde die Schläfen. »Wenn es doch bloß bei Fabio auch so wäre.«

Alle drei wissen, dass dieser Fall anders liegt.

Sandro trägt zusammen, was sie im Fall Fabio bisher herausgefunden haben, gleichzeitig notiert er dazu Stichworte auf den Papierbögen. »Die DNA des Jungen wurde im Lieferwagen von Rolf Kramer gefunden. Wir gehen also davon aus, dass Kramer Fabio entführt hat.« Sandro blättert in seinen Unterlagen. »Mittlerweile liegt auch die spurentechnische Auswertung des Skateboards vor: Daran wurde keine DNA Kramers sichergestellt, nur jene von Fabio, das schließt eine Entführung durch Kramer aber keineswegs aus.« Sandro wiederholt, was alle bereits wissen: Kramer hat sich im Lieferwagen das Leben genommen – nachdem er mutmaßlich im Wald den Kellner Bernhard Schmitz erschossen hat. Motiv: unbekannt. »Und von Fabio fehlt noch immer jede Spur.« Sandro übergibt das Wort an Felix.

»Nichts deutet darauf hin, dass Fabio in Kramers seltsamem Verlies festgehalten wurde. Aber vielleicht andere Kinder.« Felix legt einige der Bilder auf den Tisch, die sie im Keller gefunden haben. »Kramer hat offenbar Buben ausspioniert und heimlich fotografiert, es muss aber schon eine Weile her sein. Ein Kind hat er im Krankenbett in seinem Verlies aufgenommen. Der Junge auf dem Bild weist eine frappante Ähnlichkeit mit Christian Wolf auf, der seit den Neunzigerjahren als vermisst gilt.«

»Florence, könntest du mit dem Gesichtserkennungsprogramm am Computer einen Bildvergleich mit der Vermisstenanzeige von damals vornehmen, um sicherzugehen, dass es sich um denselben Jungen handelt?«, fragt Sandro.

Florence nickt und macht sich eine Notiz.

»Und nimm dir auch die anderen Fotos vor. Aus jener Zeit gelten noch immer mehrere Jungen als vermisst. Vielleicht gibt es weitere Übereinstimmungen. Ich mag mir gar nicht vorstellen, worauf wir hier womöglich gestoßen sind. All die ungeklärten Fälle!«

»Ich werde alle Vermisstenanzeigen prüfen«, verspricht Florence.

»Die Spurensicherung hat den Keller untersucht, die Auswertungen werden aber frühestens morgen gegen Abend vorliegen – vielleicht sind noch alte DNA-Spuren auswertbar«, erklärt Felix.

»Hast du in Kramers Computer bereits verdächtiges Material gefunden?«, fragt Sandro Florence.

»Negativ. Rolf Kramer scheint nicht mit der Zeit gegangen zu sein. Es gibt keinen Internetanschluss, sein Computer stammt aus der IT-Urzeit und enthält überhaupt keine Bilddateien, bloß einige offenbar von Kramer verfasste Texte, die ich noch auswerten muss.«

»Sein Handy?«

»Ebenfalls antik. Kein Smartphone, nicht mal ein primitiver Vorläufer. Keine Bilder.«

»Gibt es Hinweise darauf, dass Kramer mit Bernhard Schmitz in Kontakt stand? Dass sie sich kannten?«

»Negativ.«

»Das stützt die These, dass er ein Zufallsopfer sein könnte«, wirft Felix ein. »Vielleicht hat Schmitz Kramer mit dem Jungen im Wald gesehen, und Kramer hat den unliebsamen Zeugen kurzerhand erschossen.«

»Möglich. Aber wo hat er den Jungen hingebracht?

Wir hätten ihn doch längst finden müssen, wenn er ihn im Wald zurückgelassen hätte.« Sandro rauft sich die Haare, die in einem wirren Strubbel stehen bleiben, weil er sie seit zwei Tagen nicht gewaschen hat. »Wir müssen die Mobilfunkdaten vom Tag anfordern, an dem Kramer erst Schmitz und dann sich selbst getötet hat – dann können wir Kramers Bewegungsprofil nachzeichnen.«

»Schon erledigt. Aber die Mobilfunkanbieter sind ja meistens nicht die Schnellsten.« Florence verdreht die Augen.

»Wir haben keine Zeit, wir müssen sofort wissen, wo er sich zwischen dem Verschwinden von Fabio und seinem Suizid aufgehalten hat.«

»Ich werde nochmals Druck machen.«

»Also: Kramer hat Fabio aller Voraussicht nach entführt«, resümiert Sandro. »Was er mit ihm gemacht hat, wissen wir nicht. Warum er im Wald Schmitz tötete, wissen wir nicht. Wir wissen aber, dass Kramer wahrscheinlich ebenfalls etwas mit dem Verschwinden eines oder womöglich mehrerer Buben in den Neunzigerjahren zu schaffen hatte«, folgert Sandro. »Warum aber war er nie auf unserem Radar, in all den Jahren?«

»Ich habe ein zweites Mobiltelefon gefunden, ebenfalls ein altes Teil, allerdings mit einer französischen SIM-Karte«, teilt Florence mit.

»Er hat sich im Ausland aufgehalten?«

»Ich habe das gecheckt. Er war immer in der Schweiz gemeldet, was aber nicht heißt, dass er auch hier gelebt haben muss.«

»Das müssen wir herausfinden.«

»Du denkst, dass er in den Neunzigerjahren in der Schweiz Kinder entführte und tötete, anschließend in

Frankreich aktiv war, wovon wir hier nichts mitbekommen haben, und nun zurückkam, um sich wieder an einem Jungen in der Schweiz zu vergehen?«, fragt Florence.

»Wie alt war er noch mal?«, hakt Felix nach.

Sandro blättert in seinem schwarzen Büchlein. »Jahrgang 1953. Wir hatten schon ältere Sexualstraftäter.«

Felix nickt. »Es ist schwer vorstellbar, dass er dreißig Jahre lang stillgehalten hat.«

»Wir werden das prüfen, wir werden sein Leben in kleinste Scheibchen schneiden und jedes Teil unter dem Mikroskop analysieren. Am dringendsten aber ist jetzt die Frage, wo er sich nach Fabios Verschwinden aufhielt und was er mit dem Jungen gemacht hat. Doch ich schlage vor, dass wir uns zunächst alle ein paar Stunden im eigenen Bett gönnen, um wieder etwas Energie aufzutanken. Die Daten des Mobilfunkanbieters erhalten wir nicht mehr heute Nacht, die Suchmannschaften sind unterwegs, es gibt nichts, was wir in den nächsten Stunden tun können – außer dafür zu sorgen, dass wir morgen wieder topfit sind. Es war ein ereignisreicher Tag.«

Sie alle denken in dem Moment an Ramon. Wie unnütz sein Tod war. Und wie schwer der Verlust.

Mit einem Räuspern erhebt sich Felix und klettert leicht gebeugt aus dem Kastenwagen. Er ist zu groß, um aufrecht in der mobilen Einsatzzentrale zu stehen.

Sie fahren mit zwei Autos – Florence ist mit dem eigenen hergekommen – zurück in die Stadt und lassen den Ort hinter sich, der nichts Gutes an sich hat, in dem Knaben höchstwahrscheinlich missbraucht und womöglich getötet worden sind. Einem Ort, an dem ihr Kollege Ramon umgebracht wurde, und zwar von jemandem, der schon vor ihm tot war – ein absurder Mord post mortem. Im Wagen von Felix und Sandro spricht keiner ein Wort, beide hängen ihren eigenen Gedanken nach auf ihrer Fahrt durch das Schwarz der Nacht auf der einsamen Landstraße. In einer eiskalten Welt liegt auf den Baumspitzen rechts und links des Tales ein Hauch von Schnee, als hätte sie jemand mit Puderzucker bestreut. Die Mondsichel wirft ihren blassen Schein darauf.

Nathaniel!, fällt Sandro ein, als er vom Beifahrersitz aus dem Wagenfenster zum Mond hochblickt, der am Himmel mit ihnen mitzufahren scheint. Hoffentlich ist er wieder aufgetaucht. Sandro greift zum Handy und schreibt Milla eine Nachricht.

Gibt es Neuigkeiten zu Nathaniel? Ich bin auf dem Weg nach Hause, sehen wir uns dort?

Sandro starrt minutenlang auf das Display. Milla öffnet die Meldung nicht. Kein gutes Zeichen. Sandro lehnt den Kopf zurück.

»Scheißtag«, sagt er laut. »Scheißjob.«

Felix widerspricht ihm nicht.

38

Irena fährt zusammen und reißt sich instinktiv die Decke über den Kopf.

Was war das?

Doch der Schrecken lähmt sie nur wenige Sekunden. Dann ist sie wieder die Irena, die keine Angst kennt. Sie springt hoch, drückt sich neben dem Fenster gegen die Wand und versucht, einen Blick nach draußen zu erhaschen. Sie nimmt eine Bewegung wahr, ein heller Fleck im Dunkeln, doch sie hat keine Ahnung, was es ist. Der Fleck bewegt sich in hohem Tempo vom Haus weg, es könnte sowohl Mensch als auch Tier sein, ihre Welt ist zu verschwommen, wenn sie keine Kontaktlinsen trägt.

Irenas Puls rast. Sie versucht zu lauschen, ob unten jemand ins Haus eingedrungen ist. Doch sie hört nichts als ihr eigenes Herz, das in ihren Ohren dröhnt. Langsam, um ja kein Geräusch zu verursachen, schleicht sie aus dem Zimmer. Oben an der Treppe hält sie inne. Sie riecht es, bevor sie das leise Knistern hört: Feuer. Mit einem Ruck setzt sie sich in Bewegung, sie nimmt zwei Stufen auf einmal und rennt ins Wohnzimmer. Das Fenster ist zersplittert, auf dem Boden liegen die Scherben eines Molotowcocktails, ein Feuer frisst ein Loch in den zerschlissenen Teppich. So schnell, wie Irena ins Wohnzimmer gerannt ist, so schnell ist sie wieder draußen und füllt in der Küche einen Krug mit Wasser, den sie über dem Feuer ausgießt. Sie wiederholt den Vorgang mehrere Male, bis die Flammen zischend erlöschen. Dann holt sie zur Sicherheit ein großes Tuch, tunkt es ins Wasser und legt es über die verbrannten Teppichreste.

Erst als Irena sicher ist, dass der letzte Funke erstickt ist, setzt sie sich auf den Boden, lehnt sich mit dem Rücken ans Sofa und fragt sich, was hier gerade passiert ist.

Jemand hat einen selbstgebastelten Molotowcocktail durch das Fenster geworfen. Aber warum?

Als Warnung.

Es muss derselbe gewesen sein, der hier eingebrochen ist, um ihr Tagebuch zu lesen und einige Seiten rauszureißen. Sie hat sich also nicht geirrt – nichts ist so, wie sie es ein Leben lang geglaubt hat: Die Erkenntnis überflutet Irena wie eine riesige Welle, die einen umwirft, in der man zu viel Wasser schluckt und um Atem ringen muss. Klostermann hat nicht das Geringste mit dem Verschwinden ihres Bruders Beni zu tun. Jemand anders hat ihm etwas angetan. Und dieser Jemand will verhindern, dass Irena herausfindet, wer es gewesen ist.

Es war jemand aus dem Dorf.

Irena hat keinen Zweifel mehr. Sie merkt, dass sie zittert. Der Schrecken sitzt tiefer, als sie sich eingestehen mag. Jetzt, im Nachhinein, umschließt die Angst sie wie ein bleierner Mantel. Die Angst, dass sie einer Wahrheit auf die Spur gekommen ist, die sie womöglich gar nicht kennen will. Eine einzelne Träne rinnt über ihr Gesicht.

Was mache ich hier eigentlich?

Sie könnte einfach nach Hause fahren. Das alles hinter sich lassen. Akzeptieren, dass sie niemals wissen wird, was mit Beni geschehen ist – weil es ihn sowieso nicht zurückbringen wird. Egal was sie herausfindet, es ist und bleibt zu spät. Sie könnte es ebenso gut bleiben lassen.

Doch das ist genau das, was sie wollen.

Irena war schon immer trotzig, bereits als Kind. Sie hat nie gerne gehorcht. Und wenn jemand will, dass sie die Vergangenheit ruhen lässt und nicht darin herumstochert, dann löst das bei ihr einen einzigen Effekt aus: dass sie es erst recht wissen will, was damals passiert ist.

Sie blickt auf die Uhr. Es ist bald Mitternacht. Trotzdem greift sie zum Handy, um ihrem Cousin Marius eine Nachricht zu schreiben.

Bist Du noch wach?

Die Antwort kommt umgehend und fällt sehr kurz aus.

Ja.

Kannst Du herkommen? Es ist etwas passiert.

Ich bin in zwanzig Minuten bei Dir.

Es dauert keine fünfzehn Minuten, bis Irena an der Tür ein Klopfen vernimmt. Sie sitzt noch immer im Wohnzimmer auf dem Boden. Tausend Gedanken gingen ihr durch den Kopf. Nichts ergibt einen Sinn.

Sie erhebt sich mit einem Stöhnen, als wäre sie eine alte Frau. Sie erschrickt über sich selbst.

Was macht das hier mit mir?

»Irena, was ist passiert?«, fragt Marius besorgt, als er sie erblickt.

»Jemand hat einen Brandanschlag auf das Haus verübt.«

»Was sagst du da?«

»Jemand hat einen Molotowcocktail durchs Fenster geschmissen.«

»Das kann doch gar nicht sein!«

Irena führt ihren Cousin ins Wohnzimmer, sie zeigt ihm das zerschlagene Fenster, die zerbrochene Flasche, sie hebt das nasse Tuch über dem verbrannten Teppich an.

»Um Himmels willen«, entfährt es Marius. »Wer tut so etwas?«

»Ich habe keine Ahnung.« Irena erzählt Marius, dass schon vorher jemand da war, dass die Tür nicht abgeschlossen war, als sie zurückkehrte, und dass sie zuerst dachte, sie habe einfach vergessen abzuschließen. Doch dann hat sie feststellen müssen, dass jemand in ihrem Tagebuch gelesen und einige Seiten herausgerissen hat.

»Ein Einbrecher? Der Tagebuchseiten stiehlt? Bist du sicher, dass du dich nicht irrst?«

»Ja, ich bin sicher. Spätestens jetzt.« Irena weist auf den Teppich.

»Ich kann mir das nicht erklären. Wer will dein Haus in Brand stecken? Und warum? Hast du jemanden gesehen?«

Irena schüttelt den Kopf. Sie verflucht ihre Kurzsichtigkeit, doch sie verliert dazu kein Wort.

»In unserem Dorf lebt ein Polizist, den werde ich sofort informieren. Vielleicht hat der Täter im Garten Spuren hinterlassen. Wir werden den Kerl finden, das verspreche ich dir. Du hättest sterben können, wenn du nicht aufgewacht wärst!«

Irena schaudert. Erst jetzt wird ihr bewusst, dass sie ernsthaft in Gefahr gewesen ist.

»Hier kannst du nicht bleiben«, fährt Marius fort. »Ich habe ein Gästezimmer, du kannst bei mir übernachten.«

»Danke, aber das ist nicht nötig.« Irena zögert kurz. »Ich bleibe hier«, sagt sie mit fester Stimme, als müsse sie sich selbst überzeugen.

»Bist du sicher? Ich finde es keine gute Idee hierzubleiben.«

»Ich bin sicher.«

»Irena …«

»Wirklich, alles gut, die werden heut Nacht nicht zurückkommen.«

»Du hast immer noch den gleichen Dickschädel!«

Irena zuckt müde mit den Schultern und erhebt sich. »Danke, dass du hergekommen bist, aber ab jetzt komm ich wieder allein zurecht.«

»Du kannst mich jederzeit anrufen. Ich bin für dich da.«

Irena begleitet Marius zur Tür. Als sie sich verabschiedet haben, lehnt sie sich mit dem Rücken dagegen und gleitet daran herab.

Warum nur bin ich hierher zurückgekehrt?

Es ist eine Frage, die keine ist, weil sie die Antwort kennt.

Weil ich die Wahrheit wissen will.

Irena bleibt eine Weile regungslos sitzen. Schließlich steht sie auf, steigt die Treppe hoch, setzt die Kontaktlinsen wieder ein, blickt ihr Gesicht im Spiegel an – und erstarrt. Sie hört etwas. Unwillkürlich richten sich ihre Nackenhaare auf. Kies unter Rädern, ein Auto fährt vor. Irena tritt vorsichtig ans Fenster und linst hinaus. Vor dem Haus steht ein Streifenwagen. Irena kann den Mann, der darin sitzt, nicht erkennen, aber sie sieht, wie er die Beleuchtung im Fahrzeuginneren einschaltet und zu einem Buch greift. Ein Lächeln umspielt ihre Lippen. Marius hat ihr einen Beschützer zur Seite gestellt. Auch ihr Cousin scheint noch immer seinen Dickschädel zu haben.

Irena wendet sich vom Fenster ab, dann öffnet sie die Klapptür, um auf den Dachboden zu gelangen. Sie ist zwar hundemüde, doch sie weiß, dass sie sowieso nicht schlafen könnte. Sie muss nicht lange suchen: Die vollgepackten Bananenschachteln stehen direkt neben der Luke. *Kathrin* steht in der Handschrift ihres Vaters darauf geschrieben. *Kathrin* – der Name ihrer Mutter. Die sich das Leben nahm, weil sie den Verlust des Sohnes nicht verkraftet hat. Irena zieht die vorderste Kiste zu sich heran. Obwohl sie nur aus Karton ist, kostet es Irena enorm viel Kraft, den Deckel zu öffnen.

39

»Aliiiiiiiiiishaaaaaaa! Aliiiiiiiiiiishaaaaaaa!«

Milla ist sich bewusst, dass sie das ganze Quartier aufweckt. Und dass ihre Aktion kaum Sinn macht – wieso sollte ausgerechnet sie finden, wonach eine spezialisierte Sucheinheit der Kantonspolizei Bern bislang ergebnislos Ausschau hält? Und doch: Alisha kennt sie. Sie wird kommen, wenn sie ihren Namen hört. Milla geht systematisch die Straßen ab, die in die Viktoriastrasse münden, eine nach der andern, in der Hoffnung, dass Nathaniel irgendwo in der Nähe ist und dass ihm nichts zugestoßen ist. Milla weiß, sie sollte sich nicht in solche Vorstellungen hineinsteigern, sie ist eine Meisterin darin, sich immer gleich das Allerschlimmste auszumalen. Doch gleichzeitig ist sie sich bewusst, dass oft gerade das eben passiert; das Allerschlimmste.

»Aliiiiiiiiiiishaaaaaaa! Aliiiiiiiiiiiishaaaaaaa!« Milla wird morgen heiser sein.

Irgendwo kläfft ein Hund. Alisha? Milla ruft erneut und versucht herauszufinden, aus welcher Richtung das Bellen kam. Sie hört nichts mehr. Doch da, plötzlich, sind das Geräusche von herannahenden Pfoten auf Asphalt?

Wie ein Blitz schießt Alisha um eine Hausecke, springt freudig an Milla hoch und bringt sie beinahe aus dem Gleichgewicht.

»Alisha, wo kommst du her? Wo ist Nathaniel?«, ruft Milla aufgeregt.

Alisha springt wieder und wieder an ihr hoch, leckt ihr Gesicht, duckt sich auf den Boden, klopft mit dem Schwanz, als müsse sie Milch zu Schlagsahne schlagen, zwängt sich zwischen Millas Beine hindurch, um dann erneut an ihr hochzuspringen.

»Alisha, wo ist Nathaniel, bring mich zu Nathaniel!«

Alisha macht einen Luftsprung und trabt dann in die Richtung davon, aus der sie gekommen ist. Milla nimmt die Verfolgung auf. Als sie der Hündin in vollem Galopp durch einen wildfremden Garten nachhetzt und atemlos um die nächste Hausecke kurvt, kann sie nur mit einem waghalsigen Sprung vermeiden, dass sie auf ein großes Etwas tritt, das reglos auf dem Boden liegt. Ein Sturz ist dennoch nicht zu verhindern, aber Milla kann sich mit den Händen abfangen und auf die Seite rollen. Überrascht ob ihrer Stunteinlage rappelt sie sich wieder hoch und betrachtet den Körper auf dem Boden. Ihr Herzschlag scheint kurz auszusetzen: Es ist Nathaniel, er liegt dort wie tot, langgestreckt neben dem Kiesweg, an seiner Schläfe klebt getrocknetes Blut. Milla erkennt auf den ersten Blick, was passiert sein muss: Aus der Hausmauer ragt eine spitz zulaufende Verankerung aus Metall, wohl dafür gedacht, Wäscheleinen anzubringen. Nathaniel muss unglücklich hineingelaufen sein, so unglücklich, dass es ihn umgehauen hat. Nervös fühlt Milla an seinem Handgelenk nach dem Puls: Sie kann ihn spüren, ein langsames, aber stetiges Pochen. Nathaniel lebt. Und er fühlt sich nicht einmal sonderlich kalt an, auf jeden Fall nicht so kalt, als würde er seit Stunden bei Temperaturen um den Gefrierpunkt ohnmächtig in einem

Garten liegen. Milla blickt auf Alisha, die hechelnd neben Nathaniel Sitz gemacht hat.

»Du hast ihn warm gehalten«, sagt Milla, und wüsste sie es nicht besser, würde sie schwören, dass die Hündin nickte. Sie versucht, Nathaniel wachzurütteln, doch es gelingt nicht.

»Alisha, du bleibst hier. Bleib!«, sagt sie zur Hündin, die sich sofort neben Nathaniel legt und ihren Körper an den seinen drückt. »Ich hole Hilfe.«

Milla greift zum Handy und überlegt, wen sie am besten anruft. Carole kommt ihr zuerst in den Sinn, aber die ist mit Silas unterwegs zu einem Arzt, also stellt sie die Notrufnummer ein und realisiert gleichzeitig, dass sie wohl schneller ist, wenn sie rasch zum Einsatzwagen beim Hort zurückkehrt, als wenn sie am Telefon umständlich die Situation erklären und den Weg beschreiben muss. Also rennt sie erneut los, doch diesmal fühlt es sich anders an, diesmal weiß sie, dass alles gut werden wird, dass Silas gefunden und Nathaniel in Ordnung ist oder zumindest wieder in Ordnung kommen wird. Es gibt keinen Entführer, es gibt keinen Mörder, es gibt wenigstens jetzt und hier kein totes Kind zu beklagen.

Keine fünfzehn Minuten später schieben zwei Sanitäter die Trage mit Nathaniel in den Rettungswagen. Er ist gerade aufgewacht und hat ein paar Tränen vergossen, als Milla ihm versichert hat, dass Silas wohlauf sei, dass alles gut sei und dass auch er bald wieder fit und munter sein werde. Als sich die Türen des Rettungswagens schließen und er mit Blaulicht, aber ohne Sirene losfährt, atmet Milla tief durch. Erst jetzt realisiert sie, wie kalt ihr ist, dass ihre Hände schmerzen, dass sie aufgeschürft sind. Und wie unsagbar müde sie sich fühlt. Was für ein Tag.

Sandro. Sie muss Sandro informieren, dass sie Nathaniel gefunden hat. Milla klaubt ihr Handy aus der Jackentasche und sieht erst jetzt, dass Sandro ihr geschrieben hat, dass er zu Hause ist. Sie blickt auf die Uhr; vielleicht schläft er schon. Sie will ihn nicht mit einer Nachricht wecken. Es reicht auch noch, wenn sie es ihm morgen früh erzählen kann.

Es ist weit nach Mitternacht, als Milla die knarrenden Stufen des Berner Altstadthauses zu Sandros Dachwohnung hochsteigt. Sie drückt die Klinke hinunter, sie weiß, dass Sandro die Tür niemals abschließt, wenn sie in Bern ist und er sie erwartet. Noch im Flur streift sie ihre Kleidung ab, sachte schiebt sie die Schlafzimmertür auf, sie hört seinen Atem, hört ihm an, dass er schläft, sie wird ihn nicht wecken. Leise geht sie um das Bett herum, schlüpft nackt unter die Decke und spürt Sandros Wärme, riecht seine Haut, wie vertraut er ihr ist. So fühlt sich Nachhausekommen an, selbst wenn das hier nicht ihr Zuhause ist. Milla macht sich klein, kuschelt sich mit dem Rücken an ihn. Kaum wahrnehmbar die Berührung – ihre Haut an seiner –, doch sie löst in Milla ein Gefühl tiefster Verbundenheit aus, das sie im Innersten berührt. Sie möchte ihn umarmen, ihre Hände über seinen Körper gleiten lassen, sie möchte mehr von ihm, doch nein, er braucht seinen Schlaf. Da spürt sie seinen Arm, Sandro zieht sie ganz nahe an sich heran. Seine Hand auf ihrer Brust. Seine Finger, die sie liebkosen. Ein leiser Kuss auf ihren Nacken. Ein zweiter. Augenblicklich kriegt sie Lust auf ihn, sie spürt, dass sie feucht und er hart wird. Nahezu ohne sich zu rühren, gleitet er in sie hinein, es fühlt sich an, als wären sie füreinander geschaffen, als müsste es so und dürfte niemals anders sein. Er in ihr, sie um ihn. Seine Haut an ihrer. Mit fast schon tantrischer Langsamkeit bewegen sie sich leise und behutsam, als wären sie zerbrechlich, im Einklang, als führten sie einen geheimen Tanz auf, bis ihre Körper gleichzeitig erbeben, sie davongetragen werden, jeder für sich und doch gemeinsam, und sie schließlich schwer atmend ruhiger werden und ineinander verschlungen liegen bleiben. Er in ihr, sie um ihn. Wie warm sie sind. Milla wünschte sich, die Zeit anhalten zu können und mit Sandro vereint zu verharren bis in die Unendlichkeit.

Der Schlaf umgarnt sie schon, als Sandro ihr eine Haarsträhne ums Ohr kringelt.

»Hast du Nathaniel gefunden?«, flüstert er.

»Ja, er ist okay. Alles in Ordnung.«

»Ich liebe dich.«

»Ich weiß«, murmelt Milla. »Ich liebe dich auch.«

Sekunden später sind beide eingeschlafen.

40

Während Milla und Sandro eng ineinander verschlungen jeder für sich in seine Träume hinabgleitet, liegt Mareike Studer mit weit geöffneten Augen auf dem Rücken in ihrem Bett. Ihren linken Arm hat sie auf die andere Seite gelegt, jene Seite, auf der Nacht für Nacht Ramon neben ihr schlief, die Seite, die zum ersten Mal seit vielen Jahren leer bleibt und für immer leer bleiben wird, so leer, wie Mareike sich fühlt, als wäre nicht er gestorben, sondern sie. Nur ihr Körper ist noch hier, eine Hülle ohne Inhalt, selbst Tränen hat sie keine mehr, auch die Trauer spürt sie nicht, denn fühlen geht nicht mehr, wenn da nichts mehr ist als Leere. Leer und taub und tot ist sie.

Ich bin mitgestorben.

Sie haben sich Kinder gewünscht. Sie wollten heiraten. Sie wollten ein Haus kaufen. Sie wollten auf Reisen gehen. Sie wollten zusammen sein und gemeinsam alt und fett und glücklich werden, genauso wie Mareikes Lieblingsband *Züri West* die Liebe so schön besingt. Sie wollten das Leben miteinander verbringen, das Leben teilen, doch jetzt ist das eine Leben ausgelöscht, und allein weiterleben geht nicht, so war das nicht geplant, sie kann nicht sein, wenn er nicht mehr ist. Sie will nur noch eines: mit ihm gehen. Ihn nicht allein lassen. Es tut so weh.

»Es tut so unglaublich weh, meine ganze Seele schmerzt.« Bettina liegt in den Armen ihrer Frau, die sie festhält, die ihr zuhört, die keine Fragen stellt. »Wenn bloß die Katze nicht gewesen wäre. Diese verdammte Katze! Warum nur habe ich mich so erschrecken lassen? Er dachte wohl, es sei nicht mein Tag, wenn meine Nerven derart blank liegen, dass eine Katze mich zusammenzucken lässt. So war er – wenn ich etwas nicht leisten konnte, übernahm er, ohne auch nur eine Sekunde darüber nachzudenken, ohne ein Wort. Er war wie meine zweite Hälfte, wenn wir im Einsatz waren. Er wusste, wie es mir ging, er fühlte, was ich dachte, wir brauchten keine Worte. *Lass mich vorgehen,* hat Ramon gesagt und mich zur Seite geschoben. *Lass mich vorgehen.* Sekunden später war er tot.«

Ein Schluchzen schüttelt Bettina. Petra drückt sie noch fester an sich, küsst ihr die Tränen weg, wiegt sie sanft in den Armen.

»Ich müsste tot sein. Ich hätte vorgehen müssen. Mich hätte es erwischen sollen.«

»Pssssst«, flüstert Petra. »Sag das nicht. Ich bin so froh, dass du noch da bist.«

»Ich habe versucht, ihn wiederzubeleben. Aber ich glaube, er war schon weg, da war nur noch ein schwerer Körper, der nichts mehr mit Ramon gemein zu haben schien, und all das viele Blut, das viele Blut. Eine beschissene, hinterhältige, feige Selbstschussanlage. Wie krank ist das! Wer tut so was? Warum nur habe ich ihn vorgehen lassen? Es ist meine Schuld.«

»Es ist ganz bestimmt nicht deine Schuld«, sagt Petra, die weiß, dass ihre Beschwichtigung Bettina kaum weiterhilft, auch wenn sie recht hat. »Hätte Ramon gewusst, was passieren würde, wäre er erst recht vorangegangen, um dich zu schützen. Und er würde nicht zulassen, dass du dir die Schuld gibst.« Petra streichelt Bettina über das Haar, streicht ihr die Strähnen aus der Stirn, küsst sie auf die Augenbraue, auf das Ohr. »Ich darf gar nicht daran denken, dass es dich hätte treffen können. Wie nahe du dem Tod heute gekommen bist.« Plötzlich wird Petra schrecklich kalt, eine Gänsehaut überzieht ihren Körper, weil sie begreift, dass sie nur knapp dem Schicksal entronnen ist, heute und nicht nur heute die Nacht allein zu verbringen. Die Furcht, dass es an einem anderen Tag so sein könnte, weil Bettina bei einem Einsatz stirbt, legt sich wie ein mächtiger Stein auf ihre Brust und will ihr den Atem nehmen. Sie möchte Bettina bitten, mit diesem Job aufzuhören, morgen einfach nicht mehr hinzugehen, jeder würde das verstehen. Ihr zuliebe. Ihrer Liebe wegen. Weil sie will, dass Bettina lebt, dass sie zusammenbleiben können, bis sie alt und runzlig sind. Sie weiß, Bettina will das nicht hören, weil ihr Beruf mehr ist als ein Beruf, weil ihr Beruf ihr Leben ist. Petra muss es ihr trotzdem sagen. Weil sie die Angst, sie zu verlieren, fast nicht mehr ertragen kann. Doch bevor sie die passenden Worte finden kann, spürt sie, dass Bettinas Körper in ihren Armen schwer wird und ihr Atem lauter. Sie ist eingeschlafen. Petra hält sie weiter fest und weint stille Tränen.

In der gleichen Stadt, im gleichen Quartier, im selben Moment. Nathaniel steigt mit Alisha aus dem Taxi. Sie haben ihn in der Ambulanz auf eigene Verantwortung entlassen, nachdem eine Ärztin seine Kopfwunde mit drei Stichen genäht hat. Es besteht der Verdacht auf eine leichte Gehirnerschütterung – kein Grund, im Krankenhaus zu bleiben, vorausgesetzt, dass er sich zu Hause schont und ausreichend Ruhe gönnt. Das hätten sie ihm nicht zu sagen brauchen, trotz der Schmerztabletten brummt ihm noch immer der Schädel, als hätte er sich gestern an einem Wettsaufen beteiligt und den ersten Preis mit nach Hause genommen. Er will nur noch schlafen. Aber vorher muss er zu Silas gehen, muss fühlen, dass er tatsächlich wieder da ist.

»Nathaniel!« Carole umarmt ihn, kaum sind er und Alisha über die Schwelle getreten. »Wie froh ich bin, dass dir nichts zugestoßen ist.« Alisha zwängt sich eifersüchtig zwischen die beiden, stößt ihre kalte Schnauze gegen Caroles Hüfte. Überhaupt scheint die Hündin der Meinung zu sein, dass sie mehr Aufmerksamkeit verdient, als ihr gerade zuteil wird, wo doch sie bei der Rettung Nathaniels eine entscheidende Rolle gespielt hat.

»Gut gemacht.« Carole tätschelt schließlich doch noch Alishas Kopf und krault sie hinter dem rechten Ohr, sodass sie, wohlig grummelnd, den Kopf schräg stellt.

»Und Silas geht es wirklich gut?«, fragt Nathaniel.

»Er war nur ziemlich durchgefroren. Aber ich habe ihn in die Badewanne gesteckt, und er hat gar nicht mehr aufgehört, mir sein Abenteuer in den schillerndsten Farben auszumalen.«

Nathaniel muss schmunzeln, er kann sich Silas' Schilderung nur zu gut vorstellen. »Kann ich zu ihm?«

»Er schläft. Ich bringe dich zu ihm. Allerdings gibt es da ein kleines Problem.«

»Ein Problem?«

»Alisha darf nicht in sein Zimmer.«

»Warum das denn?«

»Weil wir seit heute eine kleine Katze haben.«

Während Carole Nathaniel in das Kinderzimmer führt, ihn zu Silas' Bett geleitet und seine Hand auf Silas' Schulter legt, brennt rund hundert Kilometer weit weg im östlichsten Dorf des Kantons Bern auf einem Dachboden ein unregelmäßig flackerndes Licht. Der Schein der Lampe zeichnet einen Scherenschnitt von Irenas Profil übergroß an die Wand. Ihre langen Haare haben sich in einzelnen Strähnen aus dem Pferdeschwanz gelöst, sie wirken wie lange, tanzende Insektenbeine.

Irena sitzt im Schneidersitz vor einer Kartonkiste, die mit dem Namen ihrer Mutter beschriftet ist. In der Handschrift ihres Vaters. Beide sind sie tot. Alle sind sie tot. Es gibt nur noch Irena. Sie hat die Nachttischlampe neben sich auf den Boden gestellt, die als Kind ihr gehört hat; hölzerner Fuß, oranger Schirm aus grobem Stoff. So hässlich, dass sie fast schon wieder Kult ist.

Irena wischt mit der Hand den Staub weg und klappt die Kiste auf. Darin stapeln sich Papiere, Fotos, Briefe, Dokumente. Sie muss sich überwinden, die Sachen herauszunehmen und zu sichten. Irena fühlt sich, als würde sie unbefugt in das Leben eines anderen Menschen eindringen, Dinge anfassen, die sie nicht berühren darf, die Privatsphäre jener Person verletzen, die ihr wohl einst am nächsten stand und die sie dann lautlos für immer allein gelassen hat.

Sechsundzwanzig Jahre.

Seit sechsundzwanzig Jahren ist ihre Mutter tot. Irena war dreizehn, als sie starb. Verloren aber hatte sie sie schon vier Jahre zuvor: An dem Tag, als ihr Bruder Beni verschwand und sie selbst in der Familie unsichtbar wurde.

Sie greift nach einer Papiermappe, darin liegen, sorgsam sortiert, Geburtsurkunde, Taufschein, Konfirmationsbrief.

Ein Hochzeitsfoto.

Irena schaut es lange an. Ihre Eltern als junge Menschen, die noch nichts ahnen von Verlust und Trauer und Tod, die sich anstrahlen, wohl weil der Fotograf sie dazu aufgefordert hat, sie in Weiß und er in Schwarz, sie wirken unnatürlich und verkrampft. So kommt Irena auch ihre Ehe vor, aber wie soll sie das beurteilen, sie war noch zu sehr Kind, als sie ein Ende nahm. Vielleicht war es ja damals, am Tag, als das Bild gemacht worden ist, die große Liebe, von der Irena nichts ahnt und selbst nichts weiß, weil sie nie jemanden zu nah an sich herangelassen hat. Zu groß die Furcht, den Menschen für immer zu verlieren, den sie liebt. Weil der Tod stärker ist als alles, auch als die Liebe.

Irena steckt das Foto weg, greift erneut in die Kiste, ein Stapel Briefe, zu einem Bündel verschnürt. Der oberste Umschlag ist an ihre Mutter adressiert. Sie kennt die Handschrift nicht. Sie braucht eine Schere.

Mit dem Bündel Briefe in der Hand steigt Irena die steile Stiege vom Dachboden hinunter. In Benis Schreibtischschublade findet sie, was sie sucht. Sie schneidet die Schnüre entzwei, greift zum ersten Umschlag, entnimmt ihm den Brief und beginnt zu lesen.

41

Tag eins ohne Ramon. Bettina hat sich nicht davon abhalten lassen, zur Arbeit zu kommen. Sandro hat ihr nahegelegt, mindestens ein paar Tage frei zu nehmen. Doch sie weigert sich. »Jetzt erst recht«, hat sie gesagt. Sandro hat gar nicht erst versucht, sie vom Gegenteil zu überzeugen, wahrscheinlich kennt er sie längst gut genug, um zu wissen, dass es reine Energie- und Zeitverschwendung wäre. Bettina weiß, dass ihr nachgesagt wird, ihr Schädel sei härter als der eines afrikanischen Kaffernbüffels.

Sie setzt sich im Sitzungszimmer des Toffener Gemeinderats, das ihnen immer noch als Einsatzzentrale dient, zwischen Florence und Felix an den Tisch – um zu vermeiden, dass neben ihr ein Stuhl leer bleibt. Obwohl das Ermittlerteam vollzählig ist und die Kirchenglocke die volle Stunde bereits verkündet hat, wartet Sandro noch. Er blickt auf die Uhr.

»Was ist?«, fragt Felix. »Fangen wir an?« Geduld gehört nicht zu seinen Stärken, erst recht nicht, wenn es keine Zeit zu verlieren gibt.

»Es kommt noch jemand, ich habe Verstärkung angefordert, alleine schaffen wir das nicht.«

»Wer ist es?« Bettina klingt skeptisch. »Ein Neuer aus einem anderen Team?«

In dem Moment fliegt die Tür auf, und eine junge Frau

stürzt mehr in den Raum, als dass sie eintritt. Sie stoppt abrupt, als sie die vier Kollegen sieht. »Dann bin ich hier wohl richtig.« Ohne ein weiteres Wort knallt sie die Tasche auf den Boden und setzt sich auf den freien Stuhl. Florence verdreht die Augen, Felix schmunzelt, und Bettina wundert sich, wo sie den Rotschopf schon mal gesehen hat. Ob es in einem Modemagazin gewesen sein könnte? Aber sie liest gar keine Modemagazine. Da fällt ihr ein, an wen die Frau mit den kurz gestutzten, knallrot gefärbten Haaren, der milchweißen Haut und den katzenhaft schräggestellten Augen sie erinnert: An die falsche russische Studentin, die vor einigen Jahren in den USA als Geheimagentin aufgeflogen, kürzlich aber in ihre Heimat abgeschoben worden ist.

»Darf ich vorstellen, Marie-Louise Löwenberg, sie wird uns bei den Ermittlungen unterstützen. Sie arbeitete in den letzten sieben Jahren in der Abteilung Drogenkriminalität, hat verschiedene internationale Weiterbildungen besucht und dabei hervorragend abgeschnitten. Wir können dich bestens gebrauchen.« Sandro weist mit der Hand auf seine Mitarbeiter. »Willkommen im Team. Das sind Florence, Felix, Bettina.«

»Malou, gerne, nicht Marie-Louise«, sagt die Neue und nickt grüßend in die Runde.

Sie sieht tatsächlich eher aus wie eine gut getarnte Geheimagentin als wie eine Polizistin, denkt Bettina, als sie das Zungenpiercing der etwa Dreißigjährigen aufblitzen sieht. Sie ertappt sich bei dem Gedanken, dass Sandro Malou womöglich nicht wegen ihrer herausragenden kriminalistischen Fähigkeiten, sondern wegen ihres Aussehens … Nein, noch bevor sie den Gedanken zu Ende gedacht hat, schämt sie sich dafür. Nein, nicht Sandro.

»Legen wir los.« Sandro klingt noch immer müde. So sieht er auch aus. »Leider gibt es seit unserer gestrigen Abendsitzung keine Neuigkeiten. Die Suchmannschaften waren die ganze Nacht im Einsatz. Der Helikopter war mit der Wärmebildkamera unterwegs – aber leider haben wir Fabio nicht gefunden. Im Dickenhölzli ist mittlerweile jeder Quadratzentimeter abgesucht. Ich glaube nicht, dass Fabio in diesem Wald liegt. Das stützt die These, dass er noch leben könnte und irgendwo gefangen gehalten wird.«

»Ich durchleuchte heute Kramers digitales Leben. Wenn es ein Versteck gibt, das einen Zusammenhang mit Kramer hat, werde ich es finden«, sagt Florence.

Sandro nickt zustimmend. »Felix und Bettina, ihr nehmt Kramers Haus auseinander. Jeder noch so kleine Schnipsel könnte ein Hinweis sein. Ich setze mich kurz mit unserem Medienmann Livingstone zusammen. Wir müssen mit der Meldung raus, dass wir eine Spur haben und dass Kramer mit dem Verschwinden Fabios zu tun hat, verbunden mit einem Aufruf, dass wir Informationen zu diesem Mann suchen. Dann klappere ich gemeinsam mit Malou die Bekannten und Freunde Kramers ab, vielleicht können sie uns weiterhelfen. Noch Fragen?«

Niemand meldet sich, stattdessen klingelt ein Handy. Sandro greift in seine Tasche, blickt auf das Display. »Hugentobler.« Die anderen vier warten stumm, während Sandro, immer wieder nickend, dem Einsatzleiter der Suchtrupps zuhört.

»Neuigkeiten?«, fragt Felix, noch bevor Sandro sich von Hugentobler verabschiedet hat.

»Neuigkeiten«, bestätigt Sandro. »Sie haben in einem Feld neben einer Landstraße Fabios Rucksack gefunden.

Darin lag, sorgfältig zusammengefaltet, die Kleidung des Jungen.«

Keiner sagt ein Wort. Alle wissen, was das bedeutet: nichts Gutes.

»Die gesamte Kleidung?«, fragt Malou.

»Ja, auch die Unterwäsche. Die Sachen werden gerade zur Spurensicherung gebracht.« Sandro versucht, einen Tonfall anzuschlagen, der motivierend klingt. »Und wir machen uns an unsere Arbeit.«

Normalerweise sind für Florence Handys und Computer der Verdächtigen wie eine unzensierte Biografie. Doch dieses Mal kommt sie nicht weit: Rolf Kramer scheint keine digitalen Spuren hinterlassen zu haben, was im einundzwanzigsten Jahrhundert einer besonderen Leistung gleichkommt. Es sieht ganz danach aus, dass er über keine Mail-Adresse verfügte, auf seinem Computer ist kein Internet-Browser heruntergeladen, und niemals wurde auch nur eine Datei gelöscht. Kramer scheint den Computer benutzt zu haben wie eine Schreibmaschine. Sie findet darin nur zwei Ordner mit Briefen und Dokumenten.

Immerhin besaß er ein Mobiltelefon, allerdings mutet auch dieses antik an, es ist ein Wunder, dass es nicht auch noch über eine Antenne verfügt. Als Erstes erstellt Florence eine Liste mit den Nummern der eingehenden und ausgehenden Anrufe. Aus dem Festnetztelefon – ein beigefarbenes Teil mit Wählscheibe und verkabeltem Hörer – ist gar nichts rauszuholen, überdies scheint die Leitung seit mehreren Jahren abgemeldet zu sein. Florence schickt die Liste mit den Nummern aus dem Handy an die Zentrale, damit sie dort die Gesprächspartner identifizieren, und versieht den Auftrag mit der Bitte, die Namen und Kontaktdaten direkt an Sandro weiterzuleiten. Sie wendet sich wieder dem Computer zu und nimmt sich die Dokumente vor, die sie darin gefunden hat.

Kramer hat sie in zwei Ordnern abgelegt, den einen nannte er *Korrespondenz*, den zweiten *Korrespondenz 2*. Im ersten findet Florence geschäftlich anmutende Briefe, im zweiten sind ausschließlich private Schreiben gespeichert. Florence zählt siebenunddreißig Dokumente. Es sind siebenunddreißig Texte, eine Art Kolumne oder Tagebuch über persönliche Ansichten von politischen und gesellschaftlichen Themen, allerdings sind sie wirr geschrieben, kaum nachvollziehbare Gedankenkonstrukte voller abstruser Verschwörungstheorien. Unter dem Titel *Abhörsatelliten* beispielsweise hielt Kramer fest, dass die zu Tausenden in den Himmel geschossenen Starlink-Satelliten ein einziges großes Abhörsystem bilden, das die Gedanken jedes Menschen aufzeichnen könne. Im Text *Das Virus* vertritt Kramer die Meinung, dass der Erreger Covid-19 von einem internationalen marxistischen Verbund in Umlauf gesetzt wurde, um die Regierungssysteme zu stürzen, die Rechte der Bürger einzuschränken und den grassierenden Individualismus zu ersticken. Florence schüttelt immer wieder den Kopf, während sie sich durch die Texte quält. Dennoch liest sie alle durch; irgendwo könnte ein Hinweis auf ein Opfer enthalten sein. Oder auf ein mögliches Versteck.

Während Florence in die wirren Aufzeichnungen von Rolf Kramer eintaucht, durchsuchen Felix und Bettina dessen Haus. Mit dem Keller sind sie fertig: Außer der

Einrichtung und den Fotos der Jungen gab es dort unten nichts mehr zu finden. Das Büro hingegen verspricht viel Arbeit; es sieht aus, als habe hier ein Messie gewirkt. Nicht nur auf dem Schreibtisch und in den Regalen an der Wand, auch auf dem Boden gibt es kaum eine freie Stelle. Alles ist übersät mit Papieren, Dokumenten, Rechnungen, Korrespondenz, aber auch mit Abfall, leeren Keksschachteln, Bierdosen und gebrauchten Papierservietten. In einer Ecke stapeln sich alte Musik- und VHS-Videokassetten, in einer Kiste liegen Rollen von Super-8-Filmen.

»Schauen wir uns als Erstes die Papiere an«, sagt Felix. »Wir konzentrieren uns auf Kontakte, Verträge, Adressen, alles, was uns auf eine Spur bringen könnte.«

Bettina kommt sich vor, als suche sie nach einer Kontaktlinse, von der man nicht genau weiß, ob und wo man sie verloren hat. Gleichzeitig ist sie froh, dass die Arbeit sie ablenkt und sie die Trauer, die sich wie ein Schatten auf ihr Gemüt gelegt hat, wenigstens für einen Moment zur Seite drängen kann. Dass Rolf Kramer den Tod ihres Partners Ramon verursacht hat, treibt sie nur noch mehr an, alles aufzudecken, was er verbrochen haben mag. Auch hat sie die Hoffnung noch nicht aufgegeben, dass Fabio noch leben könnte. Und falls Kramer ihn in ein Versteck gebracht hat, dann liegt der Hinweis auf den Ort womöglich in dem unsäglichen Misthaufen in diesem Zimmer begraben. Sie müssen ihn finden.

»Seltsam«, murmelt Felix neben ihr, er spricht eher zu sich selbst als zu Bettina. Er hält ein graublaues, kleines Büchlein in der Hand.

»Was ist das?«

»Sieht aus wie ein altes Kassa-Büchlein, sind allerdings nur Einnahmen darin verzeichnet, allesamt von Personen mit französischen Adressen. Fünf größere Geldüberweisungen.«

»Lohnzahlungen für Auftragsjobs?«

»Es sind beträchtliche Beträge.«

»Was heißt ›beträchtlich‹?«

»Eine halbe Million französische Francs, zum Beispiel.«

»Francs, wie viel war das schon wieder?« Bettina kann sich nicht mehr an den Währungskurs vor der Einführung des Euro in Frankreich erinnern.

»Etwa 130.000 Franken, glaube ich.«

»Das ist in der Tat beträchtlich.«

»Eben. Ich werde unsere französischen Kollegen um einen Gefallen bitten müssen.«

Noch während Bettina zustimmend nickt, greift sie zum nächsten Brief, es sieht nach einem Mahnschreiben aus. Sie liest es aufmerksam durch.

»Felix?«

»Hmm?«

»Ich glaube, das hier könnte etwas sein.«

42

Milla wartet auf ihren Zug nach Zürich und hadert. Ihr Beitrag, der heute Abend über den Sender gehen wird, dreht sich um den vermissten Fabio, um den wütenden Pöbel und um den Suizid des Mannes, der in diesem Fall zu Unrecht verdächtigt worden ist. Doch sie verliert darin kein Wort über den wahren Täter – weil sie nicht die geringste Vermutung hat, wer der Täter sein könnte. Sie würde viel dafür geben, wenn sie wenigstens über eine Spur berichten könnte.

Es kommt nicht sehr oft vor, aber doch hin und wieder, dass sich Probleme, die einen um- und schier in die Verzweiflung treiben, auf einmal wie von selbst lösen. Die Lösung von Millas Problem kündigt sich mit dem Piepsen einer Push-Benachrichtigung auf ihrem Handy an: eine Mitteilung der Kantonspolizei Bern. Milla klickt sie an.

Noch keine Spur vom vermissten Jungen

Von dem seit Dienstag vermissten Fabio Della Fortuna aus Toffen fehlt noch immer jede Spur. Das Verschwinden des Kindes steht aber mit großer Wahrscheinlichkeit in Zusammenhang mit einem anderen Tötungsdelikt und einem Suizid im Dickenhölzli-Wald. Der Rentner Rolf Kramer hat dort mutmaßlich einen siebenundvierzigjährigen deutschen, in der Schweiz wohnhaften Mann getötet und sich danach in seinem

Lieferwagen das Leben genommen. Es gibt Gründe zur Annahme, dass Rolf Kramer an der Entführung des kleinen Fabio beteiligt war. Bei dem Fahrzeug handelt es sich um einen weißen Kastenwagen vom Typ Mercedes Vito.

Wir bitten Personen, die das Fahrzeug im Raum Toffen gesehen haben, sich mit der untenstehenden Telefonnummer oder dem nächsten Polizeiposten in Verbindung zu setzen. Zudem bitten wir Personen, die Rolf Kramer kannten oder sachdienliche Hinweise zu seiner Person machen können, sich zu melden.

Die Suche nach Fabio Della Fortuna wird derweil mit größtmöglicher Intensität von Suchmannschaften der Polizei und der Armee fortgeführt, auch ein Helikopter und Spürhunde sind im Einsatz. Zudem suchen Polizeitaucher die umliegenden Gewässer ab.

Milla liest den ersten Absatz der Mitteilung zweimal durch. Sie kann kaum glauben, dass die beiden scheinbar so unterschiedlichen Delikte zusammenhängen sollen. Sie steigt in den Zug, sucht sich ein freies Abteil und beginnt mit der Recherche. Sie wird schnell fündig: Im Handelsregister hat ein Rolf Kramer, dessen Jahrgang passen könnte, vor vielen Jahren eine Firma für den Vertrieb von Kugelschreibern eintragen lassen. Mit unterzeichnet hat eine gewisse Hannelore Kramer, geborene Waser. Er war also verheiratet, es muss eine Witwe oder zumindest eine Ex-Frau geben. Hoffentlich ist sie noch am Leben, denkt Milla. Und hoffentlich ist sie gesprächig.

Milla will den Namen der Frau gerade im Online-Telefonbuch nachschlagen, als das Handy zu vibrieren beginnt. *Wolfgang.* Sie hat es gespürt, auch ohne auf das Display zu gucken.

»Jawohl, Chef«, sagt Milla zur Begrüßung, »ich habe die Pressemitteilung gerade gelesen und bin bereits dabei zu recherchieren. Ich will das unbedingt noch in meinen Beitrag reinkriegen.«

»Super, gute Arbeit. Brauchst du Hilfe? Solltest du nicht am Schnittplatz sitzen heute?«

»Nein, mein Cutter braucht mich nicht, den Rohschnitt habe ich gestern fertiggestellt. Er muss nur noch den Feinschliff machen. Wenn es noch neues Material gibt, schneiden wir es am Nachmittag rein.«

»Gut.«

»Gut.«

»Bis später also.«

»Bis später.«

Milla schätzt an ihrem Chef, dass er nie zu viele Fragen stellt. Ein Zeichen des Vertrauens.

Kaum ist das Gespräch beendet, sucht sie nach einem Eintrag von Hannelore Kramer. Fehlanzeige: Es gibt keinen unter diesem Namen. Milla versucht es mit Hannelore Waser. Treffer! Supertreffer sogar, denn es gibt nicht deren fünfzig Hannelore Waser, sondern eine einzige, und die wohnt in Olten, also genau zwischen Bern und Zürich. Allerdings sitzt Milla in einem Zug, der an Olten ohne Halt vorbeibrausen wird. Rasch packt sie ihre Tasche, rennt durch den Wagon und schafft es gerade noch hinaus, bevor sich die Türen schließen. Kaum steht sie auf den Bahnsteig, rollt der Schnellzug von Bern nach Zürich an. Noch hat Milla zwar keine Ahnung, ob Frau Waser erreichbar und zu Hause ist, geschweige denn ob sie bereit ist, mit ihr zu sprechen, aber einen Versuch ist es allemal wert. Sie setzt sich auf eine Sitzbank und stellt Hannelore Wasers Nummer ein. Nach drei Mal Klingeln geht sie ran.

»Waser.«

»Guten Morgen, Frau Waser. Mein Name ist Milla Nova, ich bin von der Sendung *Wochenthemen* des Schweizer Fernsehens und recherchiere gerade für einen Beitrag über den verschwundenen Jungen Fabio. Es tut mir leid, dass ich Sie so unvermittelt anrufe und belästige, ich kann mir vorstellen, dass Sie selbst erschüttert sind wegen der Geschehnisse. Aber ich möchte Sie fragen, ob Sie bereit wären, mit mir zu sprechen. Ich bin sicher, Sie könnten helfen, dass das Unverständliche vielleicht etwas verständlicher wird.«

Am anderen Ende der Leitung bleibt es still. Bleibt es zu lange still.

»Frau Waser?«, fragt Milla nach, unsicher, ob sie nicht bereits aufgelegt hat.

»Ich verstehe überhaupt nichts. Und fürchte daher, dass ich nichts verständlicher machen kann. Warum rufen Sie mich an, um mich über einen verschwundenen Buben zu befragen?«

Milla hält einen Moment inne, weil sie realisiert, dass Hannelore Waser es noch gar nicht erfahren hat. Dass ihr Ex-Mann Rolf Kramer tot ist. Oder hat sie doch nicht die richtige Frau in der Leitung?

»Ich rufe Sie an, weil ich dachte, Sie seien mit Rolf Kramer verheiratet.«

»Gewesen. Verheiratet gewesen. Das stimmt. Aber das ist schon eine Weile her. Was ist mit Rolf?«

Sie weiß es wirklich noch nicht, denkt Milla. Manche ihrer Kollegen würden es ihr nicht am Telefon erzählen. Sie würden zu ihr hinfahren und die Kamera einschalten, bevor sie sie mit der Wahrheit konfrontierten – um die Reaktion sozusagen im Livemodus einzufangen und als sogenannten magischen Moment in den Beitrag einzubauen. Milla tut vieles für eine gute Geschichte. So weit aber geht sie nicht.

»Es tut mir leid, Ihnen sagen zu müssen, dass Rolf Kramer sich das Leben genommen hat.« Milla macht eine Pause, weil sie erst nach den richtigen Worten suchen muss. »Es sieht zudem so aus, dass er etwas mit dem Verschwinden von Fabio zu tun hat, dem vermissten Jungen. Die Polizei hat Hinweise darauf gefunden. Es ist ein großes Rätsel. Und ich dachte, vielleicht können Sie uns einige Antworten geben, um die Ereignisse besser zu verstehen.«

Wieder drängt sich die Stille zwischen die beiden Frauen. Milla wartet.

»Und der Junge wurde noch nicht gefunden?«, fragt Hannelore Waser.

»Nein, nach ihm wird immer noch gesucht.«

»Dieses Schwein! Er hat ihn umgebracht.«

Milla hält das Handy unwillkürlich etwas weiter weg von ihrem Ohr. Sie erschrickt ob der Stimme, die Frau klingt plötzlich, als spucke sie Gift und Galle. Doch Milla fasst sich schnell wieder.

»Kann ich zu Ihnen kommen? Mit einem Kameramann? Können wir ein Interview machen?«

»Kommen Sie vorbei.«

Ivan holt Milla am Bahnhof Olten ab, und im Kastenwagen, auf dessen Seite das Firmenlogo des Schweizer Fernsehens prangt, fahren sie an den Rand der Stadt. Hannelore Waser lebt in einem winzigen Haus, das Milla an ein Hexenhäuschen erinnert und eindeutig schon bessere Zeiten gesehen hat. Sie hilft Ivan, die Kameraausrüstung zur Tür zu tragen, und drückt auf den Klingelknopf.

Die Frau, die ihnen öffnet, hat ebenfalls schon bessere Tage gehabt. Ihr Alter ist schwierig zu schätzen, aber Milla vermutet, dass sie um die sechzig sein muss, obwohl sie eher aussieht wie fünfundsiebzig. Das graue Haar hat sie zu einem strengen Zopf geflochten, der ihr bis ans Steißbein reicht. Sie geht stark gebückt, sodass sie zu Milla und Ivan hochschauen muss, obwohl sie kaum kleiner wäre als Milla, wenn sie aufrecht stehen könnte. Ihre Nase ist viel zu groß für das Gesicht, unter ihren Augen hängen Tränensäcke, wie man sie sonst fast nur bei Männern sieht, und ihre Ohren wirken riesig, insbesondere die Ohrläppchen. Wie Kuhfladen, denkt Milla. Sie erinnert sich, in der *Zeit* mal gelesen zu haben, dass die Ohren und die Nase immer weiterwachsen, während der Rest des Körpers im Alter schrumpft. Frau Wasers Ohren belegen diese Erkenntnis eindrücklich.

»Frau Waser. Ich bin Milla Nova, das ist Ivan Ivanovic, mein Kameramann.«

»Kommen Sie herein, kommen Sie herein.« Die Stimme der Frau klingt wieder freundlich. Ein gutes Zeichen, denkt Milla. Sie erklärt Hannelore Waser das Prozedere des Interviews und was sie in ihrem Beitrag bringen möchte.

»Tun Sie einfach so, als sprächen Sie nur mit mir«, schließt Milla, während sie sich rechts neben der Kamera auf einen Stuhl setzt.

»In Ordnung.«

Ivan befestigt am Kragen von Hannelore Wasers Bluse ein kleines Funkmikrofon. Dann nickt er Milla zu. »Läuft.«

»Frau Waser, bis wann waren Sie mit Ihrem Ex-Mann Herrn K. verheiratet?«

»Wir waren fast zwanzig Jahre verheiratet, haben uns aber vor siebzehn Jahren scheiden lassen. Es ist nie eine gute Ehe gewesen.«

»Herr K. steht im Verdacht, Fabio Della Fortuna entführt zu haben oder zumindest an seiner Entführung beteiligt gewesen zu sein. Was sagen Sie zu diesem Vorwurf?«

»Was soll ich dazu sagen? Ich weiß nicht, was er gemacht hat. Aber ganz ehrlich? Ich bin nicht mal überrascht. Rolf war kein guter Mensch.«

»Warum sagen Sie das, gab es irgendwelche Vorkommnisse während Ihrer Ehe?«

»Vorkommnisse? Was soll das sein? Ich kann nur sagen: Obwohl ich mit diesem Mann verheiratet war, habe ich ihn nie gekannt. Er hat immer sein eigenes Leben geführt und blieb mir bis zum Schluss ein Rätsel. Als er dann nach Frankreich auswandern wollte, habe ich nicht mehr mitgemacht. Da ließen wir uns scheiden.«

Milla räuspert sich und gibt sich einen Ruck. »Können Sie sich vorstellen, dass Ihr Ex-Mann pädophil veranlagt war?«

»Pädophil? Rolf? Ich weiß es nicht. Vorstellen, doch, das vielleicht. Wer kann schon in den anderen hineinschauen? Er hat es immer gut gekonnt mit kleinen Buben. Das sagt man den Pädophilen doch nach, oder, dass sie gute beste Freunde sind für kleine Jungen? Das war Rolf. Er hat es mir auch übelgenommen, dass ich nie schwanger geworden bin, er wünschte sich so sehr Kinder. Aber wie sollte ich auch schwanger werden, wenn er praktisch nie mit mir ins Bett ging?«

So genau, denkt Milla, hat sie es eigentlich gar nicht wissen wollen.

»Gab es je einen Übergriff oder einen Vorwurf, dass Ihr Ex-Mann ein Kind belästigt haben soll?«

»Nein, nicht soweit ich weiß. Aber wie gesagt: Wir lebten ziemlich aneinander vorbei.«

»Hatten Sie je einen solchen Verdacht?«

»Nein. Nein, das nicht.«

Milla zögert kurz, sie möchte das Thema noch nicht wechseln, aber es fällt ihr gerade keine weitere Frage dazu ein. Sie fährt mit einer allgemeineren Frage fort.

»Können Sie uns Rolf K. beschreiben? Was war er für ein Mensch?«

»Ehrlich gesagt? Er war ein gefühlloser, kalter Egoist. In seinem Leben gab es nur ihn selbst: ich, ich, ich. An andere dachte er nicht. Es war mein größter Fehler, dass ich mich in ihn verliebt habe, als ich noch jung und dumm und dämlich war. Und wenn er wirklich etwas mit dem Verschwinden des Jungen zu tun hat, dann ist er das allergrößte Schwein. *War* er das allergrößte Schwein. Wenigstens ist er tot jetzt. Gut so.«

Milla fasst Ivan kurz am Arm, um ihm ein Zeichen zu geben, dass sie alles im Kasten haben und er die Kamera ausschalten kann. Sie bedankt sich bei Hannelore Waser für das Interview und beginnt, gemeinsam mit Ivan die Ausrüstung einzupacken. Als sie sich verabschieden, hat sie aber doch noch eine Frage.

»Falls er Fabio entführt hat – kennen Sie einen Ort, wo er ihn hingebracht oder versteckt haben könnte?«

Zum vierten Mal an diesem Tag erhält Milla von Frau Waser eine Antwort, mit der sie so nicht gerechnet hat.

»Ja. Ich weiß, wo der Junge sein könnte.«

43

Als Irena die Augen öffnet, braucht sie wieder einen Moment, bis ihr einfällt, wo sie sich befindet. Die Sonnenstrahlen stehlen sich durch das kleine Fenster, Staubkörner tanzen darin einen Reigen. Benis Zimmer. Benis Bett. Der Traum ist weg, und die Erinnerung ist zurück. Der Traum hat Irena besser gefallen als die Wirklichkeit, obwohl sie schon vergessen hat, worum er sich drehte. Träume sind manchmal so flüchtig wie das Leben.

Irena streckt sich und merkt, dass sie auf etwas liegt: Das Bündel Briefe, sie muss darauf eingeschlafen sein. Sie schreckt auf, unter ihr rascheln ein paar zerknüllte Seiten. Sie sammelt sie auf und versucht vergebens, sie mit der Hand zu glätten.

Etwa drei Briefe hat sie gestern gelesen, dann hat der Schlaf sie übermannt. Es sind Briefe von ihrer Tante Hermine an ihre Mutter, ein Wortwechsel zwischen Schwestern. Für Irena ist es allerdings ein Monolog, kein Austausch, weil sie natürlich nur die Briefe der Schwester an ihre Mutter gefunden hat.

Es ist seltsam, dass sich die zwei Schwestern Briefe schrieben – wohnten sie doch im selben Dorf. Seltsam auch, dass ihr Ton so förmlich klingt. Vielleicht ist es ein Zeichen ihrer Zeit, oder schlicht und einfach der Schreibstil ihrer Tante Hermine.

Viel hat Irena aus den ersten drei Briefen nicht erfahren, weshalb sie sich überlegt, ob es überhaupt sinnvoll ist, die anderen auch noch zu lesen. Dennoch legt sich Irena das Kopfkissen in den Rücken, richtet sich halb auf und fährt mit der Lektüre fort. Die Briefe sind im Moment die einzigen Puzzleteilchen, die sie zur Verfügung hat, um ein Bild von ihrer Familie zu erhalten, über die sie so wenig weiß. Sie hofft, darin etwas über ihre Mutter zu erfahren, die Irena selbst nur noch als kleines Mädchen erlebt hat.

Sie zieht den nächsten Brief aus dem Umschlag. Er ist datiert auf den 11. September 1991 – etwas mehr als ein halbes Jahr nach Benis Verschwinden. Die Briefe sind nicht nach Datum geordnet, jene, die Irena gestern gelesen hat, hat die Tante drei Jahre früher verfasst. Schon bei der Begrüßung fällt ihr auf, dass sich der Tonfall verändert hat.

Schwester, lautet die Anrede, mehr nicht, kein Name, nur *Schwester.* Irena ist schnell klar, dass den Zeilen ein Streit vorangegangen sein muss. *Du hast einen schweren Schicksalsschlag erlebt. Das gibt Dir aber nicht das Recht, in diesem anmaßenden und vorwurfsvollen Ton mit mir zu reden. Ich kann nichts dafür, dass Dein Junge tot ist und meiner noch lebt.*

Irena hält inne. Hat ihre Mutter die Tatsache nicht ertragen, dass sie ihr Kind verloren hat und der Sohn ihrer Schwester noch lebte? Ein absurder Gedanke für einen Menschen in normalen Lebensumständen, doch ihre Mutter befand sich in einer Ausnahmesituation. Es wäre nicht das erste Mal, in dem aus einem solchen Verlust zerstörerische Neidgefühle entwachsen würden, selbst gegenüber Familienangehörigen. Irena wendet sich wieder den Worten zu, die vor fast dreißig Jahren geschrieben worden sind.

Ich schreibe es nur einmal, dafür aber klar und deutlich: Lass meinen Marius in Ruhe! Hör auf, ihn zu belästigen. Er trägt keine Schuld. Wenn sich jemand in unserer Familie schuldig fühlen muss, dann sind das andere. Aber selbst diese Schuld wird abbezahlt. Also hör auf, uns mit Vorwürfen zu überschütten und uns das Leben schwer zu machen. Auch wenn Du leidest – ich kann Dir das nicht durchgehen lassen. Das nicht.
Deine Schwester

Irena kann sich keinen Reim darauf machen. Von welcher Schuld spricht ihre Tante? Sie versteht nicht, worum es hier geht. Irena glaubt sich zu erinnern, dass Marius' Mutter vor einigen Jahren an Lungenkrebs gestorben ist. Was im Dorf zu reden gegeben haben muss; sie, die als einzige Frau im Ort die Tabakspfeife rauchte, und zwar nicht hin und wieder, sondern ohne Unterbrechung. Tante Hermine war das Gegenteil von Irenas Mutter: Ihre Mutter war schüchtern, brav, unterwürfig fast, sie wollte es allen recht machen. Ihre um zwei Jahre jüngere Tante hingegen kümmerte sich nicht darum, was andere dachten, sie war das Enfant terrible im Dorf und genoss ihren schlechten Ruf, statt sich darüber zu grämen. Heute, im Nachhinein, bedauert Irena, dass sie damals nicht mehr Kontakt zu ihrer Tante hatte, der sie ähnlicher ist als ihrer Mutter. Aber das Verhältnis zwischen ihren beiden Familien war nie sonderlich gut gewesen, die Gründe dafür kennt Irena aber nicht. Wo doch die eigenwillige Familienkonstellation eher dafür sprechen würde, dass man sich besonders gut versteht: Ihre Tante hat den Bruder von Irenas Vater geheiratet. Zwei Schwestern heirateten zwei Brüder. Das kam zwar nicht oft, aber hin und wieder vor in kleinen Dörfern wie jenem, in dem Irena zu schnell erwachsen geworden ist.

Und mein Onkel?

Irena kann sich nicht daran erinnern, ob der Bruder ihres Vaters noch lebt oder bereits gestorben ist. Sie klickt im Handy das Online-Telefonbuch an und gibt seinen Namen ein. *Oskar Schildknecht.* Es gibt in ihrem Dorf keinen Eintrag unter diesem Namen.

Es bleibt nur einer übrig, der ihr weiterhelfen kann, schon wieder.

Marius, hättest du heute Zeit? Ich möchte reden.

Kaum hat Irena die Nachricht an ihren Cousin gesendet, ist die Antwort schon da.

Für dich nehme ich mir die Zeit. Reden wäre gut.

44

»Warum hast du mich ins Team geholt?«

Sandro blickt zu Malou hinüber, die im zivilen Einsatzwagen auf der Beifahrerseite sitzt.

»Weil du beste Qualifikationen mitbringst. Und wir neue Ideen in unserem eingespielten Team gut gebrauchen können.«

»Aber Ramon war ein Mann, ich bin eine Frau.«

»Das kümmert mich nicht, Hauptsache, du bist gut.«

»Ich werde mir Mühe geben.«

»Hoffentlich!«

Sandro fädelt den Wagen auf die Autobahn ein.

»Werde ich Bettinas Partnerin?«

»Das werden wir sehen. Zuerst einmal müssen wir diesen Fall hier klären.«

Malou nickt. »Wohin fahren wir?«

»Zur Firma *Powerdress*, das ist der letzte Betrieb, bei dem Rolf Kramer angestellt war, als Vertreter für Berufskleidung. Vielleicht erfahren wir dort etwas über sein Leben und seine privaten Kontakte.«

»Hatte er keine Familie? Wäre es nicht naheliegender, zu seiner Frau, Mutter, Vater, Tante, Onkel oder was auch immer zu fahren?«

»Keine Familie, aber eine Ex-Frau. Seit siebzehn Jahren geschieden. Sie besuchen wir danach.«

»Rolf Kramer«, brummt Daniel Schneider wenig später in seinen Bart, der ihn aussehen lässt wie den heiligen Nikolaus, allerdings noch nicht ergraut. »Natürlich erinnere ich mich an ihn.« Schneider sitzt auf einem Bürostuhl, der viel zu weit nach hinten gelehnt ist, sodass Sandro fürchtet, er könnte jeden Moment rückwärts umkippen und sich den Kopf aufschlagen. »Er hat viele Jahre für mich gearbeitet, bevor er nach Frankreich gezogen ist.«

»Er hat also wirklich in Frankreich gelebt?«

»Ja, lassen Sie mich nachschlagen.«

Der Mann hievt seinen schweren Körper aus dem Stuhl, begibt sich zu einem Metallmöbel, das aus der Vorkriegszeit zu stammen scheint, zieht eine Schublade heraus und beginnt in einem Hängeregister zu blättern.

»Sie bewahren alle Unterlagen zu Ihren ehemaligen Angestellten auf?«, fragt Malou überrascht.

»Warum sollte ich sie schreddern? Man weiß nie, wann plötzlich die Polizei anklopft und etwas wissen will.« Der Körper von Daniel Schneider beginnt zu beben, schon bevor ein dröhnendes Lachen seine Kehle hochklettert, das sich schließlich in einem Rattern entlädt. »Hier ist er: Rolf Kramer. Eingetreten in die Firma 1986 – ausgetreten 1993. Begründung: Wegzug ins Ausland.«

1993, denkt Sandro. Das Jahr, in dem August Klostermann verhaftet worden ist. Das Jahr, in dem die Serie der Kindsentführungen abbrach. Sandro reckt sich in seinem Stuhl, um einen Blick in das Hängeregister zu erhaschen.

»Sieht nach einer dicken Akte aus«, bemerkt er.

»Hier sind seine Fahrtenaufträge abgelegt. Er war als Außendienstmitarbeiter in der ganzen Schweiz unterwegs, hat als Verkäufer für unsere Berufskleidung gearbeitet.«

Sandro würde am liebsten aufstehen und Daniel Schneider in den Arm nehmen. Seine Akribie hat ihm gerade wochenlange, beschwerliche Recherchearbeiten erspart.

»Wir müssen die Akte beschlagnahmen«, sagt er in einem Tonfall, der keinen Widerspruch zulässt.

»Sie haben gesagt, Rolf sei gestorben?«, fragt Schneider nach.

»Ja.«

»Warum wollen Sie dann seine Akte, wenn er eh schon tot ist?«

»Dazu kann ich Ihnen leider keine Auskunft geben. Laufende Ermittlungen. Aber Sie werden die Akte anschließend zurückerhalten.«

»Schon gut, schon gut. Ihr Geschäft ist Ihr Geschäft, meines ist meines.« Daniel Schneider wedelt mit den Händen, als müsse er sich frische Luft zufächern.

»Wissen Sie etwas über Kramers Privatleben?«, fragt Sandro weiter.

»Er war verheiratet, mit Hannelore. Sie ist bei den Firmenfestlichkeiten wie Weihnachtsfeiern und Jubiläen immer dabei gewesen.«

»Sie sind geschieden«, wirft Malou ein.

Schneiders linke Augenbraue schießt nach oben. »Nun ja, wer ist das nicht, nach so langer Zeit.«

»Ist Ihnen in all den Jahren, in denen Rolf Kramer für Sie gearbeitet hat, jemals etwas zu Ohren gekommen?«

»Wie meinen Sie das – *zu Ohren gekommen*?«

»Gab es irgendetwas, das Ihnen seltsam erschienen ist? Negative Rückmeldungen von Kunden? Unstimmigkeiten? Ein eigenartiges Verhalten seitens Rolf Kramer?«

Daniel Schneider krault sich seinen Bart. Er scheint intensiv nachzudenken. »Er war schon ein komischer Kauz. Sehr introvertiert. Ein Eigenbrötler und niemand, der große Sprüche klopfte oder gar Witze machte. Aber er hat seinen Job immer gewissenhaft erledigt. Nein, ich kann nichts Negatives über ihn sagen.«

»Denken Sie, dass er sexuell normal orientiert war?«, hakt Malou nach.

»Also, ob er schwul war oder was?«, fragt Schneider zurück.

»Ob er möglicherweise auf kleine Jungen stand.«

»Ob er auf kleine Jungen stand? Also pädophil war, oder wie das heißt?« Wieder kratzt sich Schneider auffallend lange am Bart. »Nein, der war nicht pädophil. Der konnte immer gut mit Kindern.«

Sandro und Malou werfen sich einen kurzen Blick zu.

»Danke, dass Sie sich die Zeit genommen haben«, sagt Sandro, während er aufsteht. »Hier, meine Karte. Falls Ihnen noch etwas einfällt, rufen Sie bitte an. Und die Personalakte, die nehme ich gleich mit.«

Schneider steckt die Karte ein, zieht die Hängemappe aus dem Register und überreicht sie Sandro, ohne zu zögern.

Als Sandro und Malou eine Dreiviertelstunde später vor einem winzigen Häuschen in Olten parken, ahnen sie nicht, dass kurz zuvor Milla mit Ivan weggefahren ist.

Es dauert eine kleine Ewigkeit, bis Hannelore Waser nach dem Klingeln an der Tür erscheint. Sie öffnet sie nur einen Spalt breit und blickt skeptisch hinaus. Noch bevor Sandro seinen Polizeiausweis zeigen kann, hat sie ihr Urteil über die beiden gefällt.

»Schon wieder Journalisten! Es tut mir leid, Sie sind zu spät, ich habe mein Interview schon gegeben und sage jetzt gar nichts mehr.«

»Bandini, Kantonspolizei Bern.« Sandro streckt ihr seinen Ausweis hin. »Wir sind keine Journalisten, und wir wären froh, wenn Sie mit uns reden würden.«

»Polizisten. Noch schlimmer, hab ich noch nie gemocht. Aber es wird wohl nicht zu vermeiden sein.«

Ohne weiteren Kommentar öffnet Hannelore Waser die Tür und lässt Malou und Sandro eintreten.

In dem Moment läutet Sandros Telefon. Er erkennt am Klingelton, dass Milla anruft – die Titelmelodie des Kriminalklassikers *Miss Marple* – und klickt den Anruf weg.

Als Sandro und Malou bei Hannelore Waser am Küchentisch Platz genommen haben, berichtet sie den beiden in etwa dasselbe, das sie kurz zuvor Milla und Ivan erzählt hat, wählt aber gemäßigtere Worte. Sie traut den Polizisten nicht.

»Können Sie uns eine Liste von Rolf Kramers Freunden und Vertrauten machen?«

Hannelore Waser blickt Sandro müde an. »Sie machen sich noch immer ein falsches Bild von Rolf. Er hatte keine Freunde.«

»Sagt Ihnen der Name Bernhard Schmitz etwas?«

»Nein, nie gehört.«

»Hatten Sie jemals das Gefühl, dass sich Ihr Ex-Mann in sexueller Hinsicht für Kinder interessiert hat?«

»Das kann ich beim besten Willen nicht sagen.«

»Hatten Sie in letzter Zeit Kontakt zu Ihrem Ex-Mann?«

»Hören Sie, ich habe mich vor über siebzehn Jahren

scheiden lassen und den Kontakt abgebrochen. Hin und wieder hat er an meinen Geburtstag gedacht und mir eine Karte geschickt. Aber mehr gab es da nicht. Zum Glück.«

»Warum haben Sie sich scheiden lassen?«, fragt Malou dazwischen.

»Weil es ein Fehler war, ihn zu heiraten.«

Sandro merkt, dass nicht viel mehr aus Hannelore Waser herauszukriegen ist. Sie wirkt müde und genervt.

»Nun gut.« Er lässt die zwei Silben wie ein Schlusswort klingen. »Wir wollen Sie nicht länger belästigen.«

Sandro und Malou geben Hannelore Waser zum Abschied die Hand, doch jene von Malou hält sie einen Moment länger als gewöhnlich.

»Seltsam, dass Sie gar nicht gefragt haben, ob ich mir vorstellen könnte, wo er ein Kind verstecken würde«, sagt sie ihr.

Sandros Telefon klingelt erneut. Dieses Mal ertönt die Titelmelodie des *Tatort*, und dieses Mal geht er ran.

»Sie wissen, wo er ein Kind verstecken würde?«, fragt Malou die alte Frau, die noch immer ihre Hand festhält.

»Nein, wissen tu ich nichts«, sagt Hannelore Waser.

»Aber Sie haben eine Idee?«

Die beiden Frauen halten inne und blicken zu Sandro, als er neben ihnen überlaut in den Hörer ruft.

»Was sagst du da?«, fragt er Bettina am anderen Ende der Leitung. »Er hat dort einen Wohnwagen stehen?«

Hannelore Waser nickt Malou triumphierend zu. »Sein Wohnwagen ist ihm heilig!«

45

»Bist du sicher, dass wir nicht zuerst die Polizei rufen sollten?« Ivan betätigt den Blinker, um von der Autobahn zu fahren.

»Hab ich ja versucht. Sandro geht nicht ran, aber ich habe auf seinen Anrufbeantworter gesprochen, er wird sich sicher gleich melden.«

»Ich halte das hier für keine gute Idee.«

»Mensch, Ivan, jetzt stell dich nicht so an. Wir werfen nur rasch einen Blick rein, machen eine Außenaufnahme, dann sind wir wieder weg, und das Bild ist im Kasten.«

»Hmm.«

»Und unsere Pflicht haben wir auch erfüllt: Wir haben die Polizei informiert.«

»Ich weiß nicht. Und was, wenn dort wirklich das Kind versteckt ist?«

»Das wäre aber ein riesiger Zufall, wenn die Ex-Frau sagt: ›Hey, mein Mann hatte übrigens einen Wohnwagen, vielleicht ist dort das Kind versteckt.‹ Und dann ist das Kind tatsächlich dort.«

»Und warum willst du dann eine Aufnahme des Wohnwagens machen?«

»Weil sie es gesagt hat und ich das Zitat reinschneiden will. Weil es die Geschichte spannend macht.«

Und weil wir einen Supercoup landen würden, wenn wir den Jungen fänden. Milla spricht den Gedanken nicht aus.

Sie will nicht riskieren, dass Ivan kurz vor dem Campingplatz umdreht.

Die Straße führt in einem großen Bogen um den massiven Sandsteinfelsen, auf dem ein mächtiges Schloss steht, das als Kulisse für ein Ritterfestival herhalten könnte. An der Fassade prangt das Wappen des Kantons Bern. Ein Flaum aus Schnee hat sich auf die Ziegeldächer gelegt.

»Vorsicht, du musst gleich links abbiegen.« Milla starrt auf die Karte auf ihrem Smartphone.

»Hier?«

»Ja, fahr auf diesen Parkplatz, irgendwo da hinten muss eine Brücke über die Emme führen.«

Es handelt sich eher um einen schmalen, ummauerten Steg. Ivan fährt im Schneckentempo darüber, er will nicht riskieren, dass er mit den Seitenspiegeln aneckt. Die Brücke steigt erst an und fällt dann im gleichen Winkel wieder ab. Rechts dahinter führt ein steiler Weg in den Wald hinein, links steht ein altes Haus. Es wirkt unbewohnt, seine Fenster starren kalt und schwarz wie tote Augen auf die unwillkommenen Gäste.

»Bist du sicher, dass wir hier richtig sind?«

»Wie oft hast du mir diese Frage schon gestellt?«

»Und wie oft haben wir uns schon verfahren?«

»Nicht so oft, als dass wir richtiglagen.«

Die unfreundliche Stimmung des Ortes überträgt sich auf die Stimmung im Wagen. Ivan fährt links um das Haus herum, dahinter entdecken sie einen Kiosk, der im Sommer wahrscheinlich als Rezeption des Campingplatzes dient. Daneben liegt eine Wiese, auf der in wärmeren Zeiten wohl die Zelte aufgebaut werden. Rechts stehen in zwei Reihen acht Wohnwagen nebeneinander, die offensichtlich Dauermietern gehören. Sechs Wagen sind winterfest gemacht worden und liegen verlassen da, zwei sehen verwahrloster aus als die anderen; die Vorzelte wurden nicht abgebaut und waren Wind und Schnee ausgesetzt. Ivan sieht einen Autounterstand, der an das alte Haus angebaut ist, und fährt mit dem Kastenwagen rückwärts hinein.

»Es gibt nichts Trostloseres als einen Campingplatz im Winter.« Ivan blickt auf die Wohnwagenreihen.

»Und nichts Verlasseneres«, ergänzt Milla.

Sie sitzen stumm nebeneinander. Ein unausgesprochener Satz bleibt zwischen Ivan und Milla hängen, er hält sie im Wagen gefangen und hindert sie daran auszusteigen.

Milla fasst ihn schließlich in Worte. »Es gibt kein besseres Versteck für ein entführtes Kind.«

»Wir müssen nachschauen«, sagt Ivan.

»Scheiße.« Milla wird von einem Gefühl übermannt, das ihr fremd ist. »Ich glaube, ich habe Angst.«

»Wir können immer noch die Polizei rufen und auf sie warten.«

»Aber jetzt sind wir schon hier. Es kann sein, dass jede Minute zählt.«

Ivan und Milla öffnen gleichzeitig die Autotüren.

»In Ordnung, das machen wir. Wir sind bereits losgefahren, wir werden die Situation vor Ort in Augenschein nehmen und warten, bis die anderen da sind«, sagt Bettina zu Sandro am Telefon. »Ja, wir sind vorsichtig.« Dann klickt sie den Anruf weg. »Sandro bietet die Sondereinheit und die Sprengstoffexperten auf«, sagt sie, an Felix gerichtet, der neben ihr am Steuer sitzt. »Wir sollen warten, bis sie da sind – er befürchtet, Kramer könnte auch im Wohnwagen Fallen aufgestellt haben. Sie fahren auch gerade los, sind aber noch in Olten.« Bettina blättert in den Dokumenten, die sie in Kramers Büro gefunden hat. »Er hat den Standplatz für den Wohnwagen in den späten Achtzigerjahren gemietet. Platz Nummer 21. Ich habe hier zwei Mahnungen, aber offenbar hat er dann doch noch bezahlt. Es sieht so aus, als hätte er den Standplatz bis heute behalten.«

»Wer stellt einen Wohnwagen dauerhaft auf einen Campingplatz in Burgdorf?«, überlegt Felix laut. »Am Ufer eines Sees oder meinetwegen in den Bergen, wenn jemand gerne wandert – aber warum in Burgdorf, dieser kleinen Kleinstadt im Emmental? Kein See, keine Berge, das ergibt doch keinen Sinn. Da fährt man doch nicht wochenlang hin, um Urlaub zu machen. Vor allem dann nicht, wenn man keine fünfzehn Kilometer davon entfernt ein Haus besitzt.«

»Man kann nie wissen. Eingefleischte Camper sind ein eigenes Völkchen.«

»Oder er hat sich gezielt einen Campingplatz ausgesucht, auf dem nicht Hochbetrieb herrscht, um ungestört und unbeobachtet zu sein.«

»Aber ein Campingplatz … da kriegt doch jeder alles mit«, hält Bettina entgegen.

»Und jeder schaut weg, weil er denkt, dass es ihn nichts angeht, was der andere macht.«

»Sogar wenn Kinder verschwinden?«

»Sogar wenn Kinder verschwinden.«

Der Rasenweg, der zu den Wohnwagen führt, besteht jetzt nur noch aus Schlamm. Milla wünschte, sie hätte ihre robusten Schuhe angezogen und nicht die Winterstiefelchen, deren Absätze im Matsch versinken. Sie hätte es besser wissen müssen. In ihrem Job kann man nie vorhersehen, was der Tag bringt.

»Weißt du, welcher Wohnwagen Kramer gehört?«, fragt Ivan.

»Nein. Wir schauen uns einfach einen nach dem anderen an.«

Das ist einfacher gesagt als getan. Beim ersten Wohnwagen sind die Fenster mit einer blauen Folie überklebt, durch die man zwar hinaus, nicht aber hineinschauen kann.

»Scheiße«, flucht Ivan laut. »Wir können doch nicht in jeden Wohnwagen einbrechen.«

Milla ist schon einen Wagen weiter. »Es ist dieser hier!«

Ivan geht zurück auf den Pfad und bleibt neben Milla vor einem altmodischen Modell stehen. Eine Plane, die wohl mal als Sonnenschutz aufgespannt wurde, ist halb weggerissen und hängt nur noch an einer Ecke fest. Sie bewegt sich träge im Wind und verursacht ein schabendes Geräusch.

»Warum meinst du?«

Milla deutet auf den Boden. Vor dem Eingang sind mehrere Fußstapfen im Matsch zu erkennen. Auf dem kleinen Plastikschemel, der vor der Tür als Stufe dient, klebt Dreck. Milla nimmt etwas davon und reibt den braunen Schlamm zwischen den Fingern.

»Frisch. Hier war jemand, das ist nicht lange her.«

Ivan geht um den Wohnwagen herum und versucht, einen Blick ins Wageninnere zu erhaschen. Auch hier sind die Fenster mit einer blickdichten Folie abgeklebt, allerdings ist sie so alt, dass sie an einzelnen Stellen abgeblättert ist. Ivan findet ein Guckloch und späht hinein.

»Oh Scheiße, Scheiße, Scheiße!«

»Was?«

»Verfluchte Scheiße!«

»Was ist, verdammt, sprich mit mir!«, ruft Milla.

»Ich glaube, da drin liegt jemand!«

Felix und Bettina brausen auf der A1 an der Shoppingmeile vorbei, die würfelförmigen Einkaufstempel mit den großen Namen liegen dichtgedrängt einer neben dem anderen an der Autobahn. Kurz darauf setzt Felix den Blinker, um die Ausfahrt Richtung Emmental zu nehmen.

»Glaubst du, dass wir ihn noch lebend finden?«, fragt Bettina.

»Ich weiß es nicht. Ich habe kein Gefühl. In diesem Fall ist alles seltsam und alles anders. Wir ermitteln sozusagen gegen einen Toten, obwohl man gegen Tote nicht ermittelt. Wir suchen eigentlich nach einem Kind, das vor wenigen Tagen verschwunden ist – und stoßen auf eine Spur von Kindern, die seit dreißig Jahren vermisst werden. Das ist alles nur noch verrückt.«

»Und wir haben Ramon verloren. Wir sind es ihm schuldig, dass wir alles ans Licht bringen.«

»Auch die Eltern der Kinder haben die Wahrheit verdient, selbst wenn manche der Taten verjährt sind und der Mörder nicht mehr bestraft werden kann.«

»Ich bin sicher, er hatte Komplizen.«

»Mal schauen, aber jetzt müssen wir vorsichtig sein. Es ist möglich, dass wir auf dem Campingplatz erwartet werden.«

»Wir müssen rein!« Ivan lässt vom Fenster ab, mit wenigen Schritten rennt er um den Wohnwagen herum zur Tür. Er steht schon auf dem Plastikschemel, als Milla sich ebenfalls in Bewegung setzt. Durch ihren Kopf jagen mehrere Gedanken gleichzeitig.

Die Tür – Gefahr – Ramon – Selbstschussanlage – Ivan!

»Nicht!« Millas Schrei lässt die Vögel in den Bäumen erschrocken auffliegen. Er ist noch nicht verklungen, da setzt sie zum Sprung an, hechtet rüber zu Ivan und bringt ihn zu Fall. Als habe die Welt in den Zeitlupenmodus gewechselt, sieht Milla, wie auch sie sich in einer unbegreiflichen Langsamkeit dem Boden nähert. Sie scheint in der Schwerelosigkeit festzuhängen und sich noch während des Fallens in aller Ruhe überlegen zu können, ob sie sich wegdrehen soll und wie sie möglichst schmerzlos landen kann. Milla wartet auf den Aufprall, der sich verzögert und dann doch kommt. Mit einem seltsam dumpfen Geräusch knallen sie und Ivan zeitgleich auf den Boden, es klingt, als schnappe ein Walross nach Luft. Milla spürt jeden einzelnen ihrer Knochen und hört Ivan stöhnen, bevor er eine Schimpftirade auf sie loslässt.

»Spinnst du? Bist du wahnsinnig geworden? Sieh dir das mal an, du bist doch einfach nicht normal!«

Er setzt sich auf, der Schreck spiegelt sich in seinem Gesicht, er blickt an sich hinab, alles voller Schlamm. Milla sieht nicht besser aus. Sie ringt nach Atem.

»In Kramers Haus«, stößt sie heraus. »Eine Selbstschussanlage … ein Polizist erschossen … vielleicht … auch hier.«

»Und das sagst du mir erst jetzt?« Ivans Schrecken weicht der Wut. Aber sie ist so schnell verschwunden, wie sie aufgeblitzt ist. »Wir müssen trotzdem rein, da liegt jemand drin, ich glaube, es ist ein Kind.«

Er rappelt sich hoch, streicht sich die Hände an der schmutzigen Jeans ab und begibt sich zurück zum Fenster. Er schaut sich um, entdeckt unter dem nebenstehenden Wohnwagen einen Spaten, geht hinüber, holt ihn hervor und setzt das schmale Spatenblatt in die Ritze zwischen Fenster und Wohnwagenwand. Drei Mal rutscht er ab, beim vierten Mal aber gelingt es ihm, und er hebelt das Fenster auf.

»Hilf mir hoch«, sagt er zu Milla.

Sie stellt sich unter das Fenster, stemmt ein Bein nach hinten und winkelt das andere an, Ivan setzt seinen Fuß darauf und zieht sich hoch. Milla presst ihre Hände gegen seinen Hintern und drückt ihn weiter, bis er zur Hälfte im Wagen ist, dann sind auch seine Beine verschwunden.

»Nein! Nein! Bitte nein!«, hört Milla ihn schreien, sie steht auf Zehenspitzen und blickt durch das Fenster, sieht Ivan von hinten, wie er sich über das Bett beugt.

»Was ist?«, ruft sie.

»Es ist ganz schrecklich.«

Milla springt hoch, sie will sich am Fenster hochziehen, doch sie schafft es nicht allein.

Als Ivan sich zu ihr umdreht, ist er schneeweiß im Gesicht. »Er ist tot.«

Ivan tritt ans Fenster, zieht Milla an den Armen zu sich hoch und in den Wohnwagen hinein, bevor er sich kraftlos auf eine Bank sinken lässt.

Milla tritt an das Bett am hinteren Ende des Wohnwagens. Vor ihr liegt, eingewickelt in ein rosafarbenes Leintuch, eine Gestalt von der Größe eines Kindes. Die Augen geschlossen. Farblose Lippen. Die Haut blass und gespannt. Obwohl Milla es schon weiß, legt sie zwei Finger an Fabios Hals. Er ist eiskalt.

46

Marius hat Irena gebeten, in sein Büro zu kommen. Sie meldet sich beim Empfang in der Gemeindeverwaltung bei Simon Müller an.

»Guten Morgen, Rena.« Der ältlich wirkende Mann scheint so gar nichts mehr mit dem einst hübschen Jungen gemein zu haben, der mit Irena auf dieselbe Schule gegangen ist. Sie kann es noch immer kaum glauben, dass sich ein Mensch derart verändern kann.

»Morgen, Simon, ich habe einen Termin bei Marius.«

»Ich weiß.«

Es ist möglich, dass Irena es sich nur einbildet. Sie meint, in Simon Müllers Blick zu lesen, dass er noch viel mehr zu wissen glaubt. Auch meint sie seiner Stimme anzuhören, dass die Freundlichkeit verschwunden ist, mit der er sie erst vor zwei Tagen begrüßt hat. Simon taxiert sie mit seinem Blick, als wäre sie eine Unruhestifterin, die in sein friedliches Dorf eingedrungen ist.

»Er erwartet dich, dritte Tür links.« Demonstrativ wendet er sich wieder seinem Computer zu.

Die Tür ist nur angelehnt, Irena klopft an.

»Komm rein.«

Marius' Büro sieht nicht aus wie das Büro eines nebenamtlichen Gemeinderatspräsidenten, sondern eher wie das Büro eines Großstadtbürgermeisters. Ein riesiger, geschwungener Schreibtisch aus Kirschholz, ein Lederstuhl, der eher an einen Sessel als an ein Büromöbel erinnert, an der Wand ein Gemälde von Franz Gertsch, ein fotografisch genau gezeichnetes Frauenporträt, zweifellos ein Original. Der Boden: Tannenparkett. Stuck an der Decke. Vor dem Fenster stehen ein elegantes Ledersofa, eine Chaiselongue von Corbusier und ein formschön abgestimmter Sessel. Marius erhebt sich, begrüßt Irena herzlich und weist ihr dann den Platz im Sessel zu.

»Schön hast du es hier.«

Marius geht nicht auf Irenas Bemerkung ein. »Es hat Zeugen gegeben.« Er nimmt auf dem Sofa Platz. »Es sieht danach aus, als ob ein paar Jungs aus dem Dorf ihren Spaß daran hatten, mit selbstgebastelten Molotowcocktails um sich zu schmeißen. Jemand hat sie durchs Dorf rennen sehen. Schüler. Wir sind dabei herauszufinden, wer es war.«

»Danke. Aber warum sollten sie das tun?«

»Ich denke, sie wussten nicht, dass jemand im Haus war. Sie dachten, sie stecken mal ein leerstehendes Gebäude in Brand, ihnen kann kaum bewusst gewesen sein, dass sie dich damit in immense Gefahr gebracht haben. Wir werden mehr wissen, wenn wir sie identifiziert haben. Wahrscheinlich war es nicht mehr als ein arg missratener Lausbubenstreich, aber wir waren ehrlich gesagt auch nicht viel besser. Damals.«

Irena bleibt skeptisch. Ein zufälliger Brandanschlag durch gelangweilte Halbstarke, kurz nachdem jemand ins Haus eingedrungen ist und ihr Tagebuch gelesen hat? Irena ist gegen Zufälle, aber sie widerspricht Marius nicht. Der Angriff auf ihr Elternhaus ist nicht der Grund, warum sie hier ist.

»Ich habe Briefe gefunden«, sagt sie. »Von deiner Mutter an meine Mutter.«

»Sie haben sich Briefe geschrieben?«

»Ich war auch überrascht.«

»Und?« Marius schaut sie abwartend an.

»Hat dich meine Mutter nach Benis Tod belästigt?«, fragt sie ihn.

»Was meinst du mit ›belästigt‹?«

»Ich weiß nicht. Deine Mutter hat geschrieben, meine Mutter solle dich in Ruhe lassen. Es las sich, als hätten sich die beiden Schwestern zerstritten.«

»Daran kann ich mich nicht erinnern. Aber ich war noch ein Kind.«

»Ein Kind? Du warst siebzehn.«

»Ich erinnere mich trotzdem nicht, dass da was gewesen ist.«

»Warum eigentlich hatten unsere Familien kein enges Verhältnis? Ich meine, unsere Väter waren Brüder, unsere Mütter Schwestern.«

»Wahrscheinlich gerade deshalb, was weiß ich. Familien sind komplizierte Gebilde. Aber wir Kinder hatten es immer gut miteinander.«

»Du weißt also nicht, worum es bei diesem Streit gegangen sein könnte?«

»Nein, keine Ahnung.« Marius zögert. »Du erinnerst dich schon, dass deine Mutter nach Benis Verschwinden sehr krank wurde? Sie litt an einer schweren Depression.«

»Heute ist mir das natürlich klar, aber damals wusste ich das nicht.«

»Ich glaube, es war schwierig, mit ihr umzugehen. Sie hat allen anderen die Schuld an ihrem Schicksal gegeben. Sie war nicht mehr sie selbst. Vielleicht kam daher der Streit.«

»Vielleicht. Deine Mutter schrieb auch von einer Schuld, einer Schuld, die andere tragen würden. Was könnte sie damit gemeint haben?«

»Irena, macht es wirklich Sinn, in der Vergangenheit herumzustochern und all diese Fragen zu stellen? Ich kann dir keine Antworten geben. In Innertkirchen wundert man sich schon, was du jetzt plötzlich hier machst. Du kennst die Leute: Sie wollen die Geschichte ruhen lassen.«

Ich will die Wahrheit ans Licht bringen.

Irena will Marius sagen, dass sie nicht daran glaubt, dass August Klostermann Beni getötet hat. Dass sie denkt, dass alles ganz anders gewesen sein muss. Dass der Täter noch frei herumläuft. Oder dass Beni vielleicht sogar noch am Leben ist. Doch sie hält sich zurück. Sie fürchtet, er könnte glauben, dass sie auf einmal allen Realitätssinn verloren hat.

»Deine Mutter ist gestorben.« Es ist Irena nicht anzuhören, ob es eine Frage oder eine Feststellung ist.

»Lungenkrebs. Es war schrecklich.«

»Und dein Vater?«

»Er ist in Meiringen im Heim.«

»Er lebt noch?« Irena ist überrascht und erleichtert zugleich. Ihm wird sie ihre Fragen stellen können. Er wird sich erinnern. Er war damals kein Kind und kein Jugendlicher, sondern ein erwachsener Mann, der das Verschwinden seines Neffen hautnah miterlebt hat.

»Ich bin mir nicht sicher, ob man das noch ›leben‹ nennen kann.«

»Wie meinst du das?«

»Seine Welt ist nicht mehr die unsere.«

47

»Du musst da vorne links abbiegen«, sagt Bettina, während sie auf ihr Handy starrt.

»Hier? Bist du sicher?«

»Ja, fahr über den Parkplatz, da hinten muss irgendwo eine Brücke sein.«

»Tatsächlich. Zum Glück sind unsere Zivilfahrzeuge keine SUVs«, sagt Felix, als er das Auto vorsichtig über die schmale Brücke lenkt.

»Halt mal kurz an.« Bettina öffnet die Tür einen Spalt breit und quetscht sich hinaus. Die Mauern der Brücke sind so hoch, dass sie nicht darüberschauen kann. Sie stellt einen Fuß auf das Wagenrad, stemmt den anderen gegen die Mauer und zieht sich daran hoch, bis ihr Kopf über der Mauer ist. Unter ihr fließt gräulich-braun und trüb die Emme, sie führt viel Wasser, auf der anderen Seite des Flusses entdeckt sie hinter den blattlosen Büschen den Campingplatz. An dessen Ende stehen eine Handvoll Wohnwagen. Bettina bückt sich zum Fahrerfenster und klopft. Felix lässt die Scheibe herunter.

»Hast du ein Fernglas im Wagen?«

Er öffnet ein Fach in der Konsole zwischen Fahrer- und Beifahrersitz und entnimmt ihm ein Fernglas, das er Bettina reicht. Sie schaut damit zum Campingplatz hinüber. Er liegt leer und verlassen und trostlos da.

»Wie sieht es aus?«, fragt Felix, sobald Bettina wieder neben ihm sitzt.

»Ich habe niemanden gesehen. Ich schlage vor, dass wir den Wagen hinter der Brücke abstellen, sodass er von den Wohnwagen aus nicht zu sehen ist. Dann schauen wir uns mal um.«

»Hast du Sandro nicht gesagt, dass wir warten, bis die Sondereinheiten hier sind?«

»Wir lassen die Finger vom Wohnwagen. Aber erst mal umsehen können wir uns ja schon. Du willst doch nicht einfach im Wagen sitzen bleiben und Däumchen drehen?«

Nein, das will auch Felix nicht. Er schaltet den Motor wieder ein, lässt den Wagen auf der anderen Seite der Brücke ohne Gang hinunterrollen, steuert ihn an deren Ende auf einen Flecken Rasen und stellt ihn dort ab. Als Felix und Bettina aussteigen, schließen sie die Wagentüren ganz leise, indem sie sie sanft zudrücken. Fast zeitgleich greifen sie zur Waffe.

Sie gehen um das Gebäude herum und bleiben stehen, als sie den Campingplatz erblicken. Nur das Zetern von einigen Spatzen in einem Gebüsch ist zu hören und das Rauschen der Emme, die hinter der Böschung durch ihr Flussbett strömt, ungeachtet der Dinge, die um sie herum passieren.

Bettina geht vor. Felix lässt sie gewähren, er weiß, wie wichtig es für sie ist, die Angst zu überwinden im ersten Einsatz nach dem Verlust ihres Partners. Sie wirkt ruhig und konzentriert, als sie über den schlammigen Pfad zum ersten Wohnwagen hinübergeht.

»Nummer 17«, flüstert sie Felix zu. Beim Standplatz daneben steht auf dem eingesteckten Metallschild die

Nummer 19 – der dritte Wohnwagen in dieser Reihe muss derjenige von Rolf Kramer sein.

Bettina weist mit dem Kinn auf ihn. Sie gehen hinter dem gegenüberliegenden Wohnwagen in Deckung, damit sie aus dem Sichtfeld sind, falls jemand hinausblicken sollte.

»Hast du gesehen? Das eine Fenster auf der Seite steht offen«, sagt Bettina, während sie sich mit dem Rücken an die Wand des Caravans drückt. »Ich bin mir nicht sicher, aber es sieht aus, als hätte es jemand aufgestemmt.«

»Du meinst, dass jemand eingestiegen ist?«

»Was überhaupt keinen Sinn machen würde.«

»Außer, es wurde von innen aufgebrochen. Weil jemand eingesperrt war. Und geflüchtet ist.« Felix lehnt sich nach vorn, um einen Blick auf Kramers Wohnwagen zu werfen. »Aber ein sechsjähriger Junge?«

»Wir müssen nach Fußspuren suchen.« Auch Bettina blickt nun um die Ecke, doch Felix hält sie am Arm zurück.

»Nein, wir müssen auf die Sondereinheit warten.«

»Ich mach mir ja nicht an der Tür zu schaffen. Ich will mir nur den Boden unter dem Fenster anschauen.« Bettina schüttelt Felix' Hand ab und rennt in geduckter Haltung auf die andere Seite. Sie macht sich klein, als sie bei Kramers Wohnwagen ankommt, und drückt sich unter dem Fenster an die Seitenwand. Die Spuren im schlammigen Boden sind deutlich: Hier war jemand, und es ist noch nicht so lange her. Aber: kein Kind. Das sind die Abdrücke von Erwachsenen. Von zwei Erwachsenen, um genau zu sein: Bettina erkennt zwei unterschiedliche Profile.

»Vorsicht!«, hört sie Felix in dem Moment rufen. Aus

dem Augenwinkel sieht sie, wie er die Waffe hochreißt und in Position geht. Sie muss nicht fragen, was passiert ist, sie hat es selbst gespürt: Der Wohnwagen hat sich bewegt. Da ist jemand drin. Und jetzt hört sie es auch: Stimmen, ein Mann, ein weinerliches Klagen. Zwei Personen. Ein Entführer und ein Kind? Schritte!

Blitzschnell wendet sich Bettina um, sie zieht ihre Waffe, presst sich gegen die Seitenwand und zielt um die Ecke auf die Tür, die in derselben Sekunde auffliegt und gegen die Wohnwagenwand knallt. Im gleichen Moment, in dem Bettina den Abzug betätigt, weiß sie, dass es ein Fehler ist, dass das kein Schuss war, der geknallt hat, sondern nur die Tür, doch die Erkenntnis erreicht sie eine Nanosekunde zu spät.

Instinktiv hat sie den Finger gekrümmt, es gibt kein Zurück.

Ein Knall tötet die Stille.

48

»Nathaniel, bist du mir böse?«

»Nein, ich bin dir nicht böse.«

»Mama sagt, ich hätte der Katze nicht hinterherlaufen dürfen.«

»Ja, du hättest der Katze nicht hinterherlaufen dürfen. Deine Mama und ich haben uns sehr, sehr große Sorgen um dich gemacht. Aber jetzt sind wir glücklich, dass alles wieder gut ist.«

Nathaniels Hand sucht nach Silas' Kopf, um ihm durch die Locken zu wuscheln, doch Silas weicht geschickt aus. Er kann es Nathaniel einfach nicht abgewöhnen, darum muss er immer auf der Hut sein.

»Nathaniel, bin ich daran schuld, dass du diese komischen Stiche auf der Stirn hast?«

»Nein, du bist nicht schuld, ich bin in etwas hineingelaufen, als ich dich gesucht habe.«

»Dann bin ich also doch daran schuld.«

»Nein, so kann man das nicht sagen.«

»Aber wenn du mich nicht gesucht hättest, wärst du nicht in etwas hineingelaufen.«

»Hmm. Lass es mich dir so erklären.« Nathaniel muss kurz nachdenken, wie er dem Fünfjährigen eine Art Variation des Schmetterlingseffekts erklären soll. »Weder du noch ich sind an der ganzen Geschichte schuld. Schuld ist eigentlich das kalte Wetter. Denn wenn es auf der Straße kein Glatteis gegeben hätte, wäre der Lastwagen nicht in meine Tram hineingeprallt. Wäre der Lastwagen nicht in meine Tram hineingeprallt, wäre ich nicht zu spät zum Kinderhort gekommen. Wäre ich nicht zu spät zum Kinderhort gekommen, hättest du nicht auf mich warten müssen. Wenn du nicht auf mich hättest warten müssen, wärst du nicht der Katze nachgelaufen. Wärst du nicht der Katze nachgelaufen, wärst du nicht im Keller gelandet. Und wärst du nicht im Keller gelandet, hätte ich dich nicht gesucht. Und wenn ich mich nicht auf die Suche gemacht hätte, hätte ich mir nicht den Kopf angeschlagen.«

Nathaniel lächelt über seine Erklärung, die in seinen Ohren selbst für einen Fünfjährigen total einleuchtend klingen muss.

»Nathaniel, manchmal redest du sehr komisch.«

Das Lächeln in Nathaniels Gesicht verblasst.

»Aber ich verstehe, was du meinst. Ich verstehe, dass ich viel Glück gehabt habe: Wenn der Lastwagen nicht in deine Tram geknallt wäre, hätten wir jetzt keine Katze.«

Das Lächeln ist wieder da. »So kann man das auch sehen.«

Um ein Haar hätte Nathaniel die Katze vergessen. Sowohl die Katze – sie trägt jetzt den Namen Spock, weil sie mit ihren überdimensionierten Ohren aussieht wie der Erste Offizier Spock von Star Trek – als auch Alisha haben heute Morgen den Test bestanden, als Carole und Nathaniel die beiden einander zum ersten Mal »vorgestellt« haben. Alisha hat nicht gleich Spock zerfleischt, wie befürchtet, sondern sie haben sich sogar gemocht und sich so verhalten, als wären sie seit Jahren beste

Freunde. Auf jeden Fall war damit besiegelt, dass Spock bleibt.

Heute Nachmittag ist es daher Nathaniels Job, mit Silas Fress- und Trinknapf kaufen zu gehen und alles, was so ein Tierchen sonst noch braucht.

»Silas, wir gehen los, kannst du deine Jacke anziehen?«

Nicht nur Silas, auch Alisha springt sofort auf. Sie setzt sich vor der Tür auf den Boden und klopft mit dem Schwanz.

»Du brauchst auch Handschuhe und Mütze, es ist kalt draußen.«

»Ich mag Mützen nicht.«

»Aber du ziehst trotzdem eine an – dafür gehen wir für Spock schöne Sachen kaufen.«

Der Köder funktioniert, Silas erhebt keinen Widerspruch. Nachdem Nathaniel selbst in Jacke und Mütze geschlüpft ist, die er ebenso wenig mag wie Silas, und Alisha das Geschirr umgebunden hat, dreht er sich zu Silas um, der ihm die behandschuhten Hände entgegenstreckt. Nachdem Nathaniel sie erspürt hat, greift Silas nach Nathaniels rechter Hand, legt sie sich auf den Kopf, damit er auch die Mütze ertasten kann.

»Gut gemacht«, sagt Nathaniel zu Silas, als er ihm über die Schultern streicht, um zu prüfen, ob er auch wirklich die warme Jacke angezogen hat.

»Schuhe?«

»Moonboots. Die mit dem Drachen drauf.«

»Gut. Die Mannschaft ist ausgerüstet. Die Crew ist bereit zum Abflug, um Mister Spock mit Nahrung und Energie zu versorgen.«

»Wir fliegen los!«, ruft Silas begeistert.

Nathaniel öffnet die Tür, und das ungewöhnliche Dreiergespann – ein kleiner Junge an der Hand des blinden Mannes, der hinter der ungestümen Blindenhündin hereilt – macht sich auf den Weg, um seine Mission zu erfüllen.

Eine Mission, die sich als schwieriger herausstellt als gedacht.

»Möchten Sie die Futterschale extragroß mit integriertem Trinknapf? Oder beides einzeln, aber im gleichen Farbton? Oder aber etwas ganz Besonderes, das wir im Angebot haben: Falls Ihre Katze nicht gerne trinkt, würde ich Ihnen diesen schönen Trinkbrunnen empfehlen.«

Die Frauenstimme mit dem seltsam hohen Klang, deren Ursprung Nathaniel merkwürdigerweise nicht genau lokalisieren kann, hält inne, und er weiß genau, dass er jetzt gemustert wird.

»Sie müssen sich den Trinkbrunnen wie eine Art Etagere vorstellen: Das Wasser wird von unten nach oben gepumpt und fließt dann von der zweiten Etage hinunter auf die erste, wo es aufgefangen wird wie in einem normalen Napf. Fast so, wie wenn der Nachbar oben auf dem Balkon die Blumen zu sehr gießt, das Wasser heruntertropft und bei Ihnen auf dem Balkon eine Pfütze hinterlässt.«

Wieder hält die Frau inne.

»Wobei der Vergleich ein bisschen hinkt, weil es natürlich viel mehr Wasser ist. Und vielleicht wissen Sie auch gar nicht, wie ein Balkon aussieht, dann nützt das natürlich nichts, wenn ich den Trinkbrunnen mit einem Balkon vergleiche.«

Nathaniel mag die Frau. Wenn er nur wüsste, wo er hinblicken soll, um ihr ins Gesicht zu sehen, die Stimme kommt von weit unten. Ob sie in einem Rollstuhl sitzt?

»Nathaniel, warum ist die Frau so klein?«

Womit die Frage beantwortet wäre, denkt Nathaniel. Würde er zur Schamesröte tendieren, würde er jetzt knallrot anlaufen.

»Weil ich mit elf Jahren aufgehört habe zu wachsen«, sagt die Frauenstimme. »Und Sie, warum sind Sie blind?«

Nathaniel will gerade seinen Standardspruch vom Unfall bringen, den er mit elf Jahren knapp überlebt hat. Aber die Frau hat eine so ehrliche, direkte Art, dass er zum ersten Mal in seinem Leben die Wahrheit laut ausspricht.

»Weil mein Vater meine ganze Familie erschossen hat, auch mich hat er verletzt. Ich bin der Einzige, der überlebt hat.«

»Da haben Sie aber großes Glück gehabt. Was für eine Geschichte. Das Leben kann manchmal ein richtiges Arschloch sein.«

»Arschloch sagt man nicht«, reklamiert Silas.

Nathaniel muss laut lachen. »Ihr habt beide recht! Aber manchmal ist das Leben auch wunderbar.«

»Einen netten Papa hast du da«, sagt die Frauenstimme zu Silas, und noch bevor dieser den Mund öffnet, weiß Nathaniel, was kommen wird.

»Er ist nicht mein Papa, also, auf jeden Fall ist er nicht mein richtiger Papa. Aber er hat meine Mama geheiratet, darum ist er jetzt trotzdem mein Papa, weil Mamas ja mit Papas verheiratet sind.«

»Oh, das ist aber schade, dass dein Papa schon vergeben ist.«

»Was heißt, er ist vergeben? Nathaniel ist nicht vergeben.«

»Ich bin nicht wirklich vergeben.« Nathaniel hat keine Ahnung, warum er das sagt, aber etwas in ihm drängt ihn, das falsch entstandene Bild sofort zurechtzurücken. »Es ist nur eine Art … Arrangement.«

»Da bin ich aber beruhigt! Also, was meinen Sie, wie wäre es mit dem Trinkbrunnen?«

Als Nathaniel und Silas das Zoofachgeschäft verlassen, haben sie viel mehr eingekauft, als sie eigentlich brauchten – inklusive doppelstöckigem Trinkbrunnen für Katzen, die angeblich stets zu wenig trinken.

»Kommen Sie bald wieder!«, ruft ihnen die kleinwüchsige Frau hinterher, als sie schon zur Tür raus sind.

»Das machen wir!«, ruft Nathaniel zurück. »Das machen wir gerne!«

49

Die Kirchenglocken schlagen zur halben Stunde. Ding Ding Dong. Irena hat den Glockenschlag zu oft in ihrem Leben gehört, als dass er ihr nicht vertraut sein könnte. Marius blickt auf die Uhr, sie liest es als Zeichen, dass er nicht ewig Zeit hat für sie und ihre Probleme. Irena erhebt sich, Marius tut es ihr gleich, sie erkennt in seinem Blick, dass er sich Sorgen macht.

»Ich geh dann mal.«

»Moment«, sagt er, »ich möchte dir noch etwas mitgeben.«

In drei Schritten ist Marius bei seinem Schreibtisch, nimmt eine Visitenkarte, die neben der Tastatur seines Computers bereitliegt, und reicht sie ihr.

Roger Leibundgut
Psychologische Praxis für
Verhaltens- und Traumatherapie

»Echt jetzt? Du willst mich zum Psychologen schicken?« Irena blickt ihn überrascht an.

»Rena, ich meine es nur gut. Er ist ein Freund, du erinnerst dich bestimmt an ihn, wir gingen zusammen zur Schule. Du hast viel mitgemacht als Kind, das kommt jetzt alles wieder hoch. Es würde dir sicher helfen, einfach mal mit ihm zu reden.«

Irena ist nicht sicher, ob sie lachen oder wütend werden soll.

»Mit mir ist alles in Ordnung. Du musst dir keine Sorgen machen.«

»Mache ich mir aber. Ich weiß, es ist heikel, das laut auszusprechen, aber ich möchte ehrlich zu dir sein: Dein Verhalten, dieses Nicht-wahrhaben-Wollen, dass der alte Fall geklärt ist, erinnert mich sehr an deine Mutter.«

»Dieser Fall ist nicht geklärt.« Irena spürt, dass nun doch die Wut Oberhand gewinnt. »Wir wissen noch immer nicht, was mit Beni passiert ist und wo sich die Leiche befindet. Ich werde nicht aufgeben, bis ich die Wahrheit kenne.« Sie gibt ihrem Cousin die Visitenkarte zurück, greift zu ihrer Tasche und öffnet die Tür. »Und nenn mich nicht mehr Rena. Das war ich mal. Aber das bin ich nicht mehr.«

Die Tür fällt mit einem Knall hinter ihr zu.

Als Irena im Auto sitzt, schlägt sie mit der flachen Hand mehrmals auf das Lenkrad. »Mist, Mist, Mist!«, flucht sie laut. Es dauert einige Minuten, bis ihre Wut sich etwas legt. Bevor sie losfährt, greift sie zum Handy, um den Ton wieder einzuschalten. Sie sieht, dass eine Mail eingegangen ist. Als sie den Namen des Absenders liest, versteift sich ihr Körper instinktiv, er versetzt sie in Alarmbereitschaft: *papageienmann@gmail.com*. Irena öffnet die Nachricht.

Fahr nach Hause, Schlampe. Du hast hier nichts verloren. Wenn du nicht sofort damit aufhörst, hier Unruhe zu stiften, wird dir etwas Schreckliches zustoßen. Wir sehen alles. Wir sind stärker. Du kannst nur verlieren. Mach, dass du wegkommst, wenn dir an deinem Leben etwas liegt.

Irenas Gesicht versteinert sich. Sie legt das Smartphone weg, startet den Motor und drückt das Gaspedal durch. Zurück im Haus ihres Vaters, stürmt sie die Treppe hoch in Benis Zimmer und wirft sich aufs Bett. Schon im Auto konnte sie die Tränen nicht länger zurückhalten, jetzt aber verfällt sie in ein lautes Schluchzen, das ihren ganzen Körper erschüttert. Plötzlich brechen die unterschiedlichsten Gefühle über sie herein, die Wut auf ihren Cousin, die Trauer um ihre verlorene Familie, die Ohnmacht, dass sie einfach nicht weiterkommt, die Angst, dass die üblen Drohungen in der anonymen Mail wahrgemacht werden könnten. Und die Einsamkeit. Auf einmal fühlt sie sich vollkommen verlassen und allein.

Erst als die Tränen langsam trocknen, tauchen wieder Fragen auf. Zu den seltsamen Briefen ihrer Tante Hermine. Zum Brief an August Klostermann. Zu den herausgerissenen Seiten ihres Tagebuchs. Zum Brandanschlag. Zu der anonymen Mail mit der Drohung. Und dann sind da auf einmal auch andere Fragen in ihrem Kopf.

Steigere ich mich in etwas hinein? Oder schlimmer noch: Sehe ich Dinge, die es nicht gibt, weil ich langsam meinen Verstand verliere? Wie einst Mutter?

»Was macht dieser Ort mit mir?«, fragt Irena laut, als würde sie dadurch eine Antwort erhalten. Sie greift nach ihrem alten Tagebuch, schlägt es auf und landet bei einem Eintrag vom 27. Januar 1991.

Liebes Tagebuch,

ich finde meine Familie total doof. Ich hoffe, es ist nicht meine richtige Familie und dass mir Mama endlich sagt, dass ich als Baby adoptiert worden bin. Und dann finde ich meine rich-

tige Familie, die überhaupt nicht doof ist, sondern total lieb. Und dann habe ich einen neuen Bruder, der mit mir spielt und der mir nicht sagt, dass ich zu klein zum Mitmachen bin. Seit Beni mit den Großen spielen darf, tut er so, als ob er schon erwachsen ist und ich noch ein Kind. Dabei ist Beni auch immer noch ein Kind. Auch wenn er nicht mehr so lustig ist wie früher. Ich glaube fast, er hat sein Lachen verloren. Oder verkauft, wie Timm Thaler. Mama hat gesagt, dass Beni halt ein Junge sei. Wenn das der Grund ist, dass Beni plötzlich so komisch und gemein geworden ist, dann finde ich Buben doof. Mädchen sind viel besser. Ich gehe jetzt schlafen. Gute Nacht.

Natürlich hat sie sich damals nichts dabei gedacht. Sie würde sich auch heute nichts dabei denken, wenn die Umstände andere wären. Doch heute weiß sie, dass Beni wenige Wochen nach diesem Eintrag spurlos verschwand.

Hat er sich verändert, weil er etwas wusste? War er seinem späteren Mörder da schon begegnet? Mache ich mich selbst verrückt?

Irena realisiert, dass die immer gleichen Fragen sie nicht weiterbringen. »Es ist das Normalste der Welt, dass sich ein Junge in einem gewissen Alter plötzlich nicht mehr für seine kleine Schwester interessiert, nichts Außergewöhnliches also.« Sie spricht den Satz laut aus. Er hört sich falsch an. Rationale Erwägungen sind das Letzte, was Irena im Moment zu überzeugen vermag. Sie stützt das Gesicht in die Hände, ihr Kopf wiegt tonnenschwer. Sie weiß nicht mehr, was sie glauben soll – und ob sie sich selbst und ihrem Instinkt noch trauen kann.

Was mache ich hier eigentlich?

Sie gibt sich einen Ruck, geht ins Badezimmer, wäscht

sich das verweinte Gesicht, greift nach Tasche und Autoschlüssel und verlässt das Haus, das ihr in ihrem Leben nichts als Trauer und Verlust gebracht hat. Als sie den Motor starten will, spürt sie, wie ihr Handy vibriert. Es ist eine Nachricht von ihrer Kollegin Miranda. Irenas Finger zittert, als sie die Nachricht öffnet.

Liebe Irena, wir haben auf dem Briefumschlag sowie auch auf dem Brief selbst DNA-Spuren sichern können. Leider hat der Abgleich der Spuren mit sämtlichen uns zur Verfügung stehenden Datenbanken keinen Treffer ergeben. Herzlich, Miranda.

Die Enttäuschung schmeckt bitter, es wäre ja auch zu schön gewesen. Doch Irena will sich durch den Rückschlag nicht bremsen lassen, im Gegenteil. Aufgeben ist keine Option. Sie startet den Motor und lässt mit viel zu hoher Geschwindigkeit das Dorf hinter sich.

Zwanzig Minuten später betritt sie ein Gebäude, in dem die Stimmung mindestens ebenso bedrückend ist wie ihre eigene. Das Altersheim ist arg in die Jahre gekommen. Es ist mit jener Geschmacklosigkeit eingerichtet, die in den späten Achtzigerjahren vorherrschte; zu viel dunkelbraunes Holz, alles wirkt deprimierend düster. Die Wände sind gelblich, obwohl sie mal weiß gewesen sein müssen, und der Teppichboden hat offensichtlich schon mehrere Generationen an Altersheiminsassen überlebt. Doch die Frau, die Irena am Schalter empfängt, strahlt eine Wärme aus, die sie das Interieur für einen Moment vergessen lässt.

»Sind Sie mit Herrn Schildknecht verwandt?«, will sie von Irena wissen.

»Ja, er ist mein Onkel.«

»Ach so, Entschuldigung, ich fragte nur, weil ich Sie hier noch nie gesehen habe.«

»Ich war auch noch nie hier.«

»Ach so. Dann herzlich willkommen im Wohnpark *Frohe Heide*. Sie finden Herrn Schildknecht in Zimmer 313.«

Das Zimmer 313 liegt im dritten Stock. Mit einem Klingeln kündigt sich der Lift an, bevor sich die Tür öffnet. Er ist für den Transport von Klinikbetten dimensioniert.

Oder für Särge.

Irena hat Altersheime noch nie gemocht, auch Krankenhäuser nicht. Nicht deren Geruch, nicht die Stimmung, die hier herrscht. Sie fährt hoch in den dritten Stock, auch der Lift ist nicht mehr der Jüngste und vor allem nicht der Schnellste. Irgendwann kommt er dann doch an. Als sie durch den langen Flur Richtung Zimmer 313 geht, kommt sie an zwei alten Frauen und einem Mann vorbei; die Frauen sitzen in ihren Rollstühlen, neben dem Mann, der im Sessel Platz genommen hat, steht ein Rollator. Der Alte plaudert fröhlich vor sich hin; über das Wetter, das damals, als er ein Junge war, viel kälter gewesen sei, und den Schnee, der früher meterhoch gefallen sei, nicht so wie heute, wo es kaum mehr gebe als einen dünnen Flaum. Es scheint ihn nicht zu kümmern, dass ihm niemand zuhört. Die eine Frau blickt abwesend zum Fenster hinaus und murmelt hin und wieder »ja, ja«, bevor sie erneut in ein Schweigen verfällt. Die zweite Frau sitzt vornübergebeugt und starrt den Boden an, sie scheint nichts mehr um sich herum wahrzunehmen. Irena schnürt es das Herz zu. So möchte sie nicht enden. So nicht.

Sie klopft an die olivgrüne Tür, neben der auf einer Metallplatte an der Wand die Nummer 313 steht und darunter, kleiner, ein Name: Oskar Schildknecht. Sie lauscht. Keine Antwort. Als auch nach dem zweiten, kräftigeren Klopfen nichts zu hören ist, drückt sie vorsichtig auf die Türklinke und tritt ein.

50

Millas Schrei ist bis ans andere Ufer der Emme zu hören. Als sie sieht, wie Ivan an der Tür in sich zusammensinkt, brüllt sie immer wieder seinen Namen. »Ivan! Ivan! Ivan! Ivan!« Sie möchte zu ihm stürzen, stattdessen zwingt sie ihr Instinkt, sich im Wohnwagen auf den Boden zu legen, um vor weiteren Schüssen in Deckung zu gehen. Ivan liegt halb draußen, halb im Innern des Wohnwagens, er blickt verzweifelt zu ihr hoch.

»Scheiße, mein Bein, mein Bein!«

Milla streckt den Arm nach ihm aus, sie muss Ivan hereinziehen, sonst werden sie ihn töten. Sie werden sie beide töten, genauso wie sie den Jungen getötet haben, der hinter ihnen starr und kalt im Wohnwagen liegt. Das hier, denkt Milla, werden sie nicht überleben. Der Gedanke ist klar und unumstößlich, er geht nicht einher mit Angst oder Panik, dafür ist es zu spät. Es ist eine reine Erkenntnis: So also geht es zu Ende. Aus. Vorbei.

»Polizei, keine Bewegung!«, schreit in dem Moment ein Mann. Milla kennt die Stimme. Sie blickt auf und sieht Felix Winter vor sich stehen, die Waffe im Anschlag. Er zielt erst auf sie, dann auf Ivan, der in ein leises Keuchen verfallen ist. Sein Bein ist voller Blut.

»Milla?«, hört sie Felix Winter fragen.

»Milla?«, hört sie eine Frauenstimme rufen. »Sandros Milla?«

»Wir brauchen einen Arzt!«, brüllt Milla. »Er ist verletzt!« Ein Schluchzen nimmt ihr die Stimme. »Und die Rechtsmedizin. Im Wagen liegt ein toter Junge.«

Eine halbe Stunde später ist der Campingplatz von Burgdorf nicht mehr wiederzuerkennen. Der Bereich um Kramers Wohnwagen ist mit rot-weißem Band weiträumig abgesperrt, der Rest des Campingplatzes mit verschiedenen Autos verstellt: drei Kastenwagen, ein Leichenwagen, mehrere Streifenwagen und einige Zivilfahrzeuge der Polizei. Auch ein Rettungswagen ist vorgefahren; Ivan wird vor Ort verarztet und für den Transport vorbereitet. Ein Streifschuss am Oberschenkel, keine tiefe Fleischwunde, er wird bald wieder in Ordnung sein. Drinnen im Wohnwagen ist der Rechtsmediziner Peter Lang damit beschäftigt, eine äußere Leichenschau an Fabio Della Fortuna vorzunehmen. Draußen wird Bettina von der Polizeipsychologin betreut. Daneben redet Felix auf Malou ein, die immer konsternierter wirkt, während er ihr erzählt, was passiert ist. Ein totes Kind und eine Kollegin, bei der die Waffe locker sitzt – so hat sie sich ihren ersten Arbeitstag bei der Abteilung Leib und Leben nicht vorgestellt. Etwas abseits, in der Nähe des Unterstands, wo der Kastenwagen des Schweizer Fernsehens geparkt ist, stehen Sandro und Milla, denen von Weitem anzusehen ist, dass sie eine heftige Diskussion führen, um nicht zu sagen: einen Streit.

»Es gibt Menschen, die aus Fehlern lernen. Aber du gehörst ganz eindeutig nicht dazu!«, schimpft Sandro laut.

»Ich habe dich ja angerufen, aber du bist weder rangegangen, noch hast du die Mailbox abgehört«, gibt Milla zurück.

»Weil ich beschäftigt war und nicht ahnen konnte, dass sich Frau Journalistin wieder mal in meinen Job einmischt. Dabei dachte ich, wir hätten das zu Genüge diskutiert: mein Job – dein Job. Und dazwischen liegt die Grenze.«

Milla hasst es, wenn Sandro sie so nennt. »Das ist so typisch Polizist, dass du immer in Schwarz-Weiß denkst! Man kann diese Grenze eben nicht schnurgerade mit dem Lineal ziehen. Und überhaupt: Ich mache nur meinen Job. Was kann ich dafür, wenn die Polizei zu spät kommt?«

Sandro holt Luft, um zu widersprechen, doch da setzt Felix dem Schauspiel der zwei Streitlustigen ein Ende. »Sandro, könntest du dich vielleicht mal um Bettina kümmern? Sie ist völlig fertig. Und ich glaube, wir müssen Irena aus ihrem Urlaub zurückbeordern, es wird langsam etwas viel für Lang.«

Sandro ist auf einen Schlag wieder professionell.

»Wir reden noch«, sagt er zu Milla, die genervt die Augen verdreht, nachdem er sich abgewendet hat.

Milla blickt auf die Uhr. Sie müsste längst in Zürich sein und ihren Beitrag fertig schneiden – obwohl Ivan nicht mehr dazu gekommen ist, die zusätzlichen Bilder aufzunehmen. So eine verfluchte Scheiße. Milla schaut sich um. Jeder auf dem Platz ist beschäftigt. Keiner nimmt Notiz von ihr. Sie zückt ihr Handy, macht fünf Videoaufnahmen, fünf verschiedene Einstellungen, das muss genügen. Mit diesen Bildern wird sie heute Abend exklusiv von der dramatischen Entwicklung im Fall um den entführten und getöteten Fabio Della Fortuna berichten. Sie weiß, dass sie damit den größten Krach ever mit Sandro riskiert. Aber das spielt jetzt auch keine Rolle mehr, schlimmer, als es bereits ist, kann es kaum noch werden. Milla sieht, wie Ivan auf der Trage in den Rettungswagen geschoben wird. Milla sucht seinen Blick, er winkt ihr kurz und kraftlos zu. Er wird wieder in Ordnung kommen. Sie müsste sich wohl erkundigen, ob sie gehen darf. Wahrscheinlich soll sie noch befragt werden. Aber sie hat nicht die Zeit, um hier stundenlang herumzusitzen. In acht Stunden wird ihr Beitrag ausgestrahlt.

So unauffällig wie möglich begibt sich Milla zum Kastenwagen. Sie öffnet die Tür und schließt sie leise hinter sich. Ein Glück: Der Schlüssel steckt. Sie startet den Motor, und als niemand reagiert, lenkt Milla den Wagen aus dem Unterstand, bis sie aus dem Blickfeld von Sandro und seinem Team verschwunden ist.

Als sie wenig später auf die Autobahn fährt, wird ihr auf einmal schrecklich übel. Der Schock überschwemmt sie mit Verspätung, dafür trifft er sie heftig: der Anblick des toten Buben, der Schuss, Ivan, der vor ihr zu Boden sinkt, sein Blut.

»Milla. Reiß dich zusammen. Reiß dich zusammen. Reiß dich zusammen. Du musst zuerst deinen Job erledigen, dann kannst du immer noch zusammenbrechen«, sagt sie laut zu sich selbst. Kaum hat sie ihr Mantra beendet, steuert sie auf den Seitenstreifen, stoppt den Wagen, steigt hastig aus und erbricht sich. Sie stützt sich, schwer atmend, auf die Leitplanke, die Autos rasen lärmend hinter ihr vorbei. Milla wischt sich den Mund ab. Vorsichtig steigt sie wieder in den Wagen. Sie bleibt einen

Moment lang reglos sitzen, beide Hände auf das Lenkrad gelegt. Dann startet sie den Motor und setzt ihren Weg Richtung Zürich fort.

»Milla!« Wolfgangs Stimme dröhnt aus seinem Büro, als sie versucht, ungesehen an ihren Platz zu gelangen. Sie hätte es besser wissen müssen: An Wolfgang kommt keiner vorbei. Schon gar nicht sie. Er scheint mit einem besonderen Milla-Instinkt ausgestattet zu sein, der ein Alarmsignal auslöst, sobald sie in der Nähe ist.

Sie hält inne, geht drei Schritte zurück und bleibt in der Tür zum Chefbüro stehen. Er sieht es ihr sofort an.

»Was ist passiert?«

Ohne zu antworten, lässt sich Milla in den Stuhl gegenüber sinken. Und dann passiert etwas, das in diesem Büro noch nie geschehen ist: Sie beginnt zu weinen.

51

»Darf ich mit rein?«

Sandro wendet sich um. Vor lauter Ärger über Milla hat er Malou beinahe vergessen. »Ich bin nicht sicher, ob das eine gute Idee ist, Malou. Es ist ein Kind.«

»Ich weiß. Aber auch das gehört zum Job, oder?«

»Okay.«

Sandro holt sich im Wagen der Kriminaltechniker Handschuhe, Gesichtsmasken, Schuhüberzüge sowie zwei Schutzanzüge und reicht die eine Hälfte der Ausrüstung an Malou weiter. Nachdem sich beide eingekleidet haben, geht Sandro voran, Malou bleibt ein paar Schritte hinter ihm. Als er den Wohnwagen betritt, fällt sein Blick auf den weißbekittelten Rücken von Peter Lang, der sich über ein schmales Bett beugt. Darauf liegt ein kleiner, nackter Körper. Lang tastet einzelne Stellen am Hals ab, zückt eine Taschenlampe, nicht größer als ein Kugelschreiber, zieht erst das rechte, dann das linke Augenlid hoch und leuchtet in die Augen. Der Junge wirkt schrecklich dünn, zerbrechlich und blass. Wie kann es sein, dass jemand ein wehrloses Kind tötet?, fragt sich Sandro. Er hat in seiner Karriere vieles gesehen. Er weiß, dass der Mensch zu allem fähig ist, zu viel mehr, als sich ein normaler Verstand vorstellen kann. Doch wenn es um Kinder geht, befällt ihn immer wieder Fassungslosigkeit. Kinder, die sich nicht wehren können. Die so viel schwächer sind. Die ihr Leben noch nicht gelebt haben. Sandro spürt, dass ihn die Traurigkeit überschwemmt. Er darf sie nicht zulassen, nicht bevor der Fall abgeschlossen ist.

»Kannst du schon etwas sagen?«

Peter Lang dreht sich um, und Sandro sieht ihm an, dass es dem Rechtsmediziner genauso ergeht wie ihm selbst: Er sieht mitgenommen aus.

»Auf den ersten Blick keine Anzeichen von äußerer Gewalteinwirkung. Ich kann nicht ausschließen, dass er erstickt wurde, weiß aber noch nicht, auf welche Art. Jedenfalls hat er sich nicht gewehrt. Vielleicht wurde er vorher betäubt. Aber das kann ich erst nach der Obduktion sagen.«

Sandro hört, wie Malou hinter ihm schwer einatmet, dann Schritte, die Tür, sie ist wieder draußen. Er kennt das. Es erging ihm ähnlich bei der ersten Leiche.

»Ungefährer Todeszeitpunkt?«

»Etwa vor zwei Tagen.«

»Dann wurde er gleich am Tag seines Verschwindens getötet.« Wenigstens hat er nicht ein tagelanges Martyrium über sich ergehen lassen müssen, denkt Sandro. Er schaut das Gesicht des Jungen an, die hohen Wangen, die leicht abstehenden Ohren, die spitze Nase. Das weiche dunkle Haar. Er sieht aus, als würde er schlafen.

»Wer hat dir das angetan?«, murmelt Peter Lang, der sich wieder dem Jungen zugewendet hat.

Rolf Kramer, denkt Sandro, ohne den Namen auszusprechen. Wenn Fabio seit zwei Tagen tot ist, kommt Kramer als Mörder infrage – bevor er sich selbst erschossen hat.

»Ich werde Irena anrufen. Ich denke, du wirst Hilfe brauchen. Hast du etwas von ihr gehört?«

»Nein, ich habe nichts von ihr gehört. Ist sie mal außer Haus, sterben die Menschen gleich reihenweise. Es wäre gut, wenn sie wieder da wäre.«

Sandro nickt Lang zu, blickt sich kurz im Wohnwagen um und geht wieder nach draußen. Die kalte Luft sticht in seiner Lunge, und doch kann er nicht genug davon kriegen.

Als er sich wieder gefasst hat, schaut er sich nach Bettina um. Felix und Malou stehen neben dem Kiosk und unterhalten sich mit einem Mann, der aussieht, als wäre eben für ihn eine Welt zusammengebrochen. Bestimmt der Eigentümer des Campingplatzes. Bettina entdeckt er im Kastenwagen der Spurensicherung. Sie ist in eine Decke gewickelt, die Frau vom psychologischen Dienst hat den Arm um sie gelegt. Sandro geht zu ihr hin.

»Bist du okay?«

»Ja, es geht.«

»Kannst du mir erzählen, was passiert ist?«

»Du hattest recht, ich hätte ein paar Tage frei nehmen sollen, es tut mir schrecklich leid. Es ist nicht verzeihbar, dass ich geschossen habe, es war dieser Knall, ich habe nicht mehr richtig funktioniert. Ich habe einfach geschossen. Es tut mir so leid.«

»Kannst du von Anfang an erzählen? Warum habt ihr nicht auf die Sondereinheit gewartet?«

»Wir wollten gar nicht in den Wohnwagen rein, uns nur mal umsehen. Bei Kramers Caravan war das Fenster aufgebrochen, ich dachte, ich werfe kurz einen Blick hinein. Da merkte ich, dass jemand im Wagen war. Und dann knallte auch schon die Tür an die Wand, als jemand rauskam. Ich habe einfach geschossen. Es ist meine Schuld.« Bettina schält sich aus der Decke und reicht Sandro ihre Waffe. »Ich muss noch warten, bis die Kollegen eine Schmauchspurensicherung an mir machen.«

Sandro nickt. »Natürlich wird die Staatsanwaltschaft eine Untersuchung gegen dich eröffnen. Aber mach dir keine Sorgen. Du musstest damit rechnen, dass gleich auf euch geschossen wird – nach dem, was bei Kramers Haus passiert ist.«

»Ich weiß nicht, Sandro. Ich weiß nicht, ob ich das noch länger machen kann.«

»Was meinst du?«

»Das alles, diesen Job, ich bin nicht gut genug.«

»Du bist eine der besten Polizistinnen, die ich kenne. Ich will das nicht hören. Das hätte jedem anderen auch passieren können.«

»Nein. Das glaube ich nicht. Wie geht es ihm?«

Einen verstörenden Moment lang meint Sandro, sie spreche vom toten Jungen.

»Er ist ein Freund von Milla, oder?«, fragt sie nach, als er keine Antwort gibt.

»Er ist ihr Kameramann. Es ist ein Streifschuss, eine Fleischwunde am Oberschenkel. Nichts Lebensgefährliches.«

»Zum Glück. Stell dir vor, ich hätte besser getroffen. Stell dir vor, ich hätte ihn getötet!«

»Hast du aber nicht. Gib dir ein bisschen Zeit. Es wird alles wieder gut werden. Bitte gib nicht auf. Ich brauche dich in meinem Team.«

Sandro greift nach ihrer Hand und drückt sie. Er wünschte, er könnte mehr für sie tun. Gleichzeitig weiß er, dass sie da durchmuss. Welcher Polizist hat nicht schon in gewissen Momenten gegen die Zweifel angekämpft. Auch er kennt sie, hat sie bisher aber stets besiegen können.

Sandro greift zu seinem Telefon und stellt Irenas Nummer ein. Es klingelt sieben Mal, bevor die Mailbox rangeht. Er hinterlässt nach dem Piepton eine Nachricht: »Irena, Sandro hier. Bei uns ist grad einiges los … wann bist du zurück? Und wo steckst du überhaupt? Wäre es möglich, dass du einspringst, ich glaube, Peter stößt langsam an seine Grenzen. Wir haben heute den toten Jungen gefunden. Es wäre gut, wenn du die Obduktion machen könntest. Bitte melde dich.«

Sandro steckt das Handy weg. Felix ist neben ihn getreten.

»Können wir im Wagen eine Lagebesprechung machen? Ich habe Neuigkeiten, und ich friere mir bald den Hintern ab.«

Kaum sitzen Sandro und Malou mit ihm im Auto, startet Felix den Motor und fährt die Heizung hoch. Auch Sandro reibt sich die Hände. Er ist nicht gemacht für dieses Klima. Manchmal verwünscht er seine Eltern dafür, dass sie aus Sizilien in die kalte Schweiz gezogen sind. Wenn andere schon ins Schwitzen kommen, klappert er noch immer mit den Zähnen.

»Der Campingplatzbesitzer hat wie erwartet von allem nichts mitbekommen. Der Platz wird im Winter nicht betrieben, und er selbst wohnt in der Nachbargemeinde. Aber natürlich kennt er Rolf Kramer. Er hat seinen Standplatz seit vielen Jahren gemietet, war nicht immer pünktlich mit den Zahlungen, ist aber nicht weiter negativ aufgefallen.«

»War er immer alleine hier? Oder hatte er Besucher? Waren Kinder da?«

»Er erzählte, Kramer sei ein seltsamer Eigenbrötler und immer allein unterwegs gewesen. Man habe sich gegrüßt, aber näher habe man sich nicht gekannt. Kramers Frau hat er einmal gesehen, ist aber lange her. Ob er auch mal ein Kind dabeigehabt hat, konnte er nicht sagen.«

»Der Campingplatzchef meinte, Kramer habe in seinem Wohnwagen wohl ein Hobby betrieben – wie Puzzles zusammensetzen oder so was«, ergänzt Malou.

»Oder kleine Kinder missbrauchen«, ergänzt Sandro in bitterem Tonfall. »Es würde mich nicht wundern, wenn das hier unter allen Augen geschehen ist, und keiner hat es mitgekriegt, weil alle weggesehen haben.«

»Ich habe noch was«, sagt Felix. »Die französischen Kollegen haben sich gemeldet. Ich habe ihnen auf dem Rechtshilfeweg die Adressen aus dem Kassabüchlein schicken lassen, das ich in Kramers Wohnung gefunden habe. Er hat von fünf Personen aus Frankreich beachtliche Geldsummen erhalten.«

»Was sagen die Kollegen?«

»Du wirst es nicht glauben. Ich hoffe, ich habe die Mail richtig verstanden. Aber wenn ich mich nicht irre, schreibt der Kollege, er habe eine der Personen angerufen, und die habe ihm gesagt, sie kenne Rolf Kramer.« Felix macht eine Pause. »Sie sagte, Rolf Kramer habe für eine Adoptionsagentur gearbeitet und ihnen ein Kind vermittelt.«

Im ersten Moment versteht Sandro nicht, was das soeben Gesagte bedeuten könnte.

»Ich glaube, sie haben ihm das Geld gezahlt, damit er

ihnen ein Kind besorgt«, erklärt Felix weiter. »Ein Adoptivkind.«

Jetzt starrt Sandro ihn fassungslos an. Ein Schaudern durchfährt seinen Körper, und er spürt eine Gänsehaut auf Armen und Nacken.

»Du meinst, falls Kramer mit dem Verschwinden der Kinder aus den Neunzigern etwas zu tun hat …«

»… dann könnten sie noch leben.«

52

Oskar Schildknecht sitzt in einem Sessel, der zum Fenster ausgerichtet ist. Hinter der Scheibe heben sich weiß gezuckerte Hügel vom blauen Himmel ab, sie sind fast zu rund, um natürlich zu sein. Eine Landschaft wie aus dem Fotokalender. Von ihrem Onkel sieht Irena nur den Hinterkopf, der zur Hälfte über die Sessellehne ragt: eine große, kahle Stelle, gesprenkelt mit dunklen Hautflecken, umgeben von einem Ring akkurat gestutzter grauer Haare. Neben dem Stuhl des alten Mannes dreht sich eine LP auf einem Plattenspieler. Relikte aus einer vergangenen Zeit. Verdis *Aida* erfüllt das Zimmer.

»Oskar?«, fragt Irena.

Keine Antwort

»Oskar!« Lauter jetzt.

In Zeitlupentempo hebt sich sein Arm von der Lehne und winkt die ungesehene Besucherin müde heran.

»Herein, herein.« Sie erkennt die dünne und gebrochene Stimme nicht, die eher nach alter Frau klingt als nach altem Mann.

Irena geht um das Bett herum zum Sessel und tritt in das Sichtfeld ihres Onkels, den sie seit über zwanzig Jahren nicht gesehen hat. Er sieht fremd aus. Und doch erkennt sie in seinem Gesicht ein paar bekannte Züge. Wie viel Zeit vergangen ist. Wie viele Spuren sie hinterlassen hat. Spuren des menschlichen Zerfalls.

»Endlich bist du da.« Oskar weist mit der Hand auf den einen Stuhl neben dem Tischchen. »Setz dich.«

Irena versteht nicht.

Hat er mich erwartet? Das kann nicht sein.

Sie schiebt den Stuhl neben den Sessel und setzt sich angespannt hin, als wolle sie gleich wieder hochspringen.

»Du hast geahnt, dass ich komme?«

»Ich habe dich schon viel früher erwartet.«

»Warum wusstest du …?«

»Was hast du mir zu erzählen?«

»Ich …«

Etwas stimmt hier nicht.

»… Oskar, weißt du, wer ich bin?«

Oskar Schildknecht blickt Irena direkt in die Augen. Ein müdes Lächeln umspielt seine Lippen, er wirkt halb amüsiert, halb nachsichtig. »Ich weiß nicht, was man dir erzählt hat, aber ich bin noch lange nicht senil.« Der alte Mann wird von einem krachenden Husten erschüttert, das tief aus seiner Lunge hochsteigt. »Natürlich weiß ich, wer du bist. Wie könnte ich dich vergessen?«

Irena lächelt.

»Hermine. Meine Hermine.«

Irena lächelt nicht mehr. Die Enttäuschung trifft sie wie ein Schlag, er verwechselt sie mit seiner Frau, die schon lange tot ist. Er hat keine Ahnung, wer sie wirklich ist. Ihre Hoffnung, hier in diesem Zimmer Antworten auf ihre Fragen zu finden, zersplittert in tausend Scherben; ihr Onkel ist in der Welt des Vergessens versunken.

»Es tut mir leid, ich bin nicht Hermine. Ich bin Irena. Rena. Deine Nichte. Die Tochter von Kathrin, Hermines Schwester. Und von Hans, deinem Bruder.«

Oskar schaut sie lange an. Dann schüttelt er vorwurfsvoll den Kopf, als hätte er Irena bei einem Streich ertappt. »Nein, nein, du bist meine Hermine!«

Irena fühlt sich hilflos. Sie weiß nicht, wie man mit dementen Menschen umgeht. Am liebsten würde sie aufstehen und gehen. Das hier bringt doch alles nichts. Aber ihre vielen Fragen … Sie weiß, dass Alzheimerpatienten manchmal lichte Momente haben, in denen sie Zugang zu ihren Erinnerungen finden. Vielleicht muss sie nur ein bisschen warten. Geduld haben. Ihm Zeit geben.

Geduld war noch nie ihre Stärke.

»Warum warst du so lange weg?« In Oskars Augenwinkeln liegen kleine Tränen, obwohl er nicht weint.

»Es tut mir leid, ich hatte viel Arbeit.«

»Viel Arbeit.«

Irena versucht sich zu erinnern, ob und was ihre Tante gearbeitet hat, aber es fällt ihr nicht ein. Doch sie hat eine andere Idee.

»Und ich hatte einen bösen Streit mit meiner Schwester, mit Kathrin.«

Ihr Onkel starrt sie stumm an. Sie ist nicht sicher, ob ihre Worte ihn erreicht haben, aber er scheint über etwas nachzudenken. Darum fährt sie fort.

»Wegen Marius. Ich habe Kathrin geschrieben, sie soll ihn in Ruhe lassen.«

»Du musst Kathrin verstehen. Sie hat viel durchgemacht.«

Mehr kommt da nicht. Ihr Onkel verfällt in ein Schweigen und scheint irgendwo weit weg zu sein.

»Sie will einfach nicht akzeptieren, dass ihr Junge tot ist«, fährt Irena fort. »Und dass unserer noch lebt.«

»Unserer …« Oskars Tonfall lässt Irena zusammenzucken. Seine Stimme ertrinkt in Bitterkeit. »Unserer.« Er atmet ein, wieder aus. »Der Falsche ist gestorben.«

Ein Satz wie ein Fausthieb. Irena weicht unwillkürlich zurück. »Wie meinst du das?«

Keine Antwort. Der alte Mann hüllt sich erneut in Schweigen.

»Du hättest lieber Marius tot gesehen?« Aus einem Reflex heraus legt Irena ihre Hand auf die seine. Sie fühlt sich eiskalt, feucht und faltig an, wie ein Herbstblatt auf regennassem Asphalt.

»Er war mir nie ein rechter Sohn. Es gibt keine Gerechtigkeit auf dieser Welt.«

Irena versteht nicht, was ihr Onkel meint, doch er hört sich nicht an wie ein Verrückter. Er hört sich an wie jemand, der genau weiß, was er sagt.

»Wer sind Sie?«, fragt er unvermittelt. Irena schreckt zusammen. »Sie waren noch nie hier, oder?«

»Ich bin Irena Jundt. Ich meine: Rena Schildknecht. Deine Nichte. Die Tochter von Kathrin.«

»Hans' Tochter?«

»Ja! Hans' Tochter!« Irena jubelt innerlich. Er ist zurück im Jetzt und erinnert sich sogar an sie.

»Grüß mir deinen Vater. Er könnte auch mal vorbeikommen.«

»Es tut mir leid, er lebt nicht mehr. Dein Bruder ist vor zwei Wochen gestorben.«

»Wer hätte gedacht, dass ich ihn überlebe.«

Irena will sich nicht länger über ihren toten Vater unterhalten. Sie muss den lichten Moment ihres Onkels nutzen.

»Ich bin hier, um herauszufinden, was mit meinem Bruder Beni geschehen ist.«

»Genau wie deine Mutter.« Oskar greift nach einem Taschentuch und tupft sich die Augen trocken. »Aber es hat ihr nur Unglück gebracht. Diese ewige Fragerei. Nichts hat's genützt. Es ist für immer ein Geheimnis geblieben. Ein Geheimnis ist ein Geheimnis ist ein Geheimnis, haben mein Bruder und ich immer gesagt, schon als wir noch ganz klein waren.«

»Ich möchte die Wahrheit erfahren.«

»Die Wahrheit liegt im Wald begraben.«

»Aber du kennst sie?«

»Die Wahrheit liegt im Wald begraben.«

»Oskar, bitte. Ich bitte dich so sehr. Du bist meine letzte Hoffnung. Wenn du etwas über Benis Verschwinden weißt, sag es mir. Es gibt niemanden, den ich sonst noch fragen kann.« Irenas Stimme ist so dünn. Ihr Hals fühlt sich an wie zugepresst. Sie muss die Tränen zurückhalten.

Bloß nicht weinen jetzt.

»Die Hoffnung stirbt zuletzt.« Oskars unsicheres Lachen wird von einem neuen Hustenanfall verschluckt. »Ist der Hans also tatsächlich vor mir gestorben? Am Schluss wird doch noch alles gut.«

»Warum sagst du das?«

»Du bist früh gegangen. Das war richtig so. Auf unseren Familien liegt ein Fluch. Das Leben hat uns nichts Gutes gebracht.«

»Was für ein Fluch? Sag mir bitte, was du weißt.«

»Ein Geheimnis ist ein Geheimnis ist ein Geheimnis.«

»Es ist niemand mehr da außer uns beiden.«

»Und Marius.« Wieder diese Bitterkeit in seiner Stimme.

»Was ist zwischen unseren Familien passiert?«, fragt Irena.

»Zu viele Fragen bringen Unglück.«

»Ich will die Wahrheit kennen.«

»Die Wahrheit ist im Wald verrottet.« Oskar klaubt ein weißes Taschentuch aus der Hosentasche, jemand hat mit rotem Faden die Initialen OS hineingestickt. Er schnäuzt sich geräuschvoll. Danach legt er das Taschentuch sorgsam wieder zusammen und steckt es weg. Er blickt auf, mustert Irenas Gesicht.

»Warum hast du mich so lange nicht besucht, Hermine?« Seine Stimme ist weinerlich jetzt, gläserne Augen. Sie blicken Irena an und gleichzeitig ins Leere, als sähe er über Zeitgrenzen hinweg. Er ist wieder in einer vergangenen Welt. Auch Irena möchte weinen, doch in dem Moment öffnet sich die Tür. Eine Pflegerin, die sich ein Gute-Laune-Lächeln ins Gesicht gemeißelt hat, trägt ein Tablett herein. Zwei abgedeckte Teller stehen darauf, eine Tasse Tee und eine Pillendose.

»Mittagessen, Herr Schildknecht! Heute haben wir Kartoffelbrei mit Gemüse im Angebot! Zum Dessert gibt es Fruchtsalat!« Sie ruft es in einer Lautstärke, als müsste sie den Menüplan in einer großen Kantine verkünden.

Wie auf Befehl erhebt sich Oskar aus dem Sessel und scheucht Irena mit einer hektischen Handbewegung vom Stuhl, um sich selbst darauf zu setzen. Er schiebt ihn näher an den Tisch. Die Pflegerin reicht ihm eine Serviette, er greift danach, bindet sie um, streicht sie glatt und setzt sich aufrecht hin. Jede Bewegung wirkt wie eine einstudierte Choreografie.

»Nach dem Essen pflegt Herr Schildknecht zu schlafen«, sagt die Pflegerin. »Es wäre gut, wenn Sie jetzt gehen, es nimmt ihn sonst zu sehr mit«, erläutert sie, als Irena nicht reagiert.

»Ah. Gut. In Ordnung.« Sie will ihrem Onkel die Hand zum Abschied reichen, aber die bleibt unbeachtet in der Luft hängen; er hat schon zu essen begonnen. Also legt sie sie ihm zum Abschied auf die Schulter. »Ich gehe dann jetzt. Auf Wiedersehen, Onkel Oskar.«

Er scheint sie nicht mehr wahrzunehmen. Doch als sie gerade zur Tür hinauswill, ruft er hinterher. »Schau in der Schublade nach!«

Irena hält inne, macht einen Schritt zurück ins Zimmer. »In welcher Schublade? Was meinst du?« Ihr Puls beschleunigt sich. »Was befindet sich in welcher Schublade?«

Doch es kommt nichts mehr. Der Alte ist wieder auf sein Essen fixiert. Irena schaut die Pflegerin an, die langsam den Kopf schüttelt. Sie wendet sich ab und schließt enttäuscht die Tür.

53

Wolfgang reicht Milla ein Papiertaschentuch. Sorgenfalten zerfurchen seine Stirn. Noch nie hat er seine Starreporterin weinen sehen. Milla nimmt es dankbar entgegen, schnäuzt sich kräftig, greift sogleich nach dem ganzen Päckchen, das auf dem Tisch liegt, zieht ein weiteres Papiertaschentuch heraus und tupft sich damit die Augen trocken. Mit einem dritten versucht sie, die Schminke abzuwischen, die sich womöglich auf ihrem ganzen Gesicht verteilt hat. Sie sieht bestimmt aus wie ein Pandabär wegen des verschmierten Kajalstrichs. Milla will nicht, dass ihr Chef sie so sieht, aber dafür ist es jetzt zu spät.

»Kannst du erzählen?«, fragt Wolfgang zum zweiten Mal.

Milla nickt, zieht noch einmal die Nase hoch, dann beginnt sie zu berichten. Vom Interview mit der Ex-Frau von Rolf Kramer, der wohl den kleinen Fabio entführt und sich danach selbst gerichtet hat, von dem Wohnwagen, den er auf dem Campingplatz in Burgdorf gemietet hat, und wie sie mit Ivan bloß zwei, drei Aufnahmen davon machen wollten – um die Bilder im Beitrag mit der Frage zu unterlegen, ob Kramer in dem Wohnwagen den entführten Jungen versteckt gehalten hat.

»Und dann hat Ivan ihn gesehen. Er hat die Scheibe aufgedrückt und ist in den Wohnwagen geklettert. Wir haben ihn gefunden. Er sah so friedlich aus, als würde er schlafen. Aber der Junge ist tot, Wolfgang, tot!«

»Ihr habt den toten Buben gefunden? Sensationell! Ich meine, entschuldige, wie schrecklich!« Wolfgang steht auf und legt seine Hand auf Millas Schulter. Drückt sie leicht. »Das tut mir leid, dass du das mit ansehen musstest.« Mehrere Sekunden lang sind beide still, unterschiedlichste Gedanken gehen durch ihre Köpfe und verschlucken die Zeit. Bis Wolfgang sich räuspert. Seine Stimme hat wieder einen geschäftlichen Ton angenommen. »Ich weiß, dass ich zynisch klinge. Aber so schrecklich das auch ist – für deine Geschichte ist diese Entwicklung großartig, wir müssen das unbedingt mit reinbringen.«

»Ich bin noch nicht fertig.«

»Das ist noch nicht alles?«

»Ivan wurde angeschossen.«

»Was sagst du da? Ivan Ivanovic? Dein Kameramann? Angeschossen? Milla, um Himmels willen!«

»Die Polizistin meinte wohl, wir seien Kramers Komplizen. Auf jeden Fall hat sie auf Ivan gefeuert, als er aus dem Wohnwagen gestiegen ist.«

»Wie geht es ihm?«

»Er kommt wieder in Ordnung, sie hat ihn am Bein getroffen. Aber es war furchtbar, es war alles voller Blut.« Milla zieht erneut geräuschvoll die Nase hoch, wieder füllen Tränen ihre Augen. »Ich war mir sicher, dass wir sterben würden. Ich dachte, die Entführer seien zurückgekommen und dass jetzt alles vorbei sei.«

»Milla, es ist vorbei. Du bist hier. Ivan wird gesund.« Er hält kurz inne, dann fügt er an: »Und deine Reportage wird der Hammer, die Geschichte, die du zu erzählen hast, ist preisträchtig. Du hast das tote Kind gefunden. Milla! Stell dir mal vor! Was für eine Story!« Wolfgang muss sich zusammenreißen, um seine Begeisterung im Zaum zu halten, doch es gelingt ihm nicht wirklich. »Du gehst jetzt an den Schnittplatz und machst das Ding fertig, bring dich selber mit ein, erzähle im Kommentar, wie es dir nach dem Fund der Kinderleiche ergangen ist. Nach dem Beitrag führen wir das Liveinterview im Studio nicht mit einem Experten, sondern mit dir. Keiner ist so nahe dran wie du. Milla, das wird ganz groß. Klotzen statt Kleckern! Du bist die Beste. Jetzt bringen wir dich richtig groß raus.«

Ein kaum wahrnehmbares Lächeln streift Millas Lippen. Wolfgang ist eben Wolfgang, Journalist mit jeder Zelle seines Körpers. Gleichzeitig weiß sie, dass er recht hat. Sie muss die Geschichte zu Ende bringen. Sie muss zurück in die Haut der Journalistin schlüpfen, die Distanz wahrt und das Geschehen nicht zu nah an sich herankommen lässt. Sie hat hier einen Job zu erledigen. Auch wird ihr die Arbeit helfen, das Erlebte zu verarbeiten, da ist sie sich sicher. So ist es immer.

»Okay.«

»Schaffst du das?«

»Ich schaffe das.«

»Braves Mädchen.«

Milla knufft Wolfgang in die Rippen. »Nenn mich nicht Mädchen!«

Wolfgang grinst. Da ist sie wieder: Milla, wie er sie kennt.

»Perfekt!« Milla meint es ehrlich. Sie sitzt am abgedunkelten Schnittplatz vor den drei Bildschirmen und klatscht Daniel mit der Hand ab. *Gimme five*. Der Cutter hat gute Arbeit geleistet. Sie hat rein nichts zu beanstanden, nachdem er ihr die ersten zwei Drittel des Beitrages abgespielt hat, dessen Rohschnitt sie vorbereitet hatte. »Das können wir alles genau so lassen«, sagt sie. »Das Interview mit der Ex-Frau Kramers und den Fund der Leiche hängen wir einfach hinten dran – so passt das chronologisch und vom Aufbau her am besten.«

»Voll krass, dass du und Ivan den Buben wirklich gefunden habt.« Daniel kann noch immer kaum fassen, was Milla ihm erzählt hat.

»Dafür hat sich Ivan eine Kugel eingefangen.«

»Er wird dafür bestimmt einen Platz in der Heldengalerie erhalten. Mach dir um ihn keine Sorgen, ich bin sicher, er wird seine Wunde wie eine Goldmedaille herumtragen und jedem zeigen, auch wenn keiner sie sehen will.«

Milla übergibt Daniel das Material des letzten Drehtages, der so dramatisch geendet hat. Gemeinsam gehen sie die Zitate von Kramers Ex Hannelore Waser durch, die im Interview nicht mit ihrer Meinung zurückgehalten hat.

»Herr K. steht im Verdacht, Fabio Della Fortuna entführt zu haben oder zumindest an seiner Entführung beteiligt gewesen zu sein. Was sagen Sie zu diesem Vorwurf?«, hört Milla ihre eigene Stimme aus dem Hintergrund fragen. Und dann die Antwort der alten Frau: »Was soll ich dazu sagen? Ich weiß nicht, was er gemacht hat. Aber ganz ehrlich? Ich bin nicht mal überrascht. Rolf war kein guter Mensch.«

»Das nehmen wir mit rein, inklusive Frage«, sagt Milla zu Daniel. Sie suchen zwei weitere Zitate, dann lädt Milla die fünf Aufnahmen vom Campingplatz auf den

Server, die sie mit dem Handy aufgenommen hat. Sie textet, während Daniel die Bilder auf die richtige Länge schneidet: »Nach dem Interview hat uns Frau Waser noch etwas verraten: Dass ihr Ex-Mann einen Stellplatz für seinen Wohnwagen auf dem Campingplatz Burgdorf angemietet hat. Da wir das für ein mögliches Versteck für einen entführten Jungen hielten, sind wir sofort hingefahren. Auf dem Campingplatz haben mein Kameramann und ich eine schreckliche Entdeckung gemacht: Im Wohnwagen lag der vermisste Fabio Della Fortuna. Tot. Ich werde den Moment, in dem wir ihn gefunden haben, nie vergessen. Die Ermittlungen der Polizei laufen weiter.«

»Schnitt«, sagt Daniel.

»Schnitt und Abspann«, fügt Milla hinzu.

Genau so geht der Beitrag kurz nach halb neun über den Sender. Noch während er läuft, zeichnet sich ab, dass die Einschaltquote weit über dem Durchschnitt der Sendung liegen wird, Tendenz steigend, je länger er läuft. Millas Reportage flimmert in Zehntausenden von Haushalten über den Bildschirm, weil das Schicksal um ein totes Kind niemanden kaltlässt. Zu viele erinnern sich an die schreckliche Mordserie in den Neunzigerjahren, als alle Eltern um ihre Kinder bangten. Milla sitzt bereits im Studio auf dem Stuhl, auf dem sonst die Gäste des Moderators Platz nehmen, und fragt sich, ob auch Sandro den Fernseher eingeschaltet hat. Wahrscheinlich nicht, wahrscheinlich hat er keine Zeit. Und selbst wenn er Zeit hätte, hätte er bestimmt keine Lust zu sehen, wie ihr Teil der Arbeit zu diesem Fall aussieht. Doch Milla bleibt keine Zeit, um sich über Sandro und über ihre Beziehung Gedanken zu machen. Unmittelbar nach dem letzten Bild des Films, das den abfahrbereiten Leichenwagen auf dem Campingplatz zeigt, werden die Studiokameras auf Sendung geschaltet, und der Moderator Jonas schaut Milla mit ernstem Blick an.

»Milla, du hast den toten Fabio in diesem Wohnwagen gefunden. Das muss schrecklich gewesen sein. Wie geht es dir jetzt?«

Besser als dem Jungen, besser als Ivan, denkt Milla, sagt aber stattdessen: »Ja, es war schrecklich. Es ist der traurigste Moment, den ich in meiner Karriere als Journalistin erlebt habe. Ich möchte der Familie von Fabio mein herzliches Beileid aussprechen. Es ist furchtbar, dass diese Tat geschehen ist.«

»Nach dem Auffinden der Leiche kam es zu einem Zwischenfall. Dein Kameramann ist von der Polizei angeschossen worden. Ist das richtig?«

»Das ist richtig.« Spätestens jetzt, denkt Milla, wird Sandro mich hassen oder zumindest für mehrere Wochen aus seinem Leben verbannen. Sie versucht zu retten, was zu retten ist – und macht alles noch schlimmer. »Aber man kann der Polizei keinen Vorwurf machen. Die Beamtin, die geschossen hat, ist davon ausgegangen, wir seien Komplizen des Entführers, als wir aus dem Wohnwagen traten. Und sie musste mit höchster Gefahr rechnen, denn die Wohnung des Hauptverdächtigen Rolf K. war mit einer Selbstschussanlage ausgestattet, ein Polizist wurde getötet, als sie sein Haus durchsuchen wollten.«

Die Augen des Moderators weiten sich, mit dieser Antwort hat er nicht gerechnet, niemand hat damit gerechnet, nicht mal Milla selbst, dass sie diese Information preisgibt. Sie ist noch nicht offiziell, und Milla hat nicht vorgehabt, von Ramon zu berichten. Sie darf sich gar nicht vorstellen, was Sandro von ihrem Auftritt hier denken wird. Milla ist froh, als Jonas das Gespräch auf den zu Unrecht verdächtigten Bruno Hug lenkt, der sich das Leben genommen hat. Während Milla Jonas' letzte Frage beantwortet, sieht sie ihm an, dass die Zeit gleich um sein wird, dass die Regisseurin über den Knopf in seinem Ohr die Sekunden rückwärts zählt, sie rechnet damit, dass er das Interview gleich zu einem Abschluss bringen wird. Doch da zögert er und hält sich die rechte Hand ans Ohr. Dann schüttelt er kaum merklich den Kopf.

»Milla Nova, besten Dank für dieses Interview, ich bin sicher, der Fall wird uns noch einige Zeit beschäftigen.« Milla nickt und verabschiedet sich, doch Jonas hat sich schon von ihr ab- und einer anderen Kamera zugewendet, um die Ansage für den nächsten Beitrag zu machen. Als dieser gestartet wird und das rote Licht, das die laufende Aufnahme anzeigt, erlischt, verlässt Milla das Studio und betritt den kleinen Regierraum, der unmittelbar daneben liegt.

»Wie war ich?«, fragt Milla.

»Milla, wir haben einen Anruf mit einer wichtigen Info erhalten. Wir wollten, dass Jonas das noch mit reinbringt, aber er wollte ganz offensichtlich nicht.«

Milla sieht Wolfgang an, dass er verärgert ist. »Was für einen Anruf?«

»Jemand, der behauptet, Rolf Kramer gekannt zu haben. Und der sich sehr sicher zu sein scheint, dass Kramer nicht der Täter ist.«

54

Nathaniel fliegt. Zumindest fühlt es sich fast so an. Auf der rechten Hand balanciert er das Tablett mit zwei Hauptgängen, mit der linken tastet er sich geschickt den Stuhllehnen entlang, um sich zu versichern, dass ihm kein unachtsamer Gast ein Stuhlbein in den Weg gestellt hat. Nur zu gut erinnert er sich daran, wie er in den ersten Wochen als Kellner des Restaurants *Blinde Kuh* mehrere filmreife Stürze hingelegt hat. Zum Glück ist es in dem Restaurant stockdunkel, und die Gäste sehen genauso wenig wie die ausnahmslos blinden Kellner – so hat keiner seine unfreiwilligen Showeinlagen direkt mitbekommen. Doch mittlerweile bewegt sich Nathaniel so elegant zwischen den Tischen, als hätte er Flügel verliehen bekommen, das glaubt er zumindest, auf jeden Fall ist er schon lange nicht mehr gestolpert. Wirklich liebgewonnen hat er seinen Job allerdings nie. Aus unerfindlichen Gründen meinen die Gäste, sich anbrüllen zu müssen, wenn sie sich nicht sehen können; entsprechend hoch ist der Lärmpegel im Erlebnisrestaurant. Nach seiner Schicht dröhnt Nathaniel oftmals der Kopf. Glücklicherweise wird den meisten Gästen das Blindsein mit der Zeit dann doch zu anstrengend: Kaum sind die Teller leergegessen, sind die Gäste auch schon wieder weg. So muss Nathaniel wenigstens keine Überstunden schieben.

»Dein Handy hat mehrmals geklingelt«, sagt Olivia, die Köchin, als er die Flügeltür zur Küche aufstößt, um sich kurz eine Verschnaufpause zu gönnen. Er fragt sie nicht, woher sie weiß, dass es sein Handy war. Olivia weiß nämlich immer alles, und vor allem hat sie immer recht. Nathaniel kennt keinen treffsichereren Menschen, auch was ihren Umgang mit Worten anbelangt. »Es klang dringend. Ich würde zurückrufen.«

Nathaniel tut, wie ihm aufgetragen, weil er eigentlich immer tut, was Olivia ihm sagt. »Sie haben zwei Anrufe von einer nicht gespeicherten Nummer«, erklärt ihm die Frauenstimme in seinem Handy.

»Eine unbekannte Nummer«, meldet er Richtung Olivia weiter, die hinter den brutzelnden Töpfen steht.

»Ruf an!«

»Rückruf«, diktiert Nathaniel ins Telefon. Nach wenigen Sekunden hört er den unterbrochenen Summton.

»Fischbach?«

»Guten Abend, Frau Fischbach. Hier ist Brenner. Sie haben versucht, mich zu erreichen.«

»Nathaniel! Ich meine, Herr Brenner, danke, dass Sie zurückrufen.«

»Darf ich fragen, wer Sie sind?«

»Ich bin, ich meine, Sie wundern sich wohl, warum ich Ihre Nummer habe, aber Sie haben mit Karte bezahlt, darum kenne ich Ihren Namen, und Sie stehen im Telefonbuch, also dachte ich, ich rufe einfach mal an.«

Nathaniel kommt die Stimme bekannt vor, er kann sie aber im Augenblick nicht zuordnen.

»Weil ich mich erkundigen wollte, ob die Katze aus dem Trinkbrunnen trinkt. Und natürlich auch, weil ich Sie sympathisch fand.«

Die Verkäuferin aus der Zoohandlung! Die Frau, die mit elf aufgehört hat zu wachsen. Nathaniels Miene hellt sich auf. Ihr letzter Satz hat sich trotzig angehört, als müsste sie ihren Anruf vor sich selbst rechtfertigen.

»Schön, dass Sie sich melden«, sagt Nathaniel rasch. Weiter aber fällt ihm nichts mehr ein, also schweigt er. Auch am anderen Ende der Leitung bleibt es still. »Und ja, ich glaube, die Katze trinkt«, schiebt Nathaniel nach, weil irgendwann jemand etwas sagen muss.

»Also, eigentlich wollte ich Sie fragen, ob Sie Lust hätten, mal etwas trinken zu gehen.«

»Klar.«

»Schön! Heute?«

»Oh. Heute schon?«

»Natürlich nur wenn es passt.«

Die Frau klingt plötzlich unsicher. Nathaniel geht es nicht anders. Er wird nicht oft nach einem Date gefragt. Genauer: Eigentlich so gut wie nie.

»Was ist?«, flüstert die Köchin Olivia in sein freies Ohr.

Nathaniel drückt sich das Telefon an die Brust und flüstert zurück: »Sie fragt nach einem Date!«

»Himmel, Nathaniel, sag ja, sag ja!«, ruft Olivia.

Wüsste Nathaniel, wo genau sich ihr Mund befindet, er würde seine Hand darauf pressen. Stattdessen sagt er laut: »Psssssst!«

»Was ist, habe ich etwas Falsches gesagt?«, fragt die Frau am Telefon mit Nachnamen Fischbach, deren Vornamen Nathaniel noch nicht kennt.

»Nein, gar nicht. Ich bin übrigens Nathaniel.«

»Gundula.«

»Gundula?«

»Meine Eltern sind etwas altmodisch. Entschuldigen

Sie, ich meine, entschuldige, dass ich einfach so angerufen habe. Manchmal handle ich, bevor ich denke, das ist nicht immer gut, wahrscheinlich störe ich, und heute ist ungünstig …«

»Nein, nein, nein! Heute wäre wunderbar, aber ich bin leider auf der Arbeit.«

»Ich stehe auch noch im Laden. Aber vielleicht danach?«

»Hier ist erst um halb zehn Schluss. Es wird sicher zehn, bis ich in der Stadt sein kann.«

»Das passt. Ich schließe um neun. Dann kann ich gleich noch den Laden saubermachen. Um zehn in der *Cuba Bar*?«

Nathaniel hat keine Ahnung, wo die Cuba Bar ist. Er hat nicht einmal gewusst, dass in Bern eine Bar mit diesem Namen existiert. Nathaniel geht normalerweise nicht in Bars.

»Also dann um zehn in der Cuba Bar«, sagt er. »Bis später.«

»Bis später.«

Nathaniel kommt zehn Minuten zu spät. Nicht weil er länger arbeiten musste als geplant, sondern weil er so nervös ist, dass er nichts auf die Reihe bekommt. Erst konnte er seine Jacke in der Garderobe nicht finden, dann suchte er lange nach dem Geschirr für Alisha, obwohl es genau dort hing, wo er es immer hinhängt, schließlich konnte er es der Hündin fast nicht anziehen, weil sich seine Nervosität wie immer auf das Tier übertrug und sie sich beide so unbeholfen anstellten, als würden sie das zum ersten Mal machen. Als sie endlich zum Aufbruch bereit waren, ließ sich Nathaniel von seiner

App zur Cuba Bar navigieren, und hier steht er nun, orientierungslos, weil er nicht weiß, wo sich der Eingang befindet. Links oder rechts oder in der Mitte? Alisha scheint ebenso mit der Situation überfordert zu sein wie er. Nathaniel vermutet eine Glasfront, dann ist es für die Hündin schwierig, die Tür auszumachen. Als er sich entschließt, es mit der rechten Seite zu versuchen, klingt von links unten eine Stimme zu ihm herauf.

»Hier bin ich. Schön, dass du mich gefunden hast.«

Im gleichen Moment, in dem Gundula Nathaniel bei der Hand nimmt und ihn in die Cuba Bar führt, steht Sandro etwa zweihundert Meter weiter unten in der Altstadt in seinem Badezimmer und legt die elektrische Zahnbürste in den Kulturbeutel. Auch die Rasierklinge steckt er ein, den Kamm, ein Deo. Zwar hat er nicht vor, über Nacht zu bleiben. Trotzdem packt er Ersatzunterwäsche, ein Paar Socken und ein T-Shirt in die Umhängetasche. Man kann nie wissen.

Sandro versucht, sich auf den morgigen Tag zu konzentrieren, doch seine Gedanken schweifen immer wieder zurück zu dem Gespräch, das er vor drei Stunden führen musste. Sein Besuch bei den Della Fortunas. Der schreckliche Augenblick, als er ihnen mitteilte, dass Fabio tot sei. Der Vater, der weinend zusammengebrochen ist. Die Mutter, die versteinert dasaß und kein Wort mehr gesprochen hat. Das Leben kann ein richtiges Arschloch sein, denkt Sandro. Die Eltern tun ihm unendlich leid. Trotzdem versucht er vorwärtszublicken. Es gibt noch andere Väter und Mütter, die ein Kind verloren haben. Und denen er es vielleicht zurückbringen kann, nach einer sehr langen Zeit.

Sein Zug nach Paris fährt morgen um sechs Uhr früh ab, um elf wird ihn Alex Curius am Paris-Gare-de-Lyon abholen, ein Kollege der französischen Polizei, er hat ihn vor vielen Jahren in einem Anti-Terror-Weiterbildungskurs kennengelernt. Damals, als der Islamische Staat für die Zivilbevölkerung noch kein Begriff war, bei Europol aber die ersten Alarmglocken schrillten. Er hat Alex lange nicht gesehen, trotzdem hat er sich ohne Zögern bereit erklärt, Sandro zu begleiten. Es ist wichtig, dass er bei seiner Mission einen französischen Kollegen an der Seite hat, nicht nur weil sein Französisch kläglich eingerostet ist.

Die Familie, die er besuchen will, wohnt an der Rue Custine, er hat auf dem Stadtplan nachgeschlagen: Sie liegt hinter der Sacré-Coeur, in der Nähe der Métro-Station Château Rouge. Die Adresse ist nicht mehr dieselbe wie 1993, als die Zahlung an Rolf Kramer erfolgt ist. Doch die französische Polizei hat die Familie Benezet, Claude und Martine, schnell aufgetrieben und ihnen die Anfrage aus der Schweiz weitergeleitet. Claude Benezet hat sich umgehend gemeldet und erklärt, dass er Rolf Kramer als Vertreter einer Schweizer Adoptionsagentur kennen gelernt habe.

Adoptionsagentur …

Sandro wagt kaum darauf zu hoffen, was diese neue Erkenntnis bedeuten könnte: dass die vermissten Kinder der Neunzigerjahre noch am Leben sind, nachdem sie fast dreißig Jahre lang totgeglaubt waren. Einzig die Eltern werden die Hoffnung wohl bis heute nicht ganz aufgegeben haben, dass das eigene Kind noch leben könnte. Die letzte Hoffnung zu begraben muss sich für Eltern anfühlen, als würden sie ihr Kind aufgeben.

Wenn die Kinder noch leben würden ... Sandro schaudert. Er darf sich nicht zu früh freuen. Zeugen irren sich, ständig und ohne böse Hintergedanken. Sie ordnen Namen den falschen Menschen zu, sie verwechseln Begebenheiten, sie meinen, die Wahrheit zu kennen, obwohl alles ganz anders war, erst recht, wenn eine Begegnung über zwei Jahrzehnte zurückliegt. Vielleicht hat Claude Benezet ein ganz anderes Geschäft mit Kramer abgewickelt, und seine Erinnerung spielt ihm einen Streich. Vielleicht hat er auch bloß mit Kramer Golf gespielt und ihm eine größere Geldsumme geliehen. Alles ist möglich.

Oder aber Kramer hat tatsächlich Kinder entführt und sie an unglückliche kinderlose Paare in Frankreich vermittelt. »Morgen. Morgen wirst du mehr wissen«, sagt Sandro laut zu sich selbst, als könnte er damit die Gedanken stoppen, die ihn umtreiben. Er blickt auf die Uhr. Es ist schon spät. Er sollte schlafen, er muss morgen unanständig früh am Bahnhof sein.

Sandro hat das Licht schon ausgemacht, als er noch einmal nach dem Handy greift, das neben seinem Bett auf dem Nachttisch liegt. Er öffnet eine Website mit Namen *Soko Samuel*. Die Gruppe, benannt nach der einstigen Sonderkommission, die damals nach dem ersten der vermissten Kinder suchte, ist noch immer aktiv. Sie sammelt alles, was in irgendeiner Form mit einem der alten ungelösten Fälle zu tun haben könnte. Weil auch die Polizei die Hoffnung noch nicht aufgegeben hat, doch noch den oder die Täter zu finden. Er tippt auf den Link *Die vermissten Kinder* und scrollt sich durch die Bilder. Topfschnitte, strahlende Gesichter, aus der Mode gekommene Kleider – als würde man durch ein altes Familienalbum blättern. Doch die Fotoalben dieser Familien sind halb leer geblieben, weil die Kinder von einem Tag auf den anderen verschwunden sind. Sandro prägt sich jedes einzelne Gesicht ein, obwohl er sie alle längst auswendig kennt. Als er einschläft, gleitet ihm das Handy aus der Hand. Die Bilder der Kinder verfolgen ihn bis in seinen Traum.

Bettina hat Angst vor den Träumen. Sie liegt auf dem Rücken, die Augen geöffnet, starrt die Decke an. Neben sich hört sie Petra atmen, sie ist eingeschlafen, ihr Kopf ruht schwer auf Bettinas Arm. Sie rührt sich nicht, reglos wartet sie auf den Schlaf, zweifelnd, ob er jemals wieder kommen wird.

Sie hat auf einen unschuldigen Mann geschossen.

Sie hätte ihn fast getötet.

Sie hat Ramon sterben lassen.

Auf einmal ist alles, an das sie geglaubt hat, alles, was ihr Leben ausmachte, zerbrochen. Nichts als Scherben, die darauf warten, dass sie sich an ihnen blutig schneiden wird.

Bettina hat Petra versichert, dass sie nie mehr in den Dienst zurückkehren wird. Dass sie nie mehr eine Waffe tragen wolle. Dieses Mal war es Petra, die meinte, Bettina dürfe nicht vorschnell entscheiden. Sie sei zu sehr Polizistin, sie könne das nicht plötzlich einfach alles aufgeben, weil sie dann nicht mehr sie selbst sei. Doch Bettina glaubt, dass es gerade umgekehrt ist; dass sie nicht mehr Polizistin sein kann, weil sie sich selbst verloren gegangen ist. Weil sie nicht mehr weiß, wer sie eigentlich ist.

Petra meint, sie dürfe jetzt nicht impulsiv handeln und alles hinschmeißen, ohne darüber nachzudenken. Das sei in etwa so, als würde sie ihr ganzes bisheriges Leben wegwerfen.

Aber Petra versteht nicht, Bettina braucht nicht darüber nachzudenken. Sie weiß, dass es einfach nicht mehr gehen wird. Alles vorbei. Tränen lösen sich aus ihren äußeren Augenwinkeln, rinnen über ihre Schläfen, eine kullert in ihr Ohr. Sie spürt es und spürt es doch nicht, ihre Empfindungen sind weg. So wie ihr Job: weg. So wie ihr Leben: weg. Sie fühlt sich endlos verloren.

Der Schlaf kommt in Fetzen. Bettina hängt fest zwischen Wachsein und Träumen, zusammenhangslose Bilder flimmern auf und verglimmen. Der Bub, wie er da liegt, starr und kalt und fast schon blau. Der Kameramann, der schreit und sich wälzt in seinem Blut. Und immer wieder Ramon, der in ihren Armen wegstirbt. Sein halb zerfetzter Körper, der schon nicht mehr seiner ist. Während sie versucht, Ramon zurückzuholen, steht seine Freundin Mareike plötzlich neben ihr, schreit sie an, er dürfe nicht sterben, dabei ist er schon tot. Das Kissen ist nass geweint, als der Schlaf Bettina ganz vereinnahmt und sie hinabzieht in ein tiefes, traumloses Schwarz, was eine Erlösung ist.

Niemand ist noch wach, als Milla die Treppe zu ihrer Wohnung hochsteigt. Die Lichter hinter den gläsernen Türen im Treppenhaus sind schon aus. Keine Geräusche, alles schläft. Bis sie die Wohnung betritt. Wie auf Knopfdruck geht ein heulendes Klagen los. Milla verdreht die Augen und schließt schnell die Tür hinter sich. Ihr Kater Iggy mauzt sie vorwurfsvoll und klagend an, als habe sie ihn seit Tagen hungern lassen. Er wird noch das ganze Haus aufwecken.

Bevor Milla Jacke und Tasche ablegt, düst sie zum Küchenschrank und raschelt mit der Futterschachtel, was Iggy sofort verstummen lässt. Erwartungsvoll springt er auf den Stuhl und schlägt mit dem Schwanz gegen die Lehne, als sie seinen Trog mit dem Trockenfutter füllt. Kaum hat sie den Napf auf den Boden gestellt, fällt er darüber her wie ein Löwe über eine erlegte Antilope.

»Na, na, so schlimm kann dein Hunger gar nicht gewesen sein, kleiner Dramatiker.« Sie krault seinen Kopf, doch er duckt sich beleidigt weg.

Milla zieht die Jacke aus, schmeißt die Tasche auf den Boden, lässt sich auf ihren schwarzen Ledersessel fallen und lehnt den Kopf zurück. Betrachtet die Stuckatur an der Decke. Bleibt einfach so sitzen. Ihr Körper wiegt auf einmal unvorstellbar schwer. Die Erschöpfung fühlt sich an wie flüssiges Blei, das ihre Glieder füllt und darin erkaltet. Was für eine Woche. Es war von allem zu viel. Zu viel Leid. Zu viel Drama. Zu viel Tod. Das Bild des toten Fabio will ihr nicht mehr aus dem Kopf, ebenso dröhnt der Schrei noch immer in ihren Ohren – ihr eigener Schrei, der sich nicht mehr menschlich anhörte, als sie Ivan stürzen sah, als sein Blut hochspritzte, als sie dachte, dass weitere Schüsse folgen und sie beide sterben würden.

Milla greift nach der Tasche, sucht nach ihrem Handy, findet es, tippt aufs Display. Nichts. Keine Nachricht von Sandro. Sie weiß nicht, ob er die Sendung gesehen hat – und sie wagt nicht, ihn zu fragen. Milla wünscht sich, dass er ihr schreibt, alles sei halb so schlimm, und dass er sie noch immer liebe. Sie tippt Sandros Namen an, ihr Daumen hält Millimeter vor dem Hörersymbol inne. Nein, sie wird nicht anrufen. Es ist alles auf einmal so schrecklich kompliziert.

Sie scrollt sich durch die Liste ihrer Meldungen, bis sie auf Ivans Name stößt.

Bist du noch wach?

Seine Antwort kommt prompt.

Ja. Aber total gaga, die haben mir jede Menge Schmerzmittel gespritzt. Besser als auf Drogen!

Milla muss grinsen und ruft ihn sofort an.

»Wie geht es dir?«

»Danke, ich werde es überleben. Du schuldest mir aber einen Drink, schließlich war ich dein Schutzschild.«

»Du klingst auf jeden Fall schon wieder recht munter. Und ich zahle dir so viele Drinks, wie du nur willst.«

»Ich nehm dich beim Wort! War eine gute Geschichte heute. Hey, wir haben den Jungen gefunden. Wir sind Helden.«

Milla hört die Traurigkeit in Ivans Stimme, auch wenn er versucht, sie zu verstecken.

»Ich werde den Anblick nie vergessen.«

»Ich auch nicht. Es ist zu schrecklich.«

Für Milla hat es etwas Tröstendes, dass sie mit Ivan darüber reden kann. Weil er genau weiß, wie sie sich fühlt. »Ich frage mich die ganze Zeit, ob wir hätten warten sollen. Aber wie? Wir wussten ja nicht, dass er schon längst tot war.«

»Nein, das wussten wir nicht. Wir mussten da rein. Es

hätte sein können, dass er Hilfe braucht, dann hätte jede Minute gezählt.«

»Aber wenn wir gewartet hätten, würdest du jetzt nicht im Spital liegen.«

»Keiner konnte ahnen, dass Frau Bulle gleich losballern wird.«

»Die Polizistin«, korrigiert Milla automatisch. »Wie geht es deinem Bein?«

»Es wird in ein paar Wochen wieder ganz das Alte sein. Und ich auch. Ich muss mir einfach überlegen, ob ich mich je wieder auf einen Dreh mit dir einlassen soll …«

Milla hört ihm an, dass er den letzten Satz nicht ernst meint. »Nun, wenn du lieber ins Bundeshaus-Team wechseln und tagein, tagaus Close-ups von den Gesichtern der Politiker filmen willst …«

»Hör auf, hör auf, hör auf! Ich kann es kaum erwarten, bald wieder mit dir unterwegs zu sein.«

»Dafür kriegst du eine Umarmung.« Milla ist gerührt von seinen Worten. »Mach, dass du schnell wieder auf den Beinen bist. Du fehlst hier. Keiner ist so gut wie du.«

»Danke. Und danke, dass du versucht hast, mich in den Wohnwagen zurückzuzerren, auch wenn du kläglich gescheitert bist.«

»Du warst einfach viel zu schwer. Wenn du wieder gesund bist, setzen wir dich auf Diät.«

»So weit kommt's noch.«

Sie müssen beide lachen.

»Auf jeden Fall gute Besserung! Und schlaf gut.«

»Danke, du auch, gute Nacht.«

Der Anruf hat Milla gutgetan. Zumindest klingt Ivan immer noch wie Ivan. Sie stemmt sich aus dem Sessel hoch, jede Zelle ihres Körpers ist hundemüde, sie schlurft ins Badezimmer, klaubt sich die Kontaktlinsen aus den Augen, setzt sich die Brille auf die Nase und sich selbst aufs Klo. Während sie schier endlos pinkelt, als wäre sie seit Tagesanbruch nicht mehr auf der Toilette gewesen, was wahrscheinlich auch stimmt, fragt sie sich auf einmal, ob sie eigentlich nicht längst wieder ihre Tage bekommen sollte.

Zur gleichen Zeit, als Milla auf dem Klo sitzt und an ihren Fingern abzählt, wann ihre Periode einsetzen müsste, steht Irena auf der Schwelle zum Zimmer ihres Vaters. Das letzte Zimmer. Sie hat alle Schubladen in Benis Zimmer herausgezogen, umgedreht und den ausgekippten Inhalt durchwühlt. Sie hat dasselbe in der Küche gemacht und im Wohnzimmer. Wie manisch hat sie sich durch die Relikte vergangener Zeiten gegraben, durch all die Dinge, die Menschen gehörten, die alle nicht mehr leben. Beni. Mutter. Vater. Alle tot. Und gefunden hat sie: nichts.

Morgen wird sie zurückfahren nach Bern. Sandro hat ihr auf den Anrufbeantworter gesprochen. Sie haben Fabio Della Fortuna gefunden. Wieder ein totes Kind. Sie brauchen sie. Zu viele Leichen für Peter Lang. Obwohl es ihr zutiefst widerstrebt, das Kind zu obduzieren, ist sie froh, einen Grund zu haben, um hier wegzukommen. Das Dorf droht sie aufzufressen. Sie wird ihren Cousin Marius damit beauftragen, das Haus räumen und durch eine Maklerfirma verkaufen zu lassen. Dann wird sie alles vergessen, aus ihrem Leben verbannen, als hätte es ihre Geschichte in diesem Dorf nie gegeben. Sie hat nicht gefunden, was sie suchte, sie stieß nicht auf die Wahrheit, sondern nur auf Argwohn und Ablehnung. Obwohl sie nichts anderes getan hat, als ein paar Fragen zu stellen.

Morgen. Morgen wird sie zurückkehren in ihr altes Leben und die Vergangenheit hinter sich lassen. Sie war naiv, sich einzubilden, dass sie nach all den Jahren das Rätsel über Benis Schicksal würde lösen können. »Ein Geheimnis bleibt ein Geheimnis bleibt ein Geheimnis«, hat ihr dementer Onkel gesagt. Und doch: Irena wird das Gefühl nicht los, dass er das Geheimnis kennt. Und dass er nicht der Einzige ist.

»Schau in der Schublade nach!«, hat er ihr nachgerufen.

Irena gibt sich einen Ruck und betritt das Zimmer ihres Vaters. Die Nachttischschubladen hat sie schon am ersten Tag nach ihrer Rückkehr geöffnet. Sie tut es erneut, sucht nach etwas, von dem sie nicht weiß, was es sein könnte. Aber da ist nichts. Auch in der Schreibtischschublade findet sie nichts als Stifte, eine Schere, ein Lineal. Es ist zum Verzweifeln. Wahrscheinlich wusste der alte Onkel nicht, was er sagte, die Demenz hat seinen Verstand verschluckt. Als Irena schon bei der Tür ist, wirft sie einen letzten Blick zurück. Hält inne. Neben dem Fenster steht ein antikes Möbelstück, ein kleiner Schminktisch mit rundem Spiegel, den Vater ihrer Mutter zum ersten Hochzeitstag geschenkt hat. Im dunklen Holz ist eine schmale Schublade eingelassen, keine zwei Zentimeter hoch, eher eine ausziehbare Ablagefläche als eine Schublade. Irena geht zurück, zieht an dem gedrechselten Holzknopf. Die Schublade ist in zwei Fächer unterteilt. Eines ist leer, in dem anderen liegt ein zusammengefalteter Zettel. Kariertes Papier, aus einem dieser Mininotizblöcke herausgerissen. Irena faltet den Zettel auf. Eine Zahl mit fünfzehn Ziffern. Mehr nicht.

55

Alex Curius steht am Ende des Bahnsteigs, Sandro erkennt ihn schon von Weitem. Er trägt zivil, doch Körperbau und -haltung verraten ihn; selbst aus der Ferne ist ihm anzusehen, dass er Polizist ist. Alex stammt aus der ehemaligen französischen Kolonie Guadeloupe, musste im französischen Stammland den Militärdienst absolvieren und ist geblieben. Sandro und Alex sind gleich alt, sie lernten sich kennen, als ihr Enthusiasmus so groß war wie ihr Idealismus. Beides ist der Ernüchterung gewichen. Alex und Sandro umarmen sich wie alte Freunde. Sie sind beide unterschiedliche Wege gegangen; Alex landete in der Sondereinheit und arbeitete lange undercover. Etliche spektakuläre Festnahmen von Terroristen sind ihm zu verdanken, was aber keiner weiß, weil seine Identität niemals preisgegeben wird, das wäre viel zu gefährlich.

»Du siehst aus, als wäre kein Tag vergangen.«

»Auch dir ist dein Alter kaum anzusehen.«

Sandro und Alex kommunizieren auf Englisch miteinander, Alex wird als Dolmetscher fungieren. Er führt Sandro auf einen Parkplatz auf der Rückseite vom Gare de Lyon, wo er seinen Wagen abgestellt hat.

Auf der Fahrt Richtung Rue Custine erzählen sie sich, was ihnen das Leben in der Zwischenzeit beschert hat, bis Alex Sandro unterbricht.

»Wir sind in fünf Minuten da. Kannst du mir nochmals kurz sagen, was uns bei den Benezets erwartet?«

Sandro bezweifelt, dass er die ganze Geschichte in fünf Minuten repetieren kann, also wählt er die Kürzestfassung. Er berichtet von den ungeklärten Fällen in den Neunzigerjahren, von den verschwundenen Kindern, die nie gefunden werden konnten. Vom aktuellen Fall, dem getöteten Fabio Della Fortuna. Und dass sie im Haus des mutmaßlichen Täters Fotografien von Kindern und Abrechnungsbelege über größere Geldtransfers von französischen Konten gefunden haben.

»Unter anderem von der Familie Benezet«, folgert Alex.

»130.000 Franken«, bestätigt Sandro. »Claude Benezet hat behauptet, er kenne den Mann als Chef einer Adoptionsbehörde.«

»Und darum denkt ihr also, dass er die Kinder entführt und als Adoptionskinder nach Frankreich vermittelt hat.« Alex blickt zu Sandro. Der Wagen auf der Spur nebenan hupt laut, und Alex schaut wieder nach vorn.

»Ich weiß es nicht. Aber der Verdacht liegt nahe. In der Schweiz denken alle, die Kinder seien seit fast dreißig Jahren tot. Stell dir vor, wenn sie noch am Leben wären …«

»*Putain!*«, sagt Alex. »Das wäre eine Geschichte!«

Alex hört sich gerade an wie Milla, denkt Sandro, und er fragt sich, wie es ihr geht. Er hat ihre Sendung gestern bewusst nicht geschaut, er wollte sich das nicht antun. Sandro hat keine Ahnung, wie es zwischen ihnen weitergehen soll.

»Wir sind gleich da.« Alex steuert den Wagen in eine

schmale Straße, die links einen Hügel hochführt, und findet wundersamerweise auf Anhieb eine freie Lücke zum Parken.

Claude Benezet ist älter, als Sandro vermutet hat, bestimmt um die siebzig. Sein langes Haar ist schlohweiß und zu einem Pferdeschwanz zusammengebunden, die Lesebrille trägt er hochgeschoben auf dem Kopf, seine Kleidung ist gewählt ausgesucht, nach Sandros Einschätzung japanischer oder zumindest fernöstlicher Stil. Er empfängt die beiden Männer mit einem kräftigen Händedruck und einer sorgenvollen Miene.

»Treten Sie ein«, fordert er sie auf, nachdem sie sich beide vorgestellt und ausgewiesen haben.

Claude Benezet hat sich vorbereitet. Auf dem Esszimmertisch liegen die Dokumente bereit, die die Zahlung an Rolf Kramer bestätigen, die Summe ist identisch mit dem Eintrag im Kassabuch. Sandro erkennt auch die Unterschrift, die darunter steht: R. Kramer. Er hat nicht mal einen falschen Namen verwendet. Das kann doch nicht sein.

Auf einmal ist Sandro sicher, dass er sich irrt, dass er sich vom Wunsch hat leiten lassen, die Kinder lebend zu finden. Und dass es in Wirklichkeit um etwas ganz anderes gegangen sein muss, vielleicht war das Adoptionsbüro nur eine kurzfristige Geschäftsidee von Kramer, wie die Sache mit den Kugelschreibern. Sandro schaut sich in der Wohnung um – keine Kinderfotos, keine Familienbilder, keine Aufnahmen von der Hochzeit eines erwachsenen Sohnes. Nichts deutet darauf hin, dass Claude Benezet vor siebenundzwanzig Jahren einen in der Schweiz entführten Jungen adoptiert hat.

»Setzen Sie sich.« Benezet weist auf die Stühle, dann entschuldigt er sich kurz. Wenig später bringt er ein Tablett mit drei Tassen und einem Krug mit dampfendem Tee herein.

»Ihre Frau ist nicht da?«

»Meine Frau ist vor drei Jahren gestorben.«

»Das tut mir leid.«

»Krebs. Es sind nur noch wir beide. Laurent und ich.« Claude Benezet setzt sich zu ihnen an den Tisch und legt die Papiere vor sich.

»Hier«, sagt er, bevor Sandro seine erste Frage stellt. »Das ist der Beleg. Wir haben Rolf Kramer im Jahr 1993 eine Summe von 500.000 Francs bezahlt, für die Adoption von Laurent.« Claude Benezet stützt seine Stirn in die Hand. »Der beste Sohn, den man sich wünschen kann. Bitte sagen Sie mir nicht, dass damals nicht alles mit rechten Dingen zugegangen ist.«

»Das wissen wir noch nicht.« Sandro muss sich zusammenreißen, um ruhig zu bleiben. »Können Sie mir erzählen, wie Sie auf Rolf Kramer aufmerksam wurden – und wie die Adoption abgelaufen ist?«

Claude Benezet beginnt ganz von vorn. Von den Jahren der Verzweiflung, weil sie sich so sehr ein Kind wünschten und seine Frau einfach nicht schwanger wurde. Wie sie sich schließlich dazu entschieden, ein Kind zu adoptieren, oder am liebsten zwei oder drei. Doch die Benezets rechneten nicht mit der französischen Bürokratie, die ihnen immer neue Hürden in den Weg stellte. Claude, ein freischaffender Künstler ohne gesichertes Einkommen – das ist nicht das, was eine Adoptionsbehörde als solide Haushaltsstruktur bezeichnen würde. Ebenso der Beruf der Ehefrau als Balletttänzerin muss den engstirnigen

Beamten der Behörde suspekt vorgekommen sein. Auf jeden Fall verzögerte sich das Adoptionsverfahren, es dauerte Jahre, bis die Benezets die Hoffnung hatten, dass es doch noch klappen könnte. Dann der negative Bescheid: Eine Adoption könne nicht bewilligt werden – die potenziellen Eltern hätten das zulässige Alter überschritten.

»Die Adoptionsbehörde hat den Entscheid so lange hinausgezögert, bis wir nach dem Gesetz zu alt waren, um in Frankreich ein Kind adoptieren zu können«, sagt Claude Benezet verbittert. Seine Frau sei am Boden zerstört gewesen. »Und dann habe ich das Inserat gesehen. Im *Le Figaro*. Ich habe es noch.«

Claude Benezet blättert in den Unterlagen, die vor ihm liegen, und zieht eine vergilbte Zeitungsseite hervor. Jemand hat mit Kugelschreiber ein Inserat mehrmals umkreist. Sandro fragt sich, ob es Claude oder seine Frau gewesen sein mag. Er stellt sich vor, wie mit diesem kleinen Inserat die Hoffnung der Benezets zurückkam. Sandro klaubt seine Lesebrille hervor. Der Text ist auf Französisch, aber so weit reichen seine Kenntnisse noch, dass er ihn versteht.

Helfen Sie Waisenkindern in Not: Adoptieren Sie ein Kind aus der Schweiz, das seine Eltern unglücklicherweise verloren hat. Unbürokratisch und schnell – im Sinne der Kinder. Seriöse Adoptionsvermittlung in der Schweiz. Kontaktieren Sie unseren Agenten: R. Kramer.

Darunter steht eine Schweizer Festnetznummer. Sandro erkennt sie wieder: Der Festnetzanschluss von Kramers Haus, der vor einigen Jahren gekündigt worden ist, nachdem die Rechnungen nicht mehr bezahlt wurden.

»Sie haben angerufen und die Adoption vollzogen?«, fragt Sandro.

Claude Benezet nickt. »Ich habe das Geld überwiesen, nach zwei Wochen brachte Kramer einen Jungen zu uns.«

»Laurent?«

»Laurent.«

»Wo ist Laurent jetzt?«

In dem Moment hören die drei Männer, wie die Wohnungstür geöffnet wird. Das Rasseln von Schlüsseln, die auf die Kommode geworfen werden.

»Je suis là, Papa«, hören sie einen Mann rufen. »Qu'est-ce qui est si urgent?«

56

Vor Milla liegt ein Zettel, darauf stehen ein Name und eine Telefonnummer. Sie hat sie bereits überprüft: Die Nummer gehört tatsächlich einer Margaret Decaro. Sie wohnt an der Brauerstrasse im Zürcher Langstrassenquartier, nicht die feinste Gegend, was aber nichts zu bedeuten hat. Wolfgang hat Milla zwar zwei Tage freigegeben, um sich von den letzten Tagen zu erholen, doch gleichzeitig hat er ihr die Nummer der Frau in die Hand gedrückt, die gestern Abend in die Sendung angerufen hat, um ihre Zweifel an Rolf Kramers Schuld kundzutun. Sowohl Wolfgang wie auch Milla wussten in der gleichen Sekunde, in der sie nach dem Zettel griff, dass sie die Frau anrufen würde – freier Tag hin oder her.

Sie tippt die Nummer ein.

»Decaro.«

»Guten Morgen, Frau Decaro, mein Name ist Milla Nova, ich bin …«

»Ich weiß, wer Sie sind. Das hat aber lange gedauert, bis Sie anriefen.«

»Sie haben gestern der Redaktion gemeldet, dass Sie wüssten, dass Rolf K. nichts mit dem Tod von Fabio zu tun habe.«

»So ist es.«

»Können Sie mir mehr dazu sagen?«

»Nein. Nicht am Telefon.«

Milla stöhnt innerlich auf. So hat sie sich ihren freien Tag dann doch nicht vorgestellt. Sie würde zumindest gerne am Telefon erfahren, ob die Frau ernst zu nehmen ist oder ob sie hier mit einer jener Spinnerinnen verbunden ist, die alles tun und vor allem jeden Mist verzapfen würden, um einmal im Leben ins Fernsehen zu kommen.

»Nur um sicherzugehen, ob wir vom selben Rolf reden – können Sie mir seinen Nachnamen sagen?«

Milla hat Kramer im Beitrag niemals mit vollem Namen erwähnt. Wenn sie nicht mal den kennt, ist sie eine Betrügerin.

»Kramer. Kommen Sie zu mir, dann kann ich Ihnen mehr erzählen. Kommen Sie allein. Keine Kamera, sonst sag ich nichts.«

Eine Zeugin, die nicht ins Fernsehen kommen will, klingt nach einer echten Zeugin, denkt Milla. »Ich bin in einer halben Stunde bei Ihnen. Brauerstrasse 133, richtig?«

»Richtig, hier finden Sie mich. Zweiter Stock, erste Tür links. Die rote.«

Achtundzwanzig Minuten später steigt Milla ein heruntergekommenes Treppenhaus hoch. Es riecht nach gekochten Zwiebeln, allzu süßem Raumspray, vermischt mit einer dezenten Note Urin. Ihr ist auf den ersten Blick klar, um was für ein Haus es sich handelt. Als sie an die rote Tür im zweiten Stock links klopft – Namen sind hier keine angeschrieben –, bestätigt sich ihr Verdacht: Margaret Decaro trägt nichts Weiteres als ein Bustier und Netzstrümpfe, die von Strumpfhaltern gehalten werden, darüber einen leichten Morgenmantel aus ausgebleichtem Satin.

»Entschuldigen Sie, ich bin noch nicht angezogen«, sagt Margaret Decaro mit einer Stimme, die nach vielen Zigaretten und nach sehr viel Schnaps klingt.

Milla vermutet, dass Decaro schlicht ihre Arbeitskleidung trägt. Die Sache beginnt interessant zu werden.

»Kommen Sie herein.«

Decaro führt Milla durch ihr einziges Zimmer, das mit viel rosa Plüsch aufgepeppt ist und in dem neben einem überdimensionierten Bett kein Platz mehr bleibt. Sie betreten eine kleine Küche, die dem Raum angeschlossen ist. Ein winziger Tisch, zwei Holzschemel. Milla ist froh, dass sie nicht auf dem Bett Platz nehmen muss.

»Sie schaffen hier an?«, fragt Milla.

»Nicht nur. Ich wohne auch hier.«

»Hier sind Sie auch Rolf Kramer begegnet?«

»Ja, er war hier, er kommt seit einigen Jahren schon, und das ist der Grund, warum ich Sie angerufen habe. Der hat den Fabio nicht missbraucht. Die haben den Falschen erwischt.«

»Warum denken Sie das?«

»Der steht nicht auf kleine Jungen.«

»Es steht noch nicht fest, dass Fabio missbraucht worden ist.«

»Warum sollte jemand sonst einen Buben stehlen?«

»Man merkt Pädophilen nicht an, dass sie pädophil veranlagt sind.«

»Aber Rolf war es nicht.«

»Warum sind Sie sich so sicher?«

»Er stand auf Frauen wie mich.« Margaret Decaro fasst sich unter die schweren Brüste, die zur Hälfte aus ihrem Bustier heraushängen, und stemmt sie in die Höhe. »Je voller, desto besser. Der konnte mit flachen Hühnerbrüsten nix anfangen.«

Milla ist sich nicht sicher, welchen Wert Decaros Aussage hat. Dass ein Mann auf vollbusige Sexarbeiterinnen steht, bedeutet noch lange nicht, dass er sich nicht auch von kleinen Kindern angezogen fühlt – oder etwa doch?

»War Rolf ein regelmäßiger Kunde?«

»Das war er, wir kennen uns ziemlich gut.«

»Wie war er?« Erst als die Frage schon ausgesprochen ist, realisiert Milla, dass sie missverstanden werden kann. »Ich meine: Was war er für ein Mensch?«

»Ein stiller Mensch, hat nie viel geredet. Aber ich mochte ihn. Irgendwie.«

»Was heißt: seit einigen Jahren?«

»Drei, vier? Er sagte, er sei aus dem Ausland zurückgekehrt.«

Milla sind die Fragen ausgegangen. Sie erhebt sich, um klarzumachen, dass sie gehen will. Was sie mit der Information der Frau anfangen soll, weiß sie nicht. Auf jeden Fall wird sie mit Sandro darüber reden. Sobald sie wieder miteinander reden.

»Er kann den Jungen nicht getötet haben«, sagt Margaret Decaro, als Milla bereits in der Tür steht. »Er war noch bei mir.«

»Wann?«

»Am Tag, als er sich das Leben nahm.«

57

Nathaniel summt zufrieden vor sich hin. Er steht im Badezimmer vor dem Spiegel, in dem er sich nicht sieht, und rasiert sehr vorsichtig sein Kinn. Er ärgert sich noch immer, dass er das nicht schon gestern getan hat – doch wer konnte schon ahnen, dass er am Abend ein Date haben würde. Das kam bisher nur etwa alle zwanzig Jahre vor in seinem Leben, und er ist jetzt vierundvierzig. Sein Ziel ist es, die Anzahl der Dates massiv nach oben zu schrauben. Er wäscht sich das Gesicht mit kaltem Wasser, dann geht sein Summen in ein Singen über, ohne dass er es bemerkt.

»Warum singst du so falsch?«, fragt eine Kinderstimme. Silas steht in der Badezimmertür, Nathaniel glaubt zu spüren, wie er von ihm gemustert wird.

»Ich singe doch nicht falsch!« Nathaniel spielt den Beleidigten und singt nur umso lauter.

»Ich halte mir die Ohren zu, du singst schrecklich!«

»Auf jeden Fall scheinst du gut gelaunt zu sein.« Carole drängt sich mit Silas hinter Nathaniel durch, obwohl das Badezimmer eindeutig zu eng für zweieinhalb Personen ist.

»Ich hatte gestern ein Date!« In Nathaniels Stimme schwingt Stolz mit.

»Du hattest ein Date?«

Nathaniel ist nicht sicher, ob sich Carole verärgert

oder amüsiert anhört, auf jeden Fall ist sie überrascht. Vielleicht, denkt er, ist die eigene Ehefrau nicht die beste Gesprächspartnerin, um ihr von seinem Date vorzuschwärmen, selbst wenn es nur eine Scheinehefrau ist.

»Wer ist es denn?«, hakt Carole nach.

»Ach, niemand. Eine entfernte Bekannte.«

»Soso. Und woher kennst du diese entfernte Bekannte, die dich spät heimkommen und am frühen Morgen fröhlich singen lässt?«

Nathaniel fühlt die Wärme in seinen Kopf steigen, und er fragt sich, ob er gerade rot wird. Sowohl für Carole wie auch für Nathaniel war immer klar, dass ihre Ehe auf dem Papier für sie beide kein Hinderungsgrund für eigene Partnerinnen sein darf. Nur war es bis jetzt stets Carole, die mal für eine Nacht wegblieb oder eine Frau mit nach Hause brachte. Weder sie noch er hätten je daran gedacht, dass plötzlich er mit einer Frau ausgehen würde – weil das zuvor noch nie vorgekommen ist.

»Ich habe mich mit der Frau, die mir den Wassernapf für Spock verkauft hat, auf einen Feierabenddrink getroffen.«

Jetzt hört Nathaniel Carole lachen, und er merkt, dass er sich darüber ärgert, er fühlt sich nicht ernst genommen.

»Nathaniel, du trinkst doch gar keinen Alkohol! Und übrigens bist du rot geworden. Du hast dich doch nicht etwa verliebt?«

Auch Nathaniel lacht jetzt, aber es ist kein echtes Lachen. »Na ja, so schnell wird das kaum passieren.«

Tatsächlich hat Nathaniel keine Ahnung, wie schnell man sich in jemanden verlieben kann. Die einzige Frau, in die er sich bisher verliebt hat, ist Carole. Und das war ein langsamer Prozess: Er hat sie regelmäßig besucht, als sie nach einer Straftat im Koma lag. Damals hat er sie noch gar nicht gekannt. Und doch hat er sich mit dieser Frau, deren Hand er am Spitalbett hielt und die reglos vor ihm lag, so tief verbunden gefühlt wie noch nie zuvor mit jemandem. Und als sie aufwachte und plötzlich wieder ein real lebender Mensch war, wusste er, dass er diese Frau haben möchte – und niemals kriegen wird. Weil sie Frauen liebt, nicht Männer.

Aber mit Gundula ist es anders. Sie hat er im ersten Augenblick gemocht, er findet sie witzig und forsch, und sie können zusammen lachen, aber auch ernsthaft reden, und gestern Abend in der Cuba Bar, da hat er sich gewünscht, dass er die Zeit anhalten könnte, damit der Augenblick mit dieser Frau nie vorbeigeht. Vielleicht, denkt Nathaniel, kann man sich auch ganz schnell in jemanden verlieben. Vielleicht sogar im allerersten Moment, in dem man einem Menschen begegnet. Und wenn das so ist, dann, ja dann, so glaubt Nathaniel, dann ist er wahrscheinlich verliebt. Denn genau so fühlt es sich wohl an.

»Verliebe dich aber nicht zu sehr.«

Caroles Worte reißen Nathaniel unsanft aus seinen romantischen Gedanken. »Wie meinst du das?«

»Hast du ihr gesagt, dass du verheiratet bist? Was, wenn sie auf einmal mit dir zusammenleben möchte oder dich heiraten oder gar ein Kind von dir will? Silas und ich, wir brauchen dich.«

Nathaniel hört den Unterton in Caroles Stimme. Er dreht sich zu ihr um, tastet nach ihrer Schulter, zieht sie an sich und umarmt sie. »Du musst dir keine Sorgen machen. Ihr seid meine Familie, ich würde euch niemals im Stich lassen.«

»Danke.«

Carole löst sich aus seiner Umarmung. »Entschuldige. Ich weiß … es ist nur … ich mache mir eben Sorgen.«

Nathaniel ist sich bewusst, dass Caroles Sorgen sich nicht um ihn drehen, sondern um ihren Sohn Silas, weil ihre Ehe als Scheinehe auffliegen und das hart umkämpfte Sorgerecht wieder an die einstigen Pflegeeltern zurückgehen könnte. Aber das wird nicht passieren. Liebe hin oder her, denkt Nathaniel.

In dem Moment stupft ihn seine Hündin Alisha mit der Schnauze in die Kniekehle, sodass er beinahe aus dem Gleichgewicht gerät.

»Alisha!«, ruft er erschrocken.

Sie antwortet mit einem Japsen. Nathaniel erkennt, dass die Situation dringend ist; sie muss pinkeln.

»Ich geh mit Alisha raus«, sagt er zu Carole, bevor er merkt, dass sie gar nicht mehr im gleichen Zimmer ist. »Ich geh mit Alisha raus!«, ruft er darum noch einmal, lauter jetzt. Er hört ein zustimmendes Gemurmel von Silas und von Carole.

Als Nathaniel kurz darauf hinter Alisha die Stufen hinabeilt, klingelt sein Telefon. Er kann nicht rangehen, Alisha zerrt an ihrem Geschirr, als würde ihre Blase gleich explodieren. Erst als Alisha einen Flecken Rasen und damit Erleichterung gefunden hat, nimmt Nathaniel sein Handy hervor und tippt auf das Display. »Ein unbeantworteter Anruf von Gundula«, sagt die Frauenstimme in seinem Gerät. Nathaniel wird augenblicklich nervös. Was soll er jetzt tun? Zurückrufen? Sie hat keine Nachricht hinterlassen.

»Alisha, was soll ich machen?«, fragt er seine Hündin, die keine brauchbare Antwort liefert. Nathaniel fühlt sich überfordert. Und lächerlich, weil er sich aufführt wie ein Teenager, der keine Ahnung von der Liebe hat, was ja auch tatsächlich auf ihn zutrifft. Was, wenn sie ihm sagen will, dass es zwar nett gewesen sei, mehr aber nicht, und dass sie ihn nicht mehr sehen wolle?

»Rückruf«, befiehlt er kurz entschlossen seinem Smartphone, bevor ihn weitere schreckliche Gedanken quälen können. Gundula geht sofort ran.

»Nathaniel, danke, dass du zurückrufst. Ich wollte dir nur rasch sagen, dass ich es wunderschön fand gestern Abend und dass wir das gerne wiederholen können.«

Nathaniel wundert sich, dass der Aufprall des Steins nicht zu vernehmen ist, der ihm vom Herzen fällt. Es ist genau dieser Moment, diese paar Sekunden, in denen Nathaniel erkennt, dass es keinen Zweifel gibt: Er hat sich verliebt.

»Ich habe mich verliebt«, sagt er laut, und kaum sind die Worte raus, möchte er sich am liebsten die Zunge abbeißen, er beginnt zu husten, als könne er damit nachträglich das eben Gesagte übertönen. Doch es funktioniert nicht.

»Oh«, sagt Gundula überrascht. »Hoffentlich in mich!«

»Ja, natürlich, ich meine …« Nathaniel gerät ins Stottern.

»Dann ist ja gut.«

Er hört Gundula lachen.

»Denn ich glaube, ich habe mich auch ein bisschen verliebt. Ich finde, dann sollten wir uns unbedingt wiedersehen.«

»Ja, gerne.«

»Gleich morgen, am Samstag?«

»Ja, gerne.«

»Bei mir oder bei dir?«

»Ehm, wohl besser bei dir.«

»Gut, Brunngasse 36, um halb acht?«

»In Ordnung.«

»Ich freu mich.«

Dann ist die Leitung tot. Nathaniel kann fast nicht glauben, dass dieses Gespräch gerade eben so stattgefunden hat. Und dass er – schon wieder – ein Date hat. Erst jetzt fällt ihm ein, dass er Samstagabend gar nicht weg kann, er muss auf Silas aufpassen. Die Sache mit der Liebe ist wohl doch etwas komplizierter, als er es sich vorgestellt hat.

58

467212888275101
Irena kann mit der Zahl, die auf dem Notizzettel steht, nichts anfangen. Wahrscheinlich hat sie auch gar nichts zu bedeuten. Aber was, wenn doch? Was, wenn Onkel Oskar genau diesen Zettel gemeint hat, als er ihr nachrief, sie solle in der Schublade nachschauen?
467212888275101
Noch gestern Nacht hat sie im Internet nach einer möglichen Erklärung gesucht. Sie hat die Zahlen in unterschiedlichste Suchmasken eingegeben, als eine zusammenhängende Zahl, als eine sechsstellige neben einer neunstelligen Zahl, als Kombination einer siebenstelligen und einer achtstelligen Zahl, mal mit Schrägstrich, mal mit Bindestrich, in verschiedenen Online-Telefonbüchern. Es hat alles nichts gebracht. Entweder erhielt sie die Meldung *Es wurden keine übereinstimmenden Ergebnisse gefunden,* oder aber sie landete auf einem Online-Taschenrechner, der ihr das Resultat einer Division oder einer Subtraktion anzeigte, je nachdem, ob sie einen Schrägstrich oder einen Bindestrich eingesetzt hatte. Irena rechnete auch die Quersumme aus, in dem sie alle Ziffern zusammenzählte – die Summe aller Zahlen ergibt 62, die Quersumme daraus macht 8 –, doch auch mit dieser Zahl kann sie nichts anfangen.

Gestern ist sie sich so sicher gewesen, dass sie nach

Hause fahren und das alles hinter sich lassen wollte. Jetzt ist sie es nicht mehr. Jetzt will sie herausfinden, was es mit dieser Zahl auf sich hat. Irena kann es nicht erklären, aber sie hat das Gefühl, dass sie der Schlüssel zu dem Geheimnis ist, von dem scheinbar niemand will, dass es gelöst wird – niemand außer ihr. Gleichzeitig ist Irena auf einmal klar, dass sie an ihre Grenzen stößt: Sie schafft das nicht allein. Nur hat sie keine Idee, wen sie um Hilfe fragen könnte. Von ihren Kollegen kommt keiner infrage; sie hat nie über ihre Geschichte geredet. In ihrem heutigen Umfeld weiß niemand, dass ihr Bruder das Opfer eines Verbrechens war und sie die Schwester eines Jungen, der angeblich vom berühmten Kindermörder Klostermann umgebracht worden ist. Sie hat früh ihren Namen ändern lassen und ihre Vergangenheit sorgsam unter Verschluss gehalten, weil sie von niemandem bemitleidet werden wollte. Keine verständnisvollen Blicke. Und schon gar keine pseudopsychologischen Erklärungen, wonach es nach einem solchen Trauma kein Wunder sei, dass sie so geworden ist, wie sie ist: Eine Frau, die Leichen aufschneidet, die tagtäglich mit schlimmen Verbrechen konfrontiert wird, die beziehungsunfähig ist. Sie will nicht, dass die Leute wissend nicken – weil sie denken, dass alles auf ihre tragische Kindheit zurückzuführen ist. Sie hat niemanden, mit dem sie darüber sprechen kann. Am ehesten vielleicht mit Sandro. Aber der hat jetzt anderes zu tun, Dringenderes als ein alter Fall, der nicht mehr gelöst werden kann.

Und der in ein paar Tagen verjährt.

»Scheiße«, sagt Irena laut. »Scheiße!«

Der Tag, an dem Beni verschwunden ist, jährt sich in wenigen Tagen zum dreißigsten Mal. Einen Moment lang ist sie unsicher, was schlimmer für sie wäre: Nie herauszufinden, was mit Beni geschehen ist – oder den Täter zu finden und ihn ungestraft davonkommen lassen zu müssen, weil er nach der Verjährung nicht mehr belangt werden kann. Sie zwingt sich, nicht darüber nachzudenken und wendet sich wieder den Ziffern zu. Plötzlich fällt ihr doch jemand ein, der ihr dabei helfen könnte, sie zu entschlüsseln.

Irena muss es lange klingeln lassen, bis Milla rangeht.

»Hallo, Irena. Gerade noch erwischt! Entschuldige, ich war unter der Dusche.«

»Es ist kurz vor Mittag«, stellt Irena fest.

»Ich habe frei. War eine anstrengende Woche.«

Milla erwähnt nicht, dass sie an diesem Morgen bereits bei einer Prostituierten in der Küche saß und sich über die Vorlieben eines Freiers unterhielt, der mittlerweile tot ist und unter Verdacht steht, einen Jungen umgebracht zu haben. Und dass sie, kaum zu Hause, den unwiderstehlichen Drang verspürte, sich unter die Dusche zu stellen.

»Das vermisste Kind?«, fragt Irena.

»Ja, das vermisste Kind. Hat dich Sandro gebeten, mich anzurufen?«

»Nein, warum?«, fragt Irena überrascht.

»Wir hatten …«, Milla überlegt, wie sie es ausdrücken soll, »eine Meinungsverschiedenheit.«

»Das ist ja nichts Neues. Ich kann mir vorstellen, worum es geht.«

»Genau.«

»Nein, ich rufe aus einem ganz anderen Grund an.«

Milla wartet, doch Irena spricht nicht weiter. »Schieß

los«, sagt sie schließlich ungeduldig. »Ich stehe tropfnass im Wohnzimmer.«

»Ich rufe später an.«

»Nein, schon gut. Worum geht es?«

»Es geht um mich. Ich habe ein Problem. Und ich brauche Hilfe.«

Kaum hat Irena die Worte ausgesprochen, die sie fast nicht auszusprechen wagte, kann sie nicht mehr aufhören zu reden. Es ist das erste Mal, dass sie jemandem ihre Geschichte erzählt. Es fühlt sich an, als habe sie zu lange damit gewartet, und jetzt bahne sich etwas in ihr drin seinen Weg. Sie erzählt Milla von ihrem Bruder Beni, von Klostermann, dem anonymen Brief, von der Attacke mit den selbstgebastelten Molotowcocktails, von den Briefen ihrer Mutter und ihren eigenen Tagebucheinträgen, die sich heute so anders lesen, und schließlich vom Besuch bei ihrem dementen Onkel und seinem Rat, in der Schublade nach der Lösung des Geheimnisses zu suchen. »Ich habe einen Zettel gefunden mit fünfzehn Ziffern darauf. Ich glaube, dass sie der Schlüssel sind. Aber ich weiß nicht, was sie bedeuten.«

Milla hat die ganze Zeit geschwiegen. »Irena, das tut mir schrecklich leid. Ich hatte keine Ahnung. Das muss furchtbar für dich sein.«

»Es ist nicht besser oder schlimmer, als es mein ganzes Leben lang war. Aber ich habe das Gefühl, dass ich so nahe an der Lösung dran bin wie nie zuvor – und dennoch bin ich in einer Sackgasse gelandet. Es ist möglich, dass ich mich in etwas hineinsteigere. Aber der Besuch bei meinem Onkel, dann der Zettel in der Schublade, und diese eigenartigen Zahlen. Ich muss dem nachgehen, ich kann nicht anders.«

»Ich werde dir helfen«, sagt Milla, ohne zu zögern. »Ich weiß da jemanden, der sich mit Zahlen auskennt wie kein anderer. Es ist sowieso wieder mal an der Zeit, ihm einen Besuch abzustatten. Kannst du mir die Ziffern schicken?«

»Mach ich. Danke, Milla.«

»Gerne. Ich melde mich so schnell wie möglich.«

Als Irena das Gespräch beendet hat, gibt sie sich einen Ruck. Sie geht ins Badezimmer, packt ihre wenigen Sachen ein, holt die paar Kleider aus Benis Zimmer, die sie mitgenommen hat, und steckt sie in ihre Umhängetasche. In der Tür zu seinem Zimmer bleibt sie einen Moment stehen, schaut zurück auf sein Bett, auf seine Poster an der Wand. Das Zimmer eines elfjährigen Jungen, der sein Leben nicht hat leben können. Abrupt wendet sie sich ab. Als sie unten die Haustür schließt – sie dreht den Schlüssel zwei Mal um –, ist sie nicht sicher, ob sie jemals in ihrem Leben wieder hierher zurückkehren wird.

59

»Darf ich vorstellen: Alex Curius und Sandro Bandini, französische und schweizerische Polizei.« Claude Benezet weist mit der Hand erst auf Alex, dann auf Sandro. »Mein Sohn Laurent.«

»Polizei? Aus der Schweiz? Das klingt nach einer wichtigen Angelegenheit.«

Sandro hat sich erhoben und reicht dem jungen Mann die Hand. Es ist ihm bewusst, dass er ihn anstarrt, aber er kann nicht anders. Das fast schwarze, wild gelockte Haar. Die dunklen Augen, die ein bisschen zu weit auseinander stehen. Das ebenmäßige Gesicht. Sofort sieht er die Vermisstenmeldung des kleinen Christian vor sich.

Am 3. Mai 1993 um acht Uhr hat der damals fünfjährige, schwarzhaarige Christian Wolf sein Elternhaus in Derendingen bei Solothurn verlassen und sich zu Fuß auf den Weg zu seiner Großmutter begeben. Dort ist der Junge jedoch nicht eingetroffen. Er wird seither vermisst.

Aber die hohe Stirn, denkt Sandro, die passt nicht ganz. Das Alter aber könnte stimmen.

»Es geht um deine Adoption. Der Mann, der dich damals vermittelt hat, ist …«, er wendet sich erst an Sandro, dann an Alex, »in ein Verbrechen verwickelt? Oder gestorben?«

Alex will gerade für Sandro übersetzen, doch der hat die Frage auch so verstanden.

»Beides«, antwortet er. »Der Mann hat sich umgebracht, nachdem er mutmaßlich ein Verbrechen begangen hat.«

»Was für ein Verbrechen?«, fragt Laurent Benezet, während er sich zu den Männern an den Tisch setzt.

»Er hat wohl einen Jungen entführt.« Sandro zögert. »Und getötet.« Er sieht Laurent Benezet an, dass ihm viele Gedanken gleichzeitig durch den Kopf schießen. »Aber wir wissen noch nichts Genaues«, schiebt Sandro nach. »Wir stehen erst am Anfang unserer Ermittlungen und sind dabei auf die Adresse Ihrer Eltern gestoßen.«

»Und was soll das mit mir zu tun haben?«

»Das wissen wir noch nicht. Um das herauszufinden, bin ich hier. Können Sie sich an die Zeit vor Ihrer Adoption erinnern?«

»Ich war erst fünf und erinnere mich, dass ich in einer anderen Familie gelebt habe, aber nur schemenhaft. Keine Gesichter. Und dann natürlich an den Unfall.«

»Unfall?«

»Bei dem meine Eltern starben.«

»Ihre Eltern sind bei einem Unfall ums Leben gekommen?«

»Leider, ja. Ich erinnere mich auch noch an den Tag, als ich meine neuen Eltern das erste Mal sah. Und dass ich sie am Anfang nicht verstanden habe.«

»Was war das für ein Unfall?«, hakt Sandro nach.

»Ein Autounfall.«

»Waren Sie dabei?«

»Ja.«

»Was ist passiert?«

»Ich erinnere mich nicht an den Unfall selbst. Nur daran, dass ich in einem Krankenhausbett aufgewacht bin.«

Ein Spitalbett. Sandro denkt an das zweite unterirdische Zimmer, das sie im Haus von Rolf Kramer gefunden haben. Das Bett, das darin stand, mit dem Metallgestell und der Klingel über dem Kopfende, die weiße Bettwäsche … ein nachgestelltes Krankenhauszimmer?

»Wie sah das Zimmer aus?«

»Wie sie in Krankenhäusern halt so aussehen. Ich weiß noch, dass mein Bein eingegipst war, ich durfte nicht aufstehen. Der Arzt sagte mir, dass meine Eltern den Unfall nicht überlebt haben.«

»Was ist danach passiert?«

»Der Arzt hat mich zu meiner neuen Familie gebracht.«

»Der *Arzt*?«

»Ja, der Mann, der mich behandelt hat.«

»Gab es in dem Krankenhaus damals keine Krankenschwestern?«

»Nein, es war immer der gleiche Mann.«

»Und der brachte Sie auch hierher … Es war nie ein Thema, dass Sie bei Ihren Großeltern leben könnten?«

»Das weiß ich nicht mehr.«

»Können Sie sich an Ihre Großeltern erinnern?«

»Nein, an sie erinnere ich mich nicht.«

»Sie sehen, es ist alles korrekt gelaufen.« Claude Benezet legt die rechte Hand auf jene seines Adoptivsohnes. »Wir haben versucht, Laurent eine gute Familie zu sein, so wie er für uns ein guter Sohn war.«

»Können Sie mir die Adoptionspapiere zeigen? Mit dem Namen der Herkunftsfamilie?«

Claude Benezet greift nach dem Klarsichtmäppchen

und zieht drei gelbe Papierbögen heraus, Durchschläge von einem Originaldokument, die Schrift ist kaum mehr lesbar.

Peter und Martha Scheidegger sind als Eltern eingetragen. Beide sind 1956 geboren, beide am 11. April 1993 gestorben. Unter der Zeile *Grund zur Adoption* steht geschrieben: *Vollwaise nach Verkehrsunfall. Keine Verwandten.* Daneben ein Stempel, der nach einem offiziellen Stempel aussieht, wie ihn Einwohnermeldeämter benutzen, doch die Buchstaben sind nicht zu entziffern. Zu verschwommen.

»Und hier die Adoptionsbescheinigung und die Anmeldung durch die französischen Behörden.« Claude Benezet schiebt Sandro ein weiteres Papier zu; er reicht es Alain weiter, der es eingehend studiert, während er abwägend den Kopf neigt. Sandro beginnt zu rechnen. Dem Schreiben nach sind Laurents Eltern drei Wochen vor Christian Wolfs Verschwinden tödlich verunglückt.

»Erinnern Sie sich, dass Sie am Begräbnis Ihrer Eltern waren?«

Laurent lässt sich Zeit, er scheint nachzudenken. »Nein, eine solche Erinnerung gibt es nicht. Ich habe generell nicht viele Erinnerungen an meine Zeit vor Paris. Für mich gibt es ein Davor und ein Danach – und das Davor ist zu diffus, als dass man es eine Erinnerung nennen kann.«

Sandro nickt, dann fotografiert er die Adoptionsunterlagen ab. Ob es diesen Unfall und die Eltern Scheidegger tatsächlich gegeben hat, wird sich rasch herausfinden lassen. Sandro meint die Antwort bereits zu kennen: Dass es sich bei all dem viel eher um einen perfiden Betrug eines Mannes handelt, der ein Kind entführt hat, um es an verzweifelte Paare mit Kinderwunsch zu vermitteln und eine stattliche Summe zu kassieren.

»Die Bescheinigung durch die französischen Behörden – haben Sie die beantragt, oder hat Kramer das für Sie erledigt?«

»Kramer hat das übernommen, wir mussten uns um nichts Organisatorisches kümmern.«

Sandro wirft einen Blick auf das Papier; ein Briefkopf mit französischem Wappen. »Ist es echt?« Er richtet die Frage an Alain.

»Absender und Briefpapier erscheinen authentisch«, meint er. »Wir werden das prüfen.«

»Hatten Sie jemals das Gefühl, dass Rolf Kramer nicht die Wahrheit sagte?«, fragt Sandro nun Claude Benezet. »Dass in dem Adoptionsprozess etwas nicht ganz sauber war? Schließlich wussten Sie, wie kompliziert ein ordentliches Adoptionsverfahren ist – und plötzlich konnte es so schnell und unbürokratisch abgewickelt werden?« Ohne es zu wollen, hat Sandro seinen Ton geändert. Er wollte nicht anklagend klingen, doch genauso hörte es sich an.

»Nein!« Claude Benezet wirkt verärgert. »Es gab keinen Grund für Zweifel. Sie sehen doch: Wir haben alle nötigen Papiere. Das ist alles rechtmäßig abgelaufen und amtlich bestätigt. Warum sollten wir da Zweifel haben? Wir dachten, die Schweiz sei moderner und kompetenter als Frankreich, das eines Tages im bürokratischen Wirrwarr untergehen wird. Wir wollten doch nur helfen.«

Sandro bezweifelt, dass es bei dieser *Hilfe* nur um Nächstenliebe ging. Sie wollten ein eigenes Kind – für sich selbst, nicht um dem Jungen zu helfen. Aber er belässt es dabei, das ist nun nicht mehr wichtig. Wichtig ist die Wahrheit.

»Es ist möglich, dass Rolf Kramer Sie belogen hat. In der Schweiz sind in den Neunzigerjahren mehrere Kinder entführt und nie wiedergefunden worden.«

»Sie meinen, dass meine Eltern vielleicht gar nicht bei einem Unfall gestorben sind?« Laurent Benezets Mimik verändert sich, auf einmal wirkt sein Teint aschfahl, er scheint die Kontrolle über seine Gesichtsmuskeln zu verlieren, an seinem linken Auge ist ein deutliches Zucken zu erkennen.

»Ich würde Ihnen gerne ein Bild eines vermissten Jungen zeigen und Sie fragen, ob Ihr Sohn so ausgesehen hat, als Sie ihn adoptiert haben«, sagt Sandro zu Claude Benezet, ohne auf die Frage des Sohnes zu antworten.

»Sie meinen damit, dass meine Eltern noch leben?«, hakt Laurent nach.

»Ich weiß es nicht. Aber ich möchte Ihnen gerne die Fotografie eines Jungen zeigen.«

Claude Benezet nickt müde. Er wirkt auf einmal viel älter als noch vor vierzig Minuten, als er ihnen die Tür geöffnet hat.

Sandro nimmt seine Mappe hervor, sucht die Vermisstenanzeige von Christian Wolf heraus und legt sie auf den Tisch. Er braucht die Antwort nicht abzuwarten, er liest sie in den Gesichtern von Claude und Laurent Benezet. Es ist der Sohn, der aufsteht, zum Regal geht, nach einem Fotoalbum greift, es auf den Tisch legt und auf einer zufälligen Seite aufschlägt. Kinderfotografien. Laurent auf einem Trettraktor, Laurent auf einer Schaukel. Dasselbe Lachen. Dasselbe Gesicht. Dasselbe Kind.

Laurent Benezet ist Christian Wolf.

60

Der elektronische Türöffner summt. Doch die Eingangstür des alten Backsteinhauses an der Zürcher Idastrasse lässt sich nicht öffnen, sie klemmt seit vielen Jahren schon. Milla versteht nicht, dass noch nie jemand auf die Idee gekommen ist, sie zu reparieren. Sie stößt und zerrt an der Klinke, die Tür scheint irgendwie zu groß für den Rahmen zu sein, sie bekommt sie trotz aller Kraftanstrengung nicht geöffnet. Also tritt sie einen Schritt zurück und wirft sich mit ihrem ganzen Gewicht dagegen, doch als sie mit dem Aufprall rechnet, ist da nichts, weil die Tür just in diesem Moment aufgeht. Milla macht einen großen Ausfallschritt, stürzt nach vorn, reißt die Arme hoch, um ihr Gesicht zu schützen, rumst in etwas Weiches und wird aufgefangen.

»Milla!« Kaspar ruft laut aus, als er sie sicher in den Armen hält. »Warum so stürmisch, ich hätte dir doch gleich geöffnet.«

Milla löst sich aus dem Griff ihres Cousins und richtet sich auf. »Danke, ihr könntet wirklich mal die Tür reparieren lassen.«

»Funktioniert ja – wenn man sie von innen öffnet.« Kaspar zuckt mit den Schultern und stapft vor Milla die Treppe hoch.

Verwandtschaftliche Bande hin oder her: Millas und Kaspars Logik ist nicht immer deckungsgleich. Dasselbe gilt für ihren Ordnungssinn. Als Kaspar die angelehnte Wohnungstür aufstößt, erkennt Milla, dass sich nichts zum Guten verändert hat. Sie muss sich jedes Mal überwinden, Kaspars Reich zu betreten, dessen zweiter Vorname Messie lauten könnte. In seinem Wohnzimmer ragen Türme aus DVD-Hüllen, leeren Keksschachteln und Getränkedosen in die Höhe und bilden eine kleine Stadtlandschaft, als hätte Kaspar eine Skyline *en miniature* nachgebaut. Milla sieht sich nach einer freien Ecke um, wo sie Platz nehmen könnte. Es gibt keine. Außer Kaspars Bürostuhl vor dem Computer, doch das wagt sie nicht, es wäre gleichbedeutend mit dem Frevel eines Untertanen, der sich auf den Thron des Königs setzen würde: Der Computer ist mehr als Kaspars Heiligtum, er ist sein Leben. Als habe Kaspar ihre Gedanken gelesen, lässt er sich auf den Stuhl fallen, womit geklärt ist, dass Milla stehen bleiben wird. Milla tastet sich etwas näher zu ihm vor, vorsichtig darauf bedacht, nirgends anzustoßen. Es dringt kaum Licht in Kaspars Arbeitszimmer, das gleichzeitig sein Wohn- und auch sein Schlafzimmer ist. Nur der blaue Schein des Bildschirms taucht den Raum in ein schummriges Licht.

»Cousinchen, was führt dich her? Ich ahne, dass es nicht die Nächstenliebe ist. Ich vermute hinter deinem Besuch eigennützigere Gründe.« Wenn Kaspar spricht, klingt es stets, als würde er singen.

Es bringt nichts, ihm etwas vorzumachen. Er kennt Milla zu gut. Und sie muss zugeben, dass sie selten an seine Tür klopft, nur um Hallo zu sagen. Sie hat immer einen Grund, oder eher: eine Bitte. Wobei es heute eigentlich um einen weitergeleiteten Hilferuf geht.

Milla hat sich einige Gedanken über Irenas Geschichte

gemacht. Sie hatte keine Ahnung, dass sie die Schwester eines der verschwundenen Kinder war. Nach ihrem Anruf hat sie nach dem Namen Beni in Verbindung mit dem Kindermörder August Klostermann gegoogelt und ist sofort auf die Vermisstenanzeige von Beni Schildknecht gestoßen. Irena muss demnach ihren Familiennamen geändert haben. Milla fragt sich, ob das Verschwinden ihres Bruders mit ein Grund war, warum Irena Rechtsmedizinerin geworden ist. Beni Schildknecht ist vor fast genau dreißig Jahren bei einem Frühlingsfest in Innertkirchen zuletzt gesehen worden. Er war elf Jahre alt, Irena ist also das jüngere der beiden Geschwister. Eine schreckliche Geschichte. Seltsam, dass Irena gerade jetzt in ihre Vergangenheit eintaucht, just als wieder ein Kind verschwunden ist. Eigenartig auch, dass Irena sich so sicher ist, dass Klostermann nichts mit dem Verschwinden ihres Bruders zu tun hat – obwohl er unter anderem auch deswegen verurteilt worden ist.

Für Milla steht außer Frage, dass sie Irena auf der Suche nach der Wahrheit helfen wird. Gleichzeitig ist ihre journalistische Neugier geweckt. Denn wenn Irena recht hat, dass Klostermann nicht Benis Mörder ist, dann handelt es sich hier um einen jahrzehntealten, unentdeckten Justizskandal; dann wäre Klostermann für einen Mord verurteilt worden, den er nicht begangen hat – während der wahre Mörder noch immer frei herumläuft. Und Milla zweifelt keinen Moment daran, dass sie die richtige Person ist, um das Fehlurteil aufzudecken.

»Ich bin hier, weil ich einer Freundin helfen will«, erklärt sie ihrem Cousin Kaspar. Milla versucht, ihm die Geschichte so kurz wie möglich, aber so lang wie nötig wiederzugeben. Am Schluss ihrer Ausführungen sucht sie auf ihrem Smartphone die Fotografie des Zettels heraus, die Irena ihr geschickt hat.

»Es geht um diese Zahl, 467212888275101, in total fünfzehn Ziffern.« Milla reicht Kaspar das Handy mit dem Bild.

»Oder acht und sieben Ziffern«, kommentiert Kaspar.

Milla schaut ihn fragend an.

»Siehst du diese kaum sichtbare Lücke zwischen der zweiten und der dritten Acht? Hier hat jemand beim Aufschreiben innegehalten – vielleicht weil er zwei Ziffernfolgen abgeschrieben hat. Ich bin mir fast sicher, dass es erst acht und dann sieben Ziffern sind.«

Milla hält zwar viel vom Können ihres Cousins: Er genießt in der Hackerszene einen hervorragenden Ruf und ist für sie bereits in Netzwerke eingedrungen, in die selbst die Polizei kaum Zugang fand. Jetzt aber zweifelt sie an seinem detektivischen Spürsinn.

»Ich glaube, du hast zu viele Folgen von Sherlock Holmes geschaut. Diese nicht wirklich existente Lücke zwischen zwei Zahlen kann totaler Zufall sein.«

»Kann, muss aber nicht. Wir werden sehen.«

Kaspar tippt den Zahlencode in eines seiner Programme ein.

»Das ist ein Dechiffrierprogramm«, erklärt er. »Aber es kann noch viel mehr als dechiffrieren. Es kann auch erkennen.«

Milla schaut fasziniert zu, was das Programm alles mit den fünfzehn Ziffern anstellt. Es wendet die Reihenfolge von hinten nach vorn, errechnet verschiedene Quersummen und Multiplikationen, sortiert sie in Grüppchen, und das alles in einem Tempo, das Milla überfordert.

Plötzlich erklingt ein schrilles Klingeln, und Milla weicht erschrocken zurück.

»Dann lass uns mal schauen, was die Maschine ausspuckt.« Kaspar lehnt sich nach vorn und liest das Ergebnis.

»Oh.«

Er markiert die Zahl und öffnet den Internetbrowser.

»Was ist?«

»Moment, sei nicht so ungeduldig.« Kaspar kopiert die Zahlenfolge in die Suchmaske von Google Maps und platziert einen Leerschlag zwischen der zweiten und der dritten Acht. »Das Dechiffrierungsprogramm sagt, dass es sich mit einer Wahrscheinlichkeit von 73 Prozent nicht um eine codierte Schrift, sondern um die Koordinaten eines bestimmten Ortes handelt.«

»Koordinaten?« Blitzschnell drängt sich ein Gedanke in Millas Kopf, den sie nicht auszusprechen wagt.

»Wo ist der Junge verschwunden?«, fragt Kaspar, als die Karte auf die Stelle zoomt, deren Koordinaten er eingegeben hat.

»Innertkirchen«, flüstert Milla.

»Dann sind es Koordinaten. Die Zahlen verweisen auf ein Waldstück zwischen Innertkirchen und dem Ortsteil Gadmen.« Er setzt an der Stelle einen gelben Markierungsstern.

61

Mit jedem Kilometer, den Irena sich von ihrem Elternhaus in Richtung Bern entfernt, fühlt sie sich ein bisschen besser. Sie kann wieder freier atmen, als würde jemand sie von einem Stein befreien, der auf ihrer Brust gelegen hat. Obwohl sie weiß, dass es während des Fahrens verboten ist und dass sich Personen, die für die Justiz arbeiten, ganz besonders penibel an die Gesetze halten sollten, greift sie zum Handy, um sich bei Sandro zurückzumelden. Sie muss es ein paar Mal klingeln lassen, bis er rangeht.

»Bandini«, sagt er halb flüsternd. Irena hört Stimmen im Hintergrund und eine Lautsprecherdurchsage, die sie nicht versteht.

»Irena hier. Wo bist du?«

»Ich sitze gerade in der Métro.«

»In der Métro? Du meinst, du bist in Paris?«

»Telefonierst du etwa wieder, während du fährst?«, fragt Sandro statt einer Antwort zurück. Er muss die Fahrgeräusche gehört haben.

»Freisprechanlage«, lügt Irena. »Was machst du denn in Paris?«

»Es ist noch nicht offiziell. Wir werden die Öffentlichkeit erst am Montag informieren. Es ist etwas ganz Außerordentliches passiert!«

Sandro berichtet Irena, was sie im Haus von Rolf Kramer gefunden haben, von ihrem Verdacht und von der Begegnung mit den Benezets in Paris.

Irenas Atem geht schneller, sie ist bemüht, es sich nicht anhören zu lassen.

»Und handelt es sich bei dem Sohn um eines der vermissten Kinder?« Irena sieht eine Autobahnraststätte, setzt den Blinker und schneidet ein anderes Auto, als sie im letzten Moment die Ausfahrt nimmt. Ihr ganzer Körper zittert.

»Stell dir vor …«

Irena hört Sandro laut einatmen.

»Ich kann's fast nicht erzählen, ich bin zu aufgewühlt. Ich kann es selbst kaum glauben.«

»Jetzt red schon!« Irena fährt auf einen Parkplatz und stellt den Motor ab.

»Ich habe Christian Wolf gefunden. Einer der vermissten Buben, von dem seit 1993 jede Spur fehlte.«

Es ist nicht Beni.

Irena stützt die Stirn auf dem Lenkrad ab. Sie ist in Schweiß gebadet, obwohl es im Wagen eiskalt ist. »Ich weiß, wer Christian Wolf ist. Wie konnte er so lange unentdeckt in Frankreich leben?«

»Er wurde von der französischen Familie adoptiert, die sich damals auf ein Inserat von Kramer gemeldet hatte.«

»Kramer hat den Jungen entführt und verkauft?« Irenas Stimme droht zu versagen, doch Sandro scheint es nicht zu merken. Er ist selbst zu aufgeregt.

»Kramer gab sich als Leiter einer Adoptionsagentur aus. Er hat dem Jungen wie auch den Adoptiveltern erzählt, dass seine leiblichen Eltern bei einem Autounfall ums Leben gekommen seien.«

Irena zwingt sich, ruhig zu bleiben.

»Irena, bist du noch da?«

»Ja. Weißt du etwas über Beni Schildknecht?«

»Beni Schildknecht, der ebenfalls verschwundene Junge?«

»Ja.«

»Nein, ich weiß noch nicht, um welche Kinder es sich handelt. Wir haben einzig die Einträge in dem Kassabuch gefunden. Warum fragst du nach Beni Schildknecht?«

»Nur so. Aber ihr habt noch weitere Adressen von französischen …« – Irena sucht nach dem richtigen Wort – »Kunden von Kramer?«

»Ja, insgesamt fünf.«

Beni könnte einer davon sein.

Irenas Atem geht hastig, sie muss sich konzentrieren, dass sie nicht anfängt zu hyperventilieren.

»Irena, bist du in Ordnung?«

»Ja, alles gut.«

Es könnte sein, dass Beni noch lebt!

Die Stimme schreit in ihrem Kopf und dröhnt in ihren Ohren.

»Alles gut«, sagt sie erneut. »Ich wollte eigentlich nur sagen, dass ich auf dem Weg nach Bern bin, heute Mittag werde ich wieder im Institut sein.«

»Danke, Peter Lang wird froh sein, es ist unfassbar, was in den letzten Tagen alles passiert ist.«

Irena stimmt ihm innerlich zu, schweigt aber.

»Also, dann sehen wir uns ja bald. Ich muss gleich aussteigen, ich bin heute Nacht zurück.«

»In Ordnung, bis bald.«

Irena klickt das Gespräch weg und schmeißt das Telefon auf den Sitz neben sich, als hätte sie sich daran verbrannt. Sie hält sich mit beiden Händen am Lenkrad fest und kann das Zittern dennoch nicht unterdrücken. Ihr ganzer Körper bebt.

Christian Wolf lebt.

Christian Wolf wird zu August Klostermanns Opfern gezählt: Er wurde auch wegen dieses Mordes verurteilt. Dass Christian Wolf lebt, beweist zumindest, dass Klostermann in diesem Fall nicht der Mörder sein kann – weil es kein Mordopfer gibt. So, wie er auch im Fall Beni Schildknecht nicht der Täter ist. Klostermann hat wohl die Wahrheit gesagt, als er Irena erklärte, er habe sich nur von Mädchen angezogen gefühlt. Die Jungen sind einem anderen Mann zum Opfer gefallen: Rolf Kramer. Und der hat sie nicht getötet, sondern verkauft.

Beni lebt.

Die zwei Wörter, die über neunundzwanzig Jahre lang ihre größte und zugleich kleinste Hoffnung gewesen sind, fühlen sich auf einmal an wie eine Tatsache. Klostermann hat die Jungen nicht umgebracht. Vier weitere Familien haben Kramer Geld überwiesen, und eine französische Familie hat vielleicht einen hohen Preis für die Adoption von Beni bezahlt.

Aber hätte Beni einem Wildfremden geglaubt, der behauptete, der Rest der Familie sei bei einem Autounfall ums Leben gekommen?

Christian Wolf war viel jünger als Beni, als er verschwand. Aber wer weiß. 1991 war eine Zeit, in der man noch nicht ahnte, dass das Internet bald das Leben verändern würde, in der man nicht einfach mal rasch Google fragen konnte, ob die Polizei einen Unfall vermeldet hat. Auch Landesgrenzen waren in der analogen

Welt noch Grenzen; in Frankreich wird man nicht mitbekommen haben, dass in der Schweiz ein Kind vermisst wird.

Beni lebt.

Als Irenas Atem sich beruhigt und das Zittern aufgehört hat, startet sie den Wagen und fährt wieder auf die Autobahn. Auf einmal kann sie nicht schnell genug zurück nach Bern kommen.

Als sie eine Dreiviertelstunde später die Flügeltür zum Rechtsmedizinischen Institut aufstößt, fühlt es sich an wie ein Nachhausekommen. Sie sieht Peter Lang die Erleichterung an, als er sie erblickt. All die Verantwortung und die damit einhergehende Belastung scheinen von ihm abzufallen wie zu große Schuhe, in die er nur sehr ungern geschlüpft ist.

»Gott sei Dank bist du zurück!« Eiligen Schrittes kommt er auf sie zu, einen Moment lang glaubt Irena, dass er sie gleich in die Arme nehmen wird, doch stattdessen streckt er ihr seine Hand entgegen und hält die Ihre dann mit beiden Händen fest, er will gar nicht mehr aufhören, sie zu schütteln.

»Es gibt viel Arbeit, habe ich gehört«, sagt Irena, während sie sich aus seinem Griff löst. Zu viel körperliche Nähe gewährt sie ungern, und dann auch nur, wenn sie selbst entscheiden kann, von wem.

Lang gibt einen kurzen Rapport über die derzeitige Arbeitssituation. »Die Obduktionen von Bernhard Schmitz und Rolf Kramer habe ich abgeschlossen«, beendet er seinen Bericht. »Kramer war, nun ja, viel von seinem Gesicht ist nicht übriggeblieben. Aber es ist klar, dass beide mit der gleichen Waffe getötet wurden, einer unfreiwillig und der andere freiwillig. Kramer hat sich selbst erschossen, mutmaßlich, nachdem er Schmitz getötet hat. Ich wäre trotzdem froh, wenn du meine Abschlussberichte durchsehen und prüfen könntest. Die beiden Leichen sind noch da, in den Kühlern drei und vier.«

»Dann bleibt noch der Junge«, sagt Irena, während ihr Blick auf die Person fällt, die zugedeckt auf einem der beiden Obduktionstische liegt. Er ist zu groß, denkt sie, zu groß für ein Kind. »Und wer ist das?«

Peter Lang schaut sie erschrocken an. »Du hast es nicht gehört?«

»Was nicht gehört?«

Während Peter Lang noch nach Worten ringt und etwas von einer »Selbstschussanlage« und »dramatischen Umständen« erzählt, tritt Irena zur Leiche hin und hebt das Tuch hoch.

»Mein Gott, Ramon!« Der Anblick bringt sie aus dem Gleichgewicht. Irena lässt das Tuch fallen und weicht zurück. Fassungslos schaut sie ihren Assistenten an.

»Die Kugeln haben ihn förmlich durchsiebt, er hat nicht gelitten.«

Irena muss sich setzen, als Peter Lang ihr die ganze Geschichte erzählt. Weder vom Tod Ramons noch von Bettinas Schuss auf Millas Kollegen hat sie etwas erfahren, als sie in ihrem Heimatdorf in der Vergangenheit nach Spuren suchte. Das ganze Team scheint erodiert zu sein, während sie weg war.

»Es wird kein einfacher Tag heute. Ein Kind und ein Kollege.« Peter Lang fragt nicht, aber Irena sieht ihm an, dass er einen Entscheid von ihr erwartet, wessen Obduktion er übernehmen soll.

»Ich kümmere mich um den Jungen«, sagt sie. Obwohl sie nicht will, nicht das Kind.

Beni lebt.

Sie muss sich zwingen, nicht an Beni zu denken, als sie das Kühlfach öffnet und den kleinen, leichten Körper auf der Leichenschale herauszieht, um ihn für die Obduktion vorzubereiten. Fabio Della Fortuna, gestorben mit sechs Jahren. Unter welchen Umständen, das wird sie jetzt herausfinden.

Als sie sich an die Arbeit macht, nimmt sie wahr, dass irgendwo ein Telefon läutet, doch sie denkt nicht weiter darüber nach, sondern konzentriert sich einzig auf ihr Skalpell, mit dem sie die Haut des toten Jungen durchtrennt.

62

»Hallo, Irena, hier ist Milla. Mein Cousin Kaspar hat etwas über den Zahlencode herausgefunden, ruf mich doch bitte zurück.«

Milla legt das Telefon enttäuscht weg, nachdem sie Irena aufs Band gesprochen hat. Sie fragt sich, ob sie ihr in einer Textnachricht mitteilen soll, dass es sich bei der mysteriösen Zahlenfolge höchstwahrscheinlich um Koordinaten handelt, die einen Punkt mitten im Wald in der Nähe ihres früheren Wohnorts anzeigen. Aber sie will es ihr doch lieber im persönlichen Gespräch sagen, denn Milla ist sicher, dass diese Information alles andere als eine gute Nachricht ist. Dass es sogar eine sehr schlechte Nachricht ist. Stehen die Zahlen für Koordinaten, heißt das womöglich, dass der Bruder von Irena dort begraben liegt. Für Milla ist klar, dass sie den Ort absuchen müssen. Sie überlegt kurz, gemeinsam mit Kaspar selbst zu der Stelle im Wald zu fahren, um nach dem Knaben zu graben. Doch sie verwirft den Gedanken gleich wieder. Nicht schon wieder ein totes Kind … Milla bezweifelt, dass sie es ertragen würde, ein zweites Mal innerhalb weniger Tage eine Kinderleiche zu finden. Sie kriegt das Bild des blassen, kleinen Körpers von Fabio noch immer nicht aus ihrem Kopf. Nein, sie wird warten, bis Irena zurückruft. Dann werden sie weitersehen.

Vielleicht kann sie inzwischen eine andere Frage klären. Milla klappt ihren Laptop auf und öffnet das Dokument mit dem Titel *Fakten,* das sie über den Fall Rolf Kramer angelegt hat. Sie schreibt sich alle Zeiten heraus, die ihr bekannt sind. Fabio Della Fortuna ist morgens um halb acht zu Hause aufgebrochen und niemals im Kindergarten angekommen. Also wurde er wahrscheinlich zwischen halb acht und acht Uhr entführt. Am selben Tag fand die Polizei gegen Abend den toten Mann im Wald, der wohl von Rolf Kramer erschossen wurde – vielleicht, weil er unbeabsichtigt zum Zeugen der Entführung oder der Tötung von Fabio geworden war. In der Polizeimeldung steht nur *abends,* keine genaue Zeitangabe. Angenommen, sie haben die Leiche um acht Uhr gefunden, dann starb der Mann spätestens zwölf Stunden nach Fabios Entführung – Fundort und Entführungsort liegen etwa dreißig Kilometer voneinander entfernt. Am nächsten Morgen dann fand die Polizei den Lieferwagen mit Kramers Leiche darin. Milla kann Sandro im Moment nicht nach den exakten Todeszeitpunkten fragen, da herrscht Funkstille. Und Irena, die Frau an der Quelle, ist derzeit mit ganz anderen Problemen beschäftigt. Also muss Milla mit hypothetischen Überlegungen arbeiten. Ist es wahrscheinlich, dass ein Mann am frühen Morgen in der Region Bern ein Kind entführt, dieses irgendwo einsperrt oder vielleicht schon tötet, einen unliebsamen Zeugen im Wald erschießt, das Kind in Burgdorf in einem Wohnwagen ablegt, dann nach Zürich zu seiner angestammten Prostituierten fährt, sich dort ein letztes Mal vergnügt, um kurz darauf zurück in dem Waldstück bei Bern seinem Leben ein Ende zu setzen? Wohl kaum, denkt Milla.

Oder aber er hat den Jungen entführt, ihn gefangen gehalten, ist nach Zürich gefahren, um sich sexuell abzureagieren, kehrte nach Bern zurück, um mit dem Buben in den Wald zu fahren und ihn zu töten; dabei wurde er unglücklicherweise beobachtet, also hat er den Zeugen erschossen, den Jungen in den Wohnwagen gelegt und sich selbst gerichtet. Egal wie Milla es dreht und wendet: Keine Variante erscheint ihr plausibel. Es ist allerdings auch überhaupt nicht plausibel, dass ein Rentner ohne Vorstrafen einen Jungen in seinen Lieferwagen zerrt und ihn tötet. Warum sollte ein Täter, der so etwas tut, nicht auch noch kurz vor dem Suizid seine Stammhure aufsuchen? Menschen können völlig irrational handeln. Aber dennoch: Das ergibt alles keinen Sinn, denkt Milla. Der ganze Fall ist sinnlos, der Tod des kleinen Fabio ist sinnlos. Das Leben ist manchmal so schwer zu verstehen.

Milla blickt auf die Zeittabellen und die Abläufe, die sie grafisch skizziert hat. Ihr Fazit schreibt sie in Großbuchstaben darunter: unwahrscheinlich – aber nicht unmöglich. Rein zeitlich wäre der Besuch der Sexarbeiterin für Kramer zu schaffen gewesen. Vielleicht hat sie sich aber auch einfach im Tag getäuscht. Oder sie hat gelogen – aus welchen Gründen auch immer.

Milla legt den Stift weg. Sie wird die Frage nicht beantworten können. Vielleicht wird sie niemals beantwortet werden. Und wenn sie jemand beantworten kann, dann wird das kaum sie selbst, sondern viel eher Sandro sein. Sie muss ihn über ihr Gespräch mit Margaret Decaro informieren.

Hey

Mehr schreibt Milla nicht in der ersten Nachricht nach ihrem Streit. Sie weiß, dass Sandro sauer ist. Sehr sauer sogar. Sie versucht trotzdem so zu klingen, als wäre nichts gewesen. Milla sieht, dass die Nachricht bei Sandro ankommt, aber nicht gelesen wird. Er liest niemals private Nachrichten, wenn er im Einsatz ist. Also schreibt Milla eine zweite.

Es geht um deinen Fall! Bei uns in der Sendung hat eine Person angerufen, die behauptet, Kramer habe nichts mit dem Verschwinden von Fabio zu tun – sie sei sein Alibi. Die Frau heißt Margaret Decaro, wohnt in der Brauerstrasse 133 in Zürich und ist Prostituierte. Sie will Kramer am Tag seines Suizids als Kunden bedient haben. Vielleicht wollt ihr das mal prüfen?

Milla möchte etwas Persönliches hinzufügen, aber die richtigen Worte fallen ihr nicht ein. Bestimmt will Sandro eine Entschuldigung von ihr hören, aber sie wüsste nicht, wofür sie sich entschuldigen sollte. Sie spürt, dass sie erneut wütend wird, obwohl sie nicht genau benennen kann, worüber; über Sandro, über sich selbst oder über diese beschissene Situation mit ihren beiden Berufen, die ihnen das Leben so schwer macht? Apropos beschissene Situation: Milla fällt auf einmal ein, dass sie ihre Tage noch immer nicht bekommen hat. Das ist eigenartig. Denn es kann gar nicht sein, dass sie schwanger ist, sie schluckt seit Jahren die Pille. Es kann nicht sein, und es darf nicht sein. Das wäre für sie eine Katastrophe.

Um sich auf andere Gedanken zu bringen, beginnt Milla mit der Recherche über den Fall Benjamin Schildknecht – Irenas Bruder. Als sie im Internet auf die Vermisstenanzeige stößt, schaut sie die Fotografie des Jungen lange an. Das dunkle Haar, das feine Gesicht, das sie an die Sasha-Morgenthaler-Puppen aus jener Zeit erinnert. Die blasse Haut. Wie Irena. Wenn sie es nicht wüsste, wäre ihr die Ähnlichkeit nicht aufgefallen, aber jetzt … Milla sucht im schweizerischen Medienarchiv die Artikel über das Verschwinden des Jungen heraus, dann die Gerichtsreportagen über das Verfahren gegen August Klostermann, der schließlich des Mordes an Beni schuldig gesprochen worden ist. An Beni und sechs weiteren Kindern. Was, wenn Irena recht hat, und er es nicht gewesen ist? Aber was ist dann mit ihrem Bruder passiert?

Milla greift nach dem Handy, um zu prüfen, ob sich Irena noch immer nicht gemeldet hat. In diesem Moment leuchtet eine Nachricht auf. Nathaniel.

Liebe Milla, ich habe ein Problem.

Nicht schon wieder. Jedes Mal, wenn Nathaniel ihr schreibt, er habe ein Problem, bahnt sich ein Debakel an.

63

Sandro studiert die Gesichter der Menschen, die ihm gegenübersitzen und im Rhythmus der Métro leicht hin und her und vor und zurück schaukeln. In diesem Waggon befindet sich die gesamte Welt, denkt er: schwarze, dunkle, helle, weiße, runde, lange, breite Gesichter, Menschen von jedem Kontinent und aller Herren Länder. Trotzdem wirken sie alle grau. Niemand lächelt, alle starren in ihr Handy oder gedankenverloren ins Leere. Alex hat vorgeschlagen, mit der Métro zu fahren, weil sie die ganze Stadt durchqueren müssen und so fast eine Stunde einsparen oder sogar noch mehr, wenn Sandro nach ihrem nächsten Besuch direkt zum Gare de Lyon fährt, um den Abendzug zurück nach Bern zu erwischen. Sie unterhalten sich nur leise, damit niemand mithören kann.

»Das ist ein unglaublicher Fall. Du sagst, ihr habt vier weitere Adressen von französischen Familien? Das könnte bedeuten, dass du fünf Personen gefunden hast, die vor vielen Jahren als Kinder entführt und unter dem Deckmantel der Adoption verkauft worden sind! Du wirst als Held gefeiert werden in deinem Land.« Alex klatscht vor Begeisterung in die Hände und erntet ein paar erschrockene und missbilligende Blicke.

»Vier weitere Namen«, antwortet Sandro. »Bislang eine weitere Adresse. Nach drei Personen suchen deine

Kollegen noch. Aber ja, es könnte bedeuten, dass wir fünf verschwundene und tot geglaubte Kinder wiederfinden.«

Trotzdem bezweifelt Sandro, dass man ihn als Helden feiern wird. Für den Mord an Christian Wolf sitzt bereits ein Mann im Gefängnis, August Klostermann, der in diesem einen Fall zu Unrecht verurteilt worden ist – was bedeutet, dass die Polizei und die Staatsanwaltschaft ihren Job schlecht gemacht haben. Und ob die anderen vier Adressen ihn tatsächlich zu weiteren vermissten Kindern führen werden, wird sich erst noch zeigen müssen. Auch muss Sandro den DNA-Abgleich abwarten, bevor er sicher sein darf, dass Laurent Benezet und Christian Wolf ein und dieselbe Person sind.

»Ich muss nochmals rasch telefonieren«, sagt Sandro zu Alex und ruft Felix Winter an.

Keine Dreiviertelstunde nach dem Telefonat mit Sandro fährt Felix gemeinsam mit Malou Richtung Derendingen, das im Kanton Solothurn liegt. Die Familie Wolf lebt noch immer dort, wo Christian geboren wurde – und wo er verschwunden ist. Die Eltern sind nie umgezogen.

»Wie wirst du es ihnen sagen?«, fragt Malou, die unruhig auf dem Beifahrersitz hin und her rutscht.

»Ich weiß es nicht. Ich bin, was soll ich sagen, gerade ein bisschen überfordert.« Felix muss über sich selbst lachen. »Ich habe so oft schon traurige Nachrichten überbringen müssen. Doch wie teilt man jemandem mit, dass wir wahrscheinlich ihren Sohn gefunden haben, von dem sie seit einem Vierteljahrhundert denken, er sei tot?«

»Ich bin total aufgeregt.«

»Das dürfen wir uns aber nicht anmerken lassen.«

»Natürlich.«

Felix wirft erst einen Blick auf seine neue Kollegin, die nicht still sitzen kann, und dann ein Stoßgebet gen Himmel, dass sie sich zusammenreißen wird und ihm die richtigen Worte einfallen werden.

Die Wolfs leben in einem kleinen Einfamilienhaus am Rande des Dorfes. Dahinter erstrecken sich weite Felder, die im nassgrauen Nebel trostlos wirken. Ein Wetter für Beerdigungen, denkt Winter, was zum Anlass ihres Besuches so gar nicht passt. Zum Haus führt ein schmaler Pfad aus einzelnen Steinplatten, die sich im Lauf der Jahre verschoben haben; es fühlt sich an wie Inselhüpfen, will man zur Tür gelangen, neben der zwei weiße Engel aus Stein stehen. Felix Winter schaut zu Malou, jetzt wirkt sie wie die Ruhe selbst.

»Willst du das machen?«, fragt er sie.

Malou blickt ihn überrascht an. Dann nickt sie.

»Gerne!«

Noch bevor Felix auf die Klingel drückt, öffnet sich die Tür. Wahrscheinlich haben Hans und Monika Wolf seit Winters Anruf hinter dem Eingang gestanden und auf sie gewartet. Er hat ihnen am Telefon gesagt, sie würden wieder in den alten Vermisstenfällen ermitteln. Mehr nicht.

»Guten Tag, Herr Wolf, Frau Wolf, mein Name ist Malou Löwenberg, das ist Felix Winter, er hat Sie angerufen, wir sind von der Kantonspolizei Bern.« Malou zeigt dem Ehepaar ihren Dienstausweis.

»Sie sind wegen Christian hier«, sagt Hans Wolf.

»Haben Sie ihn gefunden?«, fragt Monika Wolf.

»Er ist tot«, sagt Hans Wolf.

»Lebt er noch?«, fragt Monika Wolf.

»Dürfen wir reinkommen? Dann können wir uns erst mal alle setzen«, erwidert Malou.

»Natürlich, Entschuldigung.« Monika Wolf tritt einen Schritt zurück, und ihr Mann öffnet die Tür nun ganz, um sie hereinzulassen.

»Es gibt eine neue Entwicklung in den Fällen der Neunzigerjahre«, sagt Malou, sobald sie sich alle an den Tisch gesetzt haben. Das Ehepaar Wolf blickt sie voll ängstlicher Erwartung an. »Es ist möglich, dass Ihr Sohn noch lebt«, platzt es aus ihr heraus.

»Aber wir sind noch nicht sicher, darum sind wir hier, um einen DNA-Abgleich vorzunehmen«, relativiert Felix schleunigst, doch die Wolfs nehmen ihn gar nicht mehr wahr.

Monika Wolf schreit laut auf und hält sich die Hände vors Gesicht. Sie beginnt heftig zu schluchzen, klagende Laute dringen aus ihrer Kehle. Der gesamte Schmerz der letzten Jahre scheint aus ihr herauszubrechen. Sie weint bitterlich und wird auf einmal gleichzeitig von einem hysterischen Lachen geschüttelt, um gleich wieder in ihr Klagen zu verfallen. Ganz anders ihr Mann: Sein Gesicht ist versteinert, sein ganzer Körper scheint wie festgefroren zu sein, einzig sein rechter Arm bewegt sich, er streicht mit der Hand über den Rücken seiner Frau, auf und ab, wie ein mechanischer Hebel.

»Im Zusammenhang mit der Entführung von Fabio Della Fortuna, dem Jungen aus Toffen, haben wir das Haus eines Verdächtigen durchsucht. Dabei sind wir auf Spuren gestoßen, die uns nach Frankreich geführt haben«, erklärt Felix, als das Schluchzen der Frau leiser wird. »Es sieht danach aus, als hätte der Mann bereits in den Neunzigerjahren Kinder entführt und nach Frankreich an Adoptiveltern vermittelt.«

»Sie meinen, dass unser Christian gar nicht getötet wurde? Dass er adoptiert worden ist? In Frankreich?« Es ist Hans Wolf, der als Erster die Worte wiederfindet.

»Das ist unser Verdacht beziehungsweise unsere Hoffnung. Es besteht die Möglichkeit, dass wir Christian gefunden haben.«

»Ich wusste, dass er noch lebt.« Monika Wolf zieht geräuschvoll die Nase hoch. »Ich wusste es!«

»Aber der Prozess, das Urteil … und Christian war fünf – er hätte doch nicht einfach akzeptiert, zu neuen Eltern gebracht zu werden«, wirft ihr Mann ein.

»Es sieht danach aus, dass der Täter dem Buben erzählte, es hätte einen Unfall gegeben, den er als Einziger überlebt habe«, erläutert Felix.

»Es sieht danach aus, es besteht die Möglichkeit … aber Sie wissen nicht genau, ob es so ist? Sie können nicht mit Sicherheit sagen, dass Christian noch lebt, oder? Wie können Sie uns derart quälen und meiner Frau wieder Hoffnung machen?« Felix sieht Hans Wolf im Gesicht an, wie die Wut in ihm hochbrodelt. »Sie wird es nicht noch einmal ertragen, enttäuscht zu werden!«

»Es ist richtig, wir können es noch nicht mit hundertprozentiger Sicherheit sagen. Derzeit wird dem jungen Mann ein Wangenabstrich für die DNA-Analyse entnommen, dasselbe werden wir bei Ihnen machen, damit wir einen Abgleich vornehmen können«, wiederholt Felix. »Danach können wir mit neunundneunzigkommaneunprozentiger Sicherheit sagen, ob es Ihr Sohn ist.«

»Oder auch nicht. Aber warten Sie: Heißt das, Sie haben den jungen Mann besucht, der unser Sohn sein könnte?« Erst jetzt erlaubt sich Hans Wolf, einen Funken Hoffnung zuzulassen. »Wie sieht er aus? Könnte er es sein?«

Felix erzählt den Eltern von Christian Wolf, dass Sandro die Familie Benezet in Paris besucht und auch den Sohn getroffen hat. Dass er die Bilder von der Vermisstenanzeige mit dem Fotoalbum der Familie abgeglichen habe. Dass er davon ausgehe, dass es sich auf den Bildern um dasselbe Kind handelt. Dass Laurent Benezet in Wirklichkeit Christian Wolf ist.

»Ich kann Ihnen die Bilder zeigen, aber bevor wir den DNA-Abgleich nicht schwarz auf weiß haben, besteht noch keine absolute Sicherheit.«

Felix kramt sein Handy hervor und wählt die Fotos an, die Sandro ihm geschickt hat. Er zeigt sie erst Hans und dann Monika Wolf.

»Er ist es!«, flüstert Monika Wolf unter Tränen, während ihr Mann neben ihr in ein stummes Nicken verfallen ist. »Ich habe es immer gewusst. Ich habe immer gespürt, dass er nicht tot sein kann. Und keiner hat mir geglaubt.«

»Wann können wir ihn sehen?«, fragt Hans Wolf.

»Ich rate Ihnen, sich mit einer Adoptionsbehörde abzusprechen. Die bieten eine psychologische Betreuung und Begleitung an, wenn Familien wieder zusammengeführt werden. Es ist ein großer Schritt, für beide Seiten.« Felix sieht Hans und Monika Wolf an, dass sie von seinem Vorschlag nicht gerade begeistert sind.

»Ich möchte meinen Jungen sehen, jetzt«, sagt der Vater.

»Wir können gleich nach Paris fahren, wir nehmen den nächsten Zug«, fügt seine Frau hinzu.

»Wie wäre es, wenn Sie zuerst einmal mit ihm telefonieren, sobald die DNA-Analyse vorliegt?«, fragt Malou.

Hans Wolf zögert. »Nur …« Er sieht auf einmal verängstigt aus. »Ich spreche gar kein Französisch. Versteht mein Sohn denn noch Deutsch?«

»Das weiß ich nicht«, sagt Felix Winter. »Ich glaube, mein Kollege hat englisch mit ihm gesprochen. Wir werden Ihnen einen Dolmetscher zur Seite stellen. Aber geben Sie uns und sich genügend Zeit.«

»Zeit, Zeit, Zeit!«, begehrt Monika Wolf auf. »Finden Sie nicht, wir haben schon lange genug gewartet?«

Auf einmal tun die Eltern Felix ganz furchtbar leid. Sie werden zwar wohl ihren Sohn wiederfinden – das gemeinsame Leben mit ihm wurde ihnen aber trotzdem gestohlen. Das kann ihnen niemand zurückgeben.

Während Felix und Malou mit dem Ehepaar Wolf in dessen Einfamilienhaus in Derendingen am Tisch sitzen, stehen Sandro und Alex vor einem Wohnblock aus den Sechzigern, der aussieht, als wäre er seither nie renoviert worden. Teile der Fassade blättern ab, an einem Balkon fehlt das Geländer, einige Scheiben sind zersprungen und nur notdürftig durch Karton ersetzt worden. Der Unterschied könnte kaum größer sein: Die Familie Benezet wohnte in einer schönen Altbauwohnung an der Rue Custine in einem lebendigen Viertel hinter der Sacré Coeur. Das Ehepaar Fournier lebt in einer hässlichen Wohnbausiedlung am südlichen Stadtrand von Paris.

»Sie haben nicht immer hier gewohnt.« Sandro zeigt Alex die Adresse der Familie Fournier in den Neunzigerjahren.

»Oh, ein ziemlicher sozialer Abstieg«, meint sein Kollege, als er die Adressen vergleicht. Er drückt auf die Klingel.

Es dauert eine Weile, bis der Summton ertönt. Eine durch starkes Rauschen verzerrte Stimme sagt etwas auf Französisch, das Sandro nicht versteht. Er schaut Alex fragend an.

»Zwölfter Stock, der Lift ist kaputt.«

Sie müssen beide gleichzeitig lachen. Leicht außer Atem kommen sie oben an. Die Wohnungstür ist geschlossen, Alex klingelt erneut. Wieder lässt man sie warten, bis die Tür einen Spalt breit geöffnet wird, die mit einer Kette gesichert ist. Dahinter erscheint ein Auge, unter dem ein schwerer Tränensack hängt.

»Was wollen Sie?« Die Stimme der Frau klingt eher wie die Stimme eines Mannes.

»Wir haben angerufen. Wir sind von der Polizei«, erklärt Alex.

»Sie, Polizist?« Es ist klar, dass die Frau Alex' dunkle Haut anspricht. Er ignoriert die Bemerkung, die er nicht zum ersten Mal hört.

»Lassen Sie uns herein?«, fragt er stattdessen.

»Ausweise zuerst.«

Sandro und Alex zeigen der Frau ihre Dienstausweise. Die Tür schließt sich kurz, dann öffnet sie sich ganz.

Der erste Eindruck hat getäuscht, die Frau wirkt weniger verwahrlost, als Sandro sie sich vorgestellt hat. Sie hat ein hübsches Kleid an, das ihr schmeichelt. Sie muss über sechzig sein, das Haar trägt sie grau und streng zurückgebunden, doch ihr Gesicht ist gezeichnet von Sorge und Leid, ihre Falten sind tiefe Furchen, und eine stete Traurigkeit hat sich wie ein Schatten auf ihre Augen gelegt. Der Frau ist anzusehen, dass sie viel erlebt hat, nicht nur Gutes. Zu viel Schlimmes.

»Ich verstehe nicht, was Sie von uns wollen«, sagt Geraldine Fournier, als sie die beiden Männer, die vom Alter her ihre Söhne sein könnten, in die winzige Küche führt. An der einen Wand steht ein quadratischer Tisch mit zwei Hockern, sie zeigt darauf und sagt bestimmt: »Ich bleibe stehen.«

Es fühlt sich seltsam an, trotzdem nehmen Sandro und Alex Platz. Sandro überlässt es seinem Kollegen, Geraldine Fournier auf Französisch zu erklären, dass eine Geldüberweisung aus dem Jahr 1992 sie hierher geführt hat – eine Zahlung von 500.000 Francs, die René Fournier an Rolf Kramer geleistet hat.

»Ich habe keine Ahnung, wovon Sie sprechen.«

Sandro hört der Frau an, dass sie nicht lügt. »Rolf Kramer lebte in der Schweiz«, fügt er an. »Ist Ihr Mann zu Hause?«

»Zu Hause ist er schon.«

Schweigen. Sandro und Alex schauen sich an, dann blicken sie beide wieder zur Frau.

»Aber?«, hakt Alex nach.

»Ich weiß nicht, ob er mit Ihnen sprechen wird. Er ist krank. Seit Jahren schon.«

»Können wir es versuchen?«, fragt Sandro.

»Wenn Sie unbedingt wollen.« Geraldine Fournier verlässt die Küche ohne ein Wort, Sandro und Alex erheben sich, um ihr zu folgen. Sie öffnet die nächste Tür im Flur. Das Zimmer dahinter liegt im Dunkeln. Im

Schein, der vom Flur hereinfällt, meint Sandro eine Gestalt in einem Bett zu erkennen. Einen surrealen Moment lang ist er überzeugt, dass es sich um einen Toten handelt, um den verstorbenen Ehemann Fournier, der bereits vor Jahren das Zeitliche gesegnet hat und von seiner geistig verwirrten Frau im Bett liegen gelassen worden ist.

»René, die Polizei ist da. Sie will mit dir reden.«

Die Gestalt wendet sich um, hält sich die Hand vor die Augen, weil das Licht aus dem Flur blendet.

»Sie wollen dich fragen, ob du 1992 500.000 Francs an einen Schweizer überwiesen hast.«

Ohne ein Wort zu sagen, dreht sich der Mann wieder der Wand zu. Die Frau zuckt mit den Schultern und schließt die Tür wieder. »Sehen Sie, ich habe es Ihnen gesagt.«

»Was hat Ihr Mann?«, fragt Alex.

»Sie nennen es Depression.«

»Warum ist er nicht in einer Klinik?«

»Und wer bezahlt das? Sie etwa?«

»Frau Fournier, sagt Ihnen der Name Rolf Kramer wirklich nichts?« Sandro will zurück zum Thema kommen.

»Wenn es um Geldgeschichten geht, ist das über meinen Mann gelaufen. Er hat die finanziellen Angelegenheiten geregelt. Bevor er die Lust aufs Leben verlor.«

»Was ist passiert?«

»Unser Sohn ist gestorben. Jerôme. Das hat er nie verkraftet.«

»Ein Unfall?«, fragt Sandro irritiert.

»Nein. Er hat sich umgebracht. Ist von einer Brücke gesprungen. Einfach so. Ohne ein Wort des Abschieds.«

»Das tut mir leid.« Sandro zögert. »Ich muss Sie dennoch etwas fragen.«

Sie blickt ihm direkt in die Augen.

»War Jêrome Ihr leiblicher Sohn?«

»Nein. Aber das hat für uns keinen Unterschied gemacht.« Geraldine Fournier fährt sich mit der Hand über die Augen, so als wolle sie Tränen wegwischen. Aber da sind keine. »Sein Tod war der Anfang vom Ende. René konnte nicht mehr arbeiten, ich fand keine Stelle, das Geld ging aus.«

»Wann war das, wann hat sich Jêrome das Leben genommen?«

»Vor dreizehn Jahren. Er war erst einundzwanzig.«

Sandro beginnt sofort zu rechnen. Das Alter könnte stimmen.

»Wie alt war er, als Sie ihn adoptiert haben?«

»Fast sechs. Warum stellen Sie all diese Fragen?«

»Wir sind auf der Suche nach Jungen, die in den Neunzigerjahren in der Schweiz entführt und in Frankreich zur Adoption vermittelt wurden«, erklärt Sandro.

»Nein, Jêrome wurde nicht entführt. Seine Eltern sind bei einem Unfall gestorben.«

Sandro und Alex werfen sich einen Blick zu.

»Haben Sie ein Bild von Jêrome? Als er noch ein kleiner Junge war?«

Geraldine Fournier schaut Sandro skeptisch an. Dann verschwindet sie in einem weiteren Zimmer, er hört sie Bücher hin und her schieben. Schließlich erscheint sie mit einem verstaubten Fotoalbum in der Tür. Er fürchtet, dass es in seine Einzelteile zerfällt, sobald sie es aufschlägt. Sie muss es oft angeschaut – und dann für viele Jahre weggelegt haben. Geraldine Fournier hält Sandro das Album hin. Er klappt es auf. Von der ersten Seite lacht ihm ein Junge entgegen, in dessen Gebiss zuvorderst eine große Lücke klafft. Sandro hat das Gesicht schon viele Male gesehen, damals, als er selbst noch ein Kind war und die Vermisstenanzeige überall hing. Und erst gerade gestern, als er die Fälle aus den Neunzigern noch einmal intensiv studiert hat. Dieselben Augen, das gleiche Haar. Nur stand ein anderer Name darunter.

64

Die Sonne ist schon weg. An der Decke flackert die eine Neonröhre. Irena setzt einen Stich neben den nächsten. Sie arbeitet beinahe liebevoll, peinlich darauf bedacht, dass die Naht schön regelmäßig aussieht. Sie verschließt den Körper des Jungen, um ihn danach freizugeben, damit er seine letzte Ruhe findet. Leise rieselt Mozarts 3. Klavierkonzert in D-Dur durch den Obduktionssaal, Irena hat die Musik eingestellt, nachdem ihr Assistent Peter Lang die Obduktion von Ramon abgeschlossen und Feierabend gemacht hat. Es waren zwei sehr unterschiedliche Aufgaben, die sie zu bewältigen hatten: Peter untersuchte einen Polizisten, bei dem die Todesursache offensichtlich war, während es bei Irena genau umgekehrt war. Irena vermutet, dass der Junge vergiftet wurde, womöglich mit der Überdosis eines Betäubungsmittels. Aber das wird sie erst wissen, wenn die Ergebnisse aus dem Labor vorliegen.

Sie bedeckt den schmalen, blassen Bubenkörper mit einem Tuch, holt den Hubwagen mit der Leichenschale und stellt ihn neben den Obduktionstisch. Sie pumpt ihn mit dem Pedal hoch und zieht Fabio vom Obduktionstisch auf die Leichenschale. Wie leicht er ist. Zerbrechlich. Niemand sollte sterben, bevor er wirklich zu leben begonnen hat.

Irena fährt den Hubwagen vor die Kühlzellen, bringt

die Schale auf die richtige Höhe und schiebt Fabios toten Körper in das Fach. Unweigerlich denkt sie an Beni. Irena hat oft von Benis Leiche geträumt. Und tut es immer noch. Obwohl sie nie gefunden worden ist. Jetzt ist Irena auf einmal nicht mehr sicher, ob es wirklich eine Leiche gibt. Was, wenn Beni einer der entführten Jungen ist und wirklich noch lebt? Irena streift im Sterilisierungsraum ihren Kittel und ihre Arbeitskleidung ab, desinfiziert sich die Hände, schlüpft wieder in ihre Alltagsjeans, ihren Rollkragenpullover und in ihre Schuhe. Zurück im Büro, sucht sie ihr Telefon, sie weiß auch nicht, warum sie es immer wieder verlegt, manchmal glaubt sie, dass das Gerät mit ihr Verstecken spielt. Erst als sie mit dem Festnetztelefon ihre eigene Handynummer anruft, hört sie es klingeln – es liegt draußen im Flur auf dem Fenstersims. In Momenten wie diesen fühlt sich Irena wie eine zerstreute Professorin. Sie hat zwei unbeantwortete Anrufe; einen von ihrem Anschluss in der Rechtsmedizin, einen von Milla. Der Zahlencode, den hat sie fast vergessen. Sie wird Milla zurückrufen, aber das hat nun keine Eile mehr. Nichts aus ihrem Heimatdorf erscheint ihr im Moment noch wichtig, nur eine einzige Frage zählt: Lebt Beni in Frankreich bei einer fremden Familie? Irena tippt Sandros Nummer an.

»Geh endlich ran«, sagt Milla, während sie auf das Display schaut, um sicherzugehen, dass sie den richtigen Kontakt gewählt hat. Sie weiß, dass Nathaniel am Freitagabend arbeitet, aber er sollte bereits Feierabend haben.

»Milla!«, ruft er auf einmal in den Hörer. »Gut, dass du anrufst.«

»Du hast geschrieben, dass du ein Problem hast?«, fragt Milla vorsichtig. Innerlich wappnet sie sich, gleich wieder von Nathaniel in eine kleinere bis mittlere Katastrophe hineinkatapultiert zu werden.

»Ich habe sogar ein großes Problem. Man könnte auch sagen: Ich bin am Verzweifeln.«

»Was ist passiert?«

»Ich weiß nicht so recht, wie ich es sagen soll.«

»Sag es einfach.« Milla hört selbst, dass ihre Stimme ungeduldig klingt, was ihr sofort leidtut.

»Ich … es ist so … ich habe jemanden getroffen …«

»Ja?«

»Ich meine, eine Frau.«

»Oh.«

»Und ich denke, ich glaube, ich müsste Kondome kaufen.«

Die letzten Worte spricht Nathaniel ganz schnell aus, als fürchte er, dass er sie sonst nicht herausbringen würde.

»Oh«, sagt Milla zum zweiten Mal. Sie hat mit allem gerechnet, nur nicht damit.

»Oder denkst du, es ist übertrieben, wenn ich Kondome kaufe?«

»Eh, nein, das ist gut.« Milla erinnert sich an ihre ausbleibende Periode. »Das ist sogar sehr gut. Nie ohne diese Dinger!«

»Oder denkst du, sie fühlt sich dadurch vor den Kopf gestoßen?«

»Du musst ja nicht gleich zur Begrüßung sagen: Hey, ich habe übrigens Kondome gekauft – erst wenn es so weit ist, ziehst du sie galant aus der Tasche. Glaubst du denn, dass es so weit kommen wird? Und überhaupt, wer ist denn die Auserwählte – deine Ehefrau wird es ja wohl kaum sein.«

»Damit sind wir bei Problem Nummer zwei angelangt. Ich muss auch noch einen Babysitter für Silas finden.«

Milla lässt sich von Nathaniel die ganze Geschichte erzählen, die mit dem Einkauf eines Trinknapfes beginnt und damit endet, dass er morgen sein zweites Date mit der Verkäuferin hat. Offenbar geht er davon aus, dass er mit ihr im Bett landen könnte. »Nur weiß ich eben nicht, wie ich das richtige Kondom kaufen kann, ohne mich dabei zum Idioten zu machen. Und zweitens weiß ich auch nicht wirklich, wie man sie benutzt.«

»Oh.«

»Ich bin blind.«

»Ich weiß. Aber willst du damit sagen ... du hast noch nie?«

»Es haben sich noch nicht so viele Möglichkeiten ergeben.«

Milla erkennt, dass es sich um ein ernstzunehmendes Problem handelt – und dass sie wahrscheinlich nicht die perfekte Person ist, um Nathaniel zu beraten. Sie empfiehlt ihm, die Kondome in einer Apotheke zu kaufen, wo er danach fragen kann und sie nicht selbst aus dem Regal nehmen muss. Dann versucht sie ihm schonend beizubringen, dass eine Frau nicht zwingend schon beim zweiten Date verführt werden will, sondern dass er sich durchaus Zeit lassen kann. »Und die Anwendung des Kondoms – da kann ich dir nicht so gut helfen, am besten kaufst du ein paar mehr und übst einfach ein paar Mal, bevor du sie triffst.«

Nathaniel bedankt sich überschwänglich und verspricht ihr, sie auf dem Laufenden zu halten. Milla ist sich allerdings nicht sicher, ob sie es wirklich so genau wissen will. Gleichzeitig fragt sie sich, wie es sich wohl anfühlt, als blinder Mensch Sex zu haben. Oder mehr noch: Mit einem blinden Menschen, der den gesamten Körper ertastet. Sie ertappt sich dabei, dass die Vorstellung sie erregt. Doch als sie den Anruf beendet hat, drängt sich erneut der andere Gedanke in ihren Kopf – dass ihre Periode noch immer aussteht –, der jegliche Lust auf Sex verdrängt. Sie zieht ihre wärmste Jacke an, stülpt sich ihre riesige Mütze über und wickelt sich einen Schal um den Hals. Die paar Minuten zum Bahnhof Stadelhofen im Zürcher Seefeld geht sie zu Fuß. Die Kälte beißt ihr ins Gesicht, doch sie merkt es kaum. Es sind nicht mehr viele Leute unterwegs, das ist ihr gerade recht. Milla klaubt etwas Kleingeld aus der Hosentasche, wirft es in den Selecta-Automaten und drückt die Tasten Null und Neun. Der Automat beginnt zu surren, die Schraubenwinde stößt das längliche Päckchen nach vorne, es fällt hinunter, und Milla kann es aus dem Schubfach ziehen. *Maybe-baby* steht auf dem Schwangerschaftstest.

Während Milla überlegt, ob sie gleich jetzt oder vielleicht doch lieber erst morgen über den Schwangerschaftstest urinieren soll, weil schließlich heute Nacht ihre Tage plötzlich doch noch kommen könnten, fährt Sandro mit dem Zug durch die Nacht. Gleich wird er zurück in Bern sein. In Gedanken ist er wieder und wieder die beiden Besuche durchgegangen, die unterschiedlicher nicht hätten ausfallen können: In einem Fall sieht es danach aus, als würde es zu einem späten Happy End kommen – im anderen Fall wird es keinen glücklichen Ausgang, sondern nur traurige Gewissheit geben. Während der Fahrt von Paris nach Bern hat Sandro ein Konzept erarbeitet, wie er die Öffentlichkeit am Montag informieren wird. Auch wenn sie die letzten drei Personen, die Kramer Geld überwiesen haben, noch nicht aufspüren konnten, kann er die Neuigkeiten nicht länger zurückhalten. Irgendwo gibt es immer ein Leck, wohl eher früher als später wird etwas an die Presse durchsickern. Auch kann Sandro den Eltern von Christian schlecht einen Maulkorb verpassen. Wenn nach fast dreißig Jahren ein verlorener Sohn gefunden wird, spricht sich das schnell herum. Umso mehr, wenn bereits ein Mann für den vermeintlichen Mord des Kindes verurteilt worden ist. Es muss nur ein Boulevardblatt Wind davon bekommen – oder Milla, und schon droht ihm alles aus den Händen zu gleiten. Sandro fragt sich, was sie wohl gerade macht. Ihre letzte Nachricht hat nicht gerade versöhnlich geklungen, sie hat einmal mehr gezeigt, dass Milla es nicht lassen kann, in seinen Fällen rumzuschnüffeln. Den Aussagen dieser Prostituierten, die in die Sendung angerufen haben soll, wird er trotzdem nachgehen, später. Im Moment liegen seine Prioritäten woanders.

Als Sandro nach fünf Stunden Fahrt in Bern aus dem Zug steigt, sind seine Glieder steif, und ihm brummt der Kopf. Er ist froh, dass Irena ihn angerufen hat und sie sich gleich noch auf einen Absacker im *Kreissaal* treffen werden. Es wird ihm guttun, mit jemandem über diesen verrückten Tag sprechen zu können. Und es ist klar, dass dieser Jemand nicht Milla heißen kann.

Irena ist schon da, als er die Bar betritt und über die Treppe ins Untergeschoss hinabsteigt. Sie sitzt an der

Theke und unterhält sich mit Theneyan, dem Barkeeper, der ihr einen Gin Tonic mit Gurke und Pfeffer reicht. Sandro setzt sich auf den Hocker neben ihr.

»Dasselbe.« Er deutet auf Irenas Glas. »Kannst du etwas über die Todesursache bei Fabio sagen?«, fragt er Irena, bevor sie sich überhaupt richtig begrüßt haben.

»Noch nichts Genaues. Keine äußere Gewalteinwirkung. Ich vermute, er könnte vergiftet worden sein, aber ich muss zuerst die Werte aus dem Labor abwarten. Aber erzähl du, was hast du in Paris gemacht, wen hast du in Paris gefunden?«

Sandro lässt sich nicht zweimal bitten. Er berichtet von Laurent Benezet, der eigentlich Christian Wolf ist – und von seinem zweiten Besuch in den Pariser Banlieues.

»Du hast einen zweiten Jungen gefunden?«, unterbricht ihn Irena.

»Ja und nein.«

»Wie meinst du das?«

»Der Junge lebt nicht mehr. Das Leben ist manchmal schrecklich gemein: Ich habe einen der vermissten Buben gefunden – doch der hat sich vor dreizehn Jahren das Leben genommen.«

Irena blickt Sandro angstvoll an, sie will die nächste Frage nicht stellen, will es nicht wissen und kann doch nicht anders. »Wer ist es?« Ihre Stimme geht in der Hintergrundmusik fast verloren.

»Patrick Hunziker.«

Sandro kann Irenas Mimik nicht deuten, doch er sieht ihr an, dass sie sehr berührt ist, geradezu betroffen.

»Weißt du nicht doch etwas über Beni Schildknecht?«, fragt sie unvermittelt. »Ist es möglich, dass auch er unter den Überlebenden ist?«

»Es ist möglich, aber wir konnten die drei letzten Zahlungen noch nicht zuordnen. Du hast heute schon mal nach Beni gefragt. Hast du den Jungen gekannt?«

Obwohl sich Irena geschworen hat, gegenüber ihren Kollegen nie ein Wort darüber zu verlieren, kann sie es nicht länger zurückhalten.

»Beni war mein Bruder.«

Zur gleichen Zeit, als Sandro Irenas Wahrheit erfährt, liegt Laurent Benezet hellwach in seinem Bett. Er wohnt in einer Einzimmerwohnung direkt unter dem Dach, und obwohl er einen elektrisch betriebenen Ofen eingeschaltet hat, zeichnet sich sein Atem ab, so kalt ist es im Zimmer. Heute kümmert es ihn nicht. Heute spielen seine Gedanken verrückt, er kann sie nicht ordnen, nicht steuern, weiß nicht, was er fühlen soll, sich freuen, sich fürchten, traurig sein oder glücklich sein, er ist alles auf einmal, und gleichzeitig fühlt er sich seltsam leer. Er hat immer gewusst, dass er adoptiert worden ist. Er hat immer geglaubt, seine richtige Familie sei tot. Und jetzt soll auf einmal alles ganz anders sein? Er hat vergessen zu fragen, ob er Geschwister hat. Oder Cousins, Onkel und Tanten, vielleicht auch einen alten Großvater. Tausend Fragen in seinem Kopf, die er dem Polizisten aus der Schweiz hätte stellen sollen.

Noch am gleichen Tag kam ein Beamter der lokalen Polizeibehörde vorbei, um ihm mit einem Wangenabstrich eine DNA-Probe zu entnehmen. Und was, wenn sie sich irren? Dann wird alles sein wie bisher. Und wenn sie recht haben? Dann wird er in die Schweiz fahren, soviel ist sicher. Er will seine leiblichen Eltern kennenlernen, die er beinahe vergessen hat, von denen ihm nur ein

Hauch einer Erinnerung geblieben ist. Er versucht sich zurückzudenken in die Zeit vor Paris. Er erinnert sich an Felder, auf denen er gespielt hat. Der Waldrand. Seine Mutter hat er als weich in Erinnerung, zu seinem Vater fällt ihm nichts mehr ein. Gab es eine Schwester, einen Bruder? Er weiß es nicht. Nichts weiß er mehr. Er fragt sich, wer er eigentlich ist. Ist er Laurent Benezet, oder ist er Christian Wolf? Ist er Franzose oder Schweizer? Wird er noch der Gleiche sein, wenn er seine leiblichen Eltern trifft, die ihn bestimmt für tot erklärt haben? Oder haben sie ein Leben lang gehofft?

Auf einmal packt ihn eine übermächtige Angst. Die Angst, dass er gerade dabei ist, sich selbst zu verlieren.

65

Vorhin in der Bar ist es ihr wie eine Selbstverständlichkeit vorgekommen, darüber zu reden. Jetzt aber könnte sich Irena siebzehn Mal ohrfeigen, so sehr ärgert sie sich darüber, dass sie Sandro ihre Lebensgeschichte erzählt hat. Es fühlt sich an, als hätte sie Beni verraten, indem sie ihr Geheimnis offenbarte. Sie konnte die Tränen nicht zurückhalten, als sie Sandro von ihrem vermissten Bruder berichtete, und von ihrer Hoffnung, dass er vielleicht unter den Überlebenden sein könnte. Sandro hat sie nicht ermutigt. Das hat sie auch nicht erwartet. Trotzdem hatte sie sich mehr erhofft, einen kleinen Zuspruch, eine Bestätigung, dass ihre Hoffnung berechtigt ist. Doch Sandro hat das Gegenteil getan, er rechnete ihr nüchtern vor: Elf Kinder werden aus jener Zeit noch immer vermisst. Die Wahrscheinlichkeit, dass Beni eines von den drei Kindern ist, die möglicherweise illegal in Frankreich adoptiert worden sind, liegt also bei drei zu elf – wenig höher als ein Viertel.

Aber ein Viertel ist sehr viel mehr als nichts.

Irena steht im Badezimmer und wäscht sich die Schminke ab, die Tränen haben sie verschmiert. Sie schaut sich lange im Spiegel an. Ihr blasses Gesicht, vom schwarzen Haar umrahmt, in das sich erste graue Strähnen gestohlen haben. Wie Beni heute wohl aussieht? Ob er graue Schläfen hat? Oder einen frühen Ansatz einer Glatze, so wie Vater?

Bevor sie ins Bett geht, checkt Irena nochmals ihre Mailbox. Sie sieht, dass Milla ihr auf den Beantworter gesprochen hat, und hört die Nachricht ab. Es ist zu spät für einen Rückruf, denkt Irena, doch dann fällt ihr ein, dass heute Freitag ist, womöglich ist Milla noch unterwegs. Rasch tippt sie ihr eine Nachricht.

Bist du noch wach?

Kaum hat sie auf *Senden* gedrückt, geht eine Antwort bei ihr ein.

Ja. Hellwach.

Irena begibt sich zu ihrem Schreibtisch, sucht in der Schublade nach ihrem kleinen Notizbuch und einen Kugelschreiber, dann setzt sie sich hin und stellt Millas Nummer ein.

»Mist«, flucht Milla laut, als ihr Handy klingelt, so schnell hat sie nicht mit Irenas Anruf gerechnet. Sie sitzt gerade auf dem Klo, und zwar nicht einfach so auf dem Klo, sondern sie ist gerade dabei, einigermaßen umständlich über den Schwangerschaftstest zu pinkeln. Sie kann nicht mittendrin abbrechen. Als sie ihre Blase entleert hat, läutet das Telefon noch immer. Sie setzt die Verschlusskappe wieder auf das Stäbchen, wie sie es in der Gebrauchsanweisung gelesen hat, legt den Schwangerschaftstest neben das Waschbecken – fünf Minuten beträgt die Wartezeit –, dann drückt sie die Klospülung und nimmt den Anruf entgegen.

»Entschuldige, dass ich mich erst jetzt melde«, sagt

Irena anstelle einer Begrüßung, »der Zettel mit dem Zahlencode ist nicht mehr wichtig, die Situation hat sich geändert.«

»Die Situation hat sich geändert?«, fragt Milla überrascht.

»Es besteht Grund zur Hoffnung, dass Beni noch lebt.«

Milla stutzt. »Warum glaubst du, dass Beni noch leben könnte?«, fragt sie vorsichtig nach, als müsse sie das Terrain ausloten, ob Irena betrunken oder vielleicht sonst nicht mehr ganz zurechnungsfähig ist.

»Ich kann nicht darüber sprechen, es ist noch nicht offiziell, aber es hat mit einem aktuellen Fall zu tun.«

Rolf Kramer, denkt Milla sofort. Es gibt keinen anderen aktuellen Fall, der mit dem Verschwinden von Beni zu tun haben könnte. Kein Wunder, dass sich Sandro nicht gemeldet hat – wenn er gerade damit beschäftigt ist, alte Vermisstenfälle zu klären. Milla nimmt sich vor, gleich morgen früh all ihre Quellen anzuzapfen, um mehr darüber zu erfahren. Im Moment aber ist etwas anderes wichtig, respektive jemand anders: Irena.

»Irena, mein Cousin hat herausgefunden, was die Ziffern bedeuten könnten, und ich befürchte nichts Gutes. Er hat erkannt, dass auf dem Zettel zwischen der zweiten und der dritten Acht eine kleine Lücke klafft – trennt man die Zahlenfolge an dieser Stelle, erhält man Koordinaten. Die Stelle liegt in einem Wald in der Nähe von Innertkirchen. Ziemlich abgelegen.«

Irena bleibt still. Die Information braucht einige Sekunden, um bei ihr anzukommen.

»Du meinst …?«

»Ich weiß nicht, was das heißt. Es kann sein, dass die Koordinaten eine Stelle kennzeichnen, an der etwas versteckt liegt. Aber es kann auch etwas ganz anderes bedeuten.«

»Es könnte sein Grab sein.«

Milla widerspricht nicht, das kam auch ihr als Erstes in den Sinn. »Vielleicht sind es aber auch gar keine Koordinaten, es kann Zufall sein, dass sie auf eine Stelle so nahe von deinem Dorf hinweisen.«

Zwischen die beiden Frauen legt sich die Stille eines unausgesprochenen Gedankens: Sie beide glauben nicht an Zufälle.

»Warum sagtest du, dass Beni noch leben könnte? Es hat was mit Rolf Kramer zu tun, oder?«, hakt Milla nach.

»Ich habe Sandro versprochen, nicht darüber zu reden.«

»Ich behalte es für mich.« In derselben Sekunde, in der Milla den Satz ausspricht, ist ihr klar, dass sie ihn nicht einhalten kann. »Ich meine: Ich behalte es für mich, bis es offiziell ist. Schau, meine nächste Sendung läuft erst in einer Woche, ich kann also nichts ausplaudern, bevor es sowieso rauskommt.«

Irena zögert. Am Montag wird Sandro bei einer Pressekonferenz die Öffentlichkeit informieren, und sie vertraut Milla, dass sie vorher nicht darüber berichten wird. Es fällt Irena sowieso schwer, die Nachricht für sich zu behalten. »Sandro hat einen der vermissten Jungen gefunden, er lebt, in Paris, er wurde nicht getötet, sondern von jemandem adoptiert.« Irena erzählt Milla, dass Christian Wolf mit großer Wahrscheinlichkeit von Kramer entführt und als Adoptivkind nach Frankreich verkauft worden ist. Dass Sandro auch auf einen zweiten Jungen gestoßen ist, der sich aber vor vielen Jahren das Leben genommen hat. Und dass drei weitere Personen oder Familien aus Frankreich, die man noch nicht aufgespürt hat, Kramer ebenfalls einen größeren Geldbetrag überwiesen haben. »Drei weitere Personen, drei weitere Adoptionen – vielleicht war eines der Kinder Beni.«

Milla kann nicht glauben, was sie da hört. Was für eine Geschichte! Sie müsste sofort den Sender informieren, weiß aber, dass sie das nicht darf. Gleichzeitig kann sie Irenas Enthusiasmus nicht teilen. Zu viele Kinder werden noch vermisst. Es ist nicht sicher, dass Beni einer der Überlebenden ist.

»Ich hoffe es sehr für dich, dass Beni noch lebt. Aber ich finde, wir sollten den Koordinaten trotzdem nachgehen.«

»Vielleicht«, meint Irena nachdenklich. »Aber nicht mehr heute. Morgen, vielleicht morgen.« Irena hört sich auf einmal schrecklich müde an.

»Gehen wir schlafen«, schlägt Milla vor.

»Milla?«

»Ja?«

»Kann ich dich noch um einen zweiten Gefallen bitten?«

»Klar.«

»Ich habe eine Mail erhalten. Eine Drohung. Von einem anonymen Absender. Denkst du, dein Cousin könnte herausfinden, wer sie verfasst hat?«

»Er kann es zumindest versuchen. Schick mir die Mail, ich sende sie gleich weiter, damit er sie sich morgen früh ansieht.«

»Vielen Dank für deine Hilfe. Und gute Nacht.«

»Gute Nacht.«

Die Nacht wird keine gute. Irena findet nicht in den Schlaf. Zu aufgewühlt ist sie, zu ruhelos ihr Kopf.

Koordinaten. In einem abgelegenen Waldstück.

Über eine Stunde lang wälzt sich Irena von der einen Seite auf die andere, bis sie schließlich aufgibt. Sie zieht sich einen warmen Pullover über das lange Shirt, in dem sie jeweils schläft, setzt sich an den Schreibtisch und fährt den Computer hoch. Sie sucht den Zettel hervor, den sie im Schminktischchen ihrer Mutter gefunden hat, und liest noch einmal die Ziffern: *467212888275101*. Erst jetzt, nach Millas Hinweis, erkennt auch sie, dass es zwei Zahlen sein könnten, dass der Abstand zwischen der zweiten und der dritten Acht als Lücke gedeutet werden könnte, sodass sich tatsächlich GPS-Koordinaten ergeben: *46°72′ 12.88 ″ N, 8° 27 ′ 51.01 ″ E*

Sie tippt die Zahlen bei Google Maps ins Suchfeld ein. Regungslos starrt sie auf den Punkt, den es auf der Karte anzeigt: Er liegt mitten in einem Wald zwischen Innertkirchen und Gadmen, wenige Kilometer von ihrem Elternhaus entfernt. Sie kennt den Wald, aber die gekennzeichnete Stelle kennt sie nicht. Sie zoomt in die Karte hinein, wechselt auf Satellitenansicht – aber sie kann keinen Weg erkennen, der dorthin führt. Es muss ein Ort im Dickicht sein, ein Ort, an dem niemals jemand vorbeikommt. Irena friert, Gänsehaut überzieht ihren Körper. Obwohl sie so gerne daran glauben möchte, dass Beni nicht getötet wurde, dass er stattdessen in Frankreich bei einer neuen Familie lebt, obwohl sie so sehr hoffen will, dass sie ihn bald wiedersehen wird – sie weiß, sie kann nicht anders. Sie muss Gewissheit haben.

Es ist vier Uhr früh, als Irena ihre Wanderschuhe aus dem hintersten Winkel ihres Schrankes hervorkramt, sich die wärmsten Sachen anzieht, die sie finden kann, sich in die Tiefgarage zu ihrem Wagen begibt und einsteigt. Sie zögert, steigt noch einmal aus, holt sich im Keller Spaten und Spitzhacke – und fährt los.

66

Nathaniel wirft sich von der einen auf die andere Seite. Sein Atem geht schnell. Ein Keuchen dringt aus seinem Mund. Der Traum ist da. Der Traum, der ihn seit dreißig Jahren plagt, seit dem Tag, als es geschah, als seine Familie auf einen Schlag tot und seine Welt nur noch schwarz war. Der schreckliche Traum hat sich rar gemacht, seit Nathaniel die ganze Wahrheit kennt, doch hin und wieder sucht er ihn noch immer heim, und er hat sich verändert, verändert sich seither jedes Mal, während er vorher immer gleich geblieben ist.

Nathaniel träumt in den Bildern eines Sehenden von der Tat seines Vaters. Vom Blut auf dem Teppich. Von den toten Augen seiner Mutter. Von seiner Schwester, unter dem Tisch, wo sie sich verstecken wollte. Sie liegt zusammengerollt da, als würde sie schlafen. Aber sie schläft nicht. Auch sie ist tot.

Doch auf einmal erwacht sie zum Leben, steht auf, kommt auf Nathaniel zu, der die Arme nach ihr ausstreckt. Blut an ihrem Kopf, an ihren Kleidern, überall. Während sie auf Nathaniel zugeht, zerfließen ihre Gesichtszüge, und plötzlich ist es nicht mehr seine Schwester, plötzlich hat sie ein anderes Gesicht, das Nathaniel noch nie gesehen hat, doch dann spricht die kleine Person mit einer Stimme, die er kennt: Gundula Fischbach, die Verkäuferin aus dem Zooladen. »Du darfst dich nicht verlieben«, sagt sie mit einer Zärtlichkeit, die ihn erschauern lässt. »Das ist dir nicht erlaubt. Denn sobald du mich liebst, wirst du mich verlieren.«

»Nein!«, ruft Nathaniel im Traum. »Nein!« Ein Schuss fällt. Ihr Kopf zerspringt. Auf einmal ist sie wieder die kleine Schwester, die zusammengerollt unter dem Tisch liegt. Nathaniel schreit. Und wacht auf.

Er setzt sich auf, atmet schnell, kalter Schweiß auf seiner Haut. Etwas Nasses streift seine Hand, Alishas Zunge, er hat nicht nur sich selbst, sondern auch seine Hündin aufgeweckt. Nathaniel sinkt zurück ins Kissen und krault Alishas Kopf. »Alles ist gut. Alles gut«, flüstert er, als wolle er sie beruhigen, dabei gelten die Worte ihm selbst. Er versucht, die letzten Bilder des Traumes aus seinem Kopf zu vertreiben. Lange liegt er da, mit offenen Augen, die nichts anderes sehen als Dunkelheit. Er will sie nicht schließen, will nicht wieder träumen. Und obwohl er nicht über den Traum nachdenken will, ahnt er doch, warum er ihn geträumt hat.

Er hat Angst.

Nicht seine Blindheit ist der Grund dafür, dass er noch nie mit jemandem zusammen war. Sondern die Furcht davor, sich zu verlieben. Weil er tief in sich drin davon überzeugt ist, dass er einen Menschen verliert, sobald er ihn liebt. So, wie er als Kind alle Menschen, die er liebte, innerhalb weniger Minuten verloren hat.

Zur gleichen Zeit in einer anderen Stadt in einem anderen Bett ist Milla von einer auf die nächste Sekunde hellwach. Sie weiß nicht, was sie geweckt hat. Ihr Kater Iggy? Ein ungewöhnliches Geräusch? Ein Traum? Oder der Gedanke, der plötzlich wie ein fetter Koloss in ihrem

Kopf sitzt und für nichts anderes mehr Raum lässt? Der Schwangerschaftstest. Sie hat drübergepinkelt, ihn weggelegt, mit Irena telefoniert – und ihn vergessen. Er muss immer noch neben dem Waschbecken liegen. Wahrscheinlich ließe sich diese Vergesslichkeit tiefenpsychologisch deuten, denkt Milla. Gleichzeitig überkommt sie ein eigenartiges Gefühl, das sie nicht richtig deuten kann, eine Mischung aus Nervosität, Sorge, Aufregung, Neugierde und Panik. Fünf Minuten sollte laut Beipackzettel die Wartezeit auf das Resultat betragen, jetzt sind mehrere Stunden vergangen. Milla weiß nicht, wie viel Uhr es ist, draußen ist es auf jeden Fall noch nicht hell. Sie will aufstehen, nachsehen gehen, sich Sicherheit verschaffen, dass alles in Ordnung ist, dass nichts passiert ist, dass ihr Leben das alte bleiben und nicht vollständig umgekrempelt wird. Doch etwas hält sie zurück.

»Angsthase«, sagt Milla laut zu sich selbst. Da stürzt sie sich als Reporterin in die waghalsigsten Abenteuer, doch wenn es um das Resultat eines Schwangerschaftstests geht, macht sie sich gleich in die Hose. Als sie mit einem lauten Seufzer aufsteht, hört Milla in der Küche die Katzenklappe. Ihr Kater Iggy scheint über einen sechsten Sinn zu verfügen, der ihm Alarmsignale sendet, sobald Milla erwacht ist. Sie tritt in die Küche, wo Iggy sie, laut maunzend, empfängt. Obwohl der neue Tag noch gar nicht da ist, öffnet Milla die Schranktür, nimmt die Futterschachtel hervor und schüttet eine Handvoll in Iggys Teller. Dann greift sie zum Trinknapf, leert ihn ins Waschbecken, wäscht ihn mit Geschirrspülmittel aus, füllt ihn mit frischem Wasser und stellt ihn wieder hin. Unschlüssig bleibt Milla mitten in der Küche stehen, aber da ihr nichts mehr einfällt, mit dem sie sich aufhalten könnte, geht sie hinüber ins Badezimmer.

Der Test liegt noch da.

Niemand hat ihn in der Zwischenzeit verschwinden lassen. Milla nimmt das Stäbchen vorsichtig in die Hand, als könnte sie sich daran die Finger verbrennen. Sie blickt auf das Anzeigefenster. Zwei Linien; eine dicke und eine dünnere, undeutliche. Sind das nun wirklich zwei oder nur eine, fragt sich Milla. Auch weiß sie nicht mehr, was eine oder was zwei Linien nun schon wieder bedeuten. Sie sucht nach der Gebrauchsanweisung, sie liegt neben dem Klo auf dem Wäschekorb. *Den Test ablesen.* Milla liest den Absatz. Liest ihn ein zweites und auch noch ein drittes Mal.

Positiv: Es erscheinen zwei farbige Linien. Möglicherweise ist eine der beiden Linien deutlicher, weil die zwei Linien nicht unbedingt gleich intensiv zu sehen sind. Das bedeutet, dass Sie wahrscheinlich schwanger sind.

»Scheiße«, sagt Milla laut. »Scheiße, Scheiße, Scheiße.«

Sandros Handy schrummt zweimal kurz. Obwohl Sandro sonst kaum wachzukriegen ist und problemlos einen Alarm überschlafen könnte, weckt ihn das Geräusch. Als hätte sein Unterbewusstsein geahnt, dass eine Kurznachricht an einem Samstagmorgen vor sechs Uhr früh nichts Gutes bedeuten kann. Er greift zum Handy und stöhnt laut auf. Zwei Nachrichten von Steve Berger. Unschön. Sandro schwant Böses.

Steve Berger ist so etwas wie sein Erzfeind; ein schmieriger Polizeireporter, der jahrelang für die größte Boulevardzeitung der Schweiz arbeitete und der über ein Verbrechen oft so früh Bescheid weiß, dass man ihn fast routinemäßig in den Kreis der Verdächtigen aufnehmen müsste. Zu allem Überfluss ist er ein Verehrer von Milla, er macht ihr ständig den Hof, zum Glück erfolglos. Aber zum Freund macht man sich Sandro mit so einem Verhalten nicht.

Keiner hat bei der Polizei bessere Quellen als Berger. Keiner versteht es wie er, Informationslecks aufzuspüren. Seit Langem hegt Sandro den Verdacht, dass es in seinem Korps einen oder vielleicht sogar mehrere Kollegen gibt, die sich hin und wieder mal von Berger auf einen Drink einladen lassen, wenn nicht gar zu mehr. Seit einiger Zeit schreibt Berger als Polizeireporter für das Gratis-Online-Magazin *Sherlock*, das sich als »jung, frech, unkonventionell« verkauft, was so überhaupt nicht zu Berger passen will. Er ist ein vorschnell gealterter Fünfzigjähriger, der meint, er sei noch immer fünfundzwanzig; augenscheinlich trägt Berger noch immer die Kleidung, die er vor fünfundzwanzig Jahren getragen hat – und die fast schon wieder in Mode wäre, sähe sie nicht so versifft und abgetragen aus. Sandro ahnt, was in der Nachricht steht, noch bevor er sie öffnet.

Sehr geehrter Herr Bandini, aus gut unterrichteter Quelle habe ich erfahren, dass Sie einen jungen Mann gefunden haben, der seit über dreißig Jahren als vermisst gilt. Können Sie bestätigen, dass a) Sie wieder in den Fällen der verschwundenen Kinder aus den Neunzigerjahren ermitteln, b) die Fälle mit dem Delikt von Rolf K. und dem verschwundenen Fabio D.F. zusammenhängen? c) Sie im Rahmen der Ermittlungen den seit dreißig Jahren vermissten Christian Wolf gefunden haben, d) dass er noch lebt und e) Hoffnung besteht, dass noch andere der damaligen Opfer am Leben sind?

Sandro stöhnt auf. Es ist genau das eingetreten, was er hat vermeiden wollen: Er wollte alle Medien gleichzeitig von sich aus informieren und selbst bestimmen, wie viel sie erfahren sollten. Nun sieht er sich von den Fragen eines einzelnen Reporters bedrängt, der einen Ansturm von Anrufen auslösen wird, sobald er die erste Meldung online stellt. Er muss Berger aufhalten, denkt Sandro, als er die zweite Nachricht anklickt, die er nur eine Minute später erhalten hat.

Ich bitte Sie sehr um Antworten, das wäre auch in Ihrem Sinne, meine Quellen sind verlässlich. Ich werde den Artikel so oder so publizieren.

»Scheiße«, sagt Sandro laut. »Was für ein Stronzo!«

Ungeachtet der frühen Stunde stellt Sandro die Nummer des Polizeisprechers Emilio Livingstone ein. Er muss es lange klingeln lassen, und als Livingstone schließlich rangeht, ist ihm anzuhören, dass er versucht munter zu klingen, obwohl er völlig schlaftrunken ist.

»Ich fürchte, du musst aufstehen«, sagt Sandro. »Wir haben ein Problem.«

Am Horizont lässt sich ein heller Streifen erahnen. Keine Stunde mehr, bis die Sonne aufgeht, falls sie sich heute blicken lässt und sich nicht wieder den ganzen Tag über hinter dem Hochnebel versteckt hält. Das Licht von Irenas Stirnlampe tanzt durch den nachtschwarzen Wald und bringt die Schatten in Bewegung. Den Wagen hat sie irgendwann stehen lassen müssen, und vor etwa zehn Minuten hat sie auch den letzten schmalen Pfad verlassen. Sie stapft quer durch den Wald durch den festgefrorenen Schnee, der seit Tagen liegen geblieben ist und unter ihren Schritten knistert. Sie kommt gut voran, keine Sträucher, kein Unterholz, nur auf die Wurzelstöcke muss sie achtgeben, die sich unter dem Schnee verbergen. Hin und wieder stoppt sie und lauscht, was unsinnig ist. Hier ist keiner. Weil kein vernünftiger Mensch um sechs Uhr früh an einem eisig kalten Wintermorgen in der Finsternis durch ein abgelegenes Waldstück stapft. Irena ist ganz allein. Mit dem Handy in der Hand versucht sie, den Punkt anzusteuern, der auf dem Display rot aufleuchtet. Noch fünf Minuten Gehzeit zeigt ihr die Navigations-App an. Ihr Atem geht schwer und entweicht in Wölkchen. Der Mangel an Schlaf und die Kälte lassen Irena schaudern – und wohl auch die Furcht davor, was sie finden könnte an dem Ort, der sich aus zwei Zahlenfolgen ergibt.

Was, wenn Beni dort begraben liegt?

Sie will nicht daran denken, was das bedeuten würde – wenn sie aufgrund eines Zettels, den sie im Zimmer ihres Vaters gefunden hat, auf die Leiche ihres Bruders stoßen sollte, der seit fast dreißig Jahren vermisst wird. Sie schiebt den Gedanken weg. Noch hat es nichts zu bedeuten. Noch sind es nur zwei Zahlenfolgen. Stumm geht sie weiter, den Kopf gesenkt, um den Boden abzuleuchten. Außer ihren Schritten ist kein Geräusch zu vernehmen. Kein Vogel, nicht einmal ein Nachtkauz. Der Wald wirkt tot.

Zwei Minuten noch. Irena, die sich sonst nie fürchtet, verspürt plötzlich Angst.

Kehr um.

Sie könnte einfach wieder nach Hause fahren. So tun, als habe es den Zettel nie gegeben. Jeder einzelnen Zelle ihres Körpers widerstrebt es weiterzugehen. Dennoch weiß Irena, dass es kein Zurück gibt. Umkehren ist keine Option. Vor ihr scheint sich der Wald ein wenig zu lichten. Sie spürt, dass sich ihr Puls beschleunigt. Ihre Position nähert sich dem roten Punkt auf der Karte, ein paar Schritte noch.

Sie ist da.

Aber da ist nichts.

Irena legt die Grabwerkzeuge auf den Boden, schiebt den Schnee mit ihren Füßen weg, unschlüssig, ob sie einfach beginnen soll, den Boden aufzubrechen. Sie fragt sich, wie genau die App ihre Position wohl wiedergibt. Irena geht kreisförmig um die Stelle herum, sucht nach irgendetwas, da knackt es unter ihrem Fuß. Sie fährt erschrocken zusammen, bückt sich und wischt den Schnee mit der Hand zur Seite. Nur ein Holzstück.

Ein bearbeitetes Holzstück, vier Kanten, geschliffen, verwittert.

Hektisch tastet Irena den Boden unter dem Schnee ab, findet eine weitere Holzleiste, die kürzer ist. Sie hält die Hölzer zusammen, aus einem ragt ein rostiger Nagel. Ein Kreuz.

Irena sinkt auf die Knie und beginnt zu weinen.

67

Nur vier Stunden sind vergangen, seit Emilio Livingstone verkündet hat, dass noch heute eine Pressekonferenz stattfindet. Trotzdem ist der Plenarsaal des Polizeipräsidiums gerammelt voll. Dass die Polizei an einem Samstag zur Medienkonferenz lädt, ist schon außergewöhnlich genug, doch der Grund für die geballte Präsenz liegt wohl eher in dem Artikel, den die Online-Zeitung Sherlock vor drei Stunden online gestellt hat.

Christian Wolf nach dreißig Jahren gefunden! Sind die zehn anderen vermissten Kinder ebenfalls noch am Leben?, lautet die Schlagzeile. Darunter sind die Vermisstenanzeigen abgebildet, mit denen in den Neunzigerjahren nach den Kindern gesucht worden ist. Bilder, die zwei Generationen in der Schweiz geprägt haben – jene, die damals Kinder hatten, und jene, die damals Kinder waren. Sandro blickt in den Saal. Er zählt sieben TV-Kameras, etwa doppelt so viele Fotografen und bestimmt fünfzig Journalisten. Er ist sicher, dass auch Milla unter ihnen ist, auch wenn er sie noch nicht erblickt hat. Auf einmal vermisst er sie. Es bringt nichts, sich anzuschweigen, irgendwann werden sie sich aussprechen müssen, und zwar besser früher als später. Aber nicht jetzt. Jetzt hat Milla keinen Platz in seinen Gedanken. Er blickt auf seine Notizen, fokussieren jetzt.

Die Zeit war zu knapp, um sich ausreichend vorzubereiten. Er wird einzig über den Fall Christian Wolf informieren. Denn noch hatte er keine Gelegenheit, den Eltern des vermissten Patrick Hunziker mitzuteilen, dass er ihren Sohn zwar aufgespürt hat, er aber nicht mehr lebt. Sandro will nicht, dass sie aus den Medien vom Suizid ihres vermissten Sohnes erfahren.

Im Saal herrscht ein Geschnatter wie in einem Gänsestall. Erst als Emilio Livingstone mit dem Kugelschreiber gegen das Mikrofon klopft, setzen sich auch die Letzten hin, und die Stimmen gehen in ein Flüstern über, bevor sie ganz verstummen.

»Ich begrüße Sie zur heutigen Pressekonferenz. Das Wort hat Sandro Bandini, Dienstchef Abteilung Leib und Leben, Kantonspolizei Bern.«

Sandro räuspert sich. Hinter ihm auf der Leinwand erscheint ein Foto von Christian Wolf. »Ich freue mich, dass ich Ihnen heute eine gute Nachricht überbringen kann. Es ist uns gelungen, nach vielen Jahren einen Vermisstenfall aufzuklären. Christian Wolf ist am 3. Mai 1993 in seinem Heimatdorf Derendingen verschwunden und galt seither als vermisst. Aufgrund unserer Ermittlungen im Zusammenhang mit dem Mordfall an Fabio D. F. sind wir auf Spuren gestoßen, die mit einigen der Vermisstenfälle aus den Neunzigerjahren in Verbindung gebracht werden können. Eine dieser Spuren führte uns nach Paris zu einer Familie, die 1993 ein Kind adoptiert hat. Seit einer halben Stunde haben wir Gewissheit, der Abgleich der DNA liegt vor: Bei dem Jungen, den die französische Familie adoptiert hat, handelt es sich um den vermissten Christian Wolf, der in der Schweiz entführt worden ist.«

Ein Raunen geht durch den Saal, einige rufen laut aus.

»Wir gehen davon aus, dass weder die Adoptiveltern noch der Junge selbst wussten, dass er ein Entführungsopfer war. Ihnen wurde versichert, dass seine leiblichen Eltern bei einem Verkehrsunfall ums Leben gekommen sind. Unter dringendem Tatverdacht steht Rolf K., der auch des Mordes an Fabio D. F. verdächtigt wird. Rolf K. hat sich am Dienstag das Leben genommen, unsere Ermittlungen laufen aber ungeachtet dessen weiter. Wir bitten Sie, die Privatsphäre der Familie Wolf zu respektieren und von Interviewanfragen abzusehen.«

Ein frommer Wunsch, denkt Sandro bitter. Vorsichtshalber hat er den Zugang zum Haus der Eltern Wolf von den Solothurner Kollegen abschirmen lassen; er fürchtet allerdings, dass sich die Reporter dadurch kaum davon abhalten lassen, die Wolfs zu belagern.

Als die Journalisten merken, dass Sandro nicht mehr weiterspricht, prasselt unaufgefordert eine Vielzahl von Fragen auf ihn ein. Alle reden durcheinander, Sandro versteht in dem Stimmenchaos kein Wort, erst als Livingstone neben ihm aufsteht und entnervt »Ruhe!« in den Saal brüllt, kehrt wieder etwas Ordnung ein. »Ihr wisst doch, wie das hier abläuft: einer nach dem anderen«, fordert der Polizeisprecher die Meute auf. »Wir sind hier schließlich nicht im Kindergarten.«

Zunächst drehen sich die Fragen darum, wie die Polizei Christian Wolf gefunden hat, wie er auf die Nachricht reagiert hat, wie die Adoptiveltern reagiert haben, wie die leiblichen Eltern reagiert haben, ob noch weitere der vermissten Kinder aufgespürt werden konnten. Die meisten Fragen lässt Sandro mit einem Verweis auf die laufenden Ermittlungen unbeantwortet. Einen Moment lang hat er das Gefühl, dass alles rundläuft, dass er sich in der heiklen Situation ganz gut geschlagen hat. Doch dann beginnen die Fragen kritischer zu werden.

»Warum hat es fast dreißig Jahre gedauert, bis die Polizei auf diese Spur gestoßen ist?«, will Simon Jordi wissen, ein Journalist der Berner Zeitung.

»Wir werden genau rekonstruieren, wie der mutmaßliche Täter vorgegangen und warum die Polizei nicht früher auf ihn gestoßen ist«, vertröstet ihn Sandro. »Rolf K. war nicht vorbestraft und ist bis zu seinem Suizid polizeilich nicht aufgefallen. Und ich bitte Sie zu berücksichtigen, dass die kriminalistischen Mittel in den Neunzigerjahren nicht auf dem heutigen Stand waren. Die DNA-Analyse wurde für die Kriminalistik eben erst entdeckt, und es waren auch noch nicht an jeder Ecke Überwachungskameras montiert. Es ist also zu früh, Kritik an der damaligen Ermittlungsarbeit zu üben. Wir werden der Frage aber nachgehen und zu gegebener Zeit beantworten.«

»August Klostermann wurde wegen des Mordes an Christian Wolf verurteilt. Wie kann es sein, dass ein Mann für einen Mord verurteilt wird, der nie begangen wurde?«, legt Jordi nach. Das Gemurmel nimmt wieder an Lautstärke zu.

»Diese Frage müssen Sie nicht uns stellen. Für die Würdigung von Beweisen und eine allfällige Verurteilung sind die Gerichte zuständig. Aber ich bin sicher, dass es auch hier eine Untersuchung geben wird.«

Sandro sieht, wie die Hand eines Mannes in die Höhe schießt, dessen von Akne vernarbtes Gesicht er nur zu gut kennt: Steve Berger.

»Herr Bandini. Warum erzählen Sie heute nur die halbe Geschichte?«, fragt Berger in unschuldigem Tonfall.

»Aus ermittlungstaktischen Gründen müssen wir gewisse Informationen zurückhalten – weil wir sonst unsere Arbeit gefährden. Ich bitte dafür um Verständnis«, sagt Sandro kalt. Er wirft Emilio Livingstone einen Blick zu, um ihm zu bedeuten, dass er die Konferenz beenden soll, doch Steve Berger kommt ihm zuvor.

»Ist es richtig, dass Sie bereits einen zweiten Jungen gefunden haben, Patrick Hunziker, vermisst seit 1992?«

»Dazu gebe ich im Moment keinen Kommentar ab.«

»Ist es demnach möglich, dass August Klostermann in mehreren Fällen nicht als Mörder infrage kommt, dass er womöglich gar keinen der ihm zur Last gelegten Morde begangen hat und seit über zwei Jahrzehnten unschuldig im Gefängnis sitzt?«

»Ich erinnere Sie daran, dass Klostermann zu mehreren Tötungsdelikten ein Geständnis abgelegt hat. Dennoch gehen wir auch allen anderen Fällen noch einmal nach. Aber ich werde dazu im Moment keinen weiteren Kommentar abgeben.«

»Herr Bandini, ist es richtig, dass Sie einen riesigen Justizskandal einräumen müssten, wenn Sie meine Informationen bestätigen würden?«

»Ich bestätige weder das eine noch das andere.« Obwohl sich Sandro nichts anmerken lassen möchte, klingt er nun richtig sauer. Denn es ist klar, dass jemand seiner Leute geplaudert haben muss. Niemand außerhalb der Polizei weiß um den Fall Hunziker. Sobald die PK beendet ist, wird er sofort Felix Winter losschicken, um die Eltern von Patrick Hunziker über den Tod ihres Sohnes zu informieren. Das hätte er bereits im Vorfeld tun sollen.

Als sich Sandro erhebt, ergießt sich sofort wieder ein Schwall von Fragen über ihn. Doch auch Livingstone ist aufgestanden. Er hebt die Hand in die Luft, als könne er so die Fragen abwehren, und stellt sich vor Sandro, damit der die Bühne verlassen und aus dem Sichtfeld verschwinden kann. Was für ein Scheißtag, ärgert sich Sandro. Er fragt sich, wie das alles derart aus dem Ruder laufen konnte.

Milla muss keine Gedankenleserin sein – sie sieht Sandro auch so selbst aus der Entfernung an, dass die Wut in ihm brodelt. Er wollte einen großartigen Ermittlungserfolg verkünden – stattdessen hagelte es Kritik. Als wäre das Sandros Schuld, denkt Milla, obwohl er doch selbst noch ein Kind war, als die Jungen entführt worden sind. Er tut ihr plötzlich schrecklich leid.

Als sie in Zürich losgefahren ist, um an der Pressekonferenz in Bern teilzunehmen, hat sie sich ausgemalt, dass sie Sandro anschließend zum Essen einladen könnte – um Frieden zu schließen und um ihm zu erzählen, dass sie womöglich schwanger ist. Aber als sie eben Sandros Gesicht gesehen hat, ist ihr klar geworden, dass es nicht der richtige Moment ist. Wobei es für eine Nachricht wie diese den richtigen Moment wahrscheinlich gar nicht gibt. Doch Milla beschließt, dass es zu früh ist. Sie muss sich erst sicher sein: Sicher sein, dass sie wirklich schwanger ist. Und sicher sein, ob sie das Kind will – oder nicht. Sie hat in der letzten Zeit hin und wieder über ein Kind nachgedacht. Wenn, dann muss es jetzt passieren, denn bald wird sie zu alt sein. Doch in ihrer Beziehung war es immer nur Sandro gewesen, der sich Kinder gewünscht hat, und zwar am liebsten eine ganze Horde, das muss an seinen italienischen Genen liegen. Milla hat sich ein Leben mit einem Kind nie vorstellen können. Sie findet

Babys nicht mal niedlich. Aber jetzt? Wo es dennoch passiert ist? Soll sie es »wegmachen« lassen? Oder die letzte Chance ergreifen und das Leben ändern, um doch noch Mutter zu werden? Sie weiß es nicht. Zu gern würde sie mit jemandem darüber sprechen – aber sie realisiert, dass dieser Jemand nicht Sandro sein kann. Noch nicht.

Ein Anruf reißt sie aus ihren Gedanken. Aus ihrer Tasche erklingt der Song *Everything's gonna be alright* von Bob Marley, den sie sich heute Morgen als Klingelton heruntergeladen hat, wie immer, wenn sie verzweifelt ist oder wegen einer Entscheidung hadert. Das Display zeigt ihr an, dass ihr Cousin Kaspar sie sprechen will. Milla hört seiner Stimme in der ersten Sekunde an, dass etwas passiert ist.

»Ich rufe wegen der anonymen Mail an, die du mir weitergeleitet hast.« Kaspar hält sich nie lange mit Begrüßungsfloskeln auf.

»Du hast den Absender ermittelt?«

»Nein. Aber ich konnte den anonymen Account hacken. Und die Mails lesen, die der Besitzer erhalten und versendet hat. Wir haben es hier nicht nur mit einem Mann zu tun, es sind mehrere, und sie sind alle …«

Milla wartet. Kaspar scheint nach Worten zu suchen.

»… sie sind alle ganz schrecklich abscheulich und gefährlich.«

68

Irgendwann war sie leergeweint. Es kamen keine Tränen mehr. Irena kann nicht sagen, wie lange sie neben dem verwitterten und auseinandergefallenen Holzkreuz gekauert hat. Ihre Glieder waren steifgefroren, als sie sich schließlich erhob. Sie wusste, was sie hätte tun müssen: die Spurensicherung verständigen, Sandro anrufen, ihren Assistenten Peter Lang herbestellen und selbst außen vor bleiben, weil sie in diesem Fall befangen ist. All das hätte sie tun sollen, doch all das hat sie nicht getan. Stattdessen griff sie zu den Werkzeugen, die sie mitgebracht hatte. Mit der Spitzhacke hat sie den harten Boden erst aufgelockert und dann vorsichtig begonnen, die Erde abzutragen. Sie scharrte kreisförmig um die Stelle, an der das Holzkreuz lag, doch dort fand sie nichts. Jetzt versucht sie es zwei Meter daneben, arbeitet sich Zentimeter um Zentimeter vor, zweifelt, ob sie nicht doch Alarm schlagen und auf die Spürhunde warten sollte. Doch sie muss das hier allein tun. Wenn jemand ihn findet, will sie diejenige sein.

Irena streckt kurz ihren Rücken durch und meint, jeden Wirbel knacken zu hören, ein schmerzender Stich fährt ihr ins Kreuz, sie beachtet ihn nicht, arbeitet weiter, Schicht um Schicht.

Da erklingt ein helles Geräusch, als die Metallschaufel auf einen Gegenstand trifft. Kein Knochen, Irena hört es sofort, es klingt eher so, als würde Metall auf Metall prallen. Sie kratzt mit den Händen die Erde weg, doch die dicken Handschuhe kommen ihr in die Quere, sie zieht sie aus, gräbt mit den bloßen Fingern, bricht sich die Nägel ab. Es ist eine Metalldose mit abgerundeten Ecken, Irena kennt sie, eine Metalldose mit Hustenpastillen. Vaters Lieblingspastillen.

Vater war hier.

Irena steckt die Dose in die Jackentasche. Auf einmal ist sie sicher, dass sie sich irrt. Sie wird nicht auf einen vergrabenen toten Jungen stoßen. Warum sollte ihr Vater heimlich seinen eigenen Sohn vergraben haben? Er wird hier etwas ganz anderes versteckt haben. Eine Geldkassette, weil er der Bank nie getraut hatte. Das würde zu ihm passen. Die Koordinaten hat er sich aufgeschrieben, damit er Ort und Stelle nicht vergisst. Und als er starb, gab es niemanden, dem er das Erbe weitergeben konnte. Sie wird einen kleinen Familienschatz finden, im besten Fall, oder vielleicht auch nur ein paar Hundert Franken, doch das hier ist kein Grab. Das kann nicht sein.

Aber das Kreuz.

Es muss kein Grabkreuz gewesen sein. Ein Markierungskreuz, das ergibt Sinn, damit er wusste, wo er graben müsste, wenn er das Geld bräuchte.

Doch der Hinweis auf den Zettel kam von meinem Onkel.

Von ihrem dementen Onkel, sagt sich Irena, als sie sich die Handschuhe wieder anzieht, um weiterzugraben. Sie sticht den Spaten in die Erde, die schwer und feucht und modrig ist, bis sie erneut auf einen Widerstand stößt, ein anderes Geräusch. Ein Geräusch, als würde Metall auf einen Knochen treffen.

Irena legt die Schaufel erneut weg, gräbt mit den Händen weiter, legt einen Schädel frei, sie erkennt sofort, dass es der Schädel eines Kindes ist, und obwohl sie es nicht wahrhaben will, obwohl sie sich einreden will, dass es gerade so gut eines der anderen vermissten Kinder sein kann, weiß sie ganz genau, wer es ist, wer vor ihr liegt.

Beni.

Irena lässt Spaten und Spitzhacke liegen. Ihr Körper fühlt sich kalt und leer und tot an, als sie ihren Fußspuren im Schnee zurück zu ihrem Auto folgt. Sie steigt ein und fährt ins Dorf. Ihr Vater hat all die Jahre gewusst, dass Beni tot war. Er hat gewusst, wo seine Leiche lag. Er hat sie wahrscheinlich selbst begraben. Aber warum? Das alles ergibt für Irena überhaupt keinen Sinn. Sie versteht nicht. Es gibt dafür nur eine einzige Erklärung, die in ihrem Unterbewusstsein auftaucht und an die Oberfläche drängt, die sie aber nicht hören will.

Vater hat Beni getötet.

Das kann nicht sein. Oder doch? Wie gut kennt man den eigenen Vater?

Irena stellt den Wagen vor ihrem Elternhaus ab. Schon von Weitem sieht sie, dass etwas nicht stimmt: Die Tür steht einen Spalt breit offen. Sofort denkt sie an die drohenden Worte in der anonymen Mail.

»Hallo?«, ruft sie, als sie auf das Haus zugeht. »Hallo, ist da jemand?« Vorsichtig stößt sie die angelehnte Tür auf, betritt den Flur und lauscht ins Haus.

Nichts.

Sie blickt in die Küche, alle Schränke stehen offen, die Schubladen sind herausgezogen, Geschirrtücher liegen achtlos auf dem Boden verstreut, Putzmittel wurden aus den Schränken gerissen, die Besteckschublade auf dem Tisch ausgeleert. Irena betritt die Wohnstube und stellt seltsam unberührt fest, dass der Einbrecher auch hier gewütet hat. Sie wendet sich ab, begibt sich nach oben, Benis Zimmer, hier wurde ebenfalls alles durchsucht. Vaters Zimmer. Die Schublade von Mutters altem Schminktischchen wurde herausgezerrt und liegt davor auf dem Boden. Falls jemand nach dem Zettel gesucht hat, hat er ihn nicht gefunden – denn sie hat ihn mitgenommen.

Irena stellt fest, dass sie am ganzen Körper zittert. Sie streift die Kleidung ab, stellt sich unter die Dusche, dreht das Wasser auf die heißeste Stufe, bleibt lange darunter stehen, wendet das Gesicht direkt gegen die Brause und merkt nicht, dass sie sich beinahe verbrüht. Erst danach greift sie zum Handy und ruft ihren Assistenten Peter Lang an. Er müsse heute arbeiten, ja, obwohl Samstag sei, und nein, ohne das ganze Aufgebot, bitte, es sei eine persönliche Angelegenheit. Sie beschreibt ihm den Weg, sagt, dass er die Ausrüstung mitbringen soll, mit dem Transportwagen. »Es ist ein Kinderskelett.«

»In Ordnung. Ich fahre gleich los«, verspricht ihr Peter Lang.

Irena setzt sich auf Benis Bett und wartet.

69

»Was meinst du mit *schrecklich*?« Während Milla spricht, schaut sie sich um. Sie befindet sich noch immer im Gebäude der Kantonspolizei, mitten in der ganzen Meute von Journalisten, nicht gerade der richtige Ort für einen sensiblen Informationsaustausch.

»Kannst du reden?«, fragt Kaspar, als hätte er ihre Gedanken gelesen.

»Moment.« Milla entdeckt nirgends eine Nische, in der sie ungestört telefonieren kann. Eiligen Schrittes begibt sie sich zum Haupteingang, der Mann hinter der Glasscheibe nickt ihr zu, als er per Knopfdruck die Tür öffnet und Milla hinauslässt. Keine zwanzig Meter weiter die Straße hoch erblickt sie eine Busstation mit Wartehäuschen. Ein massiger Obdachloser ist halb sitzend, halb liegend auf der Bank eingeschlafen. Milla setzt sich ans andere Ende.

»Okay, jetzt bin ich da.«

»Also der Reihe nach: Leider konnte ich nicht herausfinden, wer unser Papageienmann ist, der sich hinter der anonymen Mailadresse versteckt. Aber ich habe das Mailkonto hacken können«, wiederholt ihr Cousin Kaspar.

»Das heißt?«

»Ich kann alle Mails lesen, die sich in der In- und in der Outbox befinden – und jene im Papierkorb, solange der nicht geleert wird.«

»Bringt uns das weiter?«

»Und ob. Denn dadurch habe ich die Kontakte, mit denen unser Unbekannter kommuniziert. Und da einige seiner Freunde weniger vorsichtig sind, was die Verschlüsselung von Adressen angeht, können wir herausfinden, wer sie sind.«

»Bingo!«, ruft Milla. »Das ist doch schon was!«

Der Mann neben ihr auf der Bank regt sich. Milla steigt der Geruch von nie richtig getrockneten Kleidern, altem Schweiß, Zigarettenrauch und einer Note Urin in die Nase.

»Hast du Namen?«, fragt sie Kaspar, etwas leiser jetzt.

»Es sind drei Männer, die sich mit unserem Mann austauschen. Einer setzt ebenfalls ganz offensichtlich einen Fantasienamen ein, er nennt sich Flash Gordon. Die anderen zwei hingegen benutzten unvorsichtigerweise ihre eigenen Mailadressen. Das glaube ich zumindest. Leider haben beide Allerweltsnamen, von denen es wahrscheinlich Hunderte gibt in der Schweiz. Einer heißt Simon Müller, der andere Walter Burri.«

Milla kramt in ihrer Tasche nach Notizblock und Kugelschreiber, um sich die Namen zu notieren.

»Aber ich habe noch mehr«, fährt Kaspar fort. »Die Inhalte der Mails sind richtig übel.«

»Was steht darin?«

Kaspar erzählt Milla, dass er nicht ganz sicher sei, ob er die Mails richtig deute. Doch als er ihr einige Passagen daraus vorliest, hat sie keine Zweifel, worum es geht: um Kinderpornografie. Zwar benutzen die Männer Codewörter, doch die sind derart plump gewählt, dass offensichtlich ist, worum es tatsächlich geht: Kaspar nennt ihr Begriffe wie *Baby-Ride, Daddy-daddy-child,*

Frischfleisch, Filet-Stückchen, Monsterspieß, Mocca-Virgin, XXS, Schnullerparty oder *Dead-End*. Die Männer verabreden in den Mails Zeiten für die *Liveübertragungen des Kinderprogramms*, die stets spätnachts stattfinden. An einer Stelle wird auch der Grund dafür erwähnt: die Zeitverschiebung.

Milla friert, nicht nur äußerlich wegen des Windes, der ihr unter die Kleidung kriecht. Auch tief in ihr drin breitet sich eine eisige Kälte aus. Weil sie ahnt, auf was sie hier zufällig gestoßen sind.

»Die lassen Männer in Drittweltländern Kinder vergewaltigen und schalten sich via Videochat live dazu.«

Wieder regt sich der Obdachlose. Er gibt ein seltsames Geräusch von sich. Milla lehnt sich vor, um sein Gesicht zu sehen. Seine Augen sind geschlossen.

»Wie meinst du das?«, fragt Kaspar.

»Wie ich es sage: Sie geben jemandem den Auftrag, vor laufender Kamera ein Kind zu vergewaltigen, und sagen ihm, was er mit ihm machen soll. Das alles geschieht in Echtzeit, sie sind per Videochat live zugeschaltet und geilen sich am Missbrauch auf. Sie geben während des Missbrauchs Anweisungen, die sofort umgesetzt werden.«

»Das ist ja übel. Wer macht so was?«

»Oft stehen kriminelle Organisationen in Thailand oder auf den Philippinen dahinter, die den Eltern ein wenig Geld geben und bei den Europäern, die die Kinderporno-Übertragungen bestellen, kräftig abkassieren.«

»Die Eltern verkaufen ihre eigenen Kinder?«

»Weil für Eltern, die in Armut leben, wenig Geld gleichbedeutend mit sehr viel Geld ist. Und weil manche

Männer in ihrer Geilheit und mit ihren kranken Hirnen keine Grenzen kennen.«

Milla fährt zusammen, als sich der Berg von einem Menschen neben ihr aufsetzt und sie mit großen Augen entsetzt anstarrt. Mit Erleichterung sieht sie, dass gerade ein Bus kommt.

»Ich muss Schluss machen, ich versuche herauszufinden, wer die beiden Männer sind, und melde mich bei dir.«

Rasch steht Milla auf, nickt dem Obdachlosen freundlich lächelnd zu und steigt in den Bus, um über die Lorrainebrücke Richtung Berner Altstadt zu fahren. Sie will sich ein Café suchen, in dem sie ungestört recherchieren kann. Wenn sie Glück hat, findet sie einen Platz im *Adrianos,* das zu jener Zeit, als sie noch in Bern wohnte, ihr fast ein zweites Zuhause war.

Milla klappt ihren Laptop auf. Neben ihr dampft ein doppelter Espresso, den kann sie jetzt gebrauchen. Zuerst die Pressekonferenz von Sandro mit diesen unglaublichen Neuigkeiten und dann die Nachricht von Kaspar, dass der Drohmailschreiber Teil eines Pädophilenrings ist, der sich wahrscheinlich irgendwo in Südostasien Livevergewaltigungen an kleinen Kindern bestellt.

Was hat das zu bedeuten? Es kann kein Zufall sein, dass der Mann, der Irena davon abhalten will, in ihrem Dorf Fragen zu stellen, ein Pädophiler ist. Möglicherweise fürchtet er, dass er und sein schreckliches Treiben durch ihre Recherchen aufgedeckt werden könnten. Oder aber er will verhindern, dass sie herausfindet, was wirklich mit Beni passiert ist – weil er selbst etwas mit dessen Verschwinden zu tun hat. Milla merkt, dass es nichts bringt, sich darüber den Kopf zu zerbrechen. Die dringendste Frage ist nun: Wer sind diese Leute? Und wer versteckt sich hinter der Mailadresse vom Papageienmann, der Irena die Drohmail geschickt hat? Als Erstes gibt Milla den Namen Walter Burri in das Suchfeld des elektronischen Telefonbuchs ein. Neunundneunzig Einträge zeigt es ihr an. Wie viel einfacher es wäre, wenn der Mann Achilles Efradaktylos oder Geribald Kantenbühler heißen würde. Milla grenzt die Suche auf den Kanton Bern ein und stößt noch immer auf über zwanzig Personen. Ihr ist sehr wohl klar, dass der Mann überall in der Schweiz, wenn nicht gar in Deutschland oder in Österreich oder sonst wo auf der Welt sitzen könnte. Aber irgendwo muss sie schließlich bei ihrer Suche ansetzen.

Milla zweifelt angesichts des Inhalts der Nachricht nicht daran, dass es sich beim Drohmailverfasser um einen Mann handelt. Und zwar um einen Mann, der Irena kennt – und der sie wohl auch schon gekannt haben muss, als die Tragödie die Familie heimgesucht hatte. Wahrscheinlich jemand aus ihrer Gegend. Es muss nicht, aber es kann sein, dass auch Walter Burri aus derselben Region stammt. Milla geht die Liste mit den Burris durch. Es gibt keinen Walter Burri in Innertkirchen oder aus dem Ortsteil Gadmen, wo Irenas Elternhaus steht, aber es gibt einen in Thun, einen in Grindelwald und einen in Brienz, allesamt Orte, die nicht weit entfernt liegen. Milla startet eine andere Suche im Internet. Dieses Mal gibt sie jeweils den Namen und die dazugehörenden Ortschaften ein. Von Walter Burri aus Thun findet sie ein Facebook-Konto. Er ist erst neunzehn Jahre alt, zu jung, denkt Milla. Über den Walter Burri aus Grindelwald findet sie gar nichts im Netz. Und bei der Suche nach Walter Burri aus Brienz stößt sie auf die Webseite der örtlichen Kirche; er ist dort in Teilzeit als Pfarrer angestellt. Aus einem ersten Reflex heraus will Milla ihn wieder von der Liste streichen. Doch da fallen ihr die zahllosen vertuschten Missbrauchsfälle ein, die sich hinter einem Vorhang des Schweigens in der katholischen Kirche abgespielt haben. Sie lässt den Namen stehen. Nur hilft das alles Milla nicht weiter: Sie kann die Walter Burris schließlich nicht einfach anrufen und sie freundlich fragen, ob sie den Mann mit der Mailadresse papageienmann@gmail.com kannten und sich gelegentlich gemeinsam mit ihm Vergewaltigungen von kleinen Kindern anschauten.

Vielleicht hat sie mit Simon Müller mehr Glück, und sie findet nur einen Mann mit diesem Namen in der Region. Hundertdreiunddreißig Einträge in der Schweiz, fünfundzwanzig im Kanton Bern, sagt ihr das elektronische Telefonbuch. Als sie beinahe ganz unten auf der Liste angekommen ist, legt sich ein zufriedenes Lächeln auf ihre Lippen: Ein Simon Müller lebt in Innertkirchen. Sie findet schließlich auch ihn auf einer offiziellen Webseite: Auf jener der Einwohnergemeinde, er ist dort als Gemeindeschreiber beschäftigt. Milla ist sich sicher, dass das ihr Mann ist. Und dass er ziemlich Dreck am Stecken hat. Wenn sie diese Geschichte publik macht, wird das kleine Dorf gehörig durchgeschüttelt werden.

Milla greift zum Handy, um Kaspar anzurufen – genau im gleichen Moment ertönt Bob Marley; ihr Cousin ist ihr zuvorgekommen.

»Milla, ich bin's schon wieder«, sagt Kaspar. »Ich habe schlechte Nachrichten.«

70

»Wie ist es gelaufen?«, fragt Sandro Felix Winter, der in der Tür zu seinem Büro steht und der so erschöpft und niedergeschlagen aussieht, als stünde seine Einlieferung in eine Burn-out-Klinik unmittelbar bevor.

»Das war die wohl schlimmste Nachricht, die ich je überbringen musste.« Felix lässt sich in den Stuhl fallen, der auf der anderen Seite des Besprechungstisches für Besucher bereitsteht. »Zuerst musst du den alten Eltern sagen, dass ihr Kind nicht ermordet worden ist – um ihnen dann gleich im Anschluss zu eröffnen, dass ihr Kind trotzdem tot ist, weil es sich nach seiner Entführung das Leben genommen hat.«

»Wie haben sie es aufgenommen?«

»Einigermaßen gefasst. Letztlich wird die Gewissheit wohl doch eine Erleichterung sein – auch wenn es eine traurige Gewissheit ist. Zumindest gibt es jetzt ein Grab. Aber sie werden Fragen stellen, ganz sicher.«

Sandro nickt. Für die Eltern muss es unendlich schwierig sein. Obwohl es zu seinem Job gehört, sich in andere Menschen einfühlen zu können – was in einem Vater oder in einer Mutter vorgehen muss, die ihr Kind durch ein Verbrechen verloren haben, kann er sich nicht ansatzweise vorstellen. Er, der keine Kinder hat. Einen schwereren Verlust kann es wohl kaum geben.

»Sie werden sich fragen, ob der Suizid ihres Sohnes

hätte verhindert werden können, wenn man ihn eher gefunden hätte«, fährt Felix fort.

»Zu Recht.«

»Und wie es so weit kommen konnte, dass man jahrzehntelang keine Spur gefunden hat.«

»Das frage ich mich auch. Es wird eine Untersuchung geben.«

»Das wird den Eltern letztlich auch nichts mehr bringen.«

Sandro schweigt, weil es dazu keine Worte gibt. Nichts kann wiedergutmachen, was geschehen ist.

»Ich habe gehört, dass es bei der Pressekonferenz ziemlich turbulent zuging«, wechselt Felix das Thema.

»Es war ein Desaster.« Sandro fährt sich mit der Hand durch sein verwuscheltes Haar. »Mein Auftritt wird als Schulbeispiel verwendet werden können unter dem Kapitel: Wie man es nicht machen sollte.«

»Ich denke, es lag weniger an dir als daran, dass dieser Berger wieder mal schon vorher an Informationen rangekommen ist.«

»Ich fürchte, es gibt eine undichte Stelle im Korps. Das darf einfach nicht passieren.«

Felix widerspricht seinem Chef nicht. »Ich habe dafür auch eine gute Neuigkeit. In Frankreich konnte eine weitere Adresse ermittelt werden, eine Familie in Lyon, die einen erwachsenen Sohn hat, der adoptiert wurde. Ich glaube, wir haben ein weiteres Kind aufgespürt.«

»Sehr gut. Ich werde also noch mal nach Frankreich fahren.« Sofort denkt Sandro an sein Gespräch mit Irena in der Kreissaal-Bar. Er ist noch immer erschüttert, dass er nichts von ihrem Bruder gewusst hat. Dabei betrachtet er Irena als Freundin, als enge Freundin, in die er sogar einmal verliebt war … Sie ist nicht nur eine bildschöne Frau, sondern eine faszinierende Persönlichkeit. Sandro fragt sich, ob es auch mit dem Geheimnis zusammenhängt, das sie seit Kindertagen mit sich herumschleppt und so lange für sich behalten hat.

»Weißt du, wie alt der Junge ist?«, fragt Sandro Felix. Er glaubt sich zu erinnern, dass Irena sagte, Beni sei elf gewesen, als er verschwand. »Oder wann sie den Jungen adoptiert haben?«

Felix schüttelt den Kopf. »Nein. Diese Fragen werden wir wohl selbst stellen müssen. Die Kollegen haben einzig die Adresse ermittelt und im Personenregister nachgelesen, dass die gesuchte Person Vater eines adoptierten Kindes ist.«

Sandro überlegt, ob er die Familie einfach anrufen und um die Angaben bitten soll. Er wünscht sich sehr, dass er Irenas Bruder finden könnte. Gleichzeitig ist ihm klar, dass es falsch wäre, den Eltern am Telefon zu sagen, sie hätten ein Kind adoptiert, das gar keine Waise, sondern ein Entführungsopfer sei. Er will ihnen in die Augen schauen, wenn er ihnen das eröffnet, die Situation ist sonst schon schwierig genug. Erst dann wird er wissen, ob es sich bei dem Jungen um Beni handelt – oder um ein anderes Kind. Elf vermisste Kinder – drei haben sie gefunden. Eines tot, zwei lebend. Wo wohl all die anderen sind?

»Denkst du, dass es noch weitere gibt?«, fragt Sandro Felix. »Nebst den Namen, die wir auf den Zahlungsbelegen gefunden haben?«

»Ich weiß es nicht. Bei dem Chaos in Kramers Haus ist nicht auszuschließen, dass er auch in seiner Buchhaltung nicht der Ordentlichste war.«

»Wie nur hat er es geschafft, dass er nie jemandem aufgefallen ist?«

»Es war eine andere Zeit.«

Erst als Felix es ausspricht, realisiert Sandro, dass sein um Jahre älterer Kollege in jenen Jahren wohl gerade seinen Dienst als Polizist angetreten hat.

»Du warst damals schon dabei?«

»Sagen wir mal so, die Fälle haben mich knapp gestreift – ich war ein blutjunger Polizist, als die zwei letzten Kinder der Serie spurlos verschwanden. Wenig später wurde Klostermann überführt. Und damit war das Thema erledigt.«

»Er war ein Sündenbock.«

»Zumindest war die Polizei erleichtert, als sie endlich einen Täter präsentieren konnte. Und er war dazu noch vorbestraft. Ich glaube noch immer nicht, dass er unschuldig ist. Einige der Morde gehen auf seine Rechnung.«

»Nicht jener an Christian Wolf.«

»Aber die Mädchenmorde, die konnten ihm eindeutig nachgewiesen werden.«

Sandro wundert sich, warum Felix sich in diesem Punkt so sicher ist. Aber er lässt das Thema auf sich beruhen. Es ist nicht der Zeitpunkt, um sich damit auseinanderzusetzen.

»Wir werden das alles prüfen, gemeinsam mit den Kollegen der anderen Kantone«, sagt er unverbindlich. »Ich muss weitermachen. Danke, dass du es auf dich genommen und die Eltern von Patrick Hunziker informiert hast.«

»Okay«, meint Felix. »Wir sehen uns am Montag?«

»Am Montag.«

Die Tür fällt hinter Felix zu, und Sandro setzt sich an den Computer. Er öffnet den Zugang zum elektronischen Datenarchiv und sucht nach der Akte zum Fall Beni Schildknecht, findet aber keinen Eintrag. Offenbar ist sie nie digitalisiert worden, was durchaus nachvollziehbar ist, da der Fall als gelöst galt. Nur die ungelösten alten Fälle, die sogenannten *cold cases*, sind ins neue System übertragen worden. Im Fall Schildknecht wurde ein Täter verurteilt – den Sandro bis vor wenigen Tagen ohne jeden Zweifel für den wahren Mörder hielt.

Sandro ist schon lange nicht mehr in den Keller hinabgestiegen, wo die Akten alter Fälle in schweren Schubladen in Hängeregistern ein vergessenes Dasein fristen. Als er den Raum betritt, empfängt ihn ein Geruch nach abgegriffenem Papier, nach Staub und nach Vergangenheit. Er muss eine Weile suchen, bis er die richtige Schublade und den richtigen Buchstaben findet. Doch als er nach *Schildknecht* und der entsprechenden Fallnummer sucht, fehlt die Akte. Verflucht, denkt Sandro, das kann doch gar nicht sein. Er blättert vor und zurück, sucht in der Reihe rechts davon und links davon, ohne Erfolg. Die Akte ist verschwunden.

71

Es hat mehrere Stunden gedauert, bis Irena mithilfe ihres Assistenten Peter Lang alle Knochen des kleinen Skelettes freigelegt hatte. Sie haben die Erde großflächig Schicht um Schicht abgetragen, auf einer etwa doppelt so breiten Fläche wie die Fundstelle, damit sie auf derselben Höhe neben das Skelett das Schalbrett legen konnten, das ihr Assistent für den Transport mitgebracht hat. Er hat keine Fragen gestellt, obwohl er jeden Grund dazu gehabt hätte. Sie ist ihm dankbar dafür.

Trotz der langen Liegezeit ist das Skelett gut erhalten, die einzelnen Knochen sind durch Sehnenreste noch immer miteinander verbunden. Auch Überbleibsel einer Jeanshose und Teile der Schuhe konnten sie sichern; eine Jeans, wie sie alle Jungen damals trugen, die Schuhe nicht mehr erkennbar, zu vermodert. Nachdem sie das Skelett aus jedem Winkel fotografiert und ausgemessen hatten, hoben sie es vorsichtig auf das Schalbrett. Während Peter Lang an mehreren Orten Erdproben für toxikologische Untersuchungen entnahm, legte Irena an verschiedenen Stellen weiche Schaumgummiplatten auf das Schalbrett, damit die Knochen während der Fahrt nach Bern nicht verrutschen. Schweigend sind sie schließlich zusammen zurück ins Institut gefahren, Irena hat sich bei Peter bedankt, und er hat sich ohne weitere Bemerkung zu ihrem seltsamen Vorgehen ins Wochenende verabschiedet. Sie wird ihm wie auch Sandro die Aktion erklären müssen, irgendwann.

Irena ist die ganze Zeit professionell und gefasst gewesen. Doch jetzt, wie sie allein ist, drängen die unterdrückten Gefühle nach draußen, sie möchte weinen, sie möchte schreien, sie möchte sich die Haare raufen. Doch sie reißt sich zusammen. Nicht jetzt, noch nicht. Sie zwingt sich, im Hier und Jetzt die Rechtsmedizinerin Irena Jundt zu sein und nicht Rena Schildknecht, die sie mal war. Beni zuliebe.

Irena beginnt die Untersuchung so, wie sie es bei jedem anderen Skelett machen würde. Als Erstes erstellt sie eine Aufnahme mit dem Computertomografen. Anhand der Wachstumsfugen an den Röhrenknochen wird sie das ungefähre Alter des Kindes bestimmen können.

Elf Jahre.

Auch das Gebiss, vorab die Entwicklung der Zähne, gibt Aufschluss über das Alter – und vielleicht könnte der Zahnabdruck Irena auch Gewissheit über die Identität des Opfers liefern: Möglicherweise befindet sich in der Fallakte Benis Zahnarztkarte. Irena ist sich nicht mehr sicher, sie hat die Akte vor vielen Jahren schon aus dem Archiv der Polizei entwendet. Seither liegt sie bei ihr zu Hause in der untersten Schublade des Schreibtisches, versteckt unter den Steuerunterlagen. Sie wird sie später holen, es eilt nicht, denn sie hat keinen Zweifel daran, dass das Skelett, das sie vor sich liegen hat, ihr Bruder war. Beni.

Nach dem CT untersucht Irena jeden Zentimeter jedes einzelnen Knochens eingehend nach einer Spur – auf kleinste Einkerbungen von Messerstichen, auf Bruchstellen, die auf Schläge hindeuten könnten. Doch da ist nichts. Es ist keine äußere Gewalteinwirkung erkennbar – was nicht heißen muss, dass es keine gegeben hat.

Woran bist du gestorben?

Irena kann nicht fassen, dass sie die Todesursache anhand des Skelettes nicht herausfinden wird, jetzt, wo sie endlich nach so langer Zeit so nahe an der Lösung ist, bleibt sie dennoch unerreichbar fern. Sie entnimmt dem Skelett ein Knochenstückchen, sie wird es ihrer Freundin Miranda ins Labor geben, sie wird es fein zermahlen, um die DNA aus dem Knochen zu extrahieren. Als Vergleichs-DNA wird Irena ihre eigene abgeben, damit Miranda prüfen kann, ob sie und das Opfer Geschwister waren.

Sie waren Bruder und Schwester. Beni und Rena. Nichts hat ihr Leben so sehr geprägt wie dieser Verlust. Sie wäre nicht der Mensch, der sie heute ist, wäre Beni nicht verschwunden. Gerade noch dachte sie, dass sie kurz davorstehe, das traurige Rätsel ihres Lebens doch noch lösen zu können. Doch statt einer klaren Antwort sind da nur noch mehr Fragen.

Vater. Was hast du getan?

Der Zettel mit den Koordinaten in seinem Schlafzimmer. Die Schachtel mit den Hustenpastillen am Fundort. Es gibt keinen Zweifel: Ihr eigener Vater hat ihren Bruder heimlich vergraben. Hat ihn als vermisst gemeldet und dreißig Jahre lang verschwiegen, dass sein Kind gestorben ist. Ein heimliches Grab, versteckt im Wald, statt einer Beerdigung auf dem Friedhof. Eine lebenslange Lüge. Vielleicht darum sein Schweigen. Irena kann sich nur einen einzigen Grund vorstellen, warum ein Vater so etwas tut: Er wollte etwas vertuschen. Er wollte vertuschen, dass er selbst etwas mit dem Tod seines Sohnes zu tun hatte.

Es muss ein Unfall gewesen sein.

Doch selbst wenn es ein Unfall war, selbst wenn ihr Vater den Unfall verursacht hätte, bei dem Beni ums Leben kam – selbst dann wäre das kein Grund, es zu verschweigen und die Leiche des eigenen Sohnes klammheimlich zu verscharren. Irena sucht in ihrer Erinnerung verzweifelt danach, ob sie etwas übersehen hat. Ob es Anzeichen von Gewalt gegeben hat bei ihr zu Hause. Doch Vater hat nie geschlagen, dafür war er viel zu sanft. Und auch zu schwach. Er war keine sehr starke Persönlichkeit, nicht aufbrausend, nicht laut, schon gar nicht prügelnd. Wenn er verärgert war, zog er sich vielmehr in sich zurück, in seine für die Kinder manchmal schier unerträgliche Stille.

Es kann nicht sein. Er kann doch kein Mörder sein. Nicht ihr Vater.

Sie versucht sich zu erinnern, wo er war, am Abend, als Beni verschwand. Alle waren sie auf das Frühjahrsfest in der großen Mehrzweckanlage gegangen, das ganze Dorf war auf den Beinen. Irena ging mit ihrer Mutter früher nach Hause, der Vater blieb, Beni war mit Freunden unterwegs. Er tauchte nie wieder auf – und wann ihr Vater in jener Nacht zurückkam, weiß Irena nicht. Sie hat erst morgens erfahren, dass Beni nicht da war. Tagelang war sie sicher gewesen, dass er wiederkommen würde. Weil es nicht sein kann, dass ein Kind verschwindet, einfach so, von einer Sekunde auf die nächste nicht mehr da ist. Auch Monate und Jahre später glaubte sie immer wieder Beni zu erkennen, unter Leuten, auf der Straße, im Bus. Doch jedes Mal folgte die zentnerschwere Enttäuschung, wenn sie merkte, dass es ein anderes Kind war. Sie begann, Beni zu hassen, weil er sie allein gelassen hatte – bis sie begriff, dass er nicht wiederkommen würde, weil er getötet worden war. Und dann begann sie sich selbst zu hassen, weil sie ihm Vorwürfe gemacht hatte. Dabei konnte Beni nichts dafür. Es war nicht seine Schuld, dass ihm etwas zugestoßen war, dass danach nichts mehr war wie vorher, dass Irena für die Menschen unsichtbar wurde, nur noch die Schwester des verschwundenen Benis war, aber nicht mehr sie selbst, dass auch die Mutter sich Stück für Stück aus diesem Leben verabschiedete und schließlich in einem finalen Akt für immer ging und dass der Vater sich in sich selbst verschloss.

Vater. Was ist bloß geschehen?

Sie kann ihn nicht mehr fragen. Er hat geschwiegen bis zu seinem Tod.

Irena deckt das Skelett ab und versorgt es im Kühlraum, mehr kann sie im Moment nicht tun. Mit einigen wenigen geübten Handgriffen entnimmt sie sich selbst mit einem überlangen Wattestäbchen einen Wangenabstrich, verpackt es steril in die dafür vorgesehene kleine Kartonschachtel, beschriftet sie und bringt sie zusammen mit der Knochenprobe hinüber ins Labor. Sie schreibt ihrer Kollegin Miranda detailliert auf, wie sie die Proben miteinander vergleichen soll. Die Probe des Knochens mit der Probe des Wangenabstrichs – sie solle prüfen, ob sie von Verwandten stammten, ob es vielleicht Bruder und Schwester sind.

Irena legt Miranda die Notiz ins Fach. Sie hält inne.

Der anonyme Brief.

Sie greift noch einmal nach dem Zettel. Miranda hat auf dem seltsamen Brief, den August Klostermann im Gefängnis erhalten hat, DNA-Spuren sichern, aber niemandem zuweisen können. Der Brief, der sich las, als hätte der wahre Täter ihn geschrieben. Was, wenn … Irena will den Gedanken nicht haben. Dennoch ist er da. Falls ihr Vater Beni im Wald vergraben hat – dann hat er vielleicht auch diesen Brief verfasst. Wäre Irena in ihrem Elternhaus, wäre es ein Leichtes, an eine DNA-Probe ihres verstorbenen Vaters zu gelangen, um sie mit jener auf dem Brief zu vergleichen; eine Zahnbürste oder der Kamm. Doch im Moment hat sie nichts von ihrem Vater dabei.

Könntest du zudem die DNA des Wangenabstrichs mit jenem Profil vergleichen, das du auf dem anonymen Brief gefunden hast, den ich dir letzte Woche zur Untersuchung gegeben habe?, schreibt sie Miranda. *Es könnte sich ebenfalls um Verwandte handeln. Genauer: Vater – Tochter. Danke für deine Hilfe. Ich erkläre dir den Fall ein andermal.*

Irena erwähnt mit keinem Wort, dass es sich bei der Tochter um sie selbst handelt – und bei dem Skelett wahrscheinlich um ihren Bruder.

Als Irena das Rechtsmedizinische Institut verlässt, sticht ihr eisig kalter Nieselregen ins Gesicht. Der Winter zeigt sich von seiner widerwärtigsten Seite, wie auch das Leben. Die Vergangenheit hat sie eingeholt – und die Konfrontation hat nichts Gutes gebracht. Sie hat auf Klärung und Heilung gehofft, doch jetzt ist alles noch viel schlimmer.

Sie muss noch einmal zurück ins Dorf. Sie will noch einmal ihr Tagebuch lesen und mit ihrem Cousin Marius reden, vielleicht kann er ihr weiterhelfen. Er war älter als sie, womöglich hat er am Verhalten ihres Vaters etwas beobachtet, das im Nachhinein das Unerklärliche erklären könnte.

Irena greift in der Jackentasche nach dem Autoschlüssel, stattdessen erfasst sie etwas Metallenes: die Pastillendose. Aus Benis Grab im Wald. Irena schaudert, sie schließt den Wagen auf, setzt sich auf den Fahrersitz, stellt den Motor an und die Heizung auf heiß. Vorsichtig schüttelt sie die Dose, sie scheint leer zu sein. Nur mit Mühe kann sie sie öffnen. Als der Deckel schließlich aufspringt, sieht Irena, dass doch etwas darin liegt: Ein zusammengefalteter Zettel, aus einem Notizheft herausgerissen, sie faltet ihn auf, feine blaue Linien, darauf eine verschwommene, regelmäßige Schrift.

Die Schrift ihres Vaters.

Irenas Hände beginnen augenblicklich zu zittern. Sie schaltet die Beleuchtung im Wageninneren ein. Die Schrift ist vom Wasser verschwommen, die Buchstaben sind nicht mehr lesbar, nur die Form der Wörter und die Großbuchstaben lassen sich noch erahnen. Ein großes V vor einem kurzen Wort.

Verzeih.

72

Milla hält ihr Telefon fest ans Ohr gepresst, um ihren Cousin Kaspar im Lärm des Cafés zu verstehen.

»Ich fürchte, deine Freundin ist in Gefahr. Sie heißt Irena, richtig?«

»Ja, warum, wie kommst du drauf?« Milla spürt ein klammes Gefühl in der Brust.

»Unsere pädophile Männerclique hat sich per Mail über sie ausgetauscht. Sie sprechen von einer Rena, aber ich denke, dass es dabei um deine Freundin Irena geht.«

Millas Augen weiten sich, als sie hört, was Kaspar in den Mails gelesen hat. Nicht gut, denkt sie, gar nicht gut.

»Und ein anderer schreibt, sie könnten nicht länger warten und einfach nichts tun, schließlich hätten sie Rena gewarnt, aber es habe nichts genützt. Darum müssten sie jetzt einschreiten, denn Rena sei eine zu große Gefahr für sie«, fährt Kaspar fort.

»Welcher der Männer schreibt das?«, fragt Milla.

»Flash Gordon. Seine Mailadresse lautet flash-gordon@hotmail.com.«

»Schreiben sie, was sie genau meinen mit *einschreiten*?«

»Das wird ziemlich deutlich. Unser Papageienmann schreibt zurück, dass Flash Gordon recht habe. Da steht wortwörtlich: ›Die Rena muss weg. Und zwar so, dass sie nicht gefunden wird. Kannst du dich darum kümmern?‹«

»Um Himmels willen!«, ruft Milla laut aus. »Was hat er geantwortet?«, fragt sie etwas leiser.

»Die Antwort steht noch aus. Nein, warte, jetzt kommt sie grad rein. Er schreibt: ›Wird gemacht. Ich brauch aber etwas Zeit.‹«

»Bist du jetzt gerade im Mailkonto vom Papageienmann drin?«

»Ja, ich sehe alles, was sie schreiben.«

»Kommt noch was?«, fragt sie ungeduldig.

»Warte.«

Sie verharren beide stumm. Milla weiß, dass sie sofort etwas unternehmen muss, doch gleichzeitig fühlt sie sich wie gelähmt.

»Eine neue Mail«, sagt Kaspar plötzlich.

»Lies vor.«

»Vom Papageienmann.«

»Was schreibt er?«

»Er antwortet: ›Wir haben keine Zeit. Wir müssen handeln, solange sie im Dorf ist. Es muss heut Nacht passieren.‹«

Während die Furcht Millas Herzschlag einen Moment lang aussetzen lässt, steht Nathaniel keine fünfhundert Meter entfernt mit rasendem Herzen unter einer Berner Altstadtlaube und streift sich die Hände an der Hose trocken. Und gleich noch einmal. Und ein drittes Mal. Er kann sich nicht erinnern, wann er das letzte Mal so nervös gewesen ist. Auch Alisha ist das reinste Nervenbündel. Wie immer überträgt sich Nathaniels Stimmung ungefiltert auf seine Hündin, was die ganze Angelegenheit heute nicht einfacher macht. Nathaniel konnte Carole überzeugen, ihre Yogastunde einmal sausen zu lassen und stattdessen zu Hause bei Silas zu bleiben – und darum steht er jetzt hier, vor dem Haus an der Brunngasse 36, sofern ihn seine Navigations-App nicht mal wieder in die Irre geführt hat. Alisha hat ihm deutlich gemacht, wo sich die Tür befindet, doch die richtige Klingel kann die Hündin ihm nicht anzeigen. Wer Nathaniel besser kennt, gibt von vornherein an, ob es die zweite Klingel von unten oder die dritte von oben ist oder die oberste in der zweiten Reihe. Und wenn nicht, denkt Nathaniel daran, die Person danach zu fragen. Doch als er mit Gundula sprach und sie ihn um ein zweites Date bat, war an klar denken nicht mehr zu denken. Darum steht er jetzt hier und weiß nicht, wo er klingeln soll. Er greift zum Handy und überlegt, ob er die Helfer-App öffnen soll, über die er per Videochat mit einem Sehenden verbunden wird, der ihm sozusagen seine Augen leihen kann. Doch seit der Geschichte mit Carole hat er die App kaum mehr benutzt. Zu groß ist seine Angst, wieder ungewollt Zeuge eines Verbrechens zu werden – obwohl ihm bewusst ist, wie absurd die Befürchtung ist. So ein Drama kann einem nicht zweimal passieren.

Viel einfacher wäre es natürlich, Gundula kurz anzurufen und ihr zu sagen, dass er vor der Tür steht. Aber er will sich auf keinen Fall von ihr helfen lassen, sie soll nicht denken, dass er auf Unterstützung angewiesen ist. Schließlich ist das hier ein Date, Himmelherrgott, denkt Nathaniel verzweifelt. Er ist nicht gemacht für so was. Zu aufreibend, nichts für seine Nerven! In dem Moment hört Nathaniel hinter sich den Stundenschlag des Zytgloggeturms und vor sich ein seltsames Knarren. Er spürt den Luftzug, als sich die Tür öffnet, und vernimmt die Stimme, die er zuletzt in seinem schrecklichen

Traum gehört hat, die heute aber glücklich und aufgestellt klingt.

»Nathaniel! Schön, dass du da bist! Komm, ich wohne im dritten Stock.«

Und ehe er es sich versieht, packt Gundula ihn am Arm und führt ihn die Treppe hoch – und es fühlt sich zu seiner Überraschung gar nicht komisch an, sondern total normal.

Neben Milla öffnet sich die Tür, zwei lachende Menschen tragen einen Schwall kalte Luft ins *Adrianos* herein und die Geräusche der Stadt: eine Tram, die in der Kurve quietscht, der Glockenschlag des Zytgloggenturms. Die normale Welt da draußen bildet einen krassen Kontrast zu Millas Welt, in der gerade die höchste Alarmstufe ausgerufen worden ist.

»Kaspar, ich muss auflegen, ich muss sofort Irena warnen.«

»Mach das. Ich bleibe hier dran und halte dich auf dem Laufenden, wenn sie sich noch mal etwas schreiben.«

Milla klickt den Anruf weg und stellt Irenas Nummer ein. Sie lässt es klingeln und blickt dabei auf das Display. Es ist neunzehn Uhr. Wenn die Männer heute Nacht zuschlagen wollen, bleibt nicht mehr viel Zeit. Irena geht noch immer nicht ran. Plötzlich klackst es in der Leitung, und Milla ist mit der Mailbox verbunden.

»Irena, ruf mich sofort an. Du bist in Gefahr. Die Kerle, die dich bedroht haben, wollen dir etwas antun. Bleib deinem Heimatdorf fern. Bleib in Bern. Ruf die Polizei!«

Milla beendet den Anruf und schreibt den Text, den sie auf Band gesprochen hat, auch noch per WhatsApp-Nachricht und SMS- sowie per E-Mail. Die Polizei anrufen, das muss auch sie tun, denkt Milla. Doch im gleichen Moment ist ihr klar, wie seltsam sie sich anhören wird: *Könnten Sie bitte Ihre Kollegin, die Rechtsmedizinerin Irena Jundt, unter Polizeischutz stellen, denn mein Cousin hat einen Mail-Account gehackt und eine Mail abgefangen, wonach sie getötet werden soll …*

Es gibt nur ein Polizist, der Milla auf Anhieb glauben wird – und obwohl sie eigentlich ihr Leben mit ihm teilt, ist er gerade nicht so gut auf sie zu sprechen. Aber das spielt keine Rolle jetzt. Sie ruft Sandro an, doch auch hier springt nach langem Klingeln nur die Mailbox an. Milla hängt auf, ruft von Neuem an und wiederholt das Ganze noch einmal, bevor sie ihm doch auf den Beantworter spricht und so einfach wie möglich die komplizierte Situation zu erklären versucht. Zudem schreibt sie Sandro eine WhatsApp: *Hör deine Mailbox ab!!!!! Dringend!* Minutenlang starrt sie auf das Display, um zu sehen, ob Sandro online geht und die Nachricht liest. Doch das passiert nicht. Wenn man ihn mal braucht …, denkt Milla verärgert. Da singt Bob Marley aus dem Handy in ihrer Hand. Sie schreckt zusammen, doch es ist weder Irena noch Sandro. Kaspar ruft wieder an.

»Mist, wir haben sie verloren.«

Millas Herz gefriert. »Wen verloren?«

»Sie haben aufgehört, sich zu schreiben. Sie wollen sich treffen. Wahrscheinlich wollen sie das weitere Vorgehen von Angesicht zu Angesicht besprechen, oder sie schreiben sich via WhatsApp oder was weiß ich.«

»Wo treffen sie sich?«

»Er hat geschrieben: In der Zentrale.«

»Das kann überall und nirgends sein.« Milla fühlt sich auf einmal total niedergeschlagen. Warum nur findet sie sich selbst immer wieder in derart schwierigen Situationen wieder? Warum kann das Leben nicht einfach mal normal sein?

»Was machen wir jetzt bloß?«, fragt sie Kaspar verzweifelt. »Wir müssen doch was tun können, verflucht!«

»Was wollen wir jetzt machen?«, fragt Gundula und muss sogleich lachen, als sie Nathaniels Mimik sieht.

»Warum lachst du?«, fragt er unsicher.

»Weil du ein Gesicht machst, als hätte ich dir eine unanständige Frage gestellt.«

Nathaniel befürchtet, dass er knallrot anläuft wie eine Coladose, weil er tatsächlich im ersten Moment gedacht hat, sie habe es unanständig gemeint. Bevor eine peinliche Stille entsteht, fragt er rasch: »Etwas trinken?«

»Gute Idee, ich habe Prosecco kalt gestellt, ich hole ihn rasch.«

Auch wenn Nathaniel keinen Alkohol trinkt, beschließt er innerhalb eines Sekundenbruchteils, dass das im Moment keine Rolle spielt. Es ist nicht der richtige Augenblick, das zu erwähnen, also wird er eine Ausnahme machen, und schließlich gibt es tatsächlich etwas zu feiern: ihr zweites Date. Eigentlich, wenn man es ganz genau nehmen will, ist dies gleichzeitig erst sein zweites richtiges Date in seinem ganzen Leben.

»Kann ich dir helfen?«, fragt Nathaniel, der hört, dass Gundula aufsteht und Richtung Küche geht.

»Du willst mir helfen?«

»Klar. Ich bin schließlich Kellner, falls ich das noch nicht erwähnt habe.«

Er steht auf, folgt Gundulas Stimme in die Küche und hört, wie sie den Kühlschrank öffnet. »Du kannst mir die

Flasche geben.« Während er sich zurück zum Sofa tastet, nimmt sie hinter ihm die Gläser aus dem Schrank. Dann stellt sie eine Schale hin und schüttet etwas hinein. »Chips?«

»Chips.«

Als er sich wieder hingesetzt und Gundula die Gläser auf den Salontisch gestellt hat, beginnt er vorsichtig, den Korken aus der Flasche zu ziehen. »Vielleicht kannst du ein Glas bereithalten.«

Gundula greift mit der einen Hand zu einem Glas, mit der anderen an Nathaniels Handgelenk, damit er weiß, wo sie ist.

Die einfache Berührung lässt ihn leicht erschaudern, wie warm und angenehm es ist, ihre Haut auf seiner zu spüren. Sofort denkt er an die Kondome, zugleich ärgert er sich darüber, dass er an Kondome denkt, nur weil sie ihre Hand auf sein Handgelenk gelegt hat. Doch keinen Lidschlag später fragt er sich, ob die Kondome wohl zum Einsatz kommen werden und ob er die richtigen gekauft hat.

»Was denkst du?«, fragt Gundula.

Nathaniel zuckt zusammen. »Nichts, nichts …«, antwortet er etwas zu schnell. In dem Moment ploppt der Korken sanft aus dem Flaschenhals, und der schäumende Prosecco ergießt sich ins Glas. Neben Nathaniel macht sich Alisha mit einem kurzen Japser bemerkbar.

»Sie will auch etwas«, lacht Gundula.

»Alisha hat absolutes Alkoholverbot«, meint Nathaniel, »schließlich muss sie mich noch nach Hause führen.«

»Ach, wenn sie zu betrunken sein sollte, bleibst du einfach da.« Gundula sagt es mit einem Lachen, in das Nathaniel sofort mit einstimmt. Er hat keine Ahnung, ob sie nur gescherzt hat oder ob das ernst gemeint war.

»Wir rufen die Polizei«, sagt Kaspar am Telefon

»Das hab ich schon gemacht«, entgegnet Milla.

»Was haben sie gesagt?«

»Noch gar nichts. Ich habe Sandro auf die Mailbox gesprochen, er ist nicht rangegangen.«

»Und Irena?«

»Das Gleiche. Noch keine Antwort.«

»Das reicht nicht. Du musst den Notruf wählen. Das ist ein Notfall. Für Notfälle sind Notrufe doch da!« Kaspar, der sonst immer die Ruhe selbst zu sein scheint, wirkt panisch. Er spricht etwa doppelt so schnell wie üblich, und seine Stimme, die sich normalerweise anhört wie ein Gesang, klingt plötzlich schrill.

»Und was soll ich denen bitte sagen? Entschuldigen Sie, wir haben einen Mail-Account gehackt und in einer Nachricht eines uns unbekannten Mannes gelesen, dass die Rechtsmedizinerin getötet werden soll?« Auch Millas Stimme ist jetzt lauter, aber sie besinnt sich gleich wieder, weil sie mitten im *Adrianos* sitzt und nicht die volle Aufmerksamkeit der Leute auf sich ziehen will. Obwohl das vielleicht gar nicht die schlechteste Idee wäre; sie könnte das Volk abstimmen lassen, was sie in einem solchen Fall tun würden, denkt Milla leicht zynisch.

»Genau das solltest du sagen, weil genau das die Wahrheit ist«, meint Kaspar. »Allerdings lässt du meinen Namen dabei bitte raus.«

»Und was ist mit meinem Namen?«

»Du bist Journalistin. Sag einfach, du hättest einen anonymen Anruf erhalten.«

»Was das Ganze noch viel glaubwürdiger macht.« Doch Milla hat schon eingelenkt. Das könnte funktionieren. Sie muss es zumindest versuchen, es geht um Irenas Leben. »Okay. Ich rufe an. Melde dich, wenn du wieder was hörst. Oder eher liest.«

Als Kaspar aus der Leitung raus ist, wählt Milla den Polizeinotruf. Wenigstens hier geht sofort jemand ran.

»Polizeinotruf, Schertenleib, kann ich Ihnen helfen?«

Milla versucht, so klar wie möglich wiederzugeben, was Sache ist. Sie erklärt Schertenleib, dass ihr ein anonymer Informant brisante Mails weitergeleitet hat, in denen die Rechtsmedizinerin Irena Jundt mit dem Tod bedroht wird. Dass zu befürchten ist, dass die unbekannten Täter schon heute Nacht zur Tat schreiten würden. Und dass es ihr nicht gelungen ist, Irena persönlich zu alarmieren.

Schertenleib scheint die Geschichte zu glauben, mehr oder weniger. Er stellt zwei, drei Nachfragen, dann ist er einen Moment lang still, als überlege er, ob etwas an der Sache dran sei. Da hört Milla im Hintergrund Tastengeräusche, wahrscheinlich prüft er gerade ihre Nummer oder googelt ihren Namen.

»Bei den Wochenthemen arbeiten Sie?«, will er wissen.

»Genau.«

»Sind Sie eine – äh – Bekannte von Sandro Bandini?«

Milla verdreht die Augen. Offenbar scheint mittlerweile jeder Mitarbeiter der Kantonspolizei Bern zu wissen, dass der Chef Leib und Leben mit einer Journalistin liiert ist. »Ja, das kann man so sagen«, antwortet sie.

Milla merkt, dass Schertenleib etwas sagen will und es dann doch bleiben lässt. Schließlich fragt er nur: »Sandro Bandini ist nicht informiert?«

»Nein, ich habe ihn nicht erreichen können.«

»Nun gut.«

Nein, gar nichts ist gut, möchte Milla rufen. Tun Sie endlich was! Doch sie bleibt still.

»Wir haben in Brienz eine Polizeistation. Ich glaube sogar, der Kollege wohnt privat in Innertkirchen. Ich werde ihn sofort informieren und ihn zum Elternhaus von Irena Jundt schicken. Wie lautet noch mal die Adresse?«

Die Adresse! Die hat Milla noch nicht genannt, weil sie sie gar nicht kennt. »Der Name von Irenas Eltern war Schildknecht, die im Ortsteil Gadmen gewohnt haben. Der Polizist wird die Adresse vielleicht kennen, es ist ein kleines Dorf. Der alte Schildknecht ist erst gerade gestorben.«

»Gut, ist notiert. Bitte versuchen Sie weiterhin, Irena zu erreichen. Ich werde dasselbe tun.«

Eigentlich sollte sie erleichtert sein, denkt Milla, nachdem sie sich von Schertenleib verabschiedet hat. Und doch ist sie es nicht. Erneut stellt sie Irenas Nummer ein, doch das Klingeln verhallt ungehört im Nirgendwo. Milla kann das nicht. Sie kann nicht tatenlos herumsitzen. Sie muss etwas tun.

Mit ein paar wenigen Klicks hat sie sich beim Carsharing-Anbieter *Mobility* einen Wagen im Parkhaus beim Bahnhof Bern reserviert. Sie wird ins Oberland fahren und selbst nach Irena suchen, allerdings nur ungern allein. Es wäre besser, wenn jemand mitkommen würde. Kaspar kommt dafür nicht infrage, der sitzt in Zürich und ist viel zu weit weg, sie würden über eine Stunde Zeit verlieren. Aber wer sonst? Milla geht im Kopf die paar Freunde durch in Bern, doch keiner scheint ihr geeignet für eine solche Aktion. Am ehesten noch Ben, mit dem sie einmal eine kurze Affäre hatte. Doch das geht nicht. Sie will ihn nicht sehen, es ist besser so für sie beide. Andrea, denkt Milla, ihre frühere Mitbewohnerin. Sie ruft sie sofort an. Ohne Erfolg, ihre Freundin geht nicht ran. Da fällt ihr Berger ein, der Journalistenkollege, den sie zwar nicht zu ihren Freunden zählt, der aber alles für sie tun würde, weil er seit ewigen Zeiten in sie verschossen ist. Bei ihm muss sie es sechs Mal klingeln lassen, doch dann ist er am Apparat.

»Milla, wie schön, dass du mich anrufst!«

»Ich brauche deine Hilfe.« Milla hat keine Zeit für lange Erklärungen. Sie hört Musik im Hintergrund.

»Du weißt, dass ich immer für dich da bin – aber jetzt ist es gerade ein bisschen ungünstig.«

»Wo bist du?«

»Ich, ähm, sagen wir mal, ich bin gerade beschäftigt.«

Milla vernimmt im Hintergrund das Gekicher einer Frau. Mist, denkt sie.

»Berger, das hier ist ernst. Bist du in Bern?«

»Nein, in Genf.«

»Genf!«, ruft Milla und klickt den Anruf ohne ein weiteres Wort weg.

Es gibt nur noch einen Namen, der ihr spontan einfällt – auch wenn das eher eine unkonventionelle Wahl ist. Aber auf ihn, das weiß Milla, ist wenigstens Verlass.

»Das ist also meine Geschichte.« Nathaniel ist stolz auf sich. Mit fester Stimme und ohne Tränen hat er Gundula erzählen können, was ihm als Kind Schreckliches widerfahren ist. Warum er seine ganze Familie und sein Augenlicht verloren hat. Dass er der einzige Überlebende einer Familientragödie ist. Noch nie hat Nathaniel die Geschichte so erzählt, aber jetzt benennt er sie als das, was sie war: ein Verbrechen. Und es fühlt sich gut an, offen darüber zu sprechen. Als er fertig erzählt hat, nimmt Gundula ihn in den Arm. Auch das fühlt sich verdammt gut an. Er möchte mehr. Und er ist sicher, dass es ihr genauso geht. Aber es eilt nicht. Sie haben Zeit. Das spürt er ganz genau.

»Und wie war das noch mal mit deiner Scheinehe?« Gundula wechselt das Thema unvermittelt, und plötzlich ist es mit der romantischen Stimmung vorbei. Nathaniel hat ihr beim ersten Date doch erklärt, dass er Carole nur geheiratet hat, damit sie das Sorgerecht für ihren Sohn Silas erhielt; auch hat er das nicht unwichtige Detail betont, dass Carole lesbisch ist.

»Die Scheinehe ist eben nur ein Schein. Da ist nichts. Ich müsste schon eine Frau sein, damit da etwas wäre, zwischen Carole und mir«, erklärt Nathaniel.

»Aber du wirst sie doch wohl schon gernhaben, sonst lässt man sich doch nicht darauf ein. Ihr lebt wie eine Familie zusammen.«

»Natürlich habe ich sie gern. Und vor allem Silas, er ist mein Ein und Alles. Aber mehr ist da nicht.«

Gundula ist ein paar Sekunden zu lange still.

»Was hast du?«, fragt Nathaniel unsicher.

»Liebst du sie?«

»Nein, ich kann sie doch nicht lieben.«

»Aber wenn sie nicht lesbisch wäre und du sie lieben dürftest – würdest du sie dann lieben?«

Nathaniel ist perplex. Was für eine hypothetische Frage.

»Sei ehrlich«, beharrt Gundula.

»Bis vor Kurzem hätte ich die Frage womöglich mit Ja beantwortet.«

»Und jetzt?«

»Jetzt nicht mehr.«

»Warum?«

»Weil ich mich in jemand anderen verliebt habe.«

Nathaniel spürt, dass Gundula schmunzelt. Sie nimmt seine Hand. »In wen?«

»In dich.«

»Das trifft sich gut. In mich darfst du dich nämlich verlieben.«

»Ich möchte dich küssen.«

»Das möchte ich auch.«

Nathaniel lehnt sich nach vorn. In dem Moment vibriert sein Handy, und eine elektronische Frauenstimme sagt: »Milla ruft an – Milla ruft an – Milla ruft an.«

73

»Mach die Tür zu.«

»Bist du sicher, dass da keiner ist?«

»Es ist Samstagabend. Wer soll da schon sein?«

»Wo ist Burri?«

»Der kommt nicht.«

»Was, der kommt nicht?«

»Der kommt nicht.«

»Warum nicht? Der kann nicht einfach kneifen. Er geht mit uns in den Bau, wenn wir das Problem nicht aus der Welt schaffen.«

»Der hat Angst, will sich fein raushalten. Wahrscheinlich sitzt er in seiner Kirche und betet. Oder liest einem Jüngling die Bibel vor.«

»Schluss jetzt. Ruf ihn an, er soll kommen.«

»Das bringt nichts. Ich hab's versucht. Wir brauchen ihn nicht.«

»Ist vielleicht besser, wenn er nicht da ist. Unser sogenannt moralisches Gewissen.«

»Dass ich nicht lache.«

»Könnt ihr jetzt mal bitte ernst sein? Sind wir uns einig, dass sie wegmuss?«

»Ich weiß nicht. Ist das nicht ein bisschen überreagiert?«

»Überreagiert? Es geht hier um alles: um unseren Job, um unser Ansehen, um unser Leben. Auch du wanderst für Jahre hinter Gitter.«

»Nur dass sie hier ist, heißt doch noch lange nicht, dass sie etwas herausfindet.«

»Aber wenn sie etwas herausfindet, ist es zu spät.«

»Warum sollte sie was finden?«

»Sie arbeitet in der Rechtsmedizin, schon vergessen? Und sie schnüffelt hier rum wie ein Bluthund. Sie ist verbissen, die wird nicht loslassen, bis sie was findet. Sie hat sich schon zu weit auf unser Terrain vorgewagt.«

»Wenn wir auffliegen, ist es aus, vorbei. Alles. Im Knast machen sie dich fertig, gerade einen wie dich.«

»Aber wir sprechen hier von Mord, Leute.«

»Ich sehe keine Alternative.«

»Ich auch nicht. Sie muss weg. Das Risiko ist sonst zu groß. Du hast geschrieben, wir sollten sie danach verschwinden lassen. Aber das geht nicht. Es ist schwieriger, als du denkst, eine Leiche loszuwerden. Wir müssen uns etwas anderes überlegen.«

»Wir könnten es wie einen Unfall aussehen lassen.«

»Ah, geht doch auf einmal. Wirst ja richtig kreativ.«

»Lasst das jetzt. Oder ein Brandanschlag? Ein richtiger dieses Mal. So, dass sie nicht mehr rauskommt.«

»Ziemlich heikel. Wir müssten schnell sein. Oder sie vorher betäuben. Und wenn da jemand dabei umkommt, kann ich die Ermittlungen nicht verhindern.«

»Was ist mit ihrem Wagen?«

»Was meinst du?«

»Die hat doch so einen uralten Peugeot. Vielleicht sollte sie mal wieder die Bremsen kontrollieren lassen.«

»Das klingt mir nach einer sehr vernünftigen Idee.«

»Bist du sicher, dass das funktioniert?«

»Warum sollte es nicht funktionieren? Bremskabel kappen, fertig.«

»Kriegst du das hin?«

»Aber hallo? Natürlich krieg ich das hin.«

»Ich bin nicht überzeugt.«

»Doch eher ein Feuer?«

»Nein, ich meine, ich bin grundsätzlich nicht überzeugt. Was, wenn sie uns erwischen? Und ich meine: Es geht hier immerhin um Rena.«

»*So what*?«

»Wir haben sie gewarnt. Sie ist selber schuld. Es ist einfach zu gefährlich, wenn sie hier rumschnüffelt.«

»Um ehrlich zu sein – es macht keinen großen Unterschied mehr, ob noch ein Mord hinzukommt oder nicht. Wenn etwas herauskommt, sind wir so oder so geliefert.«

»Es wird nichts herauskommen. Wenn wir sie zum Schweigen bringen.«

»Trotzdem.«

»Hör zu, es ist eigentlich ganz einfach. Die Frage, die sich stellt, lautet: Sie oder wir?«

»Sie.«

»Sie.«

»Gut, dann sind wir uns ja einig.«

74

Die Situation ist zu komisch, als dass sie nicht lachen müssten. Mehr noch, Gundula und Nathaniel kriegen sich fast nicht mehr ein vor lauter Kichern. Genau das ist es, was Nathaniel an ihr schon jetzt über alles liebt: Dass man mit ihr lachen kann, selbst in Situationen, in denen einem eigentlich zum Weinen zumute sein sollte – denn das ist's dann vorerst wohl gewesen mit einem romantischen ersten Kuss.

»Vielleicht solltest du mal rangehen.« Gundula presst die Worte zwischen zwei Japsern hervor.

»Vielleicht«, sagt Nathaniel, während er, noch immer lachend, sein Handy sucht.

»Nathaniel, hier ist Milla.«

»Das hab ich schon mitgekriegt«, kichert Nathaniel.

»Was ist los, bist du betrunken?«

»Nein, es ist nur … nichts, schieß los, alles gut.« Nathaniel versucht sich zusammenzureißen, Millas Tonfall klingt zu ernst.

»Ich brauche deine Hilfe.«

»Oh.« Nathaniel ist überrumpelt. Sonst ist es immer umgekehrt, sonst ist stets er es, der Milla anruft, weil er ihre Unterstützung benötigt. »Jetzt gerade?«

»Ja, es ist dringend. Bist du auf der Arbeit?«

»Nein. Es ist nur – das Timing ist gerade etwas suboptimal.«

Nathaniel hört, dass Gundula versucht, eine erneute Lachattacke zu unterdrücken, was ihr nur halbwegs gelingt.

»Ah, Scheiße, dein Date!«, ruft Milla am anderen Ende der Leitung. »Nathaniel, das tut mir leid. Aber ich weiß wirklich nicht, wen ich sonst fragen könnte. Irena, die Rechtsmedizinerin, meine Freundin, sie ist in großer Gefahr. Ich muss ins Berner Oberland fahren, sie hält sich dort in ihrem Heimatdorf auf, aber ich kann sie nicht erreichen. Ich muss sie warnen. Sonst ist sie womöglich bald tot. Und ich möchte nicht allein dorthin fahren. Und du und Alisha, ihr wärt eine gute Verstärkung.«

Am liebsten würde Nathaniel fragen, ob das nicht eher ein Fall für die Polizei wäre. Aber er verschluckt den Satz, er kennt Milla, nie würde sie ihn fragen, wenn sie nicht schon alle anderen Möglichkeiten ausgeschöpft hätte. Die Verzweiflung macht ihre Stimme hell und scharf.

»Okay. Wohin soll ich kommen?«

»Ich habe einen Wagen im Parkhaus am Hauptbahnhof reserviert. Wollen wir uns beim Treffpunkt in der Bahnhofshalle treffen?«

»In Ordnung. Wann?«

»In fünfzehn Minuten.«

»Ich beeil mich.«

Nathaniel überlegt, wie er Gundula die schlechte Nachricht mitteilen soll, aber das ist gar nicht mehr nötig.

»Du musst weg?«

»Es ist ein Notfall.« Nathaniel erklärt Gundula, wer Milla Nova ist und was sie ihm am Telefon gesagt hat. »Sie hat mir schon so oft geholfen, ich kann sie nicht alleine fahren lassen.«

»Kein Problem«, sagt Gundula, und Nathaniel möchte sie gerade erst recht küssen dafür. »Aber ich komme mit.«

»Du willst mitkommen?«

»Klar. Drei Leute sind doch besser als nur zwei, wenn es ein Notfall ist.«

Nathaniel weiß nicht, was er dagegen einwenden könnte.

Im ersten Moment realisiert Milla nicht, dass die kleine Frau zu Nathaniel gehört. Sie begrüßt Nathaniel am Treffpunkt in der Bahnhofshalle hektisch und streichelt Alisha gedankenabwesend ein paar Mal über den Kopf, damit die Hündin sich beruhigt und ihren kleinen Wiedersehensfreudentanz beendet. Sie will gerade weitereilen, es gilt keine Zeit zu verlieren, da hält Nathaniel sie am Ärmel zurück.

»Warte! Darf ich vorstellen, das ist Gundula.«

Milla blickt zu Gundula, die ihr die Hand entgegenstreckt. Im ersten Moment meint sie, sie sei ein Kind, aber das ist sie nicht, sie ist eine Frau von der Größe eines Kindes. Milla schüttelt die Hand, Gundula strahlt sie an.

»Sie kommt mit«, erklärt Nathaniel.

»Ich komme mit.«

Sie sagen es im selben Augenblick, als hätten sie es einstudiert und stundenlang geübt. Erst jetzt dämmert es Milla, dass Gundula Nathaniels Date ist.

»Okay, dann los«, sagt sie, ohne zu überlegen, sie hat nicht den Nerv, sich auf eine Diskussion einzulassen.

Erst als sie wenig später den Wagen aus dem Parkhaus lenkt und den schnellsten Weg durch die Stadt zur Autobahn sucht, macht sie sich Gedanken darüber, ob sie nicht doch besser allein gefahren wäre. Sie wirft einen Blick in den Rückspiegel und sieht die beiden Turteltäubchen aneinandergelehnt auf dem Rücksitz sitzen, und direkt hinter ihnen ragen die spitzen Ohren der Schäferhündin hervor. Was für ein Team, denkt Milla. Ein Blinder, eine Kleinwüchsige und ein Hund mit der Mission, eine Rechtsmedizinerin zu retten. Milla müsste lachen, wenn die Situation nicht so schrecklich wäre. Sie versucht, sich zu beruhigen, vielleicht hat der Polizist aus Innertkirchen Irena längst gefunden und ist bei ihr geblieben, sodass die Gefahr fürs Erste gebannt ist. Sie checkt während des Fahrens ihre Nachrichten, nichts Neues, Kaspar hat sich nicht mehr gemeldet, ebenso Irena und Sandro. Wie sehr hofft Milla darauf, dass Irena zurückruft und ihr mitteilt, dass sie in Sicherheit ist. Sie darf nicht zulassen, dass ihr etwas passiert. Nicht Irena, die Milla einst das Leben gerettet hat.

Als sie auf die Autobahn Richtung Berner Oberland fährt, beginnt Milla Gundula und Nathaniel zu erzählen, was passiert ist. Sie lässt dabei den Part aus, dass Irena die Schwester eines Jungen ist, der seit dreißig Jahren vermisst wird, weil sie nicht sicher ist, ob sie das verraten darf. Sie berichtet einzig, dass Irena im Dorf ihrer Kindheit womöglich auf ein Verbrechen gestoßen ist, dass sie aufgrund ihrer Recherchen bedroht worden ist und dass die Männer nun planen, sie umzubringen.

»Warum weißt du das so genau?«, fragt Gundula.

»Ein Freund von mir hat den Mail-Account des Drohmailschreibers hacken können, jetzt können wir den Mailverkehr mitverfolgen.«

»Er muss ein guter Hacker sein.«

Milla stutzt über Gundulas Kommentar. Sie sucht ihre Augen im Rückspiegel, findet sie aber nicht, sie ist zu klein. »Ja, das ist er«, sagt sie deshalb nur.

»Bist du sicher, dass die Drohung ernst gemeint war?«, fragt Nathaniel. Er findet es noch immer nicht gerecht vom Leben, dass Milla ihn ausgerechnet heute angerufen und um Hilfe gebeten hat.

»Ich fürchte ja. Ich habe kein gutes Gefühl. Ich kann nicht *nicht* hinfahren.«

Nathaniel nickt. Er versteht ganz genau, was Milla meint. Es sind keine weiteren Fragen nötig.

Der viele Verkehr macht die Fahrt zäh, sogar auf der Autobahn kommen sie nicht richtig vorwärts, überdies ist der Regen stärker geworden. Eine Zeitlang ist im Auto nichts anderes zu hören als das regelmäßige Geräusch der Scheibenwischer. Milla verlässt die Autobahn und passiert nach dem Thunersee auch den Brienzersee, der flach ausgebreitet daliegt wie ein unheilbringendes schwarzes Loch, in dem die Welt verloren gehen könnte. Als sie durch das Dorf Innertkirchen fahren und den Weg Richtung Gadmen einschlagen, werden alle im Wagen zunehmend nervöser, auch Alisha steht immer wieder auf, dreht sich um sich selbst und setzt sich wieder hin, nur um gleich darauf erneut aufzustehen und eine Runde zu drehen. Gundula hat unterwegs herausgefunden, dass es in der Gemeinde Innertkirchen vier Adressen von Familien oder Einzelpersonen mit dem Namen Schildknecht gibt, aber dass nur ein Einziger im Ortsteil Gadmen wohnt: Johannes Schildknecht. Das muss Irenas Vater gewesen sein. Als Milla in die kleine Straße einbiegt, deren Namen Gundula herausgesucht hat, weiß sie sofort, dass sie am richtigen Ort sind. Vor einem gedrungenen Haus steht ein pflaumenfarbener Peugeot 404, Irenas Cabriolet. Drinnen ist alles dunkel.

»Wie spät ist es?«, fragt sie.

»Fast neun«, sagt Gundula.

»Zu früh, um schon ins Bett zu gehen.«

»Warum, was ist los?«, fragt Nathaniel.

»Irenas Auto steht vor dem Haus, aber drinnen ist alles dunkel.«

»Lass uns nachschauen gehen«, sagt Gundula.

Milla stellt den Motor ab und steigt aus. Ihr Körper ist angespannt. Während Nathaniel aus dem Wagen klettert und Gundula den Hund rauslässt, geht sie bereits auf die Tür zu. Sie findet auf Anhieb keine Klingel und macht sich stattdessen mit dem Türklopfer bemerkbar, der außen angebracht ist. Sie klopft dreimal, wartet, noch einmal dreimal. Wie in einem Gruselfilm, schießt es Milla durch den Kopf. Sie steht mitten in der Nacht in einem abgelegenen Ort vor einem fremden Haus und klopft an dessen Tür. Nathaniel und Gundula stehen nun neben ihr, Alisha spitzt die Ohren und wirkt hochkonzentriert. Nun ist Milla doch froh, dass sie nicht allein hergekommen ist.

»Irena!«, ruft sie laut. »Irena?«

Stille.

»Wollen wir einbrechen?« Gundula wirkt eher aufgeregt als verängstigt; für sie ist das hier nichts anderes als ein kleines Abenteuer, denkt Milla, leicht genervt.

»Versuch doch noch mal, Irena anzurufen«, schlägt Nathaniel vor, dem es sichtlich unwohl ist.

Milla wählt noch einmal Irenas Nummer. Als in ihrem Handy das Freizeichen erklingt, zuckt sie erschrocken zusammen. Auch Nathaniel atmet hörbar ein. Im Innern des Hauses klingelt ein Telefon.

»Sie ist da drin«, sagt er.

»Aber sie geht nicht ran.«

Vorsichtig drückt Milla auf die Türklinke – es ist nicht abgeschlossen. Leise betritt sie den dunklen Flur.

»Hallo, ist da jemand?«, ruft sie hinein.

Das einzige Licht im Haus stammt vom Display von Irenas Handy, das im Flur auf einer Kommode liegt. *Ein unbeantworteter Anruf: Milla Nova.*

Nathaniel tritt hinter Milla ins Haus und lauscht.

»Hier ist niemand«, sagt er, und Nathaniel muss es wissen.

Milla tastet nach einem Lichtschalter, findet einen und drückt darauf. Die Tür links von ihr führt in die Küche, jene rechts in einen Wohnraum. In dem Moment, als sie im Wohnzimmer die Lampe anmacht, entfährt ihr ein kurzer Schrei. Alle Schubladen sind herausgerissen, der Inhalt liegt überall verstreut.

»Gütiger Himmel!«, ruft Gundula aus, die zwischen den Ellenbogen von Milla und Nathaniel hindurch einen Blick in den Raum erhascht.

»Was ist los?«, fragt Nathaniel verängstigt. »Redet mit mir.«

»Wir sind zu spät«, sagt Milla. »Jemand ist uns zuvorgekommen.«

75

Irena kreischt erschrocken auf, als es klopft. Sie hat geweint. Hat den Kopf aufs Lenkrad gelegt und zu weinen begonnen, hat nicht wegfahren können, weil sie nicht mehr wusste, was sie wollte und was sie sollte, weil denken nicht mehr funktionierte, weil nur noch dieser eine Satz in ihrem Kopf Platz fand, der sich festgekrallt hat und nicht mehr weggehen wollte.

Vater hat Beni getötet.

Der Zettel mit den Wörtern, die nicht mehr lesbar sind, außer diesem einen, *Verzeih,* in Vaters Schrift, liegt noch immer in ihrem Schoß. Sie hat sich nicht mehr rühren können, weiß nicht, wie lange sie verharrt hat, hinter dem Lenkrad des Einsatzwagens, mit dem sie und Peter Lang vom Fundort nach Bern gefahren sind, mit einem Skelett im Transportraum, dem Skelett ihres Bruders, der Einsatzwagen, mit dem sie hat wegfahren wollen und nicht wegfahren konnte, weil sie nicht wusste, wohin. Es klopft noch einmal. Tock, tock, tock.

»Irena?«, hört sie eine Stimme fragen.

Sie blickt durchs Fenster und erkennt vage ein Gesicht, ein heller Fleck im Schwarz der Nacht, sie stellt die Zündung an und fährt die elektrischen Fenster nach unten, fast so, als sei sie von einem Polizisten aufgefordert worden, ihre Papiere zu zeigen. Und draußen steht tatsächlich ein Polizist. Sandro.

»Was machst du da?«

»Ach.« Mehr fällt Irena nicht ein. Weil all das, was geschehen ist, in keinen Satz reinpasst.

»Du hast geweint. Was ist passiert? Kann ich einsteigen?«

Irena nickt, Sandro geht um das Auto herum, öffnet die Tür und klettert auf den Beifahrersitz.

»Ich habe Beni gefunden.«

»Du hast *was*?«

»Er lag im Wald begraben.«

»Irena, was erzählst du da?«

»Ich habe ihn ausgegraben. Es war mein Vater. Er hat ihn getötet.« Irenas Stimme klingt nicht wie Irenas Stimme. Die Monotonie darin schluckt jede Emotion, es könnte ein Roboter sein, der da spricht.

»Lass uns darüber reden.« Sandro berührt Irenas Schulter. »Aber nicht hier. Lass uns zu mir fahren. Ich mach uns eine warme Suppe. Und einen Gin Tonic. Was für ein Tag.« Den letzten Satz murmelt er eher zu sich selbst. »Ich fahre«, sagt er, wieder lauter jetzt. »Lass uns die Plätze tauschen.«

Ohne ein weiteres Wort öffnet Irena die Fahrertür, geht um den Transporter herum, während Sandro ebenfalls aussteigt und auf ihre Seite rübergeht. Als sie auf dem Beifahrersitz Platz genommen hat, startet er den Motor und fährt Richtung Altstadt.

Irena verschlingt die Minestrone, die ihr Sandro aufgetischt hat, wie ein ausgehungerter Löwe. Sie hat den ganzen Tag nichts gegessen, kein Wunder, dass sie fast zusammengebrochen ist. All ihre Energie war weg. Jetzt sitzen sie in Sandros Küche, die Teller vor sich leer.

Sandro bereitet gerade einen zweiten Gin Tonic zu, mit Pfeffer und Gurke.

»Lass uns ins Wohnzimmer gehen, und dann erzählst du mal von Anfang an.«

Als Irena und Sandro nebeneinander auf dem Sofa sitzen, erzählt sie ihm von ihrem Besuch bei ihrem Onkel Oskar, von seinen wirren Aussagen und dem Hinweis auf einen Zettel in der Schublade. Sie wirkt gefasst jetzt. Es hilft ihr zu erzählen, was in den letzten Tagen passiert ist, es zu sortieren und zusammenzufassen, etwas Ordnung in das Chaos zu bringen, das sich in ihrem Leben ausgebreitet hat wie ein giftiger Krake. Sie berichtet Sandro von dem Zettel, der im Schminktisch der Mutter lag, und dass darauf die Koordinaten einer abgelegenen Stelle in einem Wald bei Gadmen notiert waren.

»Ich bin hingefahren, ich fand ein Kreuz, und ich fing an zu graben. Ich hab ein Skelett gefunden, von einem Kind. Und die metallene Schachtel von Hustenpastillen. Vaters Hustenpastillen. Darin war ein Brief, den man kaum mehr lesen kann. Außer einem Wort: Verzeih.«

Sandro weiß nicht, was er sagen soll. Er sieht den Schmerz in Irenas Gesicht, sie tut ihm wahnsinnig leid, wie schrecklich, was sie gerade durchmachen muss. Familie sollte anders sein. Familie sollte Liebe und Geborgenheit und Zuhause sein – und nicht Mord und Lügen und Verrat. »Es tut mir leid«, sagt er. »Es tut mir schrecklich leid.« Und weil er mehr nicht sagen kann, nimmt er Irena in den Arm und hält sie fest, hält sie lange fest. Sandro spürt, dass sie weint, er lässt sie nicht los, bis sie wieder ruhiger atmet, ihr Puls langsamer geht, er riecht ihr Haar, er riecht ihre Haut, wie gut sie riecht und wie gut sie sich anfühlt, er erinnert sich an diesen einen Kuss, vor vielen Jahren, als sie betrunken war und er verliebt. Sie aber leider nicht.

»Danke, Sandro, danke, dass du da bist, du tust mir gut.« Irena flüstert nur, ihr Gesicht an seinem Hals. Sie blickt zu ihm hoch, er streicht ihr die Tränen aus dem Gesicht.

Er küsst ihr eine Träne weg.

Seine Augen, ihre Augen, sie sagt kein Wort, klammert sich an ihn, als wäre sie eine Ertrinkende und er ihr letzter Halt, ihre Lippen legen sich auf seine Lippen, eine schüchterne Berührung zuerst, sanft wie ein Lufthauch, doch dann küsst sie ihn tief und fordernd, und seine Zunge lässt sich ein auf diesen verbotenen Tanz, als hätten sie beide seit Jahren auf nichts anderes gewartet. Es gibt nur noch diesen einzigen Moment, kein Vorher und kein Nachher mehr, nur noch das Jetzt.

76

»Irena ist in tödlicher Gefahr!«, bellt Milla ins Telefon. »Sie müssen etwas tun!« Sie hat Felix Winter am Apparat, Sandros Kollege. Nathaniel hatte glücklicherweise noch dessen Handynummer, seit der Sache mit Carole hat er sie gespeichert. Winter versucht Sandros Freundin zu beruhigen, obwohl er selbst beunruhigt ist. Er kennt Milla zwar nicht sehr gut, aber wenn er etwas mitgekriegt hat in den letzten Jahren, dann zumindest so viel: Wenn Milla Nova die Polizei um Hilfe ruft, dann muss es wirklich ernst sein. Denn in der Regel meint sie, auch die ärgsten Verbrecher alleine zur Strecke bringen zu können.

»Aber warum Irena?« Felix Winter hat aus dem chaotischen Wortschwall keinen Sinn herausschälen können. Er hat einzig verstanden, dass sich Milla große Sorgen um ihre Freundin und seine Kollegin macht – was aber Irena mit einem verlassenen Häuschen im hintersten Winkel des Kantons Bern zu tun hat, erschließt sich ihm nicht. »Wir sind in Irenas Elternhaus, sie hat hier in einer Geschichte aus ihrer Jugend recherchiert und ist massiv bedroht worden. Jemand will ihr etwas antun. Wir haben die Mails gelesen. Und jetzt ist sie weg. Ihr Auto steht vor der Tür, das Handy liegt im Haus, es ist hier eingebrochen worden – und von ihr fehlt jede Spur. Sie ist entführt worden!«

Langsam setzt sich das Bild Stück für Stück zusammen. Und auch wenn Felix Winter noch nicht genau erkennen kann, was darauf zu sehen ist, realisiert er, dass es ein Notfall ist.

»Haben Sie Sandro alarmiert?«, fragt er Milla.

»Ich hab ihm alles geschrieben und auf die Mailbox gesprochen, aber er hat sich noch nicht gemeldet. Ich habe auch die Notrufnummer gewählt, die wollten einen Polizisten zum Haus schicken, der im Ort wohnt, aber hier ist niemand.«

Genau das hätte Winter auch als Erstes getan. »Okay, ich werde Sandro über den Polizeifunk alarmieren. Ich sorge dafür, dass jemand kommt. Und Sie bleiben, wo Sie sind. Keine Einzelgänge!«

Der Satz könnte von Sandro stammen, denkt Milla. »In Ordnung. Wir rühren uns nicht von der Stelle.«

Als sie den Anruf beendet hat, blickt sie in vier erwartungsvolle und zwei blinde Augen. Alisha wedelt zudem aufgeregt mit dem Schwanz, als hätte Milla ihr soeben ein Leckerchen versprochen.

»Wir warten jetzt einfach hier?«, fragt Nathaniel.

»Natürlich, das hat sie ja gesagt, oder? Bis die Polizei kommt.« Gundula reibt sich ohne Unterlass die Hände. Ihre anfängliche Abenteuerlust scheint sich schon erschöpft zu haben.

»Natürlich nicht«, entgegnet Milla. »Wir können nicht einfach rumsitzen und warten.«

»Was also willst du tun?«

Im gleichen Moment, als Milla Gundula und Nathaniel erklärt, was sie gleich zusammen unternehmen werden, fragt sie sich selbst, ob sie vom Wahnsinn umzingelt ist. Sie schaut sich ihre Mitstreiter an; ein Blinder, eine

Kleinwüchsige und ein Hund. Nicht gerade ein Dreamteam, um bei einem Kinderschänder mit Mordabsichten anzuklopfen. Aber sie darf nicht wählerisch sein. Alles ist besser, als den Männern allein gegenüberzustehen.

Es ist zwanzig vor zehn, als Milla an Simon Müllers Haustür Sturm klingelt. Hinter mehreren Fenstern brennt Licht, es ist klar, dass er zu Hause ist. Hoffentlich hat er keine Familie, denkt Milla. Sofort nimmt sie den Daumen von der Klingel. Das hat sie nicht in Erwägung gezogen; sie ist irgendwie davon ausgegangen, dass ein pädophiler Kinderschänder alleinstehend ist. Der Gedanke erscheint ihr auf einmal naiv. Und überhaupt: Was, wenn der Gemeindeschreiber nicht jener Simon Müller ist, der sich im Zirkel der pädosexuellen Männer bewegt? Schließlich gibt es Simon Müllers wie Kies im Flussbett der Aare. Milla verbannt die Zweifel aus ihrem Kopf. Es kann kein Zufall sein – ein Simon Müller genau in Irenas Heimatdorf, in dem sie nun bedroht wird.

»Bist du sicher, dass wir richtig sind?«, fragt Nathaniel.

»Ja«, bestätigt Milla wenig überzeugend.

»Er kommt«, sagt Nathaniel, bevor Gundula und Milla etwas hören. Da öffnet sich die Tür.

Müsste man den Mann malen, der vor ihnen in der Tür steht, würde man mit zwei Farben auskommen: Braun und Grau. Braun bräuchte man einzig für die letzten Haare, die noch übrig sind. Sein Vorderschädel ist kahl, er trägt ein stolzes Doppelkinn. Seine farblosen Augen gehen Ton in Ton mit seinem aschfahlen Teint. Er ist der Typ Mann, dessen Alter man nicht schätzen kann: Im Gesicht sind noch immer die Züge des Kindes zu erkennen, das er mal gewesen ist, aber alles andere an ihm wirkt vorzeitig gealtert, weil die Langeweile das Leben längst aufgefressen hat und die Freude im Alltagstrott verkümmert ist. Die Mimik von Simon Müller hingegen ist in diesem Augenblick überaus aktiv und verändert sich innerhalb gefühlten zwei Sekunden drei Mal: Als er die Tür öffnete, hatte er trotz der späten Störung ein höfliches »Was kann ich für Sie tun?«-Gesicht aufgesetzt, das aber sofort einem perplex-überraschten Ausdruck Platz machte, als er die seltsam zusammengewürfelte Truppe vor sich stehen sah. Seine Miene hätte nicht überraschter wirken können, wenn eine Delegation der Schlümpfe vor seiner Tür erschienen wäre. Doch schnell hat er sich wieder gefasst, jetzt blickt er Milla kritisch an. Sie liest in seinen Augen Alarmbereitschaft. Und Angst. Spätestens jetzt weiß sie, dass sie bei ihm richtig ist.

»Guten Abend, entschuldigen Sie die späte Störung. Wir hatten eine Autopanne, und wir müssten dringend jemanden anrufen. Können wir kurz Ihr Telefon benutzen?«

Milla hat ihr nettestes Lächeln und ihr unschuldigstes Gesicht aufgesetzt, während die anderen beiden keine Miene verziehen.

Simon Müller wirkt im ersten Augenblick erleichtert, als er Millas Schwindelei hört. Er will gerade die Tür ganz öffnen, da zögert er. »Sie haben alle drei kein Handy dabei?«

»Wir gehören zur Vereinigung *Spaß ohne Strahlen* und wollten ein Wochenende auf dem Land ohne alle unsere technischen Geräte verbringen – das haben wir nun davon.« Milla zuckt mit den Schultern.

»Moment.« Simon Müller verschwindet und schließt

die Tür hinter sich. Kurz darauf erscheint er wieder und streckt Milla sein Mobiltelefon entgegen.

Verflucht, denkt sie, als sie danach greift. Sie wollte sich mit ihrer Notlüge Zugang zum Haus verschaffen, um ihm drinnen zu eröffnen, warum sie wirklich hier sind – das ist schon mal nicht aufgegangen. Sie tippt ein paar Zahlen ein, löst den Anruf aber nicht aus, und tut so, als warte sie, dass jemand rangeht.

»Dürfte ich bitte Ihr Klo benutzen, ich muss ganz dringend mal.« Gundula wartet die Antwort gar nicht erst ab. Klein und wendig wie sie ist, drängelt sie sich neben Müllers Beinen durch und geht direkt ins Haus. »Wo ist es denn?«, ruft sie nach draußen. »Ah, da vorne rechts, richtig?«

»Ich muss auch«, sagt Nathaniel, bevor Simon Müller Gelegenheit hat zu reklamieren. »Avanti, Alisha.«

Die lässt sich nicht zweimal bitten und geht zielstrebig in die Richtung, in der Gundula verschwunden ist, und führt Nathaniel hinter sich her. Milla muss innerlich schmunzeln, das war so nicht abgesprochen, aber die Mitglieder ihrer Truppe sind durchaus zu gebrauchen.

»Wir gehen dann besser mal mit rein, wir haben nämlich etwas zu bereden.« Milla steckt das Handy in ihre Tasche und schiebt den überrumpelten Müller zur Seite, sodass ihm nichts anderes übrigbleibt, als dem ungebetenen Besuch in sein Haus zu folgen.

»Wer zum Teufel sind Sie?« Er klingt eher überfordert als verärgert.

»Wir sind hier, weil wir Bescheid wissen über Ihr kriminelles Treiben – und weil Sie uns gleich sagen werden, wo wir Irena Jundt finden. Denn sonst steht in wenigen Augenblicken die Polizei vor Ihrer Tür.«

Müllers Gesicht ist auf einmal schneeweiß. Er dreht sich von ihr weg, geht in die Küche und lässt sich auf einen Stuhl sinken. Milla folgt ihm, Gundula und Nathaniel bleiben hinter ihr im Flur stehen, als wollten sie ihr Rückendeckung geben.

»Sind Sie wegen der alten Geschichte hier?«

»Was meinen Sie? Welche alte Geschichte?«

In dem Moment, als die Worte raus sind, realisiert Milla, dass sie einen Fehler gemacht hat. Sie würde sich am liebsten ohrfeigen.

»Nichts. Vergessen Sie's. Ich weiß nicht, wovon Sie sprechen und worauf Sie hinauswollen. Ich bitte Sie, mein Haus zu verlassen, sonst rufe ich die Polizei.«

»Gerne. Die Polizei ist hochwillkommen. Ich bin sicher, sie wird sich für Ihren Mailaustausch interessieren, mit dem Papageienmann und mit Flash Gordon, ich sag nur: Liveübertragungen des Kinderprogramms. Ich denke, das wird die Polizei brennend interessieren.«

Simon Müllers Gesicht scheint auf einmal in sich zusammenzufallen. Er sieht aus wie ein Mann, der in dieser Sekunde erkennt, dass er alles verspielt hat.

»Aber keine Angst. Wir geben Ihnen eine letzte Chance: Sagen Sie uns, wo Irena ist und was ihr angetan werden soll. Wenn ihr etwas geschieht, sind Sie wegen Mordes dran. Und dann werden wir nicht schweigen. Dann werden Sie bis ans Ende Ihres Lebens im Gefängnis schmoren. Und Sie wissen ja, dass es für Kinderschänder nicht sehr angenehm ist im Knast.«

Milla hat sich in Rage geredet. Sie fürchtet sich nicht vor diesem Mann. Er ist ein feiger, erbärmlicher, schwacher Scheißkerl, der um jeden Preis versuchen wird, seinen Hintern zu retten.

»Bitte verraten Sie mich nicht. Bitte. Ich mache alles, was Sie wollen.«

»Wir wissen, dass Sie Irena etwas antun wollen. Wo ist sie? Was haben Sie vor?« Milla ist näher an Müller herangerückt. Sie erkennt Schweißperlen auf seiner Stirn.

»Ich weiß nicht, wo sie ist, ich schwöre es.«

»Lügen Sie uns nicht an!«, ruft Gundula von weiter hinten.

Doch Milla glaubt ihm. Sie riecht seine Angst. Er würde nicht wagen, sie anzulügen.

»Wir wissen, dass Sie sie umbringen wollen. Was haben Sie geplant?«

»Die Bremskabel«, sagt Müller. »Sie schneiden ihr die Bremskabel am Auto durch.«

Milla wechselt mit Gundula einen Blick. Sie wünschte, sie könnte sie losschicken, sofort zum Wagen von Irena zurückzufahren. Doch Milla fürchtet, dass Gundula bei ihrer Größe ein gewöhnliches Auto nicht fahren kann. Und Nathaniel kann erst recht nicht helfen.

»Wer sind *sie*? Ihre Kollegen? Walter Burri? Der Pfarrer?«

Müller nickt.

»Und die anderen? Wer ist Flash Gordon? Wer ist der Papageienmann?«

»Das kann ich nicht sagen!«

»Dann rufen wir jetzt die Polizei.«

»Sie werden mich umbringen.«

»Die Polizei wird Sie verhaften. Jetzt reden Sie endlich!« Milla schreit jetzt fast.

»Ich *kann* nicht.«

Müller beginnt laut zu schluchzen, und Milla begreift, dass seine Angst vor den eigenen Kumpanen größer ist als jene vor der Polizei. Sie will los, sie muss Irena warnen, aber sie kann Müller nicht allein lassen, sonst wird er die anderen umgehend alarmieren. Sein Handy steckt noch immer in ihrer Tasche, sie schaut unentschlossen zu Gundula und Nathaniel, dann wieder auf Simon Müller, der in sich zusammengesunken auf dem Küchenstuhl sitzt und heult.

»Ihr bleibt hier, Alisha macht den Wachhund. Sie kann das, das hat sie schon mehrfach bewiesen.« Alisha bellt zweimal laut auf, als hätte sie Milla verstanden. »Passt auf, dass er nicht abhaut und vor allem, dass er die anderen nicht warnt.«

»Okay.«

»In Ordnung.«

Milla nickt den beiden zu, die hilflos in der Tür zur Küche stehen bleiben. Begeisterung sieht anders aus.

Nachdem Milla jedes Tempolimit ignoriert hat, biegt sie im Ortsteil Gadmen viel zu schnell um die Kurve. Um ein Haar prallt sie in einen Wagen, der ihr mit ebenfalls überhöhter Geschwindigkeit entgegenkommt. Ihr entfährt eine wüste Schimpftirade, doch im nächsten Augenblick ruft sie vor Erleichterung laut auf: Sie sieht, dass Irenas Peugeot noch immer vor ihrem Elternhaus steht.

Milla will gerade aus dem Auto steigen, da vibriert etwas in ihrer Tasche, begleitet von einem kurzen Trommelwirbel, ein Geräusch, das sie nicht kennt. Müllers Handy. Sie zieht es hervor und sieht, dass eine Nachricht eingegangen ist. Sie kann den ganzen Text im Anzeigefeld lesen, weil er so kurz ist: *Mission accomplished.* Dahinter stehen zwei Emoticons: ein Muskelarm in Siegerpose und ein kleiner Papageienkopf. Der Wagen, der ihr entgegengekommen ist, denkt Milla. Gut möglich, dass das der Kerl war, der die Bremskabel an Irenas Wagen durchtrennt hat. Doch er irrt sich; damit ist die Mission noch lange nicht erfüllt. Ein Lächeln stiehlt sich auf Millas Lippen: Wie ungeschickt, dass Simon Müller die Telefonnummer des Papageienmanns unter seinem richtigen Namen abgespeichert hat.

77

Irena stöhnt leise auf, als Sandro sich unter ihr aufbäumt und in ihr kommt, nur Sekunden später durchfließt auch ihren Körper ein Schauern, es wandert von ihrem Schoß hinauf über den Bauch und der Wirbelsäule entlang bis in ihren Nacken, es will nicht aufhören und soll nicht aufhören und soll ewig dauern, und es beginnt nochmals von vorn, noch immer bewegt sich Irena auf Sandro, ihre Schenkel an seiner Hüfte, ihre eine Hand auf seiner Brust, die andere in seinen Haaren, und sie kommt ein zweites Mal, intensiver, sie stöhnt lauter jetzt, richtet sich auf, verharrt, bis das Schauern verebbt – und lässt ihren Oberkörper schließlich erschöpft auf seinen fallen. Bleibt liegen, seine Haut an ihrer, ihre an seiner, er legt beide Arme um ihren Rücken, drückt sie an sich, atmet sie ein, sie sind sich so nah und so vertraut, und gleichzeitig ist alles aufregend und neu. Minutenlag verharren sie in dieser Harmonie, ohne ein Wort, noch immer sind ihre Körper vereint, bis Sandro langsam aus ihr herausgleitet. Er bläst ihr zärtlich ins Ohr, spielt mit einer ihrer langen schwarzen Strähnen, indem er sie um ihr Ohr herumkringelt und wieder gerade streicht.

»Wir hätten das nicht tun sollen.«

»Psssst.« Sandro legt ihr einen Finger auf die Lippen. »Alles ist gut.«

Das ist es wirklich. So fühlt es sich an; richtig und gut.

Sandro möchte die Zeit anhalten und für immer im Jetzt verharren.

In der Küche klingelt sein Handy.

Irena löst sich und stemmt sich hoch.

»Ich geh nicht ran.« Sandro zieht sie wieder zu sich herab.

»Es ist mitten in der Nacht.«

»Ich geht trotzdem nicht ran.«

»Du bist der Polizeichef.«

»Auch ich habe ein Privatleben.«

Das Klingeln hört auf.

Das Funkgerät gibt ein Piepsen von sich, bevor die leicht verzerrte und von einem Rauschen begleitete Stimme von Felix Winter erklingt. »Sandro Bandini! Sandro Bandini! Ein Notfall!«

Plötzlich ist Sandro schnell auf den Beinen. Er schnappt sich das Funkgerät und meldet sich.

»Gut, dass ich dich erwische! Kannst du mich anrufen? Es geht um Irena.«

»Um Irena?« Sandro und Irena tauschen einen Blick. Sie verstehen nicht.

»Sie ist in tödlicher Gefahr. Nicht über Funk. Ruf mich an.«

»Weißt du, wovon Felix spricht?«, ruft Sandro, an Irena gewandt, während er in der Küche sein Handy holt.

»Ich habe keine Ahnung.« Doch noch während sie den Satz beendet, denkt Irena an den Brandanschlag, an die E-Mail. »Wobei, vielleicht«, denkt sie laut. »Aber tödliche Gefahr?«

»Ich ruf ihn an.«

Während Sandro seine in der ganzen Wohnung verstreute Kleidung einsammelt und versucht, sich einhändig anzuziehen, hört er Felix Winter zu, der ihm vom besorgniserregenden Anruf von Milla erzählt. Davon, dass sie einen Kinderpornografie-Ring aufgedeckt haben will. Und dass die Männer heute Nacht Irena umbringen wollen. Sandro erkennt die Zusammenhänge nicht.

»Und wo sind diese Männer?«

Sandro lauscht, dann hält er die Hand vor das Mikrofon. »Wo ist dein Handy?«, fragt er Irena.

»Ich habe es heut Morgen im Haus meiner Eltern liegen gelassen.«

Erneut hört Sandro Felix Winter zu, wieder deckt er das Mikrofon ab. »Wo ist dein Auto?«

»Ebenfalls bei meinem Elternhaus. Ich bin im Transporter mit Peter Lang zurückgefahren, als wir das Skelett ins Institut gebracht haben.« Irena kann sich nicht überwinden, Beni zu sagen. Weil die Knochen nicht mehr Beni sind.

Sandro nickt. »Felix, mach dir keine Sorgen, Irena geht es gut, sie hat das Handy liegen und das Auto dort stehen gelassen, sie wird nicht vermisst. Es besteht keine unmittelbare Gefahr.«

Stille.

»Ich weiß es einfach. Ich werde Milla anrufen und dann entscheiden, was zu tun ist. Am besten werde ich wohl nach Innertkirchen fahren.«

Minuten später sitzen die beiden im Transporter des Rechtsmedizinischen Instituts und fahren Richtung Berner Oberland. Es herrscht nicht viel Verkehr zu dieser Stunde, und Sandro, der sich sonst immer überkorrekt an die Verkehrsregeln hält, fährt zehn Stundenkilometer über der erlaubten Geschwindigkeit. Irena würde ihn gerne drängen, etwas schneller zu fahren, aber sie lässt es sein, weil sie weiß, dass es nichts bringen würde. Sie bedauert, dass sie sich nicht selbst ans Steuer gesetzt hat. Aber Sandro hat es nicht zugelassen.

»Wir müssen Milla anrufen«, sagt Sandro.

»Es ist besser, wenn ich das mache.«

»Ich werde ihr nicht von uns erzählen.«

»In Ordnung. Das musst du entscheiden. Ich werde ihr nichts sagen.« Mehr Worte braucht es nicht, um den Pakt zu schließen. »Ich hab kein Handy. Ist es nicht seltsam, wenn ich sie mit deiner Nummer anrufe?«

Sandro überlegt kurz. »Ich rufe sie an – und übergebe.«

Er klingt sehr förmlich, als er Milla am Telefon sagt, dass er Irena gefunden habe. Er reicht das Handy rasch an sie weiter.

»Milla, hier ist Irena, es geht mir gut.«

»Gott sei Dank, Irena. Ich dachte, du seist tot!«

Als Irena die Erleichterung in Millas Stimme hört, hat sie sofort ein schlechtes Gewissen.

»Das tut mir leid. Es ist sehr viel passiert. Ich habe Beni gefunden. Du hast recht gehabt: Die Zahlen waren die Koordinaten von Benis Grab.«

Nachdem Irena von ihrem traurigen Fund berichtet hat, bleibt sie lange still, während sie Milla zuhört. Sie kann nicht glauben, was sie erzählt: Dass Kaspar den Mail-Account gehackt hat und dass sie dabei auf eine Gruppe pädophiler Männer gestoßen sind. Noch weniger fassen kann sie, dass ihr ehemaliger Schulkollege Simon Müller einer davon sein soll, Simon, der immer schüchtern und nett und zurückhaltend war.

»Irena, die Männer sind gefährlich«, widerspricht Milla, »sie wollen dich umbringen. Müller hat gesagt, dass sie die Bremskabel deines Peugeot durchschneiden wollten.«

»Aber warum?«

»Du bist ihnen mit deinen Recherchen zu gefährlich geworden.«

»Aber ich habe doch nicht nach einem Pädophilen-Ring gesucht – sondern nach meinem toten Bruder.«

»Vielleicht hängt das alles irgendwie zusammen.«

»Ich weiß nicht. Das kann ich mir nicht vorstellen. Simon war selbst noch ein Kind, als Beni verschwand. Wer sind die anderen Männer?«

»Einer heißt Walter Burri und ist nebenamtlicher Pfarrer in Brienz.«

»Bei uns an der Schule war ein Walter Burri, einige Jahre älter als ich. Und die anderen?«

»Die anderen beiden haben verschlüsselte Namen verwendet, Flash Gordon und eben der Papageienmann, der dir die Mail geschickt hat. Aber ich habe herausgefunden, wer der Papageienmann sein könnte. Simon Müller hat dessen Telefonnummer unterm Klarnamen abgespeichert. Sagt dir ein gewisser Marius Schildknecht etwas?«

Irena wird augenblicklich übel.

»Ja, ich kenne ihn.« Ein Flüstern nur. »Er ist mein Cousin.«

78

So haben sich Nathaniel und Gundula ihre erste gemeinsame Nacht nicht vorgestellt: Sie sitzen in einem abgelegenen Dorf in einem fremden Wohnzimmer und bewachen einen pädophilen Straftäter. Wobei das Wort *bewachen* die Situation nicht treffend beschreibt, *betreuen* kommt wohl eher hin. Denn der Mann, der ihnen gegenüber auf dem Sessel sitzt, scheint nur noch ein Schatten seiner selbst zu sein. Wie zusammengefaltet kauert er auf dem Stuhl, das Gesicht in die Handflächen gelegt, hin und wieder wird er von Weinkrämpfen geschüttelt, die ihn in regelmäßigen Abständen übermannen.

»Sie werden trotzdem zur Polizei gehen, und dann ist alles aus, nicht wahr?« Simon Müller blickt auf, er spricht nur Gundula an, als wäre Nathaniel nicht nur blind, sondern auch taub.

»Ich fürchte, da sind Sie selbst schuld.« Nathaniel hat nicht gemerkt, dass nicht er angesprochen war. Er erträgt Müllers Selbstmitleid nicht.

»Ich wollte das nicht. Ich bin da bloß mit reingerutscht.«

»Man ist immer selbst verantwortlich für das, was man tut – wie auch für das, was man nicht tut. Immer.« Nathaniel versucht, seine Wut auf den Mann zu unterdrücken, es bringt nichts, einen Streit anzufangen. Das

Wichtigste ist, dass der Kerl ruhig bleibt, nicht abhaut und keinen seiner Komplizen warnt.

»Was hätte ich denn tun sollen?«

»Nicht mitmachen? Das Treiben der anderen der Polizei melden? Leben retten statt zerstören?« Auch Gundulas Stimme ist ihre Verärgerung anzuhören.

»Ich habe mit den Kindern ja nichts gemacht, ich habe nur zugeschaut.«

Kaum hat Müller den Satz fertig gesprochen, dringt aus Gundulas Kehle ein anklagender Wutschrei. Sie kann nicht fassen, dass er das gerade tatsächlich gesagt hat. »Sie gottverdammtes, ignorantes, himmeltrauriges Arschloch!«, entfährt es ihr. »Sie sind verantwortlich für jedes einzelne vergewaltigte Kind. Und Sie werden keine einzige Sekunde Ihres Lebens mehr glücklich sein. Sie werden das Leid all Ihrer Opfer tragen, und Ihre Seele wird daran ersticken.«

Gundula spuckt die Sätze aus wie Gift, sie hören sich an wie ein böser Fluch, und Nathaniel würde sich nicht wundern, wenn es so wäre und er in Erfüllung ginge. Müller scheint es ebenso zu gehen, er schaut Gundula entsetzt an, die Augen panisch aufgerissen, als sähe er dem Teufel persönlich ins Gesicht.

»Wann haben Sie damit angefangen?« Etwas Besseres fällt Nathaniel nicht ein, um die Stimmung wieder zu beruhigen.

»Ich weiß nicht mehr, ist eine Weile her. Am Anfang waren es nur ein paar Bilder, die wir getauscht haben. Irgendwann wurden es dann immer mehr. Man kann's auf einmal nicht mehr stoppen. Und dann waren es mehr als nur Bilder. Aber die Livesessions habe nicht ich organisiert, ich hab mich nur angeschlossen.«

»Warum haben Sie nicht nein gesagt?«, fragt Gundula.

Müller beginnt erneut zu weinen. »Das ging nicht. Wegen dieser Sache, ich hing von Anfang an mit drin.« Ein Schluchzen unterbricht ihn, umständlich putzt er sich die Nase. »Da kann man nicht einfach aussteigen. Einer für alle. Alle für einen.«

»Wie meinen Sie das?«

Simon Müller schüttelt den Kopf und schweigt. Er presst die Lippen zusammen wie ein trotziges Kind, das nie mehr etwas sagen will.

Milla sitzt im Elternhaus von Irena in der ihr fremden Küche und versucht, ihre Gedanken zu ordnen. Was für ein eigenartiger Fall: Irena findet nach dreißig Jahren den eigenen Bruder tot im Wald – weil die Koordinaten, wo der Junge verscharrt worden ist, auf einem Zettel ihres Vaters standen. Milla versteht nicht, was das zu bedeuten hat. Der Vater muss vom Tod des Buben gewusst und seine Leiche klammheimlich vergraben haben. Weil er den Tod verschuldet hat? Wahrscheinlich, einen anderen Grund kann es kaum geben.

Mit einem Ruck steht Milla auf. Still sitzen war noch nie ihre Sache, stattdessen will sie sich in Irenas Elternhaus kurz umsehen, während sie auf Irena und Sandro wartet. Das Wohnzimmer sieht aus, wie wohl jedes zweite Wohnzimmer in den späten Achtzigerjahren ausgesehen hat – mit dem Unterschied, dass hier alles durchwühlt ist. Trotzdem wirkt die Stube so, als wäre hier die Zeit stehen geblieben. Derselbe Gedanke streift Milla erneut, als sie im oberen Geschoss eine andere Tür aufstößt: ein Kinderzimmer. Disney-Figuren, aufgestellt in Reih und Glied, über dem Regal ein Ferrari-Poster. Benis Zimmer. Es scheint nach seinem Verschwinden nicht verändert worden zu sein – obwohl zumindest der Vater gewusst haben muss, dass sein Sohn niemals zurückkehrt. Milla schaudert.

Da hört sie draußen ein Auto vorfahren. Ihr Herz beginnt zu rasen. Auf einmal hat sie Angst, weil sie realisiert, dass sie sich im Haus einer Frau befindet, die umgebracht werden soll. Eine schreckliche Erinnerung blitzt auf und nimmt ihr den Atem. Sie zwingt sich, Luft aus der Lunge rauszupressen. Langsam wieder einzuatmen. Beruhigen jetzt. Sie muss ruhig sein. Einatmen, ausatmen. Hoffentlich sind es nicht die Täter, die zurückgekommen sind, sondern Sandro und Irena. Milla hört, dass eine Autotür zugeschlagen wird. Vorsichtig beugt sie sich zum Fenster, um einen Blick hinauszuwerfen, ohne dabei gesehen zu werden. Draußen steht der Kastenwagen des Instituts für Rechtsmedizin, Sandro ist schon ausgestiegen, Irena klettert gerade vom Beifahrersitz. Die Erleichterung vertreibt die Angst so schnell, wie sie gekommen ist. Erst jetzt merkt Milla, dass sie Sandro vermisst hat. Hoffentlich ist er nicht mehr sauer. Sie will nicht streiten, nicht jetzt und am liebsten nie wieder, doch sie weiß, dass es ein unerfüllbarer Wunsch bleiben wird. Milla eilt die Treppe hinab, als Irena schon unten zur Tür reinkommt. Die beiden Frauen umarmen sich.

»Zum Glück bist du okay, ich hab mir große Sorgen gemacht.«

»Danke, Milla, aber das musst du nicht, alles ist gut.«

Milla löst sich und wendet sich Sandro zu. Sie umarmen sich ohne ein Wort, halten sich lange fest, er gibt ihr einen Kuss auf die Stirn. Auf einmal ist die Welt für Milla wieder in Ordnung. Sie sieht nicht den Blick, den er über ihren Kopf hinweg Irena zuwirft.

»Kannst du mir die Mails zeigen, in denen von den Tötungsabsichten die Rede ist?«, fragt Sandro.

Milla holt ihren Laptop aus der Tasche, setzt sich mit Sandro und Irena aufs Sofa und öffnet die Screenshots der Mails, die Kaspar ihr zugestellt hat. Irena zieht hörbar den Atem ein, als sie die Texte liest. Sandro ist keine Reaktion anzumerken.

»Und dieser Papageienmann soll Irenas Cousin sein?«, fragt er.

Zur Antwort reicht Milla ihm das Handy von Simon Müller, auf dessen Display noch immer das Vorschaufenster der eingegangenen WhatsApp-Nachricht zu sehen ist: Absender Marius Schildknecht, *Mission accomplished,* hinter den zwei Wörtern ein Muskelarm und ein Papageienkopf.

Sandro nickt zustimmend. »Du könntest recht haben, das passt.«

»Marius und Simon, zwei pädophile Sexualstraftäter?« Irena kann es noch immer nicht glauben. »Und wenn dem tatsächlich so ist: Warum wollten sie mich umbringen? Das macht doch überhaupt keinen Sinn.«

»Du hast hier im Dorf Fragen gestellt und nach einem Kindermörder gesucht – sie hatten Angst, dass du auf die Spur ihres Kinderpornografie-Rings stößt«, meint Milla, doch Irena ist nicht überzeugt.

»Wir werden sie verhören«, sagt Sandro. »Und wir warten damit nicht, bis sie alle Daten vom Server gelöscht haben. Wer, hast du gesagt, wer sind die anderen Personen?«

»Ein Walter Burri, Teilzeitpfarrer in Brienz, und ein

Mann, der sich Flash Gordon nennt, von dem wir aber nicht wissen, wer er ist.«

»Wie gefährlich schätzt du Müller ein? Sind deine Freunde in Gefahr?«, fragt Sandro Milla.

»Er wirkte wie am Boden zerstört. Ich glaube, dass Nathaniel und Gundula ihn unter Kontrolle haben. Und vor allem Alisha: Sie wird nicht zulassen, dass Müller auch nur einen Finger rührt.«

»Dann statte ich als Erstes Irenas Cousin einen Besuch ab, dann schnappen wir uns Simon Müller.«

»Du willst allein da hin? Zu Marius?«, fragt Irena.

»Nein. Felix hat gesagt, dass die Zentrale einen Kollegen aus der Region losgeschickt hat, der sollte längst da sein.«

In dem Moment hören sie einen Wagen vorfahren. Als sie gemeinsam nach draußen treten, zwängt sich ein klobiger, riesiger Mann aus dem Streifenwagen, der neben ihm aussieht wie ein Spielzeugauto. Alles an dem Polizisten ist viereckig; der Oberkörper, der Kopf, sogar der Schnitt seines blonden Haares.

»Ferdinand!« Irena ist überrascht. Sie wusste nicht, dass er bei der Polizei ist. Als sie ihn das letzte Mal gesehen hat, war er etwa neunzehn Jahre alt, einer der großen Jungs im Dorf, vor denen man sich als Mädchen fürchtete.

»Gerber, Ferdinand Gerber.« Der Hüne streckt Sandro die Hand entgegen und nickt den beiden Frauen zu.

Die Männer brauchen nicht viele Worte für die Lagebesprechung. Nach wenigen Minuten sind sie bereit für ihren nächtlichen Einsatz. Sandro will Marius Schildknecht in einem ersten Schritt befragen und seine internetfähigen Geräte wie Tablets, Laptops oder PCs beschlagnahmen. Von einer Festnahme muss er wohl vorerst absehen. Noch hat er nur wenig gegen ihn in der Hand, nur ein bisschen mehr als nichts.

»Rena, kann ich noch rasch deine Toilette benutzen?«, fragt Gerber.

Irena nickt und weist ihm den Weg. Kurz darauf ziehen Sandro Bandini und Ferdinand Gerber los, um Marius Schildknecht aus dem Haus zu klingeln und ihn mit dem Vorwurf zu konfrontieren, dass er seine eigene Cousine hat töten wollen – und dass er weit weg in fernen Ländern kleine Kinder vergewaltigen lässt, um dabei zuzusehen und sich daran aufzugeilen. Hoffentlich, denkt Sandro, liegt Milla nicht völlig falsch. Er verfügt einzig über ein paar Screenshots von Mails, die sich ein Hacker illegal beschafft hat und die versandt wurden von einem anonymen Absender Namens Papageienmann, der eventuell Marius Schildknecht sein könnte – Sandro kann sich nicht daran erinnern, dass er schon einmal aufgrund eines derart vagen Verdachts mitten in der Nacht bei jemandem vorstellig geworden ist.

»Kennen Sie Schildknecht?«, fragt er Ferdinand Gerber, der neben ihm am Steuer sitzt.

»Ja. Jeder kennt hier jeden. Das ist ein Dorf.«

Sandro wartet, aber mehr kommt da nicht.

»Trauen Sie ihm zu, dass er seine Cousine töten will?«

»Schildknecht? Niemals. Hat sie Ihnen gesagt, dass er der Gemeindepräsident ist?«

Sandro beißt sich auf die Lippen. Leider hat Irena diese Kleinigkeit vergessen zu erwähnen. Aber letztlich macht es keinen Unterschied. Sandro hat auch schon einen Richter wegen Kinderpornografie überführt. Aber dennoch, sie hätte es zumindest erwähnen können.

»Ich fürchte, das hier ist ein großer Irrtum«, fährt Gerber fort. »Ich kenn die Rena, sie steigert sich da in was rein, sie kann nicht mehr klar denken, wenn es um ihren Bruder Beni geht. Sie hat das nie verkraftet. Darum ist sie auch so früh weg.«

»Früh weg?«

»Mit knapp fünfzehn ist sie abgehauen, nach dem Tod ihrer Mutter. Suizid. Es ist nicht gut für sie, dass sie zurückgekommen ist. Das hat sie, ich weiß nicht, durcheinandergebracht? Sie müssen wissen, ihre Mutter war schwer psychisch krank. Das kann ja angeblich vererbbar sein. Ich hoffe nicht, dass bei Rena nun die gleiche Krankheit ausgebrochen ist.«

Nicht Irena. Sandro denkt an die vergangene Nacht zurück, Irena kam ihm völlig normal vor. Aber merkt man einem psychisch kranken Menschen das Kranksein immer an? Gehört es nicht gerade zu manchen Krankheiten, dass die Betroffenen sie geschickt verbergen können? Aber Irena hat das Skelett gefunden – und selbst freigelegt, was überhaupt nicht zu ihrer ansonsten tadellosen Professionalität passt, auf die er sich sonst immer blind verlassen kann.

»Ich glaube nicht, dass diese Morddrohungen echt sind. Da sind Sie jemandem auf den Leim gekrochen. Aber das wird Ihnen Schildknecht gleich selber sagen können.«

»Gegen ihn lag nie etwas vor? Es geht hier auch um Kinderpornografie.«

»Das ist lächerlich. Schildknecht hatte mal Familie. Der hat doch selber Kinder. Ich kann mir nicht vorstellen, dass an diesen Vorwürfen was dran ist.«

Sandros Antwort erübrigt sich, weil Gerber in dem

Moment in die Einfahrt eines modernen Einfamilienhauses einbiegt. Ein flacher eingeschossiger Bau mit viel Glas. Gebaut von jemandem, der Geld hat, aber dennoch nicht protzen will. Die beiden Männer steigen aus Gerbers Streifenwagen.

Alles ist dunkel. Nirgends ein Licht hinter einem Fenster. Wahrscheinlich schläft er schon. Sandro schickt ein Stoßgebet gen Himmel, dass er hier nicht gerade den größten Fehler seiner Karriere begeht. Sollte Schildknecht der Falsche sein, handelt er sich jede Menge Probleme ein.

»Also los!«, sagt er laut, als müsse er sich selber Mut zusprechen. Ferdinand Gerber hält sich hinter ihm, als sie auf das Haus zuschreiten.

»Ich verstehe es einfach nicht«. Irena, die immer die Starke ist, der niemand je etwas anhaben kann, diese Irena sieht schrecklich mitgenommen aus. Ihre sonst schon sehr blasse Haut wirkt durchscheinend. Eine bläuliche Verfärbung hat sich wie zwei dunkle Halbmonde unter ihre Augen gelegt. »Warum sollte Marius mich umbringen wollen? Ich wäre ihm doch niemals auf die Spur gekommen.«

»Nun, das stimmt nicht ganz – schließlich *sind* wir ihm tatsächlich auf die Spur gekommen. Seine Drohmail war ein Fehler.«

»Stimmt.« Irena schaut Milla niedergeschlagen an. »Mein Cousin will mich umbringen, und mein Vater hat meinen Bruder getötet. Was für eine Familie.«

»Hast du Hinweise darauf gefunden, was geschehen sein könnte? Ist es nicht auch denkbar, dass ein Unfall passiert ist?«

»Nein, da gibt es nichts. Keine Spuren am Skelett. Und sonst nur die Koordinaten auf dem Zettel und die unleserlichen Zeilen meines Vaters, die ich in der Pastillenschachtel bei Beni gefunden habe.«

»Dann hat er das Geheimnis mit ins Grab genommen? Vielleicht hat er es dennoch irgendwo aufgeschrieben. In einem Tagebuch?«

Irena reagiert nicht auf Millas Fragen. Milla sieht ihrer Freundin an, dass sie in Gedanken ganz woanders ist.

»Was ist?«, fragt sie.

»Es gibt da doch noch einen anderen Hinweis. August Klostermann, der wegen des Mordes an meinem Bruder verurteilt worden ist, hat im Gefängnis einen Brief erhalten. Der liest sich so, als hätte ihn der wahre Mörder von Beni geschrieben.« Irena spricht plötzlich schneller. »Milla, hast du nicht mein Handy hier irgendwo gefunden?«

»Auf der Kommode im Flur.«

Irena springt auf. Sie holt ihr Telefon, checkt erst die Kurznachrichten, dann die Mails. Hier findet sie, wonach sie gesucht hat. Sie starrt konzentriert auf das Display. Liest die Nachricht. Liest sie ein zweites Mal. Schaut Milla an und sagt: »Das ist unmöglich! Das kann gar nicht sein! Was um Himmels willen hat das zu bedeuten?«

Als Irena zu realisieren beginnt, dass alles, was sie bis jetzt geglaubt hat, falsch war, hebt Sandro den rechten Arm, um bei Marius Schildknecht auf den Klingelknopf zu drücken. Doch bevor er ihn berührt, zerbirst die Tür, sein Trommelfell platzt, ein wuchtiger Schlag schleudert ihn hoch. Noch in der Luft denkt er, wie seltsam es ist, dass er so langsam fliegt, als hätte jemand sein Leben auf Slow Motion gestellt. Er kann sich selbst dabei zuschauen, wie er in Zeitlupentempo rückwärtsfällt, in der Luft hängen zu bleiben scheint und schließlich zu Boden stürzt. Der Aufprall ist hart und heftig, er spürt jeden Knochen und jeden Muskel, ein einziger, riesiger, brennender Schmerz. Er fasst sich an den Bauch und spürt etwas Warmes. Da ist Blut. Viel Blut. Sehr viel Blut.

79

»Was ist?«, fragt Milla erneut.

»Ich verstehe das nicht.« Irena starrt noch immer auf die E-Mail, die sie auf ihrem Handy aufgerufen hat. »Ich habe nicht nur Benis sterbliche Überreste, sondern auch den anonymen Brief an Klostermann auf DNA-Spuren untersuchen lassen. Und ich habe meiner Kollegin für einen Verwandtschaftsabgleich eine Referenzprobe von mir selbst gegeben«, erklärt sie Milla. »Einerseits um sicherzugehen, dass es sich wirklich um das Skelett meines Bruders handelt. Andererseits bat ich sie zu prüfen, ob die am Brief sichergestellte DNA von meinem Vater stammen könnte.« Irena schüttelt erneut den Kopf. »Vielleicht hat sie etwas durcheinandergebracht.«

Milla hat noch immer keine Ahnung, wovon Irena spricht. »Was durcheinandergebracht?«

»Es hat zwei Treffer gegeben.«

»Es ist also Benis Skelett?«

»Ja, es ist Beni.«

»Irena. Das tut mir sehr leid.« Milla zögert. »Und der zweite Treffer?«

»Der Brief an Klostermann.«

»Also hat dein Vater ihn verfasst?«

»Nein, nicht mein Vater.«

»Wer dann?«

»Miranda schreibt, dass die DNA auf dem Brief und

die Referenzprobe, also meine DNA, tatsächlich von zwei Verwandten stammen – aber nicht von Vater und Tochter. Sondern ebenfalls von Bruder und Schwester.«

»Mit anderen Worten: Beni hätte diesen Brief schreiben müssen?«

»Das ist unmöglich. Ich denke, Beni war schon lange tot, als der Brief verschickt wurde. Auch würde er keinen solchen Brief schreiben. Er war doch noch ein kleiner Junge.«

»Hast du noch einen Bruder?«

»Nein.« Irena schaut von ihrem Handy auf und Milla in die Augen. »Das dachte ich zumindest. Bis heute.«

»Du meinst …«

»Ich weiß überhaupt nicht mehr, was ich meinen soll.«

Irena blickt auf die Uhr, obwohl es keine Rolle spielt, wie spät es ist, das hier kann nicht warten. Sie sucht in ihren Kontakten nach ihrer Kollegin Miranda und stellt die Nummer ein. Es dauert eine Weile, bis sie rangeht. Aber sie klingt nicht so, als ob sie schon geschlafen hätte.

»Miranda, entschuldige die späte Störung. Ich rufe wegen der Ergebnisse an. Du schreibst, dass du auf dem Brief die Referenz-DNA des Bruders der Person gefunden hast, von der ich dir die Probe gegeben habe. Bist du dir sicher?«

Irena nickt, während sie Mirandas Antwort hört.

»Aber es ist nicht die gleiche DNA wie jene vom Skelett?«

Jetzt schüttelt Irena verständnislos den Kopf.

»Kannst du mir die Profile mailen? … Ja, alle drei, jenes vom Knochen, jenes auf dem Brief und jenes von der Referenzprobe … ja, jetzt gleich, es ist dringend … danke, du bist ein Schatz.«

»Was hast du vor?«, fragt Milla, als Irena den Anruf beendet hat.

»Ich will die Profile vergleichen. Miranda sagt, es muss ein Bruder sein. Aber ich habe keinen anderen Bruder, sie irrt sich.«

»Vielleicht ist dein Vater fremdgegangen, und du hast einen Halbbruder.«

»Der? Nicht mein Vater.«

Noch während Irena redet, plingt ihr Handy, weil die Mail reingekommen ist. Sie öffnet die Diagramme zu den DNA-Analysen gar nicht erst, sondern schickt die Mail direkt an Milla weiter, damit sie sie auf deren Laptop genauer studieren kann. Konzentriert starrt Irena auf die farbigen, gezackten Linien und die Zahlen und Buchstaben. Milla kann daraus rein gar nichts ablesen.

»Scheiße.«

»Was ist?«

»Ich fürchte, Miranda hat sich doch nicht geirrt. Oder höchstens ein bisschen. Schau hier: Wir analysieren in der Regel sechzehn Loci aus den DNA-Profilen. Wenn ich nun alle drei Profile miteinander vergleiche, fällt auf, dass sie pro DNA-Locus nie mehr als fünf verschiedene Merkmale aufweisen.«

»Das heißt?«

»Der Unbekannte könnte ein Halbbruder sein. Wären wir Vollgeschwister, so dürften nie mehr als vier unterschiedliche Merkmale pro DNA-Locus vorhanden sein.«

»Dann hast du einen unbekannten Halbbruder.«

»Seltsam ist, dass es mehr Übereinstimmungen gibt als bei einer Halbgeschwisterschaft. Wenn es ein Halbbruder väterlicherseits wäre, müssten es weniger sein, dann könnte man nicht mal unterscheiden, ob es ein

Halbbruder oder ein Cousin ist. Und meine Mutter kann kein weiteres Kind geboren haben, das hätten wir mitgekriegt.«

Milla blickt Irena zweifelnd an. Gerade als sie meint, sie hat es begriffen, kann sie überhaupt nicht mehr folgen. Sie sieht, dass Irenas Mimik erstarrt.

»Moment.«

Wieder blickt Irena minutenlang auf den Bildschirm. In dem dunklen Raum ist nichts als der Atem der beiden Frauen zu hören. Es fühlt sich an, als hätte jemand die Zeit angehalten, und es würde auf dieser Welt nichts anderes mehr geben als Milla und Irena und den Computer mit den DNA-Profilen, die ein Geheimnis offenlegen.

»Es sei denn …« Wieder verfällt Irena in ein Schweigen. »Marius!«

Milla zuckt zusammen. »Was? Dein Cousin? Aber der ist doch eben dein Cousin, das hieße …«

»Diese Übereinstimmungen sind sehr speziell und können nur in besonderen Familienkonstellationen vorkommen – Familienkonstellationen wie der unseren. Mein Vater hat die Schwester der Frau seines Bruders geheiratet, also seine Schwägerin. Ich müsste zusätzliche Y-DNA-Profile erstellen, um zu beweisen, dass meine Theorie stimmt. Aber ich denke, das wird nicht nötig sein.«

Plötzlich erinnert sich Irena an die Worte, den seltsamen Satz, den ihr Onkel Oskar gesagt hat und den sie nicht ernst genommen hat, weil Oskar nicht bei Sinnen schien.

Er war mir nie ein rechter Sohn. Es gibt keine Gerechtigkeit auf dieser Welt.

»Die Zahlungen«, sagt sie laut. »Mein Vater hat meinem Onkel, also seinem Bruder, jeden Monat zweihundertfünfzig Franken überwiesen. Jetzt ergibt das alles einen Sinn.«

»Ich glaube, ich verstehe so langsam.«

»Mein Vater hat mit seiner Schwägerin – also der Frau seines Bruders – ein Kind gezeugt. Marius ist mein Halbbruder und gleichzeitig auch mein Cousin, wir haben denselben Vater, und unsere Mütter sind Schwestern. Darum auch die unausgesprochene Feindschaft zwischen unseren Familien, die Briefe zwischen meiner Mutter und ihrer Schwester, mit der ihr Mann sie betrogen hat.«

»Wir reden von Marius, dem Papageienmann?«, fragt Milla.

Irena nickt. »Dem Papageienmann. Der mich umbringen will. Der einen Kinderpornografie-Ring betreibt.«

Milla und Irena schauen sich an.

»Der August Klostermann den anonymen Brief geschickt hat, nachdem er meinen Bruder umgebracht hat.«

»Aber warum hat er das getan?«

In dem Moment zerschneidet ein Signalhorn die Stille der Nacht. Kurz darauf blitzt zwischen den Häusern das Blaulicht auf. Sowohl Milla als auch Irena erkennen am Ton des Sondersignals, dass es sich nicht um das Martinshorn eines Polizeiautos handelt.

Sie rennen gleichzeitig los, derselbe Instinkt. Beide ahnen sofort, dass bei der Festnahme etwas schiefgegangen sein muss, weil Marius sich gewehrt hat. Doch weder Milla noch Irena rechnen mit dem, was sie Minuten später vorfinden, als sie beim Haus von Marius ankommen: Nicht Marius, Sandro ist schwer verletzt.

Als Milla erkennt, wer da von den Rettungssanitätern auf die Trage gehoben wird, schreit sie laut auf und brüllt immer wieder Sandros Namen. Er reagiert nicht, ein Sanitäter hält sie erst zurück, lässt sie dann aber mit einsteigen. Auf einmal geht alles wahnsinnig schnell. Die Tür des Ambulanzfahrzeuges wird zugezogen. Irena erhascht einen letzten Blick auf Milla, die neben der Trage sitzt, verheult ihr aschfahles Gesicht, bemüht darum, stark zu sein, in ihrer Hand die Hand von Sandro, der nicht bei Bewusstsein ist. Ein Knall, die Tür ist zu, der Rettungswagen fährt davon. Das blaue Licht zerschneidet das Schwarz der Nacht.

Er ist der Teufel.

Der Gedanke blitzt in Irenas Kopf auf wie eine unverrückbare Tatsache, und der Teufel hat auch ein Gesicht, ein sehr menschliches sogar. Sie wendet sich wieder dem Einfamilienhaus zu, in dem ihr Cousin lebt, der auch ihr Halbbruder ist. Die Zeit hat die Wahrheiten durcheinandergebracht.

Marius.

»Wo ist er?«, fragt Irena den Polizisten Ferdinand Gerber, der fassungslos und überfordert wirkt. Er zuckt wortlos mit den Schultern.

»Rede mit mir! Wo ist Marius?«, brüllt Irena ihm wütend ins Gesicht.

»Weg. Er ist weg.«

80

Das Dorf liegt verschlafen in seiner Talkerbe unter den bewaldeten Hängen, als Felix Winter die Ortstafel passiert. Nichts deutet darauf hin, dass hier vor weniger als zwei Stunden sein Freund und Chef fast zu Tode gekommen ist, dass er beinahe getötet wurde vom Gemeindepräsidenten, der mit Kollegen einen Kinderpornografie-Ring betrieben hat. Das Leben schreibt die absurdesten und schrecklichsten Geschichten, und zwar an Orten, an denen man es nie vermuten würde. Idylle existiert nicht. Der friedliche Schein trügt.

Irena hat Felix während der Fahrt am Telefon alles erzählt; von der Männergruppe um Marius Schildknecht, dem Kindesmissbrauch über Livecam in Fernost und von ihrem Verdacht, dass ihr Cousin, der gleichzeitig ihr Halbbruder ist, vor dreißig Jahren auch für den Tod ihres Bruders verantwortlich gewesen sein könnte – und vom Schuss durch die Tür, der Sandro seitlich am Bauch getroffen hat. Sandro muss es schaffen, denkt Felix, es ist nicht vorstellbar, dass er sterben könnte, nicht Sandro, nicht auf diese Art und Weise und so kurz nach Ramon.

Als er an der Adresse vorfährt, die ihm Irena genannt hat, sieht er sie schon von Weitem vor der offenen Tür sitzen, trotz der eisigen Kälte. Das Licht im Flur hinter ihr umgibt sie wie ein Heiligenschein. Ihre Silhouette weckt bei Winter die Assoziation eines Todesengels. Eines gebrochenen Todesengels, wie sie da vor dem modernen Einfamilienhaus auf der Schwelle kauert. Sie erhebt sich, als er aus dem Wagen steigt.

»Danke, dass du gekommen bist.«

Irena wirkt gefasst. Alles andere hätte ihn überrascht, sie lässt sich nie etwas anmerken, selbst wenn sie innerlich zutiefst erschüttert sein muss.

»Kommt die Spurensicherung auch?«

»Die sollte gleich da sein. Sieht ganz danach aus, als ob es hier einiges für mich zu tun gibt.« Felix drückt Irena freundschaftlich die Schulter. »Bist du in Ordnung?«

»Ja.«

»Du wartest hier alleine?«

»Ja, Gerber habe ich nach Hause geschickt, der stand nach der Schießerei völlig neben sich.«

»Gerber?«

»Der Polizist, der mit Sandro ausgerückt ist.«

»Ich werde später mit ihm sprechen. Von unterwegs habe ich angeordnet, dass Pfarrer Walter Burri festgenommen und sein Computer beschlagnahmt wird. Auch Simon Müller wird gleich Besuch erhalten.«

»Simon Müller. Ich kann es immer noch nicht fassen. Milla sagt, Nathaniel und seine Freundin passten auf ihn auf – hoffentlich ist alles gut gegangen.« Irena reibt sich müde die Augen, als sei ihr gerade erst jetzt eingefallen, wie spät respektive wie früh es bereits ist. Bald schon graut der Morgen. »Werden wir ihn kriegen?«

»Wir werden ihn kriegen. Ich nehme mir jetzt mal sein Haus vor. Kommst du mit?« Felix Winter reicht Irena Schutzhandschuhe und Überzieher für die Füße. Er weiß, dass er sie als Befangene nicht in die Untersuchung einbinden sollte. Aber alles ist ihm lieber, als dass sie hier draußen festfriert und den Tod riskiert.

»Wir kennen drei von vier Männern, hab ich das richtig verstanden?«

Irena nickt.

»Und der vierte Mann, wie nennt er sich noch mal?«

»Flash Gordon«, sagt Irena bitter.

»Hast du eine Idee, wer es sein könnte?«

»Nein.«

»Vielleicht kommt der Spitzname nicht von ungefähr.«

»Ich weiß es nicht.« Irena klingt niedergeschlagen. »Ich weiß nicht mal, wer dieser Flash Gordon war.«

»Eine Comicfigur.«

»Ich habe nie Comics gelesen.«

Im gleichen Moment, als sich Felix und Irena über einen Comichelden unterhalten, schrillt die Türklingel durch Simon Müllers Haus. Alle vier – Simon Müller, Gundula, Nathaniel und Alisha – schrecken hoch. Gundula wirft Nathaniel einen erschrockenen Blick zu, den dieser nicht wahrnehmen kann. Sofort fixiert sie wieder Simon Müller, den sie in der letzten Stunde nicht einen Moment aus den Augen gelassen hat. In seinem Gesicht erkennt sie pure Angst.

»Das muss die Polizei sein«, sagt er leise. Schweißperlen treten auf seine Stirn.

»Hoffentlich.« Gundula klingt verunsichert. Was, wenn es Müllers Komplizen sind? Sie wären ihnen hoffnungslos ausgeliefert. Gundula wünschte sich, sie könnte Nathaniel ein Zeichen geben.

»Ich geh mal schauen«, sagt er in dem Moment, ein Ausdruck, den er sich angewöhnt hat und über den er normalerweise lachen muss. Doch nichts an dieser Situation hier ist normal.

»Nein, das mache ich!« Flink springt auch Gundula auf, zögert und wirft noch einmal einen Blick auf Müller. »Und Sie rühren sich nicht, sonst hetzen wir Ihnen Alisha auf den Hals.« Wie auf Kommando erhebt sich nun auch die Hündin. Der Einzige, der sitzen bleibt, ist Müller.

Als Gundula die Tür öffnet, entspannt sie sich augenblicklich. Vor ihr stehen zwei uniformierte Polizisten. Im ersten Moment schauen sie über Gundula hinweg, dann senken sie den Blick und wirken überrascht, erst nach einer oder zwei Sekunden realisieren sie, dass eine Erwachsene vor ihnen steht, kein Kind. Gundula kennt das schon.

»Ich bin sehr froh, dass Sie da sind«, sagt sie, bevor die beiden Polizisten ihre Sprache wiederfinden. »Simon Müller ist im Wohnzimmer. Ich denke, Sie sind hier, um ihn abzuholen.« Gundula hält inne, blickt auf die Uhr. »Und wenn Sie genug Platz im Auto haben, wären wir froh, wenn Sie uns auch gleich zurück nach Bern bringen könnten.«

Während Simon Müller von der Polizei über seine Rechte aufgeklärt wird, betreten Felix und Irena einige hundert Meter weiter unten im Dorf das Einfamilienhaus von Marius Schildknecht. Als Erstes fällt ihnen auf, dass es nichts Auffälliges gibt. Es ist eine Spur zu ordentlich, eine Spur zu sauber, eine Spur zu perfekt. Es fühlt sich an, als befänden sie sich im Ausstellungsraum eines Möbelhauses und nicht an einem Ort, an dem jemand sein Leben verbringt. Felix nimmt sich das Büro vor, Computer und Speichermedien wird sich Florence später anschauen, daneben findet er nichts Persönliches und nichts, das auf illegale Machenschaften im Kinderpornografie-Sumpf hindeuten würde. Felix spürt, dass Irena hinter ihm in der Tür steht, bevor sie etwas sagt.

»Schon was entdeckt?«

»Nein. Aber Florence wird sich später seinen Computer ansehen, ich werde ihn mitnehmen. Wenn es etwas zu finden gibt, wird sie es finden. Bei dir?«

»Nichts. Ein sauberes, aufgeräumtes Leben, so scheint es zumindest.«

»Warum genau glaubst du, dass Schildknecht dein Halbbruder ist und er deinen Bruder umgebracht hat?«, fragt Felix Irena, die ihm am Telefon nur von ihrem Verdacht erzählt hat, nicht aber, wie sie darauf gekommen ist.

Sie erzählt ihm vom Skelettfund, vom Brief an den vermeintlichen Mörder Klostermann, vom Ergebnis des Vergleichs der DNA-Profile. Felix hört ihr bedächtig zu, nickt hin und wieder.

»Wie alt war Schildknecht, als dein Bruder verschwand?«, fragt er nach.

»Sechzehn. Oder siebzehn.«

»Ein Mord in diesem Alter?«

»Er wäre nicht der erste jugendliche Mörder gewesen. Doch vielleicht war es keine Absicht.«

»Ein Unfall.«

»Nein, ich meine fahrlässige Tötung.«

»Nehmen wir uns die weiteren Zimmer vor, vielleicht finden wir da was.«

Das Schlafzimmer ist so unpersönlich wie die anderen Räume. Felix öffnet den Schrank. Die Kleidung ist gefaltet und millimetergenau auf die Kanten der Regalbretter ausgerichtet. Als hätte jemand mit dem Lineal nachgemessen. Irena zieht die Schublade des Nachttischs auf: leer. Auch hier gibt es nichts, das etwas über den Bewohner aussagen würde.

»Irena!«, ruft Felix, der das Schlafzimmer bereits verlassen hat.

Irena tritt in den Flur und blickt in das Zimmer nebenan, dessen Tür Felix aufgeschoben hat.

»Hat Schildknecht Kinder?«, fragt er.

»Ich weiß es nicht – er hat nur etwas von einer gescheiterten Ehe erzählt.«

Das Kinderzimmer scheint der einzige normale Raum in diesem Haus zu sein. Einige Spielsachen liegen am Boden, Hefte sind über den Schreibtisch verstreut, Poster hängen an der Wand. Irena begibt sich zum Büchergestell, zieht ein paar Hefte heraus. In dem Moment erklingt die Filmmusik von *Spiel mir das Lied vom Tod*.

Felix greift zu seinem Handy, blickt auf das Display und geht ran.

»Großartig«, sagt Felix. »Gute Arbeit!« Ohne ein weiteres Wort klickt er den Anruf weg und wendet sich Irena zu. »Wir haben ihn! Schildknecht ist gefasst.«

Die erwartete Reaktion bleibt aus. Felix sieht, dass Irena vertieft in ein vergilbtes Comicheft starrt.

»Was ist das?«

Irena klappt das Heft zu und streckt es Felix hin. Oben rechts erkennt er einen Namen, Marius Schildknecht, geschrieben in einer krakligen Kinderschrift. Das Cover ist himmelblau, eine gezeichnete Rakete fliegt durch den Himmel, im Vordergrund ist groß das Gesicht des Helden zu sehen, den Felix aus seiner Jugend nur zu gut kennt. Gelbblondes, kurz gekraustes Haar, eckiges Gesicht, breite Schultern. *Der defekte Wettersatellit* lautet der Titel dieser Flash-Gordon-Episode.

»Das ist Flash Gordon?« Irenas Stimme überschlägt sich fast.

»Wie er leibt und lebt«, sagt Felix.

»Dann weiß ich, wer unser Flash Gordon ist. Ich bin ihm heute Nacht leibhaftig begegnet.«

81

»Irena, du schon wieder.« Markus Freysinger nimmt Irena hinter der Sicherheitsschleuse am Eingang in Empfang und streckt ihr freudig die Hand entgegen. »Mit einem so baldigen Wiedersehen habe ich nicht gerechnet!«

»Ich auch nicht.« Als Irena die Justizvollzugsanstalt Thorberg nach dem Gespräch mit August Klostermann hinter sich gelassen hat, hätte sie sich nicht vorstellen können, dass sie nur wenige Tage später wieder einen Gefangenen besuchen würde und dass es dieses Mal ein Angehöriger von ihr sein würde. Ein Cousin, oder eher ihr Halbbruder.

»Zu Marius Schildknecht willst du? Er ist gerade erst letzte Nacht überstellt worden. Das ist …«, Freysinger sucht nach dem richtigen Wort, »… das ist ungewöhnlich, so früher Besuch. Warum willst du ihn sehen?«

»Es ist ein privater Besuch«, antwortet Irena knapp.

»Du kennst ihn?«

»Er ist …«, jetzt ist es Irena die innehält, »… er ist mein Halbbruder.«

»Wenn du ihn als Angehörige besuchst, müsstest du eigentlich bei der zuständigen Behörde eine Besuchsbewilligung einholen.«

»Markus, ich bitte dich.« Irena, hat nicht den Nerv, sich mit ihrer Ex-Affäre anzulegen. Er soll sich nicht so anstellen.

»Aber bei dir mache ich natürlich eine Ausnahme«, fügt Freysinger schnell an.

Der Direktor führt Irena persönlich zu Marius Schildknechts Zelle, sie hat darum gebeten, ihn dort und nicht im Besucherraum zu sehen. Gemeinsam gehen sie durch einen langen Gang, in dem sich Zellentür an Zellentür reiht, eine sieht aus wie die andere. Schwere graue Metalltüren mit Gucklöchern, deren Klappen alle verschlossen sind. Dumpfe Geräusche hallen von den Mauern wider, einzelne Stimmen sind zu hören, keine Worte, zu verschwommen die Sätze, nur noch Fetzen, die erahnen lassen, dass es sich um etwas Gesagtes handelt.

»Bist du sicher, dass du zu ihm reinwillst?«, fragt Freysinger Irena zum zweiten Mal, bevor er Zelle 265 aufschließen lässt.

Irena nickt.

»Der Aufseher wird an der Tür stehen bleiben. Klopf, wenn du wieder rauswillst. Oder wenn etwas ist.«

Erneut ein Nicken. Mit einem unangenehmen Quietschen öffnet sich die Tür, Irena betritt die Zelle.

Er sieht anders aus als erwartet. Das heißt, er sieht genau so aus wie immer, was Irena irritiert. Sie hat damit gerechnet, dass er nur noch ein Schatten seiner selbst ist, ein geschlagener Mann, jemand, der zutiefst bereut, auf einen Menschen geschossen zu haben und sich selbst im Sicherheitstrakt eines Gefängnisses wiederzufinden – er, der gerade noch auf dem Chefsessel in der Gemeindeverwaltung gesessen hat. Aber Marius wirkt nicht gebrochen, im Gegenteil. Er erhebt sich, als sie eintritt, kommt auf sie zu, sie kann mit einem ungeschickten Ausweichen gerade noch vermeiden, dass er sie umarmt. Also streckt er ihr die Hand hin.

»Schön, dass du mich besuchen kommst, Rena.« Es klingt verwirrend ehrlich.

Wie kann er nur so tun, als ob nichts gewesen wäre?

»Ich freue mich weniger, dich zu sehen.«

»Willst du dich setzen?«

Marius schiebt Irena den Stuhl hin und setzt sich demonstrativ aufs Bett, da es keine zweite Sitzgelegenheit in seiner Zelle gibt. Irena zögert, und nimmt dann doch Platz.

»Warum bist du hier?«

»Ich will mit dir über Beni reden.«

Im gleichen Moment, zwanzig Kilometer von der Justizvollzugsanstalt Thorberg entfernt, sitzt auch Milla in einem kleinen Raum auf dem einzigen Stuhl neben einem Bett. Sie hält Sandros Hand, spürt eine leise Bewegung. Er schlägt die Augen auf.

»Du bist wach!«

»Milla.«

Sandro schaut sie an, und Milla meint, den Hauch einer Enttäuschung in seinen Augen zu erkennen. Fast so, als hätte er jemand anders an seinem Bett erwartet.

»Du bist angeschossen worden.«

Sandro schließt erneut kurz die Augen, seine Mimik verkrampft sich, als würde er die Situation erneut durchleben.

»Ich erinnere mich.«

»Hast du Schmerzen?«

»Nein, nicht sehr. Was ist mit Schildknecht, ist er entkommen?«

»Er ist abgehauen, ich weiß nicht, ob sie ihn gefasst haben. Ich war die ganze Zeit hier bei dir. Der Arzt sagt, dass alles wieder gut werden wird.«

»Er hat durch die Tür geschossen.«

»Ich weiß.«

»Wer rechnet schon mit sowas?«

»Niemand macht dir Vorwürfe.«

»Es hätte trotzdem nicht passieren dürfen.«

»Ich bin froh, dass er dich nicht getötet hat. Ich hatte unglaubliche Angst, dich zu verlieren.«

Milla erhebt sich, will Sandro so gut es geht in den Arm nehmen, doch er stöhnt sofort auf vor Schmerzen. Sie setzt sich wieder, drückt stattdessen seine Hand und hält seinen Arm.

»Ich muss Felix anrufen.« Sandro versucht sich aufzurichten, sinkt aber gleich wieder ins Kissen zurück.

»Schonen musst du dich, nicht arbeiten, Felix wird das schon alleine hinkriegen.« Milla wundert sich über ihren Tonfall, sie klingt beinahe wie ihre Mutter. »Ich bin froh, dass du noch da bist, es hätte viel schlimmer kommen können. Ich möchte dich nicht verlieren«, schiebt sie nach. Dann gibt sie sich einen Ruck, um Sandro endlich das zu sagen, was sie kaum auszusprechen wagt, selbst wenn der Augenblick auch dieses Mal vielleicht nicht der richtige ist. Der Schwangerschaftstest, das positive Resultat.

»Sandro, ich muss dir etwas sagen …«

In dem Moment öffnet sich die Tür.

Irena sieht, dass Marius auf ihre Hände blickt. Sie stellt fest, dass sie zittern. Schnell verschränkt sie sie vor der Brust.

»Warum möchtest du über Beni reden? Es ist alles gesagt.« Marius' Stimme klingt kalt.

»Wusstest du, dass du mein Bruder bist?«, fragt Irena unvermittelt.

Ein kurzes Zucken nur in Marius' Gesicht. »Das ist nicht ganz korrekt. Wir sind Halbgeschwister.«

»Seit wann wusstest du es?«

»Meine Mutter hat es mir gesagt, bevor sie starb.«

»Und du hast einfach geschwiegen.«

»Es hätte nichts geändert.«

»Ich weiß, dass du Beni etwas angetan hast.«

»Rena, spinnst du? Ich habe Beni nichts getan.«

»Wir haben deine DNA auf einem Brief gesichert, den eigentlich nur der Täter geschrieben haben kann.«

»*Eigentlich nur* – das klingt nach einem hieb- und stichfesten Beweis, ich bin beeindruckt.«

Irena sieht in Marius' Augen Häme aufblitzen. Er wirkt total ruhig, gefasst und kühl.

»Ich weiß, dass du den Brief geschrieben hast.«

»Ich habe keine Ahnung, wovon du sprichst.«

»Und die Zahlungen? Warum brachen die Zahlungen meines Vaters an deinen Vater plötzlich ab?«

»Keine Ahnung! Weil eine Schuld beglichen war? Ich weiß nichts von solchen Zahlungen. Rena, ich verstehe nicht, warum du hier ein derart seltsames Theater veranstaltest. Ich bin verhaftet worden, zu Unrecht, ich wurde mitten in der Nacht von der Polizei aufgesucht, die sich nicht ausgewiesen hat, ich war überzeugt, dass es sich um Einbrecher handelt, und habe in Notwehr durch die Tür geschossen. Mein Anwalt wird mich im Nu hier wieder rausholen – es gibt keinen Grund, warum ich mich mit dir über deinen Bruder unterhalten sollte, der seit dreißig Jahren tot ist. Deine Anschuldigungen sind haltlos und eine Unverschämtheit.«

»Er war auch dein Bruder.«

»Halbbruder.«

»Ich habe ihn gefunden.«

»Du hast ihn gefunden? Wo?«

Zum ersten Mal wirkt Marius überrascht.

»Er lag im Wald, zwischen Innertkirchen und Gadmen. Aber auch das hast du schon gewusst.«

»Nein, das wusste ich nicht. Bist du sicher, dass es Beni ist?«

»Ja.«

Ein Schweigen zwängt sich zwischen die beiden. Irena ist verunsichert. Ob sie sich doch geirrt hat?

»Morgen jährt sich der Tag seines Verschwindens«, sagt sie müde.

»Das ist nicht ganz richtig. Heute ist es. Der Tag, an dem er verschwand. Sie haben es erst am nächsten Morgen bemerkt.«

»Was ist auf dem Fest passiert? Bitte sag es mir. Hat es einen Unfall gegeben? Warum sonst sollte mein Vater Beni heimlich im Wald vergraben haben? Bitte, du schuldest mir die Wahrheit nach all den Jahren.« Ihre Stimme klingt auf einmal weinerlich.

Marius schaut Irena mitleidig an. »Du irrst dich.«

»Wie meinst du das?«

»Ich schulde dir gar nichts. Und selbst wenn ich dir erzählen würde, was du hören möchtest: Es ist zu spät. Mord verjährt in der Schweiz nach dreißig Jahren. Du wirst deine Rache nie kriegen.«

»Sandro, du bist wach!«, ruft Felix erfreut, als er das Krankenzimmer betritt.

Milla lässt in derselben Sekunde Sandros Hand los, erhebt sich vom Stuhl und begrüßt Felix Winter.

»Bleiben Sie nur sitzen. Ich will nicht stören.«

»Nein, schon in Ordnung, ich denke, ihr habt einiges zu besprechen – und ich sterbe vor Hunger.« Milla gibt Sandro einen kurzen Kuss auf die Lippen, verspricht, dass sie bald wiederkommen wird, und lässt die beiden Männer allein.

Als die Tür hinter ihr zugefallen ist, setzt sich Felix auf den Stuhl neben dem Bett, der noch von Milla angewärmt ist.

»Gut, dass du wieder unter den Lebenden weilst. Wir haben uns alle Sorgen gemacht.«

»Ist halb so wild, er hat nur meine Flanke erwischt. Ich bin schon bald wieder auf den Beinen. Habt ihr ihn?«

»Wir haben ihn.«

Müsste man den Begriff *Erleichterung* mit einem einzigen Bild definieren, könnte man Sandros Gesicht fotografieren.

»Er hat versucht, über die Grenze nach Deutschland zu gelangen, aber die Grenzwacht hat ihn anhalten können. Er befindet sich bereits in Haft.«

»Ist er geständig?«

»Er ist weit davon entfernt, er behauptet, er hätte gemeint, ihr seid Einbrecher. Er habe aus Selbstschutz in Notwehr durch die Tür geschossen.«

»Ausgerechnet!«, entfährt es Sandro. »Habt ihr was gefunden?«

»Ich war ehrlich gesagt zuerst etwas beunruhigt. Seine Wohnung war klinisch rein. Aber Florence war wie immer Gold wert. Sie hat auf dem Server der Gemeindeverwaltung jede Menge gelöschte Daten wiederherstellen können: kinderpornografisches Material. Und sie hat eine Verbindung nach Thailand entschlüsselt – mit etwas Glück können wir ihm auch nachweisen, dass er dort Livevergewaltigungen an Kindern organisiert hat.«

»Und die drei Komplizen?«

»Da sind wir dran, ihre Speichermedien werden gerade gesichtet. Auch den Mail- und Nachrichtenverkehr zwischen ihnen und Schildknecht haben wir sicherstellen können. Wir werden sie drankriegen. Ich setze auf Simon Müller, der ist am Ende. Er scheint von Anfang an mit drin gehangen zu haben und konnte nicht mehr aussteigen, weil er sich erpressbar gemacht hat. Aber er ist ein wandelndes schlechtes Gewissen. Er wird reden, da bin ich sicher«

»Dann lagen wir also richtig.«

»Das ist nicht die einzige gute Nachricht.«

Sandro schaut Felix fragend an.

»Die entführten Jungen. Wir haben zwei weitere junge Erwachsene, die in den Neunzigern in Frankreich adoptiert worden sind, mittels DNA identifizieren können. Die Adoptiveltern erzählten die genau gleichen Geschichten: Kramer hat ihnen vorgelogen, dass die wahren Eltern bei einem Unfall ums Leben gekommen seien, und er hat ihnen Geld abgeknöpft, horrende Vermittlungsgebühren, bevor er ihnen die Buben in Frankreich übergeben hat. Zudem hatte er einen Mittelsmann in Paris, der in der Verwaltung arbeitete und der ihm gegen Bestechungsgeld Urkunden für die Kinder ausstellte, die zwar auf falschen Angaben beruhten, aber authentisch waren. Dadurch war es für die Adoptiveltern schwierig bis unmöglich, den Betrug als solchen zu erkennen.«

»Und warum hat er es nach so vielen Jahren wieder getan? Und den kleinen Fabio getötet? Und Schmitz?«

»Er war fast pleite. Vielleicht wollte er an sein altes Geschäftsmodell anknüpfen. Wir vermuten, dass er Fabio nicht töten wollte, sondern dass er zu viel Betäubungsmittel eingesetzt hat und der Junge dabei umgekommen ist. Vielleicht hat er aber auch gemerkt, dass er mit seinem Plan scheitern wird, und keinen anderen Ausweg mehr gesehen. Schmitz war wahrscheinlich ein Zufallsopfer: Im falschen Moment am falschen Ort, er ist wohl unfreiwillig zum unerwünschten Zeugen geworden.«

»Diese Prostituierte, die behauptet hat, dass er es gar nicht gewesen sein könnte …«

»Ich hab mit ihr telefoniert. Sie hat sich in Widersprüche verstrickt. Kramer war wohl tatsächlich ein Stammkunde – aber plötzlich gab es ein Durcheinander mit den Daten, sie kann nicht mehr sicher sagen, an welchem Tag er sie zum letzten Mal besucht hat.«

»Er hat also kein Alibi.«

»Ich habe keinen Zweifel, dass er Fabio getötet hat.«

»Das arme Kind. Die armen Eltern. Welch sinnloser Tod. Die richtigen Eltern der gefundenen Jungen – wurden sie informiert?«

»Ja, Bettina war bei ihnen. Eine Zusammenführung wird organisiert.«

»Bettina! Sie ist wieder zurück im Team?«

»Sie ist wieder an Bord.«

»Alles scheint ein gutes Ende zu nehmen.«

»Fast alles.«

Sandro und Felix denken gleichzeitig an Ramon. Das Ende kann nicht gut sein, wenn man einen Mann aus dem Team verloren hat.

»Jetzt musst nur du möglichst rasch gesund werden«, sagt Felix, um sie beide auf andere Gedanken zu bringen.

»Ich hätte mir einzig gewünscht, dass wir auch Beni lebend in Frankreich gefunden hätten, Irenas Bruder. Sie hat sich Hoffnung gemacht, als sie von Kramers Entführungen und seiner makabren Adoptionsagentur gehört hat – doch dann stieß sie stattdessen auf Benis Skelett.«

»Wenigstens hat sie nun Gewissheit. Nichts ist schlimmer als die Ungewissheit.«

»Aber sie weiß noch immer nicht, wer Beni getötet hat. »Sie glaubt, dass es Schildknecht war. Auf einem alten Brief an Klostermann, der klingt, als ob der Mörder ihn geschrieben habe, wurde seine DNA sichergestellt. Das ist ein Indiz. Aber die Sache ist trotzdem dünn«, meint Felix. »Sehr dünn sogar. Ich fürchte, wir werden nie erfahren, wie und warum Irenas Bruder ums Leben gekommen ist.«

82

Sie hat so sehr auf die Wahrheit gehofft. Mehr als gehofft; sie ist sicher gewesen, dass sie von Marius endlich erfahren würde, was vor genau dreißig Jahren passiert ist. Was Beni zugestoßen ist. Warum er mit elf Jahren sterben musste. Doch sie weiß nach dem Gespräch mit Marius nicht mehr als vorher, eher weniger, sie ist verunsichert, weiß nicht mehr, was sie glauben und was sie denken soll, alles ist verworren, nichts ergibt einen Sinn.

Irena sitzt in ihrem Auto, das sie von der Werkstatt zur Verfügung gestellt bekommen hat, solange ihr Peugeot repariert werden muss. Tränen nässen ihre Augen. Sie fühlt sich so müde, dass sie meint, in der nächsten Sekunde einzuschlafen.

Wäre ich doch nie ins Dorf zurückgekehrt.

Sie hat die Wahrheit gesucht und ist auf noch mehr Unglück gestoßen. Alles ist nur schlimmer geworden, beinahe wäre sogar Sandro ums Leben gekommen. Ihretwegen.

Sandro.

Erinnerungen an die gemeinsame Nacht blitzen auf. Sie drängt sie aus ihrem Kopf. Das hat nichts zu bedeuten. Sie hat neben sich gestanden, hat Trost gebraucht, und selbst wenn: Sandro ist nicht frei. Sie wird so tun, als ob es diese Nacht nie gegeben hätte. Dann wird es ihr gelingen, sie zu vergessen.

Durch Irenas Körper fährt ein Ruck, sie richtet sich auf, wischt sich mit der Hand die Tränen aus dem Gesicht, schnallt sich an und legt den Gang ein. Denn auf einmal ist ihr klar, dass sie zwar die Wahrheit nicht gefunden hat, aber dass sie ihr sehr nahe gekommen ist, vielleicht sogar allzu nahe. Sie hat die Gewissheit, dass Beni tot ist. Dass ihr Vater es immer gewusst hat – dass er selbst seinen Sohn heimlich im Wald verscharrt hat.

Aber warum?

Es gibt einen einzigen Menschen, den Irena jetzt noch fragen kann. Ein Mensch, dessen demenzgetrübter Geist nicht mehr in dieser Welt lebt, der ihr aber dennoch schon einmal geholfen hat: der Bruder ihres Vaters, ihr Onkel Oskar.

Als Irena neunzig Minuten später am Empfang der Seniorenresidenz steht, blickt sie in ein Gesicht, in dem sich Sorge und Mitleid spiegelt.

»Es tut mir leid, Oskar Schildknecht ist vor zwei Tagen verstorben.«

»Das kann nicht sein, ich habe ihn doch erst vor Kurzem besucht. Es ist ihm gut gegangen.« Irena ist erschüttert.

»Es war wohl das Herz. Er hat am Morgen tot in seinem Bett gelegen. Zum Glück hat er wenigstens seinen Sohn nochmals gesehen, der kam selten genug. Aber er hat ihn am Abend zuvor noch besucht. Vielleicht hat Oskar deshalb loslassen und gehen können.«

Irena horcht auf.

»Marius war hier?«

»Ja, sein Sohn.«

Er ist nicht sein Sohn.

»Am Abend, bevor Oskar tot aufgefunden wurde?«

»Ja.«

»Wo ist er jetzt?«

»Marius? Das weiß ich nicht.«

»Nein, Oskar.«

Der Gesichtsausdruck der Frau am Empfang hat sich verändert. Sie sieht erstaunt, skeptisch und langsam auch leicht verärgert aus.

»Sie wollen wissen, wo Oskar ist? Ich denke, im Krematorium, warum fragen Sie das?«

»Wird er kremiert?«

»Hören Sie, das weiß ich nicht, das müssen Sie Marius fragen, er ist der nächste Verwandte, der die Bestattung organisiert.«

»Danke«, sagt Irena, sie greift zum Handy, wendet sich ab, will gerade losrennen, als die Frau sie zurückruft.

»Frau Jundt! Er hat etwas für Sie hinterlassen!«

»Wer?«, fragt Irena, die in Gedanken bei Marius ist.

»Oskar. Einen Brief. Darauf steht: *An Rena*. Das sind doch Sie, Irena Jundt, die Nichte. Das hab ich mir so zusammengereimt. Ist das richtig?«

»Das bin ich. Danke.«

Irena greift nach dem hellblauen Briefumschlag, ein Kuvert, in das man Gruß- oder Dankeskarten steckt. Oder Kondolenzschreiben. Sie steckt ihn in die Tasche, winkt der Frau zum Abschied und wendet sich wieder dem Handy zu. Sie öffnet ihre Kontakte, sucht nach den Bestattern, sie kennt sie fast alle, weil sie bestimmt schon mit jedem zweiten beruflich zu tun hatte, aber es fällt ihr partout nicht ein, wer im Berner Oberland zuständig ist. Sie wird nicht fündig, sucht, während sie die Residenz verlässt und Richtung Parkplatz eilt, im elektronischen Telefonbuch nach dem nächstgelegenen Krematorium. Tatsächlich gibt es eins in der Nähe, nur gerade im Nachbarort, sie stellt die Nummer ein, steigt in den Wagen, während sie dem Summton lauscht, setzt sich und startet den Motor.

Es geht keiner ran.

»Verflucht noch mal!«, ruft Irena laut. Sie schaut auf die Uhr, kurz vor zwölf, vielleicht ist der Kremator bereits in der Mittagspause.

Oder er schiebt gerade Oskars Sarg in den Ofen.

Energisch legt Irena den Rückwärtsgang ein, fährt vom Parkplatz, knallt den ersten Gang rein und lässt beim Losfahren die Räder quietschen, als gelte es, dem Teufel zu entkommen. Sie missachtet geschätzte zwanzig Verkehrsregeln, als sie mit massiv überhöhter Geschwindigkeit über die Landstraße in den Nachbarort braust. Irena flucht, als sie die Abzweigung verpasst, macht ohne Rücksichtnahme einen U-Turn, was ihr das Gehupe von zwei anderen Autos einträgt, und stoppt den Wagen schließlich abrupt vor dem kleinen Krematorium. Sie nimmt den Rauch wahr, der aus dem Kamin steigt.

Bitte lass mich nicht zu spät sein.

Irena rennt los, und weil sie keine Klingel findet, stößt sie die Tür auf und stürzt in den Raum.

»Warum so stürmisch?«, ruft ein untersetzter älterer Mann überrascht, als ihm Irena beinahe über die Füße stolpert.

»Wo ist Oskar Schildknecht? Ist er schon drin?«, ruft sie ohne weitere Erklärung.

Der Mann weist mit der Hand auf einen Sarg, der bereits auf der Schiene liegt, um in den Kremationsofen geschoben zu werden. Hätte Irena nur ein paar Minuten länger gebraucht, sie wäre zu spät gekommen.

»Ich bin vom Institut für Rechtsmedizin Bern, Irena Jundt. Oskar Schildknecht darf nicht kremiert werden. Wir gehen von einem möglichen Tötungsdelikt aus.«

Erst jetzt kommt Irena dazu, endlich Atem zu holen. Der Mann schaut sie halb überrascht, halb begeistert an.

»Das ist mir in meiner ganzen Laufbahn noch nie passiert!«, ruft er aus. »Das muss ich gleich meiner Frau erzählen.«

Nachdem Irena alles organisiert hat – einen untersuchungsrichterlichen Obduktionsauftrag, den Transport des Leichnams in ihr Institut – steigt sie erschöpft ins Auto. Sie schaltet die Musikanlage ein und wählt einen Radiosender mit klassischer Musik. Es läuft Bach, das wird sie beruhigen. Nachdem sie mehrere Minuten der Musik gelauscht hat, greift sie zur Tasche, die auf dem Beifahrersitz liegt, und zieht den himmelblauen Briefumschlag heraus. Er ist zugeklebt, Irena öffnet ihn mit dem Zeigefinger. Es ist ein handgeschriebener Brief, in einer regelmäßig-schönen Altherrenschrift, die jener ihres Vaters ähnelt. Das Schreiben ist auf den März 2011 datiert – Oskar hat ihn vor zehn Jahren schon geschrieben. Zwanzig Jahre nach Benis Verschwinden.

Liebe Rena,
es gibt Geheimnisse, die sollte man nicht mit ins Grab nehmen.

Irena beginnt zu lesen.

83

März 1991

»Stell dich nicht so an. Wir spielen bloß das Spiel!«

Beni will das Spiel nicht spielen. Nicht schon wieder. Er weiß, dass es nicht gut ist. Dass es falsch ist. Aber doch, er will dazugehören. Zu den großen Jungs. Einer von ihnen sein.

»Komm mit.« Marius wuschelt ihm freundschaftlich durchs Haar, er kann so lieb sein, sein Cousin, und manchmal wieder so gemein. Ihm weh tun. »Wir gehen nach draußen.«

»Draußen ist es kalt«, mault Ferdinand, der aussieht, als könne ihn nicht einmal ein Orkan umwerfen, und der das schlechte Wetter trotzdem scheut wie ein wasserscheuer Hund.

»Aber hier können wir nicht«, zischt Marius ihm zu.

Die Mehrzweckanlage ist prall gefüllt mit Menschen, zu dem alljährlichen Frühlingsfest kriechen sie aus all ihren Löchern, es ist, als wären die Leute eben aus dem Winterschlaf geweckt worden. Ihre Stimmen vermischen sich zu einem munteren Klangteppich, der die Dorfmusik im Hintergrund beinahe übertüncht. Als Beni mit den vier Jungs die Mehrzweckhalle verlässt, spielt die Kapelle Freudenberg gerade einen schwermütigen Marsch. Simon hält ihnen die Tür auf, Beni wirft einen

Blick zurück. Er hat seinen Eltern versprochen, nirgendwo sonst hinzugehen und direkt vom Fest nach Hause zu kommen. Aber vielleicht werden sie es gar nicht bemerken, er hat sie schon vor über einer Stunde aus den Augen verloren. Womöglich sind sie sogar schon gegangen. Er schlüpft durch die Tür und ignoriert sein mulmiges Gefühl im Bauch. Schließlich will er keine Memme sein.

Der Hain liegt direkt hinter der Sportanlage, die Musik der Kapelle Freudenberg ist bis hier zu vernehmen, leise, als käme sie aus einer anderen Welt. Die Sonne scheint nicht mehr, es ist schon dunkel, obwohl noch nicht mal Abend ist. Zu dunkel, Beni mag das nicht.

Das Spiel beginnt jedes Mal mit dem gleichen Ritual. Die Jungs stellen sich im Kreis auf, feuern sich an und fassen sich gegenseitig in den Schritt; zuerst lachen sie, es ist ein Spiel, doch nach einer Weile wird es schlagartig ernst. Dann schubsen sie Beni in die Mitte, immer ist es Beni, weil er der Kleinste ist, weil er der Schwächste ist, weil sie wissen, dass sie mit ihm alles tun können. Sie fordern ihn auf, die Hose auszuziehen und ihnen seinen Schniedel zu zeigen, es ist nicht das erste Mal, sie haben es schon öfter getan, auch Marius, immer wieder, wenn sie zu zweit waren, weil er sagt, dass er ihn liebe und dass man das mache, wenn man sich liebe, auch wenn es weh tue. Zuerst hat er ihn nur berührt, damals, in den Ferien auf dem Campingplatz, wo alles begann. Dann die Küsse. Bald schon verlangte er mehr, und was am Anfang aufregend verboten war, wurde zur unendlichen Qual. Irgendwann wollte Marius es auch vor den anderen machen, damit sie zuschauen und ihn anfeuern können. So wie jetzt. Sie schubsen Beni herum, einer nach dem anderen fasst ihn an, ihm ist kalt, er will nach Hause, und doch weiß er, dass er mitmachen muss, weil sie ihn sonst verstoßen werden, mehr noch, ihn vor den anderen fertigmachen werden, sodass er abgeschrieben und verloren ist. Das ist Teil des Spiels, wenn man dazugehören will: Die Großen bestimmen die Regeln, und man darf niemals darüber reden. Er spürt eine Hand auf seiner Pobacke, einer fasst ihn vorne an, sie werden gröber und aggressiver.

»Leg dich hin.« Marius' Stimme ist kalt.

»Hinlegen?«, fragt Beni verzweifelt. Er schaut auf das Gestrüpp, die Äste auf dem Boden. Tränen schießen ihm in die Augen. Er will nicht.

»Leg dich hin!«

»Hinlegen!«

»Mach schon!«

Beni duckt sich, er zittert, die Erde ist feucht und kalt. »Es ist zu kalt.«

Jemand stößt ihn, sodass er hinfällt.

»Nicht auf den Rücken, auf den Bauch!«

Er hört einen Reißverschluss, er muss sich nicht umdrehen, Beni weiß, dass es Marius ist, er will es vor den anderen tun. Er schämt sich so sehr und versucht aufzustehen, er will weg, nur weg, wegrennen, doch Beni wird auf den Bauch gedreht und auf den Boden gedrückt. Simon und Walter halten seine Arme fest, Ferdinand drückt seinen Kopf in die Erde, Marius macht sich an ihm zu schaffen, er spürt einen glühenden Schmerz, doch noch viel schlimmer ist, dass er keine Luft bekommt, er braucht Luft, doch er schluckt nur Erde und Moos und hustet und röchelt, er kann nicht atmen, Luft, *Hilfe!*, Luft, seine Kehle brennt, im Mund der Geschmack von Eisen und Blut. Sterne explodieren vor seinen Augen, dann wird alles schwarz.

Sie sind weggerannt und haben Beni einfach liegen gelassen. Ich weiß nicht, ob er schon tot war, erstickt. Oder ob er nur bewusstlos war und in der Nacht dort erfroren ist. Marius hat mir am nächsten Morgen erzählt, Beni sei beim »Spielen« umgekommen. Ich müsse ihm helfen. Als ich und dein Vater die Leiche fanden, war offensichtlich, um welche Art »Spiel« es sich gehandelt haben muss. Dein Vater hat mit Beni seinen jüngsten Sohn verloren, er wollte nicht auch noch Marius, seinen ersten Sohn, verlieren, indem er ihn der Polizei ausliefert und damit sein Leben zerstört. Auch ich wollte das nicht. Darum sind wir nicht zur Polizei gegangen. Darum haben wir Beni im Wald bestattet. Und als dann tatsächlich ein Kindermörder für den Mord an Beni verurteilt wurde, erachteten wir das als glückliche Fügung. Aber ich bin nie zur Ruhe gekommen. Darum diese Zeilen. Damit die Wahrheit nicht mit mir stirbt. Rena, ich wünsche Dir ein gutes Leben.
Herzlich, Oskar.

Epilog

»Simon Müller hat alles zugegeben.« Felix steht neben Irena vor der Trauerhalle und zieht an einer Zigarette. Dabei hat er eigentlich aufgehört zu rauchen. Eigentlich. Doch bei Beerdigungen macht er eine Ausnahme. »Er hat gestanden, dass sie damals Beni wahrscheinlich erstickt haben, dass sie ihn liegen gelassen haben, dass sie ihn schon zuvor mehrmals missbraucht hatten und dass Marius der Anführer war. Auch hat er bestätigt, dass Ferdinand Gerber der vierte Mann ist. Du hattest recht: Flash Gordon, der blonde Hüne mit dem eckigen Gesicht, dessen Bild aus dem Comic dich an Gerber erinnert hat. Er ist ihm wirklich wie aus dem Gesicht geschnitten. Ausgerechnet ein Polizist.«

»Er hat Marius gewarnt, bevor er mit Sandro zu ihm gefahren ist. Darum konnte Marius zunächst flüchten«, vermutet Irena.

»Davon gehe ich aus. Simon Müller hat auch über ihren Kinderpornografie-Ring geplaudert. Wir haben genug in der Hand. Wir bringen sie deswegen hinter Gitter, alle vier.« Felix schnippt die Zigarette auf den Boden und drückt sie mit der Schuhsohle aus. »Aber leider können wir ihnen wegen Beni nichts mehr anhaben. Wir haben keine Chance, sie deswegen noch zur Verantwortung zu ziehen. Dafür ist es zu spät.«

»Es geht los.« Irena deutet mit dem Kopf Richtung

Halle, in der sie zuvor eine kleine Gedenkfeier abgehalten haben. Nichts Großes. Der Pfarrer hat ein paar Worte gesagt, Irena hat etwas über Beni erzählt, und zwei seiner Lieblingslieder wurden gespielt. Jetzt treten vier Männer durch die Tür, auf den Schultern tragen sie den viel zu kleinen schwarzen Sarg.

»Es ist gut, dass er endlich ein ordentliches Begräbnis erhält«, sagt Felix, während er den Arm um Irenas Schultern legt und neben ihr auf dem schmalen Steinplattenpfad hinter dem Sarg hergeht. Hinter ihnen folgt Milla, die Sandro in einem Rollstuhl vor sich herschiebt, dann Nathaniel mit seiner Hündin Alisha und Gundula, die ihn am Ellenbogen führt. Auch Bettina, Florence, Malou und Peter Lang sind da, etliche von Irenas Arbeitskollegen haben sich freigenommen, um ihr beizustehen, wenn sie ihren kleinen Bruder zu Grabe trägt, dreißig Jahre nach seinem Verschwinden, nach seinem Tod.

Es ist ein schöner Tag. Zum ersten Mal riecht es nach Frühling. Der Himmel steht blau über dem Friedhof, als hätte ihn jemand hingemalt, die Vögel singen, alles wirkt friedvoll. Als der Sarg abgelassen wird, spricht der Pfarrer ein letztes Gebet. Irena geht in die Knie, sie fängt an zu weinen, aber es fühlt sich richtig an. Sie greift nach einer der Rosen und wirft sie auf den Sarg. Wie klein er ist. Der Aufprall der Blume verursacht ein leises Geräusch. Alle anderen Trauergäste tun es Irena gleich. Und als der Sarg unter dem Blumenteppich kaum mehr zu sehen ist, umarmt einer nach dem anderen Irena, einer nach dem anderen spricht Irena sein Beileid aus. Es sind warme Worte. Wie gut das tut. Sie fühlt sich getragen.

»Gehen wir?«, fragt Felix, nachdem sich die anderen verabschiedet haben.
»Ich bleibe noch ein bisschen.«
»Bist du sicher?«
»Danke, es geht schon.«
»Soll ich bei dir bleiben?«
»Wenn du willst – gerne.«

Während sich Irena auf eine Bank neben dem Grab setzt, machen sich Gundula und Nathaniel zu Fuß auf den Nachhauseweg. Gundula schluchzt noch immer laut, Alisha blickt verunsichert zu ihr hoch.

»Es ist so schrecklich traurig«, schnieft Gundula. »Es tut mir leid, ich kann nicht anders, als zu weinen.«

»Weinen tut gut. Lass es nur raus.« Nathaniel streift ihr mit der freien Hand über den Arm, sucht ihre Hand, drückt sie.

»Wir kennen uns noch nicht sehr lange – aber wir haben bereits miteinander einen pädosexuellen Straftäter bewacht und ein Kind begraben, das vor langer Zeit gestorben ist … ist das dein Leben? Weil, normal ist das ja nicht«, sagt Gundula, als sie sich wieder gefasst hat.

»Ich fürchte, du hast recht. Normal ist das nicht. Ich kann es mir auch nicht erklären, warum ich immer wieder in solche Geschichten hineinschlittere. Wenn du mich haben willst, musst du wohl damit leben.« Nathaniel wirkt unsicher. Was, wenn Gundula es sich plötzlich anders überlegt?

»Nun gut«, antwortet sie. »Ich denke, dass ich damit umgehen kann. Wenigstens wird es mir mit dir kaum langweilig werden.«

»Ich werde versuchen, das zu vermeiden«, meint Nathaniel mit großer Ernsthaftigkeit.

Gundula muss auf einmal lächeln. Nein, sie hat keine Zweifel daran, dass sie damit umgehen kann. Und dass sie Nathaniel haben will. Sie drückt ihn an sich. »Und was machen wir jetzt?«

Nathaniel kennt diese Frage bereits. Und er weiß, worauf Gundula hinauswill.

»Ich hätte da schon eine Idee«, sagt er erleichtert. »Zu mir oder zu dir?«

Während sich Gundula in Nathaniels Arm einhakt, ist Milla gerade damit beschäftigt, Sandro aus dem Auto zu helfen und erneut in den Rollstuhl zu setzen. Er hat sich von ihr aus dem Spital schmuggeln lassen, und sie bringt den flüchtigen Patienten mit einem schlechten Gewissen zurück.

»Bist du sicher, dass es dir gut geht? Du hast nicht mehr Schmerzen als vorher?«

»Milla, beruhige dich, es geht mir gut. Ich könnte auch schon nach Hause gehen.«

»Auf keinen Fall, du bleibst so lange hier, wie die Ärzte es sagen.«

»Aber die Arbeit ...«

»Vergiss die Arbeit, du bist schwer verletzt worden und rekonvaleszent.«

»Aber rekonvaleszent sein ist schrecklich langweilig.«

Milla pufft Sandro sanft gegen den Arm. Sie gelangen unbemerkt zum Lift und dann bis in Sandros Zimmer. Sandro erhebt sich, Milla versorgt den Rollstuhl in der Kammer, in der sie ihn gefunden hat, und steht anschließend Wache, während sich Sandro auf der Toilette umständlich wieder umzieht und das Krankenhaushemd überstreift.

»Was wolltest du mir eigentlich sagen?«, fragt Sandro, als er wieder im Bett liegt.

»Was meinst du?« Milla weiß, worauf er anspricht, doch sie will Zeit gewinnen.

»Als ich aufgewacht bin. Als Felix reinkam. Es klang wichtig.«

»Du hast es nicht vergessen.«

»Rück schon raus damit.«

»Es ist …« Milla ringt um die richtigen Worte. Sie fallen ihr nicht ein. »Sandro, ich bin schwanger.«

»Du bist was?«, ruft Sandro überrascht.

»Wir erwarten ein Kind.«

»Heilige Scheiße!« Sandro lacht und umarmt Milla. Doch noch während er sie festhält, versteinert er sich und weicht zurück. Weil ihm einfällt, dass Milla nie Kinder haben wollte.

»Du wirst es doch behalten, oder?«, fragt er.

»Ach Sandro. Wenn ich das bloß wüsste.«

»Ich bin für ein klares Ja«, sagt Sandro mit ernster Stimme.

»Okay. Vielleicht wirst du mich überzeugen können.«

Milla und Sandro blicken sich an. Beide sehen den kleinen Zweifel in den Augen des anderen. Unweigerlich denkt Sandro an seine Nacht mit Irena. Ist sein Seitensprung nicht ein Zeichen dafür, dass seine Beziehung zu Milla nicht mehr stark genug ist – nicht stark genug für ein gemeinsames Kind?, fragt er sich. Doch wegmachen lassen, das geht nicht, er hat sich so sehr Kinder mit Milla gewünscht. Vielleicht ist es ein Zeichen dafür, dass sie zusammengehören, allen Widerständen zum Trotz.

»Milla …« Sandro zögert, unsicher, ob er Milla von Irena erzählen sollte.

»Was ist?«

»Es ist nichts. Alles ist gut. Wir werden das gemeinsam schaffen.« Sandro nimmt Milla in die Arme und versucht ihrer beider Zweifel wegzuküssen.

Die zwei Friedhofsgärtner sind mit einem kleinen Bagger vorgefahren. Die Schaufel greift nach der Erde, die auf einem Haufen neben dem Grab liegt, ihre Zähne graben sich ein, die Schaufel kippt und füllt sich, der Arm schwenkt hinüber, der Fahrer drückt den Hebel nach vorn, die Erde rieselt hinab auf den Sarg. Steine und feuchte Erde fallen auf Holz, es klingt hohl, doch nach wenigen Augenblicken verändert sich der Ton, Erde auf Erde, ein dumpfer Klang jetzt. Irena sitzt neben Felix auf der Bank und schaut zu, wie ihr Bruder zum zweiten Mal begraben wird. Sie hat einen Flachmann dabei. Gin pur, er wärmt sie von innen und tröstet ihr Herz. Auch Felix nimmt einen Schluck. Sie trinken schweigend, während die Friedhofsgärtner ihre Arbeit tun.

»Es tut mir leid, Beni, dass niemand für dich da war. Dass keiner gemerkt hat, dass du leidest. Dass niemand deinen Tod verhindert hat.« Irena flüstert leise zu ihrem Bruder. »Bitte verzeih.«

Die Zeit scheint stillzustehen. Irena kann nicht sagen, wie lange sie reglos neben Felix sitzt. Doch plötzlich richtet sie sich auf. »Wir können gehen«, sagt sie. »Und übrigens: In einem Punkt hast du dich geirrt.«

»Geirrt?«

»Wegen Marius. Wir werden ihn auch wegen Mordes drankriegen.«

»Wie meinst du das?«

»Ich kann beweisen, dass er unseren Onkel Oskar umgebracht hat. Die Obduktion hat eindeutig ergeben, dass Oskar erstickt worden ist. Mit einem Kissen. Er wies stecknadelgroße Einblutungen auf und einen klaffenden Riss des Zungenbändchens. Auch fand ich Faserspuren in seinem Rachen. Marius war sein letzter Besucher. Er wird seine Strafe erhalten.«

Als Irena aufsteht, spürt sie, dass es nun gut ist. Beni hat endlich seine Ruhe gefunden, und sie ebenso.

Ende

Erinnerung und Dank

Ich war ein kleines Mädchen, als eines Morgens Edith zur Schule aufbrach und nie dort ankam. Als sich der siebenjährige Peter auf dem Schulweg in seinen Biene-Maja-Gummistiefeln von seinem Freund verabschiedete und nie nach Hause zurückkehrte. Als keine halbe Stunde von meinem Dorf entfernt das Skelett der kleinen Rebecca in einem Wald entdeckt wurde. Und als Sarah zum allerletzten Mal gesehen wurde, wie sie vor dem Schulhaus auf ihrem Kinderfahrrad ihre Runden drehte.

Das war vor fast vierzig Jahren. Von Sarah, Peter und Edith fehlt bis heute jede Spur, der Mord an Rebecca wurde niemals aufgeklärt. Sie gehören zu den verlorenen Kindern, die Opfer der wohl größten Mordserie der Schweiz geworden sind. Insgesamt einundzwanzig Kinder und Jugendliche wurden in den Achtzigerjahren in der Schweiz entführt oder getötet. Zwölf Verbrechen blieben ungeklärt. Sieben Kinder wurden bis heute nicht gefunden.

Ich erinnere mich an jedes ihrer Gesichter, sie haben sich unwiderruflich in meinem Gedächtnis eingeprägt. Sie strahlten mir im Supermarkt, beim Metzger, beim Kiosk von den Fotos auf den Vermisstenanzeigen entgegen, Kinder in meinem Alter, Kinder, wie ich damals eines war. Es war für mich nicht fassbar und verstörend, wie sie von einer Sekunde auf die andere einfach weg sein konnten, ohne dass jemand etwas gemerkt hatte, ohne eine Spur. Die unvergleichliche Serie von Kindsentführungen, mutmaßlichen Kindsmorden, sorgte für Angst und Schrecken. Unsere Eltern waren panisch, dass auch wir zu Opfern werden könnten. Ich wusste ganz genau, was zu tun war, wenn ein fremder Mann mich ansprechen sollte: Laut schreien und davonrennen, so schnell ich konnte. Erst als 1989 Werner F. verhaftet und schließlich wegen fünf Tötungsdelikten verurteilt wurde, schien das Grauen ein Ende gefunden zu haben, auch wenn ihm eine Beteiligung an den vielen anderen ungeklärten Fällen niemals nachgewiesen werden konnte. Später wurde Werner F. in einem Revisionsprozess von einem der fünf Delikte freigesprochen, weil seine Unschuld bewiesen werden konnte. Es ist davon auszugehen, dass es mindestens einen weiteren Kindermörder gibt, der nie gefasst wurde.

Werde ich heute gefragt, woher mein Interesse für die Kriminalistik und die dunkle Seite des Menschen stammt, erzähle ich von den Kindern, die in den Achtzigerjahren verschwunden sind – während ich das Glück hatte, dem Mörder (oder den Mördern) nicht begegnet zu sein, der so viele Leben beendet hat, bevor sie gelebt werden konnten. Sehr oft entscheidet Glück über Überleben und Sterben.

Die wahren Verbrechen an den unschuldigen Kindern dienten als Inspiration für dieses Buch. Auch, damit sie nicht in Vergessenheit geraten. Auch, um aufzuzeigen, dass hinter jedem Opfer Eltern, Geschwister, Verwandte und Freunde stehen, für die das Leben danach nie wieder dasselbe ist wie davor.

»Der Bruder« würde nicht in dieser Form vor Ihnen liegen, wenn ich nicht auch dieses Mal auf die Hilfe meiner treuen Erstleser und die Unterstützung von Experten und Freunden hätte zählen können.

Mein Dank geht an Peter Holenstein, der das Buch leider nicht mehr lesen kann. Er war mir väterlicher Freund, Mentor, Ideenschenker, Motivator und Vorbild in einem. Kein anderer Journalist hat sich so intensiv mit den Fällen um die verschwundenen Kinder beschäftigt. Nur dank seiner Hartnäckigkeit konnte er nachweisen, dass der Kindermörder Werner F. in einem Fall zu Unrecht verurteilt worden war.

Ein riesiges Dankeschön geht an Gaby Holenstein, Thomas Hasler, Claudio Jakob, Marion Sägesser-Bolz, Rainer Wölkerling sowie Ueli und Liliane Wenger. Sie kämpfen sich wacker als Erste durch meine unredigierten Zeilen und decken Fehler auf, wenn mir die Logik einen Streich spielt oder wenn ich die Übersicht über die Handlungsstränge und die vielen Ebenen verliere.

Lieben Dank Felix Wenger, Fahnder bei der Kantonspolizei Zürich. Der Mann, der Bescheid weiß. Der Mann, der sein Leben lang schwere Delikte aufgeklärt hat. Der Mann, der wohl die seltsamsten Nachrichten von mir erhält, die sich um die abstrusesten Fragen drehen und mich höchst verdächtig machen. Er überführt mit seinem kriminalistischen Gespür und Geschick nicht nur Mörder, sondern er bringt auch verwirrte Krimiautorinnen immer wieder auf die richtige Spur.

Herzlichen Dank Ueli Zollinger, emeritierter Professor für Rechtsmedizin, der mir mit Nachsicht und Akribie die Arbeitswelt von Irena Jundt erklärt. Und der es mir verzeiht, dass Irena bei ihren Obduktionen Mozarts Requiem hört – während in seinem Institut das Abspielen von Musik strengstens verboten war. Ohne Ueli Zollingers detaillierte Erläuterungen und Beschreibungen wäre Irena nicht die Expertin, die sie heute ist.

Danke Adelgunde Kratzer, Abteilungsleiterin Forensische Genetik am Institut für Rechtsmedizin Zürich, die sich die Zeit genommen hat, mir trotz einer nicht geringen Begriffsstutzigkeit mittels Worten und Zeichnungen den Aufbau unseres Erbgutes und unserer genetischen verwandtschaftlichen Banden deutlich zu machen.

Vielen Dank Marcel Ruf, Direktor der Justizvollzugsanstalt Lenzburg, der bei jeder meiner Unklarheiten über Täter und Vollzug innerhalb von Sekunden zum Hörer greift und mich berät.

Lieben Dank auch an meine Familie, an Lilo und Franziska Brand, an Peter Brand und Sue Feissli, die mir in Kindestagen eine morbide Ader und eine überbordende Fantasie mit auf den Weg gegeben und immer hinter mir gestanden haben.

Thanks to Shahdust and Shahmsa, who give me a wonderful home on the other side of the world. Most of the lines in this book I wrote in my blue room in their house on Zanzibar – and in the Stone Town Café, where Ali and Massoud take care of my well-being, asante sana!

And last but not least: Ein ganz herzliches Merci an meine Lektorin bei Blanvalet, Johanna Bedenk, die an mich glaubt und mir ermöglicht, meinen Weg zu gehen, an Berit Böhm, die mein Terminchaos mit stoischer Ruhe in Ordnung bringt, sowie an das gesamte Team von Blanvalet, das immer für mich da ist. Ein riesiges Merci an meinen Redakteur René Stein, der sich unerschütterlich der Auseinandersetzung mit all meinen Helvetismen stellt, meine Verwirrungen entwirrt und dem Text den letzten Schliff verleiht. Herzlichster Dank an das ultimative Agentenpaar Nadja Kossack und Lars Schultze-Kossack, die mein Leben so was von verändert haben!

Und ein großer Dank geht an Sie, meine lieben Leserinnen und Leser, die dieses Buch in den Händen halten. Sie sind mein Antrieb, weiter und weiter zu schreiben. Auf ein nächstes Mal!

Herzlich
Christine Brand